장편사화

동의보감

한영철
최흥록

금성청년출판사
주체107(2018)

민족의 귀중한 재보
대대손손 전해갈
3대고려의학고전의 하나인
《동의보감》!
이는 나라와 민족에 대한
열렬한 사랑과 불타는 넋
뜨거운 정과 열로 몸부림친
의학자 허준의
한생의 총화였거늘
그의 삶은 정녕
인생의 《보감》이였다!

차 례

제1장 불우한 서자 ……………………………………… (3)

제2장 산음의 명의 ……………………………………… (9 2)

제3장 한성에 나타난 시골의원 ……………………… (213)

제4장 왕실의 어의 ……………………………………… (290)

제5장 의서 도적놈들 …………………………………… (334)

제6장 《보감》 …………………………………………… (406)

제1장 불우한 서자

1

　세월과는 인연없이 봄은 어김없이 찾아왔다. 사모관대 떨뜨린 량반댁이건, 무겁게 짓누른 량반세상의 질곡속에 간신히 목숨을 연명해가는 백성들의 집이건 봄이 오기를 기다리는것은 매한가지이다. 신분적장벽이 하늘높이 막아선 세월에 그러한 공통된 심리는 봄이 오면 날씨가 따스하고 온갖 만물이 소생하기때문일가.
　커다란 동헌대청의 서쪽모서리 작은 별채에서는 희미스레한 불빛이 간간이 흘러나오고있었다.
　퇴마루기둥에 삐뚜름히 기대고 서있는 사또댁도령인 허모는 가느다란 눈을 쪼프리고 아까부터 그 별채를 쏘아보고있었다. 장난삼아 누가 그어놓은것 같은 두눈은 어둠속에서 아예 보이지도 않는다. 허나 자세히 주시해보면 알릴락말락한 실눈에선 얼음물을 부은듯한 소름끼치는 랭기와 흡사 먹이감을 노리는 살모사의 독기가 풍겨나왔다.

《저놈의 자식은 오늘밤도 밝힐셈인가? 내 저자식을 그저 콱…》

허모가 혼자소리로 이렇게 뇌까리는데 어느새 나타났는지 물독같은 뚱뚱한 몸을 들썩거리며 모친인 오매가 입술을 비죽이 내밀며 심술궂은 소리를 내뱉았다.

《저것들이 아직도 자빠져 자지 않고 밤늦게까지 아까운 초대를 태우고 있구나. 아니, 저 초대는 이 집 돈이 아니구 이 집 재산이 아니라더냐?!》

삐뚤어진 심사로 말하면 모자가 서로 짝지지 않건만 그 본심은 차이가 있다고 해야 옳을것이다.

오매에게 있어서 남편의 소실인 려월은 눈에 든 가시와도 같은 존재였다. 그것은 려월이 남편의 각근한 정을 받고있기때문이다. 생각만 해보아도 복통이 터질 일이였다.

양천 허씨집안은 대대로 명문가문으로 나라안에도 소문이 났고 오매의 집안도 그에 못지 않은 명문가의 집안이다.

허준의 가문에 대해서는 여러가지 설들이 있다.

그중의 하나는 허공, 허응, 허종, 허저 등과 같은 유명한 의원들을 배출한 의학자의 가문이라는 설인데 그중에서도 15세기의 유명한 의학자인 허종은 당대의 명의로 소문났으며 많은 의생들을 키웠다고 한다.

《성종시기 허종은 약처방을 내리는 리치를 가장 정통한데다가 남을 가르치는데 온갖 방도를 다하였다. 오늘날 뛰여난 의원들은 대개 허종에게서 배운 사람들이다.》(《중종실록》권32, 13년 3월 기유일)

그와 다른 설은 그의 집안이 무반가문출신이라는것이다.

이러한 설들이 나돌게 된것은 허준이 비천한 서자출신인것으로 하여 그 출신에 대해 자세히 기록된것이 없다는 사정과 관련되며 다른 한편 후날 그가 왕실어의를 하였던 까닭에 그의 생애가 세상에 드러나지 않은것과도 관련된다고 볼수 있다. 왜냐하면 그 어느 봉건사회보다 신분적구별이 뚜렷한 조선봉건왕조에서 서자의 신분은 사회의 버림을 받았기때문에 구태여 사가들이 그 래력을 기록할 필요를 느끼지 않았을것이고 다른 한편으로 만백성우에 군림한 지엄한 임금과 깊고깊은 구중궁궐에 들어앉은 왕실과 관련한 내용은 일체 비밀에 붙여진것으로 하여 왕실의 어의인 허준의 생애도 흑막속에 묻히기 쉬웠을것이다.

허준의 가문에 대한 여러가지 이야기들이 나돌고있지만 그중에서 비교적 신빙성이 있는것은 그가 양천 허씨가문의 서자출신이며 그의 부친이 룡천군수벼슬을 했다는것이다.

이러한 허씨가문에 시집을 온 오매가 우로 련속 딸만 둘을 낳고 이번에는 아들을 낳아줍소사 하고 만삭된 몸을 힘겹게 끌고 북악산에 올라 산신령에게 지성껏 빌고있을 때 아닌밤중에 홍두깨라고 춘삼월에 군사시찰의 명분으로 하삼도에 내려갔다가 쾌청한 한가을에 귀가한 남편 허륜이 꽁무니에 젊디젊은 려월이를 척 달고 나타날줄이야.

남편의 뒤를 따라 주밋거리며 대문에 들어선 아릿다운 녀인으로 하여 온 집뜨락이 환해진듯싶었으나 그때부터 오매의 얼굴엔 칠팔월 장마철 구름장같은것이 항상 사라질줄 몰랐다.

일은 그후에 더 복잡해졌다. 한달후에 오매가 허씨가문의 대를 이을 아들을 낳았건만 남편은 아들애만 들여다보았지 자기에게 한마디 치사의 말도 하지 않은것이였다. 남편의 무관심에 성이 독같이 오른 오매가 울고불고 하면서 음식도 제대로 들지 않고 제 설분에 옴하여 갓난애를 방심하다나니 십여년만에 겨우 허씨집안의 종손이라고 고고성을 터친 허모는 어려서부터 비들비들 앓기만 하였다. 엎친데 덮친 격으로 이태후에 려월이가 아들을 낳았는데 남편은 엄정한 성미와는 달리 눈꼴 사나울 정도로 려월의 곁을 맴돌았으니 그 갓난애가 바로 허준이다. 허준이 태여난 후 려월에게 더 정신이 팔려있는 남편의 처사는 오매의 속을 발칵 뒤집어놓았다. 하긴 자기보다 근 십년이나 젊은 려월이가 어찌 더 곱지 않으랴만 오매는 남편이 자기를 다 늙은 할망구를 대하듯 쏜외보듯이 하니 남편이 고와하는 려월이가 눈에 든 가시처럼 얄밉기 그지없었다.

에미가 보기 싫으니 그의 소생인 허준도 그지없이 미워났다. 게다가 자기가 막 씹어먹고싶어 이를 가는 려월의 아들 허준이가 언감생심 자기의 아들인 허모보다 글공부를 더 잘한다니 더더욱 밸이 꼴리는 오매였다. 그런 풀수 없는 앙숙으로 하여 허준이가 매일 밤늦도록 글공부 하느라 꺼지지 않는 저 불빛은 오매에게 있어서 화를 돋구는 불씨였다.

한편 허모에게 있어서 허준의 직심스러운 학구적태도와 뛰여난 실력은 아버지 허륜에게서 종종 꾸지람을 듣는 리유로 되고있었다.

허륜은 허준과 실력을 대비하며 눈을 부라리고 허모에게 온갖 욕설을 다 퍼붓군 하였다.

《이 못난 자식! 〈소수서원〉에까지 다닌다는 녀석이 시골서원에 다니는 준이보다 못하다니 그게 어디 될 말이냐? 못된 놈의 송아지 엉치에서 뿔이 난다더니 글공부는 하지 않고 벌써부터 주색질에 미쳐돌아가니 그래가지구 네놈이 사람질을 할상싶으냐?

그렇게 처신할바에는 내앞에 얼씬하지 말아!》

부친의 이러한 추궁과 닥달질은 그를 분발시키는것이 아니라 오히려 허준에 대한 반감과 증오만을 불러일으켰다.

《소수서원》이란 온 나라에 소문이 짜한 백운동서원을 두고 이르는 말이다.

허준이 태여나기 몇해전인 1541년에 경상도 풍기군수 주세붕이 고려말의 유학자인 안향(일명 안유. 1243년-1306년)을 제사지내기 위하여 그의 옛 집터가 있는 백운동에 사당을 건립하고 뒤이어 사람들의 힘을 모아 그 옆에 세운것이 다름아닌 백운동서원이다. 그후 그곳 군수로 부임되여 온 리황(1501년-1570년)의 제의로 명종이 《소수서원》이라는 현판을 써주었는데 그때부터 백운동서원은 온 나라에 이름이 알려지기 시작하였다. 그러고보면 이른바 임금이 직접 현판을 써서 내려보내는 《사액서원》의 발단은 백운동서원에서 시작되였다고 볼수 있었다.

임금이 직접 써서 내려보낸 《소수서원》이라는 현판을 내걸자 서원은 번창하기 시작하였고 그 위세 또한 이만저만이 아니여서 이 서원출신의 량반댁자손들이 조정의 벼슬자리에 등용되군 하였다. 그래서인지 한다하는 권문세가들속에서 《소수서원》에 자기의 자식들을 보내여 공부를 시키는것이 하나의 풍조로 되였다.

허륜도 집안의 뒤를 이을 맏아들인 허모에 대한 기대감을 안고 한성에 있을적부터 벌써 멀고도 먼 경상도에 아들을 보내여 공부를 시키고있었다. 허륜이 룡천군수로 부임되여온지는 반년밖에 안된다. 한때 경상우병사를 지낸 부친 허곤과 면식이 있는 사람이 경상도감영에 있는 유리한 조건도 없지 않았으나 허륜은 어떻게 하나 아들 허모가 서원을 마친 다음 량반댁출신으로 벼슬길에 나서게 하려는 의도에서 천여리나 떨어진 풍기땅에 허모를 보냈던것이다.

허륜이 군수로 있는 평안도 룡천에서 백운동서원이 있는 풍기군까지는 무려 천여리나 되였는데 이 또한 허륜이 허모를 꾸짖는 리유의 하나로 되군 하였다. 일년에 서너번씩 뻔질나게 집으로 와서는 돈을 요구하는 허모였다.

그때마다 허륜은 서원에서 배운 내용을 시험쳐보군 하였는데 아들이 제대로 익히지 못하면 버럭 어성을 높이며 이렇게 소리치군 하였다.

《이녀석아! 집안의 재산을 다 들이밀어 경상도 그 먼곳까지 보내여 공부시키는데 늘 봐야 이 모양이니 언제면 정신이 들겠냐?

이 허씨집안에 망조가 들었지, 들었어.

저 허준이를 좀 봐라! 비록 시골서당에 다니지만 얼마나 직심스레 공부하는지 언제나 첫손가락에 꼽히고있어. 그런데 네녀석은 하라는 글공부는 하지 않고 벌써부터 술과 계집질에 미쳐돌아가니 그래가지구 대체 어떻게 과거에 급제한다더냐?》

허륜의 욕설처럼 허모는 결코 머리가 나쁘거나 총기가 없는것이 아니였다. 따져보면 도리여 허준이보다 머리가 좋다고 해도 틀리지 않았다. 허나 허모는 글을 익히고 학문을 파고드는노릇이 영 질색이였다. 반면에 팽이처럼 잘 굴러가는 그 머리로 권모술수를 꾸미는데서는 그를 당할 사람이 없었다. 허모는 부친에게서 닥달질을 받으면서도 자기의 이 능력에 대해 추호도 믿어의심치 않았으며 범잡은 포수마냥 자신에 대해 자부하고있었다.

(흥, 꿩 잡는게 매라고 어쨌든 과거급제하여 벼슬하면 될게 아니야. 서원을 나오면 내가 벼슬을 못할것 같은가. 천만에! 아무리 날구 뛰여두 첩의 소생인 준이가 당당한 량반댁자손인 나를 당할수 없어!)

허모는 고양이앞의 쥐처럼 부친앞에 수긋이 머리를 숙이고 욕설을 당하면서도 속으로는 늘 이런 생각을 하군 하였다. 하지만 허모는 고래고래 소리를 질러대는 아버지앞에서 한대중 묵묵부답으로 응대하였다. 왜냐면 배다른 동생 허준의 학문이 실지로 자기를 훨씬 릉가하고있는것만은 부인할수 없는 사실이였기때문이다.

이러한 허모이고보니 밤늦도록 꺼질줄 모르는 별채의 불빛이 발바닥에 박힌 티눈보다 더 야속하기 그지없었다.

오매와 허모의 이같은 심사가 서로 손벽을 쳐서 이날밤에 이런 말들이 오간것이다.

허모는 허준이보다 두살 우인 스물두살이다. 과거급제하기 전에는 성례를 치르지 않는답시고 여직껏 혼사말을 삐치지 못하게 하는 허모이다. 허나 명색뿐이고 주색질에 난당이여서인지 준이보다 머리 하나는 작고 몸도 여윈 하늘소마냥 바싹 말랐다.

한참이나 별채를 노려보던 오매가 갑자기 무슨 생각이 들었는지 치마바람을 일구며 마루에서 내려 별채로 향하였다.

불그스레한 겨름초대가 타오르는 자그마한 방안에서는 이무렵 허준이가 개다리소반을 책상삼아 글공부에 여념이 없었고 그뒤에 한쪽무릎을 세우고 앉은 려월은 바느질을 하면서 밥상에 머리를 수긋하고 정신없이 책을 읽고있는 아들의 모습을 하염없이 바라보고있었다.

책속의 지식을 깡그리 빨아들이려는듯 잠시도 글줄에서 눈길을 떼지 못하고있는 아들의 모습을 바라보는 려월의 심중에서는 좀처럼 사라지지 않는 생각이 이 시각에도 머리에서 떠나지 않고있다.

(장차 저애의 운명이 어찌될고?)

밖에서들 아들애를 보고 사또댁 도령이라고 피여올리지만 어쨌든 그애는 서자이다. 비록 아버지가 한개 고을의 관속들과 백성들이 《원님》, 《사또님》이라고 머리를 조아리는 군수이지만 아들애는 다름아닌 첩의 소생인것이다.

려월의 고향은 경상도 산음이다. 그의 할머니는 본래 연산군시절에 왕궁의 궁녀였다고 한다.

1506년 9월 박원종, 성희안, 류순정 등이 반정을 일으켜 임금자리에 있던 연산군을 몰아내고 진성대군(후날의 중종)을 왕위에 앉힌 다음 연산군시절의 신하들과 궁녀들을 숙청하였는데 그때 궁녀였던 할머니는 이미전부터 자기와 눈을 맞춘 수비군교를 따라 은밀히 왕궁을 탈출하여 그 군교의 고향인 경상도 합천으로 몸을 피하였다. 합천에 당도한지 며칠후 수배령이 내려 군교는 금부에 잡혀 처형되고 할머니는 합천관아의 관비로 되였다. 화는 쌍으로 온다고 이듬해에 사내애를 낳은 할머니는 애가 세살나던 해에 그만 산후탈로 운명하고말았다. 림종을 앞두고 할머니는 세살난 아들애의 손목을 꼭 잡고 《너의 아버지는 손가였으니 네 이름은 손…》 하고는 더 말을 잇지 못하고 눈을 감았다고 한다.

노비의 자식이라 그때까지도 변변한 이름자도 모르고있던 아들애는 자라면서 어머니가 자기의 성이 손씨라고 말하던것밖에는 생각할수 없었고 고을에서는 그애를 보고 그저 《돌이》이라고 불렀다. 이집저집 떠돌아다니면서 동냥질로 커가던 돌이는 아홉살때 합천관가에 관노로 들어가게 되였다.

그후 여러번이나 군수가 갈리고 세월이 흘렀으나 돌이는 관아에서 온갖 잡다한 일들을 도맡아하며 성장하였다. 비록 천한 종의 신세였으나 왕궁수비군교로 있던 체격이 름름한 아버지와 궁녀로 뽑혔던 아릿다운 어머니의 피가 그의 몸에 살아있어서인지 점점 총각꼴이 잡히면서 용모가 동탕하게 잘나 사람마다 혀를 차군 하였다. 오죽하면 고을의 관장으로 부임되여오는 한성량반들의 안댁들과 딸들이 돌이한테 반해 밤이면 이불깃을 뜯으며 가슴을 박박 허볐다는 소문이 돌았겠는가.

신분은 비천한 노비였으나 하늘이 선사한 부모들의 피만은 속일수 없어 돌이는 합천고을은 물론 온 경상도땅에 미남자로 소문이 자자하게 되였다.

그 끼끗한 용모탓에 돌이의 운명은 더 불행해지게 되였다.

당시 합천관아에는 서분이라고 하는 처녀가 관비로 박혀있었는데 어느때인지는 몰라도 돌이와 서분이 사이에는 애틋한 련정이 소리없이 오가게 되였다.

그러던 어느해 여름날, 불현듯 도차지가 돌이에게 목욕을 시키고 갓 풀을 먹인 새옷을 갈아입히더니 마님이 찾는다는것이였다.

무슨 감투끈인지 영문을 알지 못하고 돌이가 안댁이 거처하는 내당앞에 이르러 《마님! 소인을 찾으셨나이까?》하고 물었으나 아무런 응대도 없었다. 돌이가 련이어 두세번 찾아보았으나 역시 인기척이 전혀 없다.

내가 잘못 알고 왔는가 하고 돌이가 돌아서는데 문득 방안에서 인기척이 나더니 내당문이 살며시 열리며 서른댓살밖에 안되는 군수댁이 새뽀얀 얼굴을 내밀고 해사한 웃음을 지었다.

《음, 돌이가 왔나? 어서 빨리 들어오라구.》

엉거주춤하며 짚신발을 비벼대고 방으로 들어서던 돌이는 어안이 벙벙해졌다. 방안에 요란한 주안상이 마련되여있었던것이다. 까닭을 알길 없는 돌이가 두리번거리며 어쩔줄을 몰라하는데 군수댁이 얼른 문을 닫았다. 하더니만 새하얀 살결이 다 들여다보이는 하르르한 속옷차림으로 별스레 다정하게 돌이의 팔을 끄당기며 상으로 이끌었다. 찰싹 달라붙은 속옷으로 하여 녀인의 풍만한 육체의 륜곽이 선명하게 나타났다. 뜻밖의 환대에 돌이는 얼떨떨해졌다. 그러는 돌이의 벌개진 얼굴을 재미나다는듯 쳐다보며 군수의 안댁이 아양을 떨었다.

《자네가 그동안 수고하기에 내 오늘 한턱 내는것이니 마음껏 들게. 사또나린 감영에 가고 없어. 이 방안엔 나와 임자뿐이야.》

녀인의 몸에서 사내를 취하게 하는 야릇한 향기가 풍겨오고 그의 눈에서는 이글이글 정욕의 불길이 일고있었다. 갑작스레 맞다든 정황앞에서 돌이는 두손을 맞잡고 두눈을 어디에 건사할지 몰라 허둥거렸다. 관아에 매인 노비라고 하지만 너무도 정직한 돌이였다. 손을 내젓는 돌이의 입에서 이런 소리가 튀여나왔다.

《아니, 이러지 마소이다. 소인이 감히 어떻게…》

돌이는 황급히 돌아섰다. 그찰나 안댁이 돌이의 목을 그러안았다. 열에 뜬 안댁의 목소리가 돌이의 귀를 간지럽혔다.

《돌이, 너도 사내녀석인데 뭘 그래? 이 마님이 널 끔찍이도 생각한다는걸 모른단 말이냐?

네가 사또가 없는 짬에 이 방에 들어와 속옷차림의 내 몸뚱이를 훔쳐

봤다는것이 어떤 죄인줄 알아? 내가 이제 소리 한번 치면 넌 사또댁 겁탈죄를 뒤집어쓰고 영낙없이 형틀에 매일 신세야. 알겠어? 그러니 사내녀석이라는게 머저리처럼 굴지 말구 내 말대로 해!》

돌이의 목을 꼭 그러안은 안댁의 입에서는 뜨거운 열기가 뿜어져나오고 돌이의 잔등에 꽉 붙이고있는 풍만한 젖가슴은 널뛰듯 오르내리고있었다.

돌이는 자기가 군수댁의 술책에 빠져들었다는것을 깨달았다. 눈앞이 캄캄하고 입안이 말라들었다.

불쑥 서분의 순진한 두눈이 눈앞에 떠올랐다. 어제밤에도 잠간 만났을 때 정답게 바라보던 그 눈길이 얼핏 스쳐지나면서 돌이는 가슴속에서 세찬 분노가 일었다. 세상에 량반들이 노리개로 삼는 기생이 있다더니 마님이 나를 무슨 남자기생으로 보는게 아닌가 하는 생각에 돌이는 분노를 터뜨리며 안댁의 포동포동한 팔을 집게같은 손으로 꽉 움켜쥐였다.

《마님은 이 돌이를 잘못 보았소! 그래, 당신네 량반세도가들은 인륜도 없고 렴치도 없소?

사내라고 생긴 량반들은 부녀자들을 노리개처럼 여기며 신세를 망쳐놓더니만 마님같은 내인들은 우리 남자들을 제 욕구나 채워주는 물건짝인줄 아는구려.…

이 돌이가 관가에 매여산다구 인륜도 도리도 모르는 시렁배인줄 아시우?》

돌이는 움켜쥐였던 안댁의 두팔을 콱 밀치고 방문을 걷어차고 나갔다. 등뒤에서 입에 담지 못할 쌍욕을 다 퍼붓는 안댁의 넉두리가 따라왔다. 그로부터 사흘후 돌이는 영문모를 도적놈으로 몰려 형틀에 매이게 되였고 끝내 형장에서 숨을 거두고말았다.

돌이가 비명에 생때같이 목숨을 잃은지 며칠이 지난 뒤 서분이는 누구도 모르게 종적을 감추었다. 합천군수가 관가의 군사들을 발동하여 서분이를 잡는다고 돌아쳤으나 그가 간 곳을 그 누구도 알길 없었다.

돌이가 억울하게 죽은 후 합천관가를 탈출한 서분이는 발길이 닿는대로 허둥지둥 달렸다. 군경내를 벗어나 남쪽으로 무작정 도망가던 서분이가 힘이 진하여 정신잃고 쓰러진 곳은 산음경내였는데 그곳은 다름아닌 구형왕사가 있는 왕산기슭이였다.

구형왕사란 옛 금관가야의 10대왕이자 마지막왕이였던 구형왕(521년-532년)의 사당으로서 산음현에서 서북쪽으로 이십여리 떨어진 곳에 있는 왕산의 산기슭에 지은것이다. 왕산에는 왕산사라는 절도 있었는데 구형왕의 무덤은 이 왕산사의 북쪽에 돌로 쌓아 지은것으로서 네면에 모두 층계가 있었다. 고려때에는 그런대로 조정에서 관리를 임명하여 돌보도록 하였지만 수백년전에 사라진 왕의 무덤을 고려왕조의 씨종자까지 말리워버리겠다고 혈안이 되여 날치던 리씨네는 돌따서서 방귀도 뀌지 않았다. 그래서 구형왕의 무덤은 그 후손들이 대를 물려가며 지키고있었는데 그들은 늙은 로인내외를 산당지기로 쓰고있었다. 마침 무덤을 돌아보고 내려오던 산당지기로인이 쓰러진 서분이를 발견하고 제집으로 업어가 소생시켜주었다.

돌이가 죽은 후 따라죽으려고 모질게 결심했던 서분이가 이를 악물고 살아야겠다고 고쳐 생각한것은 배안에서 꿈틀거리는 새 생명때문이였다. 세상밖에 밀려난 노비의 신세에서 서분이가 한가닥 미련이라도 가진것은 사내답게 잘나고 인정이 많은 돌이와 가정을 이루고 오붓하게 살려는 희망이였다. 그런데 그 돌이가 군수녀편네의 흉계로 억울하게 목숨을 잃었으니 장차 누구를 믿고 험악한 세상을 살아간단 말인가. 스스로 목숨을 버리려고 생각했다가 또 고쳐 생각하기를 그 몇번이던가. 생각끝에 서분이는 합천관가에서 도망치기로 결심했던것이다. 오래지 않아 아이가 태여나겠는데 노비의 처지에서 아이를 낳는것은 도저히 용납될수 없었다. 다름아닌 그 아이가 돌이의 아이인 형편에서 후일이 어떻게 더 험악하게 번져질지 누구도 가늠할길 없었다. 그래서 서분이는 무작정 관가에서 도망친것이다.

몸이 회복된 후 자초지종을 묻는 늙은 내외에게 서분이는 자기의 처지를 그대로 이야기할수밖에 없었다. 혈붙이 하나 없는 지금의 형편에서 늙은 내외는 서분이의 유일한 지탱점이였다. 울음속에 도간도간 이야기가 끊어지기도 하였다. 서분이의 말을 다 듣고난 내외는 눈물을 머금으며 아무 말도 하지 못하였다.

고마운 늙은 내외는 서분이를 저들의 양딸로 받아들이고 관가에는 어려서 잃어버린 딸을 찾았는데 딸이 출가했다가 그만 호환으로 남편을 잃었노라고 통지하고 호적부에 올렸다.

서분이는 그 늙은 로인내외의 딸로 호적부에 올리고 반년후에 딸애를 낳았다. 그 딸이 다름아닌 려월이다. 늙은 로인의 성이 로가여서 서분이는 로씨로 등록하고 딸애는 돌이의 성을 따서 손씨로 호적부에 올리였다.

그렇게 되여 려월은 산음사람이 되였다. 산음에서 태여났다고 하지만 똑똑한 본적지도 없는 불행한 인생이였다. 려월은 점점 자라면서 할머니와 부모님들을 닮아 절세의 가인으로 피여났다.

산전막의 늙은 로인내외는 그러한 려월이를 친손녀이상으로 귀해하였으며 가난한 살림속에서도 있는것 없는것 다 기울여 키워주었다. 젊었을적에 서당에서 글을 익혔다는 로인의 손에서 려월은 글을 익혀 린근사람들은 글 잘 아는 딸을 두었다고 그의 어머니에게 찬사를 아끼지 않았다.

려월이가 열여섯살나던 해에 경상도 군사실태를 료해하러 내려왔던 허륜이 산음에 있는 남산고성을 돌아보다가 고을의 왕산에 옛 가야국왕의 무덤이 있다는 말을 듣고 구경하러 왔었는데 산나물을 뜯는 려월이를 띄여보고 첫눈에 마음이 끌려 소실로 데려갔다. 어떻게 되여 어머니가 자기를 한성량반의 소실로 들여보냈는지 려월은 아직도 의문스러웠다. 허나 남편이 자기를 무던히도 위해주니 그런 의문이 자연히 사라져버렸다. 반면에 정실댁인 오매의 새암과 투기질은 때이르게 려월의 머리에 흰서리를 내리게 하였다.…

지금 이 시각도 려월은 직심스레 글공부에 전념하는 아들을 바라보며 지나온 자기의 운명을 돌이켜보고있었다. 한겨울의 고드름마냥 아들의 앞날에 대한 근심이 가슴속에 매달려 사라지지 않는다. 서자출신은 아무리 출중하고 뛰여난 재능이 있어도 벼슬길이 막혀버린 세월이다.

그런데도 아들애는 저렇게 매일 밤늦게까지 글을 파고드니 려월의 가슴은 백근 철추를 달아놓은듯 무겁기만 하였다.

(장차 저애를 어떻게 하면 좋을고?

과거에 응시하지 못할바에는 그리도 직심스레 익힌 지식과 학문이 전혀 쓸모없는 무용지물이 된다는것을 저애는 알고있을가?)

허나 허준은 그런것을 아는지 모르는지 늘 손에서 책을 놓을줄 모르고 학문을 파고들고있다.

허준이 한창 읽고있는 책은 화담 서경덕(1489년-1546년)이 쓴 《리기설》이다.

화담 서경덕이라고 하면 온 나라에 유명짜한 성리학자였다. 화담은 허준이 태여난 해에 별세하였다.

이 세상은 무엇으로 이루어져있으며 세상리치는 도대체 어떻게 되여있는것인가?

늘 이와 같은 물음을 제기하고있던 허준이였다. 화담 서경덕의 《리기설》에는 머리에 쏙쏙 들어오는 이러한 리치를 담은 글줄들이 얼마든지 있었다.

늘 유교의 《격물치지》(사물에 접촉하여 그 리치에 이른다는 관념론적인 리론)요, 《맹자》요, 《론어》요 하는 경전만을 외우기에 신물이 날대로 난 허준에게 있어서 서경덕의 《리기설》은 모두가 새라새로운것들이였다.

《…세계의 본질을 이루며 세계의 모든 사물현상들의 발생발전과 그 운동변화를 좌우지하는것은 신이나 리(정신)가 아니라 오직 물질적인 기이다. 우주공간에는 기가 가득차서 그것이 크게 모인것은 하늘과 땅이 되고 작게 모인것은 여러가지 물체가 된다.… 허공의 해와 달, 별로부터 시작하여 땅우의 나무와 풀, 한알의 모래알에 이르기까지 모든 사물현상은 다 기로 되여있으며 기를 떠난 자연이나 사물은 존재하지 않는다.…

기는 시초도 없으며 발생하는것도 없다. 시초가 없으니 어찌 종말이 있으며 발생하는것이 없으니 어찌 사멸이 있겠는가. 비록 한쪼각의 초라도 그것이 보기에는 다 타서 없어지는것 같지만 그 기만은 여전히 남아있는것이니 어찌 완전히 없어졌다고 하겠는가.…》

허준은 저도모르게 머리를 끄덕거렸다. 과연 리치에 맞는 말이라고 생각되였다. 그는 계속 다음 글줄을 읽어내려갔다. 음양에 관한 서경덕의 리론이다.

《…하나의 기가 나누어져 음과 양으로 되는데 양이 가장 큰것이 하늘이 되고 음이 가장 크게 모인것이 땅으로 되였다. 양이 맺혀서 가장 정한것은 해가 되고 음이 맺혀서 가장 정한것은 달이 되였다. 나머지 기들은 흩어져서 하늘의 별이 되고 땅의 물과 불로 되였다. 이것을 말하여 우주라고 한다.》

허준은 서경덕의 이 리론이 황당무계한 말만 되풀이하는 유교경전에 비하여 얼마나 현실적인가 하는 생각이 머리속에 갈마드는것을 어쩔수 없었다. 유교에서는 사람에게는 《천명》이 있으며 사람은 《천명》에 따라 날 때부터 하늘로부터 생사와 길흉, 귀천이라는 명분을 가지는데 이는 사람의 힘으로써는 절대로 달리할수 없는 영원불변한것이라고 설교하고있었다.

평소부터 경전의 명분론에 반발심을 가지고있던 허준이다. 물론 허준은 서자로서의 자기의 처지에 대하여 자각하지 못한것은 아니였다. 어느덧 나이 스무살인 허준인지라 이에 대하여 자기나름의 고민에 잠겨 홀로 모순에 빠져있기도 하였다. 그러던 참에 맞다들린 화담선생의 책은 허준에게 새로운 기대감을 안겨주었다. 허준은 서경덕의 리론자체에도 흥미가 동했지만 그보다는 뛰여난 학문과 지식을 가지고있으면서도 일생 벼슬살이를 거절하고 후대교육과 학문탐구에 한생을 바쳤다는 그의 인생에 더욱 관심이 컸다.

(화담선생은 이미 저세상 사람이 되였다지만 선생의 얼은 이 책과 더불어 이렇게 살아숨쉬고있구나. 얼마나 많은 사람들이 나처럼 이 책을 읽으면서 화담선생을 생각하고 그의 학문에 공감하겠는가. 바로 이것이 사람의 육체는 죽어 없어져도 령혼은 영원히 살아있다는것이 아닐가?

그러니 화담선생은 참으로 행운아야!)

벼슬을 하지 않고서도 의로운 일을 할수 있고 사람들에게서 존경을 받을수 있다는 서경덕의 전례는 벼슬길이 막혀버린 젊은 허준에게 일종의 호기심과 기대감, 희망과 락관을 가져다주었다고 볼수 있었다. 한번도 만나본적이 없고 그래서 그 인간됨이랄지 그에 대한 구체적인 표상이 없던 허준이였지만 화담선생에게 자연히 마음이 쏠렸다.

신분차별로 하여 벼슬을 못한다쳐도 무엇인가 의로운 일, 이 세상 사람들에게 유익하고 좋은 일을 할수 있다는 신심과 또 그런 의로운 일을 하고싶은 욕망이 허준의 가슴속에 점차 깃들기 시작하였다.

이는 단순히 서얼인탓에 벼슬길에 나설수 없다는 위구와 우려감으로부터 산생된 감정이 아니였다.

허준은 아버지로부터 비록 량반의 피를 이어받았다고는 하지만 천민출신인 어머니에게 더 정이 가는것을 스스로 인정하군 하였다. 늘 사나운 암범처럼 길길이 날뛰는 본댁의 눈치를 보아가며 숨도 제대로 못 쉬고 살얼음장을 건느듯 조심스레 살아가는 어머니가 불쌍하고 가엾게 여겨졌다. 그래서인지 허준은 어릴적부터 늘 량반이라고 거들먹거리며 평백성들을 숫보는 오매와 허모와 같은 인간들에 대한 반감 비슷한 감정이 가슴속에 내재하고있었으며 그와 반면에 가난한 백성들을 위해주고싶은 감정이 움트게 되였다.

허준은 글공부를 하면서도 어떻게 하면 어머니와 같은 어질고 착한 사람들을 위해 의로운 일을 할수 있을가 하는 생각이 머리속에서 항상 떠날줄 몰랐다.

(서자인 내 형편에서 어떡하면 의로운 일을 할수 있을가?)

허준의 머리속에 있는 지식이란 대개 서당에서 늘 외우던 유교경전의 글줄이라고 말할수 있었다.

생원시나 진사시에 응시하는 경전외우기나 글짓기는 눈감고도 자신있는 허준이였다. 허나 그것도 과거에 응시할 기회가 차례져야 써먹을 것이 아닌가.

허준은 글줄에서 눈을 떼며 입술을 지그시 깨물었다.

(어쨌든 속절없이 살아서는 안돼!)
별안간 별채의 지게문이 활짝 열리며 찬바람이 방안으로 날아들어왔다.
생각에 옴해있던 허준과 바느질을 하고있던 려월이 동시에 머리를 돌렸다. 뚱뚱한 몸을 흔들거리며 오매가 불쑥 방안으로 뛰여들었다.
려월이 황황히 일어서며 어쩔바를 몰라하였다. 그의 손에는 바느질감이 그대로 들려있었다.
축 처진 볼을 실룩거리며 오매가 다짜고짜로 손가락으로 려월의 얼굴을 가리켰다. 당장이라도 그 손가락이 날카로운 창이 되여 려월의 얼굴을 사정없이 찌를것만 같다.
《아니, 임잔 제 주제에 무슨 큰일이나 친다구 매일 밤늦게까지 불을 켜놓고 이 지랄인가, 이 지랄!
미꾸라지 룡꿈을 꾼다구 룡이 될가? 천한것이 량반댁에 들어와 먹을것, 입을것 뚝뚝 생기니 이젠 그 알량한 자식을 과거급제시키려구 이 야단인가?
이 집 재산이 누구건데 아까운 초대를 마구 태우는가 말이야.》
려월의 얼굴이 빨갛게 달아올랐다. 심한 모욕감과 수치감으로 더욱더 몸둘바를 몰라하면서도 차마 오매의 눈을 마주 쳐다보지도 못하고 고스란히 그 욕설을 받아들인다.
그러는양이 오매의 삐뚤어진 심사를 더욱 키질해준가싶다.
《왜 말이 없어, 응? 이제는 내 말이 쓰겁다는건가? 나리앞에서 노죽을 부릴 땐 이렇게 벙어리가 아닐테지? 굴러온 돌이 박힌 돌을 뽑아낸다더니 임자때문에 조용하던 우리 집안이 소란하구 이러다간 또 우리집 가산이 다 거덜나겠어!》
오매의 도끼눈이 려월에게서 허준에게로 옮겨졌다. 허준은 머리를 수긋하고 아무 대척도 하지 않는다. 그 모양이 오매의 심술에 더 불을 달았다.
지금 허준의 가슴속에서는 세찬 불길이 황황 일고있었다. 허나 허준은 자기가 이 고비를 참지 못하면 어질고 착한 어머니가 후날에 더 큰 곤욕을 치른다는것을 잘 알고있기에 피가 나도록 입술을 깨물며 한본새로 아무 기척도 없이 머리를 수그리고있을뿐이였다.
아무리 앙탈을 부리며 소리를 쳤댔자 그들모자에게서 아무런 반응도 보이지 않자 오매는 한동안 도끼눈으로 쏘아보다가 문을 탕— 닫고 사라져버렸다.
문닫는 소리가 요란하게 들리고 오매가 사라지자 려월은 무너지듯 그자리에 주저앉았다. 가슴을 부둥켜안은 려월의 눈가에 피같은 눈물이 가랑가랑 고였다가 동뚝을 터쳐놓은듯 쫠쫠 량볼을 타고 하염없이 흘러내렸다.

허준의 눈가에도 눈물이 고여있었다. 허준은 말없이 허리를 구부리고 어머니의 어깨를 살며시 껴안았다. 그의 가슴속에서는 깊이를 가늠할수 없는 격정의 불길이 타번지고있었다.

(어머니, 어머니는 어이하여 이 집에 들어오셨나이까?! 이런 멸시를 받으라고 날 세상에 낳았는가요, 어머니!-)

가슴속에서는 이런 항변의 목소리가 울려나왔으나 허준의 입에서는 그와 전혀 다른 살뜰한 말이 튀여나왔다.

《어머니! 그만 진정하세요. 우리라구 한생 이렇게 살겠나요?

아마 큰어머니두 아버지때문에 그러겠지요. 아버지가 큰어머니보다 어머니를 더 위해주니 그런다고 생각하세요. 어머니!》

오매가 씩씩거리며 방안으로 들어오자 팔베개를 하고 노전을 편 방바닥에 누워있던 허모가 벌떡 일어나앉으며 물었다.

《그래, 좀 혼내웠수?》

오매가 분명 자기를 낳은 친어미이건만 허모는 제 에미를 마치 손아래 동생이나 하인을 취급하듯 마구 대하군 한다. 처음에는 제 아들한테서 아이취급 당하는것이 분해서 하늘높이 뛰며 야단치던 오매였지만 아들의 팽이머리에서 나오는 기막힌 묘안들이 자기 심지에 꼭 들어맞자 차츰 아들의 하대에 익숙되고말았다.

허모가 제일 두려워하는 사람은 아버지인 허륜이다. 한성의 오위도총부에서 경력(종4품)으로 있다가 여기 룡천군수로 부임되여온 부친은 무반출신이여서인지 자식들을 엄하게 다루었다. 손탁이 세고 입이 무거운 반면에 어쩌다 추궁할 때면 눈알이 빠지도록 신칙하였으며 때로는 형방을 시켜 매질도 서슴지 않았다. 무반출신으로 문관들만 임명되는 군수로 부임되여왔지만 그런 성정으로 하여 이웃나라와 강 하나를 사이 두고있는 군안의 정사를 짧은 시일안에 손탁에 거머쥔 부친이다. 국경에서 의주의 상인들을 끼고 잠상질을 밥먹듯 하던 륙방아전들이 범같은 부친앞에서는 감히 속임수를 쓸수 없었다. 날아가는 참새도 옮아낸다는 호방이나 공방이 군수가 부임된지 한달후에 속임수를 쓰다가 부친앞에서 혼쭐난 후부터 군내의 관속들이 그앞에서는 고양이앞의 쥐처럼 꼼짝달싹 못하고있었다.

그런 부친이기에 그앞에서는 제 할 말도 제대로 못하였지만 우직한 모친은 손끝이 아니라 혀끝으로 데리고 노는 허모였다.

아직도 불그락푸르락거리며 모주먹은 돼지벼르듯 허준이모자때문에 성이 가라앉지 않았던 오매가 아들의 물음에 푸념질을 해댔다.
《저 빌어먹을 쌍것들이 이제는 내 말따위는 귀등으로두 듣지 않는구나. 아무리 욕지거리를 해대도 두 년놈들이 날 죽여라 하구 찍소리 한마디 없으니 내 참, 입이 쓰거워서 그냥 오구말았다.》
허모는 여윈 얼굴에 마지못해 그어놓은듯 한 실눈을 깜박거렸다.
《어머니두 참, 그렇게 해선 안되우. 수를 써야 하우. 괜히 꽥꽥거려야 인심이나 잃지 얻는것이 있수? 무슨 수를 꾸며 저놈들이 아예 혼맹이가 빠지도록 골탕을 먹여야 하우다.》
《뭐 수? 그런 뾰족한 수가 대체 어데 있다더냐?》
오매가 헤덤비며 물었다.
《불에 덴 수소처럼 그렇게 마구 덤벼치지 말구 잠자코 있수다. 내게 다 생각이 있지 않으리.…》
오매는 아직도 허모의 말이 무슨 소린지 모르겠다는듯 두눈만 껌벅거렸다.
허모는 자기가 악감을 가지고 대하는 사람들앞에서도 곧잘 웃음을 짓군 한다. 그러나 그러한 웃음속에는 항상 무서운 그림자가 조용히 배회하군 하였다.
이 시각도 허모는 하관이 빠른 얼굴에 가느다랗게 건너간 실눈에다 미묘한 웃음을 띠우고 허준이모자에게 골탕을 먹일 흉계를 머리속에서 굴리고있었다. 첩의 소생인 허준이 자기보다 잘되는것을 절대로 허용할수 없는 허모였다. 분명 한아비의 피를 받은 동생이라 하겠지만 어쨌든 자기는 당당한 량반댁종손이며 허준은 천한 서얼에 지나지 않는다. 만일 자기보다 더 월등해지거나 높이 올라서려 하면 무자비하게 짓뭉개버릴 야심이 허모의 가슴속에서 부레마냥 끓고있었다.
(아직은 좀 일러! 이제 반드시 그런 기회가 있을게다. 그때엔 내가 너에게 단단히 버릇을 가르쳐주마.)
그는 아이머리통만 한 자그마한 엉치를 무겁게 질질 끌며 오매에게 다가가 그의 귀박죽에 대고 무언가 수군거렸다. 오매가 연신 고개를 끄덕거렸다.
잠시후 오매의 입이 벙글써하게 벌어지더니 이어 잠자던 귀신도 소스라칠 스산한 너털웃음소리가 터져나왔다.
《으흐흐, 그거 참 깨고소하겠구나.
음― 네 말이 옳다. 내 너의 계교대로 하나하나 착실하게 준비를 해두마.》

2

허준은 여느때와 다름없이 개다리소반앞에 마주앉아 책을 펼쳐들었다.
그러는 아들의 모습을 주시하던 려월이가 조심스럽게 말을 꺼냈다.
《얘야, 오늘 저녁에는 일찌기 자려무나.》
허준은 말없이 어머니를 바라보았다. 이는 오매의 앙탈이 또 있을가 우려해서 하는 말이다.
생각같아서는 어머니의 말을 따르고싶었으나 허준은 고집스레 머리를 저었다.
《어머니, 전 절대로 허무하게 살수 없소이다. 사람이 이 세상에 나서 한뉘 그렇게 속절없이 살바에야 차라리 세상에 태여나지 않음이 더 낫지 않겠소이까.
너무 근심마소이다.
이 아들이 이제 무슨 일을 하든지 의로운 일을 할 날이 꼭 올것이니 믿어주소이다.
제 나이 벌써 스무살이오이다.
남이장군은 〈남아 스무살에 나라를 평정 못한다면 후세에 누가 대장부라 하리오〉 했다는데 저도 무엇인가 큰일을 잡도리해야 할게 아니겠소이까.
사람이 큰일을 하려면 이 세상과 인간생활의 리치를 꼭 알아야 하고 그러자면 글을 익히는게 당연한데 어머니는 이 아들이 하는 글공부를 막지 마소이다.》
《아서라, 네 처지에서 무슨 큰일에 대해 론하는거냐?》
《어머니, 제가 말하는 큰일이란 벼슬길을 말하는것이 아니오이다. 꼭 벼슬을 해야만 의로운 일을 하고 큰일을 한다는 법이 없지 않소이까?》
려월은 아들의 말을 리해할수 없었다. 공포감과 의아함이 사슴눈처럼 커다란 그 눈동자에 그대로 어려있었다. 안절부절하는 어머니의 모습을 일별하고난 허준은 무엇인가 생각하더니 자리에서 일어섰다.
《어머니, 보료를 좀 주소이다.》
《그건 왜?》
《글쎄 좀 주소이다.》

커다란 보료를 받아든 허준은 지게문에 다가가 걸더니 불빛이 한점 새나가지 않게 문가녘까지 꼼꼼하게 여미고는 다시금 개다리소반에 마주앉아 책에 눈길을 박았다. 아들의 그러한 행동을 바라보는 려월의 입에서 땅이 꺼지는듯 한 긴 한숨소리가 새나왔다. 관아의 관속들과 백성들은 영특한 아들을 두었다고 부러워하지만 왜그런지 려월의 가슴속에는 대견함보다도 불안감이 묵은 체증마냥 꽉 매달려 좀처럼 가셔질줄 몰랐다.

(불쌍두 하지, 공부하는것두 남의 눈을 피해가며 해야 하니…
장차 얼마나 많은 수모와 멸시를 받을고? 제 처지에 뜻은 또 무슨 뜻이며 의로운 일이란 또 뭐인고?)

어데선가 청맞은 귀뚜라미소리가 가락맞게 들려왔다. 슬픈지 아니면 배고파서인지 알수 없건만 귀뚜라미소리는 한적한 고요를 깨뜨리며 멎을줄 모른다.

하루의 번잡한 정사를 마치고 저녁상을 물린 허륜은 대청마루에 나와 습관처럼 머리를 기웃하며 관아의 서켠구석에 자리잡고있는 별채를 바라보았다.

언제 봐야 밤늦게까지 불빛이 슴새나오던 별채가 오늘따라 먹물뿌린듯 새까맣다.

(웬일인고? 오늘은 피곤해서 일찍 자는가?)

허륜은 려월과 그가 낳은 허준에 대해 늘 원심을 쓰군 하였다.

본댁인 오매에 비해 나이가 젊은데다가 용모도 절색이고 마음씨 고운 려월은 허륜의 마음을 흠씬하게 하는 녀인이다. 한개 고을의 관장으로 하루종일 군정사에 부대끼다가도 안팎으로 아름다운 려월을 마주하면 허륜은 모든 시름이 씻은듯이 사라지군 하였다. 그래서인지 려월에 대한 애틋한 정은 식을줄 몰랐고 그것으로 해서 본댁인 오매의 새암은 날이 갈수록 더해간다는것을 모르는바 아니였다.

려월이 낳은 아들인 허준 역시 정이 가는 자식이였다. 말없고 준수하며 영특한 허준은 아비인 허륜의 마음에 푹 들었다. 용모도 자기를 닮아서인지 아니면 자기와 려월의 피가 합쳐져선지 키가 늘씬하고 정기 도는 두눈을 가진 훤한 얼굴이였다. 그와 반면에 본댁의 아들인 허모는 키도 허준이보다 머리 하나는 작았고 바싹 여윈 하늘소처럼 빼빼 마르기만 하였다. 어려서부터 골골거리며 자라더니 커서도 여전히 비들비들하였다. 두 아들을 대비해볼 때마다 허륜은 허준이 차라리 본댁의 몸에서 나온 애라면 얼마나 좋을고, 그러면 영낙없이 장원급제하여 출

장입상할수 있겠는데 하는 생각이 뇌리에서 사라지지 않았다.

허나 나라법으로 벼슬길을 엄금한 서자출신이라 아무리 재간이 좋고 날구뛰여도 어쩔수 없는 숙명이 허준의 목에 걸려있었다.

과거에 응시하려면 시험전에 응시자가 4대조상의 관직과 성명, 본관 등을 쓴 문건과 보증서를 제출하여 신원을 확인한 다음 이름을 등록하여야 하는데 이를 일명 《록명제도》라고 한다. 이러한 록명은 성균관시 응시자는 성균관에서, 한성시 응시자는 한성부에서, 향시 응시자는 해당 지역에서 관찰사가 파견한 위임관리가 진행하군 하였는데 이러한 록명제도는 응시대상이 아닌 사람이 끼여들지 못하게 하자는데 목적이 있었다.

조선봉건왕조시기의 법전인 《경국대전》에는 과거응시자격에 대해 다음과 같이 기록하고있다.

《죄를 범한탓으로 영영 등용되지 못하는자, 탐관오리의 아들, 두번 시집갔거나 행실이 방정치 못한 녀인의 아들과 손자, 첩소생의 자손에게는 문과시험과 생원 및 진사시험의 응시를 허락하지 않는다.》

서얼출신이 잡과에 응시할수 있다고는 하지만 《경국대전》에는 서얼로서 기술직에 허용되는것은 2품이상 관리의 첩자식들이라고 명백히 규정하였다.

허륜이 제일 맘을 쓰고 골머리를 앓고있는것도 바로 이 문제였다. 그러나 이 모든 고충을 허륜은 혼자서 끙끙거리며 안고있어야 하였다. 오매의 푼수없는 심술과 투기는 늘 이 방과 뜨락은 물론 사또가 정사를 보는 동헌대청의 곳곳에 배회하고있었던것이다.

그렇다고 하여 허륜이 오매가 낳은 아들인 허모를 영 무시하는것도 아니였다. 어쨌든간에 허모는 명실공히 허씨가문의 종손이였다. 비록 건달기가 있고 잘사는 부자집자식들이 흔히 그러하듯이 놀음과 도박, 계집질에는 오금을 못쓰지만 곰곰히 뜯어보면 꾀있고 살아갈줄 아는 녀석이였다. 허륜은 허모가 앞으로 크게 출세하리라는것을 믿어의심치 않았다. 벼슬길이란 허모와 같은 권모술수와 계략이 있어야만 성공할수 있었다. 더구나 량반신분이라면 얼마든지 벼슬길을 툺을수 있는 세상이 아닌가. 실력이 모자라면 금전을 뿌려서라도 허모를 벼슬길에 올려세우자는것이 허륜의 속구구였다.

그래서 그를 평안땅에서 수천리 떨어진 유명짜한 백운동서원에 보냈던것이다.

헌데 아무리 생각해야 허준의 앞은 보이지 않았다. 첩소생인 서얼의 운명을 타고난 허준이라 제아무리 뛰여난 실력을 가졌다고 해도 어림없는것이 량반세상의 법도였다. 신분차별이 심한 지금의 세상에서 금전도 때로는 맥을 추지 못한다.

이런 근심과 불안감이 늘 천근무게의 방아공이처럼 가슴에 달려있는 허륜이여서 저녁상을 물리면 어김없이 불이 꺼질줄 모르는 별채를 넌지시 건너다보군 하는것이 습관으로 되여버렸다. 날이 새도록 켜져있는 그 불빛은 허륜에게 걱정과 근심을 덧놓아주는 한편 일종의 자부감도 안겨주군 하였다. 그 자부감이란 제 피를 받은 허준이 비록 서자이지만 남보다 영특하고 글공부에서 뛰여나다는 긍지로부터 오는것이였다.

그런데 오늘은 어이하여 별채의 불빛이 꺼져있을가?

의혹이 짙었으나 허륜은 피치 못할 사정이 있다고 여기며 심상히 지나쳤다.

그러나 그다음날 저녁에도 별채의 불빛이 꺼져있었다.

《?…》

이상한 예감이 뇌리를 쳤다. 제잡담 허륜은 대청마루를 나섰다. 오매가 도끼눈을 희뜩거리며 두툼한 입술을 삐죽거리는것을 등뒤로 느끼며 허륜은 개의치 않고 마루를 내려섰다.

《어험-》

가벼운 기침소리를 내며 허륜은 틀진 팔자걸음으로 스적스적 별채로 향하였다. 별채에 이른 허륜은 또 한번 가벼운 기침소리를 낸 후 지게문의 손잡이를 잡아당겼다. 헌데 이 웬일인가.

열려진 지게문앞에 커다란 보료가 축 드리워져있었던것이다.

《엉, 이게 대체 뭐냐?》

허륜은 기겁해서 소리쳤다. 려월이 황황히 보료를 벗겨내렸다.

방안에 들어선 허륜은 의아한 눈길로 방안을 일별해보았다. 려월이 당황감을 감추지 못하며 방석을 꺼내들어 자리를 권하고 책을 들고 일어선 허준은 가볍게 문안인사를 한다.

이윽하여 허륜은 올방자를 틀고 방석우에 앉으며 물었다.

《대체 어찌된 일인가?》

허륜이 물었으나 려월은 소곳이 숙인 머리를 들념을 하지 않고 대답이 없다. 방안에 들어설 때부터 사태의 진상을 제꺽 알아차린 허륜인지라 자기의 물음이 괜한짓이라는것을 모르지 않았다.

방안에는 숨막힐듯 한 정적이 흘렀다. 그 정적에 질려 자그마한 별채가 금시라도 터질듯 하였다. 그 정적을 깨뜨리며 허륜이 나직이 입을 열었다.

《내 이미전부터 생각해온것인데 차라리 일이 이렇게 번져진김에 말 좀 하세. 아무래도 임자네 모자는 다른 곳으로 자리를 옮겨야겠네. 내 임자네가 살 집을 한채 따로 장만해놓았으니 그리로 가서 사는것이 더 좋을상싶네. 거긴 조용하고 또 사람들의 눈길이 덜 미치는 곳이니 임자의 마음도 좀 편할거구 또 준이의 글공부에도 알맞춤할걸세.》

허륜은 려월의 어깨너머로 글줄에 눈길을 주고있는 허준이를 힐끗 건너다보았다. 글을 읽는것처럼 보이나 허준이가 무슨 말인가 하려고 한다는것이 대뜸 짐작되였다.

《그래, 준이 생각은 어떠냐?》

머리를 책속에 박고있던 준이가 돌아앉았다.

《아버님의 분부대로 하겠소이다.》

《음- 그리 하도록 하자.》

말을 마친 허륜은 거쿨진 몸을 일으키더니 가벼운 기침소리를 남기고 방문을 나섰다.

본채에 들어선 허륜은 방안에 앉아 눈을 지그시 감고 생각을 굴려보았다. 암만 생각해도 허준의 모자를 다른 곳으로 옮겨놓는것이 마음편한 처사라는 생각이 들었다. 언제부터 그런 생각을 가지고 책방더러 조용하면서도 서당과 가까운 곳에 집 한채를 마련하라는 지시를 주었더니 며칠전에 사또님의 분부를 시행했노라고 보고하는것이였다. 차라리 이번 기회에 그들을 이사시키면 골치 아픈 일이 하나 덜어지는셈이다.

오매는 눈을 꾹 감고 앉아있는 남편을 두려운 눈길로 살펴보았다. 다년간의 체험을 통해서 오매는 남편이 저런 모양을 하고있을 때면 속으로 무슨 큰일을 내정하고있다는것을 잘 알고있었다. 한바탕 분풀이를 해대는것보다 남편의 저런 모습을 오매는 더 두려워하였다. 남편은 아무리 성날 일이 있어도 웬간해서 고아대거나 그 성깔을 드러내는 일이 드물었다. 저렇게 좌선하는 스님처럼 눈을 꾹 감고 머리를 앞뒤로 흔들어대는것이 고작이였다. 그러나 그뒤에는 항상 말없는 위압과 은근한 질시가 서서히 따르군 하였다.

그러나 오매는 남편이 아무리 엄하고 두렵다 해도 려월에 대한 심술과 질투심만은 절대로 버릴수 없었다. 남편에게 추궁을 받는 한이 있더라도 려월과는 끝까지 해보고싶은 심사가 목구멍까지 차있었다. 같은 녀성으로서 한 사내에게서 애정을 받지 못한다는것이 자존심을 상하게 하였지만 보다 중요하게는 천첩에게 존귀한 량반댁정실이 밀리운다는 자격지심이 더 머리를 쳐들어 려월이를 보기만 하여도 눈에서 불이 이는 오매였다. 할수만 있다면 남편이 혼이 빠져 돌아가는 려월의 머리끄뎅이를 잡고 사람들이 붐비는 저자거리로 종일토록 끌고다녀야 속이 씨원할것 같았다.

남편의 눈이 무서워 차마 그런짓은 못하였지만 앉으나서나 려월이를 골탕먹이고 그의 가슴을 허비고싶은 생각이 개구리밑구멍의 실뱀처럼 지꿎게 머리속에 붙어다니는 오매였다.

잠시후 감았던 눈을 뜬 남편이 입을 다시는 소리가 오매의 귀를 따갑게 때렸다. 그 소리는 크지 않았지만 남편이 한번씩 입을 다실 때마다 오매는 저도모르게 흠칫흠칫 몸을 떨었다. 이런 일이 있으면 틀림없이 열흘 아니면 보름이상이나 무거운 침묵이 뒤따른다.

입을 다시고난 허륜은 심사가 편안치 않고 오매의 처사가 못마땅하다는듯 또 한번 《어험!-》하고 기침소리를 남기고 웃방으로 쑥 올라가버렸다. 정실인 자기에게 말 한마디 하지 않고 웃방으로 올라가버리는 남편의 뒤모습을 바라보는 오매의 두툼한 입술이 비죽이 삐여져나오고 도끼눈에선 불시에 눈물이 핑 피여올랐다.

3

그로부터 닷새후 허준의 모자는 고을의 제일 막바지에 있는 솔골로 옮겨갔다. 허륜의 말대로 집을 옮기니 어깨를 무겁게 짓누르던 큰짐을 벗어놓은것처럼 한결 마음이 개운하였다.

그야말로 별천지였다. 밤늦게까지 불을 켜놓고 공부하여도 그 누구의 눈치를 볼 필요도 없었고 불빛이 새나갈가봐 창을 막을 필요는 더욱 없었다. 게다가 말자체로 솔골이라 문을 열면 무성한 솔숲이 솨솨- 설레고 싱긋한 솔잎향기가 풍겨와 정신이 맑아졌으며 서당도 집에서 훨씬 가까와 편리한 점이 한두가지가 아니였다.

비로소 려월의 입가에 빙그레 웃음이 피여나고 십년은 더 젊어진듯 본래의 아름다운 용모가 되살아났다. 얼굴에서 웃음이 사라지지 않는 어머니의 환한 모습을 홀린듯 바라보며 허준은 어머니가 저리도 미인이였던가 하는 생각이 새삼스레 들었다.

이곳에 와서도 허준은 여느때나 다름없이 서당에 다녔다.

이날도 허준은 서당에서 다른 애들과 서당훈장의 강론을 받고있었다.
크지 않은 서당의 강실에는 앉은뱅이책상을 마주하고 스무명가량의 학생들이 숨을 죽이고 훈장의 강론에 귀를 기울이고있었다.
훈장의 석쉼하면서도 느릿느릿한 목소리가 강실안을 드렁드렁 울렸다.
《…사람은 이 세상에 날 때부터 아버지에게 복종하고 임금에게 순종하는 착한 마음을 타고났으며 이것으로 하여 미천한 짐승들과 구별되고 사람으로서의 구실을 할수 있노라. 그런데 이 착한 성품이 7정(기쁨, 분노, 슬픔, 두려움, 사랑, 증오, 욕망)에 의해 늘 침해를 받고 또 그로 하여 악한 행동을 하게 되느니라. 때문에 모든 사람들은 자기의 본성으로 돌아가 선하고 착한 사람으로…》
한창 유교의 례의규범과 교리에 대하여 설교하던 훈장의 눈길이 문득 허준에게로 가 멎었다. 모든 학생들이 초롱초롱한 눈길로 훈장을 바라보고있는데 유독 허준만은 책상우에 놓여있는 책에 정신없이 눈길을 박고있었던것이다.
훈장은 말을 끊고 조용히 허준에게로 다가가 기웃이 그가 읽고있는 책을 내려다보았다. 훈장의 목소리가 끊어지자 강실은 물뿌린듯 조용해졌다. 숨죽은듯 한 그 고요함에 이상한 느낌이 들었던지 허준이 고개를 쳐들다가 자기앞에 서있는 훈장을 발견하고 깜짝 놀라며 황급히 읽던 책을 손으로 가리웠다.
훈장이 말없이 뼈마디가 살아나는 가느다란 손을 내밀었다.
책을 받아쥔 훈장은 제목을 한번 일별하더니 이마에 내천자를 가로 지으며 몸을 돌렸다.
《공부가 끝나면 준은 좀 남아있거라!》
공부를 파하고 애들이 다 가버린 텅 빈 서당에 허준이 머리를 수그리고 훈장앞에 서있었다.
《음, 이건 준이가 보는 책이냐?》
허준은 대답을 못하였다. 이제 어떤 추궁과 꾸지람이 터져나올지 몰랐다. 딱딱하고 사정없는 훈장이다. 듣자니 한성에서 성균관교수로 있다가 고향인 룡천으로 락향했다는 훈장은 모르는것이 없을 정도로 견문이 넓고 유식하였으나 반면에 학생들앞에서는 꼬물만치도 사정을 두지 않는 일명 《막대기》라고 불리우는 사람이였다.
허준이 어떻게 대답할지 몰라 머밋거리는데 뜻밖에도 훈장의 입에서는 가벼운 탄식이 흘러나왔다.
《화담선생이라, 참 훌륭한분이시지.…》

《예?!》

허준은 자기 귀를 의심하며 머리를 들었다.

《그래, 준이는 이 책을 왜 그렇게 파고드나?》

예상치 않은 물음이였다. 잠시 머밋거리던 허준은 숨기지 않고 제 속생각을 털어놓았다.

《선생님! 사실 서당에서 배우는 경전의 교리보다 화담선생님의 그 높은 학문적깊이와 고결한 넋이 담긴 이 책의 글줄에 더 공감이 가오이다. 더구나 뛰여난 학문을 지녔음에도 불구하고 벼슬길이 아니라 평생 가난속에서도 후세에 남길 이런 책을 쓰신 화담선생님의 그 의지와 뜻에 감동을 금할수 없소이다. 그래서 강론할 때 이 책에 정신을 팔다나니… 선생님, 소생이 잘못했소이다.》

훈장은 말없이 머리를 끄덕거리더니 허준의 어깨에 손을 얹었다.

《아니아니, 난 나에게 준이같은 제자가 있다는걸 다행으로 여기네. 그래, 화담선생에 대해 좀더 알고싶지 않나?》

《네, 생각같아서는 그분을 한번 만나뵙는것이 소원이건만 이미 세상을 떠나셨으니 아쉽소이다. 아마도 하늘이 소생에게 그런 행운은 주지 않은줄로 아오이다.》

《그럼 내가 준이를 도와주지. 룡만부(의주)에 가면 화담선생의 제자가 서당훈장으로 있는데 나하구는 절친한 사이야. 본관이 송도(개성)인데 거기서 화담선생의 제자로 있었지. 내가 소개신을 한장 써줄테니 한번 다녀오는게 어떻겠나?》

《그게 정말이오이까?》

환성을 지를듯 기뻐하는 허준의 모습을 바라보는 훈장의 얼굴에 느슨한 웃음이 어렸다.

나흘후, 훈장의 소개신을 품은 허준은 의주로 떠났다.

의주고을을 가까이하는 허준의 눈앞에 읍성이 다가왔다.

읍성의 정면에 《해동제일관》이라는 현판이 걸린 남문의 모습이 제일먼저 눈에 띄였다. 읍성의 4개 성문중의 하나인 남문은 화강석을 다듬어 쌓은 높은 축대우에 이층문루를 세운 성문이다. 축대의 가운데에 말발굽형의 무지개문을 시원스레 낸 성문으로는 인총의 행렬이 끊길줄 몰랐다.

남문을 지나 서원으로 향하던 허준은 어느때인가는 한번 찾아보기로 했던 성의 북쪽장대인 통군정으로 발걸음을 옮겼다.

예로부터 관서8경의 하나인 통군정은 의주성에서 제일 높은 북쪽

삼각산봉우리에 의지하여 세운 루정으로서 그밑으로는 압록강의 푸른 물결이 도도히 굽이쳐흐른다. 고려전반기에 세워진 통군정은 몇십년전에 다시 개축확장되여 그 웅건한 자태가 더욱 돋보였다. 흘림기둥에 익공식두공을 얹고 합각지붕으로 건물의 웅장함을 돋군 통군정에 오르니 외세를 발치아래 굽어보며 수만군사를 통솔하던 옛 장수들의 호기찬 모습이 눈앞에 어려오는듯 하였다.

허준은 통군정에 올라 애국으로 심장을 불태우며 외적을 사정없이 죽탕치던 영웅남아들의 다기찬 무훈담을 눈앞에 그려보는 한편 이런 훌륭한 유산을 남긴 선조들의 지혜와 슬기에 탄복을 금할수 없었다. 더구나 건물전반에 입힌 모루단청을 세세히 뜯어보면서 저도모르게 감탄이 터져나왔다.

(정말 웅장하고 멋있구나! 누가 이런 훌륭한 건축물을 남겼을가?

아마도 이런 건축물들은 세월이 아무리 흘러도 사라질수 없고 또 사라져서는 안될 국보적가치를 가지는 유산으로 되겠구나.)

불현듯 화담선생의 저서를 읽으면서 받아안았던 감흥이 새롭게 되살아나면서 이러한 재부를 남긴 사람들에 대한 동경심과 호기심, 장차 무슨 일인가 하고싶은 충동이 가슴그득히 차올랐다. 그러면서 이번 걸음에 화담선생에 대해 많은것을 배울수 있겠다는 기대감이 다시금 머리를 쳐들면서 앞으로 더욱 분발하리라는 결심이 차돌처럼 굳어졌다. 통군정을 내린 허준은 길을 물어가며 서당으로 찾아들어갔다.

허준이 내민 소개신을 받아든 서당훈장은 서신을 읽고나서 그를 유심히 뜯어보았다.

《음, 허준이라 했던가?》

《예-》

《쉽지 않은 젊은이구만. 시세 젊은이들은 〈론어〉요, 〈맹자〉요 하면서 경전에 붙박혀있는데 임자는 새것을 탐구하겠다구 나섰으니 말이네. 더우기 화담선생과 같은 사람이 되겠다니 참 용하네.》

허준에게 자리를 권한 서당훈장이 물었다.

《화담선생의 무슨 글을 읽었나?》

《선생님이 쓰신 〈리기설〉을 읽었습니다.》

《그렇구만. 그래, 선생에 대해 뭘 알고싶은가?》

《화담선생님에 대한 이야기라면 뭐든지 좋소이다.》

훈장은 허준의 그 정열이 마음에 드는지 빙그레 웃음을 지었다.

《내가 화담선생의 문하에서 다섯해를 배웠네.

선생과 한가마밥을 먹으면서 학문을 익히던 날들을 잊을수가 없어. 화담선생은 송도 동문밖 화정리의 가난한 선비의 가정에서 태여났지. 어려서부터 매우 총명하셨으나 살림이 빈곤해서 열네살때에야 겨우 공부를 시작했다네. 비록 늦게 학문을 시작하셨지만 벌써 스물네살에 자기식의 독특한 방법과 사물현상에 대한 구체적인 관찰을 통해 학문에 도통하셨다네.》

허준은 온 신경을 모아 훈장의 말을 하나라도 놓칠세라 귀를 강구었다.

《화담선생은 뛰여난 학문을 지니고있었지만 일생 벼슬길은 넘보지도 않았어. 젊은이의 나이가 스무살이라니 아직 벼슬길이란게 어떤것인지 다는 모를거네. 벼슬길이란것을 가만히 들여다보면 고여있는 구정물처럼 악취가 풍기거든. 누가 더 높은 벼슬을 차지하겠는가 서로 다투고 시기하며 물고뜯는게 다름아닌 벼슬길이야.…

서른한살 나시던 해에 조정에서는 천거과를 실시하였는데 개경에서는 화담선생을 추천하였지. 헌데 선생은 이를 거절하셨다네.

마흔세살때에는 모친의 권고로 사마시(생원과 진사를 선발하기 위하여 치르는 과거시험)에 급제하셨으나 또 벼슬을 거절하셨다네. 그리고 쉰여섯살 되시던 해에는 성균관유생들의 한결같은 추천으로 후릉참봉으로 봉해지셨으나 그것 역시 병을 구실로 받아들이지 않았다네.》

잠시 동안을 두고 훈장은 눈길을 허준에게로 돌렸다. 허준은 여전히 한본새로 훈장의 말에 심취되여있었다.

《그후 선생은 고향의 화담언덕우에 서재를 짓고 일생 빈곤한 생계를 유지하면서도 후비육성에 자기의 심신을 다 바치셨네. 나도 그때 선생의 제자로 들어가 학문을 배웠네.》

훈장의 눈귀에는 물기가 번뜩이였다.

《선생의 가장 큰 업적은 후세의 사람들에게 귀중한 학문과 저서를 남기신것이라 말할수 있네.

선생은 자기의 뛰여난 학문이 자기 하나만을 위한것으로 남기를 바라지 않으셨지. 그래서 말년에 온넋과 심신을 깡그리 바쳐 〈원리기〉, 〈리기설〉, 〈태허설〉, 〈귀신사생론〉 등을 저술하셨다네. 지금 수많은 사람들이 보풀이 일도록 읽고있는 책이 바로 그때 선생이 저술한것들이네.

림종을 앞두고 화담선생은 참 뜻깊은 이런 말씀을 남기셨네.

〈삶과 죽음의 리치를 이미 안지 오래니 마음이 편안하고 배워서 의심이 없음에 이르렀으니 참으로 쾌활함을 느끼였고 일생을 헛되이 보내

지 않았으니 정녕 마음은 편안하도다!》

　이 말씀을 남기고 선생은 눈을 감으셨어.…》

　훈장의 주름이 굵게 건너간 얼굴에선 뜨거운 눈물이 흘러내리고있었다. 허준의 눈굽도 어느새 축축히 젖어들었다.

　《젊은이! 참, 허준이라 했지.

　사람이 이 세상에 태여났으면 화담선생처럼 뜻을 가지고 살아야 하네. 그것도 의로운 뜻을 말이네. 그 의로운 뜻이란 뭐겠나? 후세의 사람들을 위해, 아니 자기가 태묻고 자란 이 나라와 백성을 위해 값있는 재부와 유산을 남기는것이네.

　그 재부와 유산이란게 뭐겠나? 아마 그것은 화담선생의 한생이 말해준다고 보아지네. 그런 의미에서 범은 죽어 가죽을 남기고 사람은 죽어 이름을 남긴다구 하는거네.

　저 한성의 세도가들은 금강산이요, 묘향산이요 하는 명승지를 유람하고 숱한 금은재물을 뿌리며 바위에 제 이름자를 새긴다는데 그렇게 이름을 남길것이 아니라 실지로 나라와 백성을 위해 귀중한 유산을 남기는것이 참인생이 아니겠나.

　화담선생은 비록 세상을 떠나가셨지만 선생이 남긴 저서들과 학문은 후세에 길이 전해지게 될걸세.

　이 얼마나 광영스러운 일이겠나. 개경의 명기인 황진이가 박연폭포와 자기 그리고 화담선생을 가리켜 〈송도3절〉이라 했는데 그만큼 화담선생은 결곡청백하고 대쪽같은 량심을 지닌 학자였구 또 이 나라가 낳은 명인재사이셨지.…》

　훈장의 말은 끝났으나 그 여운은 허준의 뇌리를 떠날줄 모르고 심금을 꽉 틀어잡았다.

　허준은 자리에서 벌떡 일어섰다. 그리고는 훈장앞에 덥석 두무릎을 꿇고 머리를 수그리며 심중의 격정을 터뜨렸다.

　《선생님! 정말 고맙소이다. 갈증을 만난 사람이 샘 만난듯 이 가슴이 순식간에 확 트이는것 같소이다.》

　《음— 내 말이 자네에게 감명을 주었다니 참으로 다행일세.》

　훈장은 허준의 어깨를 다정히 부여잡으며 자못 흡족한 기색을 지었다. 그러더니 무엇인가 더 긴요한 말을 해줄것이 없는가 두눈을 쪼프리고 생각을 더듬다가 나직이 한마디 하였다.

　《가만, 자네가 화담선생을 더 깊이 알려면 그분이 손수 지은 시를 보는것이 좋을것 같네.》

훈장은 웃방으로 올라가더니 두툼한 책 한권을 가지고 내려왔다.
겉뚜껑에는 《화담집》이라고 씌여져있었다.
《자, 이걸 한번 읽어보라구.》
훈장이 책갈피를 펼치니 하얀 참지에 일필휘지로 씌여진 두편의 시가 있었다. 허준은 얼른 시구절에 눈길을 주었다.

　　　　　바위틈으로 콸콸 흐르는 시내
　　　　　밤낮을 가리지 않고 울부짖노니
　　　　　슬퍼하는듯 원망하는듯
　　　　　또 누구와 다투는듯

　　　　　이 세상에 쌓이고쌓인
　　　　　천만가지 억울한 사연
　　　　　하늘 우러러 하소연하여도
　　　　　통분함은 가라앉지 않노라

(아!－)
허준은 속으로 탄성을 질렀다.
마치 자기의 처지를 그대로 호소하는듯싶다. 정녕 서자의 울분은 그대로 바위틈으로 콸콸 소리내며 흐르는 시내물과 같이 허준의 가슴속에서 밤낮을 가림없이 울부짖고있지 않았던가. 허준의 눈앞에는 언제 봐야 죄지은 사람처럼 눈치를 보아가며 살아가는 어머니의 가긍한 모습과 창가의 불빛마저 가리워가면서 밤늦게까지 공부를 해야 하였던 자기의 모습이 눈앞에 펼쳐졌다.
허준은 다음의 시구절에 눈길을 주었다.

　　　　　산속에 숨어사는 선비
　　　　　고상한 뜻 아는이 없건만
　　　　　진리의 깊은 맛 알기에
　　　　　언제나 배고픈줄 모르네

(아, 화담선생님!)
이 시는 자기의 뜻과 의로운 일에 대한 확신이였고 자부심이였으며 긍지였다.

시를 읽으며 흥분해있는 허준을 살펴보던 훈장이 그의 어깨에 손을 얹었다.

《이 책을 내가 기념으로 젊은이에게 줄터이니 정히 간수하고 읽어보게나. 장차 먼길을 걸어야 하는 임자에게 도움이 될것 같아 주는것이니 절대로 맥을 놓거나 주저앉지 말게.》

《선생님, 정말 고맙소이다!

선생님은 그 어떤 학문이나 재부보다도 더 귀중한 뜻과 넋을 소생에게 안겨주셨소이다. 의롭게 살려는 사람에게 있어서 뜻과 넋을 바로세우는것이 제일로 중요한줄로 아옵니다. 소생은 이번 걸음에 그것을 더 깊이 간직하고 이 심장속에 바위처럼 새겼으니 실로 먼길을 온 보람이 있소이다.

앞으로 오늘날 재삼 확신한 이 뜻과 넋대로 후세의 재부로 될 귀중한것을 남기기 위해 온 심신을 다 바치겠소이다. 부디 소생을 믿어주사이다.》

훈장은 격정에 젖은 눈으로 허준을 이윽히 바라보더니 그의 두손을 꽉 그러쥐였다.

《그리 해주게. 임잔 아직 젊었지만 그 초지가 마음에 드네. 난 믿어 의심치 않네.

사람이 한번 세상에 나서 그렇게 산다는게 쉽지는 않아. 때로는 자신도 믿지 못할 때가 있는 법일세. 그러나 저 화담선생처럼 자기를 초월하여 나라와 백성을 위해 뭐인가 한가지라도 의로운 일을 하겠다는 각오와 결심만 있으면 그런 사람은 꼭 훌륭한 결실을 내놓을수 있네.》

《선생님, 미숙한 저를 그토록 믿어주시니 그 은혜를 무슨 말로 다 표하리까.

제 기어이 화담선생님처럼 초지를 지켜 한생 꿋꿋이 걸어나가겠소이다.》

허준은 천만금보다 더 무거운 맹세를 담아 훈장에게 다시한번 허리를 굽혔다.

4

요즈음 허륜의 머리는 착잡하기 그지없었다.

오매의 눈앞에서 허준의 모자를 일단 빼돌렸다지만 계속 그렇게만 둘 수는 없었다. 허준이가 비록 서자라지만 자기의 피를 받은 살붙이고 더구나 려월에 대한 정은 날이 갈수록 더해만가는 허륜이다.

려월이를 봐서라도 그래 또 허준의 재능을 봐서도 그래 그애를 저렇게 속절없이 그냥 놔두어서는 안된다. 지금 형편에서는 허모보다 더 급한것이 허준의 사정이다.

순차로 보나 도리로 보나 허모를 먼저 과거 응시시키는것이 옳으나 허륜은 허모에 대해서는 그닥 걱정하지 않았다. 왜냐면 허모는 과거에 응시하면 문벌과 출신이 그쯘하기때문에 불미스러운 말썽이 생길수 없다. 실력이 좀 모자라면 어떻단 말인가. 그때에는 부처도 움직일수 있다는 은전을 슬그머니 시험관이라든가 면식있는 친구들에게 찔러주면 모르쇠를 하지 않을것이다.

그러나 허준의 경우에는 다르다. 출신이 천첩의 소생이니 그 누구도 선뜻 나서려 하지 않을것은 불보듯 뻔하였다. 이 상태로 그냥 방임하면 과거급제는커녕 기껏해야 자그마한 시골의 아전자리도 겨우 차지할것이다.

허륜은 다음해에 진행되는 식년시에 허준을 응시시킬 생각이였다.

식년시란 자, 축, 인, 묘, 진, 사, 오, 미, 신, 유, 술, 해 등 12지중에서 자, 묘, 오, 유년을 식년으로 하고 그해들에 치르는 과거시험을 말하는것으로서 3년에 한번씩 치르는것이다.

식년시에서는 세번의 시험을 치는데 그 전해의 가을에 보이는 예비시험은 《초시》, 그해 초봄에 보이는 원시험은 《복시(일명 회시)》, 성적순위를 정하는 최종시험은 대궐앞에서 친다는 의미에서 《전시》라고 불렀다.

문과초시에는 향시, 한성시, 관시(일명 성균관시) 등이 있는데 각 도에서 각각 실시하는 초시를 《향시》, 한성부에서 실시하는 초시를 《한성시》, 성균관에서 실시하는 초시를 《관시》라고 한다. 전국적으로 초시에 합격시키는 인원수는 240명으로서 그중 관시에서는 50명, 한성시에서는 40명이다. 8도에서 150명을 선발하는데 그 150명가운데서 평안도에 할당된 인원수는 15명이였다.

2단계시험인 복시에서는 초시합격자 240명중에서 33명만을 선발하여 3단계시험 즉 최종시험인 전시에 참가시킨다.

전시는 복시에서 당선된 33명의 실력순위를 정하는 시험으로서 사실상 원시험인 복시에 합격하면 과거에 급제한것으로 된다. 순위는 갑, 을, 병 등으로 등급을 구분하는데 갑과는 3명, 을과는 7명, 병과는 23명이였다. 실력이 제일 우수한 갑과 당선자 3명은 국왕이 하사하는 어사화를 모자우에 꽂으며 그중에서 1등을 《장원》, 2등을 《방안》, 3

등을 《탐화》 혹은 《랑》이라고 부르며 우대해준다.

어떤 수를 써서라도 평안도에 할당된 향시합격자 15명중에 허준이가 당선되여야 다음해의 원시험에 응시할수 있었다. 허륜은 부친으로서가 아니라 다년간 벼슬살이에 리력이 튼 눈으로 허준의 실력이면 향시는 물론 국왕앞에서 치르는 전시에서도 당당히 갑과 장원으로 급제할수 있다고 보았다.

나라의 엄정한 록명제도가 법으로 규정되여있는 조건에서 허준의 과거응시는 불가능하였지만 허륜은 설레설레 머리를 저었다.

(독틈에도 용빼는 수가 있다는데 모든게 사람이 할탓이야! 세상에 법대로 진행되는게 과연 어데 있다더냐? 그리구 또 아무리 부처님 가운데 토막처럼 무던한 량반이라도 재물앞에서는 웃는 세월이 아닌가!)

마침 평안감영으로 봉물짐을 떠나보낼 기회가 생겼다. 향시까지는 아직 한달가량 여유가 있었지만 허륜은 이번 기회에 허준의 과시를 위해 미리 사전대책을 취하기로 작정하고 자기가 신임하는 례방을 조용히 불렀다. 다행히도 허륜이 오위도총부에 있을 때 부하로 있던 친구가 평안감영에서 관찰사를 돕는 도사(종5품)였다. 그가 나서면 얼마든지 감시관으로 나가는 사람에게 부탁할수도 있다는 타산이 있어 허륜은 감사에게 보내는 봉물짐을 동행하는 인솔관으로 례방을 선정하고 그에게 별도로 금붙이와 여사여사한 사정을 담은 서신을 주며 절대로 이 일을 비밀에 붙이고 발설말것을 다짐두었다.

룡천관가에서 감영에 보내는 봉물짐과 일행을 인솔하고 떠난 례방은 닷새만에 평안감영에 당도하였다.

봉물짐을 이관한 례방은 허륜의 당부대로 그날밤 조용히 도사의 집을 찾아갔다. 도사의 집은 경상골안에 있었다. 감영의 도사라면 품계는 비록 높지 않아도 그 권한과 위세는 감사를 릉가할 정도로 간단치 않다. 왜냐면 관찰사가 일명 한개 도의 상징적벼슬이라면 실지 실무적인 문제는 도사의 손탁에서 처결되는 일이 보통이기때문이다. 더구나 관찰사가 도의 정사는 물론 군사문제까지 총괄하는 형편에서 놓치는것이 적지 않고 또 관심하지 못하는것이 한두가지가 아니기때문에 도사의 몫이 여간 중요치 않다. 비유하면 오늘날의 서기 비슷한 직무가 다름아닌 도사의 벼슬직이다. 그래서인지 감영의 도사들이 관찰사에게 도안의 정사에 관한 일들을 보고하고 수결을 받아 처리한다지만 많은 경우에는 자기 단계에서 처결하는 률이 많다.

평안감영의 도사는 정7품인 부위로부터 일약 종5품 참상관으로 벼슬이 뛰여오른 사람으로서 그 어느 감영의 도사들보다 령리하고 돈자리 구멍수를 놓치지 않는 위인이였다.

오죽하면 감영의 관속들이 그를 가리켜 모기다리에서도 피를 뽑아먹을 위인이라고 했을가.

한편 룡천관가의 례방은 도가집 강아지마냥 눈치가 말짱한, 이를테면 역빠른 사람이였다.

례방은 군수가 보낸 뢰물보따리는 아직 꺼내놓지 않고 도사의 태도를 지켜보기로 하였다.

비스듬히 걸터앉아 허륜이 보낸 편지를 읽고있던 도사가 궁치에 불이 달린듯 벌떡 몸을 일으켰다. 그와 동시에 눈이 화등잔마냥 커지더니 흰 자위만이 번뜩거렸다.

《아니, 서얼이라니? 이 무슨 황당한 소리냐?

너희네 군수령감이 정신이 쑥 빠진게 아니야? 서얼을 어떻게 과거에 응시킨단 말인가?

안돼! 무슨 곤경을 치르자구 이따위 부탁을 나한테 한단 말인가.

당장 돌아가 안된다구 말해라.》

도사의 눈치를 보아가던 례방은 얼른 눈길을 떨구고 공손히 허리를 구부렸다.

《우리 사또께선 어르신이 이쯤한 일은 히쭉 웃으며 염낭에서 제 손목을 빼내는것만큼 수월하게 처리할거라고 하셨소이다.》

《뭐뭐? 염낭에서 제 손을 뺀다구?

손은 뺐다가도 다시 넣을수 있지만 이 모가지는 한번 떨어지면 영영 붙이지 못해.

두말말구 돌아가 사또에게 못한다구 해라.》

례방은 도사의 그 호령질에 전혀 놀라지도 않고 다시한번 머리를 조아렸다.

《독틈에도 용수가 있는 법이라구 우리 사또께서 이자 그 말을 꼭 전하라구 하셨소이다. 그러시면서 이전날의 정과 의리를 잊을수 없다시며 이걸 보내주셨소이다. 사실은 감영의 대소사를 돌보느라 마음쓰실 일이 많으신 어르신께 룡천고을의 특산을 한수레 보냈으면 좋으련만 사람들의 눈이 많아 오히려 그것이 어르신의 명성에 손상된다시며 이걸…》

례방은 품안에서 명주천에 싼 물건을 꺼내 도사앞에 펼쳐보였다. 빛뿌리는 두개의 금가락과 정히 포장한 산삼 한뿌리가 도사를 쳐다본다.

《이건 백년 묵은 산삼이라 사또께서 품놓아 마련하신것인데 어르

신의 몸보신에 쓰라고 하셨소이다.》
　도사의 눈에 광채가 번뜩이더니 다시 본래의 자세로 돌아갔다. 그의 입에선 한본새로 거절하는 말이 튀여나오는데 좀전과 달리 가시가 없다.
　《내 이런 금전을 받자고 그러는게 아니네. 내가 이전에 사또령감 부하였구 그의 사랑을 많이 받아왔으니 그 령감의 부탁이라면 발벗구 나서는게 응당한 도리라는걸 왜 모르겠나?
　허나 과시에 서얼은 응시할수 없다는거야 나라의 법이 아닌가. 나라법이 어떤것인지 자네나 사또령감도 잘 알테지. 그러니 이 물건들을 어서 걷어넣게.》
　례방은 도사의 태도가 한결 누굿해진것을 보고 재차 말을 이었다.
　《우리 사또댁 도련님의 성함이 허준이라 하온데 고을안에서 그 재능이 첫손가락에 꼽히오이다. 여기에 도련님의 함자와 생년일시를 적었으니 어른께서 잘 보살펴주사이다.
　그럼 소인은 어르신을 믿구 돌아가겠소이다. 사또께 어르신이 맘을 푹 놓으라고 했다고 여쭙겠소이다.》
　도사의 대답을 기다리지 않고 례방은 몸을 돌렸다.
　《하 참, 딱한 일이라구야…》
　평양부에 다녀온 례방으로부터 전후수말을 듣고난 허륜은 안도의 숨을 내쉬였다. 이쯤하면 일은 땅짚고 헤염치기이다. 자기도 저런 뢰물을 얼마나 많은 고관들에게 들이밀었고 또 받았던가. 자기의 경우를 두고봐도 그 뢰물로 하여 오위도총부의 6명의 경력들속에서 문관출신이 임명되는 군의 관장으로 등용되지 않았던가. 비록 경력이나 군수는 종4품으로 품계가 같다지만 같은 값이면 다홍치마가 더 좋고 소꼬리보다 쥐대가리가 더 좋은것이 아닌가. 그리고 한개 군의 생사권을 틀어쥔 관장인 자기에게 잘 보이느라고 비나리를 치며 뢰물을 들고오는자들이 어디 한둘이던가.
　눈 한번 찔끔 감고 모르는척 한 대가로 금가락 두개와 백년묵은 산삼 한뿌리를 받았으면 수지가 맞는 일이 아닌가. 저기 한성의 남대문앞을 지나는 숱한 량반들에게 물어보라. 청렴결백하다고 여드레 팔자걸음하고 관복을 떨뜨린 벼슬아치 그 누구든지 입을 모아 백번 해볼 일이라고 할것이니라.
　허륜은 자기의 행위를 천만번 정정당당하다고 위안하며 사인교에 올라 동헌의 삼문을 벗어나 허준모자가 있는 솔골로 향했다. 그러나 허륜은 자기가 비밀리에 펴놓은 이 일이 경상도에 있는 허모에게 이미

전에 알려진것을 꿈에도 생각하지 못하였다.

뜻밖에 나타난 허륜이앞에 려월과 허준은 무릎을 꿇고 앉았다. 어제도 왔다간 허륜이다. 이삼일 건너 한번씩 들리던가 어떤 때는 열흘만에야 나타나던 허륜이 어제 이어 오늘 불쑥 나타난것을 봐서는 필경 무슨 긴요한 일이 있는게 분명하였다.

오늘따라 허륜의 인상이 환하고 허준을 바라보는 그 눈빛에는 잔잔한 웃음이 어렸다.

《준이야, 금년 네 나이가 벌써 스무살인데 장래에 대해 좀 생각을 해 보았느냐?》

뜻밖의 물음에 허준은 놀랐으나 차츰 왜 아버지가 그걸 묻는지 가늠되였다. 생각같아서는 자기가 품고있는 생각을 얘기하고싶었으나 아직은 채 익지 않은 과일을 내놓는것 같아 주저하였다. 무슨 말을 할듯말듯 하는 허준을 응시하던 허륜이 머리를 기웃거리더니 말을 이었다.

《음- 이렇게 하자. 래년이 식년에 해당되는 정묘년이라 과거시험이 있을게 아니냐. 그래서 올가을에 평양부에서 향시를 치른다더라. 그래서 난 너를 향시에 응시시키려고 한다.

그래, 네 생각은 어떠냐?》

놀란것은 허준이 아니라 려월이였다.

《네? 과거를 보다니, 어떻게?》

려월로서는 상상밖의 일이 아닐수 없었다.

《임자의 심정은 리해할만 하네. 내게 생각이 다 있으니 걱정하지 말게.》

《그게 정말이오이까?》

이날이때까지 아들의 장래에 대하여 남모르게 속을 많이 썩여온 려월이다. 려월은 믿어지지 않아 가만히 자기의 허벅지를 꼬집어보았다. 꿈아닌 현실임을 깨닫는 순간 려월의 눈에서 뜨거운 눈물이 흐르기 시작하였다.

그러는 어머니의 손에 허준이 자기의 손을 가만히 얹으며 《어머니-》하고 나직이 불렀다.

모자의 모습을 추연한 눈길로 바라보던 허륜이 허준에게로 머리를 돌렸다.

《그래, 준이의 의향은 어떠냐?》

허준의 대답은 예상외였다.

《소자는 과거에 응시할 생각이 없소이다.》

《뭐?》

허륜과 려월의 입에서 동시에 놀라움의 소리가 튀여나왔다. 방금까지 눈물짓던 려월이 자기의 손우에 얹은 허준의 손을 뿌리치며 아연해하였다.

《애야, 그게 무슨 말이냐? 모처럼 마련된 기회인데 그걸 마다하다니…》

허준은 고집스레 입술을 옥물고 아무런 대척도 없었다. 허준을 주시하는 허륜의 눈섭이 알릴락말락 가볍게 떨렸다.

《네 마음은 알만 하다. 남들한테 수모를 당할가봐 그러는것 같은데 내 그래서 방비책을 다 세워놓았다. 그러니 과시장에서는 너의 일에 대해서 누구도 전혀 모를게다.》

허륜에게도 제나름의 타산이 있었다. 이번 초시만 일단 무난히 넘기면 도감사를 직접 만나 가짜문서를 만들어 서얼의 신분을 벗긴 다음 조정에 줄을 놓아 허준을 벼슬길에 내세우리라 결심하고있었다. 고을에서 초시에 응시할 사람의 기초문서는 다름아닌 이 고을의 관장인 자기의 손에서 작성되여 감사에게 올려보낸다. 제가 수결하는 허준의 문서인데 허준의 출신 하나 고쳐놓지 못하랴. 그러지 않아도 군안의 초시응시생 기초명부에 허준을 적자라고 써넣을 작정을 하고있는 허륜이다. 후날에 리력을 기만했다고 탄핵되면 여불없이 파직이지만 제 아들의 앞날, 더구나 려월의 몸에서 떨어진 허준이때문이라면 달게 받아들일 각오가 되여있었다. 설사 파직된다쳐도 조정사는 삼일간다고 그간 모아들인 재물을 고이면 인차 등용될수 있다.

《그러니 너는 그런 일에 대해 걱정하지 않아도 되느니라. 사실 이 말은 하려고 하지 않았지만 이번 초시만 넘기면 네 신분을 아예 고쳐버리려고 한다.

어떠냐? 이게 좀 좋은 기회냐? 내가 적지 않은 품을 들여 마련한 절호의 기회이니 그렇게 하도록 하자. 더구나 널 하나 믿고 사는 네 에미를 봐서라두 과시에 응시하는것이 도리가 아니겠냐?》

허준은 새삼스레 자기앞에 앉은 아버지가 평시에도 어머니와 나를 이리도 끔찍이 위했던가 하는 생각과 아울러 애절한 눈길로 자기를 바라보는 어머니의 그 심정이 가슴에 마쳐와 차마 더 고집을 세울수 없었다. 한편으로는 아버지가 다 방비책을 했다니 혹시나 하는 미련도 없지 않았다. 정말로 서자의 운명을 면할수만 있다면 얼마나 좋으랴.

실오리같은 한가닥 기대가 가슴속에 슬그머니 깃들면서 동시에 그것은 어머니의 애절한 마음을 외면할수 없는 감정과 융합되여 마침내 아버지의 말을 따르기로 응하였다.
　허준이 승낙하자 창백하던 려월의 얼굴에 안도의 빛이 어렸다.

　백운동서원에서 룡천땅으로 불쑥 날아온 허모는 들어서자바람으로 오매에게 물었다.
　《어머니, 어떻게 됐수?》
　《네가 이른대로 다 해냈다, 해냈어!》
　《그래요?!》
　오매가 일어나서 웃방으로 올라가더니 붉은 비단주머니를 들고 내려왔다. 그 주머니를 방바닥에 내려놓자 《댕그랑-》하는 경쾌한 소리가 울렸다.
　《어디 내 한번 보자요.》
　허모가 덤벼치며 주머니의 아구리를 풀었다. 주머니안에는 시누런 금가락들이 들어있었다.
　《열개다!》
　오매가 열손가락을 쫙 펴서 허모의 눈앞에 내밀었다. 허모의 입이 벙글써하게 벌어졌다.
　이전에 오매가 별채에 가서 려월모자에게 행패질을 하고 돌아온 날 저녁 허모는 제 에미의 귀에 대고 귀띔하였다. 허모의 귀띔을 받은 오매는 그때부터 바싹 정신을 도사리고 남편의 일거일동을 몰래 살폈다. 허륜이 금전을 보관하는 장소를 알아내기 위해서였다.
　려월의 모자가 별채에서 솔골로 옮겨간 후 오매의 심술은 사그라진것이 아니라 마른 장작더미에 불이 달린것처럼 더 타올랐다. 그래도 한울타리안의 별채에 있을 때에는 심심하면 행악질을 할수 있었다. 속이 뒤틀려지고 투기심이 머리를 쳐들 때에는 한바탕 행악질을 해대고 그것들이 쩔쩔매는 꼴을 보면 속이라도 좀 후련해지군 하였다. 헌데 이제는 그런 행악질도 제맘대로 못하게 되였으니 그저 벙어리 랭가슴앓듯 할수밖에 없었다.
　그보다 더 속이 뒤번져지는것은 자기의 눈길이 미치지 않는 곳에 허준의 모자를 옮겨놓은 남편이 뻔닿게 그 집에 드나들어도 오매 자기는 전혀 모르고있다는것이다. 한집 울타리안에 있을 때는 남편이 별채에 드나드는것을 손금보듯 알고있었는데 이건 도저히 알수 없다. 그전에는 남편이 별채에 가서 잠자리를 보아도 자기의 눈치를 보는것 같더니 이제는 건덕지가 없으니 제 눈치를 전혀 보지 않는다. 분명 려월년에게 갔다온것만은 사실인데 제 눈으로 보지 못했으니 울며 겨자먹기로 남편의 자기에 대한 무관심성에 순종해야 할 판이다.

부부로 결합된 남녀간에 사내의 무관심만큼 녀인의 자존심이 허락치 않는 일은 없다. 이제는 호박꽃잎같은 제 나이에 애정을 거론한다는것은 좀 쑥스러운 일이지만 날이 갈수록 성쌓다 남은 돌처럼 자기를 흥심없이 대하는 남편에 대한 원한과 자기를 이런 궁지에 몰아넣은 려월에 대한 증오로 오매는 처음엔 자다가도 이를 박박 갈며 가슴을 뜯었다. 허나 사내의 정이란 흐르는 물과 같아서 일단 곬을 타면 멈춰세울수 없다. 하여 오매는 남편이 려월에게 가든말든 방심하고말았다.

헌데 그 일은 그럭저럭 참을수 있다지만 참을수 없는것은 애정보다 더 귀한 금전이 려월이와 그가 낳은 허준에게 흘러들어가는것이였다. 이런것들을 생각할 때면 오매는 잠도 제대로 오지 않았고 부지중에 한밤중에라도 잠자리에서 벌떡벌떡 일어나군 하였다. 아니, 이건 정녕 자다가도 까무라칠 일이였다.

그래서 오매는 려월과 허준을 골탕먹이는 일, 말하자면 허륜의 금전을 훔쳐내는 일에 눈이 새빨갛게 되여 나섰다. 천첩과 그 소생에게 새나가는 화수분을 없애고 그 모자의 운명을 칼탕치는 일은 오직 하나, 남편의 금전을 훔쳐내여 제 보따리를 꿍지는 일이라고 오매는 생각하였다. 그래서 아들이 일러준대로 그간 눈에 쌍심지를 달고 남편의 금전은닉장소를 탐문하였다. 한지붕아래서 사는 오매가 눈에 등불을 켜니 곧 남편의 금고가 오매의 수중에 장악되였다.

며칠전에 오매는 아들 허모로부터 그 금전중에서 금가락 열개를 꺼내 감추라는 기별을 받았다.

금가락을 쳐들고 이리저리 뜯어보는 허모의 손을 잡으며 오매가 궁금하다는듯 재우쳐물었다.

《그래, 대체 이걸루 그년놈들을 어떻게 골탕먹인다는거냐?》

허모가 실눈에 삵웃음을 지으며 내뱉았다.

《어머니, 이제 스무날 있으면 초시가 있수다. 룡천은 평안도땅이니 평양부에서 향시를 치를거유.》

《그래서?》

오매가 닭알침을 삼켰다.

《고을 책방이 이미전에 아버지와 려월이년과 관련한 일은 죄다 내게 기별하기로 약속했수다. 이틀전에 례방이 아버지의 지시를 받고 평안감영의 도사를 찾아갔다우다.》

《헌데 그게 려월이년과 무슨 연고가 있다더냐?》

역시 오매는 큰소리를 쳐대고 승악스럽게 심술을 부리는데서는 남에게 뒤지지 않았지만 머리를 쓰는데서는 허모의 발꿈치에도 못 따른다.

《이런 참, 코막구 답답하다구야. 려월은 또 무슨 말라빠진 려월이요?

아버지가 왜 례방을 감영의 도사한테 보냈겠수? 내 일때문에 그러겠수? 그거야 뻔하지 않수. 준이 그놈을 평양부에서 치르는 향시에 응시시키려구 보낸거지 다른 까닭이 있겠수? 책방의 말을 듣자니 감영의 도사가 아버지가 한성에 있을 때 데리고있던 부하라고 합디다.》

《뭐뭐, 어쨌다구? 아니, 그놈의 두상태기가 미치지 않았어? 그 잘난 천첩의 아들놈때문에 그곳에까지 일부러 사람을 보낸단 말이냐? 내 당장 령감한테 달려가서…》

허모는 고삐 풀어놓은 상사말처럼 길길이 올리뛰는 오매의 뚱뚱한 몸통을 다급히 잡아끌어 앉히며 차근차근 설명하였다.

《일부러 사람을 보내다니요? 그런게 아니라 평안감사한테 보낼 진상품을 인솔해가는 소임을 례방한테 지으면서 겸사해 분부했다는지…

어머니도 알다싶이 그 례방이 아버지의 말이라면 소금섬을 강녘에 끌라구 해두 끌 위인이 아니우. 헌데 그 례방이 술이라면 제 녀편네두 팔 지독한 술군이고 또 책방과는 서로 숨기는게 없다지 않수. 그래서 그 비밀이 책방한테 새나가구 나한테까지 닿은거우다. 어머니처럼 그렇게 덤벼치다간 품들여 준비한 대살 다 망치겠수다.》

허모가 손세, 몸세 써가며 설복했지만 오매는 한대중 길길이 날뛰였다.

《아니야, 아니! 난 이럴 땐 실컷 고아대야 직성이 풀려. 이거 분통이 터져 살겠니? 량반신분의 정실의 아들은 뒤두고 천한 첩년의 새끼를 급제시키려구 금은재물을 퍼붓다니 이게 어디 될 일이냐?》

《야 이거참, 누가 듣겠수다. 제발 고정하시우. 그 도사가 한성에서 아버지와 함께 벼슬살이를 했다는데 내가 래일 감영에 가겠수다.》

허모가 길게 설복해서야 오매는 간신히 분기를 눌렀으나 아직도 뿔난 황소마냥 씩씩거렸다.

《어머니, 이제 스무날만 참으시우. 내게 계책이 있수. 내 이제 감영에 가면 어머니의 속을 후련하게 할 희소식이 날아올거우다!》

다음날 어뜩새벽, 허모는 평안감영으로 떠났다. 오매에게 평양부에 가는 그길로 그냥 경상도로 떠나겠다고 말하고난 허모는 평양부에 당도하여 직방 경상골에 있는 도사의 집으로 찾아들어갔다. 도사가 아직 집에 돌아오지 않았기에 허모는 그길로 이아로 걸음을 옮겼다. 이아란 도사가 정사를 보는 곳이다.

룡천군수댁 자제가 찾아왔다는 기별을 받은 도사는 머리를 기웃거리였다.

(이건 또 무슨 감투끈인가. 요 먼저번엔 아비가 보낸 례방이 오더니 오늘은 아들이 직접 찾아온다? 정말 시끄럽게 구는군.) 하며 전갈하는 군교더러 들여보내라고 지시하였다.

《나리께 문안드리오이다.》

《음- 자네가 룡천군수령감의 아들인가?》

《그렇소이다.》

《내 일전에 자네 부친한테서 이야기를 다 들었네. 걱정말라구. 자네 이름이 허준이라지?

내게 다 생각이 있으니 너무 근심말구 돌아가게.》

정작 대면하고보니 대틀인 아비와는 달리 키가 작은게 탐탐해보이지 않았다. 적당히 대상하고 물리칠 생각으로 한마디 하고 자리에서 일어서려는데 《나리, 그런게 아니오이다.》 하는 소리가 그를 붙잡았다. 일어서려던 도사가 그 말에 다시 주저앉으며 허모의 여윈 얼굴을 빤히 쳐다보았다.

《그럼 또 다른 문제가 있나?》

《아니, 그 말이 아니오이다. 이번에 향시에 응시하는건 제가 아니오이다.》

《뭐야, 그럼 대체 자넨 누군가?》

《전 그 집 종손인 허모라 하오이다. 허준은 저의 이복동생이오이다.》

도사는 가슴이 섬찍해났다. 그러니 이녀석은 본댁의 아들이란 말인가.

《헌데 과거응시하지 않는 자네가 어인 일로 여기에 걸음했나?》

허모는 실눈을 까박거리며 속삭이듯 물었다.

《어르신께선 제 동생의 과거응시를 어떻게 하시려고 하오이까?》

《자네 부친의 간곡한 부탁인데 의리상 모른다고 할수 없지. 그런데 그걸 왜 묻나?》

허모의 목소리는 나직하나 어조에는 은근한 암시가 풍겼다.

《제가 알기에는 어르신께선 그런 일을 조사하고 바로잡아야 하실 것 같은데 그렇게 일을 처리해두 일없으신지요? 나라법엔 서얼은 과

거응시를 못하게 되여있지 않소이까?》

　그 말에 도사는 가시밭에 앉아 모래밥을 씹는듯 한 착각이 들면서 엉치를 떼고 일어서며 벌컥 성을 냈다.

　《네가 감히 날 훈시해? 하루강아지 범 무서운줄 모른다더니 네놈이 과시 담도 크구나. 여기가 어데라구 들어와서는 날 걸고들어?

　그래, 내가 네 부친의 부탁을 들어주었다면 대체 어쩔테냐? 어쩔테냐 말이야!》

　도사가 언성을 높일수록 허모는 눈 한번 깜빡이지 않고 더욱 곰상스러운 태도를 취했다.

　《전 어르신의 처신이나 캐자고 걸음을 한게 아니옵니다. 어르신께서 성을 가라앉히고 소인의 말을 한번 들어보시오이다. 어르신이 소인의 처지라면 어떻게 하겠소이까.

　소인은 허씨가문의 종손이옵니다. 헌데 종손이라는 저도 아직 과거응시를 못했는데 서얼인 내 이복동생이 과거에 응시하는것을 눈을 편히 뜨고 앉아서 가만히 지켜보아야 하나이까?

　첩의 소생은 과거응시를 할수 없다는 나라법도 안중에 없이 서얼동생이 량반신분인 제 형을 짓밟고 먼저 급제하려고 하는데 그래도 참아야 옳소이까!》

　가만히 듣고보니 그 말이 그른데가 하나도 없다. 도사는 깨도가 된듯 고개를 끄덕거렸다.

　《임잔 그래서 대체 뭘 어떻게 하자는건가? 임자의 부친은 날더러 조용히 눈감아달라구 신신당부했는데 그 아들은 그것이 그른것이라며 날 몰아대니 대체 어쩌자는건가. 내 군수령감과 절친한 사이가 아니라면 벼슬이 떨어져나갈 이런 위태로운 일에 발을 잠그지 않네.》

　《지당한 말씀이오이다. 어르신의 립장이 난처한줄을 전 충분히 리해하오이다. 허나 어르신이 넓게 생각하시고 저의 편에 서주시기 바라나이다.

　어르신도 본관과 출신이 당당하고 순결무구한 량반중의 참량반일진대 어찌 저의 편역을 들지 않고 서얼의 편에 선단 말이오이까? 이게 리치에 닿는 일이오이까?》

　도사는 그만 말문이 막혀버렸다. 허나 허륜의 부탁을 거절하자니 이미 받아놓은 금가락이 목에 걸렸다. 도사의 심기를 가늠한듯 허모가 때를 놓치지 않고 슬그머니 피춤에서 붉은 비단주머니를 꺼내들어 탁자우에 올려놓았다.

도사의 눈이 대번에 휘둥그래졌다.
《이, 이건 대체 뭐인고?》
허모는 주먹만 한 얼굴에 해사한 웃음을 지었다.
《저- 어르신께 버릇없이 굴어 죄송하기 그지없소이다. 그리고 어르신이 내 편에 서면 자못 난처하실터라 그래서 제가 얼마간의 성의를 표시한것이오이다. 달리 생각마시고 받아주소이다.》
도사의 눈이 재빨리 붉은 주머니를 훑었다. 묵직하고 커보였다. 허륜의 금가락보다 값이 배이상으로 나가보였다.
《금가락이 다섯개오이다.》
오매가 준 금가락 열개중에서 그 절반만 내놓고 나머지는 제 주머니에 넣은 허모이다.
《뭐 다섯?!》
도사가 놀라며 저도모르게 언성을 높였다. 그 놀라움으로 하여 머리칼이 다 쭈빗 서는것 같다. 등골에서 가벼운 기쁨과 쾌락의 진동이 아래도리로 쭉 뻗쳐내렸다. 허나 입에서 튀여나온 정반대의 소리.
《아, 아, 이보게! 뭘 이런것을 다 들고다니면서 그러나? 내 량반의 신분을 봐서 응당 들어주지 않으리.》
하면서도 도사는 누가 볼세라 얼른 붉은 비단주머니를 탁자에서 자기 무릎밑에 감추었다.
《그래, 임자의 요구란게 뭔가?》
《예, 물론 과거에 응시 못하게 하는것이 당연하지요. 그러되 그놈이 서얼이라는 제 처지가 어떤것인지 죽어서도 잊지 않도록 되게 다불러주었으면 하오이다. 무참하게 망신주어 다시는 제 처지를 알고 푼수없이 놀아대지 못하도록 해주사이다.》
도사는 속으로 흠칫 놀랐다. 세상에 이럴수도 있는가. 배다른 동생이라고 해서 또 천첩이 낳은 자식이라고 해서 이리도 고약할수 있단말인가.
《흠, 자네두 꽤 모질구만.…
내 알겠네. 자네의 말대로 하지. 조금도 걱정말게나.》
평안감영을 나온 허모는 그길로 곧바로 경상도로 떠났다. 천번중의 단 한번이라도 일이 여의치 않으면 불찌가 자기에게 튈수 있었다. 그럴 때에는 36계줄행랑이 상책이다. 범같은 아버지래도 아무러면 천리밖의 아들을 혼내우려고 찾아올가.

5

드디여 향시를 치르는 날이 다가왔다. 이른새벽에 일어나 부엌에 나가 붙어있던 려월은 새날이 밝기 전에 상을 차려가지고 들어왔다. 밥상우에는 자못 풍성한 음식들이 챙겨져있다.

《어서 밥을 먹으렴.》

오늘 평양부로 떠나는 허준이 밥상으로 나앉으며 놀라움을 금치 못하였다.

《아니, 어머니! 이건 뭐 이렇게 요란스레 차렸소이까?》

《과거보러 떠나는 날이 아니냐? 범상치 않은 오늘을 이 어미가 어찌 훌렁 지나보내겠냐.》

허준은 말없이 어머니를 바라보았다.

불쌍한 어머니, 애오라지 이 아들 하나만을 믿고 온갖 수모와 멸시를 고스란히 감수하며 살아오는 어머니! 이자 겨우 서른여덟나이건만 벌써 머리엔 흰 오리가 드문히 엿보인다. 허준은 불쑥 눈굽이 젖어들었다.

《어머니, 너무 걱정마시오이다. 제 어떻게 하나 과거를 잘 치르겠나이다.》

잔주름이 간간이 건너간 려월의 눈가에 맑은 눈물이 괴여올랐다.

《오냐, 여부가 있겠니. 그리도 직심스레 글을 익힌 네가 아니냐. 이 어머닌 내 아들을 믿는다. 어서 많이 들고 떠나거라!》

려월은 맛있게 음식을 드는 아들의 모습을 그윽한 눈길로 바라보았다.

《이 찰떡을 들거라. 예로부터 과거보러 갈 때면 의례히 찰떡을 대접했다고 하더라. 그 찰떡처럼 꼭 붙어서 떨어지지 말라구 말이다.》

《참, 어머니두…》

아침식사를 마친 허준은 아버지가 보낸 수레를 타고 평양부로 떠났다. 어머니가 문밖까지 따라나섰다. 솔숲이 우거진 언덕우에서 소복차림의 려월이 수레가 보이지 않을 때까지 점도록 서있었다.

바람질에 솔숲이 우— 우— 울어댄다.

평양부에 이른 허준은 도감영과 가까운 곳에 숙소를 정한 다음 감영을 찾아가 이름을 등록하고 과거날을 기다렸다. 과시까지는 이틀이 남아있다. 평안도땅에 할당된 초시합격인원은 15명이라지만 등록할 때

둘러보니 수십여명은 실히 될것 같았다. 저들중에서 15명을 선출하는 향시였다.

초시를 하루 앞둔 날 저녁 감영의 도사는 상시관(향시를 주관하는 시험관)을 찾아갔다.

한성시나 성균관시와는 달리 해당 지역에서 치르는 향시는 자기 도내에서 문관출신의 고을원을 상시관으로 임명하여 시험을 주관하며 이외 시험을 감독하는 참시관 두명도 문관출신 고을원이나 교수중에서 임명한다. 이번 향시의 상시관으로는 녕변부사이고 참시관으로는 평양부의 교수 두명이였다. 녕변부사는 이전에 도사와 안면이 있는 사람인데 조정에서 례조참의를 하던 사람이였다.

《아니, 도사가 이밤중에 어떻게?》

한창 참시관들과 래일 있게 될 응시생명부를 검토하고있던 상시관이 놀라며 물었다.

도사가 참시관들을 둘러보며 머밋거리자 상시관은 인츰 옆방으로 그를 데리고갔다.

도사는 그 방안에 자기와 상시관 두명뿐임을 재삼 확인한 다음 품안에서 금가락 두개를 꺼내 탁자우에 놓았다.

《이게 무슨 일인가? 왜 그러나?》

도사보다 댓살 우이고 품계가 정3품 당상관인 상시관은 공식석상에서는 례를 차렸으나 단둘이 있을 때에는 허물없이 하게로 말한다.

《래일 치를 향시와 관련하여 부사어른께 여쭐 말씀이 있어 왔소이다.》

응당 그 일때문이라고 넘겨짚고있던 상시관은 탁자우의 금가락과 도사의 얼굴을 번갈아 바라보며 대수롭지 않은듯 물었다.

《누군데?》

《허준이라구 룡천군수의 자제올시다.》

룡천군수라는 말에 상시관의 눈이 휘둥그래졌다.

《룡천군수라면 한성에서 오위도총부에 있던 허륜이 아닌가?》

《그렇소이다.》

《그의 아들이 이번 향시에 응시한다는건가?》

《네-》

녕변부사는 한동안 주밋거렸다. 허륜이라면 좋은 감정을 품고있는 부사이다. 한성에서 례조참의로 있던 그가 녕변도호부 부사로 부임되여왔을 때 처음으로 그를 찾아온것이 다름아닌 한발 먼저 룡천군수로 와있던 허륜이다. 그때 허륜은 자기 집안의 래력을 이야기하면서 본댁의 새암으로 머리가 흴 정도라고 하소연하였다.

그럼 이번에 향시에 응시하는 애가 정실댁 소생인가? 가만, 혹시 소실댁 소생이 아닐까?

생각이 거기까지 미치자 등골이 선뜩해졌다. 만약 소실의 아들이라면 서얼인데 나라법에는 서얼은 문무과에 응시하지 못하게 되여있지 않는가? 례조에 있을적부터 과거시험에 수태 관여해온 상시관인지라 서얼출신이 과거에 응시한다는것이 무엇을 의미하는지를 잘 알고있었다.

상시관은 떨리는 가슴을 애써 진정하며 나직이 물었다.

《그래 허륜령감의 자제가 정실댁의 아들인가?》

도사는 불찌가 몸에 와닿은듯 덴겁하며 놀랐다.

이 구렝이같은 부사가 허륜의 가정사를 손금보듯 알고있구나.

마치 자기의 속을 들여다본듯 물어보는 상시관의 살집좋은 번번한 얼굴을 도사는 한동안 쳐다보았다.

《왜 그렇게 범 본 할미처럼 놀라나?》

갑자르며 도사가 대답하였다.

《사실은 서얼이올시다.》

상시관은 제가 속으로 우려하던 서얼이라는 말에 대뜸 언성을 높였다.

《안돼. 어떻게 감히 서얼이 과거장에 나선단 말인가!》

상시관이 부리나케 옆방으로 갔다가 들어왔다. 그의 손에는 응시생명부가 들려있었다.

《아니, 이 허륜이가 미친게 아니야? 어데라구 감히 출신을 속여?》

상시관의 손에 들려온 명부에는 허준이 적자라고 등록되여있었다. 룡천군에서는 세명의 응시생이 추천되였는데 허준은 룡천군수의 정실자제라고 해놓고는 그밑에 군수의 수결을 뻐젓이 써넣었다.

《어험! 변괴로다. 서얼을 감히 적자라구 속이다니? 이 일이 조정에 알려지는 날에는 나나 자네는 물론 감사도 무사치 못해. 허륜령감은 더 말할것두 없구.

자네 오위도총부에서 허륜령감의 밑에 있었다더니 정신이 쑥 빠졌구만. 나라법이 뭐인지 그래, 감영의 도사라는 자네가 모른단 말인가?

일언이페지하구 안돼! 내 이제 당장 감사한테 찾아가서…》

도사는 제가 저지른 일이 탄로날가봐 얼른 상시관의 옷깃을 붙들었다.

《왜 이러시오이까? 내 말을 마저 다 듣고 그래야지.… 난 아직 말을 채 못했수다.》

《그 말을 들어봐야 뻔하지. 서얼놈을 눈감아달라 그거겠지? 자네 허륜령감한테서 이런걸 몇개 받았나? 이런 금가락 두개때문에 일가식솔이 파산되고 나도 파직되고싶지 않네.》

상시관은 탁자우의 금가락을 쳐들고 소리쳤다. 실한 목대에 애기손가락만 한 지렁이가 가로세로 건너갔다.

《그런게 아니라…》

도사는 누가 들을세라 목소리를 낮추며 허륜이 례방을 자기한테 보낸 이야기를 하나하나 말해주었다. 토 하나 틀릴세라 룡천관가의 례방과 나눈 내용이 그대로 상시관의 귀에 전달되였다. 다만 산삼뿌리와 허모가 왔다간 이야기는 일언반구도 꺼내지 않았다. 여기로 오면서 혹시 자기 말에서 그런 내용이 발설될가봐 몇번이나 입안에서 굴려본 도사였다.

그 이야기를 듣고나면 마치 도사는 청렴결백한듯싶었다. 인정상 의리상 외면할수 없어 뿌리치지 못했지만 나라법을 한치도 어길수 없기에 찾아온것처럼 상시관에게 인식되였다. 하면서도 갖신으로 구정물을 퍼마신것같이 뭐인가 께름직한게 잘 리해가 오지 않아 상시관이 단도직입적으로 물었다.

《그래서, 자네의 의견은 뭔가?》

《허륜령감의 성의를 봐서 모른다고 딱 잘라버리지 못했지만 그 서얼자식놈에게 이번 기회에 량반신분이란게 어떤것인지 본때를 보였으면 하오이다. 아마 그 소실과 서얼놈의 성화에 못이겨 허륜령감이 이런 엄청난 일에 뛰여든것 같은데 자식가진 아비로서야 응당 그래야지요.

허륜령감이 이 일이 글러지면 날 탓할수 있지만 사실은 부사어른이나 내가 자기를 구렁텅이에서 건져주었다는것을 안다면 노여움이 사라지겠지요.

그래서 이번 기회에 량반인 제 애비를 팔아먹구 사지판에 몰아넣는 그 허준이란 놈이 제 처지를 깨닫구 다시는 과거장에 머리를 기웃거리지 못하게 하자는것이 제 소견올시다.》

듣고보니 리해가 되였다. 감영의 도사가 허륜의 밑에서 일을 했다더니 인정에 못 이겨 승낙했지만 실지로는 허륜의 앞날이 걱정되여 자기를 찾아왔다는 생각이 머리에 인박혔다.

상시관이라는게 이렇게 놓고보면 한갓 시험감독관이 아니라 량반의 세상을 공고히 하는 주추돌과 같다는 생각이 녕변부사의 머리속에 갈마들었다. 상시관은 허륜의 낯을 봐서는 서얼이라는 허준을 응시시켜야 도리상 옳으나 허륜과 그 가문의 앞으로의 불행을 미연에 방지하기 위해서는 나라법대로 해야 한다고 생각하였다.

《알겠네. 이자 보니 자네 여간 속이 깊지 않구만.

목숨이 티끌이라면 의리는 산이라는데 허륜령감이 저를 위한 자네의 속깊은 마음을 안다면 그 서얼자식의 문제때문에 자네를 멀리 하지 않을거네. 그리구 내 그 령감을 한번 만날 기회가 있으면 자네의 그 진정을 말해주지.

그리구 이건 도루 걷어넣게.》

뜻하지 않게 상시관으로부터 찬사를 받으니 아무리 낯가죽이 곰발통같은 도사였지만 간지럽기 그지없었다. 도사는 상시관이 자기의 본심을 알아차릴가봐 신경쓰며 금가락을 그냥 밀어버렸다. 이왕지사 청백리로 인식하고있는데야 그까짓 금가락 두개가 대수랴.

《그럼 전 가보겠소이다.》

허모로부터 금가락 다섯개를 받고 찰떡같이 약속한 도사는 이 문제를 어떻게 처리할가 며칠밤을 모대겼다. 더구나 청렴결백하기로 한성에서 례조참의를 할 때부터 소문자자한 녕변부사를 어떻게 설복할가 바재이다가 생각해낸것이 오늘과 같은 수였다.

결국 무거운 철추를 등에 지고 들어왔던 도사는 돌아갈 때에는 티끌 하나 없는 가벼운 몸으로 나섰다. 등뒤에서 자기를 찾는 상시관의 부름소리가 들려왔다. 그냥 못들은척 하며 걸음을 떼는 도사의 귀에 상시관의 감탄의 목소리가 들려왔다.

《평안감영에 저런 청백리가 있었던고!》

드디어 초시(향시)를 치르는 시각이다. 기직을 펴놓은 감영앞마당에는 응시생들이 입술을 감빨며 긴장한 표정으로 앉은뱅이책상들을마주하고있다. 이번 향시에는 허준의 예측대로 응시자가 도합 쉰다섯명이였다. 이중에서 15명이 선발되여 다음해 봄에 치를 본시험(복시)에 참가한다.

벼슬길에 오르는가 아니면 락방하여 시골에 묻히는가 하는 그야말로 운명적인 시각이였다.

늦은 진시(오전 7~9시)경쯤 되자 드디어 틀진 팔자걸음의 상시관 한명을 앞세우고 그뒤로 참시관 두명이 시험장으로 들어섰다. 술렁거리던 과시장에 쥐죽은듯 정숙이 흘렀다.
　과시장의 맨 앞에 꾸려놓은 단우의 의자에 마주앉은 상시관이 부리부리한 눈을 들어 좌중을 한번 휘둘러보았다. 어딘가 모르게 우둥퉁한 그의 얼굴에선 그 어떤 불미스러운 일도 허용하지 않는다는 위협적이고 고압적인 자세가 엿보였다.
　허준의 가슴은 자못 두근거렸다. 그 위압적인 상시관의 눈길앞에서 마치 자기가 들어오지 말아야 할 장소에 들어와 앉은듯 한 느낌이 들면서 앉은 자리가 거북스러웠다.
　엄한 기색을 짓고 응시생들을 휘둘러보던 상시관이 호명을 하려고 명부를 기웃이 내려보다가 뜨직이 입을 열었다.
　《여기 허준이 누군가?》
　허준은 상시관의 입에서 불쑥 자기 이름이 튀여나오자 가슴이 섬찍하였다. 불길한 예감이 머리속에 갈마들었다. 주춤거리는데 다시 상시관의 목소리가 울렸다.
　《여기에 룡천에서 온 허준이가 없는가?》
　허준은 엉거주춤 일어서며 기여들어가는 소리로 대답하였다.
　《예 — 저올시다.》
　상시관의 매눈이 허준의 얼굴을 뚫어지게 쏘아보았다. 얼마나 그 눈초리가 날카로운지 허준의 얼굴에 구멍이 뚫릴것 같다. 한동안 허준을 쏘아보던 상시관이 단도직입적으로 따졌다.
　《너 서얼이지?》
　과시장이 술렁거렸다. 백여개의 눈이 허준에게로 쏠렸다. 허준은 눈앞에 무수한 별찌가 일면서 그 너렁청한 강실이 빙빙 도는것 같았다.
　미처 대답을 찾지 못하는데 거칠고 포악스러운 고함소리가 허준의 귀청을 때렸다.
　《네 이놈! 서얼이 감히 과거보려구 이 신성한 장소에 꺼리낌없이 들어와?
　네놈이 제 푼수를 알아야지 언감생심 서얼인 주제에 과거에 응시하려 하다니. 정신이 있어, 이놈아!
　너같은 서얼들이 여기에 끼여든건 봉황무리속에 까마귀가 끼여든것과 뭐가 다르다더냐?
　그리구 사람이라면 부모한테 효도하구 의리가 있어야지, 네놈은 서얼인 주제에 량반인 제 부친을 든장질하여 나라법을 위반케 하였으니 그래, 그게 어디 삼강오륜에 부합되는노릇이냐.

자기를 키워준 부모도 모르는 이놈아! 네놈때문에 량반인 네 애비가 파직되고 가문이 망하는걸 보기가 그리도 소원이냐?》

허준은 자기의 머리가 둔중한 쇠몽둥이에 맞은듯 한감이 들면서 가슴이 쿵- 하고 내려앉고 금시라도 심장이 뚝 멎는것 같았다. 주위에서 쉬쉬거리는 소리가 들려왔다.

《아직두 뭘 멍청해 서있어? 당장 나가지 못할가!》

풀벌레가 우는지 귀가 웅웅거렸고 눈앞이 새까매지면서 어디가 어딘지 분간할수 없었다. 비칠비칠 걸음을 뗐다. 오늘따라 발은 왜 이다지도 무거운지, 아니면 발이 땅에 붙었는지… 과시장을 나서는 걸음이 아득히 길다. 허준은 허탈상태로 휘청거리며 과시장을 나섰다.

어떻게 감영을 나섰는지, 어떻게 거리에 들어섰는지 허준은 의식하지 못하였다. 정처없이 걷느라니 문득 눈앞에 대동강의 푸르른 물결이 출렁거렸다. 강반의 버드나무는 풀어헤친 녀인의 머리태마냥 실실이 드리워 강바람에 흐느적이고있다.

허준은 아름드리 버드나무에 머리를 박고 주먹으로 터실터실한 나무기둥을 힘껏 내리쳤다.

(아! 내가 어리석었구나.

이 우둔한 자식아, 서자인 주제에 무슨 미련이 있어 이곳까지 기신기신 찾아든단 말이냐.

아- 아- 불쌍한 서자신세, 아- 가련한 허준아!)

허준은 꺼지듯 주저앉아 버드나무밑둥에 머리를 찧었다. 수양버들이 많아 예로부터 류경이라 일컫는 평양이다. 그 류경이 오열에 떨고있는 허준을 말없이 굽어보며 자기의 풍만한 젖줄기를 달게 마시고 푸르싱싱한 거목으로 자란 대동강변의 버드나무로 포근히 감싸안아주었다.

후날 임진년 허준은 임금을 따라 의주로 피난갈 때 이 버드나무를 찾았다고 한다. 아직도 대동강변의 그 어딘가에는 피의 울분을 토하며 그날의 우리의 주인공이 부둥켜안았던 버드나무가 살아있을런지도 모른다.

6

려월은 며칠동안 어슬녘이 되도록 동구밖에 나가 초조한 마음으로 아들이 돌아오기를 기다렸다.

아무리 아들이 실력이 높다고 해도 정작 과거보러 떠났다고 생각하니 마음이 오밀조밀하고 강녘에 어린애를 내놓은듯싶어 도무지 진정할수 없었다. 오늘도 벌써 몇번이나 동구밖에 나온 려월이다.

（이젠 과시가 다 끝났을텐데… 왜 아직 안 돌아올고?）

구름 한점 없는 밤하늘가엔 별들이 또글또글하다. 별들이 반짝이는 저 멀리 하늘가밑 어딘가에 있을 고향으로 가고싶고 불쑥 어머니의 얼굴이 못 견디게 그립다. 서로 내기나 하듯이 반짝거리는 저 별들을 산음에 계시는 어머니도 보고계실가 하고 생각하니 저도모르게 눈물이 핑 돌았다. 어머니가 걸어온 수난에 찬 운명을 자기가 그대로 걷고있다는 생각이 부지중 갈마들었던것이다.

아버지의 얼굴도 모르고 자란 려월이다.

어렸을 때 《난 왜 아버지가 없나?》하고 어머니에게 물었다.

《네 아버진 저 먼곳에 일하러 가셨단다. 이제 우리 려월이가 이만큼 크면 아버지가 고운 색동옷을 사가지고 돌아오신단다.》

손을 자기의 머리우로 쑥 올리며 말하고난 어머니는 조용히 저고리고름으로 눈물을 닦았다.

그때는 왜 어머니가 우실가 하고 생각하면서도 아마도 아버지가 보고싶어 그러는가부다 여겼던 려월이다. 때때로 려월은 한밤중에 잠결에 자기의 머리맡을 지키고 앉아있는 어머니를 보군 하였다.

제일 잊혀지지 않는것은 려월이가 다섯살 잡히던 설날아침에 있은 일이다.

아침에 깨여난 려월은 깜짝 놀랐다. 머리맡에 고운 색동저고리가 놓여있었다. 아니, 그럼 저 먼곳에 가신 아버지가 오셨나?

마침 부엌에서 들어오던 어머니가 눈에 띄워 려월은 그 품에 뛰여들며 소리쳤다.

《엄마, 아빠가 왔어. 이것 봐, 내 색동저고리!》

어머니는 려월이를 꼭 껴안고 《그래, 정말 곱구나. 어서 한번 입어봐라!》하고는 덤벼치며 새옷을 입는 자기를 거들어주었다. 새옷은 마치 려월이의 몸을 재고 만든듯 그의 몸에 꼭 맞았다.

이때 할아버지가 들어오더니 《어이구, 려월이가 마치 선녀같구나. 옷이 날개라더니 우리 손녀가 정말 곱구나.》하셨다. 부엌에서 동자질을 하던 할머니까지 방안으로 들어와 새옷을 입은 려월이를 한동안 바라보는데 이상한것은 할머니의 눈귀가 젖어있는것이였다.

새옷을 입고 기분이 붕— 뜬 려월이가 방안에서 뱅그르르 한바퀴, 두바퀴 돌다가 어지러워 비칠거리니 어머니가 손을 내밀었다. 깔깔거리며 돌아가던 려월은 어지럼증으로 비칠거리다가 어머니의 손목을 잡는다는게 그만 수건을 쓴 어머니의 머리를 손으로 다쳤다. 어머니가 휘청거리는 려월이를 부둥켜안았다. 그 순간 어머니의 머리수건이 벗겨졌다. 어머니품에 안긴 려월은 눈이 휘둥그래졌다. 그 탐스럽던 어머니의 머리채가 온데간데 보이지 않고 중처럼 빤빤했던것이다. 지나던 길손들이며 동네사람들이 려월이를 보고 《저앤 꼭 제 에미를 빼물어 정말 이쁘구나.》 하기에 려월은 내가 정말 우리 엄마처럼 생겼나 하고 생각하며 그때마다 어머니의 새하얀 얼굴이며 칠칠이 검은 머리채를 만져보군 하였다.

그 순간 려월은 머리칼 한오리 없는 어머니가 딴 사람으로 보이여 더럭 겁이 났다. 그만에야 려월은 으앙- 하고 울음을 터뜨렸다. 방바닥에 떨어진 머리수건을 황황히 집은 어머니는 려월이가 울음을 터치자 당황해하며 부엌으로 뛰쳐나갔다.

할머니가 말없이 려월이를 껴안았다. 려월은 앙상한 할머니의 가슴에 얼굴을 묻고 칭얼거렸다.

《우리 엄마 아니야. 난 아빠한테 갈래. 아빠야!-》

려월이의 잔등을 쓰다듬는 할머니의 손이 후두두 떨리고 려월의 얼굴에 할머니의 굵은 눈물방울이 뚝뚝 떨어졌다.

《이 철없는것아! 이 세상에 없는 아빠가 어데 있다구 계속 찾냐, 응?! 설날이라구 네 에미가 자기 머리태를 팔아 새옷을 사온걸 알기나 하냐!》

부엌에선 오열에 몸부림치는 어머니의 흐느낌소리가 들려왔다. 려월은 할머니의 말을 리해할수 없었으나 어머니가 그 아름다운 머리채를 팔아 자기의 새옷을 사왔으며 아버지가 세상에(무슨 소리인지는 다는 몰랐지만) 더는 없다는것을 깨달았다.

려월은 할머니의 품안에서 발딱 일어나 부엌으로 뛰여가 벽을 부둥켜안고 몸부림치는 어머니의 치마자락을 흔들었다.

《엄마! 내가 잘못했어. 다신 아빠소리 안할래. 엄마야!》

벽을 의지해 겨우 몸을 지탱하고 서있던 어머니가 돌아서며 와락 려월이를 끌어안았다.

《려월아, 내 딸아!》

아, 어머니! 사랑하는 어머니!

그후부터 려월은 다시는 아버지소리를 꺼내지 않았다. 그가 허륜을 따라 산음을 떠나던 날 어머니는 려월에게 가슴속에 고이 묻고있던 가정의 래력을 눈물속에 들려주었다. 그러시며 어머니는 려월의 손에 친할머니의 유물인 옥가락지를 끼워주었다. 궁녀였던 할머니의 유물이자 한가정의 유산이였다.

려월은 손에 낀 옥가락지를 만지작거리며 먼 남쪽하늘가를 바라보면서 속으로 중얼거렸다.

《지금 이 시각도 애오라지 이 딸이 행복하기만을 원하시는 어머니! 걱정마세요. 어머니의 손자가 과거에 응시하고 돌아와요. 그앤 꼭 합격될거예요. 이 고을에서 준이만큼 공부를 잘하는 애는 없어요. 내 이제 준이를 앞세우고 어머니를 찾아뵈렵니다. 어머니!-》

문득 어둠속에서 말투레질소리가 들렸다. 려월은 바삐 눈가에 흐르는 눈물을 훔치며 소리나는쪽으로 머리를 돌렸다.

《준이냐?》

어느새 그쪽으로 발길이 향했다. 조용히 집으로 들어서려던 허준은 어둠속에서 들려오는 어머니의 목소리에 흠칫 놀라며 대답하였다.

《예, 준이오이다.》

허둥지둥 달려간 려월은 허준의 가슴팍에 손을 얹으며 물었다.

《지금 오느냐? 갔던 일은 어떻게 되였느냐?》

허준은 어머니가 가을바람부는 언덕에 얼마나 오래 서있었으랴 하는 생각에 가슴이 뭉클해졌다.

《다 제대로 되였소이다.》

《그래, 수고했구나. 어서 집으로 들어가자.》

허준은 타고온 수레를 끌고가는 사람에게 얼마간의 삯돈을 쥐여주고 어머니의 팔을 끼고 집으로 향하였다.

《시장할텐데 어서 밥부터 먹거라.》

방안에 들어서자바람으로 려월은 가마목에 놓아두었던 밥을 챙겨가지고 들어왔다.

머리를 수굿이 하고 밥상에 마주앉은 허준은 이번 일을 어떻게 어머니에게 말할가 망설이였다. 평양부에서 여기 룡천까지 수백리길을 수레를 타고오면서 허준은 커다란 심리적굴곡을 겪었다. 처음에는 수치감과 모멸감으로 자신을 다잡지 못하다가 다음은 격분으로 가슴을 끓이였다.

지금은 그 소용돌이와 돌풍은 다 지나가버리고 마음의 안정을 되찾은 셈이다.

허준은 기나긴 수백리길에서 일생 벼슬을 버리고 오직 학문탐구에만 심신을 깡그리 바쳤다는 화담선생의 모습이 새로운 의미를 가지고 우렷이 떠오름을 어쩔수 없었다.

(화담선생은 일생 벼슬을 하지 않았어도 후세사람들의 존경을 받고있지 않는가.

력사와 후세사람들은 비록 신분은 평범해도 뜻이 높고 기개가 높아 나라와 백성을 위한 길에서 귀중한 재부를 창조한 화담선생과 같은 사람들을 길이 기억한다. 반면에 비록 권문세가의 자손이나 고관대작이지만 기억하지 못하는이가 얼마나 많은가. 그것은 그들이 벼슬이나 관직이 높아도 자기자신만을 위해 살았기때문이리라. 칠전팔기라는 말처럼 이 길에서 쓰러지지 않고 내 기어이 뜻을 성취하리라!)

문제는 한생을 바쳐 이룩할 목표와 일감을 하루빨리 찾는것이였다.

《뭘 생각하느냐? 국이 다 식겠구나.》

려월이 밥상앞에 앉아 숟가락을 든채 멍청해있는 허준의 앞으로 음식그릇을 밀어놓으며 한마디 하더니 다시 부엌으로 내려가 물사발을 들고 들어왔다.

이때 방문이 벌컥 열리며 허륜의 격노한 목소리가 들렸다.

《아니, 뭐 어찌 되였다구?! 과시장에서 시험도 못 치르고 쫓겨 왔어?》

《아니?!》

쨍그랑- 려월의 손에서 물사발이 떨어졌다. 려월은 얼굴이 백지장처럼 새하얗게 질리더니 그자리에 폴싹 주저앉는다.

서슬이 푸르딩딩해서 방안으로 들어선 허륜은 려월의 낯색이 창백해진것을 보고서야 그가 허준의 일을 전혀 모르고있으며 이 소식이 그에게 얼마나 큰 타격으로 되는가를 깨달았다. 허나 일은 이미 엎어놓은 물함지였다.

려월의 낯색이 새하얗게 질리는것을 띄여본 허준이 숟가락을 든채로 어쩔바를 몰라한다. 그들모자를 일별해본 허륜이 애써 노기를 다 잡으면서 입귀로 한마디 내뱉았다.

《내 감영의 도사 그놈을 그저…》

들어올 때처럼 허륜이 휭 바람을 일구며 방에서 나가버리자 려월은 그 자리에 맥없이 스르르 쓰러졌다.

《어머니! 어머니!》

허준은 쓰러진 어머니를 부둥켜안고 소리쳐불렀다. 숨소리마저 간간하다. 허준이 이불을 내려 어머니를 정히 눕히고 인중을 눌러주고 손발을 주물러주자 한참후에 려월이 정신이 든듯 눈을 가까스로 뜨더니 뚫어지게 아들의 얼굴을 주시하였다. 그러더니 손을 들어 허준의 눈굽에 고여있는 눈물을 훔쳐주었다.

《자식두, 그런 큰 아픔을 혼자 묻고있다니…》

어머니의 두눈에 뜨거운 눈물이 고이더니 볼을 타고 베개밑으로 주르르 흘러내렸다.

다음날 이른새벽 허륜은 평양부를 향해 자견마를 달렸다. 그날 늦은저녁에 평양부에 이른 허륜은 곧바로 도사의 집이 있는 경상골로 쳐들어갔다.

《아니, 군수어른이 이밤중에 여기까지?》

한창 상에 마주앉아 술잔을 기울이던 도사는 수백리나 되는 룡천땅에서 날아온 허륜을 보고 도깨비가 방안에 들어온것만큼이나 후닥닥 놀라며 뒤로 벌렁 나자빠졌다.

《대체 어찌된 일인가, 엉?! 자네를 신주같이 믿구 내 아들을 맡겼는데 시험도 못 쳐보고 과시장에서 쫓겨나다니?

그래 너도 사람이냐? 해주마 하고 약속까지 하구도 과시장에서 쫓아내?!

그리고도 술이 목구멍으로 넘어가? 이 의리도 없는 자식!》

한주먹 안길듯 무섭게 따지고드는 허륜을 보며 사태의 진상을 알아차린 도사는 이럴 때 주눅이 들면 상대가 더 기승을 부린다는것을 잘 알고있기에 곧 마음을 다잡고 흔연스럽게 대꾸하였다.

《제가 있는 힘껏 노력해보았소만 일이 여의치않아 어른의 의사대로 되지 못했소이다.》

《뭣이 어쨌다구?》

도사는 헤식은 웃음을 띠우며 손을 내저었다.

《사실말이지 이번 일을 어른의 요구대로 성사시키려고 제 재간껏 노력했지요. 헌데 일이 안될세라 이번 초시는 지난번과 달리 등록할 때부터 깐깐히 검토했나 봅니다.

상시관어른이 댁의 아들이 서얼임을 어떻게 알아냈는지 룡천군수의 신분위조행위를 관찰사어른에게 상소하겠다는것을 제가 겨우 말렸소이다.》

허륜은 펄쩍 놀라며 되물었다.

《상시관이 그걸 어떻게 안단 말인가? 우리 준이 일은 나와 자네밖에 모르는 일이 아닌가?》

《글쎄요. 그건 저도 잘 모르겠소이다. 듣자니 그 댁에서 누가 발

설했다는지…》

잡아먹을것처럼 길길이 날뛰는 허륜의 눈치를 살피며 도사는 아리숭하게 얼버무렸다.

자기 집에서 이 일을 아는 사람은 허준의 모자와 자기뿐이다. 그것도 허준의 모자는 자세한 내막을 전혀 모르고있다.

《네가 이제 와서 우리 집안에 그런 험터기를 들씌워? 차라리 목이 달아날가봐 손을 뗐다고 말하는게 옳지 않나?》

여전히 한본새로 푸락푸락하는 허륜이지만 기상은 한풀 죽은듯 하였다.

《말이 난김에 터놓는다면 상시관어른의 말처럼 이 사실이 감사나리께 알려지고 조정에 상주되면 군수어른이나 그 일을 알고도 눈을 감아준 나는 봉고파직당하기 일쑤지요. 량사(사헌부와 사간원)에서 가만있을리 없지요. 하루가 멀다하게 탄핵상주문이 임금의 탑상에 쌓일거우다.

어찌 보면 이번 일은 군수어른이나 허씨가문을 위해서도 다행이라 생각하시는게 마음이 편하지요.》

삽사리마냥 자기의 눈치를 살피며 묘하게도 빠져나가는 도사의 세모진 얼굴을 바라보는 허륜은 그의 속심이 십분 짐작되고도 남음이 있었다. 분명 이자가 누구한테서 사촉을 받았던가 아니면 다른 놈한테서 더 큰 뢰물을 받고 허준의 일을 밀어버린게 틀림없다. 그래놓고는 마치 제사 허륜의 앞일을 생각해서 처신한듯이 놀아댄다. 입이 쓰거웠다.

허륜은 그와 마주서서 시비를 캤댔자 자기의 행위를 정당화하는 변명뿐이라는 생각이 들면서 저도모르게 울컥 분기가 더 북받쳐 밥상을 힘껏 내리쳤다.

쾅- 하는 소리와 함께 밥상우의 음식들이 산지사방으로 뿌려졌다. 도사의 얼굴에 새빨간 고추물이 튀였다. 얼굴에 묻은것을 씻으며 도사가 눈살이 꼿꼿해서 언성을 높였다.

《왜 이러시우? 난 그래두 령감을 생각해서 상시관어른에게 손이야 발이야 빌면서 신분위조행위를 무마시켰는데 이건 너무하지 않소이까? 오히려 나한테 귀잡구 절해야 할 령감이 이 무슨 추태요? 정말 섭섭하웨다.》

이젠 제편에서 도리여 큰소리를 친다. 허륜은 철면피한 도사의 얼굴을 처음 보는 사람처럼 뚫어지게 쏘아보다가 손을 내밀었다.

《너같은걸 그래두 친구라고 믿은 내가 눈이 멀었지.… 내가 보낸 금

가락과 삼을 당장 내놓으라. 이 쓸개빠진 자식!》

《무슨 말을 그렇게 하시우? 말이라구 아무 말이나 탕탕 해도 일없수? 그리구 령감이 보낸 물건은 나한테 없수다. 그 물건은 상시관어른을 무마시키느라구 다 주었수다.》

《뭣이? 이자 보니 네놈이 감영의 도사라구 하늘높은줄 모르누나. 정말 내 물건을 못 내놓겠어?》

허륜은 도사의 멱살을 움켜쥐고 세차게 흔들었다.

《아, 이러지 마시우다. 못 내놓는게 아니라 없수다. 있어야 내놓을게 아니유?》

아무리 그래봐야 소 잃고 외양간 고치는 격이였다. 허륜은 욱- 외마디소리를 지르며 도사를 바닥에 내동댕이쳤다. 도사가 벌렁 나자빠져 발버둥질을 하며 방바닥에 뒹굴었다.

《퉤, 더럽다! 너같은 놈은 제명을 못살구 뒈질게다!》

분을 삭이지 못해 씩씩거리던 허륜은 한참이나 방바닥에서 아부재기를 치며 뒹구는 도사를 노려보다가 몸을 홱 돌렸다.

그길로 감사가 거처하는 선화당으로 찾아갈가 생각하던 허륜은 일이 이미 글러진바에야 그랬댔자 긁어부스럼을 만드는것 같아 숙소에서 하루밤을 새고 다음날 아침에 룡천으로 향하였다.

룡천으로 돌아오면서 허륜은 이 일을 곰곰히 따져보았다.

철석같이 약속한 도사가 어째서 손바닥 뒤집듯 약속을 어겼는지 암만 생각해보아도 모를 일이였다. 분명 여기엔 무슨 쪼간이 있는게 틀림없었다. 쥐도새도 모르게 꾸민 일이 어떻게 되여 상시관의 귀에까지 날아들어갔을가. 도사는 제 입으로 《그 댁에서 발설》했다고 말하였다. 이 일은 례방밖에 모른다. 허륜은 례방에 대해서는 의심하지 않았다. 왜냐면 례방은 오위도총부에 있던 허륜이 룡천군수로 부임되여와서 처음부터 오른팔처럼 믿고 정사를 펴나간 사람이다. 사람이 눈썰미가 있고 또 신용이 있었으며 자기의 말이라면 목숨까지도 불사할 위인이다. 그런 그가 절대로 이 일을 발설말라고 한 군수의 당부를 잊을리 만무하다.

(그러니 례방은 아니야. 그럼 어느 놈일가?)

불현듯 허준의 모자라면 눈에 달이 떠서 매삼치던 오매와 허모가 떠올랐다. 그렇다. 이는 그 모자에게서 사달이 난게 분명하다. 미욱한 오매의 머리에선 상시관까지 주무를 수가 나올수 없다. 팽이머리라는 아들놈의 작간이 틀림없다는 확신이 들었다. 공부라면 얼굴부터 찌프리는 허모는 때로 애비인 허륜이도 아연케 하는 갑작수를 잘 쓴다. 그 수가 얼마나 치밀하고 상상을 초월하는지 허륜은 (저놈이 앞으로 길을 잘 들면 정승자리에도 오를수 있지만 자칫하면 저놈때문에 가문이 망할수 있어.) 하는 생각이 늘 뇌리를 떠나지 않군 하였다.

헌데 천리밖에서 서원에 다니는 놈이 어떻게 알수 있을가.

문득 별안간 집에 나타났던 허모가 간다는 소리도 없이 경상도로 내려갔다는 생각이 들었다. 한번씩 올적마다 은전을 내놓으라고 에미를 든 장질하며 성화를 먹이던 녀석이 이번에는 너무도 조용히 사라져버렸다. 그러고보면 그놈이 올적마다 책방이란 놈이 별스레 분주탕을 피우던 모습이 눈에 밟혔다.

아차, 그러니 책방이다! 그놈이 례방과 이발과 입술관계처럼 허물없이 지내는 사이가 아닌가. 지독스레 술을 좋아하는 례방이 깜찍하기 그지없는 책방놈의 술을 얻어먹고 발설한것이 분명하다. 책방놈이 또 아들놈에게 전달했을것이구. 그래서 식년시를 한해 앞둔 가을에 초시를 치른다는것을 모르지 않는 허모 그자식이 별안간 집에 온것이다.

(허모 그놈이 준이의 향시응시를 훼방놓으려고 제 에미와 짜고 한짓이 분명해. 맏아들녀석이 한짓이 분명하다면 제 에미가 모를수가 없어.

그렇다면 허모녀석이 경상도로 내려가면서 감영에 들린게 확실한데 그놈이 누구를 만났을가? 그리구 이런 일은 빈손으로는 절대로 안되는데 혹시 이년놈들이 내 금전을 훔쳐낸게 아닐가?)

여기까지 생각하니 숨이 가빠졌다. 오매는 남편의 금고에 충분히 손을 댈수 있는 말하자면 낯가죽이 솥뚜껑보다 더 두꺼워 저밖에 모르는 녀인이였고 허모 그자식은 제 에미를 닮아 눈섭 하나 까딱 않고 제 동생을 궁지에 몰아넣을 놈이였다.

그러고볼 때 려월이는 오매와 천양지차였다. 설사 눈앞에 은전이 있어도 남편에게 고스란히 바칠 그지없이 순진하고 마음이 곱다. 그래서 그 미모보다 마음에 끌려 본택의 미움을 받으면서도 려월이를 끔찍이도 위해주고싶은 허륜이다.

수시로 허륜은 인격상에서나 용모상에서나 봉황과 까마귀같은 두 녀인을 대비하면서 이 세상에 량반(저도 물론 량반이지만)출신의 사람들은 하나같이 마음도 용모도 추한데 평민이거나 천한 신분출신의 사람들은 어쩌면 그렇게 하나같이 마음도 용모도 고울가 하고 생각하였다. 풀수 없는 이 수수께끼를 허륜은 자기식으로 백성들이 저렇게 용해

빠지니 가난뱅이신세를 면치 못하는것이라고 눌러버렸다.
　이 시각 허륜은 자기식의 그 위안이 허위이고 거짓이며 위선인듯 생각되면서 그 허상을 후려치기라도 할듯 미친듯이 말을 몰아댔다.
　룡천읍에 당도한 허륜은 먼저 례방을 불러들였다.
　아닌 밤중에 사또의 부름을 받고 동헌대청에 들어선 례방에게 허륜은 다짜고짜로 소리쳤다.
　《이놈! 내가 그만큼 당부했는데도 비밀을 발설해?!
　그래, 허준의 일을 책방한테 말했지? 내 그만큼 술을 삼가하라고 했건만 네놈은 그 술버릇을 떼지 못해 간사한 책방놈한테 얼리워 이 군수가 당부한 가정사를 발설해?
　이실직고하지 않으면 네놈이 오늘 내 손에서 죽는 날이다!》
　영문을 모르고 불소나기를 뒤집어쓴 례방은 사또가 분격한 까닭을 알아챘다.
　그러지 않아도 감영으로 떠나기 전날밤에 책방이 차린 술상에서 거나하게 술을 마시고 취김에 사또댁 작은도령이 향시에 응시할것 같은데 요즘 그 일로 사또가 골머리를 앓고 그래서 내가 감영에 봉물짐을 인솔해가는 길에 여사여사하게 해야 한다고 떠벌인것이 늘 마음에 걸려있던 례방이다.
　가뜩이나 사또댁 작은도련님이 과거장에서 서얼이라고 쫓겨났다는 소식을 듣는 순간부터 바늘방석에 엉치를 댄것같이 불안해있던 례방은 군수의 불호령에 넙적 그자리에 꿇어앉았다.
　《소인이 그만 죽을 죄를 지었나이다. 그놈의 술때문에…》
　허륜은 너무도 쉽게 자백하는 례방을 쏘아보며 극도로 노기가 북받쳤다. 행여나 그의 입에서 그런 일이 없다고 딱 잘랐으면 허준의 일이 이렇게 된것은 다 팔자탓이라고 밀어버리려 했던 그였다. 예로부터 팔자도망은 못한다고 하지 않았던가.
　또 이는 본댁과 소실, 그 아들들간의 싸움질이 제발 없기를 바라는 한가닥 희망이 사그라지고 마음에 없지만 불피코 제손으로 처리해야 할 그 싸움질의 서막이 열렸다는 엄연한 사실로부터 오는 불만이고 그 불만이 터뜨린 분노였다.
　《여봐라!》
　미리 기다리기라도 한듯 형방이 나섰다.
　《정사를 태만하구 술을 처먹으며 관가의 비밀을 루설한 저놈에게 볼기 스무대를 안겨라!》

그러지 않아도 륙방관속중에서 사또의 총애를 독차지하고 저들을 우습게 여기는 례방을 아니꼽게 보던 형방이 이때라고 생각하고 딴 사람은 눈치채지 못하게 형리들에게 사정두지 말라는듯 오른쪽 세손가락을 가만히 펴들었다. 형리들은 관가마다 약간의 차이가 있지만 저들만이 통하는 신호가 있는데 룡천관가의 형리들은 저들이 봐줄 대상, 다시말해 경하게 매를 안겨야 할 대상은 오른쪽손가락 하나를, 그보다 세게 다스려야 할 대상은 손가락 두개를, 제일 심하게 매를 안겨야 할 대상은 손가락 세개로 약속되여있었다.

저들의 우두머리의 말없는 지시에 따라 형리들은 살 때를 만난듯이 례방의 새하얀 엉뎅이에 사정을 두지 않고 매질을 안겼다. 잠간사이에 례방은 시체마냥 축 늘어졌다.

마지막까지 그 혹독한 매질을 지켜본 허륜은 책방을 호출하여 닥달질을 하려다가 절레절레 머리를 저었다. 만일 책방을 훈칙하면 사또가 제 아들문제때문에 형을 내렸다는 소문이 나돌수 있다는 위구감이 머리를 쳐들었던것이다. 례방놈만 입을 다물면 이 일은 더 퍼지지 않을것이다. 사또 자제가 서얼이여서 과시장에서 쫓겨났다는 소문은 참을수 있다. 허나 사또가 제 아들을 위해 뢰물을 먹였다가 수포로 돌아가자 그 분풀이로 관속들을 매로 다스렸다는 흉문이 돌아서는 절대로 안된다. 그 흉한 소문이 나돌면 영낙없이 포폄에서 제일 락후하게 평가된다. 평안땅에서 무반출신 군수이지만 문반출신들이 납작해지도록 언제나 포폄에서 상으로 평가되던 허륜이 아닌가.

그길로 허륜은 자기가 은닉한 금은재물이 어떻게 되였나 하여 집우의 다락으로 올라갔다. 금고를 열어보던 허륜은 경악하여 그자리에 주저앉았다. 금가락이 열개씩이나 없어진것이 아닌가.

부리나케 다락에서 내려온 허륜은 내실의 문을 왈칵 잡아제꼈다.

윤기 자르르한 노전에 함지만 한 궁둥이를 붙이고앉아 대추알을 까고 있던 오매가 화들짝 기겁하며 궁둥방아를 찧었다. 남편의 서슬푸른 기상에 단박에 기가 질려 물었다.

《아니, 왜 그러시나이까? 무슨 일이 있소이까?》

허륜은 기가 질려 뒤로 물러나는 오매를 노려보며 자제력을 잃지 않으려고 애쓰며 물었다.

《부인은 허모녀석과 뒤에서 무슨 꿍꿍이를 했소?》

당장 일을 칠것 같은 남편의 무서운 기상을 두려운 눈으로 바라보는 오매의 턱이 달달 떨렸다.

《아닌 밤중에 그건 웬 소리나이까?》

턱은 떨고있지만 대답소리는 천연스러웠다.

《모른단 말이지. 그럼 금가락 열개는 어디에 감췄소?》

금가락이라는 소리에 오매는 대답이 궁해졌다. 하인년놈들에게 밀어버릴수 있지만 그놈들은 그 장소를 도저히 알수 없으니 통하지 않는다.

《왜 대답 못하오? 입이 얼어붙었소?》

더는 남편과 숨박곡질을 할수 없었다. 아니, 더는 이렇게 살고싶지 않았다. 딸년들은 출가하고 아들은 저 멀리 경상도에 공부하러 갔다. 너렁청한 이 방안을 홀로 지키고있는 자기의 설음이 불현듯 가슴에 치밀면서 눈물이 왈칵 쏟아졌다. 이왕지사 일이 이렇게 터진바에는 아들을 낳아 허씨가문의 대를 이어놓은 당당한 정실이지만 하대를 받고 있는 자기의 설분을 남편에게 터놓고싶었다.

오매는 울먹이며 순순히 털어놓았다.

《그 금가락은 첩이 꺼냈나이다. 허모가 이번에 집에 왔다갈 때 필요하다고 해서 주었소이다.》

허륜은 눈물을 떨구며 너무도 쉽게 토설하는 오매의 태도에 한순간 당황해났다. 오매답지 않은 공손한 태도였다.

녀인의 눈물앞에선 사내들은 마음이 약해지는 법이다. 언제나 들소마냥 길길이 날뛰며 승악이 센 오매가 뻗대지도 않고 제가 금가락을 꺼냈다고 고백하니 허륜은 입을 하 벌리고 아연해질수밖에 없었다. 방금전까지의 노기가 온데간데 없어졌다. 약해지려는 자신을 다잡으며 허륜은 그냥 한본새로 다불러댔다.

《이젠 가장의 금고에까지 손을 뻗치다니. 허참, 내가 지금껏 이런 도적과 한집에서 살았뇨?

그래, 허모녀석이 그 금가락을 어데 쓰려고 가지고갔소?》

오매는 응당하다는듯이 숨기지 않았다.

《허준이녀석이 과거에 응시 못하게 하려구 감영의 도사에게 주는 것 같소이다.》

그 말에 방금전까지도 가라앉았던 노기가 하늘중천 되살아났다.

《뭣이 어째?! 이 륙실할것들!

제 새끼와 동생을 잡아먹으려고 가장의 금고에서 금가락을 훔쳐 구미여우같은 놈팽이에게 섬겨바치다니, 에잇!-》

어느새 자기의 손이 오매의 뺨으로 날아갔는지 허륜자신도 몰랐다.

철썩!-

오매의 희멀쑥한 뺨에 시퍼런 구렝이가 살아나고 두툼한 입술사이로 선지피가 슴새나왔다.
《네년은 어떻게 생겨먹은 년이기에 그리도 흉측스럽구 악착하냐?
에미라는게 이리도 속이 시꺼멓고 심술이 바르지 않으니 그 몸에서 빠져나온 아들이란 녀석은 글공부는 하지 않고 주색질에 미쳐돌아가다못해 이제는 제 동생마저 잡아먹구 제 애비얼굴에 똥칠을 하구 다니지…
당장 이 집에서 썩 나가!》
불의에 남편한테서 따귀를 얻어맞은 오매는 그 순간 리성을 잃어버렸다. 지금껏 참아온 설분과 남편에 대한 야속함, 려월과 허준에 대한 증오감이 뚝을 터쳐놓은 도랑물마냥 가슴속에서 분출하였다. 오매는 미친듯이 울부짖으며 목청껏 고아대기 시작하였다. 량반댁가문에서 어릴적부터 받아온 요조숙녀요 부부유별이요 하는 도덕규범들을 귀신한테 집어던진 오매는 체면도 렴치도 분간 못하는 녀인으로 화하고말았다.
벌떡 일어나 남편의 얼굴에 손가락질을 해대며 기염을 토하기 시작하였다.
《뭐? 이 집에서 나가라구? 그래, 내가 두상태기가 빚어놓은대로 있는 밀가루반죽같은 려월이년인줄 알아?! 어따대구 나가라야!
이 집의 안주인이 두상태기눈에는 그 천한 려월이년으로 보이느냐?》
허륜은 갑자기 모들 뜬 눈으로 자기에게 손가락질을 하며 입에 거품을 물고 달려드는 오매의 행동에 눈이 휑해졌다. 이 무슨 일인가. 우리 양천 허씨가문에 어데서 이런 몰상식하고 무지한 년이 나타났담? 한 고을의 관속들과 백성들의 생사권을 손바닥우에서 좌우지하는 군수라는 이 허륜이 제 녀편네앞에서 이 무슨 꼴인가.
그런 생각이 뇌리를 치는데 오매의 미친증은 최절정에 이르렀다.
《내 이날이때까지 두상태기가 려월이년과 그 새끼를 끼고도는것을 참고 또 참아왔다! 그래서 이제는 가슴에 멍이 들대로 다 들어 온통 상처투성이야!
두상태기가 려월이년과 한이불속에서 뒹굴 때 내 이 손으로 가슴과 허벅다리를 얼마나 꼬집어대며 울었는지 알아? 눈물이 아니라 피가 가슴에서 콸콸 흐를 때 두상은 그년과 실컷 재미를 보았지?!
그래, 이 오매는 사람축에 못 드는 미시리라더냐!
자, 봐라! 어서 보란 말이야. 내 설음의 상처투성이를 보란 말이야!》
오매는 제 손으로 와락 도련을 벗어던지더니 속옷을 잡아뜯었다. 염소젖통같은 유들유들한 젖가슴부위가 시퍼런 멍으로 얼룩졌다.

《아니, 이년이 환장을 한게 아니야?》

오매는 이번에는 치마자락을 쭉 벗어내리고 속곳만 걸친 실팍한 다리를 허륜의 앞으로 쑥 내밀었다. 투실투실한 그 허벅다리에도 온통 시퍼런 멍이 들었다.

《오냐— 환장을 했다, 환장을 했어! 그래, 어쨌단 말이야?!

내가 아들과 짝짝꿍 해서 그 서얼자식을 과거에 응시 못하게 하려구 금가락을 훔쳐 갖다고였다!

그래, 어쩔테냐? 어쩔텐가 말이야!

정실댁 량반자식은 제쳐놓구 천첩의 서얼자식을 과거응시시키다니, 조상들앞에 죄스럽지 않아?!

난 이 집안에 떳떳한 사람이야! 허씨가문의 신주를 모실 종손을 낳은 나를 그래 두상이 이렇게 천대하는게 조상들앞에 죄짓는게 아니구 뭐야!》

허륜은 눈앞이 아찔해졌다. 남들이 다 자는 이 한밤중에 군수가 사는 동헌대청의 안방에서 내외간이 시앗싸움을 했다는 소문이 래일이면 온 관내에 쫙 퍼질수 있다. 한번 되게 혼쭐을 내려고 잡도리를 했던 허륜은 거꾸로 혼쭐당하는 처지에 놓이게 되였다. 녀자가 독을 품으면 오뉴월에도 서리가 내린다는 말은 바로 오매와 같은 녀인을 두고 이르는 말이렷다. 벙어리마냥 허륜은 아무 대꾸도 못하고 입만 쩝쩝 다셨다. 좀더 건드렸다간 홀라당 알몸으로 온 동헌이 떠나갈듯 돌아칠것 같았다.

허륜은 체면과 인격을 중시하는 량반이였다. 오매의 이 넉두리가 언제 판이 날지 알수 없다. 만일에 허륜이 이제 한마디 한다던가 주먹행사를 한다면 또 다른 흠을 걸고들며 아예 란장판을 더 크게 벌릴 오매이다. 똥이 무서워 피하던가, 더러워 피한다지 않았던가.

허륜은 흰자위를 희끗거리며 암범처럼 날치는 오매를 어처구니없이 쏘아보다가 획 돌아서서 방문을 걷어차고 별채로 향하였다. 그뒤로 오매의 넉두리인지, 행악질인지 계속 뒤따라왔다.

《이젠 내가 하는 말이 맞갖지 않다는거지?

오, 어디로 가는가 했더니 그 첩년과 놀아대던 별채로 가는구나! 그 계집의 냄새를 맡고싶다?!

그러면 별채에 갈게 있나. 나를 피하느라고 따로 사준 그 집에나 콱 가봐라!》

별채에 들어선 허륜은 벌렁 바닥에 드러누웠다. 밖에서는 악을 쓰며 웨쳐대는 오매의 넉두리가 한동안 끊기지 않고 계속 들려왔다.

7

밤늦게까지 별채를 향해 게거품을 물고 왝왝 고아대던 오매는 제풀에 기진맥진하여 방바닥에 털썩 주저앉았다.

너렁청한 빈방에 홀로 앉아있는 오매의 뺨으로 고뇌의 쓴 눈물이 비오듯 흘러내렸다.

삼십대 초반의 한창나이부터 남편의 정과 사랑은 자기에게로가 아니라 려월에게 쏠렸다. 그러니 그 나날에 겪은 심중의 고통은 이루 헤아릴수 없었다.

오매의 쌓이고쌓인 그 원한이 바로 오늘밤에 폭발했던것이다. 오매는 분하고 원통한 자기의 심중을 담아 남편에게 고래고래 소리질러댔지만 직성이 풀리지 않았다.

오매는 이발을 으드득 갈았다. 모든 불행의 화근이 따져놓고보면 려월이 이 집문턱을 넘어선 그날로부터 시작된것이다. 오늘날에 와서는 려월이 낳은 허준이로 하여 그 화근이 더욱더 뿌리깊어졌다고 생각하니 려월이와 그가 낳은 허준이 미운 정도가 아니라 막 죽이고싶었다. 남편한테 하대받으면서도 그까짓것 했던 오매의 시기와 질투심이 화산마냥 되살아나기 시작했다.

(장본인은 그 화냥년때문이야. 그 쌍년을 아예 짓뭉개버릴테다!)

며칠밤을 뜬눈으로 새운 오매는 남편의 동정을 살피다가 닷새째 되는 날 려월이 산다는 솔골로 걸음하였다.

허준의 일로 받은 마음의 상처로 하여 이제껏 지탱하던 의지점을 잃은 려월은 골병으로 자리펴고 누워있다가 기척도 없이 문을 쾅 열어 제끼고 들어서는 오매를 보자 창황중에 가까스로 몸을 일으켰다.

《아니, 마님이 어떻게?》

헝클어진 머리를 손으로 다듬으며 하는 려월의 인사말에 오매는 흥— 하고 코웃음을 치며 신을 신은채로 방안에 들어섰다.

《임자 팔자가 삼복철 개팔자 부럽지 않군. 큰집에선 그 잘난 임자네 아들때문에 며칠 잠도 못 자고 초상난 집안이 되였는데 임잔 셈평좋게 청청 푸른 대낮에 자빠져 잠을 자고있군.》

힘겹게 일어나앉은 려월의 얼굴에 병색이 질건만 오매의 눈에 병자의 모습이 띄울리 만무하였다.

려월은 벼락치듯 쳐들어와 야비하고 조폭한 언사를 던지는 오매의 거 치른 행동에서 허륜과 오매사이에 허준의 일로 소동이 일어났고 그 화풀이로 오매가 이 집에 들어섰음을 알아차렸다. 더구나 오매의 뺨에 시퍼런 멍이 든것을 띄여보고 려월은 이제 한바탕 복닥소동이 일어날것이라고 예감하며 마음을 조였다.

《임잔 대체 치마폭이 얼마나 넓기에 령감이 임자말이라면 그렇게도 꼼짝 못하나?》

려월은 아무런 응대도 하지 않았다. 이 집에 들어선 첫날부터 항시 이런 박대와 구박속에서 살아온 려월이다.

《왜? 또 내 말이 쓰겁다는건가? 대체 어떻게 꼬였기에 령감이 준이녀석때문에 감영에까지 찾아갔을가? 어디 한번 나한테도 그 재간을 배워주게나.》

려월은 들으니 금시초문이라 숙였던 머리를 쳐들었다.

《무슨 말씀인지 전 그런건 전혀 모르오이다.》

《이젠 거짓말까지 다 하구? 밤낮으로 한이불속에 들어가 재미를 보며 별별 요사를 다 피우더니 이제 와서는 제법 시치미를 뗴는군. 그래, 솔직히 말해보게. 어떻게 령감을 꼬였는지 나한테 그대로 말해주지 않겠나?》

려월은 그 말에 오매를 똑바로 쳐다보았다.

병색으로 해쓱해진 그의 얼굴이 모욕감과 수치감으로 화로불마냥 붉어졌다. 려월은 같은 녀성으로서 남편의 무관심으로 하여 오매가 겪은 심리적고충과 설음을 리해하였기에 될수록이면 그 모욕과 멸시를 고스란히 감수하군 하였다. 려월은 오매의 생억지와 트집에 저까지 말려들어 시비를 가르며 싸운다면 체면과 인격을 중시하는 남편의 얼굴에 흙칠을 하는것 같았고 또 비록 서자이지만 허준의 일이라면 왼심을 쓰는 남편에게 마음의 그늘을 줄것 같아 여직껏 참아왔었다. 허나 허준이 과거장에서 서얼이라는 리유로 쫓겨난것이 오매와 허모의 작간질이라는 남편의 말을 듣고난 다음부터 무맥하게 앉아서 더이상 수모를 받지 않으리라 다짐하고있었다.

려월은 자기의 몸이 좀 나아지면 그때 가서 오매와 마주앉으리라 생각하고있었지만 오늘 오매가 독을 품고 행악질을 해대는 꼴이 잡도리가 여느때와는 다르다는것을 짐작하고 더는 미룰수가 없었다.

《하, 이것 봐라! 이젠 두눈을 똑바로 뜨고 쏘아본다?!

그래, 쏘아보면 어쩔텐가. 응, 어쩔테야?》

려월은 벽에 의지해 안깐힘을 쓰며 일어서서 오매를 향해 나직하나 또박또박 쏘아붙였다.

《오늘은 내 말 좀 해야겠어요.

난 여태 나리의 관심밖에 있는 마님을 동정했고 나리의 정이 나한테 쏠릴 때마다 마님앞에 죄스러웠어요. 그래서 마님에게서 별의별 상상 못할 수모와 멸시를 받으면서도 리해하려고 애썼어요. 왜냐면 마님도 녀자이고 나도 녀자이기때문이예요. 남정들과는 달리 녀자들은 녀인이라는 그 한가지 공통점으로 해서 서로 리해하고 속을 터놓을수 있지요.

난 형제가 없어요. 저 경상도에 홀어머니가 계실뿐 나에겐 아무런 혈붙이가 없어요.

사실말이지 이 집에 내가 오고싶어 왔나요?》

려월의 목소리는 낮았으나 그속에는 악한이라도 감복할 그런 따스한 정이 흐르고있었다.

《이 집에 처음 왔을 때 나는 마님을 언니로 따르고싶었어요. 비록 신분적장벽이 우리 둘사이에 가로놓였지만 그래도 우리는 한사내를 지아비로 섬기는 녀인들이 아닌가요.

헌데 그 생각은 이 집에 발을 들여놓은 첫날부터 깨져버렸지요. 그 리유는 마님이 더 잘 알기에 말하지 않겠어요.

오죽하면 나리가 우리 모자를 따로 갈라 이 집에 옮겼겠나요?!

이자 마님이 우리 준이 문제를 꺼냈는데 입은 비뚤어져두 주라는 바로 불란다구 마님모자가 훼방한노릇이 아니나요?

나나 준이는 애당초 과거에 응시할 생각을 하지도 못했어요. 허나 준이도 허씨집안의 피를 받은 자식이기에 비록 첩의 소생이지만 나리는 어떻게 하나 아버지로서의 도리를 다하려구 준이를 과거에 응시시키려구 한거예요.

우리 모자는 그 내막을 자세히 알지 못해요. 그저 나리가 준이더러 과거에 응시하라구 하기에 갔던것인데 마님과 큰도련님이 나리의 금고에서 금가락을 훔쳐 우리 준이가 응시 못하게 하려구 흉계를 꾸몄지요.

그래, 하나 묻자요. 큰도련님과 우리 준이가 허씨집안의 피를 받은 형제가 아닌가요? 설사 첩의 소생이래두 형제야 형제가 아닌가요.

어쩌면 사람이 그럴수가 있어요? 아마도 그래서 나리가 마님에게 시비를 가른것 같은데 마님은 지금 나한테 와서 오히려 그 뱁풀이를 하려구 하나요?

어디 한번 말해봐요. 입이 열개라두 마님은 할 말이 없을거예요. 우리같은 사람들은 마님네들처럼 지체는 높지 않아두 사람의 도리나 인간생활의 리치는 잘 알고있답니다.》

오매는 별안간 박아놓은 말뚝처럼 그자리에 굳어져버렸다. 늘 봐야 자기의 행악질에 죽었수다 하고 잠자코 있던 려월의 입에서 청산류수와 같은 이런 말이 흘러나올줄 상상도 못했던 오매이다. 말도 청산류수이지만 듣고보니 너무도 리치에 닿는 소리여서 뻐꾹소리 한마디 할수가 없었다. 아니, 무슨 말을 해야 할지 도무지 알수 없었다.

오매는 그제서야 남편이 왜 려월에게 혼맹이가 빠져 돌아가는지 짐작되는것 같았다. 오매가 알고있는 남편은 주색에 주린 사내가 아니였다. 한개 군의 관장이라면 고을의 기생들을 눈짓 한번이면 수청들게 할수 있으련만 언제한번 기생들과 어울린다는 소문은 듣지 못하였다. 헌데 이상하게도 려월이한테 유별나게 정을 쏟아붓는다.

그 순간 오매는 자기가 그리도 숫보고 업신여기며 질투심으로 복수하고싶은 려월이가 천첩이지만 자기와는 아득한 차이가 있는 숙녀로 돋보이였다.

하지만 오매는 역시 오매였다. 지금 이 시각 려월이가 녀인으로서 인간으로서 신분적장벽을 초월하여 리해와 화목의 손길을 내밀었지만 오매는 거절하였다. 이로 하여 오매는 남은 여생을 비운으로 고통받았으며 결국은 그의 아들인 허모의 운명도 비참한 일로를 걷게 되였다.

오매는 지체높은 량반가문출신의 당당한 정실인 자기가 한갖 천한 노비출신의 첩보다 렬등하다는 모멸감으로 하여 불쑥 수치감이 들었다. 아니, 그보다도 려월의 눈에 비낀 자기라는 존재가 얼마나 꼴불견일가 하는 생각에 울화가 북받쳤다고 해야 옳을것이다.

오매는 먹이를 노리는 독사마냥 곱살하고 연해보이는 려월을 노려보며 한결음 바투 다가섰다.

《이자 보니 임잔 쾌 유식하구만. 정실댁마님더러 잘못했다고 하지 않나 또 그 주제에 누굴 가르치려고 훈시하지 않나. 임자가 가르치지 않아두 난 다 알고있어!

이젠 나같은건 사람값에 못 간다는건데 꽤 담이 커졌는걸. 임자의 어데서 그런 담이 생겼는지 오늘 내가 봐야겠어!》

오매는 독수리 병아리 덮치듯 간신히 벽에 의지해 서있는 려월의 저고리를 와락 잡아 마구 뜯기 시작하였다.

《아니, 이 무슨 추태…》
려월이 필사적으로 항거해나섰으나 병으로 쇠약해진데다가 사내들을 찜쩌먹을 정도로 뚝심이 센 오매의 완력앞에 어린애가 어른을 대항하는 격이 되고말았다.
순식간에 려월의 옷이 갈기갈기 찢겨졌다. 아직도 젊음이 생생한 려월의 상체가 고스란히 오매의 눈앞에 드러났다. 상아를 다듬은듯 희고 매출한 젖가슴이며 동그란 어깨를 보는 순간 오매는 불현듯 처음으로 그 희디흰 아름다운 육체와 보기 흉한 자기의 뚱뚱한 육체를 대비해보면서 잠재하고있던 질투심이 더 머리를 쳐들었다. 사정없이 달려들어 려월의 젖가슴이며 살을 마구 꼬집어대고 비틀어대기 시작하였다. 남편이 젊은 이 육체에 미쳐 자기같은것은 거들떠보지 않았다는 반감에 아픔과 부끄러움으로 비명을 지르는 려월의 하소연같은것은 꼬물만치도 안중에 없었다. 려월의 새하얀 상체는 온통 피멍이 들었다. 그는 동가슴을 손으로 가리운채 실신상태에 빠져들었다.
그것도 성차지 않아 오매는 신을 신은 발로 그의 얼굴과 허리, 젖가슴을 짓밟았다.
《이년아! 오늘은 내 직성을 푸는 날이다. 네년이 다시는 량반댁을 우습게 보지 못하게 할테다!
까마귀 백년가도 백로 못된다! 알겠냐? 뭐, 같은 녀자라 동정했다구?! 그래, 내가 너같은 천첩의 동정이나 받는 그런 약골로 보여?!》
한참이나 씩씩거리며 발광하던 오매는 려월이가 정신을 잃고 쓰러지자 얼음판에 자빠진 황소마냥 눈을 떼룩거리며 한참동안 려월을 굽어보다가 그의 코밑에 손을 대보았다. 간간이 숨소리가 들리자 죽지는 않았구나 하며 퉤 하고 돌아서서 황급히 그 집을 나섰다.
오매가 물러간 뒤 한식경이나 되여 겨우 정신을 차린 려월은 자기의 처참한 몰골에 억이 막혔다. 눈물도 이제는 다 말라 나오지도 않는다. 이제 곧 준이가 올텐데 이 몰골을 보여서는 안된다. 려월이 안깐힘을 다해 옷가짐을 수습하고 방안을 정리하고났을 때 서당에서 점심하러 들어오는 허준이 대문을 여는 소리가 들렸다. 그 소리를 들은 찰나 려월은 그자리에 정신을 잃고 쓰러지고말았다.
방문을 열던 허준은 깜짝 놀랐다.
《어머니!》
다급히 소리치며 방바닥에 쓰러진 어머니를 일으켜안은 허준은 어머니의 얼굴에 험상하게 난 상처자리며 부어오른 눈잔등을 보고 분명 오매가 한짓임을 알았다. 오매가 아니고서야 세상에서 제일 선량하고 마음착한 어머니의 몸을 이렇게 만신창으로 만들수 있으랴.

《어머니! 이 어인 일이오이까. 정신을 차리소이다!》

그러나 어머니는 창백한 얼굴로 죽은듯이 누워있었다.

허준은 벌떡 일어나 문을 박차고 내달렸다. 솔골에는 의술이 용한 삼십대의 녀의원이 살고있었다. 녀의원의 이름은 죽순이다. 한달음에 의원집에 이른 허준은 대문을 열고 뜰안에 들어섰다.

《의원님! 의원님!》

허준의 고함소리를 듣고 지게문이 열리면서 열세살가량 나보이는 처녀애가 퇴마루에 나타났다.

《도련님! 무슨 일이오이까?》

허준은 선복이라고 부르는 이 처녀애를 잘 알고있었다. 서당으로 오가면서 늘 약초바구니를 들고 산으로 오르는 애를 한두번만 보지 않았다. 두눈이 새별처럼 초롱초롱한게 여간 귀엽지 않았다.

《의원님이 계시냐? 우리 어머니가 위급해서 그런다.》

《예. 있소이다.》

선복이가 방문을 열며 안에 대고 소리쳤다.

《어머니, 사또댁 작은도련님이 오셨나이다.》

허준은 선복의 뒤를 좇아 방안으로 들어섰다. 방안에는 대여섯명의 병 보이러 온 사람들이 주런이 앉아 자기의 순번을 기다리고있는데 대개가 녀인들이였다. 장지문너머 웃방에서는 녀의원이 병자치료를 하고있었다. 선복이가 제 어머니에게 다가가 귀에 대고 뭐라고 소곤거리자 녀의원이 급히 일어나 아래방으로 내려와 허준에게로 다가왔다. 수수한 비단저고리차림의 허준을 바라보는 녀의원의 동그란 얼굴에서는 유표하게 정기가 있어보이는 두눈이 은은한 광채를 발산하고있었다.

《사또댁 작은도련님이 어떻게?》

《저, 의원님! 우리 어머니가 당장 죽어가고있소이다.》

《뭐라구요?》

녀의원은 아래방에 주런이 앉아있는 녀인들에게 량해를 구하였다.

《제 급한 병자가 생겨 그러하니 잠시 기다려주세요.》

허준의 집에 이르러 방에 들어선 죽순은 죽은듯이 누워있는 려월의 얼굴을 찬찬히 들여다보았다. 창백한 려월의 얼굴은 아직도 오매의 드세찬 손아귀에서 시달리고있는듯 이지러져보였다.

죽순은 다급히 눈까풀을 뒤집고 그의 눈을 들여다보더니 재빨리 분홍색주머니에서 침통을 꺼내들었다. 굵은 동침이 려월의 인중에 들이박혔다. 허나 려월은 여전히 인사불성이다.

죽순이 열손가락끝의 십선혈에 열개의 작은 침을 잽싸게 들이박았다. 려월의 몸이 옴지락거리기 시작했다. 병자의 반응을 예리하게 주시하던 죽순은 다시 열개의 침을 뽑고 가운데손가락끝을 가볍게 주물러 침자리에서 한방울가량의 피를 뽑아냈다.

이윽고 후- 하는 긴 숨소리가 새나오더니 인츰 려월이 눈까풀을 가벼이 떨다가 슬며시 눈을 떴다.

《어머니!》

허준은 너무 기뻐 저도모르게 소리쳤다.

죽순의 입에서 가벼운 안도의 숨이 흘러나온다. 그러던 죽순은 재차 려월의 맥을 짚어보고는 손목의 내관혈과 대릉혈 그리고 머리의 백회혈과 상성혈에 침을 놓았다. 정신이 좀 들었는지 침을 놓을 때마다 려월이 얼굴을 찡그렸다.

그제서야 죽순은 가벼이 고개를 끄덕거렸다.

《도련님, 이젠 급한 고비는 넘긴것 같군요.》

《그렇소이까?!》

허준은 새삼스러운 눈으로 몸집이 체소하고 얼굴이 동실한 녀의원을 바라보았다. 녀의원의 이 모든 치료조작은 마치 도술을 부리는것 같았다. 약 한첩 쓰지 않고 몇대의 침으로 인사불성이 된 사람을 순간에 살려내다니. 조물주가 아니고서야 이렇듯 신비할수 있는가. 학문탐구의 세계에 늘 깊숙이 빠져있던 허준이로서는 녀의원의 치료가 신비스럽기만 하였다.

려월이가 정신을 차리자 죽순은 조용히 허준을 바라보았다.

《저, 도련님! 잠간 밖에 나가셨다가 제가 찾으면 들어오세요.》

허준은 그 말이 무슨 소린가 했다가 죽순의 얼굴에 떠오르는 미소를 보고 어머니의 몸에 난 상처를 치료하려 한다는것을 눈치채고 얼른 일어섰다.

한참후에 죽순이 《도련님! 이젠 들어오세요.》 하는 소리가 들렸다. 허준은 어머니가 안정되여 숨소리가 고르로운것을 보자 다소 마음의 여유를 찾고 경황에 어울리지 않는줄 알면서도 녀의원에게 불쑥 물었다.

《저, 의원님! 어떻게 침 몇대로 다 죽어가는 병자를 살려낼수 있소이까?》

병자의 상태를 관찰해보던 죽순은 그 물음에 빙그레 웃음을 짓고 한동안 생각하더니 입을 열었다.

《도련님은 의학에 대해 잘 모를테니 제가 설명해주어도 리해하기 어려워요.》

《그래도 알고싶소이다. 의원님의 말뜻을 백에 하나라도 리해할수 있다면 의원님의 얘기를 다 듣고싶나이다. 병을 다스리는 리치나 자연을 다스리는 리치나 다 같지 않겠소이까.》

《?!》

고집스러우면서도 당돌한 허준의 말에 죽순은 다소 놀란듯 하였다.

《그럼 간단하게 설명하지요. 도련님의 어머니가 이렇게 인사불성이 된건 심화가 동해서 심규(심장의 기가 통하는 구멍)를 막았기때문이예요. 그럴 때엔 먼저 인중혈을 써서 병자가 정신이 들게 해주어야 해요. 그래도 말을 듣지 않으면 열손가락끝에 있는 십선혈을 찔러 피를 한방울 내면 틀림없이 정신을 차리게 되지요.

그다음에 심규를 열어주고 안신시키기 위해 심장의 기가 통하는 손목의 내관혈과 대릉혈을 써주며 여기다가 성뇌작용(정신을 각성시키는 작용)이 있는 머리의 상성혈과 백가지 기가 모여든다는 백회혈을 더 써주면 이렇게 인사불성상태에서 깨여나 안신될수 있어요.》

《백가지 기말이오이까?》

기라는 소리가 나오자 허준의 머리속에는 이 세상의 모든 사물과 하늘땅은 기로 이루어졌다는 화담선생의 리기설이 문득 떠올랐다. 그 기와 녀의원이 말하는 기가 같은것인가고 당장이라도 묻고싶었지만 너무도 주제넘고 경망스러운것 같아 혀끝에서 그 말을 삼키고말았다. 그러나 허준은 녀의원의 말에서 의학에도 자기가 지금껏 서원에서 배워온 지식에 못지 않은, 어찌 보면 그보다도 더 심오한 리치가 담겨져있다는 생각이 들었다.

려월의 숨소리가 고르로운것을 재삼 확인하고나서 죽순은 자리에서 일어섰다.

《아직은 다 낫다고 장담하기 어려우니 오후에 우리 집에 와서 약을 지어가도록 하세요.》

녀의원의 말대로 허준은 오후에 약을 지으러 그의 집으로 찾아갔다.

대문을 열고 토방에 올라선 허준은 잠시 쭈밋거렸다. 정오때에는 인사불성이 된 어머니때문에 경황없이 이 집에 뛰여들어 다급하게 소리쳤으나 급한 마음이 가라앉은 지금에 와서는 내인들만 치료받으러 오는 이 집에 젊은 사내가 들어서는것이 어쩐지 계면쩍은 생각이 들었던것이다.

　허준은 조용히 아래방의 지게문을 두드렸다. 선복이가 얼굴을 빠끔히 내밀더니 허준을 보고 생긋거리며 보조개를 팠다.

　《어머니가 계시냐? 약을 지으러 왔다구 알려라.》

　선복이 초롱초롱한 눈을 깜빡거렸다.

　《어서 들어오시오이다.》

　암만 봐도 귀엽기 그지없는 애였다. 허준은 선복의 보조개 핀 능금알 같은 볼을 살짝 건드리고나서 방안으로 들어섰다. 아까보다 더 많은 내인들이 병치료를 받으려고 순번을 기다리고있었다. 선복의 뒤를 따라 들어선 허준은 치료하고있는 죽순을 향해 가볍게 인사를 하였다.

　방금 한 병자의 진찰을 끝낸 죽순은 눈가에 웃음을 지었다.

　《조금만 기다리세요.》

　그러더니 선복에게 이른다.

　《선복아, 아까 어머니가 말한 처방대로 첩을 짓거라.》

　자그마한 앉은뱅이책상을 마주한 선복이가 주런이 렬을 지어 규칙적으로 놓인 하얀 종이우에 제법 날렵한 솜씨로 약제들을 배렬하고 한첩한첩 그 약들을 익은 솜씨로 싸기 시작하였다. 조꼬마한 선복의 손은 마치 률동에 맞춰 춤을 추는것 같았다. 허준은 어린 선복의 그 날렵한 손동작을 놀랍게 바라보았다. 웬일인지 이 집엔 남정이 없다. 선복의 아버지를 허준은 한번도 본적이 없었다. 분명 무슨 내막이 있는 의원집이였다. 어머니를 도와 약초를 캐오고 약처방대로 첩을 짓고있는 선복이다.

　새삼스런 눈길로 허준은 방안을 휘둘러보았다. 의원댁이라지만 눈에 걸리는 값나가는 물건은 보이지 않는다. 류다른것이 있다면 치료방 한쪽벽면에 있는 당반인데 거기에는 《당귀》, 《숙지황》, 《단너삼》, 《작약》 등 약명들을 써넣은 작은 서랍들을 층층이 개여서 올리쌓았다. 그옆에 아이키만 한 자그마한 서가가 있다. 얼핏 보니 열댓권의 책들이 놓여있는듯 하였다.

　(혹시 저 책들에 죽어가는 사람들을 귀신같이 고쳐내는 신비한 의술이 적혀있지 않을가?)

　《어머니, 약을 다 지었사와요.》

　선복의 그 목소리에 허준은 시선을 죽순에게로 돌렸다. 나이는 허준의 어머니와 비슷해보이는데 언행이 침착하면서도 여유작작하다. 이 린근의 녀인들과 아이들은 대개 죽순에게서 치료를 받는다고 한다. 룡천고을에는 여러명의 남자의원들이 있으나 녀의원은 죽순이 하나뿐이다. 그래서인지 죽순의 집에는 늘 내인병자들이 끊기지 않는다.

어떻게 되여 죽순이가 의원이 되였는지 허준은 조금도 모르고있었다. 하긴 어머니때문이 아니라면 이 집에 올 필요가 없지 않았던가.

죽순이 첩약꾸레미를 허준에게 내밀었다.

《조중석으로 달여먹이세요. 그럼 효험이 있을거예요.》

《저… 의원님, 약값은요?》

《어머니가 병이 다 나은 다음 한꺼번에 내세요.》

허준은 약꾸레미를 들고 죽순의 집을 나섰다. 치료받으러 왔던 내인들이 준수하고 잘난 저 총각이 사또댁 작은도령이라느니 본댁의 성화에 못이겨 사또가 집을 여기 솔골로 옮겨놓았다느니 등 저들끼리 수군거리는 소리가 허준의 귀전에 들려왔다. 한시도 짤고까불지 않으면 속이 편안치 않는 내인들이지만 허준은 그들의 말을 들으며 온 룡천 땅에 자기와 자기 집에 대한 소문이 날대로 났겠구나 하는 생각에 마음이 개운치 않았다.

오매의 행패질이 있은 때로부터 사흘째 되는 날 저물녘에 솔골에 들린 허륜은 방안에 누워있는 려월의 얼굴을 들여다보고 대경실색하였다.

죽순의 치료로 몸상태는 어지간히 호전되였으나 얼굴과 몸에는 폭행의 흔적이 그대로 남아있는 려월이다.

《아니, 이 대체 어찌된 일인가?》

려월은 그 물음에 눈물만 소리없이 흘리고 간호하던 허준은 머리를 돌렸다. 모자의 행동에서 허륜은 어렵지 않게 오매의 소행임을 간파하였다.

《그럼, 그 우직한 년이…》

당장이라도 뛰쳐나가 무슨 일을 칠것 같았다. 그리도 곱던 려월의 얼굴과 옥을 다듬은듯 한 새하얀 목 여기저기에 피멍이 들어 시퍼렇고 눈등엔 시꺼먼 딱지가 붙어있었다.

《임자네가 괜한 봉변을 당하는구려. 내 임자와 준이를 볼 면목이 없네.》

이불밖으로 나온 려월의 손을 꼭 잡고 허륜은 그 말밖에는 다른 소리를 할수 없었다. 이어 두눈이 번쩍 빛을 발산하더니 자리에서 벌떡 일어섰다. 다급히 일어서는 허륜의 바지가랭이를 려월이 가까스로 손을 내밀어 붙잡았다. 허륜은 아연해서 려월이를 내려다보았다. 안깐힘을 쓰며 려월이 자리에서 일어나려고 하자 허준이 어머니의 몸을 부축해주었다.

《그러면 안되나이다. 이제 나리가 마님에게 화풀이를 하시면 일이 더 복잡해지오이다.

제발 자중하시오이다. 한개 고을의 관장인 나리의 댁에서 소동이 일어나면 관속들의 뒤소리를 들을것이구 또 그 소문이 조정에 퍼지면 나리의 명성에 흠이 가지 않소이까.

소첩의 얼굴을 봐서라두 그만… 진심으로 비나이다.》

피를 토하듯 열에 떠서 두손모아 빌고있는 려월의 애절한 목소리가 방안을 꽉 채웠다. 어머니의 잔등을 두손으로 받치고있던 허준의 얼굴에선 어느새 눈물이 흐른다. 허륜은 모자의 그 정상앞에서 가슴이 미여지는것 같았다. 장승처럼 박힌듯 서있는 그의 귀전에 려월의 차분하나 또박또박 그루를 박은 말소리가 또 들려왔다.

《그러지 않아도 나리와 한가지 상론할것이 있소이다.》

허륜은 흠칫하며 내키지 않는 자세로 다시 방바닥에 앉아 려월의 입에서 무슨 말이 나오나 지켜보았다.

《소첩이 골백번 생각하고 내린 결심이니 나리께서 승낙하기 바라오이다.

사실 우리 모자를 각별히 위해주는 나리를 대할 때마다 준이와 소첩은 미안하고 옹색했나이다. 더구나 우리때문에 큰댁마님이 야단치고 또 그 일로 해서 고을정사에 지장되고 나리의 명성에 흠이 가는것을 우린 바라지 않소이다.》

려월은 숨이 차는지 잠시 말을 끊었다. 말소리는 낮았으나 마디마디 쪼아박으며 말한다는것이 허륜의 눈에도 헨둥하게 알렸다.

《이젠 뭘 숨기겠나이까. 사실 준이가 과시장에서 쫓겨난 다음부터 소첩은 애가 삐뚤게 나갈가봐 은근히 속으로 두려웠소이다.

헌데 남들같으면 일어나지도 못할 그런 불행을 당하고도 저앤 저 혼자 속에 묻고 이 어미한테까지 숨기려 했소이다. 그러자니 저애의 가슴이 얼마나 아팠겠나이까!

저앤 지금도 이 에미와 사람들앞에서는 아무런 일도 없는듯이 태연한 척 하지만 밤에 잘 때 가만히 지켜보느라면 꿈속에서도 흐느끼고있는것을 이 눈으로 몇번이나 목격한지 모르나이다. 그 모습을 볼 때 어머니인 제 마음이 어떠했는지 아시오이까.》

려월의 목소리는 흐느낌으로 변했다.

《그러나 소첩은 저애가 비록 서자라지만 량반댁의 열자식 부럽지 않나이다. 그런 아픈 상처를 당하고도 쓰러지지 않고 오히려 큰마음을 먹고 직심스레 공부만 하려는 저애를 위해서라면 하늘의 별이라도 따오려는것이 소첩의 마음이옵니다.

그래서 소첩은 저애를 데리고 고향인 산음으로 내려가기로 속으로 내정했소이다.》

허륜과 허준은 동시에 머리를 번쩍 들었다. 너무도 뜻밖의 소리였다. 두눈이 벌개진 아버지와 아들이 서로 마주보았다. 금시초문은 둘째치고 마른하늘에 벼락치듯 한 그런 놀라운 소리였다.

《그건 무슨 소린가?》

《그닥 놀랄 일은 아니오이다. 때없이 이 집에 들이닥치는 살기와 찬바람의 소용돌이에서 벗어나 우리 준이가 하루빨리 자기 뜻을 이루자면 이곳에 더는 있어서는 안되오이다. 더는 중임을 맡은 나리에게 근심을 주고싶지 않소이다.

우리가 뜨면 큰마님도 달라지리라 생각되오이다. 또 준이도 이 생활환경에서 벗어나야 자기의 뜻을 바로 정할수 있고 의로운 일을 하려는 자기의 초지를 실현할수 있다고 보오이다.

소첩이 나리와 의논없이 내정한 생각이니 부디 너그러운 아량을 베푸시여 우리 모자를 산음으로 보내주사이다. 소첩이 병이 다 나으면 여쭈리라 생각했던것인데 미리 말씀드리는것이오니 나리께서 깊이 료량해주시오이다.》

한동안 방안에는 침묵이 흘렀다.

허준은 새삼스럽게 어머니에 대해 생각해보았다. 이 시각 허준의 눈에 비쳐진 어머니의 모습은 평시에 어질고 착하기만 하여 오매의 수모와 멸시를 고스란히 받던, 천첩이라는 숙명에 순종할줄만 아는 그런 어머니의 모습이 아니였다.

한편 허륜은 저앞에 앉아있는 려월이를 보면서 그가 이리도 웅심깊고 강인한 녀인인줄 새삼스레 깨달았다. 오매의 말처럼 려월은 결코 자기가 빚어놓은대로 있는 밀가루반죽같은 녀인이 아니였다.

불현듯 그뒤에 있는 허준이를 생각하였다. 저런 녀인이 낳은 아들이고 저런 녀인의 손에서 자란 아들이기에 과시장에서 상상 못할 모욕과 멸시를 받았어도 내색하지 않고 학문에 열중하고있는것이 아닌가. 허륜은 앞으로 허준이가 큰일을 칠 사내라는것을 이자리에서 다시금 확신하였다.

훌륭한 아들의 뒤에는 훌륭한 어머니가 있듯이 저런 외유내강한 려월이가 있어 준이는 자기 운명에 순종하는 패배자가 아니라 서자라는 신분적차별로부터 오는 고통과 번뇌를 운명의 주추돌로 딛고 꼭 성공하리라.

먹장구름이 가시고 해가 비치듯 늘 무겁던 허륜의 가슴이 확 트이는것 같았다.

허륜은 호탕하게 웃음을 터뜨렸다. 려월과 허준이가 실성하지 않았는가 해서 의아해 쳐다본다.

《이자 보니 임잔 역시 내 사람일세. 이 허륜이가 임자를 만난건 참 다행일세!

난 쾌히 찬성일세. 우리 양천 허씨가문을 크게 빛내일 사람은 바로 저 허준이 녀석이야! 난 반대없네. 쌍수를 들어 찬성이네.》

말갈기가 외로 갈지 우로 갈지 은근히 원심을 쓰던 려월이의 창백한 얼굴에 아지랑이가 피여나고 애기사슴같이 티 하나 없는 커다란 두눈이 활짝 웃는다. 인상좋은 허준의 준수한 얼굴에도 빙그레 웃음이 어린다.

《준이야! 이젠 너도 다 컸으니 세상리치에 대해 어느 정도 알고있을게다. 이 아비의 부탁을 말하니 네 어머니를 잘 모셔라. 이런 어머니를 행복하게 해주길 이 애빈 믿는다. 그간 내가 너희 모자에게 원심을 쓰느라 했지만 어찌 보면 어불성설이였어.… 어쨌든 빨리 몸을 추세워 춥기 전에 떠나도록 해라. 내 미리 준비를 해두마.

오늘은 정말 내 기분이 좋구만, 좋아!

준이야! 참, 집에 술이 있겠지?!

이런 날에야 한잔 들어야지. 그렇지 않나? 내 오늘밤 여기서 묵겠네. 하하!》

방안이 떠나갈듯 한 허륜의 요란한 웃음소리에 뒤이어 간간이 울리는 려월이의 낮은 웃음소리로 분위기는 한결 따스하였다. 솔골에 이사온 후 처음으로 세 식구가 모여앉은 류다른 밤이였다. 오늘따라 피를 토하듯 울어대던 소쩍새가 방안에 흐르는 안정과 기쁨을 깨지 않으려는듯 조심스레 목청을 뽑는다.

소쩍— 소쩍—

8

려월모자가 산음으로 떠나간다는 소리는 오매에게 청천벽력이였다.
려월의 집에 가서 한바탕 화풀이를 한 오매는 그가 실신하여 거의 죽게 된것을 허준이 다행히도 발견하고 용한 녀의원의 치료를 받아 소생시켰다는 소문을 들었다. 그 소문을 들은 다음부터 아니, 려월의 집문밖을 나서는 그 시각부터 남편이 자기의 처신에 분감을 가질것이고 그러면 여불없이 자기를 더 쌀쌀히 대해줄것이며 그렇게 되면 자기는 영영 남편의 사랑은커녕 살뜰한 말 한마디 들을수 없다고 짐작하고있던 오매이다. 그래서 오매는 숨도 제대로 쉬지 못하고 남편의 눈치만 살폈다. 그러나 어찌 된 영문인지 남편한테서는 별다른 기미가 보이지 않았다.

（아니, 저 령감이 분명 려월년의 집에 갔을터인데…）

오매의 나이는 사십대 중반, 아이들이 다 자라 둥지를 떠난 이 나이에는 일명 《신혼생활》을 한다고 부러워하는 때이다. 갓 시집와서는 아이를 낳을래 그래, 그다음에는 어린아이들을 키울래 그래 또 시부모를 모실래 그래 언제한번 남편과 따끈따끈한 부부생활을 누릴수 없었던 녀인들은 아이들이 커서 시집장가를 갔거나 제 일거리를 찾아 떠나가면 그때에야 진정한 부부생활을 누린다고들 한다. 그래서 이 나이때의 녀인들은 더 젊어지고 더 세련되며 더 자기의 용모를 가꾼다고 하지 않는가. 아이를 키우는 정신에 자기를 가꿀새 없던 녀인들이 이 나이에는 별스럽게 거울에 마주앉는 때가 많으며 언제 생겨났는지 알수 없는 자기의 흰 머리카락을 보면서 인생의 무상함을 한탄하고 남은 여생이나마 편안하고 재미나게 살려고 한다. 이 나이에 이르러서야 녀인들은 젊었을적에는 시끄러울 정도로 지부럭거리며 헤덤비던 남편을 더없이 소중히 여긴다. 진짜 부부생활의 진미는 이때라고들 한다. 그래서 부지런히 씨암닭을 잡는다, 구기자술을 담근다 하며 남편의 기력을 왕성하게 하는 온갖 보약들을 마련하느라고 뛰여다니는것을 하나의 락으로 여기지 않던가.

오매도 다름아닌 그 나이때다. 두 딸은 이미 한성에 있을적에 출가했고 아들은 저 경상도에 가서 공부를 하고있다. 이 집에 남아있는것은 자기와 남편 둘뿐이다. 하루종일 빈방에 홀로 앉아있다가 저녁이면 집에 들어서는 남편과 오손도손 이야기를 나누고 자기가 애써 준비한 음식을 골라집어주고 남편이 달게 드는것을 보며 무등 기뻐하는 나이, 잠자리에 함께 누워서는 아이들과 시부모의 눈이 있어 저어했던 애무와 정을 깡그리 쏟아부으며 부부라는게 바로 이런것이구나 하고 맥놓고 솔곳이 잠에 들 나이였다.

녀인들에게서는 인생의 절정기라고 할수 있는 나이건만 오매는 청상과부처럼 너렁청한 빈방에 홀로 멍청히 앉아 심연의 실꾸리를 풀고있다. 마치 부처님앞에서 불공을 드리고 속죄하는 심정이였다.

비록 남편앞에서 추태를 부렸지만 남편의 애무와 그 석쉼한 목소리,

지어 코고는 소리까지 그리운 오매였다. 려월에게 빠져있다지만 부부간의 정이 영 없어지지 않은 남편이였다.

그날밤에 남편앞에서 처신한 자기의 행실은 오매생각에도 낯이 뜨거운노릇이였다. 그때엔 설음과 화김에 더구나 울컥하면 참지 못하고 한바탕 밸풀이를 해야 직성이 풀리는 성미이기에 그런 추태를 부렸지만 (오매생각에도 분명 자기의 행실은 추태였다.) 지금 와서 생각해보면 갓쓰고 뒤를 보는것같이 속이 편안치 않았다.

숨소리마저 죽이고 남편의 기색에 왼심을 썼다. 헌데 남편은 그 일이 있은 후에도 전혀 다른 내색을 하지 않고 여느때와 다름없이 오매와 한잠자리에 들군 하였다. 헌데 삑 돌아누우면 그만이다. 그리고는 옆에 오매가 있는지 없는지 코를 골아댄다.

무반출신이여서 그런지 맹꽁징꽁하는 고라리생원이나 삼강오륜이 어떻소, 도덕이 어떻소 하는 골치아픈 말거리만 꺼내는 문반출신과는 달리 뒤가 없고 성큼성큼한 남편이 갑자기 앵돌아진 계집년처럼 그렇게 처신하자 오매는 제편에서 더 바빠났다. 차라리 욕이라도 콱 하고 잠자리라도 따로 하면 좋으련만 이건 도저히 남편의 속을 대중할수 없다. 물론 입이 무겁고 자기의 속을 잘 내보이지 않는 남편의 성정을 모르는바 아니지만 오매는 산악같이 막아선 남편의 떡판같은 잔등을 원망의 눈길로 바라보다가는 제풀에 돌아누워 눈물을 머금었다.

며칠이 지난 어느날 아침 밥상을 물린 남편이 퉁명스레 한마디 던졌다.
《준이모자가 고향에 내려가 살겠다오.》
오매는 흠칫 놀랐다. 자기의 귀를 의심하며 남편의 얼굴을 빤히 쳐다보았다.
《왜 놀라오? 부인이 제일 기뻐할줄 알았는데…》
그 한마디 말을 남기고 남편은 문밖을 나섰다.

남편의 말대로 려월이 없으면 응당 기뻐해야 할 오매가 아니던가. 헌데 기쁘기보다는 속이 허우룩했다. 무슨 까닭으로 허준의 모자가 고향으로 가려 하는것인가? 오매는 머리를 쥐여뜯으며 생각을 굴려보았다. 려월이 경상도 산음에서 남편을 따라왔으며 산음에는 그의 홀어머니와 양조부모가 있다는것을 잘 알고있던 오매이다.

자기의 성화에 못이겨 일시 피하는것인가? 그런것 같진 않다. 분명 남편의 입에서는 《준이모자가 고향에 내려가 살겠다오.》라는 말이 튀여나왔다. 이는 려월이 스스로가 고향에 내려가겠다는 소리이다. 남편의 의사가 아니라 본인의 의향이라는것인데 그러면 남편이 승낙했다는 뜻이 아닌가.

오매는 려월의 백옥을 다듬은듯 희고 매끈한, 본댁으로서가 아니라 녀성으로서도 심술이 나는것을 어쩔수 없는 그 아름다우면서도 싱싱한 젖가슴이며 몸매를 상상해보았다. 녀자인 자기도 숨이 꺽 막히게 감탄하는 아릿다운 육체가 눈앞에 떠오르자 남편이 그런 려월이 고향으로 가려는것을 승낙했다는것이 도저히 풀수 없는 수수께끼였다.

(여기엔 무슨 쪼간이 있어. 그렇지 않다면야 그년한테 미쳐돌아가는 령감이 호락호락 보낼수 없어.)

오매는 아무리 생각해도 가늠할수 없었다. 이럴 때엔 아들이 그리웠다. 제 애비한테 개처럼 욕을 처먹으면서도 한본새로 글공부대신 계집질에 돌아치는 아들이다. 언제인가 애비한테 하도 욕을 처먹기에 불쌍한 생각이 들어 장가라도 보내면 그 버릇이 떨어지지 않을가 해서 혼사말을 비쳤더니 그래두 속은 살아서 《내 이제 장원급제하면 조선팔도를 다 뒤져서라도 제일가는 미인을 안해로 삼겠으니 너무 걱정마우!》하고 호언장담하던 아들이다. 어처구니가 없어 《야, 너처럼 꾀죄죄한 시골장생한테 어느 눈먼 계집이 시집오겠다던?》 하고 빈정대니 대뜸 낯색이 시퍼래서 《내 이래 뵈두 제갈량을 찜쪄먹는 모사라우다.》 하는데 그 뱁새눈에선 이 어미도 기절할 불이 황황 뿜어져나오는것이였다. 그다음부터 다신 혼사말을 꺼내지 않았지만 아들의 머리는 정말 팽이 한가지로 얼마나 잘 도는지 애비도 혀를 찬다. 허모가 곁에 있으면 즉석에서 려월모자의 속내를 손금보듯 알아낼것이 틀림없다. 헌데 천리밖의 그애를 어떻게 찾는단 말인가.

불현듯 아들의 말이 생각났다. 애비와 허준의 집에 대한 일을 책방이 자기에게 기별한다고 하지 않았던가. 책방과 의논하면 무슨 신통한 소리를 들을수 있을게 아닌가. 혹 아들에게 기별할런지도 모른다.

오매는 자기가 제일 심복하는 하인을 불러 귀에 대고 나직이 분부하였다.

《넌 이제 당장 가서 책방나리를 데리고오너라. 절대로 사또가 눈치채지 못하게. 알았냐?》

《명심해 들었소이다.》

사또댁 하인노릇하기란 헐치 않다. 한 고을의 정사를 주관하는 사또댁에서 말 한마디, 행동 하나 잘못하면 다른 량반댁의 하인들과 달리 그 벌이 간단치 않다. 룡천고을의 사또댁 내외간의 갈등과 모순을 제 손금보듯 잘 알고있는 하인은 오매의 분부대로 군수 몰래 책방을 데리고 오매앞에 대령하였다. …
　마가을의 바람에 락엽이 날리기 시작한다. 아들을 데리고 고향으로 내려가겠다는 자기의 결심이 남편의 동의를 받은 후부터 려월의 몸은 생각외로 호전되였다. 이젠 몸에 난 상처도 다 아물고 때없이 어지럽던 머리도 천고마비의 가을철의 쾌청한 날씨처럼 거뜬하였다. 그런데다가 하루가 멀다하게 찾아와 치료해주는 죽순의 성의로 려월은 온몸에 생기가 넘치고 본래의 아름다움과 젊음을 되찾은 기분이였다.
　이제 사흘후에는 산음으로 떠나게 된다.
　려월은 그간 자기를 성의껏 치료해준 죽순을 위해 소박하나 지성껏 음식을 차리고 그와 선복을 집으로 초청하였다. 한 보름나마 치료를 받는 사이에 려월은 죽순이와 허물없는 사이가 되여버렸다. 나이를 따져보니 자기와 동갑이다. 자기와 나이가 같은 죽순에게 이제 겨우 열서너살 밖에 안되는 딸애가 있다는것이 머리가 기웃거려졌으나 려월은 구태여 캐묻지 않았다.
　이날 허준은 상을 물리고나서 죽순에게 어떻게 되여 의술을 배웠는가를 물었다.
　바라지창으로 은은한 달빛이 비쳐들어온다. 온종일 약초를 찾아 산판을 헤매던 선복은 려월이가 내여준 이불우에서 쌕쌕거리며 단잠에 들었다. 허준의 그 물음에 죽순은 한참이나 머뭇거렸다. 이 집에 올 때부터 이들모자가 저 경상도 산음으로 떠나간다는것을 잘 알고있는 죽순이다.
　산음, 죽순에게 있어서 산음은 가슴아픈 사연이 못박힌 고장이다. 아니, 꿈속에서라도 가고싶은 곳이면서도 영원히 갈수 없는 고장이기도 하였다.
　죽순은 지꿎게 묻는 허준의 그 눈길앞에서 자기가 더는 속이면 안된다는것을 느꼈다. 더구나 려월이를 통해 이들의 산음행이 허준의 장래를 위한 길이라는것을 알았을 때 천진하다고 할 정도로 순박하고 향학열에 불타는 허준이가 왜 그런지 못 잊을 그 사람의 모습으로 안겨와 담담한 어조로 지나온 과거에 대해 이야기하기 시작하였다.
　…죽순의 어릴적아명은 후남이였다.
　한때 한성장안에서 신진출신 인재로 조야의 이목을 모으던 아버지가 하루아침에 《역적》으로 몰려 된서리를 맞고 경상도 산음으로 내려간것은 죽순이 아직 세상에 태여나기 전인 1519년이였다. 이해 11월에 있은 이른바 기묘사화라 일컫는 이 란리통에 조광조, 김정 등과 그를 추종한 사람들이 모조리 조정에서 숙청되였는데 아버지는 단 하나의 리유 즉 조광조 등이 제안하여 그해 8월에 실시한 천거별시(현량과)

급제생이라는것으로 하여 탄압을 당하였다. 다행히도 조광조 등과 직접적인 연줄이 없었던 관계로 겨우 목숨을 부지하고 고향인 산음으로 내려가게 되였다. 이때부터 아버지는 생의 말년까지 벼슬길과는 담을 쌓고 오직 학문연구와 산수구경으로 세월을 보내였다. 산음에 내려간지 5년후에 아버지는 부모들의 주선으로 충청도 은진태생인 어머니와 결혼을 하였는데 어찌 된 일인지 딸만 셋을 낳았다. 행여나 해서 네번째로 낳은것도 또 딸이라 부모들은 덮어놓고 그의 이름을 《후남(후에 아들을 낳으라는 의미)》이라고 지었다. 헌데 후에 낳은것도 또 딸이여서 부모들은 더이상 아이낳이를 포기하고말았다. 이후로 산음 읍내에서는 죽순의 집을 가리켜 그전의 《한성집》이라 부르던것을 《딸딸이네 집》이라고 불렀다. 《한성집》이라면 잘 몰라도 《딸딸이네 집》이라면 코흘리개들도 다 알았다.

죽순이라는 이름은 후날 그가 한성의 제생원에 있는 의원양성소를 다닐 때 고쳐지은 이름이다.

한생을 벼슬살이와 등을 지고 음울한 심사를 책과 산수구경으로 달래던 아버지는 그가 일곱살나던 해에 세상을 떠났다. 계집애들만 한구들 있는 《딸딸이네 집》이였지만 형제들사이의 정은 이웃들이 부러워할 정도로 자별하였다. 그중에서도 남달리 총명하고 담찬 죽순에 대한 언니들의 관심은 류다른것이였다. 어려서부터 총명하고 쾌활한 죽순은 남정이 없는 집안의 공기를 순간에 밝게도 하고 사람들을 웃기기도 하였다.

죽순이 열다섯살잡히던 해에 한성에 있던 이모가 산음에 내려왔다가 남달리 눈썰미가 있고 학문에 밝은 그의 재주를 아쉬워하면서 제사 키워준답시고 데리고 올라갔다. 이모는 비록 녀성이였지만 글읽기를 좋아하고 시문에 능하였는데 남편도 없이 홀로 사는 언니의 처지가 가긍하고 또 죽순이가 계집애이지만 재주가 뛰여난것이 기특하여 한성으로 데리고갔던것이다. 그무렵 이모부는 사간원의 정언(정6품)벼슬을 하고있었는데 안해의 말을 듣고 며칠밤 궁냥을 하다가 계집애가 학문을 배워선 벼슬을 하겠는가고 하면서 재간을 하나 배우는것이 훨씬 유리하다고, 지금 나라에서 의원양성소를 운영하는데 거기에 들어가 의술을 배우는것이 어떠냐고 죽순의 의향을 물었다. 아버지도 없이 홀어머니손에서 자랐지만 사내 못지 않게 담차던 죽순이라 별로 생각해보지도 않고 응하였다.

헌데 바로 이 결심이 죽순의 일생에 그리도 가슴아픈 상처를 입힐줄 어이 알았으랴.

죽순은 부지런히 의술을 배웠다. 천성적으로 눈썰미가 있고 머리도 좋앉으며 남에게 지기 싫어하던 그는 얼마 안 있어 의원양성소에서 두각을 나타내기 시작하였다.

의술의 진미를 파고들수록 죽순은 재미나고 성수가 났다. 사람들의 병을 진단하고 치료비방을 알려주어 그들의 병이 완쾌되게 하는 의술은 죽순에게 있어서 신비스럽기 그지없었다.

그러한 죽순의 시야에 두 사내가 비껴들었다. 그중의 한사람은 의원양성소에서 의술을 배워주는 내의원 의관인 스승이였고 다른 한사람은 산음의 시골의원인 류이태였다.

죽순에게 의술을 배워주는 스승은 일찍부터 의술을 익혀 그때 당시에는 내의원의 의원중에서 제일 나이가 어렸으나 의술에서는 엄지손가락에 꼽히였다. 들리는 소문에는 나라님의 병도 봐주었다고들 하는데 장차 궁중의 어의는 스승이 될것이라는 소문도 돌았다. 그러한 스승에게서 의술을 배운다는것은 죽순에게 있어서 일종의 긍지였고 보람이였다. 죽순은 스승의 고명한 의학지식과 류창한 언변에 완전히 심취되여있었다. 더구나 스승은 세명의 녀의원양성생들가운데서 류달리 죽순에게 관심이 컸고 살뜰하게 대했다. 오죽하면 함께 의술을 배우는 녀양성생들속에서 《선생이 죽순에게만 의술을 몰래 배워준다.》고 수군거릴 정도였겠는가. 어쨌든 죽순이 양성생들속에서 두각을 나타낸것은 본인의 이악한 노력도 있겠지만 스승의 남다른 사려와 관심을 떼여놓고 생각할수 없었다. 허나 죽순과 스승의 관계는 엄연하게 양성생과 선생이라는 사제관계였다.

죽순은 이성문제에 그닥 관심이 없었다. 항용 자기 일에 열중하는 녀성들 대부분이 이성문제에선 생둥이 한가지듯이 오직 죽순은 의술을 배우는것밖에는 이여의 일에는 무관심하였다. 하긴 그런 성정으로 해서 남들은 시집가는 그 나이에 의술에 미쳐돌아간 죽순인지도 모른다. 죽순은 의술선생에 대해 언제한번 이성적감정을 품은적이 없으며 그저 풍부한 그의 의학지식과 막힘없는 처방, 치료에 반해있었을뿐이였다. 녀양성생들속에서 두사람의 관계를 놓고 여러가지 뜬소문이 돌았지만 죽순은 자기와는 무관한것으로 심상하게 여겼다.

그러던 둘관계가 갑자기 이성관계로 번져진것은 어느해 여름이였다. 양성생들의 수강은 몇개 조로 나뉘여 진행되군 하였는데 이날 받아야 할 의술내용은 내과치료와 관련한 실지치료법이였다. 죽순이 속한 조는 모두 네명인데 세명은 남양성생이고 녀자는 죽순이 하나뿐이였다.

실지치료법은 대체로 배워주는 선생과 배우는 양성생들이 서로 저들의 몸을 치료대상으로 삼고 진행하군 하였는데 먼저 남양성생들의 치료법실천이 끝나자 맨 나중에 죽순의 차례가 되였다.

생각없이 선생의 손에 제몸을 맡기고 누운 죽순은 자기를 뚫어지게 내려다보는 스승의 눈길앞에서 불쑥 얼굴이 달아오르는것을 어쩔수 없었다.

아무리 사제관계라고 해도 상대는 남성이고 자기는 처녀가 아닌가. 아직 그 누구도 만져보지 못한, 그 누구에게도 보이지 않은 자기의 새하얀 동가슴이며 배살갗을 다름아닌 남성의 손에 맡긴다고 생각하니 저도모르게 숨소리가 높아지고 모닥불을 들쓴듯 부끄러웠던것이다.

어떻게 스승의 설명을 들었는지, 스승이 떨리는듯 한 (분명 스승의 목소리는 떨렸다.) 목소리로 무엇을 말했는지 도저히 귀에 들어오지 않았다. 그리고 왜 그리도 시간은 더딘지 짜증이 났다. 여느때는 스승의 설명이 귀에 쏙쏙 들어오고 강론시간이 좀더 길었으면 하던 자기였건만 이날따라 그 시간이 지루하고 길기만 하였다. 눈을 꼭 감고 누워있는 죽순의 머리는 그런 생각으로 온통 뒤죽박죽이였다.

《자, 이제는 내가 말한대로 죽순이 한번 치료를 해보오.》

불쑥 귀전을 때리는 스승의 목소리에 죽순은 감았던 눈을 뜨고 얼른 일어나 옷가짐을 수습하였다. 죽순이 누웠던 자리에 스승이 드러누우며 자기가 하던대로 제몸에 치료를 해보라고 하였다.

지금껏 실험삼아 많은 병자들의 몸부위를 누르며 타진하고 치료를 해온 죽순이였다. 허나 어째선지 자기앞에 드러누운 스승의 몸에 손이 가지 않았다.

《왜 그러나? 내가 방금 말한 황달시 처방법을 해보오.》

죽순은 스승의 배부위를 꼭꼭 누르는 제손이 자기 손같지 않았다.

허둥거리는 죽순의 상기된 얼굴을 바라보던 스승이 몸을 일으켰다. 그리고는 엄한 눈빛으로 그를 바라보며 내쏘듯 한마디 던졌다.

《죽순은 래일부터 의원양성소를 그만두고 고향으로 돌아가라!

의술을 배우겠다는 사람이 쓸데없는 잡생각에 옴하니 그게 무슨 의학도인가. 그래도 난 죽순일 크게 믿었는데, 내가 사람을 잘못 보았지.…》

그 말에 죽순은 후닥닥 정신을 차렸다. 그렇다. 난 녀성이기 전에 의술을 배우는 사람이다!

죽순은 두말할새없이 그앞에 무릎을 꿇었다.

《용서하소이다, 선생님!

의술에 뜻을 둔 소녀가 잡생각에 일시라도 빠진것을 용서하소이다.》

스승은 말없이 죽순을 한동안 굽어보더니 그의 어깨에 다정히 손을 얹었다.

《의술을 배운다는게 쉽지 않아. 더구나 녀성의 몸으로 남자들도 선뜻 배우려 하지 않는 의술을 배운다는게 정말 어려운 일이야.》

그러더니 스승은 고개를 푹 떨구고있는 그의 얼굴을 다정히 들어올렸다.

《죽순인 의술을 배우기엔 너무 곱게 생겼어. 정말 나도 죽순을 볼 때면 자기를 겨우 억제하지…》

그 말을 하는 스승의 눈에선 홰불이 황황 일었고 숨소리는 황소숨을 쉬는듯 하였다. 그 불길에 죽순은 제몸이 타버릴것만 같았고 졸지에 온몸이 나른해졌다. 저도모르게 죽순은 매시시해지는 제몸을 겨우 지탱하며 쓰러지듯 스승의 품에 안겼다. 죽순을 꼭 그러안은 스승의 심장이 쿵쿵거리는 소리가 그의 귀전을 세차게 두드렸다. 망연자실한 죽순은 그저 스승이 하는대로 몸을 맡기고 아무 생각도 하지 않았다. 행복했던지 아니면 슬펐던지, 죽순은 자기가 지금 무슨 일을 저지르는지 의식하지 못하고있었다. 그저 꿈을 꾸는것 같았다.

얼마나 시간이 흘렀는지…

잠시후 죽순은 자기가 스승의 품에 안겨 누워있다는것을 의식하고 후닥닥 그의 품에서 일어나 옷가짐을 수습하고 방안을 뛰쳐나왔다. 정신없이 뛰여가는 그의 눈에선 눈물이 샘솟듯 흐르고있었다. 남양성생들이 눈이 퀭해서 그의 뒤모습을 바라보았다.

이날 밤 죽순은 한잠도 이룰수 없었다. 새삼스레 자기 나이가 스무살이 넘었다는것을 인식하였다. 눈을 감으면 자기의 새하얀 몸을 더듬던 스승의 기다란 손감각이 아직도 제몸에 머무른듯 하고 자기를 정답게 바라보던 그 섬광치던 눈빛이 얼른거려 끝내 긴긴밤을 뜬눈으로 새웠다. 닭이 홰칠무렵 겨우 자리에서 일어났을 때 죽순의 두눈은 통통 부어있었고 베개잇은 화락하니 젖어있었다.

며칠동안 죽순은 스승을 마주 쳐다보지 못하였다. 그앞에 서게 되면 마치 자기가 알몸으로 나선것같이 느껴지고 아직도 그의 손이 제몸을 만지는것 같아 저도모르게 얼굴이 붉어졌다. 더구나 어머니도 모르게 자기가 처녀의 몸을 상실한것이였다. 그리고 녀성의 몸으로 의술을 배운다는게 허망한짓같이 여겨졌다.

과연 내가 스승을 마음에 두고있었던가?

저 혼자 묻고 대답하기를 그 몇번…

대답은 《아니.》였다. 헌데 그는 그 남자에게 몸을 허락했던것이다. 어떻게 되여 그런 일이 벌어졌는지 죽순이 저자신도 알수 없었다.

그저 죽고싶었고 실컷 울고싶었다. 한달후 죽순은 끝내 병치료를 구실대고 어머니가 계시는 산음으로 내려가고말았다. 다시는 의술을 배우고싶지 않았고 스승과 마주서고싶지 않았다.

그런 모진 생각끝에 산음으로 내려간 죽순이 반년후에 다시 양성소에 올라오게 된것은 전수이 류이태라는 산음의 젊은 의원때문이였다.…

어느덧 첫닭이 홰치는 소리가 울렸다.

《벌써 날이 밝는군요.》

죽순이 창을 열고 밖을 내다보며 조용히 뇌이였다.

《앞으로 우리가 또 만날 때가 있겠지요. 산음에 가면 류이태라는 의원이 있어요. 도련님은 보아하니 학문연구를 일생의 목표로 내건것 같은데 그 류의원이 도련님과 비슷해요. 혹 만나게 되거들랑 내 인사를 전해주세요. 아니, 내 생각에는 도련님과 류의원이 아마 인연이 있어 꼭 만나게 되리라고 믿어지는군요.…

이젠 우리 이야기도 끝을 봐야지요. 내가 다시 의술을 배우고 오늘과 같은 의원이 된것은 류이태라는 그분때문이예요. 그분이 없었더라면 난 이 세상에 더는 없을런지도 몰라요.》

과시장에서 쫓겨난 후 장차 무엇을 할것인가 모색하던 허준은 자기의 마음이 은연중에 의학으로 쏠리고있음을 느꼈다.

무엇인가 나라와 백성들을 위해 유익한 일을 하고싶은 욕망이 그로 하여금 의학으로 떠밀었는가 아니면 생사기로에 놓였던 어머니를 귀신같이 살려내는 죽순의 의술에 탄복해서일가.

《선복이 어머니! 아직은 잘 모르겠소만 저도 의학을 배울가 하오이다.》

《도련님이?!》

허준의 그 말에 옆에 앉아 죽순의 이야기를 들으며 눈물짓던 어머니가 눈을 크게 뜨고 아들과 죽순의 얼굴을 번갈아 바라보았다.

《그렇소이다. 왜 그런지 이즘에 와서는 의학이라는 학문에 마음이 쏠리는것을 걷잡을수가 없소이다. 화담선생님처럼 벼슬길이 아니라 사람들에게 실지로 유익한 일을 하고싶나이다.

그러나 리론상의 론의가 아니라 실지 사람들에게 도움이 되는 일 다시말하여 의원님처럼 사람들의 병을 고쳐주고 사람들이 앓지 않고 건강한 몸으로 오래 살수 있게 하는 의술을 배우고싶은 충동이 자꾸만 드는것을 어쩔수가 없소이다.》

죽순은 그윽한 눈으로 열에 떠서 상기된 허준의 얼굴을 한참이나 바라보았다.

《그 일이 그리 쉽지는 않을거예요. 허나 난 도련님을 믿어요. 도련님의 그 의기와 초지가 마음에 들어요. 류의원이 나에게 하던 소리를 오늘 도련님한테서 다시 듣는군요.

좋아요! 난 절대찬성이예요.》

《정말이오이까?》

《그래요. 그 길로 가세요. 도련님은 꼭 성공할거예요. 아니, 난 굳게 확신해요!》

《고맙습니다. 의원님!

의원님은 오늘 저에게 정말 뜻깊은 말씀을 해주셨나이다. 제 기어이 의학탐구의 길에서 한걸음도 물러서지 않겠소이다!》

《준이야! 그 말이 정녕 참소리냐?》

려월의 눈에 감동의 빛이 흘렀다.

허준은 어머니의 손을 자기 손우에 덧놓으며 힘있게 머리를 끄덕이였다.

모자의 그 모습이 죽순에게 큰 감명을 주었다.

《그럼 도련님이 떠나가실 때 저에게 있는 의서 한권을 드릴테니 참고해보세요. 사실 그 책은 류의원이 저에게 준 책이예요.》

9

려월모자가 산음으로 떠나간다는 소식을 들은 다음부터 오매는 속을 앓았다.

정말 그년이 고향으로 떠난단 말인가.

책방을 몰래 불러 이 일을 물었을 때 책방은 금시초문이라는듯 펄쩍 뛰였다.

《그럴수가 없소이다, 마님!

작은댁이 경상도로 가다니 그 무슨 말이웨까? 아니, 아니! 그럴리가 있나요?

사또어른이 작은댁을 그냥 보낼리가 있겠소이까? 아마 마님을 놀래우느라고 한마디 한거겠지요.》

그러던 책방이 이튿날 허겁지겁 들어섰다.

《마님의 얘기를 듣고 다시 알아보니 작은댁과 작은도련님이 정말 경상도로 간다고 하오이다.》

《그게 적실한가?》

《예, 듣자니 작은도련님을 위해 그런다는것 같소이다.》

《그건 무슨 소리냐?》

책방은 주위를 둘러보다가 오매의 귀박죽에 대고 수군거렸다.

《서얼출신인 작은도련님이 무슨 학문연구를 한다는것 같소이다.》

《그건 또 무슨 소리냐?》

《스무해전에 저 송도부중에 화담이라는 신선같은 량반 한분이 살았습니다. 평생 벼슬을 버리고 학문을 연구했다는데 지금 조야에선 그 화담이라는 량반을 성인군자라고 피여올리고있습니다. 임금님도 그분의 학문에 대한 글을 읽고는 〈이 나라에 그런 성인학자가 있었다는것이 얼마나 기쁜 일이냐.〉 하시며 이미 세상을 떠난 그 량반의 신주를 성묘와 같이 배향하고 잘 받들라고 어지를 내렸다고 합니다. 그런 화담선생과 같은 인물이 되겠다는것이 작은도련님의 취지인가 봅니다. 그래서 작은도련님이 과거와는 등을 돌리고 그 화담선생처럼 일생 학문을 연구하겠다고 하는데 사또어른도 못내 대견해하셨다던지…

사람들이 지금 작은도련님이 앞으로 큰일을 칠 재목이라고 찬사가 대단합니다.》

책방이 왔다간 후 오매는 우리안에 갇힌 승냥이처럼 방안을 맴돌았다. 령감없이 홀로 청상과부처럼 지낼 때에는 너렁청하게 크던 방안이 정신없이 오락가락하는 지금에는 너무도 비좁았다.

어쩌면 좋단 말인가. 이거야 우리안에 갇혀있던 범을 산속에 놓아주는 격이고 조롱에 든 소리개를 창공에 날려보내는 격이 아닌가!

도무지 마음을 안정할수 없었다. 만약에 허준이가 그 화담인지 꽃담인지 하는 량반처럼 학문으로 명성을 날리는 그날엔 오매는 복통이 터져 죽을것만 같았다. 아니, 어떻게 하나 그년들의 산음행을 중지시켜야 한다!

하여 오매는 다시 책방을 호출하여 《소수서원》에 있는 아들에게 기별을 띄우라고 분부하였다. 그들이 떠나기 전에 아들이 오면 아들의 팽이머리에서 어떤 기막힌 묘안이 나올지도 모른다. 아마 허모는 이 에미가 상상도 못할 기막힌 수를 끄집어내여 려월모자를 덫에 걸린 쥐처럼 만들어놓으리라.

이날도 오매가 이제나저제나 아들이 오기만을 학수고대하며 마루에 서서 대문을 멀거니 바라보고있는데 불쑥 려월이와 허준이가 남편을 앞세우고 대문안으로 들어서는것이였다.

려월이 오매앞에 공손히 머리를 수그렸다.

《마님! 오늘 우린 고향으로 내려가오이다.

그간 여러모로 마님의 신세를 많이 졌소이다. 우리 모자때문에 마음을 많이 써온 마님인데 이젠 우리로 하여 속을 쓸 일이 없을터이니 아무쪼록 앓지 마시고 건강하길 바라오이다.》

허준은 그저 머리를 숙여 인사만 할뿐 아무 말도 하지 않는다.

려월은 그 한마디 말을 남기고는 돌아섰다. 그뒤를 따라 허준이 대문을 나서고 뒤에 서서 그들의 인사하는 모습을 일별하던 남편도 말없이 쑥 나가버렸다.

삽시에 동헌대청뜰안에 정적이 깃들었다. 오매는 순간적으로 귀가 멍해지면서 아무 소리도 들리지 않았다. 눈앞에서 얼른거리던 하인들이며 한무리 뒤따라 들어섰던 관속들의 모습도 보이지 않았다. 불현듯 오매는 자기가 망망대해속의 자그마한 무인도에 홀로 서있는듯 한 환각이 들었다. 온 뜨락이 빙빙 돌기 시작하면서 오매는 갑자기 머리가 어지럽고 눈앞에 무수한 별찌가 이는것을 느꼈다. 그것도 한순간, 오매는 려월모자가 나가던 대문을 바라보고는 그자리에 쿵- 하고 통나무처럼 자빠져버렸다.

하녀 하나가 사또댁마님이 요란한 소리를 내면서 마루에 넘어지는것을 발견하고 제꺽 대문을 차고 달려나갔다.

소식을 들은 허륜과 려월, 허준은 황급히 되돌아 들어섰다.

허륜이 마루에 쓰러진 오매를 부둥켜안아 돌려눕히고 그의 얼굴을 들여다보았다. 시뻘겋게 붉어진 오매의 얼굴에서 흰자위만 남은 두눈이 허륜을 무섭게 노려보고있고 입귀로는 거품이 슴배여나온다.

《이크!- 이 무슨 일이냐?》

허륜은 저도모르게 엉덩방아를 찧으며 뒤로 주저앉았다. 려월이 조심스레 오매의 얼굴을 손으로 들어올렸다. 오매의 얼굴 한쪽이 무섭게 찌그러져있었다. 려월이 다급히 허준을 돌아보았다.

《준이야! 어서 의원을 불러오너라!》

허준은 부리나케 대문으로 뛰여갔다.

잠시후 허준은 죽순이와 함께 들어섰다.

방안에 들어선 죽순은 급히 오매의 맥을 짚어보고 얼굴을 유심히 들여다보더니 나직이 입을 열었다.

《중풍이 왔소이다. 중풍이 와서 저렇게 정신을 잃었고 얼굴에는 구완와사(안면신경마비)가 왔나이다.》

《뭐?!》

안절부절하며 죽순의 옆에서 감돌던 허륜은 그자리에 털썩 주저앉으며 비명을 질렀다.

화는 쌍으로 온다더니 근일간에 무슨 날벼락이 이리도 잦단 말인가. 어찌하여 이 집의 화는 쌍으로가 아니라 세겹, 네겹으로 겹쳐드는가. 서자인 허준의 장원급제는 모래성이 되고말았고 그리도 정차던 소실 려월은 끝내 고향으로 떠나가지, 본댁은 오늘 이렇게 중풍에 걸려 뻐드러졌다.

아, 처첩생활이란 이리도 복잡다단한가.

정녕 다래덩굴마냥 갈래없이 엉켜돌아가는 운명의 희롱이다.

허륜에게 있어서 소실인 려월은 분명 미모가 뛰여나고 마음 또한 부드러워 사랑스럽기 그지없었지만 본댁인 오매 역시 무시해서는 안될 허씨집안의 정실부인이였다. 오매의 심술과 시기심으로 하여 할수없이 려월을 제 고향으로 보내는 자기 가슴이 막 미여질것 같은데 엎친데 덮친 격으로 중풍에 걸려 쓰러진 오매의 정상을 바라보니 커다란 먹장구름이 드리운듯 마음이 무거웠으며 자기의 한쪽팔이 떨어져나간듯 허전하기 그지없었다.

허륜의 입에서 저도모르게 탄식소리가 터져나왔다.

《아이쿠! 이젠 다 망했구나, 망했어!》

그러는 허륜에게 죽순이 충고했다.

《사또나리! 그렇게 탄식만 하면 마님이 살아난답니까? 어서 치료해서 살려내야지 않소이까.》

그 말에 정신이 든듯 허륜이 벌떡 앉은자리에서 일어섰다.

《그래, 그래 치료를 해야지! 헌데 치료하면 꽤 살려낼수 있을가?》

죽순은 그 말에는 대척하지 않고 재빨리 분홍색주머니를 풀고 침통을 꺼내들었다. 그리고는 인중혈과 열손가락정혈들에 침을 놓았다. 오매가 조금 움씰하더니 여전히 깊은 잠에 끓아떨어진듯 정신이 없었다. 죽순이 다급히 소리쳤다.

《누가 얼른 참기름을 가져오세요!》

녀종이 달려가 자그마한 술잔에 참기름을 담아가지고 왔다. 죽순은 그 참기름에다 무엇인가를 섞어 풀기 시작하였다.

죽순이 치료하는 모습을 유심히 살피던 허륜이 물었다.

《그건 뭔가?》

《우황청심환과 사향 두푼(1푼은 0.375그람)을 참기름에 풀었소이다.》

《그걸 먹이면 깨날수 있겠나?》

《효험이 있을것이오이다.》

허준은 조금도 덤비지 않고 침착하면서도 자신만만하게 치료하는 죽순의 일거일동을 보면서 정말 의술이란 신비스럽기 그지없구나, 누가 이런 치료비방을 고안했을가 하는 생각이 언뜻 뇌리를 쳤다.

참기름에 푼 사향과 우황청심환을 먹이려는데 오매의 윽다물린 입이 도무지 벌어지지 않았다.

허륜이 안달복달하며 소리쳤다.

《차, 이런 변 봤나. 약을 먹이려는데 입을 좀 벌려야지. 애! 네가 숟가락같은것을 이발새에 밀어넣어 강짜로라도 입을 벌려라! 그래야 약을 먹일게 아니냐.》

녀종에게 소리치는 허륜을 죽순이 다급히 만류하였다.

《덤비지 마소이다. 그렇게 강짜로 열면 이발이 벌어지지도 않거니와 오히려 부서질수 있소이다.》

《그럼 어떡하면 좋단 말인가?》

죽순은 재빨리 매화나무열매살에 천남성과 족두리풀뿌리가루를 버무린후 그것을 자기의 가운데손가락에 묻혔다. 족두리풀뿌리의 싸한 자극성냄새가 옆에 있는 사람들에게도 확연하게 풍겼다. 죽순은 오매의 입술을 조심히 벌리고 그의 이발을 자기의 가운데손가락으로 냅다 문질렀다. 그렇게도 굳은 성문과 같이 억척스레 닫기여있던 오매의 입이 느슨하게 하ㅡ 벌어졌다. 죽순의 어깨너머로 그 광경을 바라보던 허륜의 입도 하ㅡ 하고 같이 벌어졌다. 벌려진 이발사이로 사향과 우황청심환을 푼 참기름이 스르르 넘어갔다. 이어 죽순은 종이봉지에 싼 가루약을 꺼내들더니 오매의 코구멍가까이에 대고 후ㅡ 하는 소리를 내며 불어넣었다.

《캑!ㅡ 캑ㅡ》

죽은듯 기척없던 오매가 연방 크게 재채기를 하였다. 주위사람들의 얼굴에 다소 안도의 기색이 어렸다. 시종 죽순의 거동을 주시하던 허준이 조심히 물었다.

《그건 또 뭐이오이까?》

《이건 주염나무열매와 백반, 족두리풀뿌리를 말리워 가루낸것이예요. 중풍을 맞은 병자가 이 가루를 코구멍에 불어넣었을 때 이렇게 재채기를 하면 치료할수 있다는것을 말해주지요.》

《그러니 고칠수 있단 말이옵니까?》

《네, 살릴수 있지만 그 후유증이 어떻겠는지는 아직 장담하기 일러요. 기본은 병자의 마음인데, 병자가 어떤 기분상태를 가지는가에 많이 달려있어요.》

허준의 물음에 대답하고난 죽순은 허륜을 돌아보았다.
《이제 곽향정기산에 천남성과 목향을 더 첨가하여 약을 지어올릴테니 그 약을 쓰도록 하소이다. 중풍을 맞은데는 알 도리가 있을것이옵니다.》
《음, 그리하세. 이자 보니 임자 의술이 여간 아니구만. 준이한테서 대략 들어 알았지만 내 눈으로 직접 목격하니 더욱 탄복하게 되네. 내 돈은 푼푼히 줄테니 살려만 주게.》
오매가 중풍에 걸렸다는것을 인식한 이 순간 려월은 당황하지 않을수 없었다.
여느 사람도 아닌 한 고을의 관장인 남편의 정실이 저렇게 누워있는데 자기마저 훌 떠난다면? 하는 생각이 머리에 떠오르면서 차마 발길을 뗄수 없었고 설사 떠난다쳐도 마음이 개운할것 같지 않았다.
죽순이 떠나가고 오매가 잠든 후 려월은 허준을 조용히 별채로 끌고갔다.
《마님이 저렇게 정신이 없는데 나리시중은 누가 들겠니?》
《그럼 어머니의향은?》
《아무래도 네가 혼자 떠나야 할것 같구나. 이런 형편에서 내가 어떻게 나리곁을 뜨겠니? 내 마음이 허락치 않누나. 그리구 누가 곁에서 마님을 간호해야 하겠는데 병이 나을 때까지 내가 여기 그냥 있어야 할것 같구나.》
허준은 대답을 하지 않고 그저 머리를 끄덕거렸다.
이때 별채문이 벌컥 열리면서 허륜이 들어섰다.
《무슨 소리! 이왕 결심한 일인데 임잔 준이와 어서 떠나게. 임자가 있다구 해서 기울어져가는 이 집의 대들보를 버티진 못해! 딴 생각말구 당장 여길 뜨게!》
려월은 아연해서 허륜을 쳐다보았다. 허준의 눈에도 의아함이 실렸다.
《?!》
《밖에서 수레가 기다리네. 어떡하든지 자네 모자만은 맘편히 살기 바라네.
그리구 준이! 넌 절대루 뜻을 굽히지 말구 의술을 배우거라. 오늘 녀의원이 치료하는걸 보니 네가 왜 의술을 배우겠다는 결심을 했는지 리해가 오더라. 나라안에서 첫손가락에 꼽히는 명의가 되여 이 허씨 문중의 대들보를 바로세우거라.
의과는 잡과에 속하니 네 형편에선 얼마든지 과거응시도 할수 있으니 주저하지 말구 네 결심대루 곧추 가거라!》
허준은 그자리에 무릎을 꿇었다.

《아버님! 소자는 아버님의 말씀을 뇌심초사하여 받들겠나이다. 부디 몸을 돌보십시오. 이는 어머니와 소자의 진정의 마음이옵니다.》

　허륜이 허준을 잡아일으켜세우고 그의 얼굴을 한참이나 뚫어지게 바라보다가 와락 끌어안았다.

　《준이야! 내 아들아!》

　《아버님!》

　려월이 옷고름으로 눈굽을 찍었다.

　《여기 일은 걱정말구 어서 떠나거라. 부디 어머니를 잘 모시구 너의 뜻을 이루길 이 애빈 일일천추로 기다리겠다. 알겠냐?》

　허준은 아버지의 품에서 소리없이 눈물을 흘리며 그저 머리만 끄덕거렸다. 허륜의 눈귀가 축축히 젖어있었다.

　려월이 나붓이 무릎을 꿇었다.

　《나리, 부디 옥체만강하시오이다. 불민한 이 몸이 나리의 속만 태우다가 이렇게 가버리자니 차마 못할짓을 하는것 같아 걸음발을 옮길것 같지 못하오이다.

　허나 어데 가든 나리의 일이 만사편안하기를 첩은 빌고빌겠나이다.》

　허준은 어머니를 모시고 수레에 올랐다. 점점 멀어져가는 허륜의 모습이 작은 점으로 보인다.

　그러고보면 사람의 운명이란 참 묘하기 그지없었다. 허준의 모자가 산음으로 떠나는 바로 그날에 그리도 그들모자를 미워하고 괴롭히던 오매가 지나친 흥분으로 오는 정신적충격으로 그만 중풍에 걸려 반신불수가 되였으니 이 모든것이 과연 하늘의 뜻인가 아니면 행불행의 교차속에 서로 엇갈리는 운명의 희롱인가. 아직은 그 누구도 이에 대해 장담할수 없었다. 인간의 의사와는 무관하게 흘러가는 세월이였다.

　때는 한해도 다 지나가는 마가을이였다.

제2장 산음의 명의

1

　밖에서는 푸실푸실 함박눈이 내리고있었다. 온 천지가 흰눈에 묻혀 포근히 잠을 자는듯 하였다.
　허준은 닷새에 한번씩 어머니의 약을 지으러 류이태의 집으로 다니고있었다.
　룡암포에서 배를 타고 개경의 벽란도에 당도한 허준일행은 날씨관계로 사흘간 지체한 다음 다시 배에 올랐다. 충청도 군산포에 당도했다가 다시 전라도 진도앞바다를 거쳐 경상도 마산포에 당도한것은 룡천을 떠난지 열하루째 되는 날이였다. 거기서 다시 남해를 에돌아 고성에 이른 허준일행은 삯마를 타고 진주를 거쳐 산음에 이르렀다. 고성에서 진주까지는 60여리, 다시 진주에서 산음까지는 60여리 도합 백이십여리를 수레를 타고오면서 허준은 앓는 어머니때문에 마음을 놓지 못하였다.

채 추서지 못한 몸으로 근 스무날가량 찬 바다바람을 맞으며 배길과 역로에 시달림을 당한 어머니는 수천리나 되는 로상에서 고열이 나며 심하게 앓았다. 로상에서는 안깐힘을 쓰며 그런대로 버티여오던 어머니였지만 외할머니의 모습을 뵙고는 《어머니!》 하고 외마디소리를 내고는 그자리에 쓰러져 정신을 잃었다.

그새 외할머니는 친자식보다 더한 사랑을 부어주던 양부모내외를 잃고 왕산을 떠나 읍에서 북쪽으로 한 시오리가량 떨어진 오곡마을에서 살고있었다. 그 집은 외할머니의 양부모들이 저들이 다 없으면 홀로 이 산속에서 어찌 살겠는가고 하면서 미리 장만해놓은 집이였다.

외할머니는 너무도 몰라보게 자란 외손자를 쓸어보고 또 쓸어보면서 눈물을 금치 못해하였다. 외할머니와의 해후를 미처 하지 못한채 허준은 어머니의 간호에 달라붙었다. 분명 먼길을 오느라고 로독에 든것 같기도 하고 또 열흘나마 해풍에 시달리다나니 감모(감기)가 온것 같기도 하였다.

룡천에서 떠날 때 죽순이 의술을 꼭 배워 명의가 되라면서 준 의서 한권이 있어 허준은 배를 타고오면서도 줄곧 그 의서를 탐독하였었다. 다는 리해할수 없었지만 어림짐작으로 의술이란 이런것이구나 하고 생각하고있던 허준은 자기의 밭은 의학지식(아직은 의학지식이라고 말할수 없지만)을 동원하여 어머니의 몸을 덥혀주고 찬물에 손발을 씻어준 다음 외할머니에게 산꿀이 없는가고 물었다. 다행히도 늙은 로인내외가 건사해두었던 산꿀이 있어 허준은 물에 꿀을 타서 어머니의 입에 조금씩 넣어주었다.

밤새 신음소리를 내던 어머니가 다음날 새벽이 되니 정신을 차렸다. 한잠도 자지 않고 어머니를 지켜보던 허준이 옆에 앉아 무릎을 모로 세우고 고개방아를 찧고있는 외할머니의 손목을 잡아흔들었다.

《할머니! 어머니가 정신을 차렸어요.》

외할머니가 벌떡 깨나 엎어지듯 려월이한테로 다가갔다.

《이젠 정신이 좀 드냐?》

《어머니, 미안해요. 오자바람으로 어머니에게 근심만 끼쳤군요.》

《아서라, 에미한테 그런 소릴 하면 못쓴다. 내 손자 준이가 이렇게 자랐어도 넌 나한테 여전히 자식이구 난 네 에미야.
 그새 얼마나 맘고생이 많았냐? 내 밤새 준이한테서 대충 얘기를 들어다 안다.
 어쨌든 결심을 잘했다. 이젠 빨리 자리털구 일어나 우리 세식구가 재미나게 살아보자꾸나.》
 려월의 얼굴을 쓰다듬는 외할머니의 손이 가볍게 떨리였다.
 《어머니! 정말 보고싶었어요. 그새 어머니도 퍼그나 늙으셨군요. 머리도 반백이 되시구…》
 그 순간 려월은 어릴적일이 생각나 저도모르게 눈물이 주르르 흘러나왔다. 그 칠칠 검은 머리태를 팔아 자기의 색동옷을 사왔던 어머니의 모습이 눈앞에 삼삼하였다.
 아, 자식을 위해 사심을 모르는 그 어머니의 품에 드디여 내 안겼구나.
 어머니와 외할머니의 해후를 눈물이 글썽해 바라보던 허준은 문득 죽순이가 말하던 류이태라는 의원이 생각나 외할머니에게 물었다. 어머니의 몸을 추세우려면 아무래도 그 의원의 치료를 받아야 한다.
 《할머니, 여기 산음고을에 류이태라는 의원이 계시나요?》
 외할머니가 놀라서 물었다.
 《네가 어떻게 그 류의원을 다 아느냐?》
 《룡천에 있을 때 누가 말해주더군요. 산음에 가면 의술이 능한 류이태라는 의원이 있다구요.》
 《그렇댔구나. 그런 의원이 계신다. 그 의원어른의 의술이 얼마나 신통한지 죽어가던 사람두 침대 하나루 살린다더라. 산음경내는 물론 온 경상도땅에 명의라고 소문이 자자하지.》
 허준의 눈이 반짝거렸다.
 《그 의원님의 댁이 어데 있는가요? 여기서 먼가요?》
 외할머니가 손을 내저었다.
 《멀긴? 우리 집에서 그 집이 다 보이는데…》
 외할머니가 허준을 창으로 끌고가서 산자락밑에 높이 자란 나무를 가리켰다.
 《저기 저 큰 서어나무가 보이느냐?》
 눈온 뒤의 엷은 안개가 그물그물 피여나는 속에서도 소소리높이 자란 서어나무가 잘 보였다.
 《바로 저 나무밑에 있는 기와집이 류의원네 집이란다.》

《그래요? 그럼 아침을 먹고 제가 가서 의원님을 모셔올가요? 아무래도 어머니의 병을 치료하려면 의원한테 병을 보여야 하지 않겠나요?》

《음, 그게 좋겠구나. 내 얼른 아침을 차리겠으니 밥을 먹구 갔다오거라. 뉘집 자손인가 물으면 손할머니네 손자라고 해라. 마을사람들은 이 집을 손할머니집이라고 부르느라.》

외할머니가 차려준 아침밥을 먹은 후 허준은 류의원이 살고있다는 그 집을 찾아 문밖을 나섰다. 나지막한 초가집들가운데서 서어나무옆의 그중 큰 집이 바로 류의원네 집이여서 수월하게 그 집에 이른 허준은 대문을 열고 들어서서 조심스레 집주인을 찾았다.

《계십니까? 의원님이 계십니까?》

허준의 목소리를 듣고 방문이 열리면서 아릿다운 랑자가 퇴마루에 나섰다. 동자질을 하다가 나온듯 팔소매를 걷어올렸는데 앞치마가 흰눈같이 새하얗게 눈뿌리를 자극한다.

《뉘신데 무슨 일이오이까?》

대문에 들어서서 첫대면한 사람이 흰눈같이 정결한 랑자인지라 허준은 한순간 주춤거렸다.

《저, 우리 어머니가 심하게 앓아누워서 의원님을 청하려구 왔소이다!》

랑자가 허준을 빤히 쳐다보았다.

《저, 그런데 뉘집에서 오셨는지?》

《제 미처 소개를 못했군요. 전 손할머니네 외손자오이다.》

랑자가 머리를 갸웃거리며 방안으로 들어갔다.

저 랑잔 의원댁 따님인가? 헌데 어머니는 어데 가고 랑자가 동자질을 할가?

허준이 주위를 두리번거리는데 비단바지저고리를 걸친 중년의 사내가 퇴마루에 나타났다.

허준이 보기에도 칼칼해보이는 첫인상이 칼날우에라도 서슴지 않고 올라설것 같은 기품이 온몸에서 풍겼다.

《젊은이, 무슨 일인가?》

허준이 공손히 허리를 굽혀 인사를 하였다.

《식전아침에 이렇게 뛰여들어 죄송하오이다. 전 손할머니네 외손자인데 어제 평안도에서 어머니를 모시고 당도하였나이다. 헌데 어머니가 먼길에 찬바람을 맞아서인지 심하게 앓고있소이다. 그래서 체면불구하고 이렇게 첫아침에 의원님을 찾아왔소이다.》

류이태는 군말없이 치료에 응했다. 그날부터 류이태는 매일 준이 어머니를 찾아와 침을 놓아주면서 닷새에 한번씩 약을 지어줄테니 찾아오라고 허준에게 말하였다.

며칠이 흘러 닷새째 되는 날 허준은 류이태를 찾아갔다. 아직은 류이태에게 죽순의원에 대한 얘기를 꺼내지 않았다. 때가 되면 털어놓고 이야기하리라고 허준은 생각하고있었다. 그보다도 허준은 어떻게 하면 류이태한테서 의술을 배울것인가 하는 생각에만 골몰하고있었다.

류이태의 방에 들어선 허준은 허리를 굽혀 인사를 하였다.

《음, 임잔가?》

《네, 약을 지으러 왔소이다.》

류이태와 말을 주고받으면서 허준은 방안을 휘둘러보았다. 아래방은 병자들이 와서 순번을 기다리는 방인데 꽤나 널직하였다. 웃방에는 두 벽면을 꽉 채우며 의서를 비롯한 서적들이 꽂혀있고 다른 한면에는 약첩을 올려쌓은 커다란 당반이 놓여있었다.

서가와 마주한 앉은뱅이책상에는 랑자가 소곳이 고개를 숙이고 앉아 하얀 참지우에 붓으로 무엇인가 열심히 적고있었다. 랑자의 이름은 설유, 류의원의 외동딸이라고 한다.

허준은 두 벽면을 꽉 채운 서적중의 의서들에 자꾸만 눈길이 갔다. 죽순이가 준 의서를 읽으며 의술을 배운다는것이 결코 쉽지 않다는 생각이 들고 그래서 다른 의서를 더 읽고싶은 허준이다.

힐끗힐끗 서가에 꽂혀있는 의서를 훔쳐보는 허준의 뇌리에 류이태의 목소리가 들렸다.

《자, 옛네. 이미 지어놓았던 임자 어머니의 약일세.》

흠칫 놀라며 허준은 엉겁결에 약봉지를 받아들었다.

《고맙소이다. 헌데 약값은…》

《음, 전번에 지어간 약까지 합해 열냥을 내게나.》

《알겠소이다.》

약값을 치르고나서도 허준이 선뜻 일어설념을 하지 않자 류이태가 의아해서 그를 바라보았다.

《임자 다른 일이 또 있나?》

허준은 주밋거리다가 용기를 내여 류이태를 쳐다보았다.

《저, 의원님! 아뢰옵기 황송하오나 저기 서가에 꽂혀있는 의서를 빌려줄수 없소이까?》

《엉? 의서를?!》

《예, 저 의서를 한번 읽고싶소이다.》

류이태가 놀란 눈길로 허준을 한참이나 뚫어지게 바라보더니 머리를 저었다.

《이보게, 젊은이! 저 의서들은 이 집안에서 제일가는 보물들일세. 알겠나? 그러니 함부로 빌려주는게 아닐세.》

그 순간 허준은 자기 입에서 죽순의 이름이 튀여나오려는것을 애써 참았다.

죽순은 다름아닌 이 류이태라는 의원한테서 의술을 배우라고 하였다. 하지만 아직 류의원에 대한 파악이 전혀 없는 자기로서는 서뿔리 의술을 배우겠다고 털어놓을수는 없었다. 아직은 시기상조였다. 더우기 이 류의원과 룡천의 녀의원사이에 무슨 련정관계가 있은듯 한데 그 내막을 자기가 알고있다고 암시할 필요는 더욱 없다고 허준은 판단하였다.

앞으로 자기가 류이태와 친숙해져서 서로 진심이 통할 때 죽순이와의 관계는 스스로 알게 되리라.

허준은 류이태의 거절에서 그의 인품을 엿볼수 있었다. 바다물이 짠것을 그 물을 다 먹어봐야 안다더냐.

책을 보물에 비기는 사람! 그 말 한마디가 허준의 가슴을 찌르르 울려주었다.

허준은 더 우기지 못하고 류이태의 집을 나섰다.

집에 들어선 허준은 약을 달여 어머니에게 드리면서도 류이태의 집에서 서로 오고간 대화가 머리에서 떠나지 않았다. 그러는 아들의 모양을 주시하며 려월이 조용히 물었다.

《왜 무슨 일이 있었냐?》

《류의원네 집에 있는 의서를 좀 보자고 했더니 단박에 거절하시더군요.》

《그래, 네 생각엔 의술을 꼭 배우겠다는거냐?》

허준은 어머니의 얼굴을 처음 보는 사람처럼 쳐다보았다.

《어머닌 다른 길을 걸었으면 하지요?》

려월의 입에서 나직한 한숨이 새나왔다.

《글쎄, 뭐라고 말할지…

전번 네 일을 놓고보면 아무리 생각해봐도 네 앞날이 묘연하구나.》

《그건 무슨 소리예요?》

《과거에 급제하지 않고서야 어떻게 앞날에 대해 론하겠냐? 그렇지 않냐?》

과시장에서 응시도 못하고 쫓겨나온 자기의 일이 어머니에게 입힌 상처는 세월의 흐름속에서도 가셔질수 없을것이다. 하긴 그 상처는 허준자신의 가슴속에서도 영원히 잊혀질수 없었다.

《어머니두 참, 이젠 다 지나간 일인데 뭘 자꾸 꺼내시나요? 사람이 글공부를 하는게 단지 벼슬을 위해서만일가요? 너무 속쓰지 마세요. 벼슬을 못한다쳐도 옳은 뜻만 굳건하면 의로운 일을 할수 있어요.

제 어떻게 하나 의술을 배워 사람들을 위해 의로운 일을 하겠어요.

어머닌 이 아들을 믿지요?》

려월은 이젠 제 에미를 설복하려드는 허준을 바라보면서 아들이 다 자랐구나 하는 대견함으로 마음이 젖어들었다. 자기가 산음행을 말했을 때 남편이 왜 그리도 기뻐했는지 이제야 리해되였다. 참으로 잊을수 없는 그밤이 어제런듯 떠오르면서 불현듯 오매로 하여 마음속고충을 겪고 있을 남편의 정상이 가슴에 걸렸다. 저도모르게 눈물이 핑 돌았다.

《어머니, 왜 갑자기 이러세요? 아버님생각을 하시지요?》

제 에미속을 들여다보기라도 한듯 묻는 허준의 그 물음에 려월은 눈을 슴벅이였다.

《마님의 병세는 어떠한지, 마음이 무겁구나.》

오매에게 그렇게도 닥달질과 수모를 받고도 그의 중병이 마치 자기때문에 생긴듯이 자책하며 피로와하는 어머니의 모습앞에서 허준은 비단결같은 그 마음과 어진 품성이 어머니의 운명을 오늘과 같은 지경에 이르게 하지 않았을가 하는 생각이 들었다. 찰나 허준은 자기의 그런 생각이 어머니의 진심을 모욕하는듯싶어 스스로 얼굴이 붉어졌다. 저 멀리 룡천땅을 그려보는듯 어머니의 눈빛은 그 심연을 가늠할수 없는 호수마냥 그윽하였다. 아니, 허준의 눈에는 한폭의 그림마냥 아름답게 안겨왔다. 아, 어머니!

닷새가 또 지났다. 어머니의 약을 지으러 류이태의 집으로 가는 허준의 가슴은 이상야릇하게 설레이고있었다. 허준은 자기의 이 기분상태가 그 집에 가면 아릿답고 단정한 설유의 얼굴을 잠간만이라도 볼수 있다는 기대감에서 오는것임을 부인하고싶지 않았다.

어머니가 아직 몸져누워있고 분명 자기는 앓는 어머니의 약을 지으러 가는 길인데 왜 이런 엉뚱한 생각에 들떠있는지…

허준은 마치 하지 말아야 할 일을 하다가 들킨 사람처럼 자기의 이 감정이 허망하기 그지없다고 스스로 타매하며 잡념을 털어버리려는듯 세차게 머리를 저었다.

정작 류이태의 집에 이르니 이상할 정도로 가슴이 또다시 세차게 울렁거렸다. 자제력을 잃지 않으려고 애쓰건만 아랑곳없이 쿵— 쿵—

옆사람이 다 들을 정도로 방망이질소리는 높아진다.

허준은 큰숨을 한번 내쉬고 대문에 들어섰다. 이제는 몇번이나 출입을 한지라 곧장 허준은 토방에 올라서서 조심스럽게 아래방문을 열고 장지문이 달린 류이태의 치료방으로 발걸음을 옮겼다. 어인 일인지 여느때면 아래방에서 순번을 기다리던 병자들이 보이지 않았다. 허준은 조심스럽게 장지문을 두드렸다.

장지문이 열리는것과 동시에 허준은 머리를 숙여 인사하였다. 머리를 들던 허준은 깜짝 놀라 그자리에 얼어붙었다. 자기앞에 서있는 사람이 류이태가 아니라 설유였던것이다.

온몸이 가다들었다. 무슨 말을 떼야 할지 그자신도 알수 없었다. 얼결에 《저 - 약을… 지으러… 왔소이다.》 하는 말이 튀여나왔다.

떠듬거리며 저도모르게 뱉은 말이다. 쿵쿵거리는 심장의 박동소리가 설유의 귀에 들릴것만 같아 당황함을 감출수 없었다. 화끈거리는 얼굴을 겨우 들긴 했으나 눈은 설유를 똑바로 쳐다보지 못하고 허둥지둥 방안을 헤맨다.

그의 허둥거리는 모습을 얼핏 띄여보더니 설유가 입가에 엷은 미소를 지었다.

《아버님은 병자가 생겨 나가셨소이다. 손할머니 도련님이 오시면 지은 약을 올리라고 하셨나이다.》

《네에 - 》

허준은 황송해하며 저도모르게 허리를 굽석거렸다. 설유는 여전히 입가에 미소를 짓고 시원해보이는 검은 눈을 들어 저앞에서 쩔쩔매는 허준의 순진한 모습을 말없이 바라보며 약꾸레미를 공손히 내밀었다.

허준은 설유를 면바로 쳐다보지도 못하고 눈길을 내리깐채 그가 내주는 약꾸레미를 받아들었다. 그리고는 다시금 굽석 인사를 하고 황황히 돌아섰다.

몇걸음 걷던 허준이 무슨 생각이 들었는지 돌아섰다. 문가에서 한본새로 입가에 가벼운 웃음을 짓고 설유가 허준을 응시하고있었다. 문가로 다가선 허준은 용기내여 입을 열었다.

《저, 아씨…》

설유가 무슨 일이냐 하는 눈길로 허준을 빤히 바라보는데 그 그윽한 눈빛은 심산의 옹달샘이런듯 얼마나 맑은지 티 한점 없다.

《무슨 일이오이까?》

《제 일전에도 의원님에게 말씀드렸소만 저 서가에 있는 의서를 빌려

줄수 없나이까?》

아버지가 안 빌려주는 의서이지만 허준은 왜 그런지 설유만은 자기의 마음을 알아줄것 같았다. 어째서 설유에 대한 그런 믿음이 생겨났는지 자기도 알수 없었다. 늘 병자들로 붐비는 류이태의 집에서 설유와 단둘이 마주선 이 기회를 놓치고싶지 않았다. 허준은 기대에 찬 눈길로 설유의 얼굴을 바라보았다.

설유가 속삭이는듯 한 목소리로 다정히 불렀다.

《저, 공자님!》

공자님이라니?! 허준은 자기의 귀를 의심하였다. 분명 아릿다운 처녀의 입에서 흘러나온 맑은 목소리였다. 서자라고 업신여김을 당하고 수모를 받던 자기였다.

허준은 설유의 그 한마디 말에 그처럼 아득해보이던 그가 가장 가깝고도 허물없는 사이로 느껴졌다.

《아버지에게 그렇게 청을 드려서는 의서를 빌릴수 없소이다.》

《그럼 거절이나이까?》

허준의 눈에 실망감이 어렸다. 그러한 허준을 바라보며 설유가 부드럽게 말을 이었다.

《너무 상심마소이다. 아버지에게는 자신이 쓴 수사본(인쇄하지 않고 손으로 쓴 책)이 있사온데 그걸 좀 보여달라고 하시오이다. 오히려 그게 공자님한테는 더 도움이 될것입니다.》

《그렇소이까?》

귀가 버쩍 트이는 소리였다. 의서를 빌릴수 있다는 희망으로 허준은 단박에 소심하고 의기소침하던 젊은이로부터 담차고 기백있는 젊은이로 변했다.

그는 와락 설유의 하얀 손목을 부여잡고 부르짖었다.

《아씨! 정말 고맙소이다!》

《어마나!》

허준의 손아귀에서 자기의 손을 뽑으며 설유가 지르는 비명소리.

그제서야 허준은 자기가 너무도 기쁜김에 처녀의 손목을 덥석 잡는 엄청난 실수를 저질렀다는것을 깨달았다. 덴겁하며 허준은 어쩔줄을 몰라 두손으로 괜히 바지괴춤을 문질렀다.

허준이 제편에서 도리여 바빠하자 설유는 자기가 본의아니게 그를 옹색하게 만들었다는것을 깨닫고 얼굴이 빨개졌다. 허나 난생 처음으로 사내에게 손목을 잡히고나니 부끄러움이 온몸을 휩쓸어 애꿎은 옷고름만 잡아뜯었다.
《그럼 하루이틀새에 다시 오겠소이다.》
허준은 노을빛인양 빨개진 설유의 얼굴을 우정 보지 않으려고 헤덤비며 문을 나섰다.
오늘은 참 운수가 좋은 날이였다. 그토록 읽고싶던 의서를 빌려볼수 있는 방도가 생긴것이다. 그 방도는 다름아닌 설유가 가리켜준것이다. 죽순이가 준 의서를 읽고 또 읽어보며 허준은 의학이란 결코 쉽사리 접어들 학문이 아니라는것을 느꼈다. 그래서 허준은 류이태에게 하나하나 물어보려고 생각했지만 이렇다할 타당한 리유가 서지 않아 망설이고있었던것이다. 이제 류이태에게서 의서를 빌려읽으면 자연스럽게 물어볼수 있었고 또 의학이라는 학문에 대해 파악할수 있었다. 그래서 그의 서가에 있는 의서를 빌려보려고 애썼던것이다.
달아오른 얼굴을 시원하게 불어오는 바람이 식혀준다. 집으로 돌아오면서 허준은 속으로 자기의 마음을 가늠해보았다. 곰곰히 돌이켜보니 어처구니가 없었다. 지금껏 오직 글공부에만 파묻혀 언제한번 랑자들에게 말을 건네본적도 그리고 눈길을 준적도 없는 자기가 아닌가. 분명 설유에게 한 허준의 오늘의 행동은 그답지 않은 처신이였다.
(내가 혹시 설유를 남다르게 생각하고있는것이 아닐가?)
아니라고 머리를 저어보았으나 자기가 은연중에 설유를 마음에 두고있음을 부인할수가 없었다.
아서라, 아직은 나에게 그럴 권리가 없다! 이렇다할 뜻도 세우지 못하고 벌써부터 이성에 대해 론한다는것은 부끄러운 일이다. 또 설유가 어떻게 생각하는지도 모르면서 이런 허망한 생각을 한다는것은 순결하고 깨끗한 처녀에 대한 일종의 모욕이다.
내 뜻을 세운 다음에는 그 처녀를 찾아가 이 심정을 토로하리라.
그때까지는 나에겐 그럴 권리가 없다!
허준은 마음의 다짐을 굳게 하며 씨엉씨엉 발걸음을 옮겼다.

2

어머니의 전갈을 받고 허모는 백운동서원에서 한달음에 룡천으로 달려왔다. 허위단심 달려와보니 어머니가 덜커덕 중풍에 걸린지 달포나

된다.

　비단이부자리에 누워서 팔과 다리를 제대로 건사하지 못하는 어머니의 반신불수의 모습을 보는 순간 허모의 가슴은 찢어지는것 같았다. 아침, 점심, 저녁으로 약을 달여먹고 매일 침을 맞으며 치료한다지만 오매의 삐뚤어진 얼굴과 입은 본래의 모습으로 돌아서지 않았다. 그런데도 오매는 연신 념불 외우듯 중얼거리기만 하였다.

　《려월이 이년! 이 죽일 년같은것! 천벌을 받을 년! 내 이제 일어서면 네년이 사는 경상도에 가서 다시는 내앞에서 달아나지 못하게 가랭이를 찢어놓고말테다!》

　허모는 반신불수인 어머니의 그 정상에 처음엔 눈물이 나오다가 오매가 얼빠진듯 혼자서 계속 중얼거리자 과연 이 녀인이 나의 어머니가 맞긴 맞는가 하는 의심이 버쩍 들었다.

　《어머니, 이젠 고정하시우. 그러면 병이 더 심해지우.》

　비록 얼굴이 찌그러지고 오륙을 놀리지 못하지만 오매의 정신과 입심만은 오히려 또릿하다.

　《애야! 그년놈들을 혼쭐낼 무슨 수가 없겠냐? 그년만 생각하면 울화가 치밀어 어디 누워있을수가 없구나.》

　《알겠수다, 어머니! 내 꼭 어머니의 한을 풀어줄터이니 지금은 한시바삐 일어나야 하우다. 어머니가 자리털고 일어나야 그년놈들에게 다시 골탕을 먹일게 아니우.》

　말은 이렇게 천연스레 하지만 허모의 가슴은 아파났다.

　어머니를 이 꼴로 만든 근본장본인은 려월이와 아버지 허륜이다.

　그러나 허모는 려월에 대해서는 그닥 반감이 없었다.

　오매에게 있어서 질투의 대상이 려월이라면 허모에게 있어서 반목과 질시의 상대는 허준이였다. 허모는 서자인 허준을 절대로 적자인 자기의 우에 올려세울수 없었다. 그것은 자기의 명예와 존엄에 대한 심한 모욕이였고 수치였다. 그리고 자기의 무능을 온 세상에 알리는 실로 수수방관할수 없는 일이기도 하였다. 하기에 허모의 온 신경은 오직 허준에게로만 쏠려있었다. 이번에 자기의 계책이 멋있게 성공하였다. 첫 시작이 그만하면 괜찮은셈이다. 이번 일을 통해 허모는 자기에 대한 과신이 더 굳어졌다. 이러한 처세술과 림기응변이면 벼슬길을 톺는것은 그야말로 누운 소 타기였다.

　어머니를 이 꼴로 만든 또 하나의 장본인은 아버지 허륜이다.

　하지만 아버지 허륜은 아직까지 자기 출세의 디딤돌이기도 하였다. 제가 아무리 신분과 본관이 좋고 림기응변의 처세술을 가졌다고 해도 아버지의 든든한 뒤배경을 업지 않고서는 또 화수분과 같은 아버지의 돈줄이 없이는 모래우에 성을 쌓는것이나 다름없다는것을 허모는 잘 알고 있었다. 그래서 허모는 아버지 허륜이앞에서는 공손한 태도를 취하군 하였으며 이번에 집에 와서도 살뜰히 아버지를 위로하였다.

오매를 보면서 허모는 슬프다고 할지, 웃지 못할 희비극이라고 할지 말로 표현할길 없는 그러한 심리로 하여 스스로 서글퍼지는것을 어쩔수 없었다. 어머니 오매가 이렇게 중풍으로 병신이 되여 누워있는것을 허모는 상상도 못하였다. 어쨌든 오매는 자기를 낳아 키워준 친어머니였다. 물론 우직하고 단순한 어머니앞에서 버릇없이 굴어대고 제 줌안에 넣고 마음대로 조종했지만 이렇게 종신불구가 되는것은 꿈에서도 바라지 않는 허모이다.

허모는 룡천관아의 책방이 보낸 서신을 통해 허준모자의 산음행이 단지 어머니의 등쌀에 못이겨 피신하는것보다는 허준의 장래를 위해 의도적으로 단행한 걸음이라는것을 알고 경악하였다.

(내 어떻게 해서든지 허준이 그놈을 짓뭉개버릴테다!)

허나 정작 와보니 소잃고 외양간 고치기보다 더 맹랑한 일이 자기를 기다릴줄이야 어찌 알았으랴.

허준이와 려월은 이미 산음으로 떠났고 어머니는 중풍을 만나 병신이 되였다.

《어머니! 내 시간을 내서 허준이놈이 살고있다는 산음에 다녀오겠수.》

《네가?! 거긴 왜?》

허모는 방문을 열고 누가 없는가를 확인한 다음 다시 오매에게로 다가와 그의 귀에 자기 얼굴을 바싹 가져갔다.

《이건 절대 발설해선 안되우. 저기 경상도 산음현감이 바로…》

《그게 적실하냐? 그러문야 그년놈들을 족살내는거야 얼음판에 박밀기가 아니냐?》

오매는 너무 좋아 찌그러진 입을 크게 벌렸다. 너무도 험상하고 소름끼치는 그 몰골에 허모는 온몸이 오싹해졌다.

《아, 조용하우. 그러다간 누가 듣겠수. 내 이제 그놈들을 어떻게 골탕먹이나 두고보시우!》

《그렇게만 되면 내 당장이라두 자리털구 일어난다! 그러니 실수없이 조처해라.》

이튿날 허모는 그간 어머니를 치료해준 죽순을 찾아 솔골로 갔다. 그의 손에는 죽순에게 인사차림할 물건들이 들려있었다.
《의원님께 문안을 드리옵니다.》
죽순이가 의아한 눈빛으로 허모를 바라보았다. 그곁에 선복이가 눈이 올롱해 서있었다.
《뉘신가요?》
《네, 이 고을 사또댁 장손이옵니다.》
《그렇다면 저 풍기 백운동서원에서 공부하신다는 도련님이시오이까?》
《예, 그러하오이다. 우리 어머니를 살려주어 고맙소이다. 이 은혜를 무엇으로 갚아야 할지.…》
《은혜는 무슨… 의원으로서 응당한 일이오이다. 너무 걱정마소이다. 이젠 급한 고비는 넘겼으니 큰일은 없을겁니다. 중요한건 병자가 마음을 편안히 가지고 기분상태를 잘 조절하는거지요.》
《네, 고맙소이다. 헌데 기분상태를 잘 조절하는것이 중요하다지만 어머니의 기분상태는 영원히 평온치 않을겁니다.》
《아니, 그건 무슨 소리인지…》
《네, 이건 우리 집안 일이여서 말하기 쑥스럽지만 의원님한테야 뭘 숨기겠나이까.》

허모가 죽순을 찾아온 목적은 인사차림의 명목밑에 허준모자에 대한 동정을 알아내기 위해서이다. 룡천에 당도한 첫날에 책방은 허모에게 슬며시 이렇게 귀띔하였다.
《작은마님과 작은도련님이 보아하니 녀의원과 보통사이같지 않던데 그 녀의원을 만나면 그들의 산음행의 진의도를 자상히 알것 같소이다.》
허모는 책방의 말을 들으면서 조용히 팽이머리를 굴려보았다. 허준모자의 산음행이 어머니 오매의 등쌀을 피하는것도 있겠지만 보다는 허준을 위해 단행된것만은 여불없는 사실이다. 그렇다면 그 서얼자식이 산음에 가서 무슨 일을 친다는것인데 암만 생각해봐야 가늠이 가지 않았다.
가만, 허준의 형편에서 책방의 말마따나 녀의원과 연고가 있다면 혹 의술을 배우는것이 제일 타당할수 있지 않을가? 헌데 어떻게, 누구한테서 배운단 말인가?
허준의 능력을 너무도 잘 아는 허모였다. 과시장에서 그런 험창한 욕을 보고도 도리여 큰일을 한다며 학문을 줴버리지 않은 허준이다. 분명 허준은 학문으로 성공하려고 할것이다. 요즘 무슨 바람이 불었는지 성인이요 군자요 하면서 벼슬과 인연없는 학문연구로 여생을 보내는 사람들이 어디 한둘인가.

죽순의 기색을 살피며 허모는 자기 집안사에 대해 이야기하기 시작하였다.

려월이와 오매를 치료하는 과정에 사또댁의 모순을 어느 정도 짐작하고있는 죽순이였으나 허모의 입에서 튀여나온 말에는 아연해지지 않을수 없었다.

자기가 알기에는 그지없이 순박하고 마음어진 려월이였다. 헌데 허모의 말을 들어보면 간특하고 요사스럽기 짝이 없는 녀인이 아닌가. 도저히 믿어지지 않았다.

허모는 자기 집안의 일을 꺼내면서 첩으로 들어온 려월이가 미모와 교태로 아버지의 정을 독차지하고 그로 하여 본댁인 자기 어머니가 아버지에게서 소박을 당했으며 처첩간의 갈등은 자식들에게까지 영향을 미쳤다고 능갈치며 거짓말을 늘어놓았다. 더구나 아버지가 간사한 첩의 간계에 넘어가 정실부인이 낳은 허씨가문의 종손인 자기를 밀어내고 서자인 허준을 과거에 응시시키려다가 시험판에게 발각되여 쫓겨났으며 족보위조(려월이가 아버지에게 술을 잔뜩 먹여 술에 취한 아버지가 얼결에 수결하게 하였다.)로 아버지가 탄핵당했으며 지금은 군수벼슬직을 박탈당할 처지에 놓여있다고 횡설수설하였다. 경악함을 금치 못해하는 죽순에게 허모는 려월이가 제 아들이 시험장에서 쫓겨나오자 마치 오매의 탓이기라도 한듯 아버지를 추동하였으며 그로 하여 아버지와 어머니사이에 큰 싸움이 벌어졌다는둥 그후 려월이의 간계를 알게 된 아버지가 려월모자더러 당장 제 고향으로 돌아가라고 했다는둥 어머니가 그 사실을 알고 만류하였으나 아버지의 결심을 돌려세울수 없게 되자 그 일로 신경쓰다가 중풍에 걸렸다는둥 사공 배머리돌리듯 잘도 둘러맞추었다.

죽순은 너무도 엄청난 사실앞에서 한동안 입을 벌리고 다물지 못하였다. 려월이를 치료하면서 왜 이렇게 상처를 입었느냐고 물었을 때 려월은 그저 본래 약한 체질에 아들일로 신경쓰다가 퇴마루에서 엎어져 난 상처라고 말하였다. 허나 죽순은 의원의 눈으로 려월의 상처가 폭행의 흔적임을 어렵지 않게 직감하였지만 남의 일에 너무 간섭하는것 같아 더 캐묻지 않았다.

그런데 오늘 허모의 말을 들으니 그 어지고 선량해보이는 녀인이 그런 몸서리치는 흉계와 간특성으로 본댁을 밀어내고 정실부인으로 되려고 했다지 않는가.

　죽순은 설레설레 머리를 저었다. 인간에게서 제일 하지 말아야 할 짓이 다름아닌 사람의 정을 가지고 희롱하는것이라고 생각하고있는 죽순이다. 더구나 남녀사이의 정을 희롱하는것은 악한중의 악한이라고 지탄하고있던 죽순으로서는 허모의 그 말이 믿어지지 않으면서도 려월모자에 대한 호의적감정이 슬그머니 의심으로 바뀜을 어쩔수 없었다.

　《그런데 의원님, 작은어머니와 내 동생이 산음에 간것은 아버지의 령이기도 했지만 들리는 말에는 동생이 무슨 뜻을 성공시킨다면서 내려갔다고들 하던데… 마음이 놓이지 않소이다.

　과시장에서 쫓겨난 동생이 혹시 그곳에 가서 우리 허씨가문의 얼굴에 먹칠하는 행동을 할가봐 우려되오이다.》

　《천길 물속은 알아도 한길 사람속은 모른다더니…

　허준도련님은 산음에 가서 의술을 배우겠다고 했소이다. 그곳에 류이태라는 명의가 있거든요.

　그것두 모르고 난 작은도련님에게 소개까지 했는걸요. 갈 때에는 꼭 성공하여 나라안에서 첫손가락에 꼽히는 명의가 되라고 나한테 있던 의서까지 주어서 보냈어요.》

　허모는 실눈을 까박거렸다.

　산음에 있다는 명의한테서 의술을 배운다? 의원이라는 지체가 높은 벼슬자리는 아니여도 그가 하는 일이 사람들의 목숨과 관련된것이여서 운수만 트이면 웬간한 벼슬자리도 우습게 여길 그런 직분이 아닌가! 허준의 재능과 성정으로 볼 때 충분히 명의가 될수 있다. 한성의 명문대가들이 줄지어 허준에게 병보이러 오는 광경이 눈앞에 얼른거린다. 허모는 비트는듯 한 신음소리를 내면서 지그시 입술을 깨물었다.

　죽순은 갑작스레 낯색이 무섭게 변하며 입술을 옥무는 허모를 이상한 눈길로 쳐다보았다. 허모는 그 눈길을 피하며 부랴부랴 죽순의 집을 나섰다.

　그로부터 두달후 허모는 산음에 나타났다.

　허모의 꽁무니에는 산음현감의 조카인 완기가 붙어있었다. 허모의 둘도 없는 짝패인 완기는 그의 말이라면 두팔걷고나서는 사내였다. 난봉질과 못된짓에서 배꼽이 딱 맞는 완기는 허모의 더없는 친구였고 그림자였다. 허모네 가정사를 제 집안일처럼 환히 아는 완기는 제편에서 오히려 씩씩거리며 나섰다.

산음에 당도한 허모는 자기 행색을 드러내지 않고 완기더러 허준과 류이태에 대해 알아보게 하였다. 완기는 며칠새에 허준모자가 읍에서 시오리 떨어진 오곡마을에 살고있으며 그 집에서 동안을 두고 명의라는 류이태의 집이 있다는것을 어렵지 않게 알아냈다.

《헌데 말이야, 그 의원댁의 딸년이 절색이더구만. 어때? 우리 한번 그년을 건드려볼가?》

사팔뜨기눈을 번뜩이며 완기가 허모를 돌아보며 하는 말이였다. 물동이에 치마를 씌워놓아도 허겁대며 달려들 완기이다. 허준의 모자한테 온 정신이 쏠려있던 허모의 귀에 그 말이 들어올리 만무하였다. 허모는 주독으로 새빨개진 완기의 얼굴을 빤히 쳐다보다가 불쑥 (가만! 혹시 여기에 무슨 뾰족한 수가 나올수 있으렷다!) 하고 생각하며 완기에게 다시 물었다.

《이자 자네 뭐라고 했나?》

《응, 그 의원인지 뭔지 하는 놈에게 기막히게 곱게 생긴 딸년이 있어. 그년을 내 얼핏 보았는데 경국지색이야.》

《자네가 직접 봤나?》

《그럼, 내가 그 의원집에까지 갔다가 그년을 몰래 훔쳐보았는데, 히야— 얼마나 곱게 생겼는지 막 미칠것 같더라니.》

완기의 그 말에 순간적으로 허모의 팽이머리가 돌아가기 시작하였다. 자기의 과녁은 허준이지만 그가 의술을 배우려 한다면 류이태도 허모의 과녁으로 될수 있었다. 그렇다면 그의 딸년을 손아귀에 걸어넣으면 애비인 류이태도 넉근히 손안에 거머쥘수 있지 않겠는가. 허준이 류이태에게서 의술을 배우는 조건에서 자칫하면 그 절세가인이 허준의 손에 들어갈수 있다는 예감이 뇌리를 쳤다. 안될 소리다.

저도모르게 숨이 가빠졌다.

(그렇다! 허준이 그자식이 명의로 되는 날엔 그 딸년도 허준의것이 될수 있다! 그러니 그년을 어떻게 하나 손아귀에 걸어넣고 허준이녀석을 짓뭉개는데 써먹어야 한다!)

허모는 먼저 허준의 집을 찾아가기로 작정하였다. 아버지가 보내서 왔다는 구실을 대고 찾아가 허준의 형편을 알아내는것도 나쁘지 않다고 생각했던것이다.

려월은 불쑥 집안에 들어선 허모를 보고 깜짝 놀랐다.

아들은 약지으러 의원댁으로 가고 어머니는 저자에 장보러 가다나니 집안엔 려월 혼자뿐이였다.

《그새 무고하셨소? 작은어머니!》

《아니, 큰댁 도련님이 여길 어떻게?》

《예- 아버님이 작은어머님이랑 동생이랑 어떻게 살고있는지 살림형편을 가보라고 해서 차일피일 미루다가 겨우 짬을 내서 왔소.》

《공부하느라 바쁘실텐데 이 먼델 다 오시다니… 아버님이랑 큰집에서랑 다 무고하나이까?》

《예, 아버님은 여전히 관가일로 눈코뜰새없이 지내시구 어머니는 정신이랑 말이랑 음식드는거랑 그만하면 괜찮은데 다만 반신을 제대로 쓰지 못하지요.》

허모는 방안을 휘둘러보며 조용히 물었다.

《헌데 동생은 어데 갔소?》

《내가 계속 이렇게 병석에 있으니 의원댁에 약지으러 갔소이다.》

《자, 이건 아버님이 살림에 보태라구 주는거요.》

허모는 품속에서 금가락 두개를 꺼내놓았다. 언제인가 오매에게서 받았던 금가락이다. 여기로 오면서 허모는 그중 두개를 가지고왔던것이다. 아버지가 보낸다고 하면서 꺼내놓았지만 속이 알알했다. 허나 앞으로를 위해 이쯤한것은 희생해야 한다고 스스로 위안하였다.

《작은어머니랑 떠나간 다음 어머니는 자기가 너무했다고 늘 자책하지요.

내 이번에 아버님의 당부도 있고 또 어머니의 부탁도 있어 여기로 왔는데 어떻소? 다시 룡천으로 가지 않겠소? 한집안사람들이 크지 않은 일로 서로 오감을 가지고 흩어져산다는게 어디 가당한 말이요? 남들이 우리 허씨집안을 보고 뭐라고 하는지 아시우? 찌개비집안이요, 상가난 집안이라구 수군거리지요.

어머니두 이젠 전같지 않소. 더구나 작은어머니 생각만 하는 아버님두 생각하셔야지요.》

그 말에 려월은 눈물이 글썽해서 고개를 숙였다. 죽어도 다시 가고싶지 않다. 허나 남편의 정상을 생각하면 가슴이 쓰리고 아팠다. 여하튼 허륜은 그와 정을 나눈 사내이고 준의 아버지이다. 자기에게 극진하던 남편이다. 본댁인 오매의 강새암과 심술로 마음이 아파도 허륜의 그 넓은 품에 안기면 만시름을 잊군 하던 려월이다. 자기 나이 아직 마흔전, 부부간의 정을 깨쏟아지게 누릴 한창나이였다. 허나 홀로 사는 과수댁마냥 남편과 수천리나 떨어진 이곳에 와있다. 한달음에 달려가 남편의 품에 안기고싶은 생각이 굴뚝마냥 치솟는다.

려월은 고개를 들었다. 그의 입을 지켜보는 허모의 실눈에 다 잡아놓은 개구리를 눈앞에 놓고 입을 다시는 뱀의 야릇한 표정이 비꼈다. 미묘한 웃음을 띠고있는 허모의 실눈을 보는 찰나 려월은 입에서 막 튀여나오려고 하던 《가겠어요.》하는 말이 혀끝에서 맴돌다가 쑥 들어가버렸다. 뱀이 곁에 다가온것을 모르고 멍하니 있던 개구리가 본능적으로 그 어떤 위험을 느끼고 몸을 도사리듯 려월은 자기의 온몸에 선뜻한 랭기가 와닿는감을 느꼈다. 개구리가 일단 위험을 느끼고 몸을 도사리는 순간이면 때는 이미 늦는다. 뱀이 아가리를 쩍 벌리고 한입에 개구리를 삼켜버리기때문이다. 허나 려월은 뱀이 아가리를 벌리려는 순간 소스라치듯 온몸을 부르르 떨었다. 그리고는 그 뱀을 털어버리려는듯 세차게 도리머리를 저었다.

《아니, 안돼요!》

허모의 실눈이 우로 솟구쳤다. 보이지 않던 눈동자가 번쩍 빛을 발산한다.

《왜요?》

생각보다 허모의 목소리는 살갑다. 그 살가운 목소리는 입에 다 넣게 된 개구리를 놓쳐버린 뱀이 다시 기회를 노리며 슬그머니 옴뛰고있는 개구리를 따르는것과 같았다.

려월은 허모의 눈에서 발광하는 소름끼치는 랭기를 감득하며 두손으로 떨리는 가슴을 꼭 눌렀다.

《사실은 우리 준이때문에…》

《준이가 어째서요?》

《우리 모자가 여기로 온것은 큰마님탓만도 아니오이다. 준이가 어떻게 하나 제 뜻을 굽히지 않구 학문을 연구하겠다기에 우정 내려온겁니다.》

허모는 처음 듣는 소리라는듯 실눈을 크게 떴다. 실눈이 메밀눈으로 변했다.

《그럼 동생이 대단한 학문이라도 연구하는게지요?》

《대단하기야 무슨… 그저 여기에 명의가 있다기에 의술을 배우겠다는가 봅니다.》

《의술을 배워 명의가 되겠다는건데 참 좋군요. 의원이라는게 그래보여두 잘만 하면 팔자를 고친다고 합디다. 병이 나면 그 누구든지 의원한테 찾아오지 않소.

동생의 생각이 참 신통하오. 여기에 온지 서너달 되였으니 동생의 의

술수준이 꽤 늘었겠소?》

《수준은 무슨… 아직 얼굴도 내밀지 못했소이다.》

《그게 무슨 가을뻐꾸기같은 소리요?》

《우리 준이 성정을 큰도련님도 잘 알지 않소이까. 워낙 속이 깊은 애라 아직 의원님한테 말을 비치지 않은가 봐요. 그 의원님이 비록 이 자그마한 시골에 살아도 경상도지경뿐아니라 저 한성에까지 명의로 소문난 어른이시니 서뿔리 말을 꺼냈다가 퇴짜라도 맞으면 어쩌나 하는 심사겠지요.

무슨 앤지 에미인 나도 그 속내를 대중하기 어렵나이다.》

허모는 속으로 쾌재를 불렀다.

(그러니 준이 네놈이 의원한테 붙지 못했구나!)

《그럼 내가 한번 그 의원을 만나 동생의 일을 말해볼가요?》

《아스시오! 큰도련님한테 그런 폐까지 끼치겠소이까. 이제 때가 되면 어련히 감이 익겠는데… 억지로 딴 감은 떫어 맛이 없지요. 그 의원님이 여간 도고한분이 아니라는데 괜히 그러다간 오해할수 있으니 제발 그만두사이다.》

《예- 작은어머니 소원이 정 그렇다면 내 그만두겠소.》

허모가 돌아간 후 려월은 좀처럼 마음을 진정할수 없었다. 온통 머리가 뒤숭숭한게 꼭 무슨 최면술에 걸린것 같았다. 준이가 과거에 응시 못하도록 훼방을 논 허모가 준이를 위해 의원을 만나겠다니 이게 어디 있을번 한 일인가.

그가 하던 말이 귀전에서 떠날줄 몰랐다. 준이가 오면 뭐라고 말할가? 겉보기엔 조용한것 같지만 성정이 불같은 아들이다. 불의앞에서 조금도 에누리를 모르는 그 성정이 오히려 성공한다고들 하지만 려월은 어쩐지 반대로 어떤 화를 몰아올지 몰라 늘 가슴을 조이고있었다. 하지만 려월은 아들에게 속이는것이 없었다. 이제 아들이 오면 그대로 말해보자. 그러면 아들의 입에서 무슨 대답이 나올가.

대문밖에서 기다리던 완기가 허모의 낯색을 얼추 살피더니 주위를 둘러보았다.

《그래 들어갔던 일은 어떻게 되였나?》

《음- 아직 준이녀석이 의원한테 붙지 못했어. 그러니 우리 이길로 의원네 집에 가보자구.》

약을 지어가지고 집대문앞에 이른 허준은 고살길로 사라지는 두 사내의 모습이 어딘가 낯익어보였다. 분명 한사람은 허모와 비슷해보였다.

(그가 여기에 올리 만무한데. 혹시?)
허준은 부리나케 방안으로 뛰여들어갔다.
《어머니! 이자 우리 집에 누가 왔댔나요?》
어머니가 덤덤히 대답하였다.
《방금 큰댁 도련님이 왔다 갔다.》
《뭐라구요? 아니 그가 왜 여기에 왔나요?》
려월은 허모가 찾아온 사연과 그가 하던 말을 그대로 들려주었다. 어머니의 이야기를 듣는 허준의 생각은 착잡하기 그지없었다.
그가 여기에 왜 왔을가? 물론 아버지가 가보라고 할수도 있다. 허나 내 일이라면 오뉴월에도 손이 시려 하는 허모가 도저히 올수가 없다. 여기엔 무슨 쪼간이 있는게 분명하다. 더구나 내가 무슨 일을 하느냐고 꼬치꼬치 따져물었다는것이 마음에 께름직하다. 그리고 류의원에게 소개해주겠다고 말했다는데 도무지 리해가 되지 않는다.
류이태의 집에 이른 허모는 완기를 밖에 떨구어놓고 대문을 열고 들어섰다. 마침 병자치료를 마친 류이태가 손씻으려고 퇴마루로 나오던 참이였다.
《의원님! 무고하시오이까.》
류이태가 난데없이 나타난 허모를 의아해 바라보았다.
《난 젊은이가 누군지 모르는데… 대관절 어데서 온 젊은인가?》
자그마한 놋대야에 아버지가 씻을 물을 떠가지고 마당으로 나오던 설유가 처음 보는 사내를 얼핏 쳐다보았다. 허모의 실눈이 설유를 놓치지 않고 시야에 넣었다. 얼마나 맑고 투명한지 피줄이 다 들여다보일것 같은 새하얀 뺨에 살풋이 길게 내뻗은 속눈섭, 그밑에 자리잡고있는 바라만 보아도 사내들의 가슴을 울렁거리게 하는 검고 그윽한 눈, 도토롬하고 꼭 다물어진 앵두입술, 동백꽃기름을 바른듯 한 함치르르한 머리태, 시원하면서도 생큼하게 쭉 뽑아진 흰목, 륜곽이 또렷한 동그란 어깨와 치마속으로 어렴풋이 보이는 미출한 두다리…
(저런 절세가인이 이런 촌구석에 박혀있다니!)
설유는 대문안에 들어선 사내가 자기를 결탐스레 쳐다보자 얼굴을 붉히며 얼른 놋대야를 마당가에 내려놓고 총총히 방안으로 들어가버렸다.
류이태는 자기가 묻는 말에 대답하지 않고 낯선 사내가 어딘가를 정신없이 바라보자 그 눈길을 따라 얼굴을 돌렸다. 설유가 놋대야를 놓고 지나가고있었다. 류이태는 입이 쓰거워났다.
《어험! 어험!》

류이태의 기침소리가 련거퍼 울리자 허모는 정신을 수습하고 머리를 조아렸다.

《제 평안도 룡천군수댁 장손되는 허모라 하오이다. 의원님한테서 치료받는 려월이란 녀인이 저의 작은어머니이고 약을 지으러 오는 허준이가 저의 이복동생이옵니다.》

류이태는 한동안 어안이 벙벙해서 허모를 내려다보았다. 려월이가 저기 평안도 룡천군수의 소실이며 허준이가 서자라는것은 이미 알고있는 류이태이다. 려월이를 치료하고 약을 지으러 오는 허준이를 대면하면서 그들모자가 왜 룡천땅에서 살지 않고 여기로 왔는지 비슷이 짐작하고있던 류이태였지만 정작 정실부인의 아들이라는 허모를 대면하는 순간 어딘가 모르게 그 집안사가 여의치 않다는것을 다시금 절감하였다.

《그런가? 헌데 무슨 일로 군수댁 장손이 이런 시골에 사는 날 찾아왔나?》

《다름이 아니라 두가지 일때문에 왔소이다.》

《두가지 일이라니? 그게 대체 뭔데?》

허모는 류이태가 자기가 던진 낚시를 받아물었다고 여기며 조심히 줄을 당기기 시작하였다.

《작은어머니의 병을 성의껏 치료해주어 고맙다고 인사하려고 온것이 첫번째 일이옵니다.》

류이태의 반응을 살피며 허모가 말을 이었다.

《두번째는 제 동생의 일이온데 우리 동생이 여기로 온것은 사실상 의원님한테서 의술을 배워 명의가 되기 위해서입니다. 헌데 동생을 만나 물어보니 선생님이 너무 엄해서 아직 의술을 배우겠다는 말도 못했다고 하오이다. 그래서 제가 형으로서 이번 기회에 의원님께 동생한테 의술을 배워주십사 하고 청을 드리려구 왔소이다.》

류이태는 아무 말없이 허모를 노려보았다. 아무 말도 귀에 들어오지 않았다. 허준이가 준수한 젊은이라는것은 알지만 왜서 평안도에서 여기 경상도 산골막바지에 왔는지는 생각해보지 않았다. 그저 그가 의서를 보겠다고 청하기에 허영에 들뜬 젊은 혈기에 의술이 신기해서 심심풀이로 보려는줄 알고 단박에 거절하였는데 이자 보니 의술을 배우려는 의도에서 청을 한것이였다. 사내라면 옴쟁이처럼 쭈물거리지 말고 직방 터놓을게지 빙빙 에돌다가 형을 내세워 의술을 배우겠다고 의사를 표명한단 말인가. 그런 배짱과 그런 심지를 가지고 어떻게 의술을 배워낸단 말인가.
류이태는 버럭 언성을 높였다.
《임자네 동생은 의술은 고사하고 아무짝에도 필요없어! 의술을 배우는게 정 소원이라면 제가 나서서 말할것이지 사내녀석이 계집애처럼 뒤에서 우물거리다니. 난 그런 녀석한테 의술을 배워줄 생각이 꼬물만치도 없네! 그리구 난 의원이지 서당훈장은 아닐세. 그러니 젊은인 괜한 수고를 말고 어서 돌아가 동생한테 그렇게 말해주게!》
류이태는 말이 끝남과 동시에 마당가에 내려놓은 놋대야에 손을 씻더니 잘 가라는 소리없이 방안으로 휭 들어가버렸다. 그러한 류이태의 뒤모습을 바라보는 허모의 눈에 삵의 웃음이 언뜻거렸다. 닫긴 방문을 향해 허모는 이마가 땅에 닿도록 허리를 굽혔다.
《의원님! 제 그럼 의원님만 믿고 돌아가겠소이다!-》

3

그날밤 허모는 좀처럼 잠을 이룰수가 없었다. 그만하면 류이태가 자기가 던진 낚시에 걸렸으니 앞으로 허준의 일이 어떻게 펴나가리라는 것은 눈감고도 알수 있었다. 허나 허모는 이 시각 허준의 일때문이 아니라 아릿다운 설유의 자태가 눈앞에 얼른거려 잠들지 못하고있었다.
한성에 갈적마다 제노라는 미인들을 품안에서 주물러대던 이 허모가 아무렴 이 촌구석에 있는 미인을 놓친단 말인가. 아니될 말이야. 그러면 허모가 아니다!
이런 생각으로 허모는 불이 설설 이는 화독처럼 몸이 달아올랐다.
허모에게는 자기나름의 생활신조가 있었다.
《죽은 정승 산 개보다 못하다.》는 옛사람들의 말이야말로 자기의 생활신조를 집약화한 고견이라고 생각하고있는 허모이다.
허모는 사람의 생이란 그닥 길지 않으며 또 하늘은 사람에게 한번의 인생 즉 한생밖에 주지 않았으니 그 한생을 마음껏 즐겨야 한다고 생각하고있었다. 자기의 이 생각을 철석같은 생활신조로 골수에 새겨넣은 허모이다. 이로부터 한번밖에 없는 인생을 마음껏 먹고 즐겨야 한다는것이 다름아닌 허모의 생활지론이였다.
거기에서 기본으로 되는것은 권력과 재력을 손아귀에 틀어쥐고 인간으로서 누릴수 있는 온갖 향락을 마음껏 누리는것이였다. 그 향락 가운데서 최대의 락은 자기의 욕정을 마음껏 향유하며 이 세상의 온갖 미인들을 제 하고싶은대로 데리고 즐기는것이라고 생각하고있는 허모였기에 자기의 방탕을 합리화하는 제나름대로의 론조까지 가지고있었다.

(괜히 삼계탕을 쓸 때 남자에게는 암닭을 써야 효험이 있고 녀자에게는 수닭을 써야 효험이 있나? 그건 다 서로 남녀상합이 필수불가결의 리치라는 소리렷다. 말하자면 음양의 원리가 남녀간의 그 일에도 적합하단 말이 아닌가. 결국 이 세상을 가만히 들여다보면 남자는 계집이 없인 못살구 녀잔 사내없인 못산다는게지. 그러니 제아무리 도덕군자라 해도 녀색만은 멀리 하지 못한단 말이야.

난 인간세상의 그 리치를 따르는 명실공히 사내라고 당당히 말할수 있어.)

이런 허모의 눈앞에 불쑥 천하의 절색인 설유가 나타난것이다.

(어떻게 하면 그년을 삼킬수 있을가? 만일 그년을 내가 차지하면 기필코 허준이 그 자식의 일은 닭알장사 속구구가 되고말터인데…)

래일 아침이면 서원으로 떠나기로 내정한 허모였으나 머리를 저었다. 하루이틀 늦는다고 서원에서 쫓아내지는 않을것이다. 늦게 도착한 구실은 얼마든지 지어낼수 있었다.

이튿날부터 허모는 류이태의 집 앞골목에 숨어 기회를 엿보기 시작하였다. 첫날에는 소득이 없었다. 두번째 날에도 여전히 소득은 없었다. 문제는 류이태가 치료를 나가고 설유가 혼자 집안에 있는 기회를 놓치지 않는것이였다.

(오늘은 무슨 마련을 봐야 하겠는데… 셋이란 수자야 길수가 아닌가? 그러니 오늘은 필경 좋은 결과가 있을지도 몰라.)

허모는 달아오르다못해 널뛰듯 두근거리는 가슴을 애써 눅잦히며 인내성있게 기다렸다.

그의 예감은 빗나가지 않았다. 사시(오전 9~11시)경에 상투를 튼 중년사내가 헐레벌떡 류이태의 집으로 뛰여들어가는것이였다.

허모는 바싹 긴장하여 류이태의 대문을 뚫어지게 바라보았다. 인차 중년사나이를 앞세운 류이태가 가죽주머니를 들고 큰길쪽으로 사라졌다.

사위를 한바퀴 휘둘러본 허모는 다급한 시늉을 하며 류이태의 집마당으로 뛰여들어갔다.

《의원님! 의원님!》

다급한 웨침소리를 듣고 설유가 아래방문을 열고 마당을 내다보았다.

《무슨 일이오이까?》

《아씨! 의원님을 빨리 좀!》

《아버진 방금 급한 병자가 있어 치료나갔소이다.》

《어이쿠!-》

허모는 비명을 지르며 땅바닥에 털써덕 주저앉았다.

《아이고! 우리 작은어머닌 이젠 영낙없이 죽었구나!》

설유가 황황히 뜰아래로 내려섰다.

《도련님, 대체 무슨 일이오이까?》

《네, 사실은 작은어머니 병이 퍼그나 나았기에 전 래일 서원으로 떠나려고 했지요. 떠나기 전에 동생이랑 작은어머니에게 뭘 좀 사주려고 함께 저자에 나가는데 글쎄 갑자기 행길에서 작은어머니가 얼굴이 해쓱해지면서 맥없이 그자리에 주저앉았습니다. 온몸이 불덩이처럼 뜨겁고 숨소리마저 희미한게 당장 무슨 일이 날것 같습니다. 창황중에 당한 일이라 그옆에 있는 객사에 작은어머니를 눕혀놓고 동생더러 지키게 하고 이렇게 막 달려오는중입니다. 빨리 손을 쓰지 않으면…

원 세상에 이런 난사라구야. 헌데 의원님도 안 계시니 이걸 어떡하면 좋습니까?》

설유가 급히 방안으로 들어가더니 치료에 필요한것들을 새파란주머니에 넣어가지고 나왔다.

《도련님! 빨리 가시오이다. 제가 봐드리지요.》

《아니, 아씨가요?!》

《사람이 당장 죽어가는데 이럴새가 있소이까. 꾸물거리지 말고 어서 가시오이다!》

가벼운 흥분이 허모의 가슴속에서 전률하였다. 그 흥분으로 하여 다리마저 후들후들 떨리는듯싶다. 그러나 허모는 끓어오르는 자기의 감정을 다잡으며 설유를 꼬리에 달고 거의 달음박질하다싶이 하며 완기와 이미 약속한 객사로 발걸음을 다그쳤다.

뻬익- 무거운 돌쩌귀소리를 내며 객사의 대문이 힘겹게 열리였다.

언뜻 객사의 담장에 붙어서있는 완기가 아무 일도 없다는듯 머리를 흔드는것이 허모의 눈에 띄였다. 이미 약속된 신호였다. 오직 병자를 살려내야 한다는 생각에만 옴해있는 설유의 눈에 완기의 그러한 몸짓이 띄울리 만무하였다.

ㄱ자형으로 생긴 객사의 맨 끝방으로 허모는 바삐 재우쳐갔다. 그 뒤를 따르던 설유가 물었다.

《병자가 든 방이 어디나이까?》

《네, 사람들이 많이 오가는 곳이여서 조용한 제일 끝방에 눕혀놓았소이다.》

끝방으로 문을 열고 들어서며 허모가 대척하였다. 설유는 아무런 의심도 없이 방안에 들어섰다.

두칸으로 되여있는 방이다. 아래방엔 병자도 그를 간호한다는 허준의 모습도 없었다.

《아니, 병자는?》

《네, 저 웃방에 누워있소이다. 어서!》

《그렇소이까?》

설유가 머리를 기웃거리며 웃방을 들여다보는데 어느새 허모는 방문의 빗장을 슬쩍 걸어놓는다. 그리고는 설유의 옆에 다가섰다.

《자, 여기 웃방에 들어가시오이다.》

웃방으로 한발을 내짚던 설유가 의아해서 뒤를 돌아보며 물었다.

《아니, 웃방에도 병자가 없지 않소이까?》

불시에 짙은 의혹의 빛이 설유의 고운 눈에 어렸다. 생긋이 웃을 때에는 그 눈이 기가 막히게 아름다왔는데 이렇게 의혹질은 눈은 그것대로 더 매력이 있었다. 허모는 입술이 다 타드는것 같았다. 열에 뜬 허모의 목소리가 울렸다.

《아씨! 실은 제…》

순간 반사적으로 설유가 몸을 옹송그렸다.

《왜 그러나이까? 있다던 병자는 어디 있소이까?》

설유의 눈이 놀라움으로 하여 더욱 커졌다. 버들잎같은 눈섭의 바깥쪽이 그 놀라움으로 하여 약간 들리운다.

례의를 차려 자기의 성의를 한껏 보이되 조심히 다루어야지 자칫 잘못하면 우리안에 다 잡아넣은 파랑새를 다쳐도 못 보고 놓쳐버릴수 있다는 위구감에 허모는 조급한 마음을 가라앉히며 은근하면서도 례의있는 어조로 애원하였다.

《아씨! 달리 생각지 마소이다. 량반댁가세에 어울리지 않는 무례한 행동을 너그러이 용서하소이다. 허나 아씨를 보는 그 순간부터 아씨에게로 쏠리는 마음이 불같이 동하여 자기를 자제 못하고 이런 몰렴치한 행동을 하였으니 부디 이 소행을 리해해주시기 바라나이다. 아씨의 얼굴을 마음놓고 바라보고싶어서 륜리에 어긋나지만 이런 일을 꾸몄소이다.》

사태의 진상을 깨닫는 설유의 낯색이 새파랗게 질렸다. 허나 그 눈빛에는 겁기란 전혀 엿볼수 없었다. 오히려 서리찬 랭랭한 눈빛이였다.

《전 빨리 집으로 가야 하오이다. 숱한 사람들이 지금 절 기다리고있소이다!》

조급해진 허모는 설유앞에 무릎꿇고 주저앉았다.

《아씨! 잠간만이라도 저의 정을 받아주사이다. 진정으로 아씨를 사모하는 저의 정을 말이오이다.》

《도련님! 절 막지 마소이다. 전 시간이 급한 사람입니다.》

《시간이 정 급하면 잠간만이라도…》

허모는 설유의 하얀 손을 덥석 그러잡았다.

《어마나!-》

설유가 뒤로 물러서며 손을 빼려고 모지름을 썼다. 허모가 설유의 손목을 더욱 으스러지게 그러쥔다.

《아씨! 아씨! 한번만이라도…》

허모의 목소리는 흥분과 격정으로 떨렸다. 거센 숨소리가 온 방안을 들었다놓는다. 설유가 더욱더 모지름을 쓰며 우악스러운 터럭손에서 자기의 손목을 뽑으려고 하였다.

《도련님! 이러면 안되오이다! 내 손을 놓으시오이다!》

허모는 더는 참지 못하고 벌떡 일어나 설유를 무작정 그러안았다. 동실한 어깨가 허모의 팔에 류다른 촉감을 안겨주었다.

《도련님! 이걸 놓으세요. 이러면 안돼요!》

설유의 고함소리가 높아지기 시작하였다.

허모는 설유의 동실한 어깨와 토실토실한 감각이 느껴지는 허리를 세관게 그러안으며 속으로 뇌까렸다.

(네년은 이젠 올데갈데 없는 내거야! 네가 아무리 애쓴들 용빼는수가 없어!

객사의 이 빈방엔 너와 나뿐이야. 내 오늘 네년을 축 늘어지게 해주마!)

죽어라고 모지름을 쓰며 몸을 비틀던 설유의 몸이 문득 예상외로 고분해졌다.

(그러니 네년두 결국 남녀간의 이 놀음이 싫지 않단 말이지. 진작 그럴것이지 태가락을 부리긴…)

허모는 속으로 쾌재를 올리며 녀인고유의 체취를 마음껏 들이키려는듯 코를 벌름거렸다. 그의 거쿨진 손이 설유의 몸의 우아래를 향방없이 더듬었다. 설유는 정신없이 마구 덤벼치는 허모의 그 완력에 못견디는척 하면서 손더듬으로 자기의 새파란주머니에서 침통을 꺼내들었다.

한창 설유의 옷섶을 헤집던 허모의 입에서 갑자기 《헉!》 하는 이상한 소리가 터져나왔다. 그바람에 설유를 우악스럽게 그러안았던 허모의 손이 한순간 풀어졌다. 허모에게 깔렸던 설유가 재빨리 몸을 빼고 일어나 옷매무시를 바로하며 벽에 기대섰다.

《어!- 어!- 어!-》

허모는 자기 목을 부여잡고 안타까이 소리를 질렀으나 어찌된 일인지 소리가 목안에서만 맴돌고 시원스레 입밖으로 튀여나오지 않는다. 설유가 침통에서 굵은 동침을 뽑아서 제 몸우에서 허둥거리는 허모의 목뒤 아문혈을 사정없이 찌른것이다. 한참 모지름을 쓰던 허모는 그제서야 설유가 자기 목뒤에 침을 박았으며 자기가 그로 하여 순식간에 벙어리가 되여버렸다는것을 알아차렸다.

허모는 다시금 설유앞에 무릎을 꿇었다. 종전의 무릎꿇음과 전혀 다른것이였다.

(이 무슨 날벼락인가. 내가 계집맛을 보려다가 벙어리가 되다니?!

벙어리가 되면 난 끝장이다. 세상에 말 못하는 량반대감이 어데 있다더냐. 아이구 맙소사!)

허모는 설유를 바라보며 손짓, 몸짓으로 애걸복걸하기 시작하였다. 설유의 눈에선 시퍼런 불길이 황황 일고 그의 입에서 인간아닌 인간을 꾸짖는 야멸찬 목소리가 흘러나왔다.

《너같은 놈은 차라리 벙어리가 되는게 낫다! 인간의 가장 신성하고도 아름다운 진정을 네놈은 그 노란 입으로 분명 유혹했고 더럽혔으니 평생 벙어리로 살아라!

이는 하늘이 너에게 내린 벌이거늘 다시는 인간의 아름다움과 진정을 모욕하지 말라!》

허모를 쏘아보는 설유의 눈에서 증오의 불길이 이글거렸다. 그 불길은 삽시에 허모라는 인간을 태워 한줌의 재로 만들상싶었다. 손세 몸세 다 써가며 제앞에 꿇어앉아 애걸하는 허모의 모습을 뚫어지게 쏘아보던 설유는 흥! 하고 코방귀를 뀌며 바람같이 문밖으로 사라졌다.

설유가 사라지자 허모는 절망에 빠져 그자리에 다리를 꼬부리고 모로 누워 꿍꿍거렸다.

(이 무슨 청청하늘에 날벼락인가? 내가 계집한테 봉변을 당하고 벙어리가 되다니?!

장차 어쩌면 좋을고?!)
별안간 방문이 왈칵 열리며 밖에서 망을 보던 완기가 들어섰다. 허모가 거사를 치른 다음 이제 자기가 설유를 데리고노는 모습을 눈앞에 그려보며 담장곁에서 서성거리던 완기는 대문을 꽉 밀며 총총히 사라지는 설유의 모습을 보자 사팔눈이 확 뒤집혔다.
(저렇게 가버리면 난 어떡한단 말인가.)
성이 독같이 올라 허모한테 해보려고 막 들어서던 완기는 방안에서 다리를 꼬부리고 신음소리를 내는 허모를 보고 깜짝 놀랐다.
《아니, 자네 이거 어떻게 된 일인가?》
허모가 입을 벌리는것 같은데 소리가 안 나온다. 허모가 손으로 제 뒤목을 가리킨다. 그의 뒤목을 보던 완기는 입을 쩍 벌렸다. 뜨개바늘만큼 굵은 동침이 꾹 박혀있는것이 아닌가.
《누가 이랬나? 그 계집이? … 어떡하라나? 뽑으라나?》
허모가 뽑으라는듯 턱을 흔들었다.
완기가 한손으로 동침이 박힌 부위를 누르고 욱— 하며 침을 뽑았다. 뽑고보니 거의 두치나 들이박혀있었다. 동침을 뽑는 순간 허모가 푸들쩍 몸을 떨었다.
침을 뽑자 허모가 자리에서 일어났는데 얼마나 혼쌀이 났는지 얼굴이 백지장처럼 새하얗다.
완기의 두손을 잡은 허모가 입을 놀리는데 어찌 된 영문인지 소리가 나오지 않는다.
《자네 벙어리가 된게 아니야? 그년이 그렇게 했어?》
허모가 머리를 아래우로 흔들었다.
《침 한대로 벙어리가 된다는 소릴 난생 처음 듣는다. 자네 한번 말을 해보게. 내 이제 하는대로 따라하게나.》
완기가 《아ー》 하니 허모가 같이 입을 벌리는데 소리가 영 없다. 그저 쌕— 하는 소리뿐이다.
《이런 변이라구야. 자네 이자 보니 벙어리가 됐어! 세상에, 계집과 한번 놀아보려다가 벙어리가 되다니. 소가 웃다 꾸레미터질 노릇이로군.》
허모의 눈에서 눈물이 줄줄 흘렀다. 친구의 불상사를 목격한 완기의 사팔눈에도 눈물이 글썽하였다.
그날밤 허모는 한잠도 이루지 못하였다. 설유를 손에 넣을 흉계를 꾸미느라 잠을 못 이루던 그밤이 바로 며칠전이였다. 곁에서 간호한다던 완기는 온 방안을 다 차지하고 누워 뒹굴다가 꿈에서 계집과 재미를 보는지 신음소리를 지르더니 제풀에 푸푸거리다가 요란스레 코를 골아대고있다.

(벙어릴 고칠수 있는 사람은 오직 하나 류이태뿐이다! 렴치와 체면을 무릅쓰고 래일 류이태를 찾아가야 한다. 이건 내가 다시 소생하는가 아니면 벙어리가 되여 평생 버러지처럼 사는가 하는 운명적인 문제이니 더 생각해볼 여지가 없다. 래일 류이태를 찾아가자!)

다음날 허모는 류이태의 앞에 나섰다. 자기앞에 나타난 허모를 바라본 류이태가 깜짝 놀랐다.

《임자 대체 웬일인가?》

허모의 몰골은 하루밤새 눈확이 쑥 패이고 초췌해져 흡사 물에 빠진 쥐를 건져놓은것 같았다. 허모는 어색한 웃음을 지으며 손짓몸짓을 해가며 자기의 의사를 나타내려고 노력하였다. 류이태의 눈이 커졌다.

《엉?! 임자 말을 못하는게 아닌가?》

허모가 연신 머리를 끄덕였다.

《대관절 어떻게 되여 이렇게 되였나?》

허모는 다시 손세몸세 써가며 안타깝게 호소하려고 애썼으나 그것이 류이태에겐 전혀 통하지 않았다.

《이리 좀 가까이 오게.》

두눈을 지그시 쪼프리고 맥을 가늠해보던 류이태가 머리를 기웃거렸다.

《아니, 자네 맥이 왜 이 모양인가? 독맥의 웃끝에서 기가 막혀버렸구만.》

머리를 기웃거리던 류이태가 허모를 돌려세우고 독맥이 주행하는 잔등의 척추를 따라 눈길을 더듬다가 목뒤를 찬찬히 살핀다.

《아, 이런 변이라구야! 누가 아문혈에 침을 놓았나? 아문혈에 망탕 침을 놓으면 이렇게 독맥의 기가 막혀 말을 못하게 된다네.》

어처구니없어 하던 류이태가 한동안 생각에 잠기더니 가느다란 호침을 빼들고 허모의 목뒤로 다가섰다. 허모는 대번에 기가 질려 방바닥에 벌렁 드러누우며 손을 가로 저었다.

《겁나하지 말게. 원체 아문혈에 이렇게 망탕 침을 놓으면 벙어리가 되고마네. 허나 이 침혈은 벙어리가 된것을 고치는 혈이기도 하지. 문제는 어떻게 침을 놓는가에 달려있다네. 자네를 찌른 굵은 동침을 가지고 사법으로 침을 세게 놓으면 이렇게 벙어리가 되지만 가는 호침을 가지고 보법으로 침을 놓으면 막혔던 독맥의 기가 열리면서 말 못하던 벙어리가 말을 하게 되지.

자, 그러니 겁나하지 말구 어서 일어나 앉게나! 벙어리가 된지 얼마 안되니 제꺽 손을 쓰면 입이 열릴수 있네. 허나 시간을 끌면 끌수록 자네에겐 불리해지네. 영영 벙어리신세를 면치 못할수 있단 말일세.》

허모는 의학의 리치는 잘 몰랐으나 류이태의 그 말은 공감이 되여 순순히 그의 손에 목을 맡겼다. 이윽고 목에서 따끔 하는 감각이 느껴지면서 찌르륵- 기운이 목뒤에서부터 머리끝까지 쭉 뻗쳐올라간다. 침대를 쥐고 살살 돌리던 류이태가 《이젠 아- 하고 말해보게나.》 하기에 허모가 입을 쩍 벌리며 《아-》 했으나 여전히 쌕소리만 흘러나온다.

《하, 이런 난사라구야. 어떤 놈의 자식이 아문혈을 이렇게 무지막지하게 들이찔렀을가?

염병앓을 놈 같으니라구야. 이따위 돌팔이가 의원이랍시구 침대를 마구 휘두르니 병을 고칠수 있나. 참 한심한 놈이야!》

개탄조로 탄식하는 류이태의 말을 들으며 허모는 서가쪽 책상앞에 앉아 첩약을 짓고있는 설유를 힐끔 쳐다보았다. 짐짓 모르쇠하고 천연스러운 기색으로 자기 일에 열중하는듯싶었다.

《안되겠어. 침혈 몇개를 더 써야겠구만.》

류이태는 다시금 가는 호침을 아문혈밑의 풍부혈과 손의 합곡, 관충혈에 놓은 다음 여전히 침대를 살살 돌리며 허모에게 분부하였다.

《이젠 다시 〈아-〉 해보게!》

허모는 낚시에 물려나온 붕어처럼 입을 쩍 벌리였다. 그러나 여전히 한본새로 빈소리뿐이다.

류이태는 마치 어린애에게 첫말을 배워주듯 근기있게 계속 시켰다.

《아-》

(아!-)

《아-》

(아!-)

허모의 입이 붕어입처럼 연신 넙적넙적 열렸다. 그렇게 한식경정도 지나자 드디여 허모의 입에서 《아!-》 하는 소리가 터져나왔다. 류이태는 끊지 않고 계속 말련습을 시켰다.

《가-》

《가아!-》

《갸-》

《갸아!-》

《거-》

《거어!-》

《겨-》

《겨어!- 아이쿠, 살았다. 살았어! 벙어리신셀 내 면했구나!》

허모는 자리에서 벌떡 일어나 너무 기뻐 껑충껑충 뛰였다. 그 놀아대는 꼴이 하도 우스워 설유가 손으로 입을 가리우고 키드득 웃었다.

허모는 덥석 류이태의 손을 잡으며 격정에 겨워 소리쳤다.

《의원님! 의원님은 과시 명의로소이다. 참말 고맙소이다! 이 은혜를 어떻게 갚아야 할지…》

참으로 피이한 인연이였다. 딸은 벙어리로 만들어놓고 그 아버지는 벙어리를 고쳐주고.

류이태는 기뻐서 어쩔줄 몰라하는 허모에게 물었다.

《이젠 자네의 말을 좀 들어보세. 대관절 어떻게 되여 그렇게 행방없이 벙어리가 되여버렸나?

며칠전에 날 찾아왔을 때도 변사 못지 않게 류창하던 자네가 아닌가?》

허모는 갑자기 말문이 막혔다. 이 사연이야말로 이실직고할수 없는 일이였다. 그러나 그의 팽이머리가 궁색한 처지에서 그를 건져주었다.

《네, 며칠전 급한 일이 있어 밤길을 걸었더니 그만 고뿔에 걸렸던것 같소이다. 그래서 읍내 의원 한사람에게 갔었는데 그가 하는 말이 고뿔엔 침 한대면 즉효라고 하기에 밑구 몸을 맡겼지요. 하, 그런데 고뿔이 낫기는커녕 그 다음날부터 덜커덕 벙어리가 되는게 아니겠소이까.》

《아니, 그게 대체 어떤 놈인가? 고을안의 의원들은 내가 다 아는데 그 의원의 함자가 뭐라고 하던가?》

《글쎄요. 그렇게 망탕 침을 놓는 서푼짜리 돌팔이의원에게 함자가 있을리 만무하지요.》

《룩실할 놈 같으니라구! 사람을 살리는 의원이 아니라 도리여 죽이는 의원이로군. 사람의 목숨을 가지구 마구 장난질하다니? 그런 놈은 관가에 고소해서 잡아다가 꽉- 혼쭐을 내주어야 해!》

허모는 설유를 힐끗 바라보며 제법 기염을 돋구며 맞장구를 쳐댔다.

《옳소이다. 내 앞으로 그놈을 잡아내여 단단히 골탕을 먹이지 않나 두고보시오이다!》

동안이 지나 허모가 조심스레 물었다.

《저, 의원님! 치료비는 대체 얼마인지…》
《음, 얼마 안되네. 오십냥만 내게나.》
《오십냥이요?!》
허모가 놀라며 실눈을 크게 뜨고 류이태를 빤히 쳐다보았다.
《왜 그렇게 놀라나? 말을 못하는 벙어리를 살려놓았는데 오십냥이 과하단 말인가? 그럼 다시 되돌려 세웁세. 그건 아주 간단하다니.》
《아니올시다. 아, 말 못하는 벙어리가 되여 살아도 죽은 목숨이나 같은 저를 이렇게 살려주었는데 오십냥이 대수겠소이까?》
옆에서 픽— 하는 설유의 빈정기어린 가벼운 코웃음소리가 들렸다. 허모는 속이 뜨끔해났다.
(이 두상태기가 혹시 내막을 다 알고있는게 아니야?)
류이태의 천연스러운 거동을 봐서는 모르는것 같았다. 허모의 경험에 의하면 설유같은 처지에 놓인 녀인들은 이런 일이 생기면 자신에게 불미스러운 일인지라 혼자서 속을 태울지언정 외간사람이나 집안식구들에게 제 입으로 발설하는 일은 거의나 없었다. 설유도 그와 마찬가지일것이라고 단정하며 허모는 성큼하게 대답하였다.
《의원님! 제 오십냥을 오늘중으로 보내겠소이다.》
《음, 그리하게나. 그리고 다시는 그따위 바보짓은 하지 말게!》
《네? 바보짓이라니요?!》
가슴이 선뜩해서 허모는 반문하였다.
《그게 무슨 소리냐 하면 그따위 의원같지 않은 놈에게 다시는 자네의 귀한 몸을 망탕 내맡기지 말라는 소리일세. 이젠 알겠나?》
《아 알지 않구요. 여부가 있겠소이까. 그럼 전 이만 물러가겠소이다.》
장지문을 열고 류이태의 방을 나서면서 허모는 으드득— 이발을 갈며 속으로 부르짖었다.
(이년, 두고보자! 네년이 날 이렇게 웃음거리 만들구두 무사할줄 아느냐? 내 언제인가는 네년의 그 하얀 몸뚱아리를 발기발기 찢고 통채로 씹어삼키고말테다!)

4

허준이가 의술을 배워 명의가 되겠다고 평안도 룡천에서 여기 산음으로 왔노라고 한 허모의 말을 듣는 순간부터 류이태는 허준을 두고 생각해보았다.

룡천에서 왔다면 죽순이를 모를리 없겠는데 허준은 전혀 그런 말을 꺼내지 않는다. 허준이 의술을 배우겠다고 한데는 필경 무슨 까닭이 있을것이다. 혹 죽순의 추동이랄지 권고랄지 그런것으로 하여 허준이 의술에 뜻을 둔것은 아닐가?

배다른 형이라는 허모가 난데없이 나타나 그간 작은어머니를 돌봐주어 고맙다면서 동생인 허준이 의술을 배우겠다는데 좀 배워줍소사 하고 간청할 때 류이태는 입안이 소태를 씹은것처럼 쓰거워 참지 못하고 허준이를 모욕하는 말을 내뱉고말았다. 본래 투명하고 명명백백한것을 좋아하는 류이태였다. 닷새건너 약을 지으러 오면서도 의술을 배우려고 한다는 말 한마디 하지 못하는 사내답지 못한 허준에 대한 불만감과 더우기는 허준의 형이라는 허모의 몸에서 풍기는 인간답지 못한 허위성과 기만성이 그의 부아를 돋구었다.

류이태는 허모가 돌아간 다음 허준에 대해서 다시 곰곰히 생각해보았다. 한마디로 준수하고 고지식한 젊은이라는 생각이 들었다. 제 형에 비해볼 때 인품에서 벌써 장기쪽의 차와 졸같은 현저한 차이가 있어보인다. 그런데 이상스러운것은 의술을 배우겠다고 그 멀고도 먼 천리길을 달려온 그가 자기의 의향을 여직껏 꺼내지 않는것이다.

너무도 어지고 순박해서 그럴가? 항용 정직하고 순진한 사람일수록 비위살이 없는 법이다. 그런 사람들은 절대로 남에게 해되는 일을 하지 않으며 또 남에게 페를 끼치는것을 미안스러운 일로 여긴다. 허나 그가 의술을 배우겠다고 했을 때에는 무슨 초지가 있어서겠는데 거기에 무슨 비위를 부리고 말고가 있겠는가? 사내가 한번 뜻을 품었으면 머리가 깨지는 한이 있더라도 들이밀고 볼판이 아닌가.

류이태는 다른 측면에서 허준의 심정을 생각해보았다. 분명 의술을 배우겠다고 머나먼 천리길을 온 그가 여직껏 말을 꺼내지 않는것은 의술에 대해 좀 파악한 다음 말을 뻬치려는게 아닐가? 그렇게 생각하는것이 타당해보였다. 그러고보면 의서를 빌려달라고 간청한것이 깨도가 되였다.

가만, 혹시 죽순이를 통해 나에 대해 뭐인가 알고있지 않을가? 왜 그런지 자기에게 의서를 빌려보자고 간청할 때 그 어조에 비꼈던 기대감, 거절당했을 때 그 눈에 실렸던 당혹감이 엇갈리면서 그런 생각이 들었다.

《의원님! 그간 건강하시나이까?》

류이태의 생각을 깨뜨리며 방문을 여는 소리와 함께 허준이 들어섰다. 생각에서 깨여나 앉은 류이태는 앉은자리에서 답례하였다.

《음, 임자인가. 그래 모친의 병세는 어떠한가?》

《네, 퍽 나아졌소이다. 이젠 자리를 털고일어나 뜰안을 거니오이다.》

《참 다행일세.》

류이태에게서 첩약꾸레미를 넘겨받은 허준이 엉거주춤거리더니 머리를 꼿꼿이 쳐들었다.

《저, 의원님! 무례하게 군다고 욕많이 하실줄 알면서도 청을 드릴가 하오이다.》

《?!》

《다름이 아니라 의서 한권을 좀 빌려보았으면 하오이다.》

《임잔 또 그런 소리를 하나? 임자가 그렇게 떼를 쓴다구 내가 의서를 함부로 내놓을줄 아나?》

《그 의서들이 의원님의 중한 보물이라는것을 모르지 않습니다. 정 그렇다면 의원님이 손수 쓰신 수사본이라도…》

류이태는 눈을 크게 뜨며 허준을 뚫어지게 바라보았다.

《누가 나한테 수사본이 있다고 그러던가? 내 입에선 그런 말이 나온것 같지 않은데…》

책상앞에 단정히 앉아 붓을 놀리고있는 설유의 귀밑이 보일락말락 발그스름히 붉어진다. 류이태는 허거픈 웃음을 지었다. 보아하니 둘사이가 여간 가까운것 같지 않다. 웬간한 사내에겐 정을 쉽사리 줄 딸이 아니다. 헌데 허준에게 관심을 둔것을 보면 앞에 선 젊은이가 좋은 사내라는것을 말해준다. 자기이상으로 딸의 지인지감과 품성을 믿고있는 류이태다.

허나 그의 입에서는 그와는 딴소리가 나왔다.

《젊은이, 내 일전에도 말했네만 임잔 의학을 모르기때문에 그 의서를 빌려주어도 리해를 못하네.》

《의원님! 그러지 마시고 절 한번 믿어보사이다. 제 한번 읽어 리해가 안되면 열번, 아니 백번을 읽어서라도 그 내용을 해득하겠나이다. 열백번 읽어 한글자를 깨치는 한이 있더라도 꼭 한번 읽어보고싶소이다.》

류이태는 새삼스러운 눈길로 허준을 바라보았다. 몇번씩이나 매정하다 할 정도로 단호하게 거절해버렸지만 단념하지 않고 지꿎게 달라붙는 허준의 그 기질과 정열이 마음에 들었다. 그리고 백번을 읽어 한글자를 깨치는 한이 있더라도 의서를 보고싶다는 그 학구열에 공감이 갔다. 허준이가 심중하고 매우 침착한 성품을 지닌 젊은이라는 생각이 들었다.

《젊은이의 그 열성을 인정상 무턱대고 모른다고 할수 없어 내 오늘은 임자의 청을 들어주겠네만 그 수사본도 나에겐 귀한거네. 그러니 그것을 간략화한 수사본 초록을 빌려줄테니 그거나 읽어보게나.》

《의원님! 고맙소이다!》

앉은뱅이책상앞에 앉아 아버지와 허준이사이에 오가는 대화에 귀를 기울이던 설유가 나직이 호— 하고 안도의 숨을 내쉰다.

류이태의 집을 나선 허준은 한달음에 집으로 달려와 앉은뱅이책상에 마주앉았다. 자리에서 일어나 허준이 가져온 약첩을 쓸어만지던 려월은 얼굴이 상기되여 흥분해있는 아들을 넌지시 바라보았다.

《대체 그게 무슨 책이기에 그리도 좋아하니?》

《어머니! 류의원님이 나에게 의서 한권을 빌려주었소이다.》

《의서를?! 이제부터 의서를 파고들 작정이냐?》

아들이 배길에서도 죽순의원이 준 의서를 열성스레 읽던 모습이 떠올랐다. 이발도 안 난 아이가 밥부터 먹겠다는 식이 아닐가 하는 생각이 떠올랐던 려월이다.

《학문을 배우려면 천자문부터 배워야 하듯이 의술을 배우려면 먼저 의술이 무엇인가를 알아야 하지 않겠어요. 전번에 죽순의원님이 준 의서는 너무 어려워 무슨 소린지 전혀 알수 없거든요. 그래서 의서 한권을 마저 읽어본 다음 류의원님한테 의술을 배워달라구 청을 드릴가 해요.》

려월은 천진한 아이마냥 의서를 쥐고 흥에 떠있는 아들의 모습을 정답게 바라보았다. 암만 보아도 제 자식같아 보이지 않는다. 얼마나 대견하고 끌끌한지 아무리 골병으로 앓다가도 또 속상한 일이 생겼다가도 아들을 보기만 하면 해살이 비치여 굼니던 안개가 자취를 감추듯 온갖 근심거리가 가뭇없이 사라져버린다.

《내 이번에 병을 앓으면서 보니 류의원님의 의술이 참말로 신기하더라. 룡천의 선복이 어머니도 그렇구 여기 류의원님도 그렇구 정말로 고마운분이구나. 난 네가 그분들처럼 그런 의술을 터득하면 더 바랄것이 없다. 아마 그렇게 되면 네가 천하를 얻을수 있을게다.》

《네?! 천하를 얻는단 말이오이까?》

《그렇지 않냐. 죽어가는 병자를 살려내는 일보다 더 큰일이 또 어데 있다더냐?!

나라의 도처마다 얼마나 숱한 병난 사람들이 있을고? 그런 병자들을 죽음의 문턱에서 끌어내여 살려낸다는것이 얼마나 신기하고 또 의로운 일이냐!

그들을 살려내면 아마 너도 류의원이나 죽순의원처럼 만사람들의 존경을 받고 사람들한테 떠받들려 살것이니 이보다 더 중하고 큰일이 어데 또 있겠니? 그게 바로 천하를 얻는것과 같지 않단 말이냐?

내 룡천에서도 그래, 여기 와서도 그래 누워 앓으면서 생각해보았구나. 나라님도 그리구 그 어떤 대신들두 병앞에서는 꼼짝 못하겠구나 하는 느낌이 새삼스레 들더구나.》

《…》

허준은 말없이 어머니를 바라보았다. 그 소박하고 담담한 어조에 이 아들에 대한 크나큰 믿음과 사랑이 마디마디 어려있어 눈굽이 뜨거워짐을 어쩔수 없었다. 아들과 어머니의 눈길이 허공에서 마주쳤다. 어머니가 눈을 슴벅거리며 아들에게 고무를 보낸다. 아, 어머니!…

책뚜껑 웃쪽에 《언해향약방》이라는 제목이 씌여져있는 의서였다. 《언해》란 한자를 우리 말로 풀이하여 쓴 책이라는 소리렷다. 지금 세월에서는 유식을 뽐내는 사람들이나 량반사대부들 대부분이 우리 글을 뒤전에 밀어놓고 한자를 쓰기 좋아한다. 허나 류이태의 의서는 우리 글로 씌여있었다.

그밑에는 《가제(림시 제목)》라고 쓰고 한줄 내려와 《류이태 저》라는 저자의 이름이 박혀있었다. 허준은 첫 장을 번졌다.

《전언(머리글)》이라는 글줄이 허준의 눈에 안겨들었다. 정신을 도사리고 허준은 한자한자 글줄을 읽기 시작하였다.

《우리 나라는 삼천리금수강산으로서 산천경개가 하도 좋아 향촌의 곳곳에 사람을 살리는 진귀한 약초들이 얼마든지 있다. 허나 많은 사람들이 그 진귀한 보물들을 자기 집근처와 뒤산에 두고서도 그것을 알지 못하여 제대로 쓰지 못하고있다.

만일 각이한 병들을 치료하는 각이한 약재들을 자상히 서술한 책이 있으면 그것은 마치 밤길을 밝히는 등불과도 같이 병을 치료하는 요긴한 방법들을 알려줄것이다.

본인의 힘과 손길이 나라의 곳곳에까지 다 닿지 못하여 자기 고을과 린근고을의 사람들밖에 보아주지 못하는것도 또한 안타까운 문제의 하나이다. 그러나 이렇게 치료방법과 그것에 쓰이는 약재들을 세세히 적어 온 나라에 돌리면 만사람들이 그 덕을 입지 않을가 하는 생각으로 불미한 실력에 붓을 들었으니 이 의서를 널리 리용해주기 바란다.

흔히 일부 사람들은 《황제내경》이나 《신농본초경》, 《상한잡병론》과 같은 이웃나라의 의서들만 귀히 여기면서 그것만 들여다보려고 하는데 그것은 잘못된 리치이다. 그곳 산천의 약재가 어찌 우리 나라의것과 같겠는가? 그리고 또 그곳 사람들의 체질과 우리 나라 사람들의 체질이 어찌 같겠는가?

그리고 이즈음 소위 유식을 뽐내는 사람들은 좋은 우리 말이 있음에도 불구하고 무턱대고 한문을 쓰기 좋아하니 참으로 통탄할 일이다. 우리 글을 무시하고 한문을 쓰기 좋아하는 사람들은 자기를 부끄럽게 생각해야 할것이다.

본인은 이웃나라 사람들이 썼다 하는 의서들보다 더 월등한 책을 쓰려고 있는 힘껏 노력하고있으나 이것이 어리석은 일이 아닌지 모르겠다. 그리고 내 당대에 그 뜻을 이루어내겠는지 하는 의심도 바이 없지는 않다. 허나 우리 나라라고 이웃나라보다 못하다는 법이 있는가? 하여 본인은 이 의서를 끊임없이 보충하고 수정하여 나중에는 높은 경지에 이른 의서를 내놓을 결심을 가지고 생이 지는 마지막까지 노력해보려고 한다. 그리고 의서를 될수록 만백성들이 알기 쉽게 우리 글로 쓰려고 한다.

잘된 의서 한권은 지금도 많은 사람들에게 덕을 줄뿐아니라 우리 후세의 사람들도 그 덕을 오래오래 입게 되리라 생각한다. 그리고 병으로 일찍 죽거나 잘못 치료할 념려도 없게 된다.

붓을 들면서 이런 뜻이 마음속에 일기에 본인의 생각을 잠시동안 적어놓았노라.…》

허준은 마음속으로 탄성을 질렀다.

전언의 글에 류이태의 뜻이 그대로 집약되여있는듯싶었다. 그러니 류이태는 단지 그시그시 병난 사람들을 치료하는 일만을 하는것이 아니라 자기의 인생의 목표를 가지고 한발자국, 한발자국 걸어가고있는셈이였다. 그 길은 어찌 보면 내가 갈망하고있는 길과 엇비슷하지 않은가 하는 생각이 허준의 뇌리에 얼핏 갈마들었다.

허준은 입술을 감빨며 다음페지를 펼치였다.

《…병자의 치료는 림기응변하여야 한다. 사람의 온몸으로는 경락을 따라 기가 흐르고있다. 사람은 자연의 기와 서로 교류되는 속에서 살고있다. 옛 시절에는 이 기가 충실해서 그 기를 받으면서 살던 사람들은 다 든든하였다. 그 이후 오랜 세월이 흐르면서 그 기가 점차 약해졌기때문에 그 기를 받은 사람들은 보통 약해졌다. 그러므로 옛 시대에 쓰이던 약처방의 용량을 지금 사람들에게 천편일률식으로 하지 말아야 한다. 즉 약을 지을 때 일률적으로 하지 말고 림기응변해야 한다.》

허준은 머리를 끄덕거렸다.

서경덕의 《리기설》을 거듭하여 읽었는지라 그 리치가 잘 리해되였다. 결국 사람의 몸에도 경락이라는 통로를 따라 기가 흐르고있었다.

《병은 능숙하게 치료해야 한다. 사람마다 체질이 다르고 약간한 차이가 있으며 즐기는것과 휴식, 일하는것이 다 다르다.

본래부터 추운 겨울에도 찬물을 들이키기 좋아하는 사람이 있는가 하면 바람을 슬쩍 쏘이기만 해도 기침을 하다가 인차 감모(감기)에 걸리는 사람이 있다.

또한 갑옷을 입고 말을 타고 몇백리를 내달려도 땀이 나지 않는 사람이 있는가 하면 문밖에만 나가도 인차 피로해하는 사람이 있다.

어떤 사람은 술을 동이로 마셔도 취하지 않는데 어떤 사람은 입에도 대지 못한다.

사람은 눈과 귀, 맥락과 기혈은 다 같으나 그 병증은 령활무쌍하니 병을 고치기가 어찌 쉽다고 말할수 있으며 어떻게 약을 망탕 쓸수 있으랴. 이것을 잘 고려하여 매 사람들에게 알맞게 약과 침을 적용하여 병기를 몰아내는것이 명의가 아니겠는가.…》

《음— 그렇단 말이지.》

저도모르게 허준의 입에서 이런 소리가 흘러나왔다. 이는 글을 읽을 때 리해가 된다던가 공감되는 경우에 그가 하는 일종의 습관이다.

《의서가 귀하다고 하지만 의서에만 망탕 매달려서도 안된다. 하늘에 뜬 기러기를 그리 어렵지 않게 능숙한 솜씨로 쏘아떨구는 궁수도 그 방법에 대해서는 책으로 적어 전달할수 있겠사오나 그의 참묘리에 대해서는 자자구구 다 적어 전달할수 없다. 그러하니 의서에 기초하여 본인이

깊이 생각해보면서 끊임없이 탐구하고 숙련해야 한다.》

류이태의 이 글은 의학의 세계에 림하는 자세를 깨우쳐주는 말이기도 하였다.

허준은 의서의 세계에 더욱 흥미진진하게 잠겨들어갔다. 이제까지 본것은 의서의 한 모퉁이만을 조금 본데 불과하였다. 좀더 깊이 들어가보고싶었다.

특히 의술의 기본대상인 사람에 대하여 알고싶었다.

류이태가 죽음의 문어구에서 살려낸것은 사람이 아닌가. 즉 의술의 대상은 사람이다.

그러면 사람의 몸은 대체 어떻게 이루어졌는가?

서당에서 배우던 유교경전의 허황한 리론과는 전혀 다르면서도 자기의 생활과 매우 가깝고 또 사람의 갖가지 병을 고쳐내는 실용적인 학문의 세계가 허준의 눈앞에서 펼쳐지고있었다.

허준은 눈 한번 깜박하지 않고 입술을 감빨면서 의서를 정신없이 읽어나갔다.

《몸의 형체 : 옛사람들은 몸은 한개의 나라와 같다고 하였다. 즉 가슴과 배는 궁실이요, 팔과 다리는 그 뜨락이며 뼈마디는 온갖 관리들이고 정신은 임금이요, 혈은 신하이고 기는 백성과 같다고 하였다.

이와 같은 몸은 우선 섭생으로 잘 다스려야 하며 다음으로 병이 들면 제때에 치료하여 정상으로 되돌려세워야 한다. 그렇지 않으면 몸의 형체와 기능이 기울어져 나라가 쇠약해지고 주저앉듯 일어서지도 활동하지도 못하게 된다.

그러나 이와 같은 몸의 형체와 기능도 늙으면 정과 혈이 모두 줄어들고 7규(일곱개의 구멍)가 제대로 작용하지 못하게 된다. 즉 울 때에는 눈물이 나오지 않고 도리여 웃을 때 눈물이 나오며 걸죽한 코물이 많이 나오고 귀에서는 매미우는 소리와 비슷한 소리가 난다. 또 음식을 먹을 때에는 입이 마르고 잘 때에는 침을 흘리며 오줌이 저도모르게 나오고 대변도 몹시 굳거나 설사가 나며 낮에는 몹시 졸리지만 밤에 자리에 누우면 잘 자지 못한다. 이것은 늙은이의 병이다.》

신통한 소리였다. 허준에게는 이와 같은 글귀가 리해되지 못할것이 하나도 없었다. 오히려 어마어마하게 의서의 난해함을 강조하던 류이태의 말이 의아쩍게 생각되였다.

(의학은 참으로 실용적인 학문이다! 내가 이날이때까지 괜히 허황하게 리치에 닿지도 않는 경전만을 외워왔구나!)

허준은 지금까지 헛되이 흘려보낸 시간이 아까왔다. 자기가 몇번이고 떼를 써서 류이태의 이 의서를 빌려오기를 천만번 잘했다는 생각이 들었다. 그렇지 않으면 아직도 행방없이 경전이나 뒤적이고있을것이 아닌가!

허준은 이런 생각을 하며 계속 글줄을 읽어나갔다.

《그러하되 늙으면 어떻게 양로해야 하는가?

50살이 되면 음식을 젊은 사람과는 다르게 먹어야 하며 60살이 되면 고기를 먹어야 하고 70살이 되면 기름진 반찬을 먹어야 하며 80살이 되면 진귀한 음식을 먹어야 하고 90살이 되면 항상 음식이 입에서 떨어지지 않게 해야 한다. 반찬과 음식을 먹지 않을 때에는 보해야 한다.》

허준은 계속 책장을 번져나갔다. 그러나 그의 눈에는 점차 그늘이 지기 시작하였다. 책장을 번져나갈수록 알기 어려운 문구들이 자주 나타났던것이다.

《폐는 기를 주관하며 기는 신에서 생긴다. 이때 맥을 짚어보면 촌구맥이 국물우에 뜬 고기덩이처럼 피뜩피뜩 나타나는것은 양기가 미약한것이요 거미줄같이 휘감아놓은것 같은것은 음기가 쇠약한것이다.

사람은 기를 음식에서 받는데 맑은것은 영이 되고 탁한것은 위가 된다. 위는 주리와 련관되여있다.》

허준은 머리를 기웃하였다. 어렴풋이 표상은 안겨왔으나 모를것이 더 많았다.

(화담선생님은 기는 만물의 근원이며 하늘과 땅은 물론 모든것이 기로 이루어졌다고 하였는데 신에서 기가 생기고 폐가 기를 주관한다고?!

그리고 촌구맥이란 대체 뭔가? 기가 음식에서 생긴다는건 리해할수 있는데 맑은것은 영이 되고 탁한것은 위가 된다는것은 대체 뭔가? 그리고 주리란 또 무슨 소리인가?)

책장을 번질수록 글줄과 문장들은 더욱더 어려운 말로 이루어져있었다. 허준이 혼자의 힘으로써는 도저히 리해할수 없는 리치였다.

(의학은 결코 가벼운 학문이 아니라 리치가 매우 심원한 학문이구나!)

허준은 의학의 세계가 몹시 마음에 들었다.

(이런 의술을 배워 만백성들의 병을 치료하고 그들의 목숨을 구원하는것이 얼마나 의로운 일인가.

더우기 류의원님이 쓰신바와 같이 후세에도 물려줄 훌륭한 의서를 내 당대에 남길수 있다면 그것이야말로 얼마나 뜻있고 의로운 일인가!)

그런 생각이 들었으나 자기가 감히 바라보지도 못할 엄청난 일같이 생각되였다.

(이 일은 이미 류의원님이 시작하지 않았는가?)

허준은 류이태가 하는 이 의로운 일을 자기가 곁에서 있는 힘껏 도와주기만 해도 한이 없을것 같았다. 다만 한가지 명백한것은 현재로써는 허준이 혼자서 이 의서의 심원한 리치와 뜻을 도무지 깨칠수 없다는 그것이였다.

며칠동안 책과 씨름하던 허준은 드디여 결심을 내렸다.

허준은 외할머니와 어머니에게 정색하여 말하였다.

《할머니! 어머니! 전 이제부터 류이태의원님한테서 정식으로 의술을 배울가 하나이다.》

외할머니가 눈을 꺼벅거리며 손자의 얼굴을 찬찬히 뜯어보았다.

《뭐?! 네가 꽤 배워냄즉 하냐?》

《사람이 결심하고 달라붙으면 못해낼 일이 없소이다.

이런 시가 있지 않소이까. 〈산이 높다 하되 하늘아래 뫼로다〉 자신있소이다.》

어머니가 아들을 대견스레 바라보았다.

《네가 저 류의원님에게서 그런 신기한 의술을 배워낸다면 이 어민 더 바랄게 없다. 그런데 그게 가당하겠는지 걱정부터 앞서는구나.》

《어머니, 저 의서를 보니 류의원님도 뜻이 높으신분 같은데 아마 망탕 거절하진 않을것이오이다.》

《그러면 얼마나 좋겠느냐.》

과시장에서 여지없이 쫓겨난 허준의 일로 하여 가슴에 멍이 들고 심화병을 앓던 려월의 해쓱한 얼굴에 다시금 한가닥의 희망이 피여오르기 시작했다.

며칠후 허준은 의서를 옆구리에 끼고 류이태를 찾아갔다.

류이태가 의아한 기색을 지으며 물었다.

《오늘은 약짓는 날도 아닌데 어떻게 왔나?》

《저 의원님, 빌려주신 의서는 참으로 요긴하게 보았소이다. 헌데 몇가지 의문되는 글이 있어서 찾아왔소이다.》

《내 임자에게 말했지, 의술의 리치는 그렇게 간단하게 깨치는게 아니라구 말이네.》

《네, 이제야 의원님의 그 말씀의 뜻을 알겠소이다. 그래서 몇가지 좀 묻고싶어서…》

《임자 제정신인가? 내가 언제 자네 하고 마주앉아 입씨름을 할 겨를

이 없네.

자네 눈으로 좀 보게나! 저 아래방에 얼마나 많은 병자들이 내 손을 기다리고있는가 말일세. 그러니 그런 동에 닿지도 않는 소린 아예 싹 그만두고 그 의서나 돌려주고 어서 가게나.》

류이태는 우물쭈물하는 허준의 손에서 자기의 의서를 쑥 뽑아 설유에게 넘겨주었다.

《애, 설유야! 이걸 건사해두거라.》

설유가 당황하여 어쩔바를 모르는 허준을 얼핏 바라보았다.

류이태는 더는 허준을 돌아보지도 않고 병자의 치료에 여념없이 바삐 돌아갔다.

허준은 더 말을 삐쳐보지도 못하고 조용히 류이태의 방에서 나왔다. 그러나 그는 그냥 돌아설수 없었다. 허준은 우줄우줄 늘어앉아 아래방에서 자기의 순번을 기다리고있는 병자들의 틈바귀에 끼워앉았다. 아버지의 심부름을 하려 아래방으로 드나드는 설유가 올방자를 틀고 심중한 기색을 지은채 앉아있는 허준을 힐끔 쳐다보았다.

류이태는 병자들속에 섞여있는 허준을 보고서도 전혀 모르쇠하며 치료에 열중하고있었다.

류이태의 집으로 찾아드는 사람들은 끝이 나지 않았다. 늙은이, 젊은이, 남자, 녀자, 어린아이들 그리고 급한 병자와 고질적인 병으로 고통을 받는 사람들…

시간이 흐름에 따라 허준은 류이태가 왜 자기의 청을 거절했는지 리해할수 있었다. 정말 류이태는 앉아있을새없이 부지런히 돌아갔다.

이윽고 술시(저녁 7~9시)가 되자 아래방은 조용해지기 시작했다.

그제서야 류이태가 아래방에서 서성거리는 허준을 돌아보았다.

《임잔 나와 버틸 내길 하자는건가? 그렇게 해서는 안돼. 내 말하지 않았나? 나에겐 짬이 도무지 없다구 말일세. 임자도 오늘 하루종일 앉아서 제눈으로 똑똑히 봤을터인데.》

《저 의원님, 그럼 일각동안만이라도 시간을 내주소이다.》

《안돼!》

《그럼 한문장만이라도…》

《이보게! 일전에도 말했지만 난 긴 말을 좋아하지 않는 사람일세. 자네처럼 고집을 쓴다 해서 내 맘이 돌아서는것도 아니니 그러지 말구 어서 돌아가게.》

류이태는 더 가타부타할것이 없다는듯 돌아서서 장지문너머 자기

방으로 쑥 들어가버렸다. 허준은 하는수없이 어깨를 축 늘어뜨리고 류이태의 집을 나섰다. 그러는 허준의 모습을 설유가 동정과 측은한 눈길로 한동안 바라보며 나직이 한숨을 내쉰다.

5

어둠이 깃든 뜨락에서 서성거리며 려월은 허준을 기다리고있었다. 그의 심정은 마치 과거에 응시하러 평양부에 갔던 허준을 기다리던 때와 꼭같았다.

(과연 류의원님이 우리 준이를 받아줄가?… 안 받아주면 어떻게 한담?)

애오라지 아들의 마지막운명이 여기에 달려있는듯 하였다.

술시가 다 지날경에 골목길에 씨엉씨엉 걸음새만 보아도 대뜸 알리는 아들의 모습이 나타났다.

려월은 허둥지둥 허준을 향해 마중갔다.

《그래 어떻게 되였느냐!?》

《어머니, 들어가서 말씀드리겠소이다.》

방안에 들어와 초불심지를 돋군 려월은 다시금 다우쳐물었다.

《그래 류의원님이 받아주시던?》

허준은 잠시 망설이였다. 이제 자기의 대답을 들으면 어머니가 얼마나 실망하실가? 차마 거짓말을 할수 없었다. 그렇다고 문전거절당했다고 그대로 말할순 없지 않는가.

《저 어머니, 류의원님이 몹시 바쁘셔서 천천히 배워주겠다 하시오이다.》

《그래?》

아닌게아니라 려월의 얼굴은 대번에 컴컴해졌다.

그날밤 잠자리에 누운 허준은 생각하였다.

(내가 혹시 류의원님을 잘못 보지 않았을가?)

자기의 존경심과 기대에 비하면 류이태는 너무도 랭랭해보였다. 어찌 보면 모질다 할 정도였다.

(공연한 기대가 아닐가?)

허준은 꼬리를 물고 갈마드는 이러한 생각으로 뒤척거리며 온밤을 꼬박 새우다싶이 하였다.

다음날 아침, 허준을 불러앉힌 려월이 빨간 주머니를 내놓았다.
《내 곰곰히 생각해보았는데 네가 어제 처신을 잘못해서 류의원님이 받아주지 않은것 같구나.》
《네? 그건 무슨 말씀이오이까?》
《그 유명한 의술을 배워달라고 청을 드리러 가면서도 빈손으로 가다니, 그게 어디 될 말이냐?
자고로 의술이란 달과 년을 거쳐 배우는 일인데 어찌 빈손으로 가서 배워달라고 한단 말이냐. 우리가 류의원님께 치료를 받으면서도 닷새에 한번씩 꼭꼭 약값과 치료비를 내지 않느냐. 그리고 일전에 큰도련님이 갑자기 말 못하는 벙어리병을 고쳤을적에도 오십냥을 냈다지 않더냐.》
려월의 말을 듣고보니 뇌리를 치는것이 있었다. 그러고보면 지나치게 자기 생각만 하고있었다는감이 들었다.
허모가 떠나면서 보냈던 관가의 하인의 말이 불쑥 떠올랐다. 설유한테서 코를 떼운 허모는 류이태에게서 치료를 받은 후 온다간다는 소리없이 산음을 떠나갔다. 다만 자기가 기일이 촉박하여 인사도 못하고 떠나간다면서 대신 관가의 하인을 보내였다.
《허모도련님이 갑자기 고뿔이 오면서 벙어리가 된것을 류의원님한테서 침 한번 맞고 그자리에서 고쳤다고 하오이다. 참으로 귀신같은 의술을 지닌분이시오이다.
헌데 의원님이 의술은 높은데 돈밖에 모르는 수전노라고 도련님이 막 욕하셨소이다.
글쎄 침 한번 놓는데 오십냥을 내라고 했다나 보오이다.》
허준은 그때 하인의 말을 들으면서 그런 명의술이면 그만한 돈을 요구할만도 하다는 생각을 하였었다.
어머니가 빨간 주머니에서 금가락 하나를 꺼내놓았다.
《이건 아버님이 우리에게 보내신것인데 큰도련님이 가져왔더구나.》
《아니, 이건?!》
《네가 의술을 배워 명의가 된다면야 금가락 하나가 대수냐? 먼저 이걸 쓰고 보자꾸나.》
허준은 코마루가 시큰하였다. 나이 스물이 넘도록 어머니에게 아직 이렇다 할 기쁨과 만족을 안겨주지 못하는 자신이 자못 민망스럽고 송구스러웠다.
《어머니! 제 어떻게 하나 기어코 의술을 배워내겠소이다! 정말 고맙

소이다.》

려월은 눈물이 글썽하여 가벼이 머리를 저었다.

《고맙긴, 어미한테 그런 말을 하는게 아니란다. 다른 생각말구 일단 결심했다니 착실하게 의술을 배우거라. 난 네가 꼭 해내리라고 믿고 싶구나.》

량반댁의 소실로 들어온 려월에게 있어서 허준은 희망이였고 삶의 전부였다. 본댁인 오매의 구박과 천대를 받으면서도 애오라지 허준이 하나만을 믿고 그 모진 고통을 애써 참고 살아오는 려월이였다.

그날 저녁 술시경쯤 되자 허준은 류이태의 집으로 향하였다. 그 시간은 병보러 오는 사람들이 좀 뜸해질 시간이였다.

생각대로 치료받는 사람은 두세명뿐이였다.

한동안 기다려 드디어 조용해지자 허준은 류이태의 방으로 올라갔다.

《저, 의원님!》

하루치료를 끝내고 그 결과를 적고있는지 류이태가 설유가 늘 앉아있던 앉은뱅이책상에서 붓을 놀리고있다가 허준에게로 머리를 돌렸다.

《음, 자네가 이밤중에 웬일인가?》

류이태의 옆에서 작은 작두로 약재를 썰고있던 설유도 다소 놀란 기색을 지었다.

단단히 결심품고 찾아온 허준이였건만 정작 자기를 걸쎄 대하는 류이태의 그 물음에 주춤거렸다.

허준의 태도에서 낌새를 챘는지 류이태가 나무람하는 투로 말을 던졌다.

《또 의술을 배워달라는건가?》

허준은 이 시각 자기를 응시하는 설유의 그윽한 두눈에 안타까움과 동정의 빛이 어려있음을 감각으로 느끼며 불현듯 담이 커지는것 같았다.

그는 성큼 품안에서 금가락을 꺼내놓았다.

《의원님, 여러 측면에서 불민한 저를 용서하소이다. 약소하나 저의 성의로 아시고 이걸 받아주소이다.》

《그건 뭔가?》

《저 –》

《얼만가?》

《금가락 한개오이다.》

옆에 있는 설유의 검은 눈이 놀람으로 하여 휘둥그래졌다. 설유는 아버지와 허준을 번갈아 바라보았다. 이제 아버지가 어떻게 나올가, 단박에 거절하지나 않으실가?

은근히 마음을 조이며 설유는 옷고름을 입가에 가져갔다.

뜻밖에도 류이태는 선선히 응하였다.

《음, 그렇다면 사정이 다르지. 자네가 수강료를 꼬박꼬박 내면서 배워달라면 거절할 필요야 없지.

얘야, 이걸 건사하거라.》

그 순간 허준의 머리속에서는 침 한번 놓아주고 오십냥을 받아먹었다면서 수전노라고 뒤소리했다는 허모의 말이 피끗 떠올랐으나 이만큼 응해나선것도 다행이라는 생각이 들었다.

그러나 류이태의 다음말은 허준을 아연케 하였다.

《이건 한달 수강비로 하세. 그리고 의술전수시간은 하루 이각(30분정도)으로 정하세.》

자기의 의견은 물어보지도 않고 시간을 정하는 류이태의 그 모습앞에서 허준은 순간적으로 어리둥절해졌다.

(의원님이 참말로 돈밖에 모르는 수전노란 말인가?)

잠시잠간 이런 생각이 피뜩 들었으나 허준은 어머니가 위급할 때 정성다해 치료하던 류이태의 모습이 떠올라 속으로 머리를 저었다.

원래 이 경상도 고을마다에는 여러명의 의원들이 있었다. 그러나 의술에서는 류이태를 따를 의원이 없었다. 하여 자기 고을에 의원이 있음에도 불구하고 먼길을 걸어 류이태에게 병을 보이러 오는 사람들이 수두룩하였다.

명의라고 소문이 자자하니 아마도 류이태의 치료비와 의술전수비가 하늘높은줄 모르고 올라가는가 하는 생각도 해보았다. 십분 그럴수 있다고 단정되였다.

문득 류이태가 찾는 소리에 허준은 상념에서 벗어났다.

《아니 젊은이, 뭘 그렇게 골똘히 생각하나? 왜, 내가 한 말이 썩 맘에 내키지 않나?》

《그런게 아니올시다. 의원님이 절 받아주시니 참말 고맙소이다.》

《음, 그럼 시작해보세나.》

설유는 류이태가 넘겨주는 금가락을 받아들며 할깃 아버지에게 눈총을 쏘았다. 그러나 어쨌든 허준이 류이태에게서 의술을 배우게 된것이 다행이라는듯 그의 흑진주같은 검은 눈에서 밝은 빛이 반짝하였다.

《먼저 일전에 자네가 물어보자던 글줄부터 해명해보세나. 그때 무얼 물으려 했나?》

《네. 저… 주리란 말이 무슨 뜻이오이까?》

《주리말인가?》

허준은 정신을 바짝 차리고 금같이 귀중한 시간에 류이태의 말 한마디한마디를 조금도 놓치지 않으려는듯 온 심신을 다 기울여 그의 말에 귀를 기울였다.

《음, 주리란 피부에 나있는 땀구멍이란 소릴세. 몸에서 이 주리는 매우 중요한 역할을 하네. 즉 주리를 통해 몸안의 수분이 배설되고 기혈이 통하며 또 이 주리를 통해 외사(외부의 병사)가 침범하여 온갖 병을 일으키지. 그러니 주리의 기능이 정상이여야 수분의 배설과 기혈의 흐름이 원만해지며 밖으로부터 들어오는 병사를 막아내여 병에 걸리지 않게 되네.》

생전에 처음 듣는 신기한 소리였다.

《자, 그럼 이제부터 의술의 기본원리들에 대해 가장 대표적인것들만 알려주세나. 우리 나라 의학은 옛적부터 자기의 독특한 리치가 있다네. 우리 의술에 〈심주신명〉이란 말이 있는데…》

류이태는 자기의 하얀 참지우에 붓대로 《심주신명》이라고 활달한 필치로 쓰고나서 물었다.

《임자, 이게 무슨 뜻인가?》

허준은 머리를 기웃거렸다. 한자의 글뜻은 알겠으나 이 네 글자가 대체 무슨 의미를 가지고있는지는 도무지 리해할수 없었다.

《그럼 매 한자의 뜻풀이를 한번 해보라구.》

《예. 〈마음 심〉자에 〈주인 주〉자 그리고 〈귀신 신〉자에 〈밝을 명〉자오이다.》

《옳네. 그러면 내가 이 네글자에 담긴 의학의 심원한 리치를 말해주지.》

허준은 입술을 감빨며 바싹 귀를 강구었다.

《이 네글자의 뜻은 심장이 신명을 주관한다는 뜻일세.

그럼 신명이란 무엇인고 하니 사람이 생각하고 사고하는 정신활동을 말하는것일세. 즉 심장이 사람의 정신활동을 주관한다는 소리일세.

듣자니 저기 바다너머 코큰 사람들의 의술에서는 머리가 아프거나 잠을 못 자고 신경이 과도한 병자들에 대해서는 그 머리만 들여다보며 머리에 작용하는 약들만을 쓰군 한다더군. 그렇게 해서는 머리의 병이 잘 치료되질 않아. 그 근원을 들어내야 하네.

때문에 우리 선조들은 그러한 치료방법과는 달리 머리의 아픔과 잠을 못 자고 심화병으로 까무러치고 할 때에 머리부터 치료한것이 아니라 심주신명의 원리에 따라 심장부터 편안하게 다스려주군 했다네. 그러면 치료효과가 매우 좋을뿐아니라 그 효과가 공고해서 재발도 거의나 없지.

참, 자네의 어머니말일세. 내가 자네의 어머니를 치료하는걸 봤을테지만 심화가 동해서 인사불성이 되였을 때 우선 각성시켜놓고 그다음에 심신을 안정시키며 심규(심장에서 신기가 나드는 구멍)를 열기 위해 심장의 경맥과 련계되여있는 수궐음심포경의 내관혈과 대릉혈(손목부위)을 써주질 않았나. 그게 바로 그러한 리치이기때문일세.》

《네에ー》

류이태의 말에 한껏 심취된 허준은 연신 머리를 끄덕이였다.

류이태가 인사불성이 되여있던 어머니를 얼마나 신기한 의술로 살려놓았던가! 바로 그 신기한 술법의 근본리치가 허준의 머리속에 자리잡기 시작한것이다.

류이태는 또다시 붓을 휘둘렀다.

《뭐라고 썼나?》

《〈통즉불통〉이라고 썼소이다.》

《음, 그렇네. 이것 역시 네글자이지만 그 뜻은 자못 심오하이. 이 말을 해석하면 〈통하게 하면 아프지 않노라.〉는 소릴세.》

《네ー》

《임잔 허리가 심히 아프거나 비증(관절염)이 와서 다리가 아프고 저려 제대로 걷지 못하며 또 오십견(오십대에 어깨와 팔을 잘 쓰지 못하는 병)이 와 옷도 제대로 못 입을 때 침이나 뜸을 뜨는걸 보았을터이지?》

《네, 보았소이다.》

《그게 바로 〈통즉불통〉의 리치일세.

아픈 부위의 침혈들과 손으로 꾹 눌러 제일 아픈 곳인 압통점, 그 압통점을 아시혈이라고 하네. 이 아시혈들에 침이나 뜸을 뜨면 그곳에서 막혔던 기와 혈이 통하게 되면서 아픔이 싹 없어지게 되네. 기혈이 통하지 않으면 그곳에서는 아픔이 생기게 되지. 내 말이 리해가 되나?》

《네, 리해가 되오이다.》

허준은 정기가 도는 두눈을 번뜩이며 대답하였다. 약재를 썰면서 할깃할깃 그들을 곁눈질하는 설유의 입가에 방긋이 웃음이 어린다.

처음 허준이 여기에 나타났을 때 설유는 그저 심상하게 여기였었다. 그러나 아버지의 쌀쌀한 거절에도 불구하고 련일 찾아오는 허준을 설유는 새삼스러운 눈으로 주시해보았다. 류이태에게 간청할 때마다 허준의 눈에는 정열의 불꽃이 언뜻언뜻 어리군 하였다. 그의 학구열과 가슴속에서 고패치는 정열은 하늘에 닿은듯 하였다. 그것은 그의 말 한마디한마디, 행동과 눈빛 하나하나에 속속이 어려있었다.

그러한 허준에 대한 동정심이랄가 돕고싶은 마음이 어느새 설유의 가슴에 서서히 깃들었다. 어떻게 하나 도와주고싶었다. 허준의 간절한 청을 매정하게 거절하군 하는 아버지 류이태가 자못 야속스럽기도 하였다.

허준에 대한 동정은 설유가 허모에게 봉변을 당한 이후부터 더욱더 커졌다.

얼마나 대조적인 두 젊은이인가?

한아버지의 피를 받았는데 어떻게 그렇게 판판 다를가!

설유의 눈으로 볼 때 한사람은 인간추물이였고 다른 한사람은 정열과 의지가 펄펄 넘쳐나는 리지적인 젊은이였다. 허준의 일에 원심을 쓰는 자기가 놀라왔으나 설유는 진심으로 그를 도와주고싶었다.

류이태의 의술전수는 날마다 계속되였다.

허준은 왕가물에 단비를 만난듯이 류이태의 지식을 고스란히 받아들였다. 하루공부가 끝나면 허준은 그 내용을 전부 자기의 책에다 적어놓군 하였다. 그리고 반복하여 읽으면서 그것을 자기의것으로 만들기 위해 노력하였다. 룡천의 별채에서처럼 또다시 허준의 집에서는 밤늦도록 불이 꺼질줄 몰랐다.

려월의 얼굴에는 다시금 희색이 돌기 시작했다. 그는 밤늦게까지 공부를 하는 허준을 대견스럽게 바라보면서 특별히 손질할것도 없는 옷가지들을 꺼내들고 이것저것 바느질을 하면서 늦게까지 앉아있군 하였다. 바느질할것이 정 없을 때면 아래목에 조용히 앉아 그의 모습을 하염없이 바라보군 하였다.

류이태에게서 전수받는 시간은 비록 해시(저녁 9～11시)때였지만 허준은 하루종일 류이태의 집에 붙어있었다. 그는 류이태의 일거일동을 순간도 놓치지 않고 살폈다. 맥을 짚는 법, 병자를 대면하는 법, 탕약을 달이는 법 등 눈에 익힐수 있는것은 다 익히기 위해 애썼다. 하지만 아직 모르는것이 너무도 많았다.

한달이라는 시일은 쏜 화살같이 빨리도 흘러갔다. 허준에게는 이 한달의 하루하루가 참으로 금같이 귀중하였다.

드디여 류이태와 약속한 한달이 다되였다.

《자, 오늘까지 한달일세. 이것으로 전수를 끝내려 하는데 다른 의견이 없겠나?》

허준은 나직이 대답하였다.
《의원님, 참으로 많은것을 배웠소이다.》
속으로는 아쉬움을 금할수 없었다. 의학이라는 학문을 큰 산에 비유할 때 겨우 첫걸음을 뗀데 불과한것이다. 그러나 약속은 역시 약속이 아닌가.
《그럼 됐네. 래일부턴 자네 일을 봐도 되겠네.》
류이태의 어조에는 한치의 에누리도 없다는 의미가 력력했다.
허준은 아쉬운대로 떨어지지 않는 발걸음으로 류이태의 집을 나섰다.
어깨를 축 늘어뜨리고 대문을 나서는 허준을 바라보는 설유의 눈에 엷은 그늘이 비꼈다.
《아버지, 그럼 래일부터 의술을 가르치지 않소이까?》
《저 젊은이가 수강비를 가져오면 계속 배워주는거구 그렇지 못하면 그만두는거지.》
흔연스럽게 흘러나오는 류이태의 말은 설유를 몹시 실망케 하였다.
(그 많은 수강빌 어떻게 마련할가.…)
설유는 두눈을 슴벅이며 손톱눈을 썰었다.
허전한 마음으로 집에 들어서는 허준에게 어머니가 물었다.
《오늘이 전수받는 마감날이지?》
마음이 몹시 심란하였으나 허준은 애써 밝은 인상을 지었다.
《네, 그렇소이다. 그동안 참말 많이 배웠소이다.》
어머니의 입에서 흘러나오는 가벼운 한숨소리가 허준의 귀에 들려온다. 락심과 서운한 기색이 한껏 어려있는 어머니의 어두운 낯색을 보는 허준의 가슴도 저도모르게 저려들었다. 한달동안의 전수를 거치면서 허준은 의술을 배우는 길에 들어선 자기의 결심이 참으로 옳았다는 확신을 더욱 굳히게 되였다.
그렇지만 이제 금방 첫걸음을 뗀데 불과하였다. 장차 의술을 어떻게 배워낼것인가? 수강비를 마련할 방도가 허준에게는 없었다.
룡천에서 산음으로 옮겨온 이후 려월모자의 살림형편은 그리 궁색하진 않았다. 룡천을 떠날 때 허륜이 그런대로 많은 재물을 주어보냈던것이다. 허나 로상에서 려월이가 앓고 또 산음에 와서도 앓다나니 한해 어간에 많은 돈을 쓰게 되였다.
룡천에 있을 땐 그런대로 허륜에게서 돈을 받아 써왔지만 여기 산음으로 온 다음부턴 인편이 없어서인지 허륜은 돈을 한번도 보내오지 않았다. 결국 룡천땅을 떠난 그 순간부터 려월의 돈줄은 끊어진셈이였다. 몇달전에 아버지가 보냈다면서 허모가 놓고간 금가락이 효험있게 쓰이였다. 실지로 금가락을 허륜이 보냈는가부다 하고 여기고있던 려월은 그때부터 행여나 하고 다시 허륜이 돈을 보내오기를 은근히 기다리고있었다. 그러다나니 허모가 준 금가락에서 하나는 허준의 수강비로 쓰고 다른 하나는 그새 살림살이에 쓰다나니 수중에 몇푼밖에 없었다. 허모가 려월에게 내놓은 금가락은 사실 려월의 마음을 움직여보려고 속이 알알한것을 내놓은것이지만 실제상 려월모자에게 있어선 바쁜 모퉁이에 요긴하게 썼다.

그새 산음에서 봉변을 당하고 떠나간 허모는 새로 임금이 즉위하면서 치른 별시에 합격하여 경상도 자그마한 고을의 현감벼슬을 따내고 조정에서 한때 승정원에 있던 박씨문중의 어느 고관대작의 딸에게 장가까지 들었다고 한다.

본관이 그쯘한데다가 아버지 허륜이 그의 급제와 벼슬에 돈을 아끼지 않았던것이다. 허모는 소원대로 권세있는 량반가문의 당당한 장손답게 서자인 허준을 누르고 벼슬길에 먼저 오른것이다.

이날밤 허준은 뜬눈으로 꼬박 지새웠다. 욕망은 하늘에 닿았지만 엄혹한 현실은 그에게 너무 무자비하였던것이다. 하긴 돈이 없어 자기의 목적을 실현시키지 못하는 사람들이 이 세상에서 한둘이던가.

정녕 나의 꿈은 또다시 여기에서 끝나고마는가?

허준은 마치 과시장에서 쫓겨나던 때와 같은 심한 좌절감에 사로잡혔다.

(아!— 무슨 방도가 없을가?…)

아버지 허륜에게 기별하면 도와줄수도 있겠지만 어쩐지 마음이 내키지 않는다. 왜서인지 자기 힘으로, 자기 능력으로 어떻게 하나 이 고비를 넘기고싶었다. 허준의 머리에는 떠나오기 며칠전 그날밤이 잊혀지지 않았다. 자기를 꼭 끌어안던 아버지의 모습, 산음으로 내려가겠다는 리유를 설명하는 어머니를 한참동안이나 바라보던 아버지가 요란한 폭소를 터뜨리며 《준이야, 네 어머니를 잘 모셔라!》고 당부하던 그 음성 그리고 떠나던 날 큰어머니가 중풍을 만난 일로 하여 산음으로 가길 주저하는 어머니를 떠밀어보내던 아버지의 과묵하면서도 속깊은 심정이 헤아려지면서 허준은 머리를 절레절레 저었다.

(아니, 아버지한테 손을 내밀어선 안돼! 아버진 내가 스스로 일어서기를 바랄거야!)

무슨 뾰족한 수가 없을가?! 허준은 온밤을 모대기였다.

그 시각 외할머니와 어머니도 뜬눈으로 밤을 지새고있는줄을 허준은 알수 없었다.

다음날 아침 밥상을 물린 후 려월은 조용히 허준을 불렀다.

《준아, 일단 시작한 일이니 넌 어떻게 하나 끝을 보아야 하지 않겠니?》

허준은 어머니를 바라보며 나직하게 대답하였다.

《어머니, 걱정마소이다. 이번에 그래도 적지 않게 배웠소이다. 이제 어떻게 하나 의서를 한두권 구해들여 자습을 하면 되오이다.》

《내 생각에는 의술이란게 그렇게 간단한것 같지 않더라. 류의원님이 날 치료할 때 보니 맥을 짚어보고 여기저기에 침을 놓군 하던데 그런걸 네가 책속의 글로써 깨칠수 있겠느냐?

그건 유능한 의원의 곁에 붙어서 부지런히 가르침을 받아야 알수 있는것이고 또 그렇게 해야 그러한 술법이 네 몸에 배일수 있다고 생각되누나.》

려월의 말도 일리가 있는 소리였다.

허준이 독학을 하겠다는것은 한갓 자기 위안에 지나지 않았으며 외할머니와 어머니를 안심시키기 위한 소리에 불과하였다.

잠시후 려월이 장농을 뒤지더니 네모반듯 한 함을 꺼내놓았다. 옻칠을 하여 윤기도는 까만색바탕에 자개박이를 한 자그마한 함이였다. 려월이 그 함을 여니 그안에 옥가락지와 금팔찌가 들어있었다. 그옆엔 옥비녀가 있었다.

《아니, 이건?》

허준의 눈이 놀람으로 하여 커졌다. 그 옥가락지는 대대로 내려오는 손씨가문의 유물이고 금팔찌는 아버지가 어머니를 소실로 데려왔을 때 준 귀물이다. 그리고 옥비녀는 외할아버지가 관가 몰래 외할머니의 머리태를 틀어올려주면서 꽂아준것이 아닌가. 새삼스레 허준은 외할머니의 머리를 살펴보았다. 옥비녀대신 여느 비녀잠을 꽂고있었다.

《이걸 팔아서 네 공부하는 비용에 보태거라. 어제밤에 외할머니와 다 의논이 있었단다.》

외할머니가 말없이 허준의 등을 쓰다듬어준다.

《할머니! 어머니! 이거야 외가에서 대대로 내려오는 유물이고 또 아버지가 남긴 보물이 아니오이까?!》

《유물은 또 뭐구 보물은 또 무슨 보물이냐. 준아, 명심하거라!

진짜유물과 보물은 이런 귀물이 아니라 머리속에 들어있는 학문이다. 이런건 있다가두 없어지고 또 없다가두 다시 생기는것이지만 네 머리속

에 자리잡은 학문은 너의 일생의 보물로 되는거란다.》

허준의 잔등을 쓰다듬던 외할머니가 하는 말이였다. 오늘따라 외할머닌 별스레 말이 많으시다.

《우리 손자가 의술을 배우겠다는데 뭘 아끼겠니? 네 외할아버지가 살았으면 이렇게 끌끌한 외손자를 위해 무슨 일인들 못하겠냐. 너처럼 인물 잘나고 키꼴이 쭉 빠진게 정말 멋있는 사내였지.

그래, 그 할아버지가 아마 우리 준이같은 손자가 있는걸 알았으면 당장이라도 땅속에서 뛰쳐나와 하늘끝에 가서라두 준이가 필요한걸 가져왔을게다.》

《할머니!》

허준은 외할머니의 손을 꼭 잡았다. 마디굵은 외할머니의 손이 그 한생을 말해준다. 눈시울이 뜨거워남을 어쩔수 없었다.

어머니가 준이의 손에 자기 손을 얹었다. 세사람의 손이 하나로 합쳐졌다.

《준이야! 할머니의 말씀을 명심하구 의술에 전념하거라!

더구나 그 의술이 너 하나뿐이 아닌 많은 사람들에게 은혜를 베푸는 보물중의 진짜보물이 아니겠니?

네가 일전에 나에게 의술을 잘 배워 큰 의서를 쓰겠다고 하였는데 만일 그렇게만 되면 그것은 네 당대에만 사람들에게 덕을 주는게 아니라 몇백년이 지나도 사람들에게 대를 물려가면서 덕을 줄수 있는 그야말로 진짜보물을 마련하는것으로 될것이니라. 그에 비하면 이런것을 보물이라고 말할수 있느냐?

그러니 네 학문의 보물을 얻을수 있다면 할머니나 난 이 집을 팔아도 아깝지 않겠다.》

《어머니!》

허준은 가슴이 뭉클해져 외할머니와 어머니의 손을 큼직한 자기 손으로 감싸쥐며 부르짖었다.

《할머니! 어머니! 제 꼭 할머니와 어머니의 기대에 보답하겠나이다. 부디 믿어주소이다.》

외할머니의 눈가에 매달려있던 눈물이 주르르 떨어져 허준의 손등에 떨어졌다. 외할머니는 고개를 끄덕거리며 《그렇지 않구, 우리 손자가 어련할라구. 내 죽기 전에 손자덕분에 호강할지 알겠냐.》 하며 두눈을 슴벅이였다.

어머니의 때이르게 건너간 눈귀의 주름살이 허준의 눈을 아프게 자극하였다.
　《오냐, 그래다고. 우리 집안에 네가 곧 생이구 행복이라는걸 너두 알겠지?
　일구월심 오직 네 일이 잘되길 바라는게 이 에미의 가장 큰 소원이다. 그러니 절대로 헛눈을 팔지 말고 의술전수에 전념하거라. 그리고 학비걱정은 아예 말거라. 이 집의 가산을 다 팔아서라도 네 학빌 대주마.》
　《어머니!-》
　허준은 어머니의 품에 와락 얼굴을 묻었다. 두손으로 잔약한 어머니의 잔등을 쓸어만지는 허준의 두손이 세차게 떨렸다.
　아, 어머니! 불쌍하고 착한 우리 어머니!
　한생 인간취급을 받지 못하고 눈물속에 살아가시는 어머니를 이 아들이 반드시 행복하게 해드리겠나이다. 온 세상사람들이 보란듯이, 이 아들이 바로 나의 아들이라고 자랑하게 내 기어이 품은 뜻 흔들림없이 성공하겠나이다!
　이틀후 허준은 류이태의 집으로 다시금 찾아갔다.
　류이태의 방에 들어서니 설유가 놀란 눈길로 허준을 쳐다보았다. 수강비를 마련해가지고왔는가 아니면 그냥 통사정을 하러 왔는가 하는 기대와 불안이 엇갈린 기색이 설유의 눈에 어려있었다.
　그러거나말거나 류이태의 태도는 여전히 무표정하고 랭랭하였다.
　《의원님!》
　류이태는 처음 보는 사람처럼 허준을 바라보며 물었다.
　《어떻게 왔나?》
　허준은 류이태의 앞에 묵직한 돈꾸레미를 내놓았다.
　《음, 수강비를 마련했나? 그럼 한달동안 또 해봄세.》
　설유가 그러는 아버지를 야속한 눈길로 바라보고나서 웃방너머에 있는 방으로 쏙 들어가버렸다.
　또다시 의술전수가 시작되였다.
　이번의 전수에서 류이태는 의학의 리치와 함께 실지 병자들을 치료하는데 필요한 실용지식과 술법까지도 도간도간 배워주었다.
　류이태가 얼굴이 부석부석한 중년사나이를 진찰하면서 허준에게 말했다.
　《병자를 치료하는데서 첫째는 진찰이 기본이라고 말할수 있네. 진찰을 똑바로 못하고 치료에 접어들려 하는것은 사냥군이 목표물을 찾지 못하고 살을 날려보내는것과 같다고 볼수 있네. 진찰만 정확히 하면 병자의 치료는 절반은 먹어놓은것과 같다네.》

허준은 자못 심중한 기색을 짓고 고개를 끄덕거렸다.
《헌데 그 진찰이란게 결코 간단치 않지. 허나 우리 선조들은 예로부터 수많은 훌륭한 진찰법들을 마련해놓았네. 그가운데의 하나가 망진일세.》

《네? 망진이요?》

허준이 무슨 말뜻인지 몰라 반문하며 류이태를 바라보았다.

《음, 그렇네. 망진이네. 망진에서 〈망〉자의 뜻은 바라본다는 뜻이지. 이를테면 병자를 바라보고 그의 병기를 알아낸다 그 말일세. 얼굴색과 눈의 흰자위의 색 등 곳곳에 병자의 병기가 어려있네.

망진에서 중요한 자리를 차지하는 설진을 하나 례를 듭세.》

류이태는 앞에 앉아있는 중년사나이의 쑥 내민 혀를 바라보며 허준에게 물었다.

《이 병자의 혀에 무슨 병이 담겨져있나?》

《?!》

허준은 머리를 기웃거렸다.

《음, 모를터이지. 내가 알려주지. 이 병자의 혀는 정상사람과는 다르네. 헌데 문제는 이런 혀를 보고 순식간에 병자의 상태를 속속들이 알수 있다는걸세.

자세히 보라구. 이 병자의 혀는 정상사람에 비해 멀퉁하게 불어나있어.》

허준은 눈을 밝혀 그 혀를 뚫어지게 들여다보았으나 잘 가늠이 가질 않았다.

《잘 모르겠나? 그럼 옆의 병자의 혀를 한번 보세나.》

얼굴이 갸름하고 해쓱한 젊은이가 류이태의 말대로 혀를 쑥 내밀었다.

《한번 대비해보게.》

《아! 차이가 있소이다! 이쪽 젊은이의 혀가 저쪽 병자의 혀보다 가늘고 뾰족하오이다!》

《음, 그뿐이 아니네. 이 불어난 혀를 가만히 들여다보게. 혀가 멀퉁하게 불어났으니 그 변두리에는 치흔(이발자리)이 또렷하게 새겨져있네.》

《아, 치흔이 있소이다.》

류이태의 말대로 멀퉁하게 불어난 혀의 변두리를 따라 움푹움푹 패워들어간 이발자리가 또렷이 안겨들었다.

《음, 그럼 이런 혀는 무슨 병기를 담고있는가?

그건 이 병자의 체질이 랭과 습이 심하다는걸 말해주네. 즉 몸에 랭과 습이 끼였지. 그러니 혀의 색갈도 정상인 담홍색을 띠여야겠으나 희읍스름하거나 약간 푸르스름하지.

몸에 습과 랭이 있게 되면 비위가 꼼짝 못하네. 비위는 습과 랭을 제일 싫어하니깐. 그러니 손발이 차고 입맛이 없으며 음식을 조금 먹으면 헛배가 부르고 명치끝이 묵직한 증상이 나타나네. 이런 병자들은 습과 랭을 뽑아주는 처방을 해주어야 하네.》

《네―》

허준은 류이태의 말이 귀에 쏙쏙 들어왔다.

《그럼 다시 이 병자의 혀를 좀 보세나.》

류이태는 젊은이의 혀를 가리키며 계속하였다.

《이 병자의 혀도 정상이 아니야. 혀끝을 자상히 살펴보라구. 어떤가?》

허준이 머리를 기웃하였다.

《음, 처음이니 잘 모를수 있지. 뾰족한 혀끝이 발그레하게 붉어져있지 않나?》

허준은 얼른 습과 랭이 있다는 병자의 혀를 젊은이의 혀와 대비하여보았다. 혀끝이 발그레하게 달아있는것이 보기에도 척 알렸다.

《아, 그렇소이다. 혀끝이 빨갛소이다.》

《그렇지? 그게 바로 심열이 불타서 그런거야.

심은 혀의 싹이라고 하지. 그러니 심장의 병상태가 혀 특히는 혀끝에 매우 예민하게 나타나네.

참, 일전에 내가 〈심〉은 신명(정신상태)을 주관한다고 했지? 저렇게 심열이 타게 되면 틀림없이 심계(가슴두근거림)와 정충(불안하고 답답한것)과 같은 증상(심장신경증증상)이 나타나게 되네.

이건 망진에서 극히 일부분에 지나지 않네. 그러니 의술이 높은 의원들은 병자에게 루루이 어디가 아픈가 물어보지 않아도 얼굴과 혀만 척 보고 병의 거의 전부를 알아맞힐수가 있는거네.》

허준은 속으로 탄성을 질렀다.

류의태의 의술이 높다는것은 알고도 남았지만 정말 진찰방법의 극히 일부분에도 이렇듯 심오한 리치가 깃들어있었는지는 미처 가늠치 못했던 허준이였다.

허준은 자기가 배워야 할 의학의 지식이 얼마나 많은가 하는것을 새삼스럽게 느꼈다.

류이태의 전수는 계속되였다.

허준은 류이태의 전수를 받지 않는 시간에는 여전히 류이태의 병자치료를 진지하게 관찰하였다. 확실히 류이태의 진찰과 치료는 특이하였다.

우선 그는 진찰에 매우 많은 품을 넣었다. 류이태가 진찰할 때에는 그의 눈에서 여느때와는 달리 은은한 정기가 발산하는듯 하였다. 그만큼 그는 병자의 진찰에 자기의 온 심신을 다 바치였다. 망진, 설진, 맥진, 촉진 등의 모든 과정이 다 그러하였다.

허준은 류이태의 명의술의 첫째 조건이 우선 진단의 정확성에 있다는것을 간파하였다.

정확한 진찰을 한 다음에 그는 매 사람들의 특성에 맞게 치료를 매우 세밀하게 갈라 서로 처방을 달리하였다.

류이태의 다른 특이한 점은 약처방을 떼여주면서도 사람들이 일상적으로 자기 집주변과 흔히 얻을수 있는 약재들을 리용하여 자체로 치료할수 있는 방법들을 세세히 가르쳐주는것이였다.

이것은 류이태가 자기의 수사본의 전언에서 《우리 나라는 삼천리 금수강산으로서 산천경개가 하도 좋아 향촌의 곳곳에 사람을 살리는 진귀한 약초들이 얼마든지 있다. 허나 많은 사람들이 그 진귀한 보물들을 자기 집근처와 뒤산에 두고서도 그것을 알지 못하여 제대로 쓰지 못하고있다.

만일 각이한 병들을 치료하는 각이한 약재들을 자상히 서술한 책이 있으면 그것은 마치 밤길을 밝히는 등불과도 같이 병을 치료하는 요긴한 방법들을 알려줄것이다.

본인의 힘과 손길이 나라의 곳곳에까지 다 닿지 못하여 자기 고을과 린근고을의 사람들밖에 보아주지 못하는것도 또한 안타까운 문제의 하나이다.》라는 뜻을 실지 치료에 구현한것이였다.

아직 자기의 뜻인 의서를 내놓지 못하였으니 정력을 다하여 병자들에게 그러한 치료법들을 알려주는듯 하였다.

허준은 이러한 치료법들을 하나도 놓치지 않고 자기의 책에 깐깐히 적어넣었다. 류이태가 병자들에게 지어주는 복잡한 약처방들은 비록 리해하지 못해도 그런것들은 얼마든지 리해할수 있었다.

겨울철에 들어서면서 해수병(기침, 기관지염)과 감모를 앓는 사람들이 많이 찾아왔다.

어느날 젊은 녀인이 류이태에게 와서 안타까이 호소하였다.

《의원님, 우리 집식구모두가 감모에 걸렸소이다. 헌데 감모를 제

때에 치료하지 않으니 곧 해수병으로 넘어가 온 집안이 쿨럭쿨럭 기침하는데 집에서 잔등에 부항을 붙이여도 잘 낫지 않소이다.》

류이태는 약을 지어주면서 말하였다.

《음, 자기 집과 그 주변을 둘러보면 얼마든지 감모와 해수병을 치료할수 있는데 괜히 수고로이 왔다갔다 하고 또 돈을 쓰는구만.

이보라구, 새아기! 내 그 치료법을 자상히 알려줄터이니 한번 해보라구.

감모는 만병의 근원이야. 제때에 치료하지 않으면 인차 해수병으로 넘어가네. 감모치료는 그리 어렵지 않네.

우선 파와 마늘을 잘게 썰어 짓찧은 다음 작은 자배기에 담아 이불안에 넣어주라구. 그리고 잘 때 그 이불을 머리까지 푹 뒤집어쓰구 일각동안 크게 숨을 들이쉬라구.

또 다른 방법도 있지. 곶감 세알과 생강 두돈(8그람정도)에 물 한사발을 두고 푹 달여 한번에 두숟갈씩 하루 세번 먹이면 되네.》

《예에-》

녀인은 류이태의 말에 귀를 기울이면서 머리를 끄덕거렸다. 허준은 류이태의 뒤에 바싹 붙어서 이 모든것을 자기의 책에 적어나갔다.

《이보라구, 내보기엔 새아기네 집에서는 매해 이즈음때엔 쩍하면 감모와 해수병을 앓군 하는데 병이 난 다음에 이렇게 뛰여다니지 말고 미리 예방하는게 매우 중요하이.》

《그건 어떻게 하오이까?》

《선기가 나서 감모가 올 시기가 되면 삼계탕을 해먹이라구. 삼계탕을 할줄 아나?》

녀인이 얼굴을 붉히였다.

《잘 모르오이다.》

《원 이런, 그것도 모르다니. 이보게, 삼계탕은 우리 선조들이 창조한 자랑할만 한 보양방법이야. 몸이 약할 때에도 으뜸이지만 감모의 예방에도 그저그만이야. 그럼 내 알려줄터이니 잘 들으라구.

까난지 석달쯤 되는 중닭, 검정닭이면 더 좋네. 한마리를 잡아서 마늘 열쪽, 생강 세돈(한돈은 3.75그람), 인삼 한뿌리, 3년생이 좋지. 후추 20알, 찹쌀 두숟가락, 호두 다섯알을 닭의 배안에 넣고 푹 고아서 먹이라구. 그러면 감모가 걸리라 해도 지레 무서워서 달아난다네. 허허허.》

《네, 그렇소이까?》

《헌데 말일세. 이때 남자에게는 암닭을, 녀자에게는 수닭을 써야 더 효험이 있다네.》

역시 류이태는 세심하였다.

《의원님, 그런데 인젠 저의 주인과 시아버지, 저의 애는 이미 해수병으로 넘어갔소이다.》

《음, 해수병은 우리가 늘 자주 볼수 있는 병인데 그것도 치료할수 있어. 기침이 계속 나고 가슴이 아플 때에 물엿속에 무우를 적당한 길이로 토막내여 꽂아두면 엿이 녹아 맛있는 무우엿이 되네그려. 그걸 작은 술잔에 담아 하나씩 먹이라구.

그렇지 않으면 곶감 세알과 생강 두돈에 물 한사발을 두구 푹 달여 한번에 두숟갈씩 하루 세번 먹이게. 그러면 알 도리가 있을거네.》

《네- 의원님, 정말 고맙소이다.》

녀인이 머리를 숙여 절을 하며 말했다.

《아니, 내 말은 아직 끝나질 않았네. 자네 시아버지와 아이들도 해수병을 앓는다고 했는데 로인들과 아이들의 해수병치료는 이와는 달라. 로인들은 젊은이들보다 원기가 약하지. 이때에는 돼지염통 한개를 깨끗이 물에 씻어 그 물기가 약간 마를 때 소금을 두고 한식경이 되도록 푹 삶아 염통과 국물을 같이 들게 하라구. 두번만 해먹으면 뚝 떨어질거네.》

《그럼 애는 어떻게 해야 하오리까?》

《아이는 말이네, 돼지의 생간을 잘게 썰어서 그것을 깨깨 말리운 다음 가루를 내라구. 그것을 다시 꿀에 개여서 두돈정도씩 하루 세번씩 먹이라구. 그럼 며칠이 지나 기침이 싹 없어져.》

허준은 류이태의 이 말을 통하여 치료방법보다도 더 귀중한것을 터득하였다. 즉 류이태의 명의술의 요점은 매 사람들마다 그리고 어린이, 중년, 늙은이 등 나이별특성에 따라 치료법을 적중하게 적용하는것이였다. 그리고 의술이란 의서에 씌워진것이나 그 누가 가르쳐준 고정격식화된 방법으로만 아니라 병상태에 대처하여 림기응변으로 적용하는 보다 복잡하고 심오한 학문이라는것을 허준은 오늘의 이 일을 통하여 새삼스럽게 깨달았다.

(의술에서 천편일률식치료방법은 그야말로 금물이다!)

이것이 오늘 허준이 다시한번 절감하게 되는 자못 중요한 리치였다.

보름이라는 날이 언제 흘렀는지 몰랐다.

허준의 마음은 또다시 조급해나기 시작했다. 이제 남은 보름이 지나가면 그다음에는 또 어떻게 해야 하는가?

어머니는 집안가산을 다 팔아서라도 학비를 대주겠다고 하였지만 허준은 그렇게 할수 없었다. 그의 입에서는 저도모르게 땅이 꺼지는듯 한 긴 한숨소리가 새나왔다.

드디어 허준이 애타게 고대하던 말로써가 아니라 실지 행동으로 의술을 전수받는 날이 왔다.

류이태는 침통에서 가느다란 호침을 한개 꺼내들었다.

《자, 그럼 이젠 실지 행동으로 해보세.》

그리고나서는 한쪽다리를 걷어올리며 말했다.

《임자 이 침으로 내 다리에 있는 족삼리혈을 한번 찔러보라구.》

《네?》

허준은 어리둥절해서 류이태를 바라보았다.

《뭘 그렇게 놀라나? 내 다리의 족삼리혈에 침을 한번 찔러보라는데.》

《의원님, 그렇게야 어떻게…》

《아니, 그게 무슨 큰일이라구 그러나?

임자가 앞으로 의술에 정통하려면 자기 몸에도 수없이 침을 찌르고 뜸쑥으로 살을 태워야 할걸세. 이건 이제 그 시작에 불과한거야. 자, 어서!》

그 말에 허준은 마음을 다잡고 류이태의 피부를 왼손으로 바싹 헤워 긴장시킨 다음 족삼리혈에 침을 들이박기 시작했다. 그런데 어인 일인지 침대는 살속으로 꿰질러 들어가지 못하고 휘청휘청 휘여들기만 하였다. 아무리 안깐힘을 써서 침자루를 돌려도 역시 마찬가지였다.

(사람의 가죽이 이렇게 질긴가?)

허준의 이마에서는 비지땀이 흘러내렸다. 허준이 침대를 꽂으려고 모지름을 쓸 때마다 류이태가 얼굴을 찡긋거렸다.

한참 고심해서야 허준은 겨우 침대를 족삼리혈에 들이박을수 있었다.

《그래 어떤가?》

《네, 침혈에 침댈 박기가 조련치 않소이다.》

허준은 류이태가 침놓는 모습을 적지 않게 보아왔다. 그는 흡사 두부속에 침을 박듯이 잽싼 솜씨로 거침없이 쑥쑥 침을 놓군 하였다.

《이보게! 실은 사람의 피부가 여간 질기질 않다네. 그러니 침을 거침없이 꽂는것도 높은 기술이 요구되네. 특히 아프지 않게 침을 놓으려 할 때에는 더욱 그러하지. 어떤 의원들은 침을 하나도 아프지 않게 놓는데 왜 어떤 의원들은 침을 놓을 때 병자들이 아파하는가?

그런 의원들은 흔히 자기 손이 매워서 그런다고 하는데 그게 아닐세. 술법이 부족해서네.

사람은 살가죽결이 제일 감각이 예민하다네. 침을 아프지 않게 놓으려면 감각이 예민한 이 살가죽을 빠른 순간속도로 꿰찔러야 하네. 이건 높은 기량과 숙련을 요구하네.

자네에겐 전혀 그런 숙련이 없으니 침이 질긴 피부를 쉽게 뚫을게 뭔가?

이젠 내 말의 뜻을 알겠나?》

《네, 알겠소이다.》

류이태는 허준의 앞에 한치두께는 실히 될 두툼한 참지묶음을 내놓으며 말했다.

《이제부터 침대를 가지고 이 참지를 뚫는 련습을 하라구. 그 과정을 통해 손끝과 손목에서 침날을 잽싸게 박을수 있는 순간힘을 키워야 하네. 이때 종이의 웃면은 사람의 피부라고 생각하게. 자네의 순간힘이 커지면 커질수록 침대가 뚫는 종이장의 수는 더 많아질걸세.》

허준은 그날부터 맹훈련에 들어갔다. 그 훈련은 결코 조련치 않았다. 왼손 엄지손가락과 식지로 참지를 누르고 순간적인 힘을 가하여 그 사이에 침을 들이찌르기를 수십번, 수백번 반복하였다. 그의 이마에서는 비지땀이 뚝뚝 떨어져내렸다.

사흘정도 지나니 손끝에 물집이 생기기 시작했다. 그러나 허준은 이를 악물고 훈련에 훈련을 거듭해나갔다. 얼마나 침찌르기를 익혔는지 참지가 온통 벌둥지처럼 되였다.

그러던 어느날이였다.

그날도 허준은 비지땀을 흘리며 아래방에서 침술훈련에 여념이 없었다.

오늘은 류이태가 왕진을 나가서인지 병자들이 별로 보이지 않았다. 설유가 몇명의 병자들에게 첩약을 내주자 곧 방에는 고요가 깃들었다. 그러나 허준은 그러거나말거나 훈련에 여념이 없었다.

이때 장지문쪽에서 차분한 목소리가 울렸다.

《도련님.》

머리를 들어보니 설유가 고개를 까딱까딱하며 허준을 부르는것이였다.

《?!》

허준의 얼굴은 대번에 붉어졌다.

허준은 자리에서 일어섰다. 설유가 다시금 손짓으로 그를 불렀다. 어줍은 기색을 짓고 허준은 설유가 있는 웃방으로 발걸음을 옮겼다. 설유는 류이태가 늘 치료하는 웃방과 잇닿은 끝방으로 들어가며 허준을 돌아보았다.

《도련님, 여기로 들어오시오이다.》

류이태의 집은 웃방너머의 방까지 합하여 모두 세칸이였다.

설유의 권유에 허준은 당황함을 금할수 없었다. 그의 얼굴은 더욱더 달아올랐다.

그러나 설유의 태도는 여전히 흔연스럽다.

《도련님, 어서 들어오시오이다.》

한참 머뭇거리던 허준은 용기를 내여 설유가 있는 방으로 들어섰다. 아담하고 정갈하면서도 조용한 방이였다.

《앉으소이다.》

《아니, 이렇게 서있는게 더 좋소이다.》

설유가 생그레 웃으며 다시금 권하였다.

《도련님, 지붕이 무너지지 않을터이니 어서 앉으시오이다.》

(평시에 참해보이던 랑자가 이자 보니 여간 당돌하지 않군!)

잠시후 설유가 번쩍번쩍 장식을 한 장농을 열더니 두툼한 책 한권을 꺼냈다.

《도련님, 이 책도 역시 우리 아버지가 쓰신 수사본이오이다. 전번에 도련님이 빌려가신것보다 더 알속있는 자료들이 많이 들어있소이다. 아버지의 전수시간이 제한되여있사오니 그대신 이렇게 틈이 있을 때에 소녀가 좀 가르쳐줄가 하오이다.》

순간 허준의 눈은 번쩍 빛났다. 옹색함이 대번에 사라져버렸다.

《여기에는 아버지가 실지 치료하는 과정에 터득한 비방들이 많소이다.》

설유는 책갈피를 번지기 시작하였다. 어느 한 갈피를 펼친 설유가 설명하였다.

《이즈음 날씨가 차서 랭과 습이 심해지면서 비위병으로 앓고있는 병자들이 많소이다. 이것이 그러한 병들에 쓰이는 비방이오이다. 간단하면서도 참 효과가 좋은 치료방법들이오이다.》

허준은 설유가 짚은 곳을 얼른 들여다보았다.

《…몸에 랭을 받아 위완통(위가 몹시 아프면서 위경련에 가까운 병)이 왔을 때에는 현호색을 보드랍게 가루내여 한번에 한돈씩 하루 세번 먹는다. 또는 소금 한근(한근은 600그람)을 센 불에서 닦아 천주머니에 넣어 웃배에 대고 2각(30분)동안 찜질하되 식으면 다시 갈아준다.…

헛배가 부를 때에는 물 한사발에 보리길금 한줌 넣고 절반이 되게 달여서 하루 세번 식간에 먹는다. 헛배가 몹시 부를 때에는 병자가 몹시 고통스러워하는데 도라지를 원추형으로 잘라 간장에 2각동안 담그어 두었다가 홍문에 넣어도 효과가 좋다. 또한 생무우와 쪄서 익힌 무우를 같은 량으로 짓찧어 즙을 짜서 한번에 반홉(한홉은 180미리리터)씩 하루 2~3번 먹는다.…

비위가 나쁜 사람들에게서 변비는 매우 고통스러운 병이다. 늙은이들에게서 흔히 변비가 오군 하는데 이때에는 꿀 두숟가락과 소금 한돈을 뜨거운 물 한고뿌에 타서 매일 이른아침 빈속에 마시면 변비가 뚝 떨어진다. 만일 변이 너무 굳어 홍문이 째질 때에는 팥 20돈과 당귀 4돈을 같이 달여 그 물을 차처럼 자주 마신다.…》

허준은 손에 들어온 귀물을 놓칠세라 다급히 그 모든것들을 자기의 책에 옮겨베끼였다. 그 모습을 설유가 미소를 짓고 바라보고있었다. 한참동안 적어나가던 허준은 문득 고개를 들고 말하였다.

《아씨! 이런건 아씨나 의원님이 설명해주지 않아도 다 리해할수 있소이다. 그보다 더 힘든 복방처방들에 대해 좀 알려주소이다.》

《그럼 이것도 자못 중요한 비방이온데 이건 어찌하시오리까?》

《아씨가 틈틈이 적어 저에게 넘겨주시오이다.》

《네에?》

설유의 눈이 놀람으로 하여 커졌다. 그렇게도 이 방에 들어오기를 주저하며 얼굴이 붉어져 마주 바라보지도 못하던 사람이 갑자기 무슨 용기가 나서 이젠 되려 자기에게 이런 부탁까지 하는가?

설유는 그것이 바로 허준의 불타는 향학열이라는것을 새삼스럽게 느꼈다.

《도련님, 알겠소이다. 그건 걱정마시오이다. 헌데 무슨 복방이 잘 리해되질 않소이까?》

《네, 일전에 의원님이 어떤 녀인에게 사물탕을 처방해주었소이다. 그걸 좀…》

《네? 사물탕은 보혈약이온데…》

설유가 별안간 발그레하게 얼굴을 붉히였다. 허준은 의아한 눈길로 설유를 바라보았다. 그러나 설유는 얼굴을 붉히면서도 주저하지 않고 계속하였다.

《사물탕은 주요부인보약으로서 제일 널리 쓰이는 명처방이올시다. 찐지황, 당귀, 백작, 궁궁이로 이루어져있소이다.》

허준은 설유가 얼굴을 붉힌 까닭을 그제서야 리해할수 있었다.

설유는 계속하였다.

《도련님, 보약이라 해서 다 같질 않소이다. 지금 돈많은 량반부자들은 보약이라 하면 몸보신에 다 좋은가 해서 산삼, 인삼, 록용, 구기자 같은것들을 망탕 쓰고있사온데 그러다 되려 몸을 해칠수 있소이다.》

《보약도 몸을 해친단 말이오이까?》

《그렇소이다. 보약에는 네가지 즉 양을 보하는 보양약, 음을 보하는 보음약 그리고 혈을 보하는 보혈약, 기를 보하는 보기약이 있소이다. 양이 허하고 음이 왕성한 사람에게 보음약을 쓰면 어떻게 되겠소이까? 오히려 몸상태를 나쁘게 하오이다. 대표적인 보음약은 구기자이며 가장 널리 알려진 보기약은 산삼, 인삼이며 보양약은 록용이올시다. 양이 동하는 어떤 량반이 몸을 보하려고 록용을 많이 써서 양기가 우로 뻗쳐 죽은 례도 있소이다.》

설유의 이 짧은 말속에서 허준은 참으로 많은것을 배웠다.

《우리 조상들이 내놓은 가장 유명한 보기약처방은 사군자탕이오이다. 기운이 없고 소화가 잘 안되며 온몸이 노근한 사람들에게는 특효이오이다.》

《네에-》

《도련님, 또 있소이다. 우리 나라 의술은 저 멀리 코큰 사람들의 의술과는 다르오이다. 그 사람들은 감모가 오면 병상태와 사람의 체질에 관계없이 다 한가지 약재를 쓰지만 우리 나라 의술에서는 감모도 풍한감모, 풍열감모로 갈라 그에 알맞는 약처방을 쓰고있소이다. 그리고…》

허준은 노래하듯 말하는 설유의 아름다운 모습을 마치 얼나간 사람처럼 쳐다보고있었다. 이제는 그의 말이 귀에 잘 들려오지 않고 오직 보름달같은 그의 얼굴만이 눈앞에 또렷하게 안겨올뿐이였다. 그의 넋은 통채로 설유에게로 가있었다. 가슴이 울렁거리고 얼굴이 달아오르는듯 하였다.

《도련님,…》

설유가 이상한 기색을 느끼고 허준을 빤히 바라보았다.

《도련님, 대체 어인 일이시오이까?》

《네에?》

그제서야 허준은 흠칫 놀라 제정신으로 돌아왔다.

《아, 아니올시다! 계속…》
바로 이때 별안간 허준의 머리우에서 벽력같은 고함소리가 울렸다.
《이건 대체 무슨 망동인고? 청청대낮에!》
허준은 깜짝 놀라 후닥닥 튀쳐 일어섰다.
류이태가 싸늘한 눈길로 허준과 설유를 번갈아 바라보고있었다.
류이태는 허준에게 서슬푸른 기상으로 말했다.
《임자는 남녀칠세 부동석이란 말을 모르나? 모르는가말이야!》
설유가 다급히 류이태의 말을 막아나섰다.
《아버지, 그런게 아니오이다.》
《넌 좀 가만있거라. 임잔 날 따라오게!》
아래방에 내려온 류이태는 엄한 기색을 짓고 허준에게 말하였다.
《임잔 의술을 배우겠다고 큰 맘을 먹은것 같은데 그게 대체 무슨 행실인가?
자고로 헛눈을 팔면서 다니는 사람이 큰일을 치는걸 내 평생 보질 못했네!
의술을 배우겠으면 자나깨나 오직 그 하나에만 전념해야지 대체 무슨 잡생각인가! 그렇게 배우려면 이제라도 싹 그만두라구!》
허준은 머리를 폭 수그리고 아무런 대꾸도 하지 못하였다.
그날밤 허준은 밤새 잠을 이루지 못하였다. 오늘 있은 일을 곰곰히 생각해보았다.
분명 자기의 마음은 걷잡을새없이 설유에게로 쏠리고있다. 이것은 부인할수 없는 엄연한 사실이다. 그러지 말자고 자기를 몇번이고 다잡았지만 도저히 마음을 눅잦힐수 없었다. 설유의 부드러운 목소리를 들으면 괜히 가슴이 설레이고 그 아릿다운 얼굴을 한번 보면 더 보고싶은 마음을 금할수 없었다.
허준은 오늘에 와서야 자기가 설유를 좋아한다는것을 새삼스럽게 인정하였다.
처음에는 설유가 설명해주는 의학의 리치에 빠져들었고 그다음에는 설유의 미모에 저도모르게 넋을 빼앗겼던것이다.
류이태의 엄한 추궁은 백번도 옳은것이였다.
(아직은 나에게 그를 사랑할 권리가 없다! 정신을 똑바로 차리자! 의원님의 충고대로 일체 잡념을 머리속에서 빼버리고 오직 의술련마에 온넋과 심신을 바치자!)

6

이제는 사흘밖에 남지 않았다.

사흘후에 있게 될 일을 생각하는 허준의 마음은 천근무게로 짓누르듯 무겁기 그지없었다.

과연 이것으로 의술을 배우려던 나의 꿈이 동강나고마는가?

어머니가 또다시 수강비를 마련해주리라는 담보는 아직 없었다.

이제 사흘이 지나면 그동안 의술을 배우던 류이태의 집을 떠나야 한다. 칼로 살점을 저미는듯 가슴이 쓰리고 아팠다.

류이태에게서 호된 추궁을 받은 이후에도 설유는 한본새로 허준의 의술습득을 성심으로 도와주었다. 틈이 있으면 병자치료에 도움이 될 비방들을 적어 아버지 몰래 허준에게 넘겨주었다.

그의 그윽한 두눈은 여전히 호심깊은 호수마냥 그끝을 가늠할수 없었다. 그윽하면서도 사려깊은 눈길로 허준의 의술탐구에 도움이 되는 일이라면 말없이 원심쓰는 설유앞에서 허준은 제편에서 오히려 얼굴이 수수떡처럼 붉어져가지고 할 말도 제대로 못하였다. 비록 설유의 눈길을 마주보기 저어하지만 허준은 설유의 그 마음이 눈물나도록 고마왔다.

유시(오후 5~7시)경에 이르자 사람들의 걸음이 좀 뜸해지기 시작하였다.

류이태는 급한 병자치료를 나갔고 설유는 약초를 사러 초약집으로 가고 없었다.

허준은 자못 쓸쓸한 기분에 사로잡혀 두달나마 자기의 체취가 스며있는 아래방과 웃방 그리고 류이태에게 졸경을 치르던 웃방너머의 방을 추연한 눈길로 둘러보았다.

이때 방문을 가볍게 두드리는 소리가 들리더니 수염이 시허연 웬 늙은이가 찾아들어왔다. 방안을 휘둘러보던 로인은 허준이앞에 머리를 숙이더니 어즙게 입을 열었다.

《저, 일전에 부탁한 약을 가지러 왔소이다.》

《그렇소이까? 로인장은 뉘신지요?》

《건너편 마을에 사는 박서방이올시다.》

웃방으로 올라온 허준은 약서랍을 열고 그속에서 《박서방》이라고 적혀있는 첩약꾸레미를 꺼내들었다.
약꾸레미를 넘겨받던 로인이 머밋거렸다.
《저… 의원님.》
의원이라는 그 부름에 허준은 송구스러웠다.
《전 아직 의원이라 부르긴 멀었소이다.》
《그래두 의원이야 의원이지요. 의원님, 이거 여쭙긴 황송하오나 이번에는 그만 약값을 마련하지 못했소이다. 다음번에 가져오면 안되겠소이까?》
허준은 난처하였다. 의원님이라고 깍듯이 불러주는 로인이였다. 허나 다음번에 약값을 내겠다고 하니 어떻게 처리해야 할지 갈피를 잡을수가 없었다. 그 순간 허준의 뇌리에는 단 한치의 에누리도 없이 자기의 수강비를 받아내던 류이태의 매정한 얼굴이 불쑥 떠올랐다.
《저 로인장, 이건 제 맘대로 할 일이 아니오이다. 약을 둬두었다가 약값을 치르고나서 가져가야 할것 같소이다.》
《네 – 알겠소이다.》
로인의 밭고랑같이 깊숙이 패인 이마의 주름살이 더 깊이 패이는듯 하였다. 로인은 알겠다는듯 머리를 끄덕이더니 휘적휘적 뜰아래로 내려섰다.
로인의 등구부러진 모습이 허준의 눈을 아프게 자극하였다.
그날 저녁이였다.
병치료 나갔던 류이태도 돌아오고 설유도 금방 들어서는무렵 대문 두드리는 소리가 울렸다.
류이태가 설유를 돌아보았다.
《얘, 급한 병자가 온 모양인데 어서 나가봐라.》
설유가 달고온 사람을 바라보던 허준은 놀라지 않을수 없었다. 아까 되돌려보냈던 로인이 커다란 바구니를 옆에 끼고 나타났던것이다. 바구니속에는 보기만 해도 탐탁해보이는 검정암닭 두마리가 사이좋게 마주앉아있었다.
《아니 로인장, 어인 일로 이렇게 밤늦게 걸음을 하였소이까?》
류이태가 놀란 어조로 물었다.
《저 의원님, 이거 아뢰옵긴 황송하오만 우리 집살림이 하두 구차스러워 제 미처 약값도 없이 아까 약을 지으러 왔댔소이다. 아들의 병치료에 약을 꼭 더 써야겠기에 이렇게 렴치를 불구하고 또 찾아왔소이다. 치료비대신에 이 암닭을 올리면 안되겠소이까?》

보매 그 암닭은 집에서 애지중지하는 알낳이닭인듯 하였다.
《아니, 아까 약지으러 오셨댔소이까?》
《네, 헌데 의원님이 안 계시기에 작은 의원님에게 여쭈었더니 약값을…》
로인의 말꼬리가 흐려졌다. 류이태는 얼핏 허준을 돌아보더니 설유를 불렀다.
《얼른 가서 로인장것으로 지은 첩약꾸레밀 내오너라.》
설유에게서 약꾸레미를 넘겨받은 류이태가 흔연스러운 어조로 말하였다.
《로인장, 그 암닭은 그냥 가지고 돌아가시오이다. 그리고 약값을 물기가 힘들면 그대로 가져다 쓰시오이다.》
《아, 그렇게야 어떻게… 이 암닭이라도 성의로 아시고 받아주소이다.》
《로인장, 일없소이다. 우리 집살림이 그닥 궁색하지 않으니 로인장이 약값을 몇번 물지 않는다고 해서 큰일날것이 없소이다. 어서 그냥 돌아가시오이다.》
로인이 황송해하며 머리를 거듭 조아렸다.
《의원님, 고맙소이다!》
로인은 설유의 바래움을 받으며 대문밖을 나섰다.
로인을 돌려보낸 후 류이태는 허준을 데리고 웃방으로 올라왔다.
《임자, 여기에 좀 앉게.》
허준은 옹색한 기색으로 류이태의 앞에 나앉았다.
《임자가 보기에는 저 로인장한테서 약값이 얼마 나올것 같은가?》
허준의 눈앞에는 누덕누덕 기운 베옷을 걸치고 짚신을 신은 로인의 정상이 불쑥 떠올랐다. 로인의 그 쭈글쭈글한 얼굴에 한치의 에누리도 없이 자기의 수강비를 꼬박꼬박 받아내군 하던 칼칼하고 랭랭한 류이태의 얼굴이 겹쳐들었다. 허준은 도무지 류이태의 말뜻이 가늠이 가지 않았다. 대체 무슨 말을 하자는것인지…
《내 오늘은 말 좀 하세. 예로부터 의술은 인술이라 했네. 자넨 나에게서 의술도 배워야 하지만 그보다 앞서 의원이 갖추어야 할 성품과 자질도 준비해나가야 하네. 의술은 물에 빠져죽거나 불에 타죽게 된 사람을 살려내는것과 같은 일일세. 때문에 병자가 급할 때에는 만사를 제쳐놓고 달려가 구원해주어야지 그렇지 않으면 사람이 물에 빠져죽거나 불에 타죽게 되네.》

류이태의 어조는 자못 엄엄했다.

《의원이 어진 마음이 있으면 어찌 물에 빠져죽고 불에 타죽는 사람을 보고 가만히 앉아 구경할수가 있겠나? 그런데 어떤 의원들은 남의 이런 급한 때를 리용하여 병자를 기만하고 자기의 재물을 챙기려들려고 하거든. 이런 의원들은 명실공히 의원이라 볼수 없네. 그리고 병자의 아픈 심정을 리용하여 자기의 리익을 챙기려드는건 도적놈 심보와 다를바 없네.》

허준은 전혀 뜻밖인 류이태의 말에 어리둥절해졌다. 그럼 왜 자기의 수강비와 자기 어머니 그리고 허모의 치료비는 꼬박꼬박 받아냈던가.

《자네 심정은 알만하이. 왜 자네 모친과 형의 치료비는 드팀없이 받아내는가 그거지?

음, 난 량반들한테서는 꼭꼭 치료비를 받아내네. 높은 벼슬에 있거나 잘사는 량반부자일수록 값을 더 비싸게 받군 하지.

그 량반들이나 자네 형의 돈은 과연 어데서 난것인가? 그게 다 나라에서 준 록봉에서 나온건가?

그 록봉보다 더 큰 금전과 재물들을 량반댁네들은 자기 권세를 리용하여 이제 금방 왔던 로인장과 같은 가난한 백성들에게서 짜내고있지. 이제 왔던 로인장네도 온 집안식구들이 새벽부터 저녁늦게까지 늘 밭에 나가 농사일을 하고있네. 그런데도 입에 풀칠이나 겨우 하지.

그럼 그들이 지은 쌀은 다 어데로 가나? 량반댁님들이 조세로 다 빼앗아가네. 난 그 량반네들이 빼앗아간 가난한 백성들의 재물을 그들에게 다시 돌려주자는걸세. 그래서 량반네들의 치료비를 비싸게 받아 급해하는 백성들을 위해 쓰군 하네.

이건 병자들을 치료하면서 내가 일관하게 지키고있는 준칙이야. 내 말의 뜻을 알겠나?》

허준은 감동의 눈길로 류이태를 바라보았다. 저자신도 비록 절반짜리 량반문벌에 속해있지만 류이태의 말이 조금도 귀에 거슬리지 않았다.

매정스럽게 생각되였던 류이태의 칼칼한 인상이 별로 부드럽게 보였다.

허준은 새로운 눈길로 류이태를 쳐다보았다. 허준의 눈길에 비낀 속마음을 꿰뚫어보았는지 류이태는 입가에 느슨한 웃음을 지었다. 흡사 자식을 대하는 웅심깊은 아버지의 인상처럼 느껴졌다.

《말이 터진김에 좀 물읍세. 자네 나하구 약속한 날자가 이제 사흘밖에 남지 않았네.

그래, 자넨 앞으로 어떻게 할 생각인가?》

《의원님, 어떻게 하나 의술을 꼭 배우려 하오이다.》

두말없이 허준은 자기의 심정을 그대로 터놓았다.

류이태가 두눈을 쪼프렸다. 그렇게 부드럽게 보이던 그의 인상이 다시금 칼칼하고 매정한 기색으로 되돌아갔다.

《그래, 대체 의술은 왜 그렇게 기를 쓰고 배우려 하나? 자네의 그 의도를 한번 좀 들어보세나.》

마치 서당에서 시험을 받아내는 엄격한 훈장같았다. 류이태의 그 물음에 허준은 자못 긴장해졌으나 인차 마음을 다잡았다.

금방 한 류이태의 말속에서 허준은 그의 사람됨을 더욱 깊이 알게 되였다.

류이태에게서 의술을 배우는 첫 시기에는 그의 수사본에 자자구구 적혀있는 전언의 글에서 깊은 감명을 받았었고 그다음에는 전언에서 밝힌 뜻과는 달리 치료비와 수강비에서는 단 한치의 에누리도 없는 모순된 행동을 보고 반신반의하면서 그닥 좋지 않은 눈길로 그를 보아오던 허준이였다. 헌데 오늘에 와서는 자기에게 간곡하면서도 엄한 어조로 의술은 인술이며 의원으로서 가져야 할 자세와 의술의 진가를 깨우쳐주는 그의 말속에서 류이태의 사람됨을 명백히 가늠하게 되였다.

허준은 자기가 아무리 후세의 사람들에게까지 재부로 될수 있는 의서를 남기려는 뜻을 품고있다 하여도 이 일을 아무에게나 발설할 생각은 꼬물만치도 없었다.

요즘 세월에 자기처럼 이런 뜻을 품고있는 사람들이 대체 몇이나 될가?

대부분 사람들이 이런 뜻을 내비치면 허무맹랑한짓을 한다고 비웃을것은 자명한 사실이였다.

같은 뜻을 가진 사람들에게는 이와 같은 말이 장하게 들리겠으나 그렇지 않은 사람들에게는 공허한 소리로밖에 들리지 않을것이였다. 허준은 아직까지 어머니와 외할머니외에는 자기 심중을 내비친적이 없었다.

허준은 용기를 내였다. 류이태야말로 자기의 이 진정한 뜻을 내비칠수 있는 사람이라는것을 믿어의심치 않았다. 두달이라는 기간을 류이태에게서 의술을 배워왔으니 이제는 자기의 초지를 표명할 때도 된듯싶었다.

허나 우려감도 없지 않았다.

과연 류이태가 어떻게 반응할지 알수 없었다. 그렇지만 두려울것도 잴것도 없었다. 어느때인가는 한번은 반드시 부딪쳐야 할 일이 아닌가.
허준은 낮으나 힘있게 대답하였다.
《의원님, 재삼 말씀올리건대 전 의술을 끝까지 배우고싶소이다.》
《의술을 배워선 대체 뭘하려나?》
《의원님, 제가 의원님에게서 제일 감명을 받은것은 의원님께서 쓰신 〈언해향약방〉의 전언을 읽고서였소이다.

특히 〈만일 각이한 병들을 치료하는 각이한 약재들을 자상히 서술한 책이 있으면 그것은 마치 밤길을 밝히는 등불과도 같이 병을 치료하는 요긴한 방법들을 알려줄것이다.…

이 의서를 끊임없이 보충하고 수정하여 나중에는 높은 경지에 이른 의서를 내놓을 결심을 가지고 생의 마지막까지 노력해보려고 한다.… 잘된 의서 한권은 지금도 많은 사람들에게 덕을 줄뿐아니라 우리 후세의 사람들도 그 덕을 오래오래 입게 되리라 생각한다. 그리고 병으로 일찍 죽거나 잘못 치료할 념려도 없게 된다.〉라는 문구는 정말 제 마음에 들었소이다. 저도 의원님의 그 뜻과 넋을 따르고싶소이다.》

《그러니 자네도 의술을 배워 종당에는 큰 의서를 남기겠다는건가?》
허준은 눈을 번쩍이며 확신성있게 대답하였다.
《네! 그렇소이다!》
《흠-》
류이태의 입에서 대중하기 어려운 가벼운 소리가 흘러나왔다. 두눈을 감고 한동안 생각에 잠겨있던 류이태가 진중한 어조로 말했다.
《자네 큰 의서를 쓴다는것이 얼마나 힘든 일인지 아나?
이건 명의가 되는것보다 더 힘든 일이야.

명의로 이름을 날려 병자들을 솜씨있게 치료한다는것과 나라의 재부로 될 큰 의서를 쓴다는것은 그 무게가 엄청나게 달라. 높은 의술로써 병자들을 잘 치료한다고 하여 의서를 쓸수 있는건 결코 아니야. 좋은 의서를 쓰려면 풍부한 치료경험도 있어야 하지만 그것을 분석종합하는 능력과 뛰여난 문장구사능력이 있어야 하는거네.

예로부터 생각은 뻔한데 글로 옮기기는 힘들다는 말도 있지 않나?
치료는 잘하지만 그것을 좋은 글로 남기지 못하는 의원들이 얼마나 많은가? 그렇기때문에 좋은 의서들은 나라의 재부로 되는것이고 후세의 사람들은 그것을 보물처럼 소중히 여기는걸세.

〈향약집성방〉, 〈의방류취〉와 같은 의서들이 바로 그러한 재부이지.

그런데 자네 그럴 용기와 자신이 있나?》

허준은 결연한 어조로 대답하였다.

《의원님! 제 생의 마지막까지 노력할 결심이나이다! 저의 일생의 뜻과 목표가 바로 그것이오이다!》

류이태는 허준의 강렬한 눈빛에서 그의 확고부동한 의지를 력력히 읽을수 있었다.

이 두달어간에 허준의 사람됨에 대하여 어지간히 파악하면서 내심으로 감탄을 금치 못하던 류이태였다. 겉으로는 전혀 내색하지 않고 가혹하다고 할 정도로 요구성을 높여왔다.

높은 향학열과 정열, 강한 정의감, 의로운 뜻과 확고한 목표, 이것이 허준의 기본장점이였고 인간상이였다.

류이태는 자기의 호된 추궁이 있은 다음에도 설유가 몰래 자기의 치료비방들을 허준에게 끊임없이 넘겨준다는것을 다 알고있었다. 그러나 그는 딸을 책망하지 않았다. 설유 역시 허준의 이와 같은 사람됨에 공감이 되여 그렇게 했을것이다.

한동안 허준을 바라보던 류이태가 설유에게 말했다.

《애 설유야, 저 웃방너머 장농에 내 금고가 있을게다. 그걸 가져오너라.》

설유가 묵직한 금고를 들고 내려오자 류이태는 그 금고를 열더니 허준이 수강비로 바쳤던 금가락과 두개의 묵직한 돈주머니를 꺼내놓았다.

《옛네. 이건 임자가 나에게 바쳤던 수강빌세.》

허준의 두눈이 휘둥그래졌다.

《아니, 이거 왜 이러십니까?》

《왜 그렇게 놀라나. 다시 되돌려주는걸세.》

허준은 어안이 벙벙하여 류이태를 바라보았다.

《이젠 내 자네에게 터놓고 말하지.

내가 지금까지 자넬 너무 박하게 대했다고 나무람했을거네. 허허!

사실은 말이야, 그건 내가 자네의 성정과 의지를 떠보느라고 일부러 그런걸세.》

류이태의 얼굴에 자못 추연한 기색이 흘렀다.

《내 이제 뭘 더 숨기겠나.

나에게도 지난날 자네처럼 높은 향학열과 좋은 머리를 가지고 의술을 배운 제자 넷이 있었네.

그들도 나에게서 처음 의술을 배울 땐 머리를 조아리며 이담에 명의술을 지녀 나라와 백성들을 위해 큰일을 하겠노라고 맹세를 했지.

헌데 그 네 제자들가운데서 두명은 의술을 리용하여 제 재물을 늘구기에 여념이 없었고 나머지 두 제자는 큰 의서를 쓴다고 한해동안 부산을 피우더니 다 집어던지고말았어.

그러니 내가 어떻게 쉬이 제자들을 믿을수 있겠나?

사람이 자기의 의로운 뜻을 펼치고 자기의 목표대로 나라의 재부로 되는 큰 의서를 세상에 내놓는다는것은 결코 쉽게 결심할 일이 아닐세.

허지만 난 오늘 임자의 그 말을 그대로 믿고싶네.

만일 임자가 참말로 인생의 마지막까지 그 결심을 지켜나간다면 내가 자네에게 귀를 잡고 절을 하겠네.》

《선생님!》

허준의 입에서 처음으로 류이태를 가리켜 선생님이라는 부름이 저도모르게 울려나왔다.

류이태의 눈귀에 축축한 물기가 내배였다. 허준의 얼굴도 붉게 상기되였다.

허준의 손을 끄당겨 돈꾸레미를 들려주며 류이태가 입을 열었다.

《이건 다시 가져가서 자네한테 필요한 의서들을 사는데 쓰라구. 좋은 책들을 더 많이 보아야 의술을 높일수 있고 또 그보다 더 훌륭한 책들을 쓸수 있네.》

《선생님! 제 기어이 선생님의 뜻을 따르겠소이다! 그리고 목숨이 지는 날까지 저의 초지를 굽히지 않고 꼭 나라의 재부로 될 큰 의서를 만들도록 하겠소이다!》

허준의 절절한 말을 듣고있는 설유의 그윽한 눈에서 맑은것이 고요히 흐르고있었다.

《음, 자네의 말을 들으니 내 이제야 마음이 놓이누만!

좋네! 이제부턴 자네에게 내 의술을 깡그리 배워주지. 그러니 절대로 맥을 놓지 말고 더욱 분발해서 우리 서로 나라와 백성을 살리는 의술을 닦아보세나.》

집에 돌아온 허준은 어머니와 외할머니에게 류이태가 한 말을 그대로 전하였다.

그 말을 듣고난 려월은 연신 눈굽을 훔쳤다.

《네가 귀인을 만났구나! 이런 고마운 일이라구야…

이 은혜를 무엇으로 갚으면 좋겠냐.

애, 준아! 류의원님에게서 꼭 의술을 잘 배워 명의가 되고 큰 의서를 써서 그 은혜에 반드시 보답하거라!》

밤늦도록 불이 꺼질줄 모르는 허준의 집우의 허공중에서 획— 긴 원을 그리며 별찌가 떨어졌다.…

이제는 허준에게 류이태는 자기 운명의 둘도 없는 스승으로 되였다.

허준의 불같은 열정과 류이태의 진정어린 전수에 의해 그의 의술은 하루가 다르게 늘어갔다.

이를 두고 제일 기뻐한것은 설유였다. 설유는 늘 잔잔한 웃음을 머금고있는 그윽한 눈으로 향학열에 불타는 허준을 조용히 지켜보고있었다. 그리고 허준의 일에 도움이 되는 일이라면 발벗고나섰다.

아직까지 의학이라는 학문에 들어서서는 설유가 허준의 선배였고 또 선생이기도 하였다.

철이 들어서부터 의원노릇을 하는 류이태의 심부름을 하면서 의술을 익혀온 설유였다.

류이태가 바삐 돌아갈 때에는 설유가 웃방너머의 방에서 틈틈이 의학의 기본리치와 원리들인 음양오행설, 장상론, 상한론 등에 대하여 열심히 설명해주군 하였다. 서로 마주앉아 허심탄회하게 의학의 원리와 의술을 론하는 때가 잦을수록 그들사이의 정은 어느덧 깊어만졌다.

류이태는 이 모든것을 다 알고있으면서도 짐짓 모르는척 하였다.

날이 감에 따라 허준의 의술이 늘어간다고는 하지만 아직도 배우고 터득하고 숙련해야 할 문제들은 허다하였다.

어느덧 류수와 같이 한해가 흘렀다.

류이태는 허준을 병자치료에 적극 인입하기 시작하였다. 실천속에서 의술을 더욱 련마시키자는것이였다. 그 나날속에 허준의 의술은 한걸음한걸음 전진하였다.

어느날이였다.

한 젊은 사내가 대문을 벌컥 열어제끼며 황황히 들어섰다.

《의원님! 우리 아버지가 또 위완통이 와 배를 그러쥐고있소이다!》

류이태가 허준을 돌아보았다.

《자네가 얼른 가서 봐주게!》

가죽주머니를 들고 뜰아래로 나서는 허준을 보고 젊은 사나이의 눈이 휘둥그래졌다.

《아니? 의원님, 우리 아버지가 류의원님을 모셔오라고 하셨소이다!》

류이태는 젊은이의 얼굴을 바라보며 허준을 소개하였다.
《자네도 알고지내게. 나와 같이 치료하는 허의원일세.》
젊은이의 얼굴에 실망의 그늘이 언뜻 비끼는것을 허준은 어렵지 않게 간파하였다. 허준은 류이태의 얼굴을 쳐다보았다. 류이태는 일단 결심한 일이니 쓰다달다 말할게 없다는듯 허준과 젊은이를 일별해보더니 자기 방으로 들어가버렸다. 허준은 설뚱한 심중을 감추지 않는 젊은 사내의 뒤를 좇아 병자가 있는 집으로 떠났다.
허준이 병자의 집에 들어서니 얼굴이 창백한 로인이 배를 그러안고 방안에서 딩굴고있었다. 로인의 얼굴에 깨알같은 땀방울이 돋아있었다.
《로인장, 어디 한번 좀 봅시다.》
허준은 맥을 짚어본 다음 위를 눌러보았다. 명치끝에서 딴딴한게 만져졌다. 식상으로 온 위완통이였다.
《로인장, 조금만 참으소이다. 제 이제 제꺽 고쳐드리리다.》
허준은 자신이 있었다. 그의 머리속에는 벌써 이런 경우의 침혈처방이 환하게 떠올랐다. 허준은 속으로 중얼거렸다.
(음, 건비(비위를 건전하게 하는것)시키기 위해 상완, 중완혈을 써주고 리기(기를 통하게 하는것)시키기 위해 사간혈(합곡과 태충혈을 같이 써주는것)을 써주며 그다음 위의 극혈인 량구혈을 써주면 즉효로다.)
허준은 처방된 침혈들에 잽싸게 침을 들이박았다. 하도 숙련한 보람이 있어 침은 마치 애호박속에 박히듯 살속으로 쑥쑥 들어갔다. 침을 놓은 허준은 병자의 반응상태를 예리하게 살폈다. 헌데 어찌된 일인지 한식경이 지나도록 병자의 위아픔은 조금도 덜어지지 않았다.
로인은 여전히 얼굴을 찡그리고 《아이고! 명치야! 아이고 배야!-》 하고 소리를 질렀다.
허준은 당황했다. 자기가 배운데에 의하면 이쯤되면 틀림없이 위아픔이 가라앉아야 하였다. 그는 다급히 병자에게 다가가 침자루를 긁기 시작했다. 병자의 비명소리, 벅벅- 침대를 긁는 소리.
그러나 병자의 상태는 여전하였다.
로인이 소리를 질렀다.
《류의원님을 모셔와라! 류의원님을! 어서 빨리! 아이고 명치야!-》
옆에서 치료하는 허준을 미타하게 바라보던 그 집 아들이 그를 향해 눈을 한번 찔 흘기더니 허준이 미처 말릴새도 없이 후닥닥 뛰쳐일어나 밖으로 달려나갔다.
잠시후 류이태가 다급한 걸음으로 로인의 집으로 들어섰다. 허준은 안절부절하며 류이태를 맞아들였다. 병자의 상태를 가늠해본 류이태는 허준이 꽂은 침대를 잡고 살살 돌려보았다. 머리를 기웃거리던 류이태가 로인에게 꽂은 침대를 모조리 뽑아내기 시작했다.

(아니?)

허준의 얼굴은 불시에 수수떡처럼 붉어졌다. 로인의 아들이 마깝지 않은 기색으로 허준을 힐끔 바라보았다.

이어 류이태는 자기의 침통에서 침을 뽑아 잽싸게 침을 놓기 시작했다. 허준이 놓았던 그 침혈그대로였다. 그리고는 침자루를 잡고 살살 돌리기 시작했다.

잠시후 로인의 입에서 후- 하는 긴 숨이 흘러나왔다. 류이태의 얼굴에 안도의 기색이 어려들었다.

《로인장, 이젠 됐소이다.》

로인이 류이태의 손을 꼭 잡았다.

《역시 명의는 명의로다! 침놓는 흉내를 내는 사람은 많아도 진짜로 침을 놓을줄 아는 사람은 정말 많지 않소이다. 류의원님은 참으로 세상에 보기 드문 명의요.》

로인의 찬사에 허준의 얼굴은 모닥불을 쓴것처럼 달아올랐다.

치료를 마치고 그 집을 나선 허준은 한마디 말도 없는 류이태의 뒤를 묵묵히 따랐다. 아무리 생각해봐도 좀처럼 알길 없었다.

원인이 무엇일가? 선생님도 나와 꼭같은 침혈을 쓰지 않으셨는가?

분명 자기도 꼭같은 방법으로 침을 놓지 않았던가.

침을 놓고… 침자루를 가볍게 몇번 돌려주고…

다만 다른것은 류이태가 자기의 침통에서 꺼낸 침으로 병자에게 침을 놓았다는것뿐이다.

그렇다면 침대에 문제가 있다는것이 아닌가? 침의 재질이 차이나는가? 분명 선생님의 침은 내가 쓰는 보통침이 아니라 특수한 침인게 틀림없어.

이런 생각을 하는새에 어느새 류이태의 집에 당도하였다.

방으로 들어온 류이태가 진중한 어조로 물었다.

《그래 자네 생각은 어떤가? 왜 그렇게 된것 같나?》

《저 선생님, 혹 침의 재질에…》

허준은 이렇게 미적지근하게 대답하면서도 자기의 판단이 옳다고 믿었다.

《침의 재질이라…》

류이태는 자기의 침통에서 침을 꺼내들었다.
《이 침이 자네의 침과 재질이 다르단 말인가?》
《?!》
《그럼 내 자네에게 한번 보여줄테니 똑바로 보게나. 어서 자네 바지가랭이를 좀 걷어올리게.》
류이태는 자기의 바지가랭이도 같이 걷어올리면서 허준에게 말했다. 그리고나서는 호침을 들고 허준에게 말했다.
《이제 내가 자네 다리의 족삼리혈에 침을 놓겠네.》
허준은 영문을 모르고 자기의 다리를 내밀었다. 따끔하는 감각이 느껴지면서 시큰하고 쩌릿한 감각이 다리아래쪽으로 쭉 뻗어내려갔다.
《자, 이젠 자네 차례일세. 내 다리의 족삼리혈에 침을 놓으라구.》
허준은 류이태가 내민 다리에 그리 어렵지 않게 침을 들이찔렀다.
도대체 무얼 어떻게 하자는건지…
허준은 자못 궁금증을 털지 못한채 류이태를 바라보았다.
《이제부터가 기본이야. 내가 자네에게 놓은 침자루를 잡고 살살 돌려보라구. 그러면 침대가 잘 돌아가지 않을거야.》
허준은 류이태의 말대로 자기의 다리속에 박힌 침자루를 잡고 가볍게 돌려보았다. 류이태의 말대로 침대는 쉽게 들여박혔으나 살속에 박힌 침대는 마치 그 무엇에 그러잡힌듯 좌우로 돌리려고 해도 잘 돌아가지 않았다.
《이젠 자네가 나에게 놓은 침대를 한번 돌려보라구.》
허준이 류이태의 다리속에 박힌 침대의 침자루를 잡고 돌려보니 거침없이 돌아갔다.
《이젠 무엇이 차이나는가를 알겠나?》
《네, 헌데 아직 자상한것까지는 잘 모르겠소이다.》
《음, 그럼 내 설명해주지. 자네가 놓은 침은 왜 살속에 박혔는데도 거침없이 돌아가는가? 그건 자네가 침을 놓으면서 득기(침감)를 얻지 못했기때문이야. 침혈처방을 병에 맞게 잘 구성했다고 해도 그 침혈에 침을 놓을 때 득기를 얻지 못하면 오늘 자네와 같이 아무런 치료효과를 얻지 못하게 되네.
득기는 병자가 느끼는 득기와 술자(의사)가 느끼는 득기가 있네. 병자가 느끼는 득기는 아픔과는 다른 뻐근한감, 시큰시큰한감, 부풀어나는감, 주위장기를 끌어당기는감 등이 쭉 뻗쳐나가는것이야.》
허준은 그제서야 류이태의 말이 리해되기 시작하였다.

《네에…》

《그리고 술자가 느끼는 득기는 침을 꽂을 때와 꽂은 다음에 침대에서 가벼운 경련이 이는감이 느껴지는거야. 이건 높은 숙련과 오랜 경험 그리고 예민한 감각이 있어야 느낄수 있네. 술자는 침을 놓으면서 이러한 득기감을 느껴야 하지.

득기를 잘 얻자면 매 침혈에 맞게 정확한 깊이까지 들이찔러야 하네. 오늘 자네가 배의 중완혈에 놓은 침은 좀더 깊이 찔러야 득기가 얻어지네. 자네는 위가 천공될가 두려워 제 깊이에까지 충분히 찌르지 못하였는데 그건 다 술법이 능하지 못하기때문이야.

득기가 충분히 얻어지면 침을 꽂은 주위의 근육들이 침대에 딱 밀착되여 침자루를 가볍게 돌리면 잘 돌아가지 않네. 허나 득기를 얻지 못하면 자네가 놓은 침처럼 이렇게 거침없이 돌아가지.

침을 놓는데서 득기를 얻지 못하면 치료효과가 없어. 이젠 내 말의 뜻을 알겠나?》

《네, 알겠소이다.》

허준은 아직도 자기가 얼마나 많은것들을 터득하지 못했는가를 다시금 절감하였다.

참으로 우리 나라의 의술은 정교하면서도 섬세하며 심도가 깊었다. 그 깊은 술법들을 다 터득하려면 아직도 멀고도 멀었다는 생각이 머리를 쳤다.

류이태가 그루를 박으며 허준을 쳐다보았다.

《다시한번 강조하네만 의술에서 고정격식화된 도식은 금물이야. 같은 병을 앓는다 해도 병자들마다 치료의 경과와 병증상이 다르고 치료반응도 서로 각이하네. 그러니 의술의 섬세하면서도 다양한 술법들을 그에 맞게 잘 적용해야 하네. 그래야 진짜명의로 될수 있네.》

《선생님, 알겠소이다.》

《그리고 또 한가지 명심할건 내 다시금 상기시키네만 자네의 최종목표는 명의로 되는데도 있지만 보다 중요한것은 후세에 남고 나라의 재부로 될 큰 의서를 쓰는거야.

난 여기에 더 큰 기대를 걸고있네.

헌데 좋은 의서는 하루이틀사이에 하늘중천에서 뚝 떨어져내려오는것이 결코 아니야.

그러니 동서고금의 의서들을 부지런히 탐독하면서 동시에 자네가 병자들을 치료하는 과정에 터득한 경험자료들을 글로써 적어놓아야 하네. 그 하나하나가 밑거름이 되고 축적되면서 나중에는 큰 의서를 쓸수 있는 틀거리가 마련되는거야.

　내 자네의 그 일을 실현하는데 기꺼이 밑거름이 되겠으니 자넨 자네의 몸에 실린 중임을 자각하고 더욱 분발해야 하네. 그시그시 명의로 이름을 떨치는건 그리 어렵지 않네. 그러나 자네는 그보다 더 큰일을 해야 한다는것을 잊지 말아야 하네. 그걸 보고 큰뜻을 품은 사람이라고 하지.

　내 말의 뜻을 알겠나?》

　《선생님, 선생님의 뜻을 꼭 명심하고 제 힘껏 노력하겠소이다!》

　《음.》

　류이태는 그제서야 온 얼굴에 느슨한 웃음을 떠올리고 자못 대견한듯 허준을 바라보았다. 그 모습은 장한 아들이 큰일을 하였을 때 만족해하는 아버지의 모습그대로였다. 왜 그런지 허준은 후날 류이태를 추억할 때면 이날의 모습이 떠오르군 하였다.

　그날에야 허준은 비로소 설유가 늘 앉은뱅이책상앞에 앉아 붓을 놀리는것이 바로 류이태가 자기에게 강조한 그러한 치료경험자료들을 기록하고있었다는것을 깨닫게 되였다.

　허준은 더욱더 분발하였다. 그 나날에 침구술을 익히느라 자기 몸에 침대를 꽂다나니 허준의 팔과 다리, 배는 온통 침자리투성이였다.

　어느날 아침 허준이 여느때와 다름없이 세면을 하고 랭수마찰을 하는데 어머니가 지나다가 외마디비명을 질렀다.

　《아니, 네 몸이 왜 그렇냐?》

　허준은 바삐 웃옷을 주어입었다.

　려월이가 막무가내로 허준의 웃옷을 들추고 외할머니를 소리쳐불렀다.

　《어머니, 얼른 나와 이걸 좀 보세요!》

　부엌에서 동자질을 하던 외할머니가 무슨 일인가 해서 나왔다.

　허준의 배에 틈없이 남아있는 침자리를 쓸어만지는 외할머니의 눈에서 눈물이 흘렀다.

　《원, 자식두… 꼭 이래야만 의술을 배운다더냐? 세상에, 제몸을 이렇게 만들자니 오죽 아팠겠니?!》

　아들을 그러안은 려월은 너무 억이 막혀 말을 못하였다. 그 순간 려월의 눈앞엔 과시장에서 쫓겨나오고도 아무 일도 없은듯이 흔연스레 자기 물음에 대답하던 그때의 모습이 떠올랐다. 그때도 아들은 그 모진 고통을 홀로 묵새기며 자기에겐 전혀 내색하지 않았었다. 헌데 오늘은 의술을 배운다면서 제몸에 저렇게 침을 놓자니 오죽인들 아팠으랴 하는 생각에 오열을 터뜨렸다.
《이 녀석아, 이 어미 몸에 침을 놓으면 안된다더냐? 무슨 애가 그리도…》
《할머니, 어머니!
왜들 이러세요? 이젠 침놓는건 눈감고도 할수 있어요. 아무렇지 않은데 왜들 이러세요.》
아들의 몸을 쓸어만지는 려월의 눈에선 눈물이 그칠줄 몰랐다. 허나 그 눈물은 훌륭한 아들을 둔 어머니만이 흘릴수 있는 그런 눈물이였다.
그의 의술솜씨가 높아지는데 따라 그의 명성은 차츰 산음지경을 벗어나 린근고을에까지 서서히 퍼지게 되였다.
그러나 아직은 시작에 불과하였다. 앞으로 허준이 걸어가야 할 길은 너무도 멀고 생소하였으며 그 길에 어떤 시련과 애로가 가로놓여있는지는 누구도 알수 없었다.

7

허준은 이제는 류이태에게 죽순의원에 대한 이야기를 터놓으리라 생각하였다. 왜 그런지 두사람사이가 범상치 않은 관계로 여겨지면서 방황하던 자기의 운명을 돌변시킨 두사람의 일이 마치 자기의 일처럼 여겨졌다.
류이태는 치료를 마쳤으나 집으로 돌아갈념을 하지 않고 주밋거리는 허준을 넌지시 바라보며 물었다.
《임자가 오늘따라 웬일인가? 나에게 무슨 할 얘기가 있는가본데 주저말고 말하게나.》
허준은 말없이 품안에서 죽순이가 주었던 의서를 꺼내놓았다.
《이게 뭔가? 아니, 이게 어떻게 자네한테 있나?》
죽순이가 준 의서는 《향약채취월령》이라는 의서였다. 류이태가 처음 의술을 배울 때 그의 스승이 그에게 주었던 의서이다. 한권으로 된 이 의서는 세종5년(1423년)에 당시 명의였던 로중례가 유효통, 박윤덕 등과 편찬한 후 다시 검토를 거쳐 세종13년(1431년)에 출판된 책이다.
책을 펼치는 류이태의 손이 후두둑 떨렸다. 맨 앞페지에 류이태의 자필이 있었다.

《의술즉인술(의술은 곧 인술이다.)》

허준을 바라보는 류이태의 눈에 이름못할 감회가 어렸다.

《룡천을 떠나올 때 죽순의원님이 저에게 주신것입니다.

앞으로 훌륭한 명의가 되라고 하시면서 이제 산음에 가면 류이태라는 분을 꼭 찾아가 의술을 배우라고, 그 의원님이야말로 자기의 한생에서 제일 존경하는 의원이고 잊을수 없는 사람이라고 하시면서 이 책을 기념으로 저에게 주었소이다.》

설유가 눈이 동그래서 아버지와 허준의 얼굴을 번갈아보았다. 책장을 펼치던 류이태가 몸을 일으키더니 천천히 바라지창을 열고 북녘하늘가를 응시했다. 놋대야같은 둥근달이 유유히 흘러가고있었다. 아마도 달에게도 제나름의 오고가는 길이 있는가보다. 저 북쪽하늘가 어딘가에 있을 룡천땅의 못 잊을 사람을 그려보는듯 류이태는 못을 박아놓은듯 한자리에 오래동안 서있었다.

방안에 쥐죽은듯 한 정숙이 흘렀다.

허준은 저도모르게 따라 일어섰다. 설유가 조용히 다가가 아버지의 팔을 부여잡았다.

《아버지!-》

딸애의 부름소리에 밖에서 시선을 뗀 류이태는 몸을 돌렸다. 그의 눈가에 물기가 번뜩이였다. 류이태가 손으로 무의식적으로 설유의 동그란 어깨를 어루만지더니 별안간 방안의 정숙을 깨뜨리며 큰소리로 입을 열었다.

《오늘밤은 달도 밝은데 우리 토방에서 저녁밥을 먹자꾸나. 청원(허준의 자)이 사람! 임자두 오늘밤은 여기서 한술 굼때는게 어떻겠나?!

그리구 설유야! 너 얼른 이 사람네 집에 가서 우리 집에서 밥을 먹으니 기다리지 말라구 일러라!

그새 내 얼른 밥상을 차리지.》

설유가 반색하며 대척한다.

《아이, 아버지가 어떻게? 제 얼른 갔다와서 차릴테니 아버진 얘기나 하세요.》

바빠난것은 허준이였다. 아직 이 집에서 식사를 한적은 없었다. 우선 류이태가 아무리 늦게까지 치료가 끝나도 밥을 먹고 가라고 한적이 한번도 없었고 또 설유와 한밥상에 마주앉는다는것을 생각도 못해본 허준이다.

헌데 오늘 뜻밖에 죽순의원에 대한 얘기를 꺼냈다가 이런 딱한 처지에 빠진것이다.

바빠하는 허준을 바라보던 류이태가 입가에 느슨한 웃음을 지으며 한마디 말을 던졌다.

《임자 〈황발이 가감역〉이라는 말을 들은적이 있나?》

《예? 그건 무슨 소리오이까?》

류이태는 토방에 나와 올방자를 틀고앉으며 허준더러 나와앉으라고 하고는 이야기의 꼭지를 뗐다.

《이 일은 경상도 함안에서 있었다고들 하고 또 평안도에서 있었다고들 하는데 어데서 있었는가는 중요치 않지. 이 일은 어느 자그마한 고을에서 있은것인데 그 고을엔 남편이 조상대대로 물려받은 재산을 가지고 살고있는 한 과부가 살고있었다누만.

시집가서 한달도 못되는 사이에 남편이 덜커덕 죽어 과부가 된 녀인이라 자식이 있을리 만무하지. 단지 있다는건 심심풀이로 기르는 〈황발이〉라는 개 한마리뿐이였네. 온 몸뚱아리가 흰털로 덮인 이 개는 유독 앞발에 누런 털이 있었다는지. 그래서 동네에서는 그 개를 〈황발이〉라고 불렀고 동네에서는 그 집에 자식 하나 없으니 개이름을 따서 그 집을 가리켜 〈황발이네 집〉이라고 했던가보네.

헌데 문제는 이곳 현감으로 내려온 량반자가 돈냥이나 있다는 집을 탐문하다가 황발이네 집이 부자라는 소문을 듣고 조정에 상소문을 올렸는데 그 내용이 무엇인고 하니 〈이곳 고을에 황발이라 부르는 한 백성이 살고있는데 관내의 토목공사와 온갖 조세반납에 몸을 아끼지 않고 나서니 얼마나 갸륵하오이까. 그러니 성은을 베풀어 이 황발이에게 고을 선공감 가감역을 제수하여주시면 고을정사에 큰 도움이 될듯 하오이다.〉하지 않았겠나.

선공감이라는게 주로 토목공사와 관련한 일을 주관하는 관청이 아닌가. 그런 선공감에서 종9품인 가감역벼슬이란 림시로 임명하여 일을 시키는 말하자면 있어도 그만, 없어도 그만인 하찮은 자리라 조정에선 그럼 그렇게 해라 하고 승인하지 않았겠나.》

허준은 엄정하고 딱딱하게만 느껴지는 류이태가 구수하게 이야기를 펴놓는것을 희한하게 여기면서 이야기판에 끌려들어갔다.

《그다음에 문제가 터졌지. 글쎄 황발이가 사람이름이 아니라 개이름이라는것을 알리없는 관속들이 큰 벼슬이나 하사받은것처럼 꽹과리를 치고 새납을 불면서 과부가 사는 집으로 욱- 밀려갔지. 혼자서 외롭게 살던 과부댁이 갑자기 꽹창거리며 관속들이 욱 밀려오자 무슨 일인가 해서 눈이 퀭해졌지. 리방이란자가 너스레를 떨며 〈이 집에 대통운이 텄수다. 이 집 황발이의 훌륭한 소행이 조정에까지 상주되여 나라님께서 크게 기뻐하서 선공감 가감역이라는 큰 벼슬을 하사하였으니 경사면 이같은 대경사가 어디 또 있겠수.〉 했다지 않나.

마당에서 저혼자 이리 딩굴고 저리 딩굴며 놀던 황발이가 꽹창거리며 술한 인총들이 몰켜오자 이 무슨 변이나 하고 컹컹 짖어대기 시작했네. 무슨 영문인지 몰라 얼떨떨해있던 과부가 황발이가 죽어라고 짖어대자 돌따서서 〈이놈의 황발아! 왜 이리 승악스레 짖느냐? 워리, 워리, 우리 황발이! 착하지, 그만 짖어대렴.〉 하며 달래였다네.

챠, 이러니 야단이 아닌가. 그제야 관속들이 황발이가 사람이름이 아니라 개이름이란걸 알았지. 모여섰던 사람들이 고금에 보지도 들어보지도 못한 일이라 키득거리는데 바빠난것은 리방이지. 왜냐면 제가 원님의 지시를 받고 문서를 만들어올렸고 원님이란 작자는 알아볼 생각은 커녕 저에게 돈을 안겨주는 화수분을 찾았다고 얼씨구 좋다 하구 조정에 상소했으니 이제 책임을 물으면 어떻게 되겠나?

글쎄, 그건 그렇다치구 당장은 자가사리 끓듯 모여든 백성들앞에 이 무슨 망신인가. 그들이 키드득거리는 소리가 귀에 안들어올리 없지.

얼결에 나온다는 소리가 〈그놈의 개새끼! 은인도 몰라보구 극성스레 짖어대는군.〉 하는데 과부가 그 말에 대꾸하기를 〈그럼요. 우리 황발이가 다른건 몰라두 짖는것 하나만은 딱소리나지요. 작년 대보름날에 도적이 우리 집에 들어오려구 울담에 붙었을 때 이 황발이가 지금처럼 승악스레 짖어댔지요. 하, 그통에 그 도적이 똥줄을 갈기고 뺑소니쳤다오.〉 라고 했다네.

리방이 그제서야 무릎을 탁— 치며 〈바로 그거란 말이요. 그때 황발이가 목이 쉬도록 짖어댔으니 망정이지 무슨 일이 날번 했소?! 그 도적이 이 집의 재물은 물론 온 마을을 란도질할번 하지 않았소. 그리구 아주머니가 그 도적놈을 잡으려다가 목숨을 잃을번 한것을 이 황발이가 제때에 방지했단 말이요. 그 공적이 하도 기특해서 조정에서 황발에게 선공감 가감역이라는 큰 벼슬을 하사했다 그 말이요.

그러니 이 집에선 상납전과 중비를 크게 내야겠소.〉 라고 소리쳤지.

그래서 과부댁은 상납전 오백냥에 중비 삼백냥을 울며 겨자먹기로 관가에 바쳤다고 하네.

량반자들이 벼슬을 놓고 하는 처사가 바로 이렇다네.》

류이태의 이야기는 여기서 끝났다. 옛말처럼 하는 이야기였으나 허준은 그 말속에 숨은 그의 진의도와 자기의 옹색한 마음을 풀어주려는 그 웅심이 헤아려져 류이태에 대한 존경심이 더 솟구쳤다.
《아버지! 저녁이 다 되였으니 어서 식사하시와요.》
설유가 차린 저녁상은 자못 정갈스럽고 맛스러웠다.
놋그릇에 무슨 국인가를 담아들여왔는데 그 냄새가 얼마나 고소한지 허준의 위를 자극했다. 멸치젓이며 나박김치 그리고 초장을 들여오더니 나중엔 가늘게 썬 무우를 놓은 하얀 밥그릇이 들어왔다. 한성이나 평안도음식만을 맛보던 허준이라 처음 보는 음식들에 호기심이 동했다. 설유가 한되들이 방구리에 소주까지 덧들여와 자못 분위기가 흥성이였다.
설유가 푸른빛이 도는 옥돌잔에 아버지와 허준에게 술을 붓자 류이태가 《자, 어서 쭉 한잔 내게.》했다. 원체 녀인들만 사는 집이라 술상에 마주앉은적이 드물었으나 허준은 웬간한 사람들을 우습게 볼 정도로 주량이 여간 아니였다. 허나 좀처럼 술에 입을 대지 않았다. 사내들이 흔히 주량은 도량이고 호걸은 주량이 세야 한다고 저들의 폭주를 변호하지만 허준은 술은 사람에게 유익한것보다 유해로운것이 더 많으며 사내들중에 술로 해서 속절없이 파묻힌 인생이 더 많다고 여기고 있었다.
《자, 어서 한잔 쭉 내게!》
저부터 술 한잔을 내고난 류이태가 놋그릇에 숟가락을 대더니 희색이 만면해서 좋아했다.
《아니, 이게 풍장어국이로구나. 어데서 풍장어가 나서 이렇게 국을 끓였나?》
《아까 보패네 집에서 아버지에게 드리라구 가져왔더군요. 아버지가 걷지 못하는 저네 할아버지의 다리를 낫게 했다면서 할머니가 보내는것이래요.》
《그렇다구 막 받으면 안되느니라. 그 집에서도 어쩌다 생긴것인데…》
《사천에 사는 보패네 오빠가 며칠전에 왔다가면서 가져온것이래요. 그 집 할아버지가 우린 맛을 못봐두 류의원댁엔 무조건 보내야 한다구 했다는가봐요.》
《그래두 그렇지, 그럼 그 집에 뭘 보내주지.》
《그래서 집에 있던 멸치젓을 좀 보내줬어요.》
허준은 풍장어국이란게 무슨 소린지 알수 없어 그릇에 숟가락을 넣고 빙빙 돌려보았다. 분명 물고기국인데 국에 콩나물, 록두나물, 고사리,

파가 들어있었다. 어찌된 일인지 비린내는 전혀 없고 향기로운 냄새가 코를 찌르는데 구미가 동했다.

그러는 그의 모습을 일별하며 류이태가 말을 붙였다.

《임잔 아마 풍장어국이 처음일테지?》

《예, 난생처음 맛보오이다. 물고기국같아보이는데 풍장어란건 무슨 고기인지…》

《풍장어란건 여기 경상도내기들의 사투리인데 바다뱀장어를 두고 하는 말이네. 우리 경상도에선 풍장어국을 귀물로 쳐주는데 풍장어를 손질해서 소금으로 잘 씻은 다음 푹 고아서 채에 걸러 뼈를 추려내지. 그다음에 콩나물, 록두나물, 고사리, 파, 방아잎을 국물에 넣고 끓인다음 양념장을 만들고 산초가루와 후추가루를 치면 국이 다 되네. 비린내가 나지 않는것은 방아잎과 산초가루를 쳤기때문일세.》

허준은 료리에도 해박한 류이태를 보면서 안해없이 딸 하나를 데리고 살다나니 자연히 그렇게 되였는가 생각하며 풍장어국을 한숟가락씩 입에 넣기 시작하였다. 참으로 별맛이였다. 술이 서너잔 오가니 류이태가 말이 많아졌다.

《설유야! 오늘은 이 아버지가 말이 좀 길어진다구 탓하지 않겠지?》

설유가 눈을 헬죽거리며 아버지에게 밉지 않은 웃음을 보냈다.

《내 오늘 이렇게 임자와 술을 드니 기분이 흥그러워 그러니 량해하게.

그럼 풍장어에 대한 말을 하나 마저 들어보게나.

이 풍장어란 놈이 귀물이긴 귀물이야. 언젠가 나이 쉰이 지난 사람이 그 나이에 재취를 한가보네. 본처의 자식들은 다 시집가구 장가가구 후처와 둘이서 사는데 그 새색신 갓 스물이 지난 젊은 녀인이야. 헌데 어찌된 일인지 자식이 생기지 않거던. 그 새색시라는게 우리 설유보다 좀 우인 녀인인데(그 순간 설유의 얼굴이 빨개졌다.) 이거 생야단이 아닌가.

그래 하루는 친구들한테 그 얘기를 했더니 친구들이 그다음날로 어느 음식점으로 끌고들어가서 이 풍장어국을 대접했더라나. 그것도 매일 세끼씩 닷새째나 말일세. 새색시는 남편이 아침이면 집을 나갔다가 저녁이면 들어오는게 이상하지 않을수 없었네. 헌데 엿새째 되는 날에는 일찌감치 들어와 척 남편이 기다리는데 색시는 깜짝 놀라지 않을수 없었네. 그야말로 며칠새 제 남편의 기력이 황소같지 않겠나. 늙은 홀애비한테 시집와서 일생을 망쳤다구 후회하던 색시가 그다음

해에 떡돌같은 아들을 낳구 련이어 아들만 둘을 더 낳았다지. 후에 색시가 그 비결을 알고 남편에게 이 풍장어국을 매일 대접했다더군. 그 사내가 아흔이 넘도록 살면서도 기운이 웬만한 장정 우습게 보았다니 그게 바로 이 풍장어의 덕이라고 볼수 있지.》

허준은 말없이 국을 뜨기만 하였다.

《내가 왜 밥상에서, 그것두 우리 설유앞에서 이런 말을 꺼리낌없이 하는가?

그건 말일세. 명의가 되려면 섭생에 대해서도 해박하게 꿰들고있어야 한다 그 말일세.

우리 나라의 약초를 향약이라 하면서 그 향약을 리용하여 치료법을 발전시킨 우리 선조들은 사람들이 늘 먹는 음식과 관련한 치료비방에 대한 연구도 많이 하였네. 임자가 앞으로 명의가 되고 또 의서를 쓰려면 밭에서 자라는 농작물은 물론 산에 있는 산나물과 짐승들, 바다에 있는 물고기 지어 길가의 나무들이 건강에 미치는 영향과 그를 통한 치료비방을 다 알고있어야 하네.》

허준은 생각지 않게 마련된 음식상앞에서까지 의학도의 본분을 깨우쳐주는 류이태앞에서 다시금 머리가 숙어졌다.

풍장어국에 무우밥을 달게 먹고나니 퍼그나 달이 기울어졌다. 무우밥은 이 산읍에 와서 일상적으로 먹는 음식이다. 여기 경상도에서는 섣달 그믐날에 먹는 생무우가 산삼과도 같고 여러가지 부스럼이 생기지 않게 한다고 하면서 일상적으로 무우밥을 해먹는 풍습이 있었다.

밥상을 물리고난 류이태가 토방에 걸터앉고 그 량옆에 허준이와 설유가 앉았다.

류이태는 만시름 잊고 흘러가는 둥근달을 바라보며 회억의 문을 열기 시작하였다.

《아마 내 이야긴 설유의 부모에 대한 이야기부터 해야 될가보네. 이젠 설유도 이렇게 자랐으니 다 말해도 일없지.

난 본래 해변가 고성에서 나서자란 사람일세. 그리고 설유 저애의 친부모들은 저 거제도에서 한생 살아왔지. 아마 그때가 내가 의술을 한창 배울 때였지.

스승을 따라 거제도에만 있다는 희귀한 약초를 수집하러 갔던 나는 어느날 옥녀봉에 올랐다가 차마 눈뜨고 보지 못할 참상을 목격하게 되였네.》

그때의 광경이 떠올라서인지 류이태가 어깨를 흠칫 떨었다. 그의 눈가에 이름할길 없는 비애가 흘러넘쳤다.

옥녀봉산자락에는 한채의 자그마한 산전막이 있었다. 후날 류이태가 들은데 의하면 약초를 캐는 젊은 의원부부가 살았다고 한다. 그들에게는 다섯살난 귀여운 딸이 있었다.

옥녀봉에 올라갔다가 내려오던 류이태는 어디선가 들려오는 신음소리에 귀를 강구었다. 분명 인기척이 났는데 하고 귀를 강구던 류이태는 멀지 않은 곳의 덤불속에 누워있는 사람의 모습을 띄여보게 되였다. 주위를 살펴보고 뛰여가보니 젊은 웬 녀인이 간신히 숨을 톻고있었다.

막상 뛰여갔으나 너무나도 처참한 참상에 마주볼수가 없었다. 스물서너살쯤 된 녀인의 옷자락은 갈기갈기 찢어지고 온몸엔 피가 랑자하였던것이다.

땅을 그러안고 쓰러진 녀인을 조심히 안아 돌려보니 녀인의 품속에 댓살된 처녀애가 기절해있었다. 그러니 녀인은 마구 란도질하는 칼부림속에서도 제몸으로 아이를 막아 구원했던것이다.

부랴부랴 머리에 둘렀던 베수건을 샘물에 적셔 피투성이 된 녀인을 씻어줄 때였다.

죽은듯이 의식을 잃고있던 녀인이 가까스로 눈을 뜨더니 류이태를 찾는것이였다.

《이보-세-요, 괜한짓이예요. 난… 괜찮으니 이애를…》

류이태는 녀인의 어깨를 그러안고 알겠다는듯이 머리를 끄덕거렸다.

녀인은 《이애 아버지는… 저기 불탄 집앞에… 왜놈들이 애아버지의 약초비방의서를… 그리구 이애 이름은 설-유-…》하더니만 류이태의 무릎에 머리를 떨구었다.

녀인을 조심스레 내려놓고 아이를 살펴보니 겨우 숨을 쉬는데 어찌나 맥이 없는지 당장 숨질것만 같았다.

류이태는 정신이 번쩍 들었다. 이애만이라도 살려야 한다!

높고 험한 옥녀봉을 샅샅이 뒤지며 약초를 찾아헤매다나니 기진맥진한 류이태였지만 어디서 그런 힘이 나왔는지 알수 없었다. 녀인을 움푹 패인 곳에 눕혀놓은 다음 아이를 안고 불탄 집자리에 가보니 자그마한 초가집은 연기로 사라지고 그앞에 형체를 알아볼수 없는 장정의 시체가 놓여있었다. 두손에 꽉 틀어쥔 도끼에는 검붉은 피가 묻어있었다.

어렵지 않게 사태의 진상을 알수 있었다. 쯔시마(대마도)에 있는 왜놈들이 드문히 쳐들어와 략탈질을 자행하던 때였다. 놈들의 손에 온 집안이 란도질당한 사람들이 한둘이 아니였다. 인가와 멀리 떨어진 외딴집에 사는 이들이 어떻게 악착한 왜놈들의 손에 무참히 목숨을 잃었는지 보지 않고도 알수 있었다.

류이태는 마을로 뛰여가 스승에게 처녀애를 맡기고 마을사람들을 데리고와서 젊은 부부를 옥녀봉의 양지쪽에 정히 안장해준 다음 다시 내려왔다.

마을사람들의 말에 의하면 처녀애의 부모들은 약초를 캐여 약을 제조하는 약제사라고 하였다. 린근의 모든 산들에는 그들 부부의 발자취가 깃들지 않은 곳이 없을 정도로 그들은 산을 오르고내리면서 희귀한 약초를 채집하여 약을 만들어서는 사람들의 병을 치료하였다.

더구나 설유의 아버지는 약초비방에 관한 의서를 집필하였는데 거기에는 사람의 건강에 좋은 약초의 이름과 약제조법, 치료방법이 세세히 적혀있어 린근에 소문이 짜하였다.

언제인가 쯔시마에 있는 왜인들이 풍랑을 만나 거제도에 머무른적이 있었는데 그때 설유의 아버지한테서 치료를 받은 일이 있었다. 풍토가 척박하고 인정세태가 메마른 쯔시마에서는 상상도 못할 약초에 의한 치료를 받은 왜인들이 너무도 희한한 치료법에 환성을 질렀다.

그로부터 불과 반년후에 이런 처참한 변이 일어난것이였다.

후날 스승은 자기가 거제도로 간것은 약초채집도 있지만 그곳에 유명한 초약제조사가 있다기에 겸사해서 걸음을 한것이라고 말하였다. 약초를 채집한 다음 들려보기로 했던노릇이 이런 참사와 맞다들었던것이다.

스승의 치료로 처녀애는 쌕쌕거리며 잠들고있었다. 차마 그 어린애를 남에게 떠맡길수 없었다.

다음날 처녀애는 정신없이 부모를 찾으며 울음을 터뜨렸다. 그 정상에 모두가 눈물을 지었다. 설유는 울음을 그치면 때없이 저혼자 무슨 왕사마귀가 눈밑에 달린 놈이 어머니와 아버지를 죽였다고 소리치고는 또 울음을 터뜨리군 하였다.

며칠간 있으면서 설유를 진정시키고 류이태가 물었더니 어린 설유는 띄엄띄엄 전후수말을 이야기하기 시작하였다.

눈밑에 커다란 왕사마귀가 달린 왜놈이 열댓의 무리를 끌고와 아버지가 쓴 의서를 훔쳐가다가 마침 집에 들어서는 아버지와 맞다들리게 되였다.

격투가 벌어졌다. 왜놈 둘이 아버지의 도끼에 맞아 머리가 터졌다.

허나 놈들은 열댓이나 되고 아버지는 혼자였다. 성난 사자와 같이 싸우던 아버지는 기진맥진하였다. 자기의 의서를 지키려고 아버지는 마지막기운이 다할 때까지 싸웠으나 그만 놈들의 칼에 맞아 쓰러졌다. 쓰러지면서도 아버지는 어머니더러 애를 안고 어서 피하라고 소리쳤다.

헛간에 숨어 그 처참한 광경을 목격하다가 아버지의 고함소리를 들은 어머니는 그제야 정신을 차리고 설유를 안고 뒤산으로 들구뛰기 시작하였다.

어느새 놈들이 기미를 채고 뒤따라와서는 짐승마냥 어머니에게 달려들었다. 놈들이 엄마에게 달려들 때 설유는 기절해서 그다음의 일은 전혀 몰랐다. 다만 왕사마귀가 달린 왜놈이 엄마와 아빠를 죽였다고 계속 같은 소리만 외웠다.

거제도를 떠나면서 류이태는 그 아이의 손을 잡고 귀로에 올랐다. 마지막숨을 몰아쉬면서 설유를 부탁하던 그의 어머니의 마지막말이 뇌리에 생생하고 부모잃은 설유를 남에게 맡기는것이 인간으로서 차마 할짓이 아니라는 생각이 들었던것이다. 더구나 그새 설유가 류이태에게 정이 들어 자기의 곁을 떠나려고 하지 않았다.

후날 한마을에 살고있는 처녀와 가정을 이루었으나 류이태는 설유를 자기의 딸로 호적에 올리고 정성다해 키웠다. 더구나 젊은 안해가 결혼한 이듬해에 해산도중 난산으로 잘못된 다음 설유는 그에게 있어서 희망이고 생의 전부였다. 안해가 세상을 뜬 그해 겨울에 류이태는 고성을 폈다.

왜서인지 의원이라는 자기가 안해 하나 살려내지 못한것이 가슴에 걸렸고 자기의 무능력이 한스러웠던것이다. 그래서 스승이 살고있는 산음고을로 옮겨왔던것이다.

그후 산음에 자리잡은 류이태는 스승에게서 피타게 의술을 배우기 시작하였으며 몇년후에는 명의로 이름을 날리게 되였다. 류이태가 명성을 날릴쯤에 스승은 조정의 령으로 한성부로 등용되여갔으나 얼마 안있어 온 가문이 몰살되였다는 흉흉한 소식이 날아왔다.

딱히 알수 없으나 봉건조정내부의 알륵관계로 그 제물이 되였다고 하였다.

스승은 화를 입기 전에 보낸 서신에서 의술이 조정정사의 리용물이 되여서는 안된다고 하면서 부디 류이태만은 진정한 명의가 되라고 그리고 설유를 잘 키워 그 부모들이 땅속에서도 마음편히 있게 하라고 신신당부하였었다.

《내가 설유를 데리고 산음에 와서 한창 이름을 날릴적에 임자가 말하는 그 죽순의원을 만났지. 자칫하면 죽순인 이 설유의 어머니가 될수도 있었건만 운명은 우리 두사람을 이렇게 갈라놓았지.…》

그때를 더듬어보는 류이태의 목소리는 젖어있었다.

8

산음에 온지 이듬해 그러니 설유가 일곱살때였다. 산음에 와서도 류이태는 숱한 매파들이 뻔닿게 찾아왔으나 거들떠보지 않았다. 설유한테 다른 어머니를 안겨주고싶지 않았고 또 먼저 돌아간 안해에 대한 도리상감정은 류이태에게 그런 마음의 여유를 주지 않았던것이다.

그러던 어느날 첫새벽이였다. 첫닭이 갓 홰를 칠가말가할무렵 류이태는 자기 집 대문을 요란스레 두드리는 소리에 빗장을 벗기였다. 어느 량반댁 하녀인듯싶은 열일여덟살난 처녀애가 밖에 서있었다.

《저 - 의원님! 첫새벽부터 소란을 피워 안됐소이다. 사실 한성에서 공부하던 우리 아씨가 어제 내려왔는데 어찌된 일인지 정신을 잃고 헛소리만 치는데 당장 무슨 변이 날것 같소이다.》

《처녀 뉘집 하녀인가?》

《전 〈딸딸이네 집〉 아니, 〈한성댁〉에 있소이다.》

《한성댁》이라면 잘 몰라도 《딸딸이네 집》이라면 산음고을에선 모르는 사람이 없다. 이전 임금때 한성에서 재사로 명성날리다가 기묘사화에 련루되여 내려온 집인데 벼슬살이와 담쌓고 살아가던 주인 량반은 이미전에 세상을 떠나가고 녀자들만 사는 집이다.

그 집에 한성에 올라가 공부하는 랑자가 있다는 소문을 대충 들어 알고있던 류이태는 딴말을 하지 않고 방안에 들어가 치료가방을 들고나왔다. 어느새 깨여난 어린 설유가 《아버진 어데 가나?》 하고 묻기에 《인차 돌아오마. 그러니 가마안에 있는 밥을 식기 전에 먼저 먹거라.》 하고 이른 류이태는 하녀의 뒤를 따라나섰다.

《딸딸이네 집》에 당도하니 안주인과 집식구들이 우르르 밀려나와 류이태를 맞아주었다.

류이태가 병자를 들여다보니 스무살이 지난 과년한 랑자가 의식을 잃고 누워있는데 퍽 복스러웠다. 맥진으로 류이태는 이 랑자의 병이 신경

쇠약으로 오는 병임을 간파하였다.
　주위를 다 물리고난 류이태는 랑자의 어머니에게 조용히 물었다.
　《딸의 나이가 몇이오이까?》
　《에구, 무슨 의술인지 뭔지 배운다면서 스물두살이 되였수다.》
　《의술이라니요? 그건 무슨 소리오이까?》
　《내 녀동생이 한성에 있는데 몇년전에 우리 아이를 한성에 데리고갔지요. 동생 남편이 조정에서 무슨 사간원인지 뭔지 하는데서 벼슬을 하고있는데 우리 애를 의원양성소라는데 넣었는가봅디다.》
　《제생원에 있는 의원양성소말이오이까?》
　《그런가봅디다. 우리 애가 거기서 공부한지 이젠 해수로 두해째가 되지요. 이젠 시집갈 나이가 지났건만 의술인지 하는데 미쳐 꿈도 안꾸었지요. 그래, 애 언니랑 나랑 근심이 고드름처럼 매달려있었수다. 헌데 어제 갑자기 내려오지 않았겠수. 이 웬일이냐 해서 물었더니 몸이 말째 좀 안정하려구 내려왔다는게 아니겠수?! 그리고는 오자바람으로 한술 대충 들고는 자리펴고 눕습디다. 우린 곤해서 그러는가 했는데 밤새 신음소릴 내기에 들여다보니 이렇게 인사불성이우다.
　의원님, 대체 우리 애의 병이 무슨 병이우?》
　류이태는 속으로 재밀거리다가 입을 열었다.
　《딸애의 병은 상사병이옵니다. 몸에 병이 온것이 아니라 마음에 병이 들었소이다. 이런 병에 신통한 약이 없거니와 그 어떤 치료를 해도 백약이 무효이오이다.》
　랑자의 어머니가 아부재기를 쳤다.
　《상사병이라니? 그 무슨 황당한 소리유? 남들이 알면 큰일나겠수다.》
　류이태는 빙그레 웃었다.
　《어머니, 제 진단을 믿으시오이다. 터놓고 말해서 이런 상사병에 걸린 랑자들은 물론 총각들도 제 많이 보았소이다. 그러니 제 진단을 믿으시구 딸의 마음을 될수록 안정시켜야 합니다. 그리구 절대로 이런 병을 앓는다는 소문을 내지 마시오이다. 댁의 하인들은 물론 집안사람들도 모르게 하소이다.》
　그제야 랑자의 어머니가 머리를 끄덕이였다.
　《난 의원님이 주위의 사람들을 다 치우라고 해서 우리 딸애한테 불치의 병이 생긴줄 알구 가슴이 덜컥했수다. 정말 의원님은 병도 잘 고치지만 사람의 마음도 잘 아시는군요.

헌데 이런 병엔 특별한 치료비방이 없는지요?》

《그 병에 특효약이 하나 있긴 한데…》

랑자의 어머니가 그의 턱밑에 바싹 다가앉았다.

《그 특효약은 전적으로 딸한테 달려있소이다. 딸이 정신을 차리고 마음이 안정되면 어머니가 조용히 딸에게 그런 병을 가져다준 사람이 누구인가 물으시고 될수록이면 딸의 소원대로 그 사람과 혼례를 치르어주는것이 특효중의 특효약이옵니다.》

이어 류이태는 랑자의 입맛을 돋구는 음식을 렬거하면서 하루빨리 원기를 돋구어주라고 당부한 다음 그 집을 나섰다.

집으로 돌아와서도 류이태의 머리속에서는 의원양성생이라는 랑자의 모습이 좀처럼 사라지지 않았다. 녀인의 몸으로 의원양성생이 된다는것은 말처럼 쉽지 않다. 류이태의 랑자에 대한 립장은 같은 동업자로서의 관심이랄지 아니면 아릿다운 그 용모에 각양각색의 사람들을 치료하는 의원의 길을 택했다는 그 자체에 대한 놀라움인지 아직은 그자신도 가늠하지 못하였다. 하여튼 류이태의 랑자에 대한 원심은 그런 처녀에게 길복스러운 생활이 차례졌으면 하는 생각으로 번져졌다. 그러면서 한성에 있는 의원양성소에서 의술을 배웠다니 그곳 의생이 아니면 한성의 그 어느 량반자제와의 련정관계로 상사병이 났는가부다 하고 치부해버렸다.

그로부터 두달후 병자치료를 하고 집으로 돌아오던 류이태가 큰길에 나섰는데 불쑥 웬 녀인이 길을 막아서는것이였다. 무슨 병치료때문에 그러는가부다 생각하며 류이태가 녀인의 얼굴을 쳐다보는데 다짜고짜로 그 녀인이 류이태의 팔을 잡아끌며 골목으로 데리고가는것이였다. 무슨 영문인지도 모르고 류이태는 녀인이 팔을 끄는대로 골목에 들어섰다.

골목에 들어선 녀인이 류이태를 향해 되알지게 내쏘았다.

《당신같은 의원이 어떻게 명의로 소문났어요? 이 산골에서 명의랍시고 아무 소리나 망탕 하며 다니는 당신은 명의는커녕 의원자격도 없어요! 돌팔이같은거!》

류이태는 어안이 벙벙해서 녀인의 얼굴을 찬찬히 뜯어보았다. 한참만에야 류이태는 그 녀인이 의원양성소에 다닌다는 랑자임을 알아보았다. 그 집에 갔을 때에는 꽤나 복스럽게 생겼구나 하고 여겼는데 정작 마주서니 얼굴 생김 하나하나가 꼭꼭 돌려맺힌게 여간 오돌차보이지 않았다. 류이태는 미처 정신차릴새없이 따벌처럼 마구 쏘아대는 랑자의 행동이 너무나도 어처구니가 없어 허허- 웃음을 터뜨렸다. 성날줄 알았던 류이태가 오히려 웃어대자 랑자가 제편에서 얼굴이 달아올라 더 성이 나서 쌕쌕거렸다.

《울어도 시원치 않겠는데 웃어요? 당신은 이자 보니 얼굴이 솥뚜껑 한가지군요!》

류이태는 그만에야 폭소를 터뜨렸다.

《하! 하! 하!-》

성나다 못해 얼굴이 화독처럼 새빨개진 랑자가 똘랑똘랑 눈물을 떨구더니 그만에야 두손으로 얼굴을 싸쥐고 소리내여 울기 시작하였다.

그 순간 류이태는 당황해났다. 밑도끝도 없이 나타나 자기보고 돌팔이라고 욕을 퍼붓는 랑자의 행동을 보며 이 랑자가 왜 이럴가 혹시 자기가 상사병에 걸렸다고 한 소리를 두고 이러지 않나 생각하면서 너무나도 천진스러운 모습에 저도모르게 웃음집이 흔들거렸던 류이태였다. 헌데 랑자가 골목에서 소리까지 내며 섧게 울자 류이태는 방금까지 성을 냈다가 급작스레 울어대는 랑자의 행동에 어떻게 응대해야 할지 갈피를 잡을수 없었다.

결혼한지 일년만에 안해가 세상을 떠나고 혼자서 설유를 키우며 사는 류이태의 나이는 당년 스물아홉살, 비록 장가를 갔다지만 녀성들과의 교제가 많지 못하였다. 류이태는 어떻게 랑자를 달랠지, 또 자기가 어떻게 처신해야 할지 몰라 그저 우두커니 랑자가 울음을 그칠 때까지 한자리에 서있었다.

어느덧 사위가 어두워지기 시작하고 행인들이 집으로 가는 걸음을 다그치는 때이다. 행인들이 낯익은 의원이 웬 녀인앞에 우두커니 서있는 모양을 힐끔힐끔 곁눈질해보며 의미심장한 웃음을 지었다.

한참후에 얼굴을 든 랑자가 나직이 입을 열었다.

《미안해요. 초면에 례의도 없이 아무 말이나 망탕 한 소녀를 용서하세요.》

류이태는 저 혼자 열을 올리고 저 혼자 울고 또 저 혼자 용서를 비는 랑자의 보기 드문 성정이 놀랍기도 하고 또 신기하기도 하여 제편에서 량해를 구했다.

《용서는 무슨 용서? 내가 안됐소. 랑자가 심중히 말하는데 웃었으니 그거야말로 상대방에 대한 무례한 행동이지. 진심으로 사죄하오.

헌데 몸은 다 나았소? 전번에 갔을적엔 인사불성이더니…》

《이젠 퍽 나았어요.》

《이자 방금 날 보구 돌팔이라 욕하던데 무슨 일이 있었소?

내가 병치료를 잘못한게 있소? 아니면 랑자한테 내가 무슨 해되는 짓을 한게 있소?

왜 그렇게 날 악의에 차서 욕하오?》

랑자가 얼핏 류이태를 쳐다보았다.

《의원님이 우리 어머니에게 내 병명을 뭐라구 하셨지요?》

아차! 하고 류이태는 혀를 깨물었다. 짐작한바그대로 상사병이라고 진단한데서 사달이 난것이다. 그만큼 당부했건만 그의 어머니가 주책없이 주절댄것이 랑자의 귀에 들어갔구나. 처녀총각시절에 상사병에 걸렸다는것은 자기의 인품에 손상을 준다. 더구나 총각켠보다 처녀켠에서는 더 창피로, 부끄러움으로 여기는 문제이다.

류이태는 대답할 필요를 느끼지 않았다. 랑자의 눈길을 애써 피하며 류이태는 침묵으로 대답하였다.

《의원님이 보기엔 제가 그런 상사병에 걸릴 사람같이 보이나요?》

그 물음에 류이태는 온몸이 굳어졌다. 그 물음은 그냥 침묵으로 대할 문제가 아니였다. 의원으로서 더구나 처녀를 맥진하면서 오진했다는것이 아닌가. 단순한 오진이 아니라 이는 류이태의 의술과도 관련된 문제이다.

《그럼, 내가 진단한것이 엉터리라는거요?》

《…》

이번엔 랑자켠에서 그 물음에 대답할 필요를 느끼지 않은듯 대척이 없다.

《난 여직껏 오진한적이 없소! 그리구 랑자를 맥진하면서 난 오진하지 않았소!》

랑자가 그 말에 반응을 하지 않고 천천히 발걸음을 옮겼다. 류이태는 무의식적으로 랑자의 뒤를 따랐다. 지금 랑자가 어디로 가는지, 집에서 어린 설유가 기다린다는것도 의식하지 못하고 그저 랑자가 걸어가는 대로 따라걸었다.

한참 걷다보니 남강이 앞에 펼쳐진다. 이날 죽순은 류이태에게 자기가 고향에 왜 내려왔고 또 의원양성소를 그만둘 생각이라는것까지 솔직하게 털어놓았다. 왜서인지 류이태를 처음으로 대면하지만 숨기고싶지 않았던것 같았다.

후날 류이태와 리별한 죽순은 그날 왜 자기가 처음으로 대면한 류이태에게 자기의 속을 다 털어놓았는가고 스스로 묻군 하였다. 바로 이날밤이 아니라면 자기의 가슴에 영원히 아물지 못할 아픈 상처가 생기지 않을수 있지 않을가. 그러나 도저히 그 물음에 죽순은 대답할수 없었다.

한편 류이태는 자기에게 터놓는 죽순의 지나온 경력을 들으면서 전혀 이상스럽게 생각지 않았다. 마치 오래전부터 다정하게 지내던 녀동무를 만난듯싶고 또 응당 자기가 그의 과거사를 알고있어야 하는것처럼 생각되였다.

죽순의 이야기를 다 듣고난 류이태는 조용한 어조로 이렇게 말해주었다.

《의원이란 직분이 결코 쉬운 일이 아니지. 내 생각엔 내의원의 그 스승이 랑자를 남다르게 생각하는것 같구만. 그리구 내가 잘못 보았는지 모르겠지만 랑자도 그 내의원의 선생을 남다르게 여기는것 같소. 그렇지 않으면야 그리도 열성스레 배우던 의학공부를 걷어치우고 고향에 내려올수 있겠소?

그래, 앞으로 어떻게 할 생각이요?》

그때 죽순은 어떻게 대답했던가. 한참후에 죽순의 입에서 이런 대답이 흘러나왔다.

《모르겠어요. 솔직히 말해서 난 그 사람을 좋아하지 않아요. 이건 티끌만 한 거짓도 없는 내 진심이예요. 내 이 말을 믿으세요.

헌데 무슨 영동할미가 붙었는지 그 사람의 손이 그냥 내 몸을 만지는것 같은게 도저히 마음을 안정할수가 없어요. 그 사람만 보면 내 몸에 그 사람의 체취가 남아있는것 같아 스스로 수치스럽고 모멸감이 나는건 웬일일가요?》

류이태는 대답할 말을 찾지 못하였다. 남쪽으로 흐르는 남강의 물결이 세차게 출렁거리며 강변을 걷는 두사람의 발등을 적셔주었다. 여느때같으면 신발이 젖을가봐 물결을 피하던 사람들이였건만 그에 아랑곳없이 그냥 내처 강변을 따라 걸었다.

《내 생각엔 말이요. 이모님이랑 또 이모부랑 의원양성소에 넣어준 의도는 참 훌륭하다고 보오. 의술로 사람들의 목숨을 구원하는 일은 참 훌륭한 일이 아니겠소.

그러니 랑자가 다시 한성에 돌아가 의술을 그냥 배우는게 좋을것 같구만.》

《?!》

이날밤 류이태는 죽순을 그의 집에까지 데려다주고 집으로 돌아왔다.

그로부터 서너달이 지난 어느날 전번에 왔던 죽순이네 하녀가 류이태를 찾아와 아씨와 마님이 의원님을 데려오라고 했다는 기별을 하였다.

류이태가 하녀의 기별을 받고 죽순의 집으로 가니 죽순이와 그의 어머니를 비롯한 온 집안 식구들이 다 있었다.

알고보니 래일 죽순이가 한성으로 떠난다고 하였다. 그간 죽순이를 통해 류이태에 대한 이야기를 들은 어머니가 송별식사가 끝나자 류이태와 죽순이를 앞혀놓고 물었다.

《이거 뭐라구 말해야 할지 모르겠구만.》

별스레 갑자르는 어머니옆에 죽순이 단정하게 앉아있는데 진분홍물감을 들인듯 얼굴이 발그스레하였다.

《다름이아니라 의원님, 어떠시우? 우리 딸애가 말이우?》

《예?! 그건 무슨 말씀인지?》

이 집에 들어설 때부터 또 송별식사를 할 때부터 집식구들과 죽순의 눈치가 별스럽다 생각하던 류이태라 짐짓 놀라며 반문하였다.

《듣자니 상처하구 홀몸으로 저 거제도에서 량부모를 다 잃은 의지가지할데 없는 어린 처녀애를 맡아키우신다는데 이젠 새로 가정을 이루어야 하지 않겠수?

며칠밤 내 우리 애들과 의논하구 또 죽순의 의향두 그래, 의원님이 싫다 하지 않으면 우리 죽순이와 다시 성례를 치름이 어떻겠수?》

류이태는 자기 귀를 의심하였다. 분명 죽순이 어머니의 입에서는 제 딸과 성례를 치르자는 소리가 흘러나왔다.

류이태는 죽순을 얼핏 바라보았다. 홍시마냥 빨개진 얼굴을 숙이고있는 죽순의 모습에서 류이태는 이것이 꿈아닌 현실임을 깨달았다.

《아니?! 그건 무슨 말씀이오이까?

나야 이미 한번 장가를 간 사람이구 또 아이까지 있는 사람인데…

그 댁의 따님이야 아직 처녀인데 이거야 너무 렴치없는 일이 아니오이까!

안되옵니다. 무슨 웃음거리를 만들려구 이런 엄청난 생각을 하십니까! 사람들이 날보구 뭐라구 하겠소이까. 되지도 않을 일을 가지구 괜히 소문나기 전에 없었던 일루 칩시다.》

류이태가 황겁해서 손을 내젓자 죽순의 어머니가 재차 입을 열었다.

《그만하게. 이자 보니 임잔 사람의 몸에 생긴 병은 잘 고치는데 마음에 생긴 병은 고칠줄 모르는구려. 웃겠으면 웃구 울겠으면 울구 그런건 우린 관계치 않네.

그럼 한가지 묻자구. 우리 죽순이가 마음에 드나 안드나? 그것부터 말 좀 해보게.》

그때의 일을 이야기하는 류이태의 눈빛이 반짝인다. 그의 나이는 지금 마흔다섯이다. 비록 뜨거운 애정을 속삭이는 한창나이의 젊은이에겐 어찌 비하랴만 그의 온몸에서 더운 피가 세차게 분출하고있었다. 아니, 그 열도는 너무도 뜨겁고 강렬하였다. 흡사 바위도 녹여낼 그런 욕망이 이 시각 부글부글 끓고있었다.

《그때 난 죽순의 어머니의 물음앞에서 대답할 말을 찾지 못했네. 뭐라구 할가?

그래야 우린 두번밖에 만나지 못했어. 그 두번의 대면에 뒤이어 이런 일이 터질줄이야 내 어찌 알았겠나. 글쎄 미리 준비했더라면 어떻게 대답할지…

그러다나니 내 입에선 왕청같은 대답이 나왔지. 허참! 지금 생각해보면 무슨 생각으로 그런 대답을 했는지 나두 모르겠네.》

류이태는 죽순의 어머니의 물음앞에서 한동안 뗑해졌다. 그가 무슨 대답을 하나 죽순의 어머니가 그의 입을 주시해본다. 비스듬히 돌아앉은 죽순의 온몸이 통채로 귀가 되여 자기의 대답을 기다린다는것을 류이태는 미처 몰랐다. 너무도 뜻밖에 당한 일이여서 어떻게 대답할지 궁싯거렸다.

그러던 그의 입에선 미리 준비나 한듯이 이런 말이 튀여나왔다.

《뭐, 이 집에선 꿩대신 닭이라두 잡아 상을 차릴 심산이시우?!

그 집 따님이 한성에 있을 때부터 이미 마음을 주던 유명짜한 선생이 있는데 왜 날 택하시우? 내가 뭐 꿩대신 쓰는 닭인줄 아시우?》

《흑!-》

죽순이가 두손으로 얼굴을 싸쥐고 밖으로 뛰쳐나갔다. 죽순의 어머니가 입을 벌리고 너무도 황당해서 말을 다 못했다.

류이태는 자기가 어떻게 그 집을 나섰는지 그리고 어떻게 자기 집에 당도했는지 전혀 인식못하였다. 대문을 나서던 그의 눈에 퇴마루기둥을 부여안고 오열에 몸부림치는 죽순의 모습이 안겨들고 그 흐느낌소리가 귀전을 사정없이 때렸다. 그날 류이태를 찾아오던 병자들은 모조리 문전거절을 당하였다.

그날밤 류이태는 퇴마루기둥에 앉아 장장 긴밤을 보냈다.

그런데 이튿날 아침 대문두드리는 소리에 멍청히 앉아있던 류이태가 나가보니 소복단장을 한 죽순이가 앞에 서있는것이 아닌가. 왈칵- 눈물이 쏟아졌다. 그 눈물은 바라면서도 성취할수 없었던 소중한것을 한순간에 이룰수 있었건만 자기의 실수로 잃은데 대한 아쉬움과 그리고 자기가 아무리 애써 부정해도 가슴속엔 이미 이 녀인이 너무도 소중히 자리잡고있다는것을 때늦게나마 인식한 천금에도 비기지 못할 그런 눈물이 아닐가.

《의원님! 전 지금 한성으로 떠나는 길이옵니다. 절 좀 바래주지 않겠어요?》

그 순간 죽순은 류이태의 그 눈물에서 모든 진상을 알아차렸다. 죽순의 눈가에 따스한 미소가 흐르고 옥을 굴리는듯 한 그의 목소리는 가볍게 떨린다. 류이태의 온몸에 저도 모르는 기쁨의 전률이 머리끝에서 발끝까지 쫙 흘렀다.

류이태는 허둥지둥 방안으로 뛰여들어갔다. 죽순이가 한성으로 간다는데 무엇인가 기념으로 줄것이 있어야 한다. 피뜩 그의 눈에 스승이 준 의서가 걸려들었다. 그가 제일 귀히 여기는 책이고 스승의 넋을 감득하는 그의 생의 한 부분이였다. 그 의서를 뽑아든 류이태는 생각을 굴리다가 붓으로 《의술즉인술》이라고 일필휘지로 내리썼다.

그 의서를 품고 류이태는 의관을 정제하고 죽순을 바래주러 따라섰다. 그들의 앞으로 수레가 가고있었다. 죽순이가 타고갈 수레였다.

산음에서 한성으로 가려면 함양을 거쳐 전라도 남원을 지나 충청도로 길을 잡아야 한다. 고을읍에서 한 삼십리쯤 가면 본통치라는 고개가 있는데 이 고개가 함양과의 경계이다. 죽순과 류이태는 그 본통치고개까지 걸어갔다. 그들이 무슨 말을 했던지…

헤여질 때 류이태는 죽순에게 품에서 의서를 꺼내주었다.

《그대에게 줄것은 이것밖에 없구려. 나의 마음과 그대한테 바라는 나의 소원이 이 의서에 다 담겨있소. 부디 의술을 닦아 명의가 되길 바라오.》

죽순은 두손으로 그 의서를 받아들고 첫장을 펼치더니 나직이 읽었다.

《〈의술즉인술〉이라-》

류이태가 그 말에 꼬리를 달았다.

《그렇소. 의술은 첫째두 둘째두 인술이요. 이는 예로부터 전해오는 이 나라 의원들의 좌우명이였고 지론이였소. 사람의 생명을 다루는 의원들이 인술이 없으면 그 아무리 명의라고 해도 돌팔이나 다름없소. 난 명실공히 죽순이가 그런 명의가 되리라 믿고싶소.》

《선생님의 그 말씀을 꼭 잊지 않겠어요.…》

죽순의 작은 가슴속에 커다란 산악이 자리잡고있었다.

이렇게 그들은 헤여졌다. 서로의 언약은 없었다. 허나 천금보다 소중한 마음속언약을 한것으로 되지 않을가. 서로의 눈빛과 억양에서 그들은 서로의 마음과 진정을 읽었고 서로의 장래를 하나로 결합시켜보았 던것이다.
　허나 죽순은 나라안에서 제일가는 녀의원이 되였으나 다시는 산음 으로 오지 못하였다. 명의가 되겠다는 류이태와의 약속은 지켰으나 마음속의 약속은 지키지 못하였다. 류이태는 죽순이를 기다렸다. 한 해, 두해, 십년이 흘렀으나 죽순은 그의 눈앞에 나타나지 않았다.…

9

　산음으로 뻗은 행길에 한적한 산골에서는 보기 드문 량반행차가 가고 있었다.
　경상도 사천에서 현감벼슬을 하는 허모가 산음고을로 향하는 행차 였다. 사천에서 산음까지는 오십여리가 잘된다. 산음현감은 그와 함 께 패치며 서원을 다니던 완기이다. 비스듬히 수레에 기대앉아있는 허모는 배를 쓸어만지면서 벼슬이란 참 묘하고도 신비스럽다는 생각 에 옴해있었다.
　벼슬살이를 하기 전에는 수레를 타고 움직이는것이 고작이였다. 그러 나 고을원(비록 자그마한 현감이라지만 고을원인것만은 틀림없었다.) 이 된 지금에는 장독교에 덩그렇게 올라 건들거리며 가고있는것이다.
　장독교의 앞에는 《물럿거라! ― 게 섯거라! 사또님 행차이시다!》 하는 벽제소리 울리며 억대우같은 두명의 아전들이 열성스레 목청을 돋구며 걸어가고 장독교의 뒤에는 다섯명의 수행아전들이 활개짓을 하며 줄줄이 따르고있다.
　한적한 산골길에서 갑자기 맞다든 요란한 행차를 보고 길가던 사람들 이 황황히 길옆에 엎드리거나 논밭아래에로 미끄러 떨어졌다.
　이게 바로 권력맛이라는게야. 분명 인간의 피를 받고 세상에 태여 난것만은 사실인데 저 무지렁이 백성놈들은 죽을 때까지 저렇게 길가에 엎드려있어야 하고 한뉘 주린 배를 채우려고 저렇게 이고지고 자개바람 일도록 뛰여다녀야 한다.
　그러나 난 벼슬에 오른 량반이니 이렇게 척 장독교를 타고 거들먹거 리며 친구를 찾아가는것이고 또 하루삼시 기름도는 고량진미에 밤이 면 간장을 살살 녹이는 곱고 젊은 계집을 끼고 도락을 즐기고있지 않은

가. 이 얼마나 묘하고 유쾌한 일인가.

이게 다 벼슬길에 오른 덕이고 또 그 벼슬의 힘이라는게지. 이런 멋에 누구나 벼슬을 하려고 눈에 불을 켜고 재물을 긁어모으는게 아닌가.

그새 허모는 현감노릇을 하면서 벼슬살이의 묘리를 적지 않게 터득하였다.

벼슬살이도 묘리가 있어야 한다. 자기의 본관과 현 벼슬의 위치만을 믿고 멍청해있다가는 인차 그 벼슬살이를 저도모르게 떼우고만다.

허모는 우선 고을의 모든 대소사를 그러쥔 현감의 권세를 리용하여 갖은 수단과 권모술수로 금전과 재물을 긁어모았다.

고을현감에게 나라에서 주는 한해 록봉이란 명주 세필과 베 열세필, 곡식 서른네섬이였다.

허모에게 그 록봉이 도무지 눈에 찰리 만무하였다. 더 높은 벼슬에 올라 권력을 쥐려면 재간껏 재물을 모아들여야 한다고 생각한 허모는 어떻게 하면 재물주머니를 늘구겠는가 하는 궁리밖에 없었다.

허모는 권력을 쥔자들에게는 신통히도 일맥상통하는 공통점이 있다는 것을 벼슬살이과정을 통하여 더욱 절감하였다. 그것은 하나와 같이 아첨을 좋아하고 뢰물을 좋아하며 녀색에 혹한다는것이였다.

허모자신도 그러하였지만 허모의 상전들도 역시 그러하였다.

허모는 앞으로 장차 조정의 사헌부의 벼슬을 노리고있었다. 사헌부라고 하면 임금님과 함께 현행정사를 토론하고 모든 관리들을 규찰하며 풍속을 바로잡고 협잡과 부정행위를 단속하는 감찰부서이다. 오죽 노란자위의 벼슬인가?!

그러자면 조정의 유력한 줄을 잡아야 한다. 하여 그는 언제인가 사천에 내려온적 있는 사헌부의 장관인 대사헌(종2품) 박근원을 점찍어두고 그에게 잘 보이기 위해 무던히도 애썼다. 그런데서 첫째가 재물과 금전이였다. 허모는 금전과 재물이 생기는족족 박근원에게 섬겨바쳤다.

현감이라지만 허모의 집은 매우 검소하였다. 그만큼 허모는 자기가 긁어모은 재물의 거의 전부를 박근원에게로 들이밀었다. 집을 검소하게 하는게 좋은 점이 한둘이 아니였다. 여러가지 재물을 긁어모을대로 다 긁어모으면서도 누가 와봐도 청백리라는 평가를 받을수 있기때문이다. 지금 차지한 현감의 벼슬자리는 벼슬길에서 이제 겨우 시작에 불과하였다.

지방관의 벼슬중에서 현감(종6품)은 제일 작은 고을의 원이였다. 같은 현이라고 해도 현감보다 한등급 높은 현령(종5품)이 있었고 또 수십개의 현들을 합친 군이나 부, 목에는 군수(종4품), 도호부사 (정3품),

대도호부사(정3품), 부윤(종2품)이 있었으며 다시 그우에는 한개 도를 관할하는 관찰사(종2품)가 있었다.

언제 이렇게 벼슬의 계단을 층층이 밟아 조정의 상층에 진출한단 말인가! 이런 순차를 밟아 벼슬이 오르는것을 허모는 절대로 허용할수 없었다. 하여 그는 몇계단을 뛰여넘으면서 짧은 시일에 벼슬의 상층에 오르기 위해 대사헌 박근원에게 찰거마리같이 바싹 달라붙었으며 그에게 잘 보이는 일이라면 무슨 일이든 서슴지 않았다.

며칠전에 박근원이한테서 기별이 왔는데 조금만 기다리면 사헌부의 감찰직에 옮겨놓겠다고 한다. 사헌부 감찰이라고 하면 품계가 현감이나 동급인 정6품이라지만 그 권한과 직능은 모든 관료들의 뒤조사를 하는 중앙관청인 사헌부의 벼슬이였다. 처음에는 감찰이래도 앞으로는 대사헌이 못될것도 없다. 이런 타산과 야심으로 벼슬길을 톺고있는 허모였다.

장독교에 올라 산음의 산천경개를 부감하는 허모의 심정은 감회스럽기 그지없었다.

허모가 산음관아에 당도하니 완기가 버선발로 뛰여나오는데 너무도 반가와 어쩔줄을 몰라한다. 이태전에 치른 특별시에서 두사람이 동시에 급제했다지만 부모들의 막후공작이 간단치 않았다. 허륜은 만사를 제쳐놓고 한성에 있는 친척들과 친구들을 동원하여 허모를 급제시켰고 완기의 부모들도 그에 뒤질세라 뻔질나게 한성으로 출입하며 뒤공작을 하여 아들을 급제시켰다. 한림벼슬을 제수받았다가 금년 봄에 서로가 경상도의 사천과 산음현감으로 부임되여왔다. 이전에 산음현감으로 있던 완기의 숙부는 삼년전에 한성으로 올라갔다고 한다.

서로 헤여진지 1년이 된 그들이였다.

《그래, 아버님이랑 그새 별고없나?》

사팔눈을 치뜨며 완기가 물었다.

《그럭저럭 별고없네.》

그 순간 허모의 눈앞에는 현감벼슬을 하사받고 룡천에 갔던 일이 생생하였다.

외직이란 본래 기한이 있는 법이다. 대개 지방의 고을원의 임기는 3년이지만 허륜은 고을의 민심이라면서 조정에선 임기가 지난 그를 그냥 군수벼슬에 류임시켰다. 해서 허륜은 벌써 6년째 그냥 군수벼슬에 있었다.

《아버님, 그새 별고없으셨소이까?》

롱천에 당도하니 해가 기울어질무렵이라 허모는 곧바로 동헌으로 향했다. 마침 아버지가 있었다. 허모의 인사를 받는 허륜의 눈에 물기가 언뜻거렸다.

(아버지가 늙기는 늙으셨구나!)

이전에는 아버지의 눈에서 눈물을 본다는것은 생각도 못할 일이였다. 아버지의 얼굴에 가로 건너간 굵은 주름살은 그가 겉도 늙었지만 마음도 텅 비였다는것을 말해주었다.

하긴 그럴수밖에 없는 허륜이다. 려월모자가 산음으로 떠나가고 오매가 중풍에 걸려 맨날 앓아누워있는 집안엔 썰렁한 분위기만 배회하였다. 그럴 때면 허륜은 산음에 가있는 려월이가 그리웠다. 어떤 때엔 오라고 기별을 띄울가 하는 생각도 해보았다. 허나 그때마다 허륜은 절레절레 머리를 저었다. 허준의 뜻을 위해 자기가 동의하여 떠나보낸 길이 아닌가.

허륜은 차츰 시름시름 심화병을 앓기 시작하였으며 오늘에 와서는 입맛마저 잃을 정도였다.

아버지가 추연한 눈길로 허모를 바라보았다.

《네가 이젠 다 자랐구나!》

《아버님께서 뒤에서 잘 밀어주신 덕택이올시다.》

허모의 말에 틀린것이 하나도 없었다. 아버지가 금전과 권세로 뒤받침하여주지 않았더라면 허모가 아무리 권모술수의 능수라고 해도 오늘과 같은 날이 있을수 없었다. 이런것을 생각하면 허모는 쇠진해지고 늙어서 초췌해진 아버지의 정상을 보는것이 무척 가슴이 아팠다.

아버지와 헤여진 허모는 어머니가 있는 방에 이르렀다. 관속들이 놀란 눈길로 허모를 힐끔힐끔 바라보았다.

오매는 아직도 반신불수의 신세에서 벗어나지 못하고있었다.

오매는 눈물이 글썽하여 가드라든 손을 부들부들 떨면서 허모의 두손을 꼭 잡았다.

《네가 오늘은 이렇게 름름하게 자라났고나!

내 오늘을 보지 못하고 죽는가 했더니 이젠 죽어도 여한이 없는것 같구나.》

《무슨 그런 나약한 소릴 하시우?》

허모는 가슴이 아팠다.

부친과 모친의 정상을 목격하니 허모의 가슴속에서는 저도모르게 려월과 허준에 대한 반감이 슬며시 치밀었다.

오매가 부들부들 떨리는 손으로 허모의 팔을 잡고 물었다.
《요새 그것들의 소식을 모르냐?》
《려월이년은 아직도 간간이 심화병이 도져 누워있다 하고 허준이 녀석은 의술을 배웠다 하는데 이즈음에는 명의라고 산음고을에서 소문이 자자한것 같수다.》
《어느정도 고치기에 그런 평판을 듣는다더냐?》
《들리는 소문엔 못 고치는 병이 없다고 하우.》
불쑥 어머니의 물음에 대답하고나서도 허모는 속으로 머리를 굴리고있었다.
(명의라-)
명의라고 하면 임금님으로부터 시작하여 고관대작들도 외면하지 못하는 법이다.
죽음의 문턱에까지 이른 저들의 목숨을 살려줄수 있는 명의를 외면할 사람이 어데 있을터인가?!
자기의 이 현감벼슬이나 도관찰사의 벼슬은 얼마든지 다른 사람들이 대신할수 있어도 명의가 지닌 신비한 의술은 그 사람외에는 그 누구도 대신하지 못한다.
허준이가 앞으로 진짜명의가 된다면 이는 자못 심중한 문제가 아닐수 없었다. 그만큼 명의는 면도 넓고 신세를 지워놓은 사람도 많을터이니 어떻게 어느 방향으로 솟구칠지 모르기때문이다.
어떻게 되여 한아비의 피를 받은 이복동생(물론 언제한번 허준이가 자기 동생이라고 생각해본적이 없었지만)에게 그런 기질이 있는지 밸꼴려 참을수가 없다. 허준이 그 명석한 두뇌와 불같은 기질로 앞으로 팔도강산에 명성을 떨칠것은 명약관화한 일이였다. 적자이고 량반신분인 이 허모가 천한 서얼인 허준이보다 못하다는것이 기정사실로 될수 있었다.
한번 다시 된매를 안길수 있는 묘한 수는 없겠는가.
이때 오매의 심술궂은 목소리가 울렸다.
《애, 허모야! 그전에 과거응시할 때처럼 그년놈들에게 골탕을 먹일 계책은 뭐 없겠느냐?》
보매 오매의 유일한 소원은 바로 그것뿐인듯 하였다.
허모는 병신이 되여 누워있으면서도 머리속에 온통 그 생각만 하는 어머니를 새삼스레 찬찬히 바라보았다.
《어머니, 참말로 그놈들에게 골탕을 먹이고싶으시우?》
《그렇게만 된다면 얼마나 속이 씨원하겠니. 내가 이렇게 수족을

쓰지 못하고 페인이 된것도 바로 그놈들때문이 아니냐.》
《그럼 내 어머니의 소원을 풀어드리리다.》
오매의 두눈이 번쩍 빛났다.
《어떻게 말이냐? 사또의 권세로 말이냐?》
《아니요. 이 일에서는 그것이 통하질 않을거우다.》
《그럼 무슨 좋은 계책이라도 있느냐?》
《있긴 한데… 어머니도 알겠지만 완기말이요. 그가 이번에 나랑 같이 현감벼슬을 제수받았는데 준이녀석이 살고있는 산음현감으로 부임됐수다.》
《그게 정말이냐? 그럼 그 완기더러 려월이년을 혼쌀내라구 하려무나.》
《걱정마시우. 내게두 다 생각이 있수.》…
집형편을 묻는 완기의 물음에 대답하는 이 순간 허모의 뇌리속에 불현듯 룡천에 갔던 일이 되살아나는것은 무엇때문일가. 하긴 이번 걸음이 단순히 완기의 청을 받고 오는 친구방문길이 아니다. 친구나 방문하자구 그 먼길을 올 허모가 아니였다.
허모는 완기에게 물었다.
《이 고을에 자네가 손발처럼 부릴수 있는 사람은 없나?》
《그건 무슨 소린가?》
《음― 이번에 여기로 온것은 자네를 보려구 온것두 있지만 거― 있지 않나? 내 이복동생녀석말이야.》
《허준이? 있네. 여기서 한창 명의라구 소문이 나기 시작했지.》
《그녀석을 한번 되게 혼쌀내주려구 그래. 아직두 그 류이태인지 하는 의원네 집에 다니던가?》
《말두 말게. 이젠 한집안식구처럼 지내네. 하루종일 설유라는 계집과 함께 있으면서 류이태를 도와 병치료를 한다더군.》
허모는 완기의 귀에 대고 뭐이라고 수작질을 하였다.
완기가 고개를 끄덕거리더니 아전 하나를 불러 지시를 주었다.
이튿날 허모는 아전을 따라 그의 집으로 갔다. 그의 집에는 환갑이 거의 된 모친이 있었는데 가보니 오매처럼 중풍으로 반신불수였다. 신통히도 오매처럼 몸이 뚱뚱하고 승악스러워보이는게 한판에 찍어낸듯 하여 허모는 혀를 찼다.
그 로파는 허모를 보더니 오매처럼 손을 저으며 중얼거리는데 정신만은 또릿해보였다.
아전이 소개하자 허모는 제법 걱정스러운듯 물었다.

《어머니, 몸이 불편하여 자주 속탈을 앓으신다고 했지요?》

《아 그럼, 밤낮으루 누워있으니 조금만 음식을 많이 먹어도 인차 체기를 받고 배가 팽팽 불어나군 하지.》

《그럼 오늘 저녁에 좀 듬뿍 자시고 래일쯤은 속탈에 좀 들어야겠수.》

《그게 무슨 소리유? 그건 어떻게 하는 소린지?》

허모는 품안에서 은전을 꺼내들어 로파의 앞에 놓았다. 로파의 눈에 생기가 돌았다. 아전이 로파의 귀에 대고 한마디 하자 로파가 찬동한다는듯 머리를 끄덕이였다.

허모가 다시 말을 걸었다.

《어머니가 한 이틀동안만 괴로우신대로 좀 참아주시면 이보다 더 많은 돈을 주지요.》

《예 - 알겠어유.》

허모의 말대로 저녁에 잔뜩 과식한 로파의 배는 남산만하게 팽팽 불어났다. 로파는 진짜 괴로와 신음소리를 내였다.

《아이고 배야! 아이고 명치야! 명치끝에 딱 매달려 어디 살겠나.》

허모는 급히 아전을 불렀다.

《넌 이제 빨리 가서 허의원을 데려오거라.》

《네, 알겠소이다.》

아전이 급히 달려가려 하자 허모는 다시금 그에게 강조하였다.

《류의원이 아니라 허의원을 데리고와야 해. 그러자면 시간이 좀 들더라도 문앞에서 은밀히 지키다가 류의원이 왕진간 틈에 허의원을 데리고와!》

《알겠소이다.》

이것은 설유를 꾀일 때 허모가 이미 한번 써먹은 수법이였다.

문득 허모의 머리속에 설유의 아름다운 용모가 떠올랐다. 생각같아서는 이번 기회에 그년을 깔고앉아 짓뭉개놓고싶었다. 허나 여기는 산음고을이였다. 사천이라면 행수기생을 시켜 꼬드기던가 아니면 권세로 누르던가 할수 있겠지만 이곳에서는 그럴수 없었다. 아니, 기회는 또 있을것이다.

잠시후 허준이 약제와 치료도구가 들어있는 가죽주머니를 들고 아전의 뒤를 따라 그 집으로 들어섰다.

허모는 점잖은 언행으로 그를 맞아들였다.

《음, 그새 잘 있었나. 오래간만이구나.》

허준도 깍듯이 인사하였다.

《사또님께 문안드리오이다.》

《아, 사또님은 또 무슨 사또님이야? 그저 형님이라고 부르게.》

《황송하오이다. 언제 여기에 오셨소이까?》

《어제 왔네. 동생의 얼굴도 한번 볼겸 또 이 고을 사또가 한번 오라고 해서 겸사겸사 왔네. 헌데 듣자니 그새 동생의 명성이 이 고을에서 자자하던데 참 대단해.

내 이 고을에 왔다가 이 사람의 모친이 속탈로 몹시 괴로와하길래 한번 보이려고 이렇게 오라고 했으니 어서 좀 봐주게.》

허준은 로파의 맥을 짚어본 후 그의 배를 만져보았다. 손가락으로 타진(배를 두드리는것)해보니 펑— 펑— 하는 북두드리는 소리가 났다. 명치끝은 딴딴하게 굳어져있었다. 어렵지 않게 식상에 의한 체기라는것을 가늠할수 있었다.

로파는 고통스러운지 두눈을 질끔 감고 오만상을 짓고있었다.

《원체 비위가 약한데다가 식상을 만나 심한 체기가 왔소이다. 이걸 제 때에 풀지 않으면 위심증이 와 심장에까지 영향을 미칠수 있고 또 아예 고질적인 병으로 되여버릴수 있소이다. 이런건 단박에 떼버려야 하오이다.》

《음, 어디한번 자네 솜씰 좀 보세나.》

허준은 침통에서 장침을 꺼내들었다. 로파의 눈이 겁에 질려 희뜩거렸다.

《아, 아니! 저렇게 긴 침을 내 배에다 놓나?》

허준은 아무 응대도 없이 로파의 중완혈에 침을 푹 들이찔렀다.

《아이고!—》

엄살을 치는 로파의 비명소리가 울렸다. 침자루를 쥐고 서서히 들이찌르면서 허준은 득기감을 가늠하기 시작했다. 이제에 와서는 어제날의 허준이가 아니였다.

거침없이 들어가는 침이 첫번째 저항을 받는듯 힘들게 들어갔다.

그 저항을 넘어 침을 더 들이찌르니 두번째 저항에 부딪쳤다. 배의 근육층들을 통과하는 저항감이였다.

좀더 깊이 들이찌르자 허준의 손에 미세한 진동이 와닿았다. 확연하게 알리는 득기감이였다.

《으흐흑!》

로파의 입에서 괴상한 신음소리가 흘러왔다.

위전단계(정확히는 복막전단계)까지 침끝이 정확히 박혀 위전체를 끌어당기는듯 한 침감이 쭉 느껴지면서 로파의 온 배에로 퍼져나갔다. 허준은 자기의 손에서 느껴지는 득기감과 로파의 찌프린 인상을 통해 그것을 확인할수 있었다.

껄- 하는 길고 요란한 트림소리가 로파의 입에서 터져나오더니 배안에서 꾸르륵- 꾸르륵- 하는 소리가 울렸다.

일각(15분)이 지난 후 침을 뽑아든 허준은 자신있게 말하였다.

《이젠 체기가 다 떨어졌소이다. 저녁부터는 제 량대로 식살 하셔도 되겠소이다.》

허모가 머리를 끄덕거렸다.

《자네 의술이 정말 간단치 않구만.》

허준은 가방에서 종이에 싼 약봉지를 꺼내며 말하였다.

《이걸 드시게 하오이다. 그럼 이렇게 불어난 헛배가 깨끗이 없어지오이다.》

《이게 뭔가?》

《귤껍질이오이다. 한번에 5돈씩 물에 푹 달여 하루에 세번 들게 하오이다. 그러면 알도리가 있을것이오이다.》

《음?》

허준이 일어서자 허모는 얼른 그의 손에 은전 세잎을 쥐여주었다.

《이건 뭣이오이까?》

《치료빌세.》

《그만두시오이다. 사또님의 명의로 병을 봐주었는데 내 어찌 치료빌 받겠소이까?》

허준은 허모가 내미는 손을 뿌리치고 집밖으로 나섰다.

허모는 아전더러 곧 허준이 가르쳐준대로 귤껍질을 달여 모친에게 먹이게 하였다.

점심경이 되자 로파가 놀라서 소리쳤다.

《아니, 아애비야! 이것 좀 봐라. 내 배가 푹 꺼져버렸다!》

아전이 모친의 배를 보니 만삭이 된 임신부와 같이 남산만 하던 그 배가 정말 훌쭉 꺼져버렸다.

《어쨌든 헛배가 싹 꺼지니 거뜬한게 살것 같구나!》

허모는 실눈을 짓고 머리를 끄덕거렸다.

《음- 그놈이 명의는 명의로다! 술법이 여간 높질 않은걸.》

산음관아로 돌아가려던 허모는 자기가 데려온 사천관아의 의원에게 물었다.

《이보게, 독을 쓰는 초약들에 뭣이 있나?》

허모는 자기 몸보신을 위해 언제나 의원을 달고다녔다.

《네에?》

의원이 영문을 모르고 눈이 휘둥그래서 되물었다.
《독한 초약말일세.》
《네에 - 독을 쓰는 초약들 말이웨까? 그런것이야 많지요. 살구씨, 박새풀뿌리, 파두, 조피나무열매, 석웅황, 랑아, 미치광이풀, 부자…》
《됐네, 됐어. 그런데 지금 자네한테 그런것이 있나?》
《아 그런 독한 초약들을 가지고다닐게 뭣이오이까?》
《그런게 하나도 없단 말인가?》
잠시 눈을 깜박거리던 의원이 말하였다.
《아 부자가 있소이다. 랭증에 쓰려고 마련한 법제하지 않은 생부자가 한알 있습니다요.》
《한알? 그 한알루 사람을 죽일수 있나?》
《원 이런, 법제하지 않은 부자야 독약 한가지지요. 그 한알이면 두세명도 죽일수 있소이다. 하기에 랭증에 부자를 쓸 때에도 꼭 쌀씻은 물에 하루동안 불쿠었다가 검정콩과 함께 한곁동안 푹 끓여낸 다음에야 약재로 씁니다. 그걸 보고 법제라고 하오이다.》
벼슬살이의 리치에는 제노라하지만 의술에는 전혀 문외한인 허모이다.
《얼른 한사람분량을 준비하게.》
《아니 그건?》
허모의 엄한 눈초리를 받은 의원은 의아한 기색을 지으면서도 부엌으로 다급히 내려갔다가 인츰 들어왔다.
《사또님, 이것이오이다.》
허모가 실눈을 치떴다.
《아니 요것으루?》
콩알만큼 짓찧은 부자덩어리가 의원의 손에 댕그랗게 놓여있었다.
《요것이 뭣이오이까? 이것만 먹어도 여간 독을 쓰지 않소이다.》
《음, 요것이 그렇게두 센가? 헌데 죽지는 말아야 하네.》
《네, 치사직전 량입니다.》
《음, 알겠네. 날 따라오게.》
아래방으로 내려와 로파를 바라보는 허모의 눈빛이 자못 우멍스러웠다.
《어머니, 이 약을 한번 더 잡수셔야 하겠소이다.》
《이건 대체 뭐유?》
허모가 로파의 귀박죽에 자그마한 얼굴을 바투 들이대고 몇마디 주어섬겼다.
이미 돈을 받았고 또 허준의 의술을 목격한 로파인지라 이제는 별 지랄을 다 부린대도 겁이 나지 않았다. 조금만 참으면 이제 묵직한 돈이 차례질 판이라 쉬이 승낙하였다.

허나 정작 콩알만 한 부자덩어리를 바라보더니 로파가 허모를 근심어린 눈으로 쳐다본다.

《헌데 이걸 먹으면 몹시 아프지 않수?》

《아니우다. 그저 잠간 잠들었다고 생각하면 되우다.》

《그러다 혹 영 잠드는건 아니유?》

《아따, 안할 걱정을 하면서… 여기에 의원이 옆에 딱 붙어있질 않수?》

《음, 하긴 그래, 그까짓것 잠간 졸리면 뭘하우.》

이윽고 부자덩어리를 삼킨 로파는 의원이 권하는 랭수를 들이마셨다. 허모와 의원이 긴장한 눈길로 로파를 바라보았다. 그옆에 산음관아의 아전이 제 에미의 목숨을 놓고 벌리는 무서운 흉계에 말려들어 개구리처럼 툭 불거져나온 두눈알을 떼룩거리며 멍청히 서있을뿐이였다.

한식경이 지나자 로파의 입에서 비명소리가 터져나오기 시작했다.

《아 - 아니, 왜 이렇게 손발끝이 짜릿짜릿하느냐?》

산음관아의 아전의 얼굴이 백지장처럼 하얗게 질리고 두다리가 부들부들 떨렸다.

허모는 재빨리 자기가 데리고온 사천관아의 아전에게 눈짓을 하였다. 아전이 벌떡 일어나 대문을 박차고 밖으로 뛰여나갔다.

잠시후 로파는 더욱 기승을 쓰며 고아댔다.

《아이고! 왜 이렇게 가슴이 답답하느냐? 가슴이 막 터지는것 같구나! 머리가 뗑하고 왜 이렇게 메슥메슥하냐. 아이고 - 아이구, 사람죽는다! -》

허모는 다급히 의원에게 물었다.

《아니, 이거 약기운이 너무 센게 아닌가?》

의원이 머리를 기웃하며 아리숭한 목소리를 내였다.

《하 - 글쎄요.》

《머저리같은것!》

대문을 박차고나온 아전은 곧바로 산음관아로 향하였다. 관아에 당도한 아전은 삼문을 통과한 다음 현감이 정사를 보고있는 동헌대청으로 질풍같이 달려갔다.

동헌대청에서는 완기가 한창 례방과 형방을 세워놓고 초달을 하던 중이였다.

《아뢰오! 우리 사또께서 살인이 났다고 기별하라 했소이다!》

사천고을의 아전이 동헌대청을 향해 다급히 소리를 뽑았다. 완기의 사팔눈이 우로 솟구치며 흰자위만 번뜩였다.

《뭐 살인이? 대체 무슨 살인이냐?》

허모의 아전이 약삭바르게 앞으로 나섰다.

《소인은 산음현에 오신 우리 원님을 시중드는 소임을 맡고있사오이다. 우리 원님의 먼 친척되는 부인이 이곳에 계시는데 진시(오전 7~9시)경에 식상을 당해 이 고을 허준이라는 의원이 지은 약을 잡수셨소이다. 헌데 무슨 약제를 썼는지 지금 막 절명직전에 있소이다. 아마 지금쯤은 절명했는지도 모르오이다.》

이미 완기와 짜고든대로 아전은 옆사람들이 다 들으라는듯 큰소리를 질렀다.

《뭣이?》

완기의 사팔눈이 하늘로 곤두섰다.

《허준이라면 사천현감의 이복동생이 아니냐?》

량수거지하고 서있던 례방이 머리를 조아리며 대답하였다.

《그렇소이다.》

완기가 의아하다는듯 사천관아의 아전을 응시하였다.

《그렇다면 허준에게도 그 부인이 친척이 아니냐?》

《따져놓고보면 정말 그러하오이다.》

완기의 사팔눈에 미묘한 웃음이 스쳐지나갔다.

《형방은 듣거라!》

《네잇!》

《형방은 이제 당장 군졸들을 데리고가서 살인의 진상여부를 알아보고 문초장을 작성한 다음 살인이 적실하면 살인죄를 지은 허준을 곧 끌어오도록 하라!》

《알겠소이다!》

형방이 급급히 돌아서려 하자 완기는 한마디 하는것을 잊지 않았다.

《가만, 형방은 범죄를 확인할 때 류의원을 같이 데리고가서 증명하도록 해라. 의술에서는 류의원을 따를 사람이 없으니 사태의 진상은 류의원만이 자상히 밝힐수 있노라. 그리고 살인이 확실하거든 류의원의 수결을 받아오도록 하라!》

《알겠소이다!》

형방이 관아의 군사 여럿을 데리고 허모가 파한 아전의 안내를 받으며 떠나갔다. 떠나기 전에 형방은 관속 하나를 파하여 류이태에게로 기별을 보냈다.

허모의 아전을 앞세우고 막 그 집에 당도한 형방은 아연실색하였다. 사천사또의 친척이라는 집이 다름아닌 산음관아의 아전의 집이였던것이다.

이 무슨 도깨비판인가? 이런 의문이 형방의 머리에 피뜩 드는데 벌써 류이태와 허준이 관속의 뒤꽁무니를 따라 동시에 들이닥쳤다.

숨가삐 방안에 들어선 류이태는 다급히 로파의 얼굴을 들여다보았다.

로파의 눈은 이미 꼿꼿해지기 시작했으며 입술은 새파랗게 질려있었다. 그는 연신 가슴을 쥐여뜯으며 《아이고! 나 죽는다, 아이고!-》하고 고함을 질러대고있었다.

그옆에 서있는 허모와 사천관아의 의원이 어쩔바를 몰라하며 안절부절 못한다.

로파를 찬찬히 바라보는 류이태의 예리한 눈초리에서 섬광이 일었다.

《독한 초약에 의한 중독이오이다! 뭘 먹이였소이까?》

허모는 당황해하면서도 짐짓 아닌보살을 하였다.

《아침에 허의원이 지어준 약밖에…》

류이태는 다급히 로파의 맥을 짚어보았다. 홍대(정상보다 크고 힘있는 맥)맥이 뚜렷하게 알렸다. 그는 허모를 똑바로 바라보았다.

《나리님, 이 홍대맥이 세맥(가는맥)으로 넘어가면 병자는 다시는 못살리오이다. 이 늙은이가 잘못되기를 바라오이까? 어서 말하시우!》

절망에 빠진 로파가 가슴을 안타까이 쥐여뜯으며 소리쳤다.

《저기, 저- 의원이 나에게 뭘 먹였소! 아, 나 죽는다!

아직은 죽고싶질 않아! 난 살고싶단 말이야!》

갑자기 허모가 아닌보살을 하며 옆에 있는 의원을 노려보면서 말했다.

《뭘 먹였어?》

《아, 사또님!》

《네놈이 내가 없는 사이에 작당질을 했구나! 썩 이실직고하지 못할가!》

《아, 아니- 이런 원통할 일이 또 어데 있소이까! 버선목이라고 뒤집어보일수도 없구…》

류이태가 로파의 눈과 얼굴, 새파랗게 질린 입술을 보더니 머리를 끄덕거렸다.

《동자(눈동자)가 저렇게 작아지는걸 보면 분명 부자중독이오이다!》

의원이 머리를 조아리며 말했다.

《네, 옳소이다! 제가 그만 법제 안한 부자를…》

《뭣이?》

류이태가 분격하여 허모와 그 의원을 쏘아보았다. 그러나 언제 꾸물거릴새가 없었다. 류이태는 다급히 가죽주머니에서 오지병을 꺼냈다.
허준이 물었다.
《선생님, 무엇이오이까?》
《음, 감두탕일세.
감초와 검정콩, 참대잎으로 만든것인데 해독작용에 즉효일세. 구급약으로 항상 가지고다니지. 어서 병자에게 먹이게!》
이어 류이태는 허모의 옆에서 얼굴이 꺼멓게 죽어있는 의원에게 다급히 말했다.
《자, 어서 이걸 빨리 달여 탕약으로 만드오.》
의원이 제꺽 일어서서 부엌으로 내려갔다.
류이태는 부자중독에 처음 맞다든 허준에게 하나하나 세심히 가르쳐주었다.
《의원들은 언제 어디서 중독자를 맞다들릴지 모르기때문에 중독해제에 좋은 감두탕을 이렇게 오지병에 구급약으로 가지고다니는게 좋다네.》
《선생님, 이제 그 첩약은 무슨 약이오이까?》
《음, 감초 20돈, 검정콩과 록두 각각 한줌 그리고 방풍 6돈으로 이루어진 첩약인데 부자중독을 비롯한 중독해제에 좋은 약일세. 몇번 달여먹이면 효험이 있을거네.》
아닌게아니라 첩약까지 달여먹이니 로파의 발작은 점차 가라앉기 시작했다. 이어 드렁드렁 코고는 소리를 내며 깊은 잠에 빠져들었다.
그제서야 치료에서 손을 뗀 류이태는 날카로운 눈으로 허모를 쳐다보았다.
《이보시우, 사또님! 아무리 그래도 사람의 목숨을 가지고 그렇게 롱간질을 하면 안되오이다. 그러단 하늘의 벌을 받소이다!》
허모는 함구무언으로 류이태의 말을 듣고있었다. 너무도 빤드름한 계책이여서 류이태의 앞에서는 변명할 여지도 없다고 생각했기때문이였다.
이 모든 광경을 낱낱이 목격한 형방은 눈이 휘둥그래졌다. 그옆에 있는 관아의 아전을 보니 인상이 말이 아니다. 지금 이 시각 아전은 사또의 흉계에 말려들어가 제 어머니의 생명을 놓고 이런 놀음을 벌린것을 속으로 후회하고있던중이였다.
(아니, 세상에 별일 다 있군. 허의원을 모함하려고 남의 모친의 생명을 가지고 계책을 꾸몄구나.
허참, 하늘도 무심하지. 내 눈뜨고 세상에 태여나 사십평생 이런 일은 처음 보는구나.)
　형방은 몸서리가 처지는지 몸을 으쓱거렸다. 데쳐낸 시래기마냥 풀이 죽어있는 아전을 흘겨보던 형방은 그옆에 실눈을 쪼프리고있는 허모를 보며 제 심장이 졸아드는 느낌이 들었다.
　치료를 끝내고 일어나면서 류이태는 허모가 데리고온 의원에게 말했다.
　《이제 저녁이면 병자의 얼굴과 아래배, 다리에 좁쌀같은 발진이 날것이요. 감두탕을 며칠 더 달여먹이면 그 증세도 싹 없어지게 되오.》
　말을 마친 류이태는 싸늘한 기색으로 대문밖을 나섰다. 그의 뒤를 허준과 형방이 따르고있었다. 그들의 뒤모습을 허모와 의원이 나비쫓던 수탉마냥 멀거니 바라만 보았다.
　이윽고 의원과 함께 웃방으로 올라온 허모는 의원의 등을 두드려주며 나직하나 아량있는 어조로 말했다.
　《네가 오늘 욕을 봤노라. 헌데 넌 의원이란게 왜 그 모양이냐?
　의원이랍시고 명판을 썼으면 저쯤 해야할게 아니냐?
　지금 너처럼 의원흉내를 내는 사람들은 많은데 진짜명의는 얼마 없는게 탈이야.》
　의원도 그 말에 동감이라는듯 연신 머리를 조아리였다. 그도 오늘 진짜명의를 처음으로 본것이다.
　허모가 류이태의 일행이 나간 뒤 의원에게 욕설을 퍼붓지 않은것은 그래야 필요없었기때문이였다. 차라리 등을 두드려주면서 아량을 베푸는편이 더 나았다.
　허모는 꿰온 보리짝마냥 풀이 죽어있는 아전에게 은전을 안겨주며 어머니를 잘 돌봐주라는 말 한마디를 남기고 그 집을 나섰다. 아전의 집을 나서는 허모의 실눈에 이름 못할 번뇌와 함께 가늠 못할 독기가 언뜩거렸다.
　(내가 벼슬살이물계에서는 막히는것이 없고 또 모든 계책이 잘 맞아떨어졌지만 의술로 계책을 꾸미는 일은 내 몸에 잘 맞질 않는구나! 오직 권력으로써, 권력으로써 눌러놓아야 한다!
　계책을 꾸며도 권력의 터밭우에서 계책을 꾸며야 성공할수 있어.
　음- 어디 두고보자!)
　집으로 돌아온 류이태는 진중한 어조로 허준에게 말했다.
　《자네 앞으로 저 허모를 조심해야겠네. 분명 서자인 자네를 눌러놓으려고 기회만 있으면 작당질을 하는것 같은데 내 말을 꼭 명심하고 주의하도록 하게.

 자고로 의술은 사람을 다루는 일인것만큼 사람들의 병뿐만아니라 그 속내까지도 환히 꿰뚫고있어야 하네. 그래야 병치료에서도 그렇고 인간생활에서도 랑팰 보지 않을수 있네. 헌데 자네에겐 아직 그것이 부족해. 절대로 사람들을 함부로 믿질 말라구.

 특히 량반들일수록 더해. 그놈들은 염통을 두개씩 가지고있는 놈들이야. 겉과 속이 아예 판판 다르지. 저 허모가 바로 그런 량반일세.》

 허준자신도 이것을 인정하는터였다.

 이번 일을 통하여 허준은 참으로 교훈이 컸다. 한편 마음속으로부터 류이태에 대한 존경심이 더욱 우러나오는것을 어쩔수 없었다. 오늘 그가 아니였더라면 일이 어떻게 번져질번 했는가?

 생각만 해보아도 머리칼이 곤두서고 식은땀이 쭉 뻗어내렸다. 영낙없이 관가의 옥살이신세를 질판이였다. 자칫하면 살인죄로 목숨까지 잃을번 한 허준이였다.

 류이태는 허준에게 있어서 한갖 의술을 배워주는 선생이 아니라 힘난한 인생길을 어떻게 헤쳐가야 하는가를, 더우기 허준이 세운 뜻을 실현해나가는 길에서 어떤 각오와 의지를 가져야 하는가를 가르쳐준 은사이기도 하였다.

 허준은 공경어린 눈길로 류이태를 바라보았다. 왜서인지 그의 머리에 내린 백발이 아프게 허준의 눈길을 자극하였다.

 《선생님, 제 앞으로 오늘의 그 가르침을 골수에 새겨넣고 항상 명심하겠소이다.》

10

 허준이 류이태에게서 의술을 배우기 시작한 때로부터 어느덧 수년세월이 흘렀다.

 그사이 허준의 의술은 몰라보게 성숙되여 점차 명의로서의 그의 이름은 산음현내를 벗어나 린근 고을에까지 소문나게 되였다. 이제는 오히려 류이태가 놀라울 정도로 병진단이 정확하고 치료효과가 컸다.

 허준의 성장을 두고 기뻐하는것은 류이태뿐이 아니였다. 설유의 그윽한 눈은 허준으로 하여 더욱 반짝이고 그래서인지 그 아릿다운 미모는 한껏 피여난 만첩처럼 사람들의 경탄을 자아냈다.
　밤늦도록 의술을 탐구하고 치료에 몰두하다가도 아릿다운 설유를 마주하면 순식간에 피곤이 사라지고 산이라도 허물 기운이 솟는 허준이였다.
　어느날 저녁이였다.
　이날도 허준이 밤늦게까지 왕진치료를 마치고 돌아오니 류의원에게서 자기 집에 건너오라는 기별이 왔노라고 어머니가 전해주었다.
　허준은 그길로 류이태의 집문을 두드렸다.
　오늘따라 류이태의 인상은 별스레 심각해보였다.
　혹 무슨 일이 생겼는가? 아니면 병자치료에서 내가 무슨 과실을 범했는가? 속내를 알수 없었다.
　《자네 우리 설유를 어떻게 생각하나?》
　밑도끝도 없이 단도직입적으로 묻는 류이태의 그 말에 허준은 어리둥절하여 두눈만 꺼벅거렸다.
　《우리 설유를 어떻게 생각하나 말일세.》
　류이태가 재차 물었다. 묻는 의도가 짐작되자 허준의 얼굴은 저도모르게 시뻘개졌다. 허준은 기여들어가는 소리로 나직이 대답하였다.
　《어떤 의미로 물어보시는지…
　구태여 대답할것 같으면 의술에 밝고… 그리고 성격이 명랑하구 또 마음이 고운…》
　《허어, 참!》
　허준의 어정쩡한 대척에 류이태는 허거픈 소리를 내였다.
　《이보게, 난 그런 뜻으로 말을 뗀것이 아닐세.
　뭘 그렇게 옴니암니할게 있나? 통짜로 내 묻네만 자네 우리 설유를 좋아하는가 말일세!》
　허준의 가슴은 들먹거렸다. 드디어 때가 온것이였다.
　설유같은 처녀를 마다할 총각이 어디 있으랴. 설유를 내놓고 천하절색이래도 싫은 허준이였다.
　터놓고말해서 이미 허준과 설유의 사랑은 무르익을대로 무르익은셈이였다. 서로의 마음은 뻔하나 그 어느쪽에서도 용기를 내여 꼭지를 떼지 못하고있을뿐이였다. 그 꼭지를 오늘 류이태가 시원스럽게 떼준셈이다.
　《내 일전에 우리 설유에게도 한번 물어보았는데 자넬 좋아하는 눈치더군. 그래서 좋은 날을 잡아 자네들의 혼례식을 치르어주자고 하는데 임자의 의향은 어떤가?》
　허준은 격정에 넘쳐 대답하였다.

《선생님, 고맙소이다!》

류이태의 얼굴에 만시름을 잊은듯 흐뭇한 기색이 어렸다.

한성에 올라간 스승이 온 일가와 함께 멸살된 일이 있은 다음부터 류이태는 과거는 물론 조정의 정사에도 전혀 무관심하였으며 오로지 의학과 병치료밖에는 몰랐다. 여가만 있으면 설유에게 의학의 원리와 의술의 리치를 처음부터 하나씩 배워주었다. 하면서도 설유가 제발 사내였으면 하는 아쉬움이 머리에서 떠날줄 몰랐다. 어쨌든 녀자는 출가외인이라 시집가면 남편과 시집에 매여사는 몸인것이다. 인물곱고 령리하며 마음씨 또한 비단결같은 설유가 꽃처럼 피여날수록 류이태의 마음 한구석에서는 어떤 사내가 저애의 배필이 될고 하는 은연중의 근심이 바지가랭이에 달라붙는 도꼬마리처럼 사라지지 않았다.

헌데 뜻밖에도 허준이가 류이태의 눈앞에 불쑥 나타났다. 다름아닌 의학에 뜻을 둔 사내, 그것도 여느 사람과 달리 의기가 높으면서도 정열적이고 정직한 사내 그리고 설유자신도 마음에 들어하는 젊은이였다.

처음에는 서자라지만 량반의 피줄이라 뜨아히 대했었다. 그의 배다른 형이라는 허모가 설유에게 눈독을 들이고 횡포스레 놀아댄것을 그의 목에 꽂힌 동침을 뽑아주면서 짐작한 류이태라 허준 역시 그런 난봉군이고 거들먹거리는 도령이라 여겼었다. 헌데 지내볼수록 그에게 끌려 들어갔다.

향학열에 불타는 그 학구적인 태도에 앞서 정직하고 대바른 품성과 나라와 백성을 위해서 무엇인가 기여하려는 그 의기가 마음에 들었다. 후세에도 사람들에게 리익되는 의서를 남기려는것은 류이태의 뜻이기도 하였다. 허나 류이태는 고작 자기의 의술경험에 대한 글이나 남기려고 생각했다. 하지만 의학의 생둥이에 불과한 허준은 처음부터 나라와 백성들에게 절실히 필요한 거질의 의서를 목표로 내세우고 의학탐구의 길에 들어섰으니 이는 류이태에겐 전혀 뜻밖이였다.

류이태의 몸도 이전같지 않았다. 녀인의 정을 모르고 살아온 류이태이다. 그러다나니 때이르게 겉늙었고 등도 구부러지기 시작하였다. 자기가 알고있는 치료비방과 의술을 이젠 허준에게 전부 넘겨주었다고 생각한 류이태는 자기가 더 나이들기 전에 설유와 허준의 혼사를 성사시키기로 결심했던것이다.

《설유도 그렇고 청원 이 사람, 자네도 이젠 높은 의술을 지녔으니 둘이 서로 가정을 이루고 마음을 합쳐 의술을 마음껏 련마하게나. 내 오늘 이렇게 설유를 자네에게 맡기고보니 이젠 눈을 감아도 저애의

부모들앞에 떳떳이 나설수 있게 되였네.》

《아버지!》

설유가 류이태의 무릎에 얼굴을 묻었다.

허준의 눈에도 이름할길없는 격정의 파도가 일었다.

《아버님!》

그로부터 며칠후 류이태는 허준과 설유의 혼례식을 차려주었다.

원래 류이태는 검소한 사람이였다. 그의 집에서 혼례식을 한다고 하면 그에게서 치료를 받고 새 생명을 받아안은 수많은 사람들이 구름처럼 찾아들것은 뻔하였다. 이것을 우려한 류이태는 구메혼인(널리 알리지 않고 하는 혼인)을 하기로 하였다.

일가친척 하나 없는 류이태라 혼례식에는 허준의 외할머니와 어머니 그리고 마을의 좌상령감만이 참가하였다.

좌상령감이 혼례상앞에 원앙새마냥 다정히 앉아있는 설유와 허준을 바라보며 채머리를 흔들면서 말했다.

《의원님, 저렇게 끌끌한 배필을 두시고 어이 이렇게 혼례식을 검소하게 하시오이까?》

《우리 집에서 혼례식을 한다는걸 알면 아마 열흘동안은 이 집에 사람들의 발길이 끊기질 않을것이오이다. 꼭 혼례식을 요란스럽게 해야만 잘산답디까?

좌상어른, 전 이렇게 조용히 치르는것이 더 맘 편하오이다.》

려월은 그저 목이 메여 눈물만 흘렸다.

《선생님, 장차 이 은혜를 어떻게 갚아야 하오이까!》

려월은 이제는 그야말로 한이 없는듯 하였다. 서자의 운명을 타고난 아들의 장래를 두고 얼마나 속을 태워왔고 가슴에 피멍이 들도록 자신의 처지를 한탄해왔던가.

그런데 이제는 그러한 자기 아들이 나래를 달게 된것이다.

류이태의 집에서는 밤늦도록 불이 꺼지지 않았다. 허준은 밤새도록 설유와 저들의 앞날을 두고 소곤거렸다. 휘영청 놋대야같이 둥근 보름달이 시샘이나 하듯이 자지 않고 두 젊은 남녀의 침상결을 뜰줄 몰랐다.…

두해가 더 흘렀다.

그새 허준과 설유사이에는 딸애가 태여났다. 허준은 이왕이면 자기의 대를 이을 아들이 태여났으면 하는 생각도 없지 않았으나 그런대로 딸은 딸대로 귀엽고 사랑스럽기 그지없었다.

허준은 류이태와 상론하여 아기의 이름을 예영이라고 지었다.

어느날 류이태가 허준과 설유를 불러앉히고 자못 진중한 어조로 말했다.
《이 사람, 이젠 자네도 나래를 펴야 할 때가 된것 같네.
자넨 이젠 나에게서 배울건 다 배웠어. 어찌 보면 나보다 의술이 더 높다고 할수 있지. 그러니 이 촌고을에서 맴돌지 말고 사람들이 많고 번화한 곳으로 가야 하겠네.》
《선생님, 그게 대체 무슨 말씀이시오이까?》
류이태를 불러 《아버님》이라 부르는것이 례사로운것이지만 허준은 아직까지도 그를 《선생님》이라고 불렀다.
그렇다. 류이태는 단순한 장인이 아니라 그의 운명을 변화시켜준 스승이였고 인생을 옳바로 정해준 은인이였던것이다.
아마 그래서 후세의 사가들은 류이태를 가리켜 허준의 장인이라고 기록한것이 아니라 허준의 스승이라고만 기록을 남겼는가 본다.
류이태의 곁을 떠난다는것을 생각조차 못한 허준이였다. 설유도 놀라운 눈길로 아버지를 빠끔히 쳐다보았다.
《이보게, 자네 의술이 이 산음고을에서는 이름이 짜하지만 진짜 그 의술이 어떠한가 하는것을 알려면 보다 인총이 많고 의원들도 많은 곳으로 나가보아야 하네. 그래야 자네의 뜻을 펼치는데도 유리할수 있어.》
허준은 그제서야 류이태의 권고에 담겨진 진의도가 깨도되였다.
《그래 자네의 생각엔 어데로 나가면 좋을듯 하나?》
《갑작스레 당하는 일이라 미처 생각해보지 못했소이다.》
《그렇단 말이지.…
내 생각에는 한성부로 올라가는게 좋을것 같네.》
《한성부로 말이오이까?》
《그렇네. 이왕지사 나래를 펼바에는 이 경상도땅에서만 어물거리지 말고 나라의 수도인 한성에 나가는게 마땅하지 않겠나. 그러니 페일언하고 한성에 올라가게!》
류이태의 말을 듣고보니 그럴사하였다.
《내 한성부에 자네들이 거처할 맞춤한 곳을 소개해달라고 줄을 이미 놓았네. 한성에 올라가면 장기동이라는 젊은이를 찾아가게.》
《장기동이라구요?》
《그렇네. 장기동일세. 그 사람으로 말하면 몇해전에 한성에 갔을 때 알게 된 젊은이인데 그 사람 부친의 병을 내가 고쳐주었지.
그 젊은이가 학문에 대한 열의도 여간 아니고 또 총기가 빠른것 같았네. 내가 한성에서 머무를 때 날 따라다니면서 의술을 좀 배워달라고 거듭 졸라댔었지만 그때엔 어디 시간이 있더라구? 그래서 그의 청을 들어주지 못했었는데 참 좋은 젊은이야.

그곳에서 거처하면서 그 사람에게 임자가 의술을 좀 배워주라구. 앞으로 도움이 될거네.》

류이태에게는 한성에 면식이 있는 량반들이 적지 않았다. 그들 대개가 다 류이태의 치료를 받은 량반들이였다. 허나 류이태는 그런 량반들보다 평범한 백성들이 더 진실하고 사심이 없다는것을 잘 알고있었다. 더우기 장기동은 저 허준이처럼 의술에 뜻을 둔 젊은이였다.

현시점에 와서 류이태는 자기와 의술이 엇비슷한 허준이가 이제는 제자를 키울 때가 되였다고 여겼다. 그런 의도에서 류이태는 허준의 거처지를 기동의 집으로 택했던것이다.

《자네가 한성에서 자리를 잡고 명의라는 소리가 내 귀에까지 들려오면 그때엔 내 만사불구하고 찾아가겠네.

헌데 그렇게 되기가 조련치 않을거네. 왜냐면 한성에도 한다하는 의원들이 적지 않거니와 또 터세가 간단치 않으니 말일세.

그러니 자네가 잡도릴 단단히 해야 하네. 아마 그곳 의원들은 자네가 산음에서 왔다고 하면 촌의원이라고 눈아래로 볼것은 불보듯 뻔해. 게다가 웬간하게 명의라 일컫는 그네들은 조정에 줄이 있어 그 배경도 홀시 못할거네.

속담에도 있지 않나. 〈조정에 줄이 하나 있으면 온 가문이 살구난다.〉는 말처럼 그만큼 한성의 의원들은 세도가들을 끼고 거드름을 피우길 좋아할거네. 여차하면 자네를 촌의원이라고 시기질하던가 무슨 감투를 씌워 모해할수도 있네. 그러니 그런 모함에 들지 않도록 각별히 주의를 돌리게.》

《알겠소이다.》

허준은 남쪽의 자그마한 고을에서 의원노릇이나 하는 류이태가 어쩌면 저리도 세상물계를 바둑판 내려다보듯 환할가 하는 생각이 들면서 공경의 마음이 사라지지 않았다. 어쨌든 그의 문하에서 의술을 배우면서 이 세상 리치를 어느 정도 터득했다고 자부하던 허준이였지만 이 시각 생소하고 번화한 한성으로 떠난다고 생각하니 어쩐지 앞날이 근심되였다.

내 이제 어디에 가서 이런 사심없고 훌륭한 스승을 다시 만날수 있을가.

류이태는 허준의 앞에 두툼한 두권의 책을 내놓았다.

《이건 내 한생의 총화라고 말할수 있어. 나도 한생에 큰 의서를 내놓으려고 했는데 이젠 늦었어. 좀더 일찌기 시작했어야 하는걸 젊은 시절에는 명의라고 사방에서 추어주는 바람에 치료에만 몸을 잠그다보니 미처 그 생각을 못했었지. 나이가 좀 들어 뜻을 세우고 시작해보았지만 역시 큰 의서를 만든다는것이 그렇게 간단치 않구만. 내 나이엔 인젠 늦었어. 그러니 이걸 자네에게 넘기겠네.》

《선생님!》

《음, 내 말을 마저 듣게나. 여기에 〈내경편〉, 〈외형편〉, 〈잡병편〉, 〈탕액편〉, 〈침구편〉 등 다섯편으로 구분해놓고 내 자료들을 넣느라 했지만 아직 종합적인 큰 의서로 되려면 자료가 절대적으로 부족해.

이건 많은 품과 치료경험, 시간을 요구하는 일이지. 이걸 앞으로 자네가 만들려는 큰 의서를 쓸 때 참고로 하게나.》

허준은 가슴이 뭉클하여 머리를 수그렸다. 그의 머리우에 류이태의 석쉽하면서도 진지한 목소리가 계속 울렸다.

《그리구 내 자네에게 다짐둘것이 있으니 명심해서 듣게나.

지금 이웃나라가 큰 나라랍시고 저들의 의서만 똑 제일이라고 으시대고있네.

문제는 그것뿐이 아니네. 우리 나라의 적지 않은 의원들도 제 나라것은 보잘것없다면서 그 나라의 의서만 끼고다니면서 내세우고있지.

자고로 우리 나라의 의학은 유구한 력사를 가지고있네.

오랜 의술의 력사를 가지고있는 우리 나라가 왜 의서에서 다른 나라에 뒤지겠나?

의서를 쓸바에는 그 의서들을 릉가하는 그리고 후세의 사람들까지도 애용하면서 볼수 있는 보감으로 될만 한 그런 의서를 써야 하네.

알겠나?

그렇게 큰 의서를 쓰려면 이제부터 일생을 부지런히 뛰고 또 뛰여야 할거네.

자넨 한성에 가서도 병자들을 열심히 치료할뿐아니라 치료에만 옴하지 말고 꼭 좋은 치료경험들을 자료화해서 분류하여 글로 남기게.

참, 그 일은 설유, 네가 놓치지 말구 할 일이다. 그것이 하나하나 모아지면 앞으로 큰 의서로 만들수 있는 좋은 밑천으로 되는거야.》

참으로 귀중한 조언이였다. 허준은 물론 예영이를 안고있는 설유도 눈한번 깜박거리지 않고 그 말을 귀담아들었다.

《그리고 동서고금의 의서들을 될수록 많이 탐구하여 거기에서 좋은것들은 받아들이도록 하게.

그러고보면 아직 자네나 나에게는 의서들이 많질 못해.》

《선생님, 알겠소이다!》

류이태의 시선이 설유에게로 향하였다.

《설유야, 네 소임도 자못 중요하느니라. 이 사람이 저렇게 큰일을 감당하자면 혼자서는 힘에 부칠게다. 그러니 넌 그전에 나에게 했던것과 같이 서사작업을 잘 돕도록 해라.》

《아버지, 알겠사와요.》

《음, 이젠 내가 말할건 다 말한것 같구나.》

류이태는 안도의 숨을 내쉬며 허준을 기대어린 눈으로 바라보았다. 그리고는 단호히 잘라말하였다.

《결심이 섰으면 래일 곧 떠나도록 하게나.》

그 이튿날 허준과 설유는 어린 딸 예영이를 안고 외할머니와 어머니, 스승의 바래움을 받으며 산음고을을 떠났다.

류이태가 그들의 모습이 점이 되여 사라질 때까지 손저어 바래주었다. 사랑하는 딸과 사위 아니, 친혈육보다 더한 정으로 의학의 길에 들어선 제자에게 심혈을 기울인 류이태였다.

과연 그들의 앞길에 어떠한 운명이 놓여있겠는지. 아직은 가늠할수 없는 허준의 한성길이였다.

오늘따라 별스럽게 깊숙이 패인 류이태의 밭고랑같은 주름살을 타고 뜨거운 눈물이 하염없이 흘러내렸다.

제3장 한성에 나타난 시골의원

1

　류이태의 말대로 과연 한성은 인총이 바글바글 끓는 곳이였다.
　허준은 산음고을이 한성에 비하면 얼마나 시골인가 하는것을 새삼스럽게 느꼈다.
　허준이 살던 산음에서는 사람들의 인심이 매우 후했다. 그리고 집집마다에 문을 잠그고 다니는 법을 몰랐다. 그러나 이 한성에서는 영 딴판이였다. 물 한모금 얻어먹으려 해도 아니꼬운 눈길을 보냈다. 인총이 많은것만큼 별의별 형형색색의 사람들이 다 있었다.
　한성의 거리를 걸어가는 허준과 설유는 들끓고있는 그 인총에 파묻혀 숨이 막힐것 같았다.
　허준의 일행을 맞이한 장기동은 기뻐서 어쩔줄을 몰라하였다.
　기동의 집은 남산골에 있었다. 대체로 이곳은 가난한 사람들과 몰락한 선비들이 모여사는 곳이다.
　한성에는 고관대작들과 권세있는 량반들의 고래등같은 기와집들이 늘어선 곳이 있는데 한성부사람들은 그곳을 장동 또는 부자동이라고 불렀다.
　《선생님, 류의원님께서는 무고하시오이까?》
　기동이 싱글벙글 웃으며 물었다. 류이태의 서신을 읽어본 기동은 대뜸 허준을 선생님이라고 불렀다. 초면이지만 쾌활하고 씨원씨원한 젊은이라는것이 대번에 느껴졌다.
　《음, 류선생님이 임잘 퍽 총애하시더구만. 앞으로 내가 이 집에서 신세 많이 지게 되였네.》
　《아, 신세라니요? 내 앞으로 선생님에게서 의술을 배워야 하겠는데 무슨 그런 당치않은 소리를 하시오이까. 앞으로 많이 배워주사이다.》
　스물두어살가량 되는 기동의 가슴에서는 피가 펄펄 끓어넘치는듯 하였다.
　허준이 방에 들어서서 집안을 둘러보니 비록 초가집이지만 퍽 아담하고 정갈하게 꾸려져있었다. 방도 제법 두칸이였다.
　《선생님, 방이 비록 루추하오나 이 웃방에 거처하도록 하시오이다.》
　《음, 그 방이면 우린 족하네.》
　기동은 성격이 퍽 급한 축이였다. 그는 허준의 일행이 려장을 풀어놓기 바쁘게 의술을 배워달라고 졸라대였다.
　허준은 기동의 요청대로 의술의 기초리론과 기본원리들에 대하여 차근차근 가르쳐주었다.
　둥그스름한 얼굴에 불깃불깃 혈색이 도는 기동은 억실억실한 두눈을 번쩍이며 허준의 설명을 자못 진지하게 들었다. 류이태가 말한바와 같이 그는 총기가 매우 빠른 젊은이였다. 예상외로 받아무는 속도가 빨랐다.
　경상도 촌산골에서 올라온 의원을 한성사람들은 전혀 알아주려고 하지 않았다. 산음현에서라면 사람들의 발길이 문턱이 닳도록 끊기지 않았으련만 한성부에 올라온지 한달이 지났어도 병자란 그림자도 얼씬하지 않았다.
　이에 제일 안달이 난것은 기동이였다. 류이태의 의술에 반했던 기동은 허준도 그와 같은 명의라고 믿고있었다.

병자들이란 의원들이 오라고 해서 찾아오는것이 결코 아니다. 병자들의 심리는 자못 예민한 법이다. 의원을 잘 만나면 죽어가던 병자도 살아나지만 의원을 잘못 만나면 별치않은 병도 더 위중하게 된다는것을 병자들자체가 제일 잘 알고있다. 그러니 병자들을 어이 탓할수 있으랴.

그러나 기동은 병자들의 그런 심중은 아랑곳하지 않고 어떻게 하면 명의인 허준을 자랑하여 병자들이 벌떼처럼 모여들게 하겠는가 하는 생각밖에 없었다.

허준은 이에 전혀 개의치 않았다. 허준에게는 류이태가 조언을 준대로 해야 할 일이 얼마든지 있었다. 그는 류이태가 넘겨준 두권의 수사본을 자자구구 파고들었다. 그리고 필요한 자료들은 재정리하였다. 그의 옆에서는 설유가 앉아 허준이 불러주는 처방들과 치료묘리들을 적어나갔다.

이렇게 또 한달이 흘러갔다.

어느날 허준의 방으로 올라온 기동이가 뒤통수를 긁으며 어줍게 물었다.

《저— 선생님, 물고기가시가 목구멍에 걸린것도 치료하는가요?》

기동의 천진한 물음에 허준은 저도모르게 웃음이 나왔다.

《허, 사람들이 불편해하고 아파하는거야 모두 의원들의 치료대상이지.》

《그렇소이까? 그럼 선생님께서 얼른 좀 봐주소이다. 옆집애가 목구멍에 물고기가시가 걸려 울상을 하고있소이다.》

《음, 그래? 얼른 가보세.》

허준은 가죽주머니를 들고 일어섰다.

기동을 따라 허준이 옆집으로 가니 일여덟살나는 아이가 캑캑— 하며 울상을 짓고있고 그옆에서 그애의 할머니가 손자의 잔등을 쾅쾅 두드리며 소리를 지르고있었다.

《좀더 세게! 그렇지, 기침을 세게 하면 목에 걸린 가시가 나올지도 몰라.》

기동이가 할머니를 찾았다.

《할머니! 제가 유명한 의원님을 모셔왔소이다.》

할머니가 의아한 눈길로 허준을 바라보며 혼자소리로 외웠다.

《첨 보는 얼굴이다. 이 린근에 유명한 의원이 있다는 소릴 못 들었는데.》

《저 경상도 산음현에서 오셨소이다.》

《뭐, 산음에서? 촌에서 왔구만!》

그닥 시답지 않다는 소리였다.

기동은 할머니에게 못마땅한듯 눈길을 흘깃하면서 허준의 눈치를 살폈다.

《선생님, 이 아이올시다.》

허준은 할머니의 태도에는 개의치 않고 아이에게 다가갔다.

《얘, 내 좀 볼가? 입을 하- 벌려라.》

아이가 입을 하- 벌렸다. 그러나 목구멍에 박힌 가시가 눈에 쉬이 보일리가 만무하였다.

《할머니, 무슨 고길 먹였소이까?》

《잉어탕을 먹였수다. 이애 애비가 낚시질로 잡아온거지요.》

《그 잉어가 남아있는게 지금 있습니까?》

《한마리가 아직 있수다.》

《내 그럼 그 잉어의 열을 좀 씁시다.》

《그렇게 하시우.》

허준은 부엌으로 내려가 잉어의 배를 가르고 팥알만 한 까만색을 띤 잉어의 열을 조심스럽게 손에 받쳐들고 들어왔다. 그리고는 그것을 자그마한 술잔에 풀어서 아이에게 조심스럽게 먹이였다. 얼굴을 잔뜩 찡그리면서도 아이는 그것을 다 받아마셨다.

기동을 돌아보며 허준이 한마디 하였다.

《자넨 얼른 나가서 흰엿 한가락을 사오라구.》

기동이 사온 흰엿을 아이에게 물려주고 허준은 애한테 말하였다.

《이젠 그 엿을 입에 물고 녹여서 삼키거라.》

엿을 입에 물고 삼키던 아이가 연방 캑캑 하면서 재채기를 했다. 그러면서도 한동안 엿을 빨아먹던 아이가 갑자기 《할머니! 이젠 일없어! 가시가 싹 없어진것 같애!》하고 소리쳤다.

《어디, 정말? 하, 그것참! 조화는 조화로다.

이보게, 자넨 정말 의원인가?》

기동이가 눈을 희뜩거리며 퉁명스러운 어조로 말했다.

《할머니, 의원도 보통의원이 아니라 명의란 말이오이다. 이제 거드름을 피우는 한성의원들이 눈을 까뒤집구 나자빠지지 않나 두고보시우.》

집으로 돌아오면서 기동은 물었다.

《선생님, 어떻게 물고기가시가 그렇게 단박에 없어졌나이까?》

《음, 모든 물고기열은 다 물고기가시가 박힌것을 내려가게 하네. 그리고 흰엿을 입에 물고 넘기게 하면 재채기가 나오는데 그것도 가시가 나오게 하는데서 중요한 역할을 하지.》

기동에게는 이 모든것이 신비스럽기만 하였다.

그 다음날 기동이 허준에게 또 물었다.

《선생님, 하품을 크게 하다가 턱이 떨어진 병자를 데리고왔소이다. 그것도 고치시오이까?》

《허허— 어디 좀 보세나.》

중년의 사나이가 입을 벌리고 떨어진 턱을 손으로 부여잡은채 끙끙거리며 방으로 들어섰다.

기동이 옆에서 설명하였다.

《어제 저녁에 하품을 크게 하다가 그만 턱이 덜컥 떨어졌소이다. 그래서 밥도 전혀 먹지 못하고 말도 제대로 못하고있소이다.》

병자를 찬찬히 살펴보던 허준이 그에게 물었다.

《술을 좀 하십니까?》

병자가 도리머리질을 하였다.

《음. 기동이, 술 반홉(한홉은 180미리리터) 가져오게!》

《예?! 술로 떨어진 턱을 올려붙이오이까?》

《자넨 옆에서 구경이나 하라구.》

기동이 가져온 술을 받아든 허준은 병자를 자리에 눕히고 부드러운 어조로 말하였다.

《편안히 누워서 이 술을 먹고 한잠 푹 자면 됩니다.》

병자의 목으로 꿀꺽꿀꺽 술 넘어가는 소리가 났다. 기동은 눈이 휘둥그래져서 그 모습을 지켜보았다.

《자, 우린 병자가 편안히 자게 아래방으로 내려가있자구.》

주량이 세지 않은지 병자는 인차 코를 드렁드렁 골았다. 다시 웃방으로 올라온 허준은 병자를 찬찬히 살펴보다가 가죽주머니에서 종이에 싼 가루약을 꺼내들었다.

《선생님, 그건 무슨 초약이오이까?》

《음, 주염나무열매의 가루네.》

허준은 그 가루를 대롱(속이 빈 가느다란 토막)의 한쪽에 조심스럽게 밀어넣고 병자의 코구멍에 들이민 다음 후— 하고 불어넣었다.

카악!— 카악!—

갑자기 병자가 커다란 기침소리를 내였다. 기침을 할 때마다 그의 입이 쩍쩍 벌어졌다. 그가 몇번 기침을 하고난 뒤 허준은 그의 턱을 조심히 만져보더니 다시 병자의 코구멍으로 주염나무가루를 불어넣었다. 이번에는 병자가 상반신을 들썩이며 요란한 기침을 하더니 떨꺼덕- 턱이 맞물렸다.

허준의 얼굴에 느슨한 미소가 피여올랐다.

《자, 이젠 우리 아래방에 내려가서 병자가 깨여날 때까지 기다리자구.》

한식경이 지나자 병자가 깨여났다. 기동이 얼른 웃방에 올라가더니 소리쳤다.

《선생님, 병자의 턱이 이젠 완전히 올라가 붙었소이다!》

《허허허… 이젠 밥도 맘대로 먹어도 되겠네. 그렇게 턱이 떨어지는것을 탈함이라고 하네. 이따금 종종 보는 일이지. 잘 기억해두라구.》

기동은 그외에도 여러명의 소소한 병을 앓는 사람들을 련이어 데려왔으나 허준은 그 어느 병자치료에서도 막힘이 없었다. 허나 기동이 데려오는 병자들 대개가 의원의 손길을 절실히 기다리는 그런 위급한 병자들은 아니였다. 진짜 위급한 병자를 치료하는 허준의 모습을 보고싶은것이 기동의 소원이였다. 어쨌든간에 기동의 열성스러운 노력으로 그리고 허준의 막힘없는 치료술로 그에 대한 소문은 차츰차츰 린근에 알려지기 시작했다.

어느날 허준에게 제발로 찾아온 첫 병자가 나타났다.

아직까지도 그닥 조급한 마음이 없었고 또 의서에 대한 구상으로 한가한 시간이 별로 없었던 허준에게는 제발로 찾아온 첫 병자의 출현이 그닥 놀라운 일이 아니였지만 기동에게는 그것이 마치 큰 사변처럼 생각되는 모양이였다.

어쨌든 한성사람으로서 허준의 의술을 인정하고 찾아온 첫 병자가 아닌가!

찾아온 병자는 해사하게 생긴 젊은 녀인이였다.

《우리 허의원님은 저 경상도에서 쟁쟁하게 이름을 날리시던 명의요.》

기동이 소개했으나 녀인은 별로 흥심없어 하였다. 괜히 기동이 자체가 먼저 설레발을 치는듯싶었다.

(이 병자를 본때있게 치료해야 한성부에 선생님의 소문이 짜- 하고 날터인데!)

이런 생각을 머리속에 굴리며 기동은 웃방으로 병자를 데리고 들어갔다.

《선생님, 선생님한테 치료받으려고 병자가 찾아왔소이다.》
《음, 무슨 병잔가?》
젊은 녀인은 생전 처음 보는 의원의 실력을 가늠해보려는듯 빤히 허준을 바라보았다.
《그래, 어디가 편칠 않나?》
녀인의 대답이 꽤나 야무졌다.
《이 아저씨가 명의원이라고 하던데 의원님께서 한번 쉰네의 병을 알아맞혀 보시오이다.》
녀인의 말에 기동이 힐끔 눈총을 쏘았다. 허나 젊은 녀인은 전혀 아랑곳하지 않았다.
《음, 좀 보세나.》
허준은 병자의 말에는 개의치 않고 그의 맥을 짚어보기 시작하였다.
촌구맥(손목 요골동맥부위에서 보는 맥)을 짚고 두눈을 쪼프린채 한동안 맥을 보던 허준은 병자의 얼굴과 눈, 혀를 세심하게 관찰하였다.
이윽고 허준이 입을 열었다.
《임자 혼자 사는 녀인이구만.》
녀인은 깜짝 놀랐다.
《아니! 맥과 얼굴에서 그것이 나타나오이까?》
녀인은 허준의 그 솜씨가 놀라운듯 동그란 눈으로 허준을 빤히 쳐다보았다.
《음, 혼자 사는 녀인은 음만 있고 양이 없으며 정욕이 있기는 하나 그 소원을 이루지 못하는 연고로 몸에서 음양이 서로 상박(서로 맞부딪치는것)되게 되네. 그러한 관계로 오른손 손목의 척맥(촌관척맥에서 요골경상돌기부위가 관맥이고 손바닥쪽이 촌맥이며 관맥부위의 뒤쪽이 척맥이다.)에서 그 맥상이 나타나며 또 얼굴색과 혀에서도 그것이 나타나게 되네.》
《그렇소이까?!》
녀인의 눈이 점차 호기심으로 반짝거린다.
《그러니 임잔 바람을 싫어하고 몸이 항상 나른해하며 때없이 오한이 났다, 열감이 났다 하겠구만. 그리고 생각이 많고 번거로우며 잠을 못 자고 생각이 꼬리를 물며 가슴이 답답하고 저절로 식은땀을 자주 흘리고 있지.
이런 증상은 좀 걷거나 힘든 일을 하게 되면 더 심해지게 되네.》
녀인이 두손바닥을 찰싹 마주치며 탄성을 올렸다.

《의원님, 옳소이다! 꼭 그렇소이다!》

녀인의 입에서 의원님이라는 소리가 저절로 터져나왔다. 그 소리에 기동의 입귀가 귀밑까지 올리붙었다. 이 넓디넓은 한성에서 그래도 처음으로 허준을 의원님이라고 불러준 병자이다.

녀인은 허준에게 바싹 다가섰다.

《의원님, 그럼 제 병은 어떻게 하면 고칠수 있소이까?》

《음, 부인들의 병에서는 기본은 혈을 보하는것일세. 그것이 부인병치료의 근본이야. 의술에서는 이것을 본이라고 하지. 그다음에 증상을 보아가면서 울체된것을 없애거나 화를 내리우거나 하는 약을 가감해주어야 하는데 이것을 표라고 하네. 그리고 다음의 말을 참고로 잘 들어두라구.》

녀인이 허준의 말에 한껏 귀를 기울였다. 처음의 그 당돌함은 어데로 갔는지 전혀 보이지 않았다. 기동이 역시 허준의 명의술이 담겨진 단 한마디의 말이라도 흘릴세라 귀를 강구었다.

《원체 부인들은 음기가 많은 체질인데다가 늘 습한 곳에서 일하네. 부인병은 남자들의 병보다 열배는 치료하기가 힘드네. 녀인들은 임신과 해산, 붕루(월경시기가 아닌 때에 갑자기 피가 많이 나오는것) 등 남자들이 없는 일들을 가지고있네. 그리고 자식을 돌보고 키우며 때로는 여러가지의 일로 하여 걱정하고 미워하고 질투하는 등 생각이 지나칠뿐아니라 자신을 쉬이 억제하지 못하기때문에 병의 근원이 깊게 되네. 그러니 부인병은 남자들의 병과는 달리 치료해야 하는거네.》

《그럼 어떻게 치료해야 하오이까?》

《원체 부인보약의 으뜸은 사물탕이네. 허나 임자에겐 그것만으로는 부족해. 내 몇가지 약재를 더 넣어 처방을 해주지. 그 처방대로 한달만 먹으면 틀림없이 병이 깨끗이 나을거야.》

허준은 약처방을 적기 시작했다.

《사물탕, 인삼, 백복신, 귤껍질, 시호, 강호리, 향부자, 감초.》

그리고는 기동에게 그 처방을 넘겨주면서 말했다.

《얼른 이 처방대로 약을 지으라구.》

첩약을 받아든 녀인이 기뻐하는 기색을 띠여보며 허준은 녀인의 귀에다 대고 낮은 소리로 말하였다.

《그리고 가장 좋기는 좋은 배필을 찾아 다시 시집을 가는거야.》

녀인의 얼굴은 익은 꽈리마냥 붉어졌다. 녀인은 허준에게 진정으로 되는 감사의 정을 담아 깊숙이 절을 하였다.

《의원님, 정말 고맙소이다.》
녀인이 물러가자 기동은 궁금증을 털지 못하고 물었다.
《이자 그 녀인에게 뭐라고 하셨소이까?》
《허허 - 임잔 아직 그것까진 몰라도 돼!》
허준에게 퉁을 맞은 기동을 바라보며 설유가 빙그레 웃었다.
그날 저녁 허준은 설유에게 심중한 어조로 말하였다.
《부인병은 참으로 복잡하면서도 세심한 치료를 요하는 질병이오.》
설유도 이에 동감이라는듯 고개를 끄덕였다.
《그래요. 적지 않은 의원들이 부인병을 잘못 진단하고 증에 맞는 적합한 처방들을 내리지 못하고있어요.》
허준은 오늘 치료한 젊은 녀인의 치료처방을 설유에게 의서의 기초자료로 적어두도록 하였다. 차후 치료효과는 녀인의 반응상태를 보아야 할것이다.
이날밤 허준은 좀처럼 잠들수 없었다. 끝내 궁싯거리다가 일어난 허준은 책상앞에 마주앉으며 혼자소리로 중얼거렸다.
《부인병치료에 관한 착실한 의서가 있으면 좋을터인데…》
그러나 하나의 의서가 태여난다는것은 결코 그렇게 말처럼 쉽게 되는것이 아니다. 아직은 붓을 들기에는 자료와 치료경험들이 너무도 적었던것이다.
허준의 이 구상은 그때로부터 28년이 지나서야 실현될수 있었다.
1601년에 이르러 허준은 오랜 기간의 치료경험에 기초하여 1책 1권으로 된 《언해태산집요》를 편찬하였다. 이 책은 또한 이후에 집필된 허준의 인생의 총화작인 거질의 의서 《동의보감》에서 부인문의 기초자료로 되였다.
허준의 예견대로 한달동안 첩약을 달여먹은 젊은 과부는 모든 병증세를 깨끗이 털어버렸다. 그러자 그의 입이 용을 쓰기 시작했다. 소문을 퍼뜨리는데서는 녀인들 특히는 젊은 과부들을 당하지 못한다.
젊은 과부는 말을 덧붙이고 과장을 해가면서 허준의 의술을 자랑하기 시작했다.
《아니, 그 허의원님은 얼굴만 척 봐도 만가지 병을 다 진찰해낸다우. 나두 거기서 치료를 받았는데 아, 글쎄 맥도 짚어보지 않구 얼굴만 슬쩍 보구서두 내가 과부라는것은 물론이구 오장륙부의 병을 속속들이 알아맞추더라니깐!》
발없는 말이 천리간다고 얼마 안있어 허준의 명의술은 온 한성시가에 파다하게 퍼져나갔다.

얼마후부터는 너도나도 허준에게로 병자들이 찾아들어오기 시작하였다.

류이태와 쌍벽을 이룰만큼 명의술을 지니고있었던 허준은 이 모든 병자들을 막힘없이 진단해내고 치료하였다.

기동은 날이 갈수록 더욱 성수가 나서 돌아쳤다. 이에 따라 기동이가 배우는 의술도 차츰차츰 높아지기 시작했다.

몇달이 지난 어느날 기동은 자기가 그처럼 고대하던 진짜 죽음의 문턱에까지 이르렀던 병자를 살려내는 허준의 명의술을 직접 목격하게 되였다.

그날 오시(오전 11시-오후 1시)경 웬 로인이 허둥지둥 달려왔다.

《의원님, 의원님, 우리 애가 지금 다 죽어가고있소이다.》

허준은 로인의 다급한 소리를 듣고 일어섰다.

《로인장, 무슨 병이오이까?》

《네에- 우리 애가 어제 오후부터 토하고 쉴새없이 설사를 하는데 지금은 눈을 까뒤집구 다 죽게 되였소이다! 한성에서 명의로 소문난 한 의원이 좀전에 왔다갔는데 이젠 때가 늦었다면서 그냥 갔소이다. 의원님, 정말 우리 애를 살릴수 없는가요? 제발 비는데 우리 앨 꼭 살려주시우다.》

《어서 갑시다.》

황황히 내뛰는 로인의 뒤를 따라 허준은 병자의 집으로 달음박질쳤다. 기동도 역시 이 절호의 기회를 놓칠세라 부지런히 허준의 뒤를 따랐다.

허준이 로인과 함께 방안으로 들어서니 과연 로인이 비명소리를 지를만도 하였다.

스무살전인 애티나는 총각이였다. 혈색이 불깃불깃해야 할 얼굴은 백지장처럼 창백하였고 하루동안의 심한 구토와 설사로 하여 눈확과 볼은 움푹 패여있었다. 그리고 팔다리가 가드라들고 장딴지의 근육이 뒤틀리여 딴딴하게 쥐가 일고있었다.

참으로 위급한 상태였다.

《아뿔싸! 곽란(갑자기 게우고 설사를 심하게 하면서 명치아래와 배가 몹시 아픈 위중한 병)이로구나.》

허준의 입에서 저도모르게 터져나오는 소리였다. 허준은 다급히 병자의 손발을 잡아보았다. 얼음장같이 싸늘하였다. 그의 가슴은 섬찍하였다. 이 상태에서 조금만 지체하면 병자는 틀림없이 죽음의 나락에로 떨어진다.

조금전에 왔댔다던 의원이 손을 들만도 한 위급한 상태였다.
허준은 얼른 가죽주머니에서 닦은 소금을 꺼내여 배꼽(신궐혈)에 채워넣고 다시 그우에 큰 뜸봉을 올려놓은 다음 불을 달았다. 그리고는 기동에게 소리쳤다.
《기동이! 빨리 뜸을 장수에 관계없이 계속 뜨라구. 병자가 정신을 차릴 때까지 말이야!》
《알겠소이다!》
기동도 역시 허준이 못지 않게 바짝 긴장되였다. 큰 뜸봉이 타면서 그 밑의 소금을 달구어 탁-탁-소금튀는 소리가 울렸다.
기동이 뜸뜨는 사이에 허준은 재빨리 생마늘쪽을 갈아 병자의 발바닥에 발라주었다. 다음 열손가락끝의 십선혈에 잽싸게 침을 찌르고 피를 한방울씩 뽑아주었다.
기동은 배꼽에 연신 뜸을 뜨면서도 허준의 이 잽싼 동작을 하나도 빠짐없이 기억해 두었다.
로인은 여전히 안절부절 못하고 분주히 손을 놀리는 허준과 기동을 번갈아보았다.
다시금 가죽주머니에서 첩약을 꺼낸 허준은 로인에게 다급히 말했다.
《로인장, 빨리 이 약을 달여오시우.》
《알았수다.》
로인은 황황히 부엌으로 내려갔다.
좀 있더니 기동이 소리쳤다.
《아! 병자가 몸을 움씰움씰 움직이오이다!》
허준은 다급히 맥을 짚어보았다. 지(느린것) 하고 미(미세한것) 하던 맥이 살아나기 시작했다.
잠시후에는 병자가 까슬까슬하게 타든 마른 입술을 우물거렸다.
그러나 아직은 장담할수 없었다. 아직도 병자는 생사기로에서 헤매고 있었다.
허준은 재빨리 닦은 소금 두사발을 각각 종이에 싼 다음 가슴과 배에 올려 놓았다.
로인이 탕약을 가지고 들어오자 허준은 재차 소리쳤다.
《로인장, 어서 불담을 담은 다리미를 이리 가지고오시우.》
허준은 조심스럽게 병자의 머리를 들고 숟가락으로 탕약을 먹이기 시작했다. 탕약을 다 먹일무렵에 로인이 뜨거운 불담을 가득 담은 다리미를 들고 황황히 방안으로 들어왔다. 허준은 그 다리미로 가슴과 배에 놓여있는 닭은 소금을 달구기 시작하였다.

잠시후 병자의 얼굴에 화색이 돌기 시작했다.

허준의 얼굴에 안도의 기색이 어리자 예민한 감각으로 그의 일거일동을 살피던 기동이가 슬며시 다가와 물었다.

《선생님, 배꼽의 소금뜸과 가슴과 배의 소금찜질은 왜 하오이까?》

이제는 기동과 이야기할 마음의 여유가 생긴터라 허준은 목소리를 죽여가며 설명해주었다.

《음, 곽란은 매우 위중한 급병이야. 조금만 치료를 잘못하거나 늦게 손을 쓰면 단박에 죽어버리지. 저렇게 설사와 구토가 심하면 정신을 잃고 손발이 싸늘하게 되며 위와 배가 꼬이는듯 아프고 나중에는 이 병자처럼 손과 발에 쥐가 일면서 힘살이 뒤틀리우게 되네. 이때 배꼽에 뜸을 련속 뜨고 가슴과 배에 더운 소금찜질을 해주면 더운 기운이 속으로 들어가면서 병자가 살아나게 되네.》

《이자 금방 병자에게 먹인 처방은 뭣이오이까?》

《천남성가루 3돈, 대추 세알, 생강 다섯쪽을 넣은것이네. 게우고 설사하면서 팔다리가 싸늘해지고 정신을 차리지 못하는데 쓰는거지.》

드디여 병자가 완전히 정신을 차렸다.

로인이 허준의 앞에 넙죽 엎드려 목메인 소리로 웨쳤다.

《의원님, 고맙소이다! 다 죽게 된 우리 아들을 살려준 의원님은 정말 우리 가족의 생명의 은인이로소이다.》

그 모습을 바라보는 기동이가 물기어린 두눈을 슴벅이다가 코를 씩 훔쳤다.

허준이 로인의 손을 잡아일으켜세웠다.

《로인장, 어서 일어나시오이다. 아직은 맘놓기가 이르오이다. 지금 탈양(탈수)상태에 있으니 이 상태에서 완전히 벗어나야 맘을 놓을수 있소이다. 몹시 게우고 설사를 해서 아직 원기가 부족하고 팔다리가 싸늘하며 얼굴도 꺼멓고 숨이 차하오이다. 이걸 없애야 하오이다.

이제 제가 대주는대로 하시오이다.

생강 21돈을 좋은 술에 달여서 자주 먹이시오이다. 뿌리가 그대로 달린 파 21대를 술에 달여 먹여도 되오이다. 그리고 파와 소금을 짓찧어서 배꼽아래의 기해혈에 붙이시오이다.》

기동은 다 죽어가는 곽란병자를 능숙한 솜씨로 치료하는 허준의 의술을 보고 속으로 감탄을 금치 못해하였다.

치료를 잽싸면서도 침착하게 해나가는 허준의 모습에는 높은 의술을 지닌 사람에게서만 엿볼수 있는 자신심이 한껏 어려있었다. 그럴수록 기동은 허준에 대한 존경심과 함께 그의 의술을 하루빨리 더 많이 배우고싶은 욕망으로 불타올랐다.

그날 저녁 허준은 깊은 생각에 잠겨있었다.

(나라의 방방곡곡에서 얼마나 많은 저같은 병자들이 치료를 제때에 받지 못해 죽어가고있을가!)

오늘 자기가 살려낸 환자도 한성의 의원들이 돌려놓은 환자였고 이미 황천길에 발을 들여놓았던 사람이였다.

(저런 구급병자들을 정확히 진찰하고 치료할수 있는 의서가 있어야 한다. 그러면 그 의서를 보고 낮과 밤을 구분하듯이 병상태를 구분하여 죽어가는 수많은 병자들을 살릴수 있지 않겠는가!)

역시 의서에 관한 문제였다.

한성에 와서 치료하면서 허준은 의서의 중요성과 좋은 의서 한권이 의원들뿐아니라 많은 사람들에게 의술을 깨우쳐주고 병자들의 생명을 구원하게 할수 있음을 새삼스럽게 절감하였다. 그리고 앞으로 큰 의서를 쓰기로 결심한 자기의 뜻과 목표가 참으로 의롭고 옳은 일이라는것도 다시금 확신하였다.

설유가 깊은 상념에 잠겨있는 허준에게 조용히 다가와 나직이 물었다.

《무슨 일이세요?》

《구급방에 대한 의서가 절실히 필요하다는 생각을 하고있소.》

설유가 그윽한 눈에 함뿍 웃음을 담았다.

《욕심두 참, 일전에는 부인병에 대한 의서가 필요하다 하시지 않았어요?》

《음, 그랬지. 허나 부인병도 그렇고 구급방도 그렇고 아직은 자료가 너무도 빈약해.》

그의 말꼬리는 저도모르게 흐려졌다. 아직은 너무도 자료가 빈약하였던것이다.

허준은 그때로부터 34년이 지난 1608년에 《언해구급방》을 편찬하였다. 이 의서에서 허준은 오늘 치료한 병자와 같은 곽란, 구토, 설사, 탈양 등 34가지 구급병증에 대한 원인, 증상, 치료처방들을 구체적으로 써놓았다.

이날밤 허준은 설유에게 자기가 오늘 적용한 곽란의 전 치료과정과 처방 그리고 탈양의 치료처방에 대하여 구체적으로 적어두도록 하였다.

2

아지랑이 피여나는 따스한 봄날에 산음을 떠났는데 벌써 엄동설한의 겨울이 닥쳐왔다.

허준은 병자치료로 언제 봄이 가고 여름, 가을이 지나 겨울이 왔는지도 몰랐다.

지금에 와서 그의 의술은 그 누구도 무시할수 없는것으로 되였다.

허나 워낙 터세가 센 한성인지라 아직 부자동이라고 불리우는 장동의 량반댁들은 허준을 시골에서 굴러온 의원이라고 숫보면서 한성의원들한테서만 치료받고있었다.

한성에 있다는 한다하는 의원들도 그러한 권문세가들과 손벽을 치며 허준의 의술을 인정하려 하지 않았다.

그러던 어느날이였다.

일찍 일어나 밖에 나섰던 기동이가 후닥닥 뛰여들어오며 질겁하여 소리를 질렀다.

《선생님, 선생님, 큰일났소이다.》

허준의 얼굴에 의아함이 어렸다.

《왜 그리 헤덤비며 신새벽부터 고함질이냐? 대체 무슨 일이냐?》

《선생님, 우리 집 문짝에 이런 글이…》

《어디 좀 보자.》

허준은 기동이 내미는 종이장에 눈길을 주었다.

《산음현의 시골 촌의원에게 경고하노라!

비천한 서얼출신인 네놈이 과거장에서 쫓겨난 그 주제에 의원이랍시고 한성부가 좁다하게 제노라 날쳐대는데 경거망동하지 않기를 바란다!

네가 이제 다시 명의흉내를 내면서 사람들을 미혹시키며 치료에 나선다면 의과자격을 갖추지 못한 의원으로서 사람의 목숨을 가지고 희롱하는 놈이라고 한성부에 고소하여 옥에 처넣고말터이다.

그러니 찍소리 말고 네가 살던 시골로 돌아갈것을 권고한다!》

《선생님, 제 다시 보소이다.》

허준은 아무 말도 없이 종이장을 기동에게 넘겨주었다.

글을 다 읽고난 기동의 눈에 번개불이 일었다.

《원, 시러베아들놈들같으니! 망할놈의 자식들!

저들은 다 죽어가는 병자들을 제대로 살려내지도 못하면서 남을 걸고 들어?》

분격하여 길길이 뛰는 기동을 만류하며 허준이 담담한 어조로 말하였다.

《됐네, 그만하게.》

이때 뜰안으로 다급한 발자국소리가 들려왔다. 신경이 곤두선 기동이 지게문을 벌컥 열고 뜰안에 나섰다.

웬 녀인이 백지장처럼 새하얗게 얼굴이 질려 들어섰다. 그는 다짜고짜로 기동에게 하소연하였다.

《우리 주인이 다 죽게 되였소이다. 그래서 의원님을…》

《지금 의원님께서 중한 일이 생겨서 그러하오니 당장은 안되겠소이다.》

《그럼 우리 주인은 어떻게 하오이까?

그대로 놔두면 숨이 질것 같은데 제발 좀 살려주사이다.》

기동이 그 말에 주춤거렸다. 이자 방금 협박장을 받은 허준이 병자치료의 여유가 있겠는지…

불쑥 허준이 문을 열고 나왔다. 그들이 서로 오간 이야기를 다 들었던것이다.

《아주머니, 주인이 어떻게 앓소이까?》

《네, 때식을 제대로 못하고 산에 나무하러 갔다가 그만 현훈증이 일면서 정신을 잃고 산에 쓰러졌소이다. 하도 돌아오지 않아 미심결에 마중나갔더니 산중턱에 쓰러져있지 않겠소이까. 너무 늦게야 발견하다나니 이 엄동설한에 몸이 다 얼어 꽛꽛해진게 살아나겠는지 모르겠나이다.

의원님, 제발 우리 주인을 살려주세요. 세상에 참 이런 일이 다 생기다니…》

녀인은 설음이 북받쳐 말끝을 채 맺지 못하고 눈물만 흘렸다.

《빨리 들어가서 가죽주머니를 내오너라.》

기동이 놀라며 부르짖었다.

《아니? 선생님, 금방 협박장을 받았는데 일없겠소이까?》

허준의 질은 눈섭이 꿈틀거렸다.

《뭐라구? 너 지금 제정신이 있느냐. 협박장이 어쨌단 말이냐. 사람이 죽어가는데 그따위 종이장이 어쨌단 말이냐.

죽어가는 사람을 보고 제몸부터 생각한다면 그게 무슨 의원이겠느냐. 두말말고 빨리 내오거라.》

《선생님, 알겠소이다.》

허준과 기동은 녀인과 함께 숨이 턱에 닿게 병자의 집에 허겁지겁 들어섰다.

녀인의 주인인듯 한 중년의 사나이가 인사불성이 되여 누워있었다. 얼굴은 너무 얼어서 시퍼렇고 온몸은 장작개비처럼 꽛꽛하였다.

사나이를 일별해본 허준은 익숙된 동작으로 손가락끝을 병자의 코구멍에 가져다대였다. 다행히도 아직 숨소리가 간간하였다.

허준은 녀인을 돌아보며 다급히 말하였다.

《아주머닌 어서 부엌에서 재를 뜨뜻할 정도로 덥혀 주머니에 넣어 들여오시우. 너무 뜨거우면 절대로 안되우다.》

잠시후 녀인이 허준의 말대로 뜨뜻한 재를 채운 주머니를 들고 다급히 방안으로 들어왔다.

허준은 그 주머니를 넘겨받아 연신 교체해가면서 병자의 가슴을 덥혀주었다. 그러면서 기동에게 설명해주었다.

《이렇게 얼어죽게 된 병자를 꽁꽁 얼었다고 해서 인차 불로 뜨겁게 해주면 몸의 찬기운과 불기운이 서로 상박되여 영낙없이 죽게 되네. 이걸 꼭 명심해두라구.》

병자가 좀 피여나자 허준은 생강을 달인 물을 먹이도록 하였다.

병자의 집에서 돌아온 허준은 기동을 앉혀놓고 엄하게 질책하였다.

《자넨 의술을 배우기 전에 병자를 대하는 태도부터 먼저 배워야겠어.

병을 치료하는 의원이 병자보다 제 일신부터 먼저 생각하면 병을 제대로 치료하지 못해.

아무리 명의술을 지녔다 해도 그런 마음이 없으면 병을 고칠수 없어. 병자들을 제살붙이처럼 생각하고 치료에 제 육신을 바칠 때 의원이 지닌 명의술도 은을 낼수 있는거야.

내 말의 뜻을 알겠나?》

머리를 수그린 기동의 대답은 예상외로 씩씩하였다.

《선생님, 알겠소이다. 제 꼭 명심하겠소이다.》

《그리고 사람은 한번 마음을 먹었으면 누구의 눈치를 보지 않고 곧바로 나가는 강직성이 있어야 아무 일에서나 성공할수 있는거네.

그따위 협박장이 뭐길래 그렇게 허둥거리며 벌벌 떠나? 그래가지구선 아무 일도 할수 없네. 사내로 태여나 무슨 일을 치려면 담이 있어야 해.

강직한 마음과 담을 지니려면 사나이로서의 의로운 뜻과 확고한 목표를 지녀야 하네. 그것만 있으면 무서울것이 없으며 자그마한 일에 임자처럼 허둥거리질 않아. 임잔 앞으로 명의가 되겠다고 하는데 그게 말처럼 그렇게 쉬울것 같나?

사람이 자기가 세운 뜻을 실현하자면 오늘보다 더 험한 곤경도 겪어야 할터인데 그렇게 심지가 나약해서 장차 어떻게 하겠나?》

기동은 허준을 새삼스러운 눈으로 바라보았다.

허준이 명의라는것은 실지 제눈으로 체험한 기동이였다. 허나 그 명의술로 수굿이 치료만 하는 촌선비인줄 알았지 그의 마음속에 그렇게도 당당한 의기가 들어있는지는 몰랐었다. 하지만 기동은 허준의 됨됨을 새로운 눈으로 보면서도 혹시나 하는 불안감을 좀처럼 털어버릴수 없었다.

그로부터 며칠후 기동이 우려하고 걱정하던 일은 종시 터지고야말았다.

정오가 지날무렵 점심상을 방금 물렸는데 라줄복색을 한 군노 셋이 집뜨락으로 욱- 밀려들어왔다. 하나같이 감때사납게 생긴자들이였다.

라장인듯 한 털보가 황황히 뜰아래로 내려서는 설유와 기동을 눈을 치뜨고 쏘아보더니 거칠게 물었다.

《누가 허준인가?》

허준이 마루에 성큼 나섰다.

《나요. 왜 그러오?》

라장의 퉁방울눈이 허준의 온몸을 훑었다.

《우린 한성부에서 나왔다. 참군나리께서 당신을 데려오라고 보냈으니 우리와 함께 가야겠다.》

설유와 기동의 얼굴에 놀라움과 공포의 빛이 비꼈다. 기동이가 한걸음 나서며 라장에게 따졌다.

《대체 무슨 일이기에 아닌밤중에 홍두깨라구 우리 선생님을 끌어가나이까?》

라장의 뒤에 섰던 곰보가 꽥- 소리를 지르며 기동에게 눈을 부라렸다.

《넌 왜 중뿔나게 나서면서 그래? 가보면 알게 아니야.》

허준이 안심하라는듯 설유에게 눈을 한번 끔뻑하고는 기동의 어깨에 다정히 손을 얹었다.

《걱정말게. 다른 일이 없을거네.

기동이, 내가 없는 사이에 찾아오는 병자들을 잘 봐주게나.》

설유와 기동이가 허준의 손을 부여잡고 놓을줄 몰랐다.
그들의 머리우에 라장의 돼지멱따는 고함소리가 터졌다.
《시끄럽게 굴지 말고 어서 떨어지라.》
그리고는 자기 패당들에게 한마디 더 소리쳤다.
《시간이 늦으면 우리가 벼락맞는다. 어서 빨리 가자!》
허준은 라졸들의 압송하에 한성부에로 끌려갔다. 하루아침에 허준은 영문도 모르고 옥에 갇히였다.
이무렵 허모는 오매앞에 앉아있었다.
《으하하! - 네놈이 이젠 나한테 꼼짝 못하게 되였지.
이 허모가 그렇게 만만할줄 알았더냐! 이래뵈두 고귀한 량반이란 말이야.
네깟놈이 뭐 날 디디구 올라서보겠다구? 흥, 어림없어, 어림없단 말이다!
네놈의 신세가 어떻게 되나 내 좀 구경해주지…》
자리에 누워있던 오매가 긴긴세월 병상에 있던 병자답지 않게 벌떡 일어나앉았다.
《무슨 희소식이라두 있느냐? 오자바람으로 정신나간 놈처럼 혼자서 그렇게 좋아하느냐? 내가 알면 안되겠느냐?》
《어머니, 그 허준이 자식말이요, 한성에 올라가서 네활개를 치면서 병자들을 치료하는걸 내가 옥에 처넣고말았수다.》
《뭐뭐? 그게 적실한 말이냐?》
그렇게도 피둥피둥하던 오매의 얼굴은 긴 병의 고행길로 훌쭉해지고 머리에는 희끗희끗한 흰서리가 보였다.
허준이 명의술을 소유하고 류이태의 권유로 한성에까지 진출하여 의술을 떨치고있을 때 허모는 가만있지 않았다.
조정의 권력지반을 주시하면서 이미전부터 줄을 잡은 대사헌 박근원에게 더욱 찰싹 달라붙었다. 아버지 허륜이 뒤에서 적지 않게 뒤받침해주었다. 허륜은 허준의 모자가 산음에 내려가고 허모가 급제하여 벼슬길에 나선 때부터 허모가 요구하는대로 금은붙이를 내놓군 하였다. 현감이라는 벼슬을 턱에 걸고 긁어모은 재물과 아버지가 내놓은 금전으로 허모는 대사헌 박근원을 흠뻑 주물러놓았다. 한성의 북산기슭에 자리잡은 박근원의 집에 한해치고 대여섯번은 행차한 허모를 박근원이 모른다고 할리 없었다. 결국은 한해전에 허모는 사헌부의 감찰(정6품)벼슬에 임명되게 되였다.

감찰이라고 하면 사헌부에서는 제일 낮은 품계의 벼슬이였지만 허모에게 있어서 이것은 룡이 개천에서 한강으로 뛰여든것이나 같은 사변이 아닐수 없었다. 그의 소원대로 조정의 중앙관직에 발을 붙인것이다. 물론 허모가 차지한 감찰의 벼슬품계우에는 지평(정5품)이 있었고 그우에는 또 장령(정4품), 집의(종3품), 대사헌(종2품) 등의 더 높은 벼슬직이 있었다.

이제 다시한번 용을 써서 벼슬의 동아줄을 잡고 권력의 상층에로 치닫는것은 자기의 팽이머리와 능력으로써는 시간문제라고 스스로 자부하고있는 허모는 장차 사헌부의 제일 높은 벼슬인 대사헌도 자기가 차지하리라는것을 믿어의심치 않았다.

감찰로 임명되여 한성에 올라온 허모는 명의로 한창 이름을 들날리고 있는 허준을 매장해버리는 일부터 시작하였다. 이번 계책은 권력이야말로 이 세상에서 못하는짓이 없는 위력한 수단이라는 허모의 신조를 더욱 굳혀주었다.

원체 사헌부의 직능자체가 모든 관리들을 규찰하며 풍속을 바로잡고 협잡행위를 단속하는 일이여서 허모는 사헌부에 올라온 즉시로 명의라고 이름을 떨치고있는 허준의 행적을 낱낱이 장악하였다.

산음이나 사천과 같은 지방관청의 관리들은 물론 개경부나 한성부의 관리들도 사헌부관리의 말이라고 하면 비록 그 벼슬품계가 정6품인 감찰의 말이라 해도 허술히 대하지 못하였다. 게다가 금전이 그뒤를 따르니 공것이라면 엄뚱이라도 삼킬 위인들이 가만있을리 만무하였다.

금년초에 허준이 한성에까지 올라와 명의로 이름을 날리고있다는 소문이 허모의 귀에도 들려왔다. 허모로서는 몹시 떫은 감을 입에 넣은듯 한 불길한 소식이였다. 그러다가 왕궁에까지 그 소문이 들어가면 난사였다.

더우기 명의라고 하면 권세와 부귀에 물젖은자들이 그 부귀영화를 오래 누리기 위해 자기의 건강과 장수에 자못 원심을 쓰고있는지라 자칫 잘못하면 허준이 고관대가에까지 손을 뻗칠수 있었다. 자기의 병을 보아주고 목숨을 구해주며 장수를 담보하는 명의의 부탁을 외면할 대감들이 과연 어디에 있을터인가.

방임할수 없었다. 이것을 그냥 허용하고 방임해두면 서자인 허준이 적자인 이 허모를 딛고 올라설수 있었다.

한편 이것은 설유에 대한 앙갚음이기도 했다.

설유가 허준에게 시집갔다는 말을 들었을 때 허모는 뒤로 벌컥 나자빠졌다. 잠자리에 들어서도 설유를 품에 안는 꿈을 꾸며 앙앙불락하던 자기가 아닌가.

그런데 자기는 거들떠보지 않고 심지어 말 못하는 종신불구로 만들번했던 설유가 다른 사람도 아닌 허준에게 시집갔다니 울화통이 터져 미칠것만 같았다. 욕심같아서는 허준을 아예 죽여버려 설유가 기절초풍하는 모습을 보고싶었다.

그렇게는 못한다처도 만일 허준이 귀양간다면 설유가 한절반 혼이 빠져 망연자실할것이라고 허모는 생각했다. 그 길만이 자기의 울분과 한을 풀수 있는 유일한 길이였다.

허모는 얼마전 한성부의 서윤에게 허준을 옥에 처넣으라고 귀띔했고 서윤은 참군을 시켜 허준을 끌어온것이다. 협박장은 허모가 쓴것이였다.

한성의 의원들이 허준에게 아무리 시기심을 가지고 아니꼽게 본다고 해도 고루한 선비의 기질을 타고난 이들이 협박장을 붙이고 관가에 고소하여 옥에 처넣을 담은 없었다.

허모는 이번 기회에 허준을 완전히 매장시키려고 작정하였다. 몇달 옥살이를 시켜 혼을 뽑아놓은 다음에는 적합한 죄목을 들씌워 먼곳에 귀양을 보내자는것이 허모의 계책이였다. 허모는 귀양살이중에서도 가장 모진 위리안치(정배보낸 죄인이 거처하는 집둘레에 가시울타리를 치고 자유를 구속하는 형벌)를 시키려고 작정하였다. 당초에 이 세상에서 자기의 이복동생인 허준을 없애버리자는것이였다.

이것은 사헌부관리인 허모로서는 십분 가능한 일이였다. 권세만 있으면 죄목과 형벌은 꾸며내기탓인것이다.

한가지 애석한것은 아버지 허륜이 두달전에 이 세상을 하직한것이였다. 자기가 조정의 중앙관청에 진출하여 제발로 걸어갈무렵에 아버지가 별세한것은 참말로 다행스러운 일이였다.

허모는 자기를 금전으로 밀어준 아버지에 대하여 무등 고맙게 생각하고있었다. 허나 허륜의 비명은 처첩생활의 번민과 질시, 불화로 얻은 심화병인지라 제손으로 제눈을 찌른 격이라고 허모는 제나름의 견해를 가지고있었다.

이제는 남은 어머니만이라도 잘 돌보아드려야겠다는 마음으로 자주 룡천고을에 걸음을 하군 하였는데 오늘은 이런 기쁜 소식을 전하게 되였던것이다. 당장 앓고있는 어머니를 한성으로 데려가고싶었으나 자리도 채 잡지 못한 처지에서 조금 더 두고보기로 하였다.

가만 살펴보니 병색이 짙은 어머니는 얼마 오래 살것 같지 못했다.

(모든 불화의 근원은 허준이 그놈한테 있어! 어머니의 한을 풀어드리려면 어떻게 하나 그 자식이 이 세상에서 아예 없어져야 해!)

가늘게 쪼프린 허모의 실눈에 독기가 언뜻거렸다.

3

허준은 옥안에서 두무릎을 세우고 몸을 옹송그린채 깊은 상념에 잠겨 앉아있었다.

을씨년스러운 겨울바람이 허준의 몸을 꽁꽁 얼구려는듯 악을 쓰며 살창너머로 휙휙 날아들어왔다.

그래도 설유와 기동이가 차입한 두툼한 솜바지저고리가 추위를 한결 막아주었다. 설유와 기동은 벌써 몇차례씩이나 음식과 옷가지들을 차입했으나 음식들은 옥리들한테 다 빼앗기고 옷가지들만이 허준에게 넘겨졌다.

옥에 갇힌 허준은 조금도 주눅이 들지 않았다.

자기가 역적죄를 지었거나 협잡행위를 한것도 없지 않은가. 죄가 없는데야 두려울것이 뭐 있느냐. 이런 담력과 배짱이 그를 지탱하고있었다.

허준을 태연자약하게 한것은 또한 자기의 명의술에 대한 믿음, 더 나아가서는 자기의 의로운 뜻과 목표에 대한 확고한 믿음이였다.

자기가 이 옥고를 치르는것도 그 의로운 길을 걷는 길에서 만난 일시적인 좌초이라고 생각하였다. 그만큼 그는 자기의 뜻과 자기가 가는 길을 확신하고있었고 또 긍지스럽게 생각하고있었다.

허나 무료하게 시간을 헛되이 흘려보내는것은 참말로 안타까왔다.

류이태도 바로 그러하지 않았던가.

아니다. 결코 시간을 헛되이 흘려보내서는 안된다!

뜻과 목표가 뚜렷한 사람들이 흔히 그러하듯이 그가 제일 우려하는것은 지금에 와서 옥에 영원히 갇히우지 않겠는가 하는것보다 이러다간 일생의 시간이 모자라 자기의 뜻 즉 후세에 남을 큰 의서를 쓸 일생의 목표를 이루어내지 못하지나 않을가 하는것이였다.

옥안에 갇혀 앉아있는 이 시간을 허준은 효과있게 보내리라 속으로 다짐하였다. 밖에 있을 때에는 치료로 바빴지만 여기서는 얼마든지 사색할 시간이 있었다.

지금 이 시각 허준은 그런 의도밑에 머리속에서 의서의 구성안에 대하여 생각하고있었다.

류이태가 구상한 의서의 편은 다섯개의 편이였다. 과연 그것이 합당한 구성안이겠는가?

몇번이나 따지고따져보았으나 허준은 류이태가 의서의 구성안은 비교적 정확히 세웠다고 보았다.

이제부터는 그 다섯개 편을 이룰 방대한 량의 자료가 문제였다.

굴뚝속같이 한치앞도 가려볼수 없는 깊은 한밤중이였다.

윙-윙- 눈가루와 먼지가 한데 섞인 맵짠 바람이 옥문앞으로 날아가더니 다시 회오리바람이 그뒤를 따르다가 하늘로 솟구쳐오른다. 온 천지에 승악스러운 눈바람소리만 깃들뿐 인적 하나 볼수 없는 밤이다.

어데선가 나타난 사람의 그림자가 옥문을 향하여 발벼발벼 다가왔다.

자세히 살펴보면 분명 내인의 걸음씨다. 호리호리한 몸매에 걸을 때마다 일부러 그러는지 엉치와 허리를 흔들거리는 모양이 퍽 숙련된 논다니패의 걸음새로 보였다. 내인은 곧바로 쾌를 걸어놓은 옥문앞으로 다가섰다.

《누군가? 아니, 이거 웬 계집이 무서운것두 모르고 함부로 여기에 와?》

어딘가 모르게 순박해보이는 털보옥리가 왕방울같은 두눈을 굴리며 무섭게 녀인을 노려보면서 소리쳤다. 그러나 녀인은 조금도 주접이 들지 않고 오히려 새하얀 손가락으로 자기에게로 오라는 시늉을 하였다.

어둠속에서도 녀인의 해사하고 예쁜 용모가 엿보이고 사내들의 간장을 녹이는 이상야릇한 향기가 추위와 적막감에 떨고있는 옥리의 코를 찔렀다.

뜻밖에도 아릿다운 계집이 눈앞에 나타나 무랍없이 행동하자 옥리는 제잡담하며 스적스적 녀인의 앞으로 다가갔다. 살창을 사이에 두고 옥리는 건너편에 서있는 녀인에게 거칠게 물었다.

《무슨 일인가?》

녀인은 아무런 대답도 없이 옥리의 얼굴을 마주 바라보며 샐쭉 웃더니 옆에 끼고 온 참대바구니의 보자기를 살짝 들었다. 커다란 대두병이 얼핏 옥리의 눈에 비껴들었다.

《술인가? 그런데 넌 누군가?》

《술이오이다. 쉰네 주손 알아서 뭣하리까.

지나다보니 옥리나리께서 이 추운 밤에 적적해할것 같아서 말동무

나 좀 해줄가 해서 왔는데…》

《음- 그거참 네 마음이 갸륵하구나. 그럼 어서 들어오라.》

옥안에 들어선 녀인은 참대바구니에서 술이 가득 담긴 대두병과 문문김을 피워올리는 모두부 세모를 얼른 꺼내놓았다.

《어? 이거 괜찮다!》

옥리의 손이 대두병으로 뻗쳐지자 녀인이 자기의 해말간 손으로 옥리의 손등을 찰싹 때렸다. 옥리가 깜짝 놀라 소리쳤다.

《왜 그래?》

《나리, 이 세상에 공짜가 있소이까?》

그제서야 옥리는 머리를 들고 녀인을 찬찬히 살펴보았다. 한다하는 기생이나 논나니들을 찜쪄먹을 요염하기 그지없는 젊은 녀인이다.

(하, 고년 곱기도 하다. 어데서 이런 미인이 내앞에 굴러왔을고?)

옥리의 불거져나온 울대가 세차게 오르내렸다.

《하, 그래, 그렇지! 이 세상에 공짜란거야 있을수가 없지! 그러니 내 너하구 오늘밤에 재미보려구 해두 공짜로는 안된단 말이냐?》

《아, 그야 물론이지요.》

《그래, 얼마면 되겠냐?》

녀인은 거침없이 열손가락을 옥리의 눈앞에 펴들었다.

《열냥?》

녀인이 도리머리질을 하였다.

《백냥?》

녀인이 다시금 도리머리질을 하였다.

《아니, 이년이 정신나가질 않았어?》

《나리님, 동전 백냥이 아니라 은전 백냥입니다.》

《이년, 너 지금 날 놀려대는거냐?》

《됐소이다. 나리, 실없는 소리는 그만하고 술이나 드시오이다.》

《음, 그럼 이건 무슨 값인가?》

《네, 며칠전에 갇힌 그 명의원님이 이안에 계시지요?》

《뭐 명의? 명의는 무슨 명의, 그놈은 촌에서 올라온 협잡군이다. 그래서 우리 참군어른이 옥에 처넣은거야.》

녀인의 호들갑스러운 소리가 옥리의 말이 채 끝나기도 전에 노래소리처럼 흘러나왔다.

《아니, 이 나리 좀 봐라. 아예 깜깜이시네. 저 의원님은 병자의 얼굴만 한번 슬쩍 봐도 그 사람의 오장륙부의 병은 물론이구 그 속마음까지도 다 알아맞히는 조선팔도에 한분밖에 없는 명의시와요. 일전에 내가 깊은 병에 들었었는데 먼발치에서 내 눈만 한번 슬쩍 보시구 내가 과부라는것도…》

《오— 과부인가?》

옥리가 갈구리같은 손으로 해말쑥한 녀인의 손을 덥석 잡았다. 또다시 찰싹 옥리의 손을 쳐갈기는 소리가 울렸다.

녀인은 초롱초롱한 두눈을 옥리에게 샐쭉 흘기였다. 옥리가 손을 거두며 멋적은듯이 웃었다.

《흐흐— 참, 공짜가 없다고 했지. 그래 이 술은 대체 뭔가?》

《제 얼른 들어가서 그 의원님께 음식을 대접하자구…》

《정말 그 의원이 명의가 맞아?》

《나리도 그 의원님께 잘 보이는게 좋을것이오이다.》

《일각을 넘기지 말아야 해!》

옥리의 말이 끝나기도 전에 녀인은 어느새 바람같이 수인들이 갇혀있는 감방쪽으로 사라져버렸다.

깊은 상념에 잠겨 의서의 구성안에 대해 옴해있는 허준의 귀전에 녀인의 부름소리가 들려왔다.

《의원님!》

돌아보던 허준의 두눈이 휘둥그래졌다.

《아니, 이게 누군가? 젊은 과수댁이 아닌가. 헌데 이밤중에 여길 어떻게?》

《의원님, 의원님이 옥에 갇히웠다기에 쇤네는 한밤을 꼬박 눈물로 지새웠소이다. 시들어가던 이 몸에 젊음을 찾아준 의원님의 은혜를 쇤네가 어찌 잊겠소이까.》

과연 녀인의 온몸에서 싱싱하고 약동하는 젊음이 풍겨왔다. 아릿다운 랑자가 마치도 눈앞에 와있는듯 하였다. 녀인의 젊어지고 싱싱한 모습을 보니 허준은 진심으로 기뻤다.

《의원님, 쇤네의 이름은 달래라고 하오이다. 사모님이랑 기동아저씨의 말을 들으니 음식을 들여보내면 저 옥리들이 다 처먹고 옷가지밖에 가닿지 못한다고 하기에 쇤네가 이렇게 직접 걸음을 하였소이다.》

《아니, 저 기동이랑은 여기에 한번 들어오려면 쩔쩔매군 하던데 자넨 무슨 재간으로?》

달래가 초롱눈을 샐쭉 흘기며 입가에 웃음을 띠였다.

《의원님, 쉰네가 이래뵈도 사내를 녹이는 재간은 좀 가지고있사오이다.》

《하하!-》

이윽고 달래는 바구니에서 음식가지를 꺼내놓기 시작했다.

굵은 박달나무로 살창을 한 감방안으로 참대바구니가 통채로 들어갈수 없다는것을 타산한 달래는 놋밥바리마다에 음식들을 가득가득 담아가지고 들어왔던것이다.

허준이 미처 말릴새도 없이 달래가 연신 놋밥바리를 나무살창사이로 넘기였다.

밥바리들의 뚜껑을 연 허준의 두눈은 둥그래졌다. 팥고물을 진하게 한 찰떡, 하얀 흰쌀밥, 아직도 뜨끈한 오지단지안의 닭고기국 그리고 훈제한 통닭 한마리…

군침이 넘어가는것을 어쩔수 없었다. 달래의 극진한 성의에 허준은 고개가 숙어졌다.

《달래, 정말 고맙네. 헌데 밤이 너무 깊었으니 자넨 얼른 집으로 돌아가라구.》

《아니올시다. 의원님께서 음식을 다 드시는것을 보고야 물러가겠소이다. 저놈들이 혹 다시 빼앗을지 알겠소이까.》

《아, 들여온 음식이야 내 천천히 먹지 않으리.》

《아니올시다. 내앞에서 꼭 드셔야 하오이다.》

달래는 무릎을 모으고 아예 그자리에 주저앉았다. 잡도리가 보통이 아니였다.

《음, 그럼 내 들지.》

아닌게아니라 보리쌀 반홉도 되나마나한 옥안의 밥아닌 밥으로 끼니를 에우고있는 허준은 몹시 허기진 상태였다. 금방 찰떡을 한입에 베여물려 하는데 달래의 목소리가 울렸다.

《의원님, 저 술부터 먼저 하시오이다. 의원님도 잘 알지 않소이까. 식전의 약주! 더구나 이 추운 방에서야 그저 그만이지요.》

《허, 그렇지.》

쭉 소리를 내며 한잔을 들이키니 아닌게아니라 온 내장이 후끈 달아오르는듯 하였다.

《어-거참 술맛 좋다!》

달래는 허준이 음식을 깨끗이 비우는 마지막까지 고집스럽게 앉아 지켜보았다.

그가 일어서서 음식그릇을 바구니에 담기 시작하자 허준이 넌지시 물었다.

《달래, 일전에 내가 귀띔해주었던 일은 어떻게 되였나?》
《뭘 말이오이까?》
《음, 배필을 정하는 문제말일세.》
허준의 말뜻을 깨달은 달래의 얼굴에 발그스레 홍조가 피였다.
《의원님, 무르익어가고있소이다. 의원님께서 옥에서 나오실 때면 아마 국수를 잡수실것 같소이다.》
《그래, 하하! 그렇게 되면 임잔 더 젊어질거네.》
옥의 음산한 풍경에 어울리지 않는 허준의 호탕한 웃음소리가 옥안에 울려퍼졌다.
달래는 허준에게 다소곳이 인사하고나서는 들어올 때처럼 바람같이 사라져버렸다.
달래가 옥에 다녀간지 며칠후 옥문앞에 또다시 세명의 사람들이 나타났다.
설유와 기동이 그리고 다부지면서도 애돼보이는 젊은이였다.
이미 어둠이 깃든지도 오랜 늦은밤인지라 옥리는 입을 쩍 벌리며 연신 하품을 해대고있었다.
설유가 옥리에게 다가가 다소곳이 인사를 하며 말을 걸었다.
《나리, 안녕하시오이까?》
벌써 몇번 다녀갔는지라 옥리는 낯이 익은듯 설유를 바라보며 물었다.
《어, 또 왔는가? 헌데 무슨 사람들이 이렇게 많은가?》
《네, 모두 의원님을 뵙자고 찾아온분들이오이다.》
《안된다. 물건들을 여기에다 놓고 돌아들 가라. 내 착실히 전달해주겠다.》
《나리님두 참, 오늘은 한번 들어가게 해주사이다.》
잔잔한 웃음을 머금은 설유의 고운 눈이 옥리를 바라보았다. 아직도 뭇사나이들의 눈길을 끄당기는 설유의 검은 눈은 자기의 매력을 잃지 않고있었다.
옥리는 설유의 얼굴을 흘끔흘끔 쳐다보면서 여전히 요지부동이다.
《자, 시끄럽게 굴지 말고 어서 가지고온 물건들은 여기에다 놓고 돌아들 가라!
내 하나도 허실되지 않게 음식과 물건들을 넘겨주겠다.》
설유가 담담한 어조로 말했다.
《나리, 그럼 우린 그대로 돌아가겠소이다.》

《엉?!》
옥리가 설유의 옆구리에 매달려있는 커다란 싸리바구니를 힐끔 쳐다보며 외마디소리를 질렀다. 그대로 돌려보내야 저밖에 손해볼게 없었다. 차라리 들여놓고 오늘밤을 그들이 가져온 음식으로 술추렴이나 하는것이 더 나으리라.
돌아서서 자박자박 걸어가는 설유의 일행을 옥리는 소리쳐 찾았다.
《여— 돌아오라!》
설유가 돌아서서 되물었다.
《왜 그러시오이까?》
《오란데 무슨 잔말이 그렇게 많은가.》
이들이 다시금 정문에 이르자 옥리가 들고있던 장창끝으로 설유가 끼고있는 바구니우의 보자기를 슬그머니 들춘다. 대뜸 옥리의 눈에 안겨든것은 바구니에 비죽이 삐여져나온 술병들이였다.
《좋다. 들어오라.》
옥안에 들어선 설유는 제꺽 싸리바구니를 탁자우에 올려놓았다. 그리고는 술과 음식가지들을 차리기 시작했다. 잠간사이에 제법 풍성한 주안상이 마련되였다.
기동이 너스레를 떨었다.
《나리, 우리가 몇번째 다녀가면서도 인사를 못해서 오늘은 이렇게 품들여 준비를 하고왔지요. 자, 어서 뜨끈하게 속을 덥히시오이다.》
기동은 저레 옥리와 마주앉아 맞잔을 찔었다.
《좋아, 좋아! 술도 동무가 있어야 맛이 난다.》
술잔이 오가고 한식경이 지나자 옥리의 입에서는 혀꼬부라진 소리가 나오기 시작했다.
이쯤 되자 설유가 옥리에게 부탁하였다.
《저— 그럼 우린 제꺽 의원님께 들어갔다 오겠소이다.》
《음, 그리하라.》
옥리가 게슴츠레한 눈을 겨우 뜨고 혀꼬부라진 소리로 말을 내뱉았다.
설유와 기동이 그리고 젊은 사나이는 재빨리 허준이 갇혀있는 감방으로 향하였다.
《예영이 아버지!》
《선생님!》
허준은 깜짝 놀랐다.
《아니, 대체 무슨 일인가? 어떻게 이렇게 다들 들어왔나? 옥리는 어

떡하구?》

《근심마소이다, 선생님. 그 자식은 벌써 곤드레만드레 취해서 쿨쿨 자오이다.》

일행을 둘러보던 허준이 낯선 젊은이에게 시선이 갔다.

《헌데 저 젊은이는 뉜가?》

젊은이가 목메인 소리로 말했다.

《의원님, 절 모르시겠소이까? 제 칠성이올시다.》

《가만 있자, 이게 곽란으로 죽을번 했던 병자가 아닌가, 응? 살아났구만.》

심한 구토와 설사로 하여 인사불성이 되였고 눈확과 볼이 홀쭉 꺼져들어가 마치 해골을 방불케 하였던 그의 얼굴에 불깃불깃한 혈색이 돌아 건강과 기운이 온몸에 차고넘쳤다.

건강해진 칠성이를 보는 허준은 가슴이 흐뭇하였다.

《그런데 예영이 에미와 기동인 그렇다치고 칠성인 왜 수고로이 예까지 걸음을 하였나?》

칠성이가 울먹이는 소리로 말했다.

《의원님, 의원님이 아니였더라면 전 이미 이 세상에 없을 사람이오이다.

헌데 의원님께서 이렇게 옥고를 치르고계시온데 그걸 외면하오면 제가 사람이오이까.》

칠성의 목소린 절절하였다.

이윽고 기동이가 허준의 귀에 대고 나직하면서도 재빨리 속삭였다.

《선생님, 오늘밤 선생님을 파옥시키려고 칠성이와 같이 왔소이다. 칠성인 능한 대장쟁이옵니다. 그래서 살창을 끊을 쟁기까지 다 마련해 가지고왔소이다.》

《뭐, 파옥은 왜 한단 말인가?》

《선생님, 그러면 이렇게 허무맹랑하게 옥살이를 하시겠단 말씀이오이까?》

《파옥이라니, 그게 어디 될 말인가. 그래선 안되네.
내가 파옥을 하면 저놈들이 나에게 들씌운 죄목을 스스로 인정하는것으로 되네.》

《아니, 그럼 무지막지한 저놈들이 선생님의 그 생각을 알아나줄것 같소이까? 없는 죄도 만들어서 이렇게 옥에 처넣는 놈들이 말이오이다.》

《이봐 기동이, 내가 설사 파옥을 한다 치세. 그러면 내 평생 저놈들의 눈을 피해 숨어서 살아야겠는데 사람이 하는 일도 없이 그렇게 구차한 목숨이나 연명해서는 뭘하겠나.

차라리 그건 예서 옥살이를 하다 죽는것보다 못해. 난 어떻게 하나 저놈들에게 자기들이 들씌운 죄목이 날조이며 결코 이 허준이가 허재비의원이 아니라는걸 보여주어야 하네. 그래야 떳떳이 옥에서 나가 다시 이 한성에서 머리를 들고 자기의 뜻을 펼칠수 있네.

이건 나를 가르쳐준 류이태선생님의 뜻이기도 하네.

만약 저놈들에게 내 뜻이 통하지 않으면 차라리 이 옥에서 죽는게 더 낫지. 내 말의 뜻을 알겠나?》

허준의 정기도는 두눈에서는 불빛이 번뜩이였다.

설유가 조용히 입을 열었다.

《예영이 아버지 말씀이 옳아요. 예영이 아버지의 뜻을 따르도록 하자요.》

기동은 눈물에 젖은 눈으로 허준을 바라보았다.

《선생님, 차디찬 엄동설한에 이 옥고를 어떻게 견디여내겠소이까.》

칠성이도 울먹이며 허준의 손을 꼭 잡았다.

《의원님, 그러다 자칫 잘못하시오면 옥에서 죽고마오이다.》

《아닐세. 그건 사람이 마음먹기에 달려있지. 뜻을 세운 사람은 그렇게 쉽사리 죽지 않아.

그리고 나야 의원이 아닌가. 내 여기 옥안에서도 제 몸조리를 의술의 리치에 맞게 하지. 그러니 너무 걱정들 말게.》

설유와 기동이, 칠성이는 거듭거듭 허준을 뒤돌아보며 떨어지지 않는 발걸음을 옮기였다.

그들이 나올 때까지도 옥리는 탁자에 얼굴을 틀어박고있었다.

4

그동안 허모는 허준을 귀양보낼수 있는 문서장들을 빈틈없이 하나 하나 갖추어나갔다.

이제 한 뒤달동안 허준이를 옥살이 시키면서 그에게 죄목을 하나라도 더 붙이기 위해 머리를 짜내고있었다.

문서들을 갖추어나가면서 허모는 한편으로는 대사헌 박근원에게 도간도간 그 안건을 내비쳤다.

《대감어른, 한성부에서 의원이랍시구 협잡행위를 하던 죄인 한놈을 옥에 처넣었소이다.》

《어떤 놈이게?》

《한성부놈은 아니구 시골에서 올라온 놈인데 의원간판을 내걸구 숱한 금전을 받아먹었소이다. 지금까지 알아본데 의하면 그 량이 엄청나게 많소이다. 그리고 의술이 변변치 못하다보니 병자들을 치료한다는것이 오히려 위급하게 해서 많은 사람들이 죽을번 했소이다.》

《저런 고약한 놈 봤나.》

《그래서 좀더 죄를 따져보고 죄가 심하면 귀양을 보낼가 하오이다.》

《음, 그 문젠 감찰이 알아서 처리하도록 하라.》

박근원에게는 그런 시시한 일 말고도 그보다 더한 중죄건이 얼마든지 있었다. 한갖 의원따위의 죄나 따지는 일은 감찰인 허모에게나 적합한 일이였다.

허준을 귀양보내려면 최종적으로 문서에 대사헌의 날장(도장을 찍는것)을 받아야 하는것이다. 그 날장을 무난히 받기 위해 미리부터 박근원에게 침을 놓는 허모였다.

허준은 벌써 석달째 옥살이를 하고있었다.

그의 얼굴은 마치 곽란을 앓는 병자처럼 홀쭉해지고 수염도 더부룩하였다.

설유와 기동이, 달래와 칠성이가 번갈아가며 음식과 물건들을 차입해주지 않았더라면 아마 허준의 몰골은 곽란을 앓는 병자보다 더 처참했을것이였다.

감방과 잇닿은 옥리방에서는 지금 한창 두 옥리가 서로 수작질을 하고있었다.

《저 의원이란 놈이 진짜의원이 맞긴 맞수?》

나이가 더 우인 텁석부리가 대답했다.

《내 가만히 보니 의원은 의원인것 같네. 그놈한테서 치료를 받았다면서 숱한 놈들이 음식가지들을 들고 찾아오는걸 보면 그런것 같기두 해. 그것두 명의래. 한성부의원들두 못 고치는 병을 저놈은 땅땅 고쳐낸다나.》

《명의요? 아, 진짜명의라면 거 우리 참군나리한테 한번 붙여보지 않겠수?》

《참군나린 왜?》

《아, 지금 참군나리가 근 열흘째 애역(딸꾹질을 일으키는 병)에 걸려 연신 딸꾹질을 해대고있질 않수. 그래서 한다하는 한성부의원들이 다 다녀갔는데 아직 여전하지. 이젠 눕지도 못하고 이불을 그러안고 앉은채로 밤낮으루 딸꾹질을 해댄다고 하우.

한성부의원들도 못 고치는 병을 고치는 놈이라면 그 병도 고칠게 아니유.》

《음, 그 말도 비슷해. 저놈의 의술도 시험쳐볼겸 한번 말해볼가.

만약 가짜의원이란게 들장나는 날에는 영낙없이 평생 옥살이신세를 면할수 없지.

내 한번 참군나리한테 여쭈어보지.》

원체 급해맞은 병자는 나중에는 지푸래기라도 잡을판이다.

옥리의 말을 전해들은 참군은 머리를 기우뚱했으나 한번 병을 보이기로 작정하였다.

허준은 석달만에 처음으로 훈훈한 방에 들어서게 되였다.

참군의 집은 으리으리한 고래등같은 기와집이라고 말할수 없으나 꽤 요란하게 꾸려져있었다.

참군이 그리 시답지 않은 표정으로 허준을 바라보며 물었다.

《네가… 꺽!- 옥리가 말한… 꺽!- 의원인가?》

《네, 그렇소이다.》

《음, 한번 좀… 꺽!- 봐다고… 꺽!-》

허준은 참군의 얼굴을 찬찬히 바라보았다.

신기가 과민하고 예민한 표정이 그의 안모에 잔뜩 실려있었다. 대번에 신명(정신)이 과도한 체질이라는것을 간파할수 있었다.

다음 허준은 딸꾹질소리에 가만히 귀기울였다. 그 소리가 이전에 듣던 애역병자들의 소리보다 퍽 약했다. 실증인 애역병자는 그 딸꾹질소리도 힘있고 련속적이며 얼굴도 벌개지지만 참군의 얼굴은 해쓱했고 손발은 싸늘하였다. 틀림없이 신기가 과도한 체질에다가 허증성 애역이였다.

《그래… 꺽!- 네가 꽤… 꺽!-고, 고칠만… 하냐? 꺽!-》

어찌나 딸꾹질에 시달렸는지 참군은 말도 제대로 번지지 못했다. 옆에 있던 그의 하인이 허준에게 설명했다.

《침과 약은 맞을대로 다 맞고 먹어도 보았소이다. 이젠 침이라 하면 나리께선 아예 질색이오이다. 낫지도 않으면서 괜히 아프게 살만 찌른다고 말이오이다.》

한동안 생각에 잠겨있던 허준은 하인을 돌아보며 한마디 했다.

《뜨끈한 물 한홉에다가 약누룩 한숟갈을 풀어오시우.》

하인이 허준의 말대로 약누룩을 푼 뜨끈한 물을 들여오자 허준은 그 종지를 탁자우에 올려놓았다. 그리고는 참군을 돌아보며 말하였다.

《여기 나 앉으시오이다.》

참군은 허준의 말대로 탁자앞에 나앉았다.

《이젠 두손을 뒤로 모두어 잡으시오이다.》

《어떻게… 꺽! - 말인가? 꺽! -》

《거 있지 않소이까? 죄인들을 오라로 포박할 때처럼 말이오이다.》

《뭐 죄인?… 꺽! -》

허나 급한 병자는 그가 아무리 높은 세도가라고 해도 저를 고쳐주는 의원의 말을 듣기마련이다.

참군은 허준의 요구대로 두손을 등뒤로 모아쥐였다.

《이젠 종지안의 뜨끈한 물을 훌훌 불어가며 한모금씩 마시오이다.》

참군이 마치 죄인처럼 등뒤로 손을 모두어 잡고 허리를 굽혀 종지의 물을 훌훌 불어가며 한모금씩 들이키기 시작했다.

잠시후 그렇게도 사람들의 귀를 자극하던 참군의 딸꾹질이 뚝 멎어버렸다.

물을 한모금씩 들이키던 참군이 고개를 버쩍 들고 놀라서 소리쳤다.

《아니? 이거 정말 딸꾹질이 멎었네그려!》

허준은 머리를 저었다.

《아니오이다. 좀더 계속 하시오이다.》

참군이 한종지의 물을 다 들이켰다. 그리고는 긴숨을 내쉬며 말했다.

《어 - 이젠 살것 같구나. 딸꾹질이 정말 멎어버렸어. 거참 신통한데.》

참군이 놀라운 눈길로 허준을 바라보았다.

《이자 보니 자넨 참말 용한 의원일세!》

그런데 공교롭게도 한식경이 지나자 그의 딸꾹질이 다시금 터졌다.

허나 참군은 기대감을 가지고 허준을 쳐다보았다. 그래도 한성부의원들은 숱한 침으로 자기 몸을 찌르면서도 전혀 멈추지 못한 딸꾹질을 이 의원은 침 한대 놓지 않고서도 한식경이나 멈추질 않았는가.

하인이 물었다.

《의원님, 어찌하오리까?》

옥리도 한껏 기대어린 눈으로 허준을 바라보며 말했다.

《의원님, 다시한번 손을 써주사이다.》

방금전까지만 하여도 이놈, 저놈 하던 옥리의 입에서도 드디어 의원님이라는 부름이 터져나왔다.

한동안 깊은 생각에 잠겨있던 허준이 자리에서 일어섰다.

옥리와 하인이 황황히 말했다.

《아니 의원님, 가시려 하오이까?》

《아니오이다. 이제 내가 시키는대로 하시오이다.

우선 참군어른은 일어서서 허리를 굽히고 두손을 방바닥에 대소이다.》

이제 와서 참군은 허준이 방바닥을 핥으라 해도 핥을판이다.

《응, 손바닥을… 꺽! 방바닥에… 꺽!-》

참군이 두손을 방바닥에 붙인채로 엉치를 하늘중천으로 높이 쳐들었다. 허준은 옥리와 하인을 돌아보았다.

《이젠 사정을 보지 말고 참군어른의 발목을 각각 잡고 두다리를 버쩍 추켜올리시오이다.》

《아니, 그렇게야 어떻게…》

《옥리나리, 참군어른의 병을 고치시겠소이까, 안 고치시겠소이까?》

《그야 물론 고쳐야지.》

《그럼 내가 시키는대로 하시오이다.》

참군도 머리를 수그린채 끄덕끄덕 하였다.

《음, 그렇게 하세.》

옥리와 하인이 《옥!-》하는 소리를 내지르며 참군의 다리를 버쩍 추켜올렸다. 참군이 두팔을 바닥에 뻗치여대고 방벽에 의지한채로 완전히 거꾸로 세워졌다.

잠시후 옥리의 입에서 환성이 터져올랐다.

《아, 딸꾹질이 멎었소이다!》

《조금만 더 있소이다.》

일각이 지난 후에 허준은 거꾸로 선 참군을 바로 내리웠다.

참군이 긴 한숨을 내쉬며 말했다.

《어- 살것 같다. 헌데 이제 또다시 발작하면 어떡하지?》

허준은 확신에 넘쳐 말하였다.

《이젠 일없을것이오이다.》

아닌게아니라 한식경이 퍽 지났어도 딸꾹질은 없었다.

참군이 놀란 눈길로 허준을 바라보았다.

《임잔 참말로 명의일세.

헌데 어떻게 침 한대 놓지 않고 이렇게 딸꾹질을 딱 멈추었나? 그리고 날 거꾸로 세울 생각은 또 어떻게 하구? 내 별의별 치료를 다 받아보았지만 이런 치료는 생전 처음일세.》

《참군어른, 그것도 다 의술의 리치지요. 딸꾹질은 대체로 위기가 상역(거꾸로 올라가는것)해서 생기는데 어른은 신기가 매우 예민한 편이오이다. 아마 잠도 충분히 못 드실거구요.》

《옳네. 잠자리에 누우면 계속 생각이 꼬리를 물군 하네.》

《네, 원체 비위가 약한데다가 신기가 예민해지면 위기가 상역하기가 쉽소이다. 침과 약으로 딸꾹질을 멈출수 없을 때에는 이자처럼 그렇게 거꾸로 세워야 하오이다.》

《그건 대체 무슨 리치인가?》

《네, 애역에 걸린 병자를 그렇게 거꾸로 세워놓으면 가슴안의 장기들이 아래로 쏠리면서 우로 올리뻗치는 상역된 위기를 누릅니다. (정확히는 간대성경련을 일으키는 횡격막을 내려누른다.) 그러면 이렇게 완고한 딸꾹질도 딱 멎게 되는겁니다.》

《하- 그참 그럴듯해.》

눈을 껌벅이던 참군이 머리를 기우뚱거렸다.

《헌데 자네같은 명의를 대체 뉘가 옥에 처넣었나?》

옥리가 눈이 휘둥그래서 참군을 쳐다보며 외마디소리를 내였다.

《네? 뉘가 처넣다니요?》

옥리의 놀란 눈길을 보자 참군의 머리속에는 문득 사헌부 감찰 허모의 얼굴이 불쑥 떠올랐다. 서윤이 말하기를 사헌부 허감찰이 이 의원을 취급한다고 하였다.

참군이 옥리를 돌아보며 지시를 주었다.

《오늘부터 이 의원을 감방에 넣지 말고 너희들이 거처하는 방을 하

나 내여 거기서 숙식시키도록 해라.》

《알겠소이다.》

옥리와 허준이 물러간 뒤 참군은 머리를 짜냈다.

(이 일을 어떻게 한담?)

자기를 위해서도 이와 같은 명의를 놓치고싶지 않았다. 허나 그건 제 맘대로 되는 일이 아니였다.

허모가 사헌부의 지시라고 내리먹여 한 일이였다. 비록 허모가 정6품 밖에 안되는 감찰이라지만 듣자니 대사헌 박근원대감과 여간 막역한 사이가 아니라고 한다.

그러니 까딱 잘못 처신했다가는 사헌부의 눈밖에 날수 있었고 그렇게 되면 조정도 안중에 없이 범인들을 눈감아주고 그들의 주머니를 털어낸 자기의 죄행을 들추어낼지도 모른다.

하여튼 허모란 놈이 만만치 않은것만은 사실이였다. 그우로 숱한 상급이 있는데도 대사헌을 끼고도는것을 보면 여간 권모술수에 능한 놈이 아니였다.

(헌데 모를 일이로다. 저런 명의를 감찰이 왜 옥에 처넣으라고 했을가?)

참군은 여기에는 분명 무슨 쪼간이 있을거라고 생각하였으나 더 깊이 파고들려고는 하지 않았다. 이즈음의 세월에 이러한 일들이 어찌 한두건인가.

법과 죄목들이 권세가들의 기분에 따라 적용되는 세월이였다.

괜히 그이상 더 깊이 알려고 했다가는 오히려 제 목이 위태로와질수 있었다.

허나 참군은 앞으로 제몸의 보신을 위해서 한성부의원들속에서도 찾기 힘든 명의인 허준을 놓치고싶지 않았다.

불쑥 참군은 신통한 생각이 떠올라 무릎을 철썩 쳤다.

그의 눈앞에 한 대감의 얼굴이 떠올랐다.

그 대감이란 임금의 총애를 한가득 몸에 지니고있는 사헌부의 이전 대사헌 류희춘이였다.

류희춘의 형수가 참군의 사촌고모여서 여러번 만난적이 있었다.

(그렇지. 류희춘대감에게 말해보자. 오래동안 류배살이를 하시다가 다시 벼슬길에 들어선 대감이 늘 앓고있는데 이번 기회에 허준이라는

의원을 붙여 병도 치료하고 그러느라면 그 의원의 문제도 비칠수 있을게 아닌가. 그리고 류대감이 나선다면야 제아무리 박근원대사헌이라고 해도 들어줄수 있어. 그러면 대사헌의 말이라면 엄동설한에 산에 가서 딸기라도 따올 허감찰이 고양이앞의 쥐마냥 꼼짝 못할거구…

그래, 그게 제일 적실한 수란 말이야. 그러면 나도 좋구 류대감도 좋을거구…)

또다시 허준을 찾아 면회를 온 설유와 기동이, 달래와 칠성이는 며칠사이에 신수가 멀끔해진 허준의 모습을 보고 깜짝 놀랐다. 잡아먹을 것처럼 사납게 굴던 옥리들도 여간 곰살스럽지 않았다.

설유의 눈에 의아함이 어렸다.

《대체 어떻게 된 일이세요?》

허준은 별치 않다는듯 시틋이 대답하였다.

《속담에 범의 굴에 잡혀가도 정신만 똑똑하면 살아난다고 하지 않았소.》

허준의 그 말에 달래가 두손을 찰싹 마주치며 환성을 질렀다.

《아유, 그러니 의원님의 명의술의 덕이군요. 그렇지요?》

기동과 칠성이도 기뻐하며 싱글벙글거렸다.

기뻐하는 그들을 일별하며 허준이 낮으나 심중한 어조로 말하였다.

《좋아하긴 이르오. 이들의 속심이야 뻔하지. 현재는 내 의술이 당장 필요하니 어울리지 않는 이런 대접을 하는게지. 량반들이야 앞에서는 좋다구 하고 돌아서서는 닭 잡아먹구 오리발 내놓는 위인들이 아니오. 그러니 그 속내를 어찌 알겠소.》

설유가 그 말에 수긍하였다.

《하긴 그래요. 아무런 죄도 없는 생사람을 잡아 옥살이를 시키는 그들인데 방심할수가 없지요.》

《…》

허준은 가볍게 머리를 끄덕이였다.

설유일행은 무거운 마음으로 옥문을 나섰다. 떨어지지 않는 발걸음을 떼는 그들의 뒤모습을 바라보는 허준의 눈에선 어두운 그늘이 사라질줄 몰랐다.

5

류희춘은 환갑이 코앞에 와닿은 늙은이였다.

지금 조정안에 류희춘이만큼 인생경륜이 복잡한 사람은 아마 없을 것이다.

스물여섯살에 문과에 급제하여 벼슬길에 나선 류희춘이 재사로 물망에 올라 상승일로의 길을 걷고있다가 하루아침에 파산된것은 을사사화가 있은 직후였다.

그때 탄압당하여 1547년 9월 처음 제주도로 귀양갔던 류희춘은 이듬해 2월 함경도 종성으로 귀양지를 옮기고 그곳에서 근 19년간 귀양살이를 하였다.

1565년에 명종의 어지로 류희춘은 종성에서 류배지를 은진으로 옮겼으며 그곳에서 2년을 보내고 1567년 10월에 새로 등극한 선조의 부름을 받고 20년만에 다시 정계에 등장하게 되였다.

한달전에 임금은 그에게 박근원을 대신하여 사헌부의 장관인 대사헌으로 임명하였다. 허나 희춘은 대사헌벼슬을 사임하였다. 오랜 기간 귀양살이를 한 후과로 늘 병상에 있는 희춘으로서는 관리들의 능력과 수완을 판별하며 그들의 위법행위를 조사통제하는 관청의 장관직을 감당하기 어려웠던것이다.

요즘은 경연에 참가하여 임금과 경전에 대한 론의와 현행정사를 놓고 강론하는률이 많았다.

지금 희춘은 근래에 와서 수척해지는 임금의 신상이 걱정되여 대체 무슨 병일가 하는 생각을 하고있었다. 오래동안 병석에 있느라면 반의원이 된다는 말이 틀리지 않는다. 남보다 여의치 못한 몸상태로 하여 희춘은 의술에 대한 파악이 상당한 정도로 밝았다. 웬간한 의원들은 그앞에서 의술자랑을 하지 못한다.

불쑥 한성부에서 참군이 만나기를 요청한다는 통지를 가지고 도차지가 방에 들어섰다.

《한성부 참군이? 만나는것을 허락한다고 해라.》

곧 참군이 들어섰다.

《대감어른께 문안드리오이다. 귀체만강하셨소이까?》

한성부 참군은 류희춘의 형수의 친척벌이 되는 사람이여서 여러번 대면하였다. 희춘의 형인 류성춘은 중종시기에 문과에 급제하여 벼슬이 리조정랑에 이르렀다가 기묘사화에 련루되여 귀양을 갔다 그곳에서 운명하였다. 희춘은 형을 잃은 조카들과 형수의 일이라면 제집일은 뒤켠에 미루고 더 극성을 부렸다. 그런 까닭으로 해서 형수의 친척벌이 되는 한성부 참군의 일에도 무관심하지 않았다.

《무슨 일로 왔느냐?》

《대감어른께 한가지 부탁할 일이 하나 있어 왔소이다.》

《무슨 일이기에?》

《다름아니라 한 의원에 관한 문제오이다.》

류희춘이 의원이라는 말에 몸을 앞으로 쭉 내밀었다.

《저- 우리 한성부 옥에 허준이라는 의원이 갇혀있소이다. 죄명은 명의라고 헛소문을 내면서 사람들의 목숨을 가지고 희롱했다는것이오이다.》

《인명을 가지고 흥정하는 놈은 옥이 아니라 교수형감이야! 그런 놈때문에 임자가 날 찾아오면 되나?》

《그런게 아니라 그 허준이가 진짜명의라 그 말이옵니다. 그의 의술이 얼마나 높은지 신기할 정도이오이다.》

참군은 자기가 치료받은 사실을 그대로 말하면서 한성시가에서 떠도는 풍문까지 제가 직접 목격한듯이 설명해주었다. 처음엔 시끄러운 문제를 들고왔다고 아니꼽게 생각하던 류희춘의 얼굴에 호기심과 의아함이 가득 비꼈다.

《헌데 왜 그런 명의를 옥에 끌어왔다던가?》

참군은 쭈밋거렸다. 기본은 이제부터인데 잘못 말했다간 벼슬길에서 온갖 풍파를 다 겪은 류희춘의 반감을 살수 있었다. 대바르고 강직하여 조정안에서 대신들도 어려워하는 그였다.

《사실은 사헌부에 허모라는 감찰이 있지 않소이까?》

《허모?!》

류희춘은 기억을 더듬어보다가 고개를 끄덕였다. 대사헌으로 임명되여 사헌부관속들을 점검할 때 룡천군수를 하던 허륜의 자제라면서 갑삭거리던 눈이 챕챕한 허모가 생각히웠다. 후에 들자니 박근원의 턱에 바싹 붙어다니는데 수완이 여간 아니라고들 하였다. 그의 손에 걸려들면 빠져나가기가 어렵다고들 수군거렸다.

《예, 사헌부의 허감찰이 한성부 서윤어른에게 그 의원을 옥에 처넣으라고 했다는지…》

《허감찰이 사헌부에선 일을 제끼는 사람이라고 하던데 그가 어찌하여 그런 명의를 아무런 리유도 없이 옥에 넣으라고 했을고?》

참군은 이때라고 생각하고 앞으로 바싹 다가섰다.

《그게 이상하다 그 말이옵니다.》

류희춘은 눈을 들어 참군을 치떠보았다.

《그러니 임자가 부탁할거란 그 의원을 놔달라는건가?》

에두르지 않고 정통을 찌르는 류희춘의 물음에 참군은 당황했다.

《소인이 감히 그런 청을 드리리까?

그저 그 의원의 의술이 놀랍고 또 그런 명의를 아무런 근거없이 옥에 넣는것이 불공평해 보이기에 감히 여쭈어보는것입니다.

정 믿지 못하시겠으면 대감어른께서 그 의원을 불러 만나보면 알수 있을것입니다.》

그 순간 류희춘은 근간에 병색이 짙던 임금의 룡안이 떠올랐다.

《가만, 그런 명의라면 내 한번 만나보지. 래일 아니, 이제 당장 나한테로 데리고 오게.》

참군의 얼굴에 희색이 어렸다.

얼마후 류희춘은 허준과 마주하였다. 희춘이 보기에도 퍽 묵직해보이는게 허투루 명의랍시고 거짓소문이나 퍼뜨리고 다닐 사람같이 보이지 않았다.

《임자가 허준인가?》

조정에서 류희춘이라고 하면 현 임금이 크게 신임한다는것을 웬간한 사람들은 다 알고있다. 허준은 자기가 어떻게 되여 류대감의 집으로 끌려왔는지 영문을 알수 없었다.

《그렇소이다.》

《본관은 어딘가?》

《양천 허씨옵니다.》

《그래, 부친은 누구인고?》

허준은 쭈밋거렸다. 서자인 제 처지에서 량반댁가문의 혈통이랍시고 아버지의 함자를 입에 올리기가 거북스러웠다.

《왜 그러나? 양천 허씨라면 대대로 명문가인데 뭘 그리 주저하나?》

허준은 머리를 쳐들었다. 서얼이라고 해서 주눅이 들 필요가 없었다.

《룡천고을의 사또로 있던 허륜이라는분이 소인의 부친이올시다.》

류희춘은 그자리에서 벌떡 일어섰다. 허륜의 아들이라면 사헌부 감찰인 허모와 형제간이라는건데 세상에 이런 일도 있을수 있는가. 무슨 죄를 지었기에 이 사람은 제 형한테 걸려들어 옥살이신세를 지고있는가? 도무지 리해가 되지 않았다.

불쑥 처조카인 죽순이가 룡천고을의 군수댁에 관한 이야기를 하던 말이 떠올랐다. 그렇다면 이 사람은 죽순이 말하던 허륜의 서자가 분명했다. 헌데 이 젊은이가 참말로 의술을 배웠단 말인가.

아직은 단정하기 이르다. 그의 말을 더 들어봐야 한다. 아무리 죄가 크기로서니 동생을 옥에 처넣는 형도 있을가. 물론 청백리라면 십분 있음직하다. 허나 이 사람의 얼굴을 봐서는 어데 가서 나쁜짓을 할것 같지 않다.

순진한 눈 그리고 당당한 저 거동, 그 누구의 눈치도 보지 않을 도고한 인품이 엿보였다.

《그렇구만. 그런데 무슨 죄로 옥에 잡혀왔노?》

《소인도 영문을 통 알길 없소이다. 작년에 소인은 저 경상도 산음현에 있다가 여기 한성으로 올라왔나이다. 소인은 본래 룡천서 살다가 의술을 배우려고 모친의 고향인 산음에 내려갔소이다. 룡천에 죽순이라는 용한 녀의원이 계시는데 그분이 저를 산음에 류이태라는 명의가 있다고 소개하기에 소인은 산음에 가서 그 류이태라는분에게서 수년간 의술을 배웠나이다.》

그의 말을 중둥무이하며 류희춘이 물었다.

《가만, 이자 룡천의 녀의원이 누구라구?》

허준은 공손하게 대답하였다.

《죽순이라고 하오이다. 그 녀의원의 의술이 룡천에서 첫손가락에 꼽히웁니다. 저의 스승인 류이태선생님이나 죽순의원님의 의술은 정말 나라안에선 보기 드문 경지에 있소이다.》

류희춘은 죽순이가 말하던 허륜의 서자가 바로 이 사람임을 확인하였다.

《이자 보니 우리 죽순이가 말하던 사람이 자네였구만. 자네의 모친이 려월이지?》

허준은 자기의 귀를 의심하였다.

《아니, 소인의 어머니를 어떻게 대감께서 아시나이까?》

류희춘이 손을 내저었다.

《그건 후에 말하기로 하구 말을 계속하라구.》

허준은 의아함을 금치 못하며 말을 이었다.

《산음에 내려가서 소인은 죽순의원님이 말씀하시던 그 류이태라는분에게서 의술을 배웠소이다. 소인이 근 칠팔년간 스승의 슬하에서 의술을 배웠는데 지난해 스승은 한성과 같은 큰 도회지에 나가서 의술을 련마해야 한다시며 절 한성으로 떠밀어보냈소이다. 한성에 와서 아는 사람도 없지만 그런대로 병자들을 치료하다나니 불미한 소인이 명의라고 소문이 좀 난가 봅니다. 그건 아마 소인한테서 치료받아 병이 나은 사람들이 소문을 퍼뜨린가 본데 솔직히 말해서 소인은 마음에 죄될만 한노릇을 한게 조금도 없나이다.》

류희춘은 자리에서 일어나 방안을 천천히 거닐었다. 죽순은 몇년전에 딸애와 함께 한성에 올라와 살고있었다. 선복이는 지금 궁실의 녀의원이다.

언제인가 죽순이 말하던 젊은이가 다름아닌 허준이란 사실앞에 희춘은 생각이 많아졌다. 희춘은 여기엔 무슨 쪼간이 있다는 생각이 들었다. 우선 허준을 믿고 옥에서 내보낸 다음 다시 허심탄회하게 얘기해보리라 생각한 류희춘은 허준을 돌아보았다.

《임자가 명의라고 하던데 그럼 나한테 그 의술을 좀 보여주게나.》

허준은 희춘의 얼굴을 쳐다보았다.

《내 병은 내가 알고있으니 그만두자구. 그러니 내가 소개하는 그 사람의 병을 치료해주게. 사헌부의 박근원대감이 요즘 계속 앓고있네. 그러다나니 제대로 출근도 못하지.…

이제 내가 사람을 하나 달려보내겠으니 당장 그리루 가게나.

약속할것은 임자가 그 사람의 병을 고치면 옥에서 나갈수 있다는 걸세.》

말을 마치고난 류희춘은 그옆에 서있는 참군에게 몇마디 분부하더니 허준을 돌아보았다.

《그리구 임자가 그 박근원대감의 병을 고친 다음 나하구 다시 마주앉자구. 내 말뜻을 알겠나?》

《알았소이다.》

아직은 뭐가 뭐인지 분간할수 없었으나 허준은 일단 류희춘이 말한것처럼 박근원의 병부터 치료하기로 하고 그 집을 나섰다.

그길로 참군은 허준을 데리고 대사헌 박근원을 찾아갔다.

《저, 대감어른께 한가지 아뢰일게 있어 찾아왔소이다.》

《무슨 일이냐? 또 중범인이 옥에 들어왔느냐?》

평상에 비스듬히 걸터앉아 시답지 않게 던지는 박근원의 말이였다.

《아니올시다. 좋은 소식이오이다.》

《뭐 좋은 소식? 그게 대체 뭔가?》

《네, 류희춘대감이 용한 의원 하나를 보내면서 나리의 병을 보아 주라고 했소이다.》

《류대감이? 류대감이 어데서 그런 의원을 찾아냈다던가?》

《어데라니요? 다름아닌 이 한성바닥이옵니다.》

《한성에서? 하- 그런데 내가 왜 모르고있었을가? 웬간한 명의들은 내가 다 알터인데…

그래, 그 명의의 이름이 뭐라고 하더냐?》

《네, 허준이라 하오이다.》

《허준? 가만, 그 이름이 어딘가 귀에 익다-》

허준을 파멸시키려고 뻔닫게 이 집에 드나들던 허모의 사촉으로 귀에 익은 이름이건만 박근원은 끝내 허준을 기억해내지 못하였다.

참군은 허준이 병을 본 다음에 사실을 터놓는것이 더 효험이 있다고 타산하며 아닌보살하였다.

《온 한성시가에 소문이 파다하게 퍼진 의원이니 대감어르신의 귀에도 전해졌나 봅니다.》

《헌데 류대감이 그 의원을 왜 갑자기 나한테 보낸다더냐?》

이때라고 생각한 참군이 바싹 앞으로 다가섰다.

《그거야 류대감이 대사헌어르신의 몸을 걱정해서 보내신거지요.》

박근원은 충견의 목을 두드리듯 참군의 어깨를 가볍게 두세번 두드리며 흡족해하였다.

《음- 류대감의 그 진정이 참으로 고맙구나. 내가 류대감한테 감사해하더라구 인살 전하거라.》

사기가 난 참군은 자기가 오래동안 앓던 병을 허준이 단박에 고쳐준데 대해서와 여러 사람들속에서 돌아가는 허준의 의술과 관련한 일을 요란스레 과장하며 한바탕 쏟았다.

《그 의원의 의술이 그렇게도 용하단 말이지. 지금 어데 있느냐? 당장 데려오너라!》

《지금 문밖에 와있소이다.》

허준이 참군의 뒤를 따라 방에 들어서니 통통한 얼굴에 병색이 잔뜩 어려보이는 박근원이 참군에게 물었다.

《이 사람이 그 소문난 의원인가?》

허준이 가볍게 목례하였다.

《허준이라 하옵니다.》

《그래, 그럼 어디 내 병을 진단해보라구.》

근원은 허준이 과연 명의가 맞는지 가늠하려는듯 움푹 패인 두눈으로 허준을 여겨보았다. 보료에 걸써 앉아있는 근원의 량옆에 요염한 기생 둘이 붙어서 그의 넙적다리와 어깨를 새말간 두손으로 두드리고있었다. 시퍼런 대낮에 첨보는 사람앞에서 꺼리지 않고 녀인을 끼고있는 근원의 방약무인한 태도가 자존심을 건드렸으나 허준은 내색하지 않고 그앞으로 다가섰다.

허준의 뒤에 참군이 조심스레 앉았다.

자기의 얼굴을 찬찬히 살펴보는 허준을 의아히 여기며 근원이 한마디 하였다.

《뭘 그리 유심히 보나?》

허준의 뒤에 앉아있던 참군이 제가 안다는듯 얼른 나섰다.

《대감나리, 그게 바루 이 의원의 유명한 진찰법이오이다.》

《오, 그런가?》

허준이 근원의 얼굴을 관찰해보니 예상외로 창백하고 해쓱하였다. 눈시울밑은 과도한 주색의 후과로 푸릿푸릿하였다. 조중석으로 산해진미를 마주해서인지 배는 물동이처럼 뚱뚱하지만 도저히 기운이 있을것 같지 않았다. 일명 사람들이 말하는 물살로 이루어진 육체였다. 손발을 만져보니 얼음장처럼 싸늘하였다. 허준은 정신을 가다듬고 맥을 짚어보았다. 예견했던바 그대로 맥이 미약하면서 삽(원활하지 못하고 거칠게 짚이는것)하였다.

대개 량반고관들과 한량들속에 이러한 병자들이 많았다. 녀색에 미쳐 돌아가는 과도한 도락의 후과였던것이다.

허나 허준은 서둘러 진단을 내리기 전에 병상태를 좀더 확진해보기로 하였다.

《여기에 엎디시오이다.》

허준은 근원의 허리의 우아래를 예리한 촉감을 가진 손끝으로 가볍게 눌러보다가 콩팥이 있는 신유혈부위를 힘을 주어 꾹 눌렀다.

《으-홍!-》

근원의 입에서 신음소리가 흘러나왔다. 강한 압통점이였다.

《이젠 됐소이다.》

근원이 일어나앉으며 기대어린 눈빛으로 허준에게 물었다.

《그래 무슨 병인것 같나?》

그 물음에 허준은 확신성있게 대답하였다.

《일반적으로 높은 벼슬직에 있는 어른들속에서 나타나는 병이오이다.》

《대체 무슨 병인가? 좋다는 보약들과 진귀한 약들을 아무리 써도 영 기운이 나지 않거던. 몸은 점점 나는것 같은데 어찌된 일인지 도저히 기맥이 없는게 이상하지 않나?》

《그럴수밖에 없소이다. 나리는 나이에 비해 때이르게 무릎이 시리고 또 시큰거리고 걸으려면 다리맥이 없을것이오이다. 그리고 허리도 아플거구요. 몸이 지긋지긋하며 입맛이 썩 나지 않고 여기저기 안 아픈데가 없을것이오이다.》

《거참 신통하구만. 정말 내 몸이 그렇단 말이야.》

초조한 기색으로 둘의 대화에 귀를 기울이고있던 참군의 얼굴에 안도의 빛이 어리더니 차츰 으쓱해하는 태도가 엿보였다.

주위를 둘러보고난 허준은 조용히 근원의 귀에 대고 나직이 말하였다.

《헌데 나리의 병명은 말하기가 좀 거북스러우니 방안에 있는 사람들을 전부 내보냈으면 하오이다.》

근원이 의문스러운듯 허준의 얼굴을 빤히 쳐다보더니 허준이만 남고 나머지사람들은 나가라고 턱짓을 하였다.

참군과 녀인들이 나간 다음 근원은 초조히 물었다.

《그래, 도대체 무슨 병이게 그러나?》

허준은 잠시 머밋거리다가 낮으나 명확한 어조로 대답하였다.

《나리의 병은 녀자들로 하여 생긴 병이오이다.》

근원이 얼음판에 자빠진 황소마냥 눈알을 희번득거렸다.

《뭐라구? 그건 또 무슨 생뚱같은 소리인고? 세상에 그런 병도 있나?》

《나리의 병은 과도한 도락이 가져온 중한 병이옵니다.》

근원이 모를 일이라는듯 눈을 내리깔더니 머리를 기우뚱거렸다.

《중한 병이란 말이지.…》

《나리의 병은 그렇게 허줄히 볼게 아니오이다. 녀색에 절제없이 빠져 비명에 횡사한 어르신들이 어디 한둘이오이까?》

허준은 일단 여기에서 문득 말을 멈추었다. 이런 전례를 꼽으라면 끝이 없었다.

우리 나라는 물론 저 이웃나라에도 그러한 전례는 허다하였다. 어렵지 않게 그런 사실들과 일화들을 펴놓을수 있었다. 그러나 구태여 입에 올릴 필요는 없다.

근원은 허준이 말을 끊자 뒤말을 계속하라는듯 두눈을 끔벅이였다.

허준은 자연스레 이야기의 채를 근원에게로 돌려버리며 다음말을 이어갔다.

《그런거야 소인같은 의원보다 나리가 더 잘 아시리라 봅니다.…

그래, 나라와 임금님을 위해 많은 일을 하셔야 할 나리가 그러한 녀인들때문에 귀한 옥체를 해친다는것이 어디 될 말이옵니까.》

박근원은 말없이 침묵만 지켰다. 허나 그는 속으로 이 의원에 대해 생각하고있는중이였다.

조정의 대신들도 사헌부의 대사헌인 자기앞에서는 눈치를 봐가며 말을 하군 한다. 그러나 허준이라는 이 명의는 가차없이 자기에게 색에 빠지지 말라고 재지 않고 권고하고있다. 어찌 보면 너 박근원은 색골이라는 핀잔이나 야유였고 지탄이라고 볼수 있었다.

처음 그 말을 들었을 때 박근원은 이놈 봐라 어데다 대고 감히 하는 언짢은 생각이 치밀었으나 허준의 사심없고 대바른 성정이 가슴에 마쳐와 다시금 그의 일거일동을 세밀히 지켜보았다. 확실히 한성의 의원들가운데는 이런 담과 배짱을 가지고 자기 의술을 확신하는 의원은 없었다. 늘 끌끌거리는 체질이여서 한다하는 한성의 의원들에게 병을 보인 박근원이지만 허준이처럼 맞대놓고 《당신의 병은 계집질이 과도해서 생긴 병이요.》 하고 말하는 의원은 여직 보지 못하였다.

저러한 담과 배짱이라면 의원이 아니라 조정의 정승벼슬이래도 감당할수 있다. 보기 드문 인재가 바로 자기앞에 앉아있는 허준이라고 그는 생각하였다.

저도모르게 박근원은 허준에 대한 공감이 슬며시 갈마드는것을 어쩔수 없었다. 이런 명의라면 놓치고싶지 않았다. 오늘의 상면이 앞으로의 친교로 이어졌으면 하는 생각까지 들었다. 하여 근원은 상냥한 웃음을 띠우고 물었다.

《이보게, 의원! 내 자네를 믿구 또 사내끼리 하는 말이지만 세상에 녀자없이 무슨 재미가 있겠나? 그러나 내 앞으로 녀색을 멀리한다는 담보에서 솔직히 묻네만 그래, 내 병에 무슨 치료비방은 없나?》

허준은 자못 자기를 진지하게 대해주는 근원의 일변한 태도가 이상하였지만 의원의 본분에 맞게 솔직하게 대답하였다.

《그렇소이까? 그렇다면 소인의 말을 들어보시오이다. 사람에게서 정은 매우 귀중한 보물이오이다. 이 정은 신정이라고도 하옵니다. 나리의 허리에 있는 신유혈을 누를 때 그렇게도 심한 압통점이 나타나는것도 신정이 망탕 소모되였다는것을 의미하오이다. 원체 정이란 말도 극히 중요하다는 뜻에서 나온 이름이오이다. 이 정은 아주 귀한것이지만 대신 매우 적다고 하옵니다. 몸에 있는것은 모두 한되(한되는 1.8리터) 6홉(한홉은 한되의 십분의 일)뿐이옵니다. 이것은 남자가 16살에 정액을 한번도 배설하지 않았을 때의 수량이라 하옵니다.

이 정을 잘 조절하지 않고 망탕 소모하면 기가 쇠약해지며 기가 쇠약해지면 온갖 병이 생기게 되고 그렇게 되면 나중에는 생명이 위태롭소이다. 나리의 지금 병증세도 바로 근본원인이 거기에 있소이다.》

근원은 이 방에서 사람들을 내보내라던 허준의 의도가 깨도되였다. 확실히 이 의원은 만만치 않은 사람이라는 생각이 다시금 갈마들었다. 허준은 계속 말을 이었다.

《특히 40살이전에 정을 망탕 소모하면 40살이 지나서부턴 기력이 갑자기 쇠진해지는것을 느끼게 되오이다. 그러면 온갖 잡병이 다 끼게 되면서 나중에는 손도 대지 못할 정도에 이르게 되오이다. 나리가 만일 욕망을 한번 억제하면 마치 등불을 한번 꺼서 기름을 저축하는것과 같소이다. 허나 제 욕망대로 망탕 정을 배설하면 이는 기름불이 꺼지려고 할 때 그 기름을 쏟아버리는것과 같사온데 어찌 심중치 않을수 있겠소이까. 그러니 사내들이 녀자들과의 관계에서 절제가 없으면 자기 몸을 해치는것은 물론 사내로서의 장한 일도 칠수 없소이다.》

허준은 여기서 말을 끊었다. 이 말은 의원으로서 병자에게 하는 말인 동시에 국가의 봉록을 그만큼 타먹었으면 나라와 백성을 위해 헌신분투함이 어떠냐 하는 그의 속대사이기도 하였다.

근원은 육중한 몸을 으시시 떨었다.

죽음! 죽음이란 얼마나 무섭고 참혹한것인가. 죽으면 땅속에 누워 좁디좁은 나무관안에 들어가 영원히 자기가 수결한 죄인들처럼 꼼짝 못하고 누워있어야 하지 않는가.

지금은 뭇사람들이 자기가 사헌부의 장관이라고 엎드려 설설 기고 있지만 만약 땅속에 누워있게 되면 그 누구도 거들떠보지 않을것은 불보듯 뻔한 일이였다.

그런데 그 죽음이 이제 멀지 않은 곳에 있다고 저 명의는 서슴없이 말하고있다.

동안이 좀 흐르자 근원은 자기를 다잡고 넌지시 물었다.

《이젠 잘 알겠네. 자넨 명의이니 이런 병쯤이야 땅 짚고 헤염치기일 터인데 치료비방을 말해주게.》

《그럼 소인이 알려주는 비방을 잘 듣고 그대로 해보소이다.》

이무렵 허모는 뢰물보따리를 들고 박근원의 집문을 두드리고있었다. 대사헌의 도차지가 이 집으로 뻔질나게 드나드는 허모를 알아보고 반색을 했다.

뜨락에 들어서면서부터 깐깐히 의관을 정제한 허모는 방안동정을 살피느라 기웃거렸다. 박근원의 방을 엿보던 허모는 그만 그자리에 말뚝처럼 굳어져버렸다. 세상에 이런 변이 다 있는가. 귀신의 조화는 아닐텐데… 하면서 허모는 두세번 두손으로 실눈을 비비고 방안을 뚫어지게 들여다보았다.

분명 박근원이앞에 마주앉아있는것은 허준이였다. 허모는 눈앞이 아찔하고 너렁청한 박근원의 뜰안이 빙빙 도는것만 같았다.

(아뿔싸, 내가 한발 늦었구나.)

허모는 무슨 정신으로 박근원의 집뜨락을 황황히 벗어났는지 알수 없었다. 집에 와보니 꿍져가지고갔던 뢰물짐이 제 손에 그냥 들리워져 있었다. 급작스레 달아나다싶이 꼬리를 사리는 허모의 모습을 의아해 바라보던 도차지의 얼굴이 언뜻 떠올랐다.

이 무슨 망신인가. 박근원의 손발이 되여 돌아치는 그 도차지가 그에게 미주알고주알 다 고발할것이다.

자기 방에 들어선 허모는 련거퍼 독한 감홍로를 사발들이로 마시고 벌렁 침상에 누웠다. 안해가 무슨 일인가 들여다보더니 머리를 기우뚱하다가 가버렸다. 천정으로 거미가 벌렁벌렁 기여가고있었다. 다리는 보기 드물게 긴데 몸뚱이는 왜 그리 작은지 기형적인 거미였다. 다리가 길어서 얼핏 보기에는 커보이지만 실지로는 힘이 약한듯싶었다. 자기앞으로 저보다 훨씬 작아보이는 거미가 다가오자 비실비실 뒤걸음질하였다.

허모는 새삼스레 자기의 힘과 능력을 두고 의심이 들었다. 자기가 허준보다 강하다고 여겼으나 오늘 여지없이 곤두박질당했다. 허모는 자기가 너무나도 허준의 명의술을 등한시했다는것을 깨달았다. 허나 이제와서 아무리 혀를 깨물며 후회를 했댔자 이미 때는 늦은것이였다.

비록 허준이 서얼이지만 사람의 목숨을 손에 쥐고 죽어가는 사람도 살려낸다는 명의술을 지닌 의원이였다. 분명 참군이란 자식이 대사헌에게 소개했을것이다.

허모는 피나도록 혀를 깨물었다. 늘 봐야 골골거리는 박근원에게 한성에서 제일 용하다는 의원을 붙여줄 생각을 왜 못했던가. 한성에 없으면 온 팔도강산을 뒤져서라도 찾아내여 박근원에게 붙여주었더라면 허준은 두말없이 지금쯤은 정배살이 갔을게 아닌가.

허준이 명의라는 소문이 짜하면 하루라도 오래 살고파 몸살을 앓는 고관대가의 량반들이 꿀종지에 불개미 모이듯 저저마다 찾아들것은 뻔하다. 혹 그러다가 나중엔 저 으리으리한 구중궁궐에 그 소문이 날아가면 왕실과 지엄한 임금까지…

그렇게 되면 지체높은 량반출신인 자기는 여지없이 서얼에게 패하고만다.

허모는 머리칼을 마구 쥐뜯었다. 권력의 구도를 손금보듯 꿰뚫고있는 허모이다. 아무리 허준을 매장시키려고 해도 당장은 어쩌는수가 없었다. 다시 박근원에게 입김을 불어넣자고 해도 이미 허준의 명의술을 인정한 박근원이라 서뿔리 다쳤다가는 코를 떼울 정도가 아니라 아예 버림을 받을수 있었다.

아직은 인내성있게 참는수밖에 없었다.

허나 허모는 실망하지 않았다. 자기가 조정의 백관들의 살생여부를 틀어쥐고있는 사헌부에 있는 한 기회는 얼마든지 있을것이다.

(허준이 이자식, 어디 두고보자. 내 기어이 너를 짓뭉개고 일어설 터이다. 이 세상이 너같은 비천한 첩의 새끼가 활개치라구 그냥 놔둘것 같애? 미꾸라지 룡꿈이야.

네놈을 징벌하는것은 우리 모친의 사무친 원한풀이이고 또 설유년에 대한 나의 복수이다!)

한편 허준은 박근원이 처음과 달리 진중한 태도로 나오자 성근하게 치료비방을 설명하였다.

《나리의 이런 병에는 팔물탕을 써야 하오이다. 팔물탕이란 기를 보하는데서 으뜸인 사군자탕과 혈을 보하는데서 으뜸인 사물탕을 합한것이오이다.》

《음, 그러니 허해진 기와 혈을 같이 보한다 그 말이군.》

《그렇소이다. 그리고 가중나무뿌리껍질을 닦아서 가루내여 거기에다 술을 두고 풀같이 걸죽하게 반죽하여 벽오동씨만 하게 알약을 빚으시오이다. 이것을 저근피환이라 하오이다.》

《그건 무슨 효험을 가지고있나?》

《수렴(흘러나가는것을 거두어들이는것)작용이 있소이다. 이 알약을 팔물탕 달인 물과 함께 드시오이다.》

《그럼 효험이 있나?》

《틀림없이 효험이 있을것이오이다.》

근원의 얼굴에 만족스러운 웃음이 실렸다.

《이자 보니 자넨 의술도 높거니와 학문도 여간 깊지 않구만. 어쨌든

자네와 같은 명의를 만난건 내 복일세.》

허준은 당사자를 앞에 놓고 추어올리는 근원의 그 말이 멋적어서인지 자리에서 일어나 주섬주섬 치료기구를 집어넣으며 한마디 오금을 박았다.

《대감나리, 약보다도 더 중요한것은 섭생이올시다. 그러니 잊지 마시고 류의하기 바라오이다.》

《알겠네. 내 명의의 말을 꼭 지키지.》

헌헌히 대척하는 박근원이였다. 허준이 떠날 때에는 도차지가 대문밖에까지 나와 바래주었다.

한달동안 허준의 처방대로 약을 달여먹으니 골골하던 박근원의 병이 하루가 다르게 나아져갔다. 무릎이 시큰거리고 얼음장같이 차던것이 훈훈해왔으며 다리에 기운이 동하는것이 알렸다. 그전에는 비들비들하며 고자처럼 어루쇠를 긁어내는 앵앵소리가 나더니 이제는 제법 기운찬 목소리가 그의 입에서 흘러나왔다.

물론 이 기간에 매일같이 녀자들과 뒹굴던 도락질은 좀 뜸해졌으나 그렇다고 영 금한것은 아니였다.

허준의 덕으로 박근원의 병치료에서 효험이 보이자 참군은 이때라 생각하고 슬그머니 여쭈었다.

《대감나리, 그 명의가 옥에 갇혀있는데 어이하오리까?》

근원이 펄쩍 뛰였다.

《그 무슨 날벼락 맞을 소리냐! 어느 놈이 그런 사람에게 죄를 씌우려 한단 말이냐!

고현놈들, 잡으라는 나쁜 놈은 잡지 않구 생사람을 잡다니?

당장 놓아주라! 다시한번 그랬다간 누구든 용서없을줄 알라!》

참군은 차마 사헌부 감찰 허모가 시켜서 한 일이라고 제 입으로 뱉을 수 없었다. 그자리에서 대충 얼버무리고 나와서는 허준을 제꺽 출옥시켰다. 그리고는 자기 집 식구들과 먼 친척들에 이르기까지 병을 볼 일이 있으면 허준을 불러들이군 하였다.

박근원의 말이 허모의 귀에 안 들어갈리 없었다. 허모는 참군이 허준을 리용하여 자기의 일가친척들을 치료하는 모양을 먼발치에서 쓰겁게 바라보았다.

허준이 출옥해 나오자 기동은 너무 좋아 부둥켜안고 빙빙 돌아갔다.

기동에게 잡혀 거쿨진 몸이 둥둥 떠서 허허 웃는 허준의 그 모습을 정차게 바라보는 설유의 그윽한 눈가에서 샘같이 맑고 뜨거운 눈물이 구슬마냥 굴러내렸다.

허준이 옥에서 풀려나왔다는 소식을 들은 칠성이가 먼저 마당에 들어섰다.

칠성이가 울먹울먹해서 허준의 앞에 무릎을 꿇었다.

《의원님, 옥고를 치르시느라고 얼마나 고생이 많았소이까.》

《어서 일어나게.》

허준은 들먹이는 칠성이의 어깨를 다정히 잡아 일으켜세웠다.

칠성이를 일으켜세우고 서로가 반가와하는데 달래가 웬 젊은 사내를 꼬리에 달고 나는듯이 달려들어오더니 천성그대로 호들갑을 떨며 수선을 피웠다.

《아유!- 우리 의원님께서 신수가 멀쩡해서 나오셨네. 그것두 모르구 사모님은 괜히 근심하시느라 그 고운 얼굴에 주름살이 졌군요. 그러니 우리 내인들만 속을 태운다니깐. 어쨌든 우리 의원님은 사지판에서도 살아나실분이예요.》

하더니만 달래가 갑자기 와락 울음을 터뜨렸다.

《의원님! 그 모진 옥살이에서 귀체만강하셨나이까. 흑흑-》

도저히 갈피를 잡을수 없는 달래의 돌변한 태도에 모두가 어안이 벙벙해졌다.

허준은 달래의 심중이 가슴에 마쳐와 말없이 고개를 끄덕거렸다. 그러다가 달래의 뒤에 서있는 젊은 사내를 보고 물었다.

《헌데 이 사람은 대체 뉜가?》

달래의 뒤에 아전행색을 한 젊은 사나이가 어줍은 기색으로 서있었던 것이다.

그 말에야 달래가 눈물을 씻으며 본래의 자세로 또 호들갑을 떨었다.

《아유, 내 정신 좀 봐. 의원님! 제 서방이옵니다.》

《뭐?!》

허준은 놀랍기도 하고 기쁘기도 하여 두사람을 번갈아 바라보았다.

모두가 달래와 젊은 사내를 돌아보며 의혹을 금치 못하였다.

아전행색의 젊은 사내를 힐끔힐끔 곁눈질하는 칠성이의 눈찌가 곱지 않았다.

달래가 손가락으로 칠성이의 이마빡을 톡- 때렸다.

《칠성아, 넌 왜 그렇게 눈을 희뜩거리는거냐? 너한테 매형이 생겼는데 기쁘지 않니?》

시집가서 몇달만에 아이낳이도 못해보고 청상과부가 된 달래이다. 갓 스물한살인 달래는 자기보다 두살 아래인 칠성이와 여간 자별하지 않았다. 모르는 사람은 친동기간이라고 여길 정도였다.

칠성이가 량볼에 밤알을 물고 투덜거렸다.

《누가 나쁘다나? 누이도 참 한심해. 이 한성바닥에 그렇게두 사람이 없어 하필이면 량반놈들 가랭이에 달라붙어 사는 아전나부랭이한테 몸을 척척 맡겨요?》

달래가 칠성이의 코를 잡아당겼다가 놓았다.

《아야!》

《너 이 누나한테 무슨 말버릇이야?

너한테 기딱막히게 좋은 매부를 데려왔는데 고작 한다는 소리가 그게 다야?

다시는 날 보구 누나라고 부르지 말아. 알겠어?》

설유가 두눈에 웃음을 머금고 서로 찧고받으며 싱갱이질하는 그들을 바라보았다.

나이에 어울리지 않게 구레나룻이 수북한 사내가 허준에게 덥석 인사를 하였다.

《의원님께 문안드리오이다.》

허준은 초면에 칠성이가 그렇게 볼부은 소리를 하는데도 아무렇지 않다는듯 대범하게 몸가짐을 하는 사내다운 기질이 마음에 들어 다정하게 물었다.

《자넨 어데 사는 누구인가?》

《형조에서 일보는 박응규라 하옵니다. 본관은 밀양인데 부친을 따라 한성으로 왔소이다.》

그의 말에 허준은 물론 모두가 놀랐다. 형조라면 한성부에 속한것이 아니라 륙조에 속하는 조정의 중앙관청이였기때문이다.

헌데 어떻게 되여 달래가 그런 어마어마한 관청의 아전과 눈이 맞았을가. 그리고 아전이라 해도 가재도 게편이라고 량반과 한짝이 아닌가. 모두의 눈에 비낀 의혹을 눈치챈 달래가 생글거리며 나섰다.

《조금도 걱정마시오이다. 우리 서방님의 부친은 몰락한 선비올시다. 그리고 저이도 우리같은 평백성들과 마음이 같사와요.》

허준은 달래와 박응규의 얼굴을 번갈아 살펴보다가 넌지시 물었다.

《헌데 어떻게 되여 서로 만났나?》

달래가 우물쭈물하는 티가 전혀없이 선뜻 대답하였다.

《제가 녹여냈지요 뭐. 또 저이도 날 몹시 좋아하구요.》

박응규는 게면쩍은지 뒤통수를 벅벅 긁어댔다. 정직한 사내라는것이 대번에 알렸다.

허준은 호탕하게 웃음을 터뜨렸다.

《하하! 달래가 정말 보통이 아니야. 괜찮아, 정말 잘되였어!》

달래가 반색하며 두손을 가슴에 모아붙였다.

《의원님! 그 말이 정말이오이까?》

《정말아니구, 내 맘에 흠뻑 드네. 부인이 보기에도 그렇지 않소?》

설유가 허준의 그 물음에 머리를 끄덕거리더니 눈가에 웃음을 짓고 달래의 손을 꼭 잡아주었다.

달래가 설유의 가슴에 조용히 얼굴을 묻었다.

허준이 분위기를 일소하듯 호탕하게 말을 이었다.

《이자 보니 달래가 엉큼하단 말이야. 일전에 옥에 왔을적에 내가 풀려나오면 인차 국수를 먹게 될것이라고 하더니 그때 벌써 저들끼리 마련이 있었구만. 안그래?》

설유의 가슴에 얼굴을 묻은채로 달래는 재잘거렸다.

《이 달래가 어찌 의원님앞에서 거짓을 꾸미겠나이까. 그랬다간 천벌을 받으려구요.》

눈이 퀭해서 이 사람, 저 사람 살피던 기동이가 화제거리가 웃음으로 번져지자 기세가 올라 집주인답게 소리쳤다.

《자, 그러니 오늘은 복이 쌍으로 이 집에 들어왔소이다. 의원님이 건강한 몸으로 돌아오셨지, 또 우리 달래동생이 끌끌한 서방님을 척 데리고 오셨지, 그러니 한상 차려야 할가 봅니다. 모두 뜰안에 서있지 말고 어서 방으로 들어가십시다.》

잠간새에 방에는 설유와 기동의 안해가 준비하고 또 달래가 차려가지고온 음식으로 푸짐한 상이 마련되였다.

달래가 원앙이 새겨진 술잔을 들자 박응규가 저들이 가져온 고량주를 찰찰 부었다.

《의원님, 칠성이와 저의 병을 고쳐주시고 생의 희열을 안겨준 의원님께 한평생 변함없을 우리들의 마음담아 이 잔을 부었나이다.》

《고맙네. 우리 서로 의지해 험한 세월을 헤쳐가자구. 사람의 한생에 좋은 사람 만난다는것도 복이거늘 검은 머리 파뿌리 될 때까지 백년해로하게.》

이어 그들은 설유에게도 술을 부었다.

《정말 고마와요. 우린 달래에게 이런 좋은 날이 오리라 믿었어요. 부디 백년해로하세요.》

칠성이와 기동이부부, 달래와 박응규들은 허준이내외와 밤깊도록 이야기를 나누며 시간이 가는줄 몰랐다.

6

옥에서 풀려나온 이후 허준의 치료범위와 폭은 더욱더 넓어졌다.

그전에는 남산골과 그 근처에서만 머물렀으나 이제 와서는 고관대가들이 거처하고있는 장동에까지도 그의 의술이 종종 가닿고있었다. 이 과정에 허준은 일반백성들과 량반들이 앓는 질병은 그 범위와 종류도 서로 다르다는것을 파악할수 있었다.

일반백성들이 많이 살고있는 남산골에서는 주로 해소, 감모, 곽란 등과 같이 흔히 볼수 있는 급성병들이 많이 발병하였다. 혹 질병들이 있다고 하여도 백성들은 늘 밭에 나가 고역살이에 시달리느라고 편안히 누워 앓을새가 없었다.

허나 호의호식하며 편안한 생활을 하고있는 고관대가들속에서는 대체로 소갈병(당뇨병), 비만증, 중풍전구증상(고혈압), 심계와 정충(심장신경증) 등과 같은 난치성질병들이 많이 나타나군 하였다.

서로 다른 이런 발병률은 허준에게 치료의 폭과 림상경험들을 더욱 넓히고 풍부히 할수 있는 조건을 마련해주었다. 허준은 이러한 치료경험들과 자료들을 빠짐없이 하나하나 적어나갔다. 그의 자료들은 나날이 늘어만갔다.

치료의 여가에 허준은 의서편찬을 위한 사색을 한시도 중단한적이 없었다.

아직은 구성을 무르익히는 단계였지만 표상이 잘 안겨오지 않아 애를 먹고있었다. 그 바쁜 속에서도 한달에 한번정도씩 박근원의 집을 찾아가 병치료를 해주군 하였다.

근원은 자기의 병이 나아지자 류희춘을 일부러 찾아가 사례하였다.

어느날 허준은 류희춘의 부름을 받고 정오경에 그의 집으로 가게 되였다.

그 집 대문을 열고 한발을 들여놓던 허준은 놀라지 않을수 없었다. 대문앞에서 맞아주는 사람이 다름아닌 죽순이가 아닌가.

《아니, 이게 누굽니까? 선복이 어머니가 아닙니까?》

죽순이 눈에 함뿍 웃음을 지었다.
《도련님! 아니, 허의원님!》
허준은 뜻밖에 류대감의 집에서 죽순이를 만난것이 너무도 믿어지지 않아 죽순의 손을 잡고 놓을줄 몰랐다.
《도련님! 소녀가 선복이오이다.》
어머니를 닮아 눈이 생글거리는 보름달같이 얼굴이 환한 묘령의 녀인이 뒤에서 한걸음 나서며 허준에게 허리를 굽혔다.
《아니, 네가 선복이냐?》
몰라보게 변한 선복의 아릿다우면서도 정숙한 자태에 허준은 혀를 차지 않을수 없었다.
류희춘이 그들의 해후를 이윽히 바라보다가 한마디 던졌다.
《그냥 이렇게 서만 있겠나? 어서 방안에 들어가 얘기하자구.》
방안에는 류희춘의 안해 송덕봉이 성의껏 차린 음식상이 놓여있었다.
《자, 자네들이 오래간만에 만났고 또 임자가 대사헌령감의 병을 치료하면 내가 다시 만나겠다고 한 약속을 지키는셈치고 한상 차렸으니 사양말고 상앞에 나와 앉으라구.》
류희춘이 허준을 상으로 안내하며 하는 소리였다. 허준은 한성장안에서 류희춘대감을 가리켜 조정에서 제일 유식한 사람이라는 소리는 들었지만 이렇게 한갓 시골의원에 불과한 자기를 륭숭하게 대접하는것을 목격하면서 시세 고관대가들속에서는 보기 드문 쉽지 않은 사람이라는 생각이 들었다.
상감무늬를 한 새파란 옥돌잔에 선복이가 돌아가며 평양의 유명한 명주인 발그스레한 감홍로를 한잔씩 부었다. 류희춘이 주인의 체모를 잃지 않고 술잔을 쳐들었다.
《허의원의 명의술덕분에 대사헌령감의 병이 나은것을 축하해서, 그리고 왕실의원인 우리 선복이의 일이 길하기를 바래서, 또 오랜 인연을 맺은 자네들의 상봉을 기념해서 한잔 쭉 들자구!》
허준은 단숨에 잔을 비웠다. 죽순이가 허준의 앞에 음식가지들을 집어다놓으며 어서 들라고 권했다. 어느새 서너잔 오간 뒤라 좌석은 흥그럽기만 했다.
《도련님이 끝내 의술을 배우셨군요.》
죽순의 감회어린 말소리에 허준은 낯색을 붉혔다.
《예, 선복이 어머니와 류이태선생님의 덕이지요. 그렇지 않다면야 제가 어떻게 의원이 될 생각을 했겠소이까.

선복이 어머니, 정말 고맙소이다.》

《그런 말씀 마세요. 정말 용해요. 난 한성에 젊은 명의가 나타났다고 하기에 누군가 했는데 글쎄 이모부가 그 사람이 다름아닌 룡천 사또댁 작은도련님이라고 하지 않겠나요.

난 그 말을 듣고도 믿지 않았지요. 내가 너무 믿지 않으니 이모부가 〈정 믿지 못하겠으면 네 눈으로 직접 보려무나.〉 하시지 않겠어요. 그래서 우리 선복이를 데리고 일부러 왔어요. 헌데 정작 만나고보니 사또댁 작은도련님일줄이야…

정말 반가와요. 그리고 고마와요. 도련님같은분이 아무렴 달리 될수 있겠나요.》

이 시각 죽순의 눈앞에는 자기를 찾아와 려월이와 허준을 비방하던 허모의 주먹만 한 얼굴이 떠올랐고 그 말을 믿고 허준모자를 의심했던 자기가 부끄러웠다.

《도련님!》

선복의 부름에 허준은 대뜸 얼굴을 찌프렸다.

《이젠 도련님이라고 부르지 말고 우리 서로 같은 의원이고 또 나한테 동생이 없고 너한텐 오빠가 없으니 우리 서로 오빠, 동생이라 부르는게 어떠냐?》

류희춘이 《허허-》 하고 사람좋은 얼굴에 웃음을 떠올렸다.

《그게 좋겠구나. 선복아, 넌 어떠냐?》

선복이가 대뜸 손벽을 치며 좋아라 찬성한다.

《나도 찬성이오이다.》

허준은 대감의 지체임에도 불구하고 이런 좌석에 잘 어울리는 류희춘이 새삼스레 돋보이면서 그래서 임금이 류대감을 신임하는가 하는 생각이 얼핏 들었다.

《선복이 어머니, 어떻게 된 일이오이까?

난 아직도 뭐가 뭔지 모르겠나이다.》

죽순이 눈가에 잔잔한 웃음을 띠우며 류희춘을 돌아보았다. 희춘이 눈을 끔벅거렸다.

《허의원이 룡천을 뜬 다음 5년후에 이모부의 주선으로 우린 한성으로 옮겨왔어요. 한성에 올라온 그해에 난 제생원에서 녀의원들을 양성하는 의학훈도가 되였구 선복인 양성소를 마친 다음 명의시험에 응시하고 이태전에 궁실의 녀의원이 되였지요. 이애의 의술이 이젠 나보다 훨씬 우월해요.》

《아니, 선복이가 궁실의 녀의원이 되였단 말이오이까?!》

선복이 얼굴을 붉히며 어머니의 손등을 꼬집는다.

《이젠 오빠인데 뭘 숨기겠니. 궁실의 녀의원이라지만 아직 허의원보다는 의술이 높지 못해요. 앞으로 허의원이 오빠로서 선복에게 많이 가르쳐주세요.》

허준이 손을 내저으며 사양하였다.

《무슨 말씀을 합니까. 궁실의 의원이 나같은 시골의원한테 뭘 배울게 있겠소이까. 아직 자격증도 없는 의원에 불과한 내가 의술을 알면 얼마나 안다구…

내가 오히려 선복에게 배워야 할것 같소이다.

그렇지 않냐, 선복아!》

선복이가 불타는듯 새빨개진 얼굴을 죽순의 잔등에 감춘다. 룡천에 있을 때 그애의 볼을 튕겨주던 일이 생각나 허준은 빙그레 웃었다.

시종 얼굴에서 웃음을 지우지 않던 류희춘이 허준의 말에 놀란 기색을 지으며 물었다.

《임잔 아직 과거에 응시하지 못했나?》

허준의 낯색이 순간에 돌변하였다. 죽순이 류희춘의 무릎을 슬그머니 흔들었다. 그 문제는 더 물어보지 말라는 암시였다. 류희춘은 죽순에게 왜 그러느냐는듯 그의 얼굴을 일별하더니 허준의 얼굴을 찬찬히 쳐다보았다.

《왜 그렇게 낯색이 달라지나, 응?

내가 물어보지 말아야 할 말을 물었나?》

그래도 허준은 묵묵부답이다. 류희춘은 그러는 허준의 태도에 머리를 기웃거렸다.

《이 한성바닥에 과거에 응시하여 급제했다는 의원들이 수두룩하지만 임자의 발꿈치에도 닿지 못해. 내가 왜 자네에게 관심을 가지는지 솔직히 말해주지.

내가 임자를 보면서 뭘 생각했는지 아나?》

갑자기 류희춘이 정숙한 자세로 말을 잇는다.

《전하의 건강을 생각했지.…

20년간 귀양살이를 하다가 다시 조정에 올라와보니 전하의 건강이 여의치 않더군.

임금앞에서 충의를 부르짖는 숱한 신하들이 있으면서 전하의 옥체 하나 돌봐드리지 못하다니 이게 어디 신하된 본분인가.

내 지금 명목상 내의원 제주인데 전하의 옥체를 만강하게 할수 있다면 무슨 일인들 못하겠나. 비록 내의원에 저마다 제노라는 의원들이 있긴 하지만 임자와는 전혀 달라. 의술은 둘째치구 인품상 너무도 임자와는 다르더란 말이야.

내 임자를 첨 만나보구 생각했지. 저런 명의라면 전하의 옥체를 만강하게 할수 있지 않을가 하고 말일세.

그래서 내가 임자한테 관심을 두는걸세. 이젠 내 의도를 알겠나?

그러니 우리 사이엔 서로 숨기는게 없어야 하네.》

당시 조선봉건왕조시기에 《삼의원》이라는 세개의 의료기관 다시말하여 내의원, 전의감, 혜민서가 있었다. 물론 여기에 동서대비원(일명 활인서)까지 합하면 네개로 볼수 있지만 대체로 우의 세개만 들군 한다.

내의원은 한마디로 궁실치료기관이다. 세종 25년(1443년)에 이미전에 존재하던 내약방을 고친 관청으로서 일명 내국, 내약, 상약, 약방, 약원이라고도 불렀으며 벼슬로는 도제주, 제주, 부제주 등 명목상 책임자가 있고 그아래에 정(정3품), 첨정(종4품), 판관(종5품), 주부(종6품), 직장(종7품), 봉사(종8품), 부봉사(정9품), 참봉(종9품) 등 벼슬관이 있었다.

덧붙여 더 이야기한다면 정1품 의정이 맡으면 도제주요, 정2품관이 맡으면 제주요, 정3품이상이면 부제주라 한다는것이다.

전의감은 한마디로 량반특권층의 병을 치료하는 기관이다. 처음 태조 1년(1392년)에 설치되였을 때에는 주로 임금을 비롯한 궁중의 치료를 위주로 하면서 동시에 궁실을 비롯한 귀족량반들의 치료를 맡아하던 전의감은 그후 내의원이 분리된 다음 궁중용약품과 임금이 하사하는 약품을 공급하는 일과 량반특권층의 병치료를 전문으로 하게 되였다. 벼슬로는 제주가 상징적으로 있고 그밑에 정, 부정, 첨정, 판관, 주부, 의학교수, 직장, 봉사, 부봉사, 의학훈도, 참봉 등이 있었다.

혜민서는 이른바 일반 백성들의 치료를 보아준다는 미명하에 설치된 치료기관이다. 처음 1392년에 혜민국이라는 이름으로 설치되였다가 세조 12년(1466년)에 혜민서로 고쳤으며 벼슬로는 주부, 의학교수, 직장, 봉사, 의학훈도, 참봉 등이 있었다.

이 삼의원중에서 내의원을 일명 《내국》으로, 전의감과 혜민서를 《외국》이라고 불렀다.

그밖에 일명 활인서라고도 부르는 동,서대비원은 조선봉건왕조 초기인 1392년에 수도안의 백성들의 질병을 고쳐준다는 명목으로 설치한 의료기관인데 동대비원과 서대비원으로 나뉘여있다가 태종 14년(1414년)에 동서활인원으로 이름을 고쳤다가 세조 13년(1467년)에 활인서로 다시 명칭을 바꾸었다. 활인서를 일명 활서라고도 부르는데 벼슬로는 별제(종6품), 참봉(종8품) 등이 있었다.

너무도 진중하고 숙연한 류희춘대감의 자세앞에서 허준은 추억하고싶지 않은 과시장에서의 일을 털어놓지 않을수 없었다.

《그 일이 있은 후론 전 다시는 과거에 응시할 생각이 없었소이다. 작고하신 아버님이 제가 룡천을 떠날 때 나라법에 서얼출신의 대과응시는 허용되지 않지만 잡과는 허용된다고 하시며 절더러 꼭 과거에 응시하라고 당부하셨소이다. 한성에 와서 두해가 지났지만 저로서는 아직 과거에 응시할 생각은 하지 않았나이다.》

류희춘이 고개를 끄덕거리더니 다시 물었다.

《그래, 앞으론 어떻게 할 심산인가?》

허준은 솔직하게 자기의 취지를 그대로 밝혔다.

《대감어른앞에서 오늘 주책없는것 같지만 제 속에 품고있는 생각을 그대로 털어놓겠소이다. 앞으로 벼슬할 생각은 꼬물만치도 없소이다. 저의 일생의 목적은 사람들에게 도움이 되고 나라와 백성들앞에 기여할 큰 의서를 남기는것이옵니다. 그래서 의술을 배웠고 또 의학에 대한 연구를 더 심화시키려고 하오이다.》

허준의 목소리는 담담하고 나직하였으나 자신심과 배짱이 엿보였다. 죽순은 새삼스레 허준이가 왜 의술을 배우는 길을 택했는가를 인식하였으며 그의 마음속에 얼마나 많은 재가 응어리되여 앉았는가 하는 생각으로 가슴이 뜨거워졌다.

죽순은 순간이나마 그를 오해했던 자신을 질책하며 조용히 말을 붙였다.

《그래도 이 한성에서 의원노릇을 하려면 의과급제자격증이 있어야 할거예요.》

죽순의 말에 선복이까지 맞장구를 쳤다.

《할아버님과 어머니의 말씀이 맞아요. 나도 오라버님이 의과에 응시했으면 해요. 오라버님의 그 실력이면 급제하는거야 식은 죽 먹기나 같을거예요.》

류희춘이 좌중을 둘러보며 선언하듯 말했다.

《그 말들이 다 옳은 소리야. 의과에 응시 못한 의원이라면 전번처럼 건덕지를 잡고 임자를 또 괴롭힐거네. 그러니 이번에 치는 잡과 초시에 응시해야 래년 봄에 치르는 복시에 응시할수 있을거네. 틀림없이 임잔 단연 첫자리에 급제할거네.

 내 오늘 임자의 말을 들으면서 새로운것을 알게 되고 또 많은걸 배웠네. 임자의 그 뜻이 성취될수 있게 내 힘자라는껏 도와줄 생각이네.》

 허준은 그자리에서 일어나 류희춘에게 허리를 굽히며 마음속으로부터 우러나오는 감사의 정을 담아 인사를 하였다.

 《정말 고맙소이다. 이 은혜를 제 잊지 않고 꼭 뜻을 이루겠나이다.》

 《그러지 말게. 내 이제 몇년을 더 살겠나. 임자같은 젊은이들을 할수 있는껏 도와주는게 내 락이지.》

 솔직한 말로 허준은 구태여 의과에 응시할 필요를 느끼지 않았었다. 화담선생처럼 학문연구와 의로운 일에 일생을 바치기로 결심했기때문이다. 게다가 의과에 응시하지 않았지만 의과자격을 받은 의원들보다 의술이 높아 사람들속에서 명의로 떠받들리고있는 지금의 형편에서 의과응시가 괜한짓으로 여겨졌기때문이다. 허나 허준은 류희춘과 죽순의 권고가 하도 극진하고 진정이기에 반승낙을 하고말았다.

 한편 류희춘은 허준이 의과에 급제하면 그를 내의원에 넣어 장차 임금의 주치의로 천거할 속구구를 하고있었다.

 집으로 돌아온 허준이 그 문제를 설유에게 비쳤더니 그도 대뜸 과거급제는 시어머니의 소원이 아닌가고 하면서 찬동하는것이였다.

 웬간해서 허준의 의사를 따르던 설유까지 의과에 응시했으면 하는 의향을 보이자 허준은 생소한 한성에 올라와서 말없이 자기를 뒤받침해준 설유가 오죽하면 저럴가 하는 생각이 들었다.

 허준은 의과에 응시하기로 결심하였다. 허준이 선선히 응하자 설유의 눈에 맑은 눈물이 피여올랐다. 그는 한동안 아무 말도 하지 않고 그저 두손을 가슴에 얹고 허준을 바라보기만 하였다.

 설유의 그 마음에 가슴이 뭉클해져 허준은 안해의 손을 꼭 쥐였다.…

 드디여 응시하는 날이 왔다.

 시험장으로 떠나는 허준을 설유가 기동이와 함께 문앞에까지 나와 바래워주었다.

 허준이 걸음을 옮기는데 문득 뒤에서 어린 딸애의 애된 목소리가 울렸다.

 《아빠!-》

 고사리같은 손을 젓는 예영이의 귀여운 모습을 보는 허준은 눈시울이 달아올랐다. 과시장으로 걸음을 옮기는 허준의 눈앞에는 아들이 과거급제하기를 애오라지 바라던 어머니의 모습과 자기를 오늘과 같이 떠밀어준 못 잊을 스승의 모습이 우렷이 안겨왔다.

허준은 여려지는 마음을 다잡으며 과시장을 향해 성큼성큼 걸음을 내짚었다.

과시장은 크고 으리으리하였다.

허준은 지정된 자기 자리에 들어가앉았다. 얼핏 둘러보니 응시자가 마흔명가량 짐작되였다.

각이한 형색의 응시생들이 긴장한 빛을 띠고 시험관이 들어서기를 기다리고있었다. 너렁청한 과시장에 숨막힐듯 한 정적이 깃들었다.

드디여 과시장에 시험관들이 들어오기 시작했다.

자기의 학문과 의술이 높다고 자부하는 허준이였지만 정작 시험이라고 생각하니 마음이 자못 울렁거렸다. 이전날 평양부의 과시장에서 서얼이라고 응시도 못해보고 무참히 쫓겨나던 일이 이 시각 떠오르며 온몸에 가벼운 전률이 일었다. 이번은 대과가 아니라 잡과인 조건에서 별다른 일이 없겠지만 허준은 우려와 불안감으로 가슴이 두근거렸다. 표표한 기상으로 들어서는 시험관들을 살펴보던 허준의 얼굴은 갑자기 새하얗게 질렸다. 불시에 심장이 뚝 멎는것 같았다.

세상에 이런 우연이 또 있는가? 맨 앞에 평양부의 과시장에서 허준에게 가슴아픈 상처를 남겼던 그 참시관이 있는것이 아닌가.

(아니?!)

운명의 희롱이라고 보기에는 눈앞의 현실이 너무도 믿어지지 않았다.

눈앞에 무수한 별찌가 일었다. 현훈증으로 하여 앉아있는 그자리가 마치도 빙빙 돌아가는것만 같았다. 이제 벌어지게 될 참혹한 광경이 눈앞에 얼른거리면서 등골이 선뜩하고 이마에서는 콩알같은 땀방울이 뚝뚝 떨어졌다.

이윽고 응시생들을 마주하고 앉은 시험관이 응시생명단이 적혀있는 문서를 기웃이 내려다보았다.

아니나다를가 시험관이 퉁방울눈을 부라리며 입가에 힘을 주었다.

《허준이 누군가?》

허준은 머리를 수굿하고 대척하지 않고 앉아있었다.

《허준이라고 여기에 없는가?》

응시생들이 서로 얼굴을 마주보며 수군거리기 시작했다. 그냥 앉아버틸수 없었다.

허준은 천근무게가 달린듯 무겁기만 한 몸을 가까스로 일으켰다.

시험관이 손가락질을 해대며 고래고래 목청을 돋구었다.

《야, 이놈! 귀가 먹었느냐? 왜 제때에 일어나지 못해?

이놈아! 네가 그렇게 오그랑수를 쓰면 내가 널 알아보지 못할줄 알았어?

이 서얼놈이 꽤 질기긴 질기구나. 평양부에서 그렇게 무참하게 쫓겨나구두 아직도 무슨 미련이 있어 이 과시장에 기신기신 들어왔느냐? 설사 서얼이라 해도 부친이 정2품관이여야 잡과에 응시할수 있는데 네놈의 부친은 종4품 군수인데다가 몇년전에 없지 않았는가.

여봐라, 이 서얼놈을 당장 과시장에서 끌어내가라!-》

시험관의 고함소리가 터지자 미리 기다리기라도 한듯 문밖에서 두억시니같은 네명의 라졸들이 우르르 쓸어들어왔다.

그뒤로 실눈에 독기를 품은 허모가 거들먹거리며 흔들흔들 따라들어섰다.

《네자식이 어벌두 크지, 여기가 어디라구 감히 들어와? 저 서자놈을 냉큼 집어내.》

네명의 군졸들이 주저함이 없이 앞뒤에서 욱 모다붙어 허준의 옷자락을 잡아끌었다.

뿌드득- 소리가 나더니 허준의 두루마기 동정과 한쪽팔소매가 떨어져나갔다.

허준의 가슴속에서는 울분과 격정의 소용돌이가 끓어번지기 시작하였다. 그 소용돌이는 곬을 찾지 못한 강물이 언제에 막혀 용용이는것인가, 드디어 리성을 잃은 허준의 입에서 벽력같은 소리가 터져나왔다.

《그래, 난 서자다! 서자는 사람이 아니라더냐? 서자도 당당한 사람이란 말이야.》

자기의 팔을 잡아끄는 군졸들을 뿌리치며 허준은 젖먹은 힘까지 다 내여 목청껏 소리쳤으나 어찌된 일인지 입안에서만 맴돌았다.

허준은 온몸을 비틀며 더 힘껏 고함쳤다.

《야! 이놈들!》

그 순간 누군가 허준의 어깨를 잡아흔들었다.

《예영이 아버지! 예영이 아버지!》

기연가미연가 허준이 정신을 차리고보니 등잔불빛속에 설유가 자기의 어깨를 잡아흔들고있는것이 아닌가.

설유의 고운 얼굴에 수심이 잔뜩 비꼈다.

《아니, 왜 그러세요?》

허준은 그제서야 자기가 악몽속에 온밤 헤매고있었다는것을 알아차렸다. 온몸이 땀으로 흠뻑 젖어있었다.

이마에 내밴 땀을 문지르는 허준에게 설유가 다정히 속삭였다.
《너무 근심마세요. 일이 다 잘될거예요. 마음을 푹 놓고 쉬세요.》
이날밤 설유는 뜬눈으로 밤을 새웠다. 허준의 머리를 자기 무릎에 괴여놓은 설유는 그의 머리를 부드러운 손으로 쓰다듬으며 조용히 시조를 읊기 시작하였다.

산이 높다 하되 하늘아래 뫼로다
오르고오르면 못 오를리 없건만
사람이 제 아니 오르고 뫼만 높다 하더라

그 목소리에 취해 고르롭게 숨소리를 내며 잠들기 시작한 허준의 모습을 굽어보는 설유의 얼굴에는 그 깊이를 가늠할수 없는 따스하고 부드러운 정이 그득히 어려있었다.
의과초시에서 합격된 허준은 다음해 봄에 치른 복시에서 급제하였다. 의술의 리론에 있어서나 실기에 있어서 허준을 따를 응시생들은 한명도 없었다.
잡과응시에서의 급제는 허준의 의지와는 별개의 문제였지만 그후 그가 거대한 의서를 집필하는데서 큰 도움이 되는 지름길인 동시에 그의 파란많은 운명의 시초이기도 하였다. 그러나 아직은 그 누구도 이를 알수 없었다. 허준 당사자는 물론 설유도 전혀 상상할수가 없었다.
때는 1573년 봄이였다.

7

몇달후 허준과 설유는 어린 예영이를 데리고 산음으로 향하였다. 산음을 떠난지 꼭 삼년만이였다. 허준이가 한성으로 떠나던 그해 겨울에 외할머니는 로환으로 세상을 떠났다.
산음에 당도한 허준은 먼저 류이태를 찾아뵈왔다. 설유는 집에 가닿기 전부터 평소의 그답지 않게 기뻐서 어쩔줄 몰라하였다.
허준과 설유는 류이태의 앞에 공경스레 무릎을 꿇었다.
《선생님, 그간 건강하셨습니까?》
설유도 눈물을 머금고 아버지에게 문안을 드렸다.

《아버지! 저희들도 없이 홀로 사시느라 얼마나 고생많으셨나이까.》
류이태는 희색이 만면하여 흔연히 말하였다.
《고생은 무슨 고생, 보다싶이 내 몸은 건강하다.
청원 이 사람의 소식을 내 다 들었네. 정말 장하네. 자네의 소식을 들으니 내 한 십년은 더 젊어지는것 같다니.
그 인총이 많고 넓디넓은 한성바닥에서 명의로 성공하고 또 의과급제하였다니 내가 자넬 헛보지 않았어. 참말로 장하네.
자넨 이 산음을 떠날 때 나와 한 약속을 세해만에 실현했네. 저 한성에서부터 자네에 대한 소리가 들려올 때가 나에겐 제일 기쁜 날이였어. 정말 고마운 일이네.》
정녕 류이태는 허준의 스승이고 아버지였고 생의 은인이였다. 가슴이 뭉클해졌다. 허준은 마음속의 진정을 담아 다시한번 절을 하였다.
《이 모든건 선생님께서 절 이끌어주고 가르쳐주셨기때문이오이다. 제가 오늘날에 이른것은 전적으로 선생님의 은혜오이다. 다시한번 저의 큰절을 받아주사이다.》
류이태가 두손을 내저었다.
《왜 이러나? 그건 다 자네의 노력일세. 그리구 예영이 에미가 구실을 잘했기때문이지.
내 그전에도 말했었지만 오래전에 나한테서 배운 제자들은 그렇지 못했어. 허나 자네는 뜻을 이루었거던.
하지만 아직은 첫걸음에 불과해. 그때 내앞에서 다진 약속을 잊지 않았을테지?》
《제가 어찌 그걸 잊겠소이까. 자나깨나 그 생각뿐이오이다.》
《음, 그래야지. 자네가 그 뜻을 이루면 의원으로서, 스승으로서 또 설유를 키운 아버지로서 내 여한이 없겠네. 부디 그 뜻을 이루어주게.》
《그 말씀을 명심하겠소이다. 아버님!》
불쑥 허준의 입에서 아버님이라는 부름이 튀여나왔다. 류이태의 얼굴에 감개무량한 빛이 흘렀다. 그는 말없이 허준의 두손을 꽉 잡아쥐였다.
잠시후 류이태가 흐린 안색으로 물었다.
《집엔 아직 못 들렸을테지?》
《이제 찾아뵐가 하오이다.》
류이태가 길게 한숨을 내쉬였다.
《자네 마음을 굳게 가지라구.》

허준은 눈을 크게 뜨며 다급히 물었다.

《아니, 어머니에게 무슨 불상사라도 생겼나이까?》

《어머니가 위급하네. 자네의 어머니가 적(배속에 생긴 덩이가 일정한 형태를 가지고 고정된 위치에 있으면서 아픈 부위가 이동되는 일이 없이 고착되여있는것. 오늘날의 암.)에 들었어.》

《적이라니요? 혹시 취(배속에 생긴 덩어리가 일정한 형태와 고정된 위치가 없고 아픔이 여기저기로 이동되는 병증)가 아니오이까?》

《분명 적일세.》

《무슨 적이오이까?》

《간적(간암)일세.》

설유의 입에서 탄식소리가 흘러나왔다.

《어마나, 어쩌다가…》

허준의 얼굴에 시꺼먼 먹장구름이 끼였다. 그러는 허준에게 시선을 떼지 않고 류이태가 말을 계속 이었다.

《작년초에 벌써 간적이 중기에 이르렀지. 그래서 리기활혈의 립법(치료법)으로서 목향지각환과 화중환을 써주었네. 그래서 금년초까지는 상태가 좋았었는데 그 이후부터 급격히 악화되여 이젠 말기에 이르렀네. 지금 기혈이 몹시 쇠약해져 내 일전에 향사륙군자탕으로 보기, 보혈시키면서 여기에 활혈약을 적당히 처방해주었네. 임자 어머니가 일에 지장이 된다고 하면서 절대로 알리지 말라고 신신당부하기에 자네에게 알리지 않았네.》

허준은 어머니의 병이 더는 수습할수없이 위급하다는것을 대뜸 알아차렸다.

《어서 빨리 가보라구.》

허준은 설유와 함께 허둥지둥 집으로 향하였다.

빈방에 홀로 누워있던 려월이가 앓던 사람같지 않게 방안으로 들어서는 허준과 설유를 보고 자리에서 벌떡 일어나앉았다.

《아니, 이게 아애비가 아니냐?》

《어머니!》

허준은 려월의 싸늘한 손을 꼭 부여잡았다. 설유 역시 울먹이는 목소리로 려월의 두손을 꼭 잡으며 말했다.

《어머니, 이게 대체 어인 일이시오이까?》

려월은 수척한 얼굴에 애써 웃음을 지었다.

《며늘애야, 울긴? 이젠 다 나았다.

이젠 너희들을 보니 살것만 같구나.…》
허준은 어머니의 얼굴을 찬찬히 살펴보았다. 볼이 훌쭉 꺼져들어간 어머니의 얼굴은 누렇게 뜨고 시꺼멓게 죽어있었다. 그리도 부드럽고 맑던 얼굴에 도간도간 검붉은 반점이 나있고 귀밑머리는 반백이 되였다.
의원의 눈으로 직접 보니 어머니의 병은 상상했던것보다 더 위중하였다.
허준은 황황히 어머니의 맥을 만져보았다. 맥박이 겨우 팔딱팔딱 뛰고있었다.
칼로 저미는듯 마음이 쓰리고 아팠다.
자기의 감정을 어머니가 눈치채면 더 마음을 쓸것 같아 허준은 애써 자기를 다잡았다. 당장이라도 눈물이 떨어질 눈을 내리깔고 허준은 조용히 품속에서 의과급제를 확인하는 《백패》를 꺼내여 려월에게 내밀었다.
《어머니, 보시오이다. 의과자격증이오이다.》
조선봉건왕조시기 과거시험응시자에게 국가는 채점에 따라 합격자들에게 합격증을 주군 하였는데 문무과의 합격증은 붉은 색갈의 합격증이라고 하여 《홍패》라고 불렀고 생원진사시와 잡과의 합격증은 흰색이라고 하여 《백패》라고 불렀다.
강파른 손으로 려월은 새하얀 합격증을 받아들고 입속으로 되뇌이였다.
《교지. 의원으로 있는 허준은 의과에 제1번째로 합격한자이다. 계유년 ×월 ×일(임금의 도장)》
《백패》에 쓰인 글을 한자한자 읽고난 어머니의 커다란 두눈에 눈물이 가랑가랑 맺히기 시작하더니 그만에야 누렇게 뜨고 어둑컴컴한 여윈 볼을 타고 주르륵 흘러내렸다.
《오늘은 정말 내 마음이 후련하구나.
이제는 이 에미가 맘을 놓고 눈을 감을수 있을것 같구나.
서자라고 그렇게 천시를 받고 과시장에서마저 쫓겨났던 아애비가 오늘은 이렇게 당당한 의과자격을 받다니, 참말로 꿈만 같구나!》
어머니의 모습을 바라보는 허준도 끝내 눈물을 흘리고말았다. 설유도 옷고름으로 연신 눈굽을 찍으며 그저 어린 예영이의 머리만 만지작거렸다.
려월의 일생은 량반댁에 첩으로 들어와 어느 하루도 평온한 날이 없었다. 하지만 이제는 그 모든 고통과 시름이 봄눈이 녹듯 일순간에 다 가셔진것만 같았다.
허준과 설유는 어머니와 오래동안 쌓이고쌓였던 회포를 나누었다.
아들과 며느리, 손녀를 맞은 려월의 얼굴에 다시금 생기가 오르는듯 하였다. 허나 그것도 하루이틀을 넘기지 못하였다. 이미 병이 너무 기울어진 상태였던것이다.

더구나 일구월심 아들의 일이 잘되기만을 념원하며 언제면 뜻을 이룬 아들을 다시 만나랴 하는 간절한 희망만을 품고 하루하루 지탱해오던 려월이다. 가물가물 의식이 흐려지는 속에서도 그 념원과 희망으로 이를 사려물고 다시 일어나군 하던 려월은 아들과 며느리를 만난 그 다음날부터 애써 지탱해오던 마음의 기둥이 급속히 무너지고말았다.

허준이 자기의 의술을 깡그리 발휘해보았으나 그 어떤 의술도 어머니를 구원할수 없었다. 말그대로 백약이 무효였다.

어느날 려월은 혼미해지는 의식을 가다듬고 아들과 며느리를 조용히 불러앉혔다.

허준은 어머니가 마지막숨을 몰아쉬고있다는것을 피부로 느끼고있었다.

혼신의 힘을 다 짜내며 어머니가 힘겹게 입을 떼였다.

《얘들아! 내 명이 이젠 다된가부다.

그새 너희들이 이 못난 에미로 해서 고생이 많았지?

아들애야 그리고 며늘애야!

사람이 한생을 사느라면…》

맥이 없는지 어머니는 눈을 지그시 감았다. 때이르게 건너간 눈귀의 주름살을 타고 뜨거운 눈물이 방울져 굴러내렸다.

허준은 말없이 잔약한 어머니의 손을 꼭 잡았다. 설유가 손수건으로 어머니의 눈가장자리에 맺힌 눈물을 정히 훔쳐주었다.

한참후에 눈을 잔조롬히 뜬 어머니가 조갈든 입술을 감빨며 띠염띠염 말을 이어나갔다.

《아들아, 내 아들아, 부디 명심… 하거라.

난 운명을 숙명으로 받아들였다만 넌 꼭… 네 뜻대로 곧추 가거라. 뒤돌아보거나 주저하지 말구 말이… 다. 알겠냐?》

허준은 눈물을 머금으며 머리를 끄덕이였다.

《어머니의 말씀을 잊지 않겠소이다.》

어머니가 한손으로 더듬하며 설유의 손목을 잡아쥐려고 하자 설유가 제꺽 어머니의 손을 두손으로 부여잡았다.

《며늘애야! 너도 어려서 친부모를 왜놈들에게 다 잃구 류선생님 손에서 자랐는데… 난 너를 친딸로 여겼어. 그래서 너의 친어머니가 되여주자고 했더니 이젠 안되겠구나.…

예영이 애비를 잘 도와줘라. 애빈 어려서부터 마음이 착하고 뭘 한다 하면 끝을 보고야마는데 네가 옆에서…

그리구 마지막으로 이름을 불러보자꾸나. 준아!》

《예 - 어머니!》

《혈붙이 하나 없는 설유에게 내대신 부모가 되여주고 또… 기어이 둘이 마음합쳐 준이가 만들겠다던 의서를 꼭 완성하거라. 의서가 다 되면 나에게 꼭 알려다우.… 내 땅속에 가서도 너희들의 행운을… 빌… 련… 다.》

《어머니!》

허준과 설유는 마지막유언을 남기는 어머니의 품에 동시에 와락 얼굴을 묻었다.

《애들아… 내 마지막으로… 어디 한번… 안아보자.…》

《어머니!》

뼈만 앙상하게 남은 어머니의 잔약한 두손이 허준과 설유의 잔등을 내리쓸더니 그만에야 스르르 미끄러져내렸다.

허준은 어머니를 부여안고 몸부림쳤다.

아, 어머니! 사랑하는 어머니!

나서 처음으로 허준은 소리내여 울었다.

단 하루라도 기를 펴고 사셨더라면 허준의 마음이 이리도 아프지 않았을것이다.

새삼스레 허준은 자기의 의술이 아직은 높지 못하다는것을 자인하지 않을수 없었다.

어머니의 운명이 그러하다쳐도 의원인 자기의 의술만 높았어도 어머니는 더 오래 사실수 있었을것이 아닌가. 자기 하나만을 믿고 살아온 어머니를 눈을 편히 뜨고 저세상에 보냈으니 허준아, 너는 불효자식이로다!

인간세상이야 내 힘으로 어찌 바로잡겠냐만 의술만 높으면 사람들이 장수하며 오래 살수 있을게 아닌가.

그렇다. 내 기어이 의술의 집합체인 의서를 남겨 사람들의 생사여부에 실지 도움을 주리라.

이 길이 어머니에게 못 다한 효도를 다하는 길이라고 허준은 생각하였다.

어머니를 정히 감장한 후 허준은 삼년상을 치르며 고향에 그냥 남았다. 살아 생전에 다하지 못한 효도를 늦게나마 하고싶었다.

달포가 지난 어느날 어머니의 봉분옆에 지어놓은 려막으로 류이태가 찾아왔다. 상복을 입고있는 수척한 허준에게 류이태가 단도직입적으로 물었다.

《임잔 언제까지 예서 있을텐가?》

《네?》

뻔한 일을 묻는 류이태를 허준은 어리둥절하여 쳐다보았다.

《이렇게 계속 어머니를 지킬 심산인가 말이네?》

《아니, 그건 무슨 뜻으로 하는 말씀인지…》

《큰일을 눈앞에 두고 속수무책으로 그냥 상복을 입고있으려나?》

그제서야 허준은 스승이 묻는 취지가 깨도되였다.

《선생님!》

다른 말을 더 할수 없었다. 너무나도 스승에 대해 잘 알고있는 허준은 그가 왜 삼년상을 치르고있는 자기의 심중을 모르랴 하는 생각에 구태여 설명할 필요를 느끼지 않았다.

무거운 침묵이 흘렀다. 한참후에 그 침묵을 깨뜨리며 류이태가 입을 열었다.

《자네 심정은 십분 리해되네. 하지만 이렇게 하는것이 진정으로 어머니를 위한 일이라고 여긴다면 그건 짧은 생각일세.

림종시 어머니가 자네에게 당부한것을 벌써 잊었나?

자네의 뜻을 성사시켜 의서를 만드는것이 바로 어머니가 바란것이고 또 어머니에게 효도하는 길이 아니겠나.》

류이태는 자기 말에 대한 허준의 반응을 가늠하려는듯 그새 눈이 쑥 들어간 그의 얼굴을 유심히 뜯어보며 계속 말을 이었다.

《자넨 큰뜻을 품은 사람이 아닌가.

자네가 한성으로 떠날 때 내 말했네만 나도 일찌기 큰 의서를 쓸 뜻을 품고 나섰으나 일생에 시간이 모자라서 그 뜻을 미처 이루지 못했네.

큰뜻을 품은 사람에게서 제일 귀한것은 다름아닌 시간일세. 자네의 뜻대로 큰 의서를 쓰려면 일생을 뛰고 또 뛰여도 시간이 모자랄걸세.

헌데 그 금같이 귀중한 삼년세월을 어머니의 상을 치른다면서 이 려막에서 흘려보낸다는게 난 마음에 들지 않아, 마음에 들지 않는단 말일세.

부지런히 병자치료를 하고 그 과정에 얻은 경험들을 종합분류하여 의서를 만드는데 필요한 자료를 부단히 축적해야 할 자네가 아닌가.

삼년상을 치르는것이 물론 조상전래의 법도이지만 큰일을 위해서는 때론 작은것을 희생할줄도 알아야 성공할수 있네.

그래 앞으로 자네의 뜻을 이루어내는 로상에서 이보다 더 큰 불상

사와 가슴을 에이는 고통이 있다 하면 어쩔터인가.》

류이태의 말소리는 점차 허준에 대한 질책으로 넘어갔다.

허준은 심각한 표정으로 스승의 그 질책을 받아들이고있었다.

《내 구태여 자네에게 훈시할 생각은 없네. 허나 마지막으로 말하는데 어머니에 대한 진정한 효도가 무엇이겠는가를 명심하고 옳은 결심을 내리길 바라네.》

이윽고 류이태는 자리에서 일어나 스적스적 산밑으로 내려가기 시작했다. 오늘따라 스승의 허리는 별로 더 구부러지고 걸음걸이도 휘청거리는듯싶었다.

(선생님!-)

다음날.

허준은 어머니의 묘소앞에 꿇어앉았다. 그옆에는 설유가 소곳이 꿇어앉아있었다. 이 시각 허준의 가슴속에서는 형언할수 없는 격정이 부글부글 끓고있었다.

(어머니, 불효막심한 이 아들을 부디 용서해주소이다. 허나 큰뜻을 위하여 용단을 내리고 떠나가오이다. 기어이 내 의지와 뜻을 굽히지 않고 나라와 백성을 위한 이 길에서 물러서지 않겠습니다. 의서를 완성한 날 다시 어머니를 뵙겠나이다.

어머니, 그날을 꼭 믿어주십시오.)

비장한 각오를 다지며 허준은 오래도록 어머니의 묘앞에 서있었다.

며칠후 허준과 설유는 류이태의 바래움을 받으며 산음고을을 떠나 한성으로 향하였다.

8

평상에 기대앉은 선조의 마음은 착잡하기 그지없었다. 한마디로 선조의 심기는 편안치 않았다. 어찌된 일인지 조정의 분위기가 평온치 못한 것이다. 무슨 염병이 들었는지 궁실과 조정의 측근신하들속에서 상가가 잦았다. 지난해 가을에만도 전날까지도 아무런 일이 없었던가싶던 동부승지 류도가 급사하더니 그로부터 닷새후엔 임금집안의 풍성군이 덜컥하였다. 전날까지도 편편하던 류도가 사망했다는 소식을 듣고 선조는 너무도 믿어지지 않아 경연까지 파하였다.

그런데 올해에 들어와서도 상가가 꼬리를 물었다. 정초부터 참판 김계가 죽더니 겨울에 들어서면서 임금집안의 의성대비가 시름시름 앓기 시작하였다. 의성대비란 선임금 명종(리환)의 비였던 돈녕부 령사 심강의 딸인 인순왕후 심씨를 말한다. 리환에게 시집온 후 범같은 시어머니인 문정왕후의 밑에서 숨도 제대로 못 쉬고 살아온 심씨는 그에게서 순회세자를 보았으나 세자가 13살에 비명으로 횡사하고 또 명종이 서른네살의 젊은 나이에 붕어한 후 홀몸으로 고독하게 살고있었는데 당시 나이는 마흔을 갓 넘었었다. 왕비라고 하지만 오랜 기간 문정왕후의 등쌀에 기도 못 펴고 숨소리마저 죽이며 살아왔다. 문정왕후가 죽은 후 이젠 마음편안히 재미나게 살아보자던 노릇이 그만에야 2년만에 명종이 돌아가자 자식 하나 없이 외롭게 살고있는 의성대비를 선조는 친어머니이상으로 돌봐주고있었다. 허나 어찌 된 일인지 대비의 병은 호전될줄 몰랐다.

선조는 류희춘을 불러 의성대비의 병상태를 알아보고 제가 직접 병문안까지 하였다. 궁실담당 녀의원인 선복에게 대비의 병치료를 잘하라고 분부하고 돌아온 선조는 평상에 기대여 근간에 자기의 몸상태도 여의치 않다는 생각이 들었다.

임금의 나이는 이해를 넘기면 스물네살, 열여섯살나이에 옥좌에 올랐는데 어언 8년이 되여온다. 허나 자기의 몸을 생각할 겨를이 없었다. 정작 옥좌에 올라보니 여간 불편스럽지 않은것이 임금자리였다. 왕이라고 하면 문무백관들과 백성들이 감히 얼굴을 쳐들고 마주보지도 못하는 신성불가침의 존재여서 제 하고픈대로 할것 같지만 전혀 그와 판판이다. 매사건건 대간들이 간언하는데 막 시끄러울 정도이다. 어데 가고싶어도 《전하의 옥체를 돌보셔야 하오이다.》, 《전하의 지체에 어울리지 않소이다.》 하는가 하면 임금자신은 간편한 옷차림을 하고다니고싶으나 《전하, 곤룡포를 입으셔야 하오이다.》, 《전하는 만민의 거울이니 허술히 차려입고 나서면 안되오이다.》 하며 따라다니며 잔소리를 한다.

요즘 선조는 류희춘과 더불어 경전에 대한 론의를 하는것이 흥미있었다. 확실히 류희춘은 나라안의 재사임이 틀림없었다. 모르는것이 없었다. 그 어떤 문제를 물어봐도 막히는것이 없이 일사천리로 언변을 토하는데 신기할 정도였다. 흠이 좀 있다면 인생경륜을 다 겪은 환갑나이의 류희춘이라 너무 심중하게 발언하는것이다.

허나 선조는 그가 싫지 않았다. 박학다식한 그 학문뿐아니라 종묘사직을 진실로 위하는 충의가 마음에 들었기때문이다.

복잡한 조정사를 생각하던 선조는 갑자기 얼굴을 찌프렸다. 뜨문히 머리가 지끈거리고 명치가 무죽한게 심상치 않았다.

이때 류희춘이 왔노라고 내시가 알려주었다.

《어서 들여보내라!》

자기의 아픔을 보여서는 안된다고 생각한 선조는 아무 내색없이 평상에 정히 앉아 류희춘을 맞아들였다.

《대비마마의 병증세에 대해 의원이 말한 내용을 아뢰려고 왔소이다.》

《그래, 대비의 증세가 어떠하오?》

《대비마마를 치료하는 선복이 말하기를 〈대비마마의 병증세가 사시초에는 오한기로 다시 몸을 떨더니 목구멍에서 담이 끓는 소리가 약간 있었다.〉고 하였소이다.》

선조는 자기의 몸상태를 류희춘이 알아차릴가봐 그와 얼굴을 마주치지 않으려고 애썼다.

《그럼 제주가 시약청에 말해서 대비의 병증세에 해당한 의서를 궁성안으로 들여오는것이 좋겠소.》

류희춘이 머뭇거렸다.

《과인에게 무슨 할 말이 있소?》

《저, 대비마마의 병증에 들어맞는 그런 의서가 없는줄로 아옵니다. 소신이 미리전에 내의원에 그런 병증세와 관련한 치료비방이 들어있는 의서가 없는가를 알아본데 의하면 이전에는 그 비슷한 병과 관련한 의서가 있었는데 지금은 보기 힘들다고 하오이다.》

《경의 선견지명 있는 일처리가 마음에 드오. 그러면 대비의 병은 못고친다는 소리가 아닌가. 대비를 치료하는 녀의원이 의술이 퍽 용하다지만 나이가 어리니 아직 경험이 없겠구만.

그 의원의 모친이 의술이 높다던데 그를 초청하면 어떻겠소?》

선조의 말에 류희춘은 대답할 말을 찾지 못하였다. 그가 보기에도 대비의 병은 이미 기울어진 상태였다. 오랜 기간 앓은 병이니 어쩔수 없었다. 허나 희춘은 이 시각 다 기울어진 대비로 하여 죽순이까지 이 일에 개입시키고싶지 않았다. 분명 대비의 목숨은 하루이틀내에 판결날것이다. 이제 그러면 무슨 구실이 없어 눈을 밝히는 사간들이 벌둥지 쑤셔놓은듯 왁 일어나 대비를 치료한 의원을 잡아먹자고 할것이 명백하다. 아직 앞길이 구만리같은 선복이 옥에 갇힌다고 생각하니 눈앞이 아찔하였다. 그 판에 그의 에미까지 끌어넣어서는 안된다.

《아뢰기 황송하오나 그 모친은 나이가 들어 의술이 이전같지 않다고

하옵니다. 오히려 딸보다도 의술이 못한것으로 보아지니 그만둠이 어떻겠소이까?》

선조는 류희춘의 대척에 심드렁해서 그리하라구 응낙하였다.

돌아서던 류희춘이 문득 걸음을 멈추었다.

《전하, 근래에 전하의 옥체가 여의치 않아보입니다. 부디 옥체를 돌봐주사이다. 소신이 용한 의원 하나를 물색했는데 그한테 병을 보이지 않으시렵니까?》

선조는 머리를 저었다. 대비의 병이 심한데 저까지 앓는다고 하면 궁실안이 무슨 판이 되겠는가. 대비 한명의 병으로 해서 신하들이 들볶는데 임금인 선조마저 앓는다고 해보라. 충의를 부르짖는 신하들이 저저마다 팔을 걸어붙이고 당장이라도 큰 변이 난것처럼 소란을 피울것이다. 그럴 때면 오히려 병이 낫는것이 아니라 더 심해진다. 허나 이 류희춘만은 여느 신하들과 달랐다.

작년 정월에도 희춘은 임금의 몸상태를 주시하다가 비위를 보호하는 음식료법을 적어서는 선조에게 올린적이 있었다. 그때 선조는 임금의 건강을 위해 늘 마음을 쓰는 희춘의 충의지심에 탄복을 금치 못했었다. 그런 그가 여느 신하들은 무심히 스쳐지나는 선조의 기분상태를 보고 대뜸 건강이 나쁘다는것을 알고 이렇게 근심스레 묻고있는것이였다.

《용한 의원을 물색했다니 참 좋은 일이요. 헌데 어데 있는 의원이요?》

《예, 이번 의과에 급제한 의원인데 저 경상도 산음에서 올라왔다고 하오이다. 지금은 전의감에서 의원으로 있소이다. 소신도 그를 만나보았는데 여간 의술이 높지 않았소이다.》

《경이 보증한다니 어련하겠소만 대비의 병이 완쾌되면 한번 병을 보이기요. 그리고 그런 명의가 전의감에 있어서는 안되지. 후날 보아 내의원으로 옮겨놓는게 좋을것 같소.》

이듬해인 1575년 정월초 2일 의성대비는 통명전에서 세상을 떠났다.

선조가 초상을 치를것을 지시하기 바쁘게 류희춘이 추측한바 그대로 사헌부와 사간원의 대간들이 녀자의원이 대비의 병치료를 등한시 했다고 들고일어나 선복이의 죄를 다스릴것을 제의해나섰다. 선조가 대비의 사망은 오랜 기간 고독하게 살다나니 생긴 병으로서 어쩔수 없는것이라고 승인하지 않았으나 신하들은 머리를 쪼으며 간언하였다. 이럴 때엔 임금인 선조도 어쩌는수가 없다. 만약 대간들의 간언을 받아들이지 않으면 그들은 저들의 요구가 실현될 때까지 탑전에서 머리를 들지 않을것이다. 이는 력대로 내려온 봉건왕조의 전례였다. 선조도 이 전례를 깨뜨릴수도 변경시킬수도 없었다.

선조는 그들의 주장대로 의성대비의 병증세가 중하지 않다고 거짓말을 했다는 죄목을 씌워 녀의원 선복과 의관 손사명, 안복수 등을 옥에 가두어 문초하라는 지시를 내리고말았다. 대비가 세상을 떠난지 엿새후에 생겨난 일이였다.

선복의 소식을 들은 허준은 만사를 제쳐놓고 류대감의 집으로 달려갔다. 의과에 급제한 후 허준은 전의감에서 의관으로 일하고있었다. 그가 류대감의 집에 당도하니 이미 죽순이가 와있었다. 죽순의 이모이자 류희춘의 안해인 송덕봉이 그를 위로하고있었다.

류희춘의 안해 송덕봉은 조선봉건왕조시기 유명한 녀류시인이였다. 시문에 능하고 남자들 못지 않게 뛰여난 학문을 소유하고있는 송덕봉은 책읽기를 상당히 즐겼다. 남편인 류희춘이 이십여년간 류배살이할 때도 송덕봉은 추호의 변심도 없이 남편을 진정으로 위해주고 그가 마음의 탕개를 늦추고 맥을 놓을가봐 각방으로 도와주고 힘을 주었다. 그가 지은 시문들은 많았지만 아무리 녀성이 재능이 있어도 그 재능을 발휘할수 없는 남존녀비의 세상인지라 개인시문집은 남아있지 않고 다만 남편의 문집인 《미암일기》에 그 흔적이 남아있을뿐이다. 그가 산음에 있는 죽순이를 한성에 데려온것만 보아도 그 시기에 상당히 개명한 녀성이라는것을 알수 있는것이다.

이미 허준과 면식이 있던 송덕봉이 일어서며 맞아주었다.

《선복이 어머니, 그게 사실이오이까? 선복이가 옥살이를 한다는게.》

죽순이대신 송덕봉이 대답했다.

《사실인것 같구만. 어제 어지가 있어 그길로 옥에 끌어갔다는군.》

《아니, 사람이 불치의 병에 걸리면 응당 저세상으로 가게 되는것인데 그게 어디 선복의 의술탓이겠소이까.

터놓고 말해서 그런 중병에 걸리면 백성들은 어디 살아있는 사람이 있소이까. 하두 대비이니 그만치 오래 살지 않았소이까.》

송덕봉이 주위를 둘러보며 허준을 나무람했다.

《적은이, 그런 소린 말게. 지금 세월엔 벽에도 귀가 있는 법이야. 아무리 그렇다쳐도 그런 말을 망탕 해서야 쓰나. 무슨 된벼락을 뒤집어쓸라구 그러나. 자중하게나.

령감이 나가면서 임금님께 여쭈어보겠다고 하던데 다른 일이야 더 있겠나. 임금님도 불치의 병으로 대비가 돌아갔다구 승인하지 않았는데 대간들이 지나친 충의를 발휘하다나니 그렇게 된거네.》

죽순이가 조용히 입을 열었다.

《사실상 궁실의 어의라는게 남들은 다 부러워하지만 실제상 남모르는 고충이 더 많지요. 다른 사람도 아닌 나라님과 그 집안의 건강을 돌본다는게 말처럼 쉽나요.

사실 난 우리 선복이가 궁실의 녀의원이 되는걸 바라지 않았어요.

우리 선복의 소원이 뭔지 아세요. 어머니보다 더 높은 의술을 배워서 나라안의 첫째가는 녀의원이 되는게 소원이라고 했지요. 그래서 그앤 의원양성소에서 얼마나 피타게 공부했는지 몰라요. 그앨 보면서 난 저러다가 우리 선복이에게 나같은 운명이 차례질가봐 은근히 원심을 썼어요. 다행히도 그애가 나처럼 곡절없이 가정을 이루고 아들까지 낳아 키우는걸 보고 한시름 놓았댔지요.

헌데 저렇게 옥에 끌려갔으니…》

허준은 죽순의 심정이 리해되였다. 사랑하는 사람과 헤여져 일생을 딸 하나를 믿고 살아오는 죽순이다.

그런데 선복의 아버지는 누구인가? 죽순은 그에 대해 말한적이 없었다. 또 류이태도 그에 대해서 일언반구도 내비치지 않았다. 그렇다고 이 자리에서 물어볼수도 없는노릇이였다. 차차 알게 될 때가 있으리라.

허준이 사색이 된 죽순을 바라보는데 류희춘이 들어섰다.

허준은 엉거주춤 일어서며 인사를 하였다. 송덕봉과 죽순이 한가닥 기대를 가지고 류희춘의 얼굴을 주시해보았다.

자리에 앉은 류희춘이 후- 길게 한숨을 내쉬더니 격분에 차서 말을 했다.

《일초(일초는 박근원의 자임.) 그 량반 내 그렇게 보지 않았는데 정말 앞뒤가 다른 사람이야.

허참, 내 그런 사람인줄 알았으면 당초에 그 량반의 병을 봐주라고 임자를 보내지 않는건데…

다행히도 오늘 전하와 단 둘이서 얘기할 틈이 생겨 조용히 여쭈었더니 전하께선 내 말에 딴 의향을 내지 않으시고 녀의원에게 무슨 죄가 있느냐 하시며 대간들의 론의가 좀 즘즘해지면 인츰 옥에서 내놓으라고 지시하겠다고 하셨소. 그러면서 사실상 나라안에 선복이만큼 의술에 능한 녀의원이 또 있겠느냐고 하시는데 난 전하의 그 말씀에 코마루가 찡해져서 눈물이 다 나오더군.

내가 막 탑전에서 물러나오려는데 갑자기 사헌부와 사간원의 대간들이 무리지어 전하를 뵙자구 하는게 아니겠나.

전하께서 대간들이 보면 재미없다고 하시며 날더러 자리를 좀 피하라고 하시기에 내 휘장뒤에 몸을 감추었지. 그런데 이 무슨 변이겠나. 대간들이 중구난방으로 녀의원과 의관들의 죄를 다스리자구 상소하는데 대사헌 일초 그 량반이 제일 기승을 부리겠지.

뭐이라고 하는가 하면 대비의 병을 허술히 대한 담당녀의원과 의관들을 처형하던가 류배를 보내자고 하는게 아니겠나.》

죽순이와 송덕봉, 허준이모두가 그자리에서 몸을 움씰했다.

류희춘이 손짓으로 진정하라고 하더니 말을 이었다.

《전하를 뵙기 전에 내가 그러지 않아도 대사헌을 만났소.

대간들의 제의가 다 옳은것이 아니니 사헌부 웃꼭지인 대사헌령감이 잘 조처함이 어떠냐고 했더니만 잘 알았노라고, 대간들을 잘 무마시키겠다고 하더군. 그런데 낌새를 보니 뭔가 대가를 바라는것 같은 느낌이 들기에 그래서 내가 앞으로 인사차림을 톡톡히 하겠노라고 말을 붙여보았더니 우리 사이에 무슨 그러겠나며 손을 내젓지 않겠나. 그렇게 하구 난 헤여져 전하를 뵈왔거든.

가지 않았으면 몰라두 우정 찾아가서 만나기까지 했는데 일초 그 량반이 글쎄 그렇게 발딱 뒤집을줄이야. 대사헌이 아마 내가 휘장뒤에 몸을 숨기고있는걸 전혀 모르니 제 속에 있는 소리를 막 하는 판인데 내 너무 어이가 없어서…》

송덕봉의 입에서 가는 숨소리가 슴새나왔다. 그도 박근원을 잘 알고있었다.

남편이 류배살이를 할 때인 1552년에 문과에 급제하여 벼슬길에 들어선 근원은 나무타기를 잘하는 잰내비마냥 복잡다단한 벼슬길을 무탈하게 걷고있었다. 리조참판을 거쳐 다른 벼슬과 달리 관리들의 행적을 신칙하는 대사헌으로 뛰여오른것만 보아도 그의 벼슬경륜이 어떠한가를 잘 알수 있었다. 사헌부의 대사헌벼슬은 쉬이 오를 벼슬도 아니고 또 오래 버티는 그런 자리도 아니다.

물론 사헌부와 쌍벽을 이루는 사간원도 있었다.

사헌부와 사간원의 관리들을 일명 《대간》이라 부르는데 이 대간들중에서 주도적인 역할을 하는것은 사간원의 장관인 정3품 대사간보다 정2품관인 사헌부의 장관인 대사헌이였다.

박근원은 이 대간들의 제일 상좌인 대사헌의 벼슬자리에 있었다. 천성적이라고 할지 아니면 권력욕이라고 할지 그앞에서는 아무리 청백리라고 인정되는 사람도 순식간에 부정협잡의 능수로 전이되였으며 아무리 부처님 가운데토막같이 무던한 사람도 패덕한으로 락인되고 탄핵당하기 일쑤였다. 그의 장기는 《대의명분》의 틀거리에 사람을 몰아넣고 칼질하는것이였다.

삼강오륜이 지배하고 군주의 무제한한 권력이 지배하는 봉건사회에서 그러한 《대의명분》 틀거리를 자막대기로 해서 몰아치면 걸리지 않을 사람이 어디 있겠는가. 코에 걸면 코걸이, 귀에 걸면 귀걸이였다. 하다면 그가 그렇게도 청렴결백하고 봉건적충군에 물젖었던가. 차라리 그렇다면 별문제이다. 왜냐면 결과는 어떻든 그 바탕이야 《대의명분》에 부합되니 말이다.

허나 박근원은 그와는 전혀 반대였다. 다시말하여 안팎이 완전히 달랐다. 앞에서는 충의와 청렴결백을 밥먹듯 외웠지만 그의 속에는 시꺼먼 구정물이 꽉 차있었다. 근원의 됨됨을 모르지 않았지만 누구도 감히 입밖에 내지 않았다. 왜냐면 새로 등극한 임금이 그러한 근원을 참말로 충의신하로 믿고있었기때문이였다.

근원은 그런것으로 해서 대사헌이라는 벼슬에 붙어있었고 그 사정없는 《대의명분》의 칼로 숱한 사람들을 해쳤던것이다.

류희춘은 말은 해놓고도 뭐가 꺼리는지 입가에 손가락을 가져가며 쉬 - 했다.

《내 말을 어데 가서 발설하면 안되네. 사헌부의 눈과 귀가 우리 집 어딘가에도 달려있는지 모르는 판이야.》

희춘의 말은 전혀 무근거하지 않았다. 대사헌 박근원은 백관들의 동향을 알아본다면서 조정의 도처에 자기의 심복들을 박아넣든가 아니면 죄가 좀 있는 사람들을 협박하여 제 끄나불로 만들었던것이다. 심지어 그의 심복들은 고관대가들의 하인들까지도 손안에서 조종하고있었다.

《그럼 앞으로 선복은 어찌 되오이까?》

허준의 물음에 희춘이 뭐인가 생각을 굴리더니 대답하였다.

《내 생각엔 곧 풀려나올거네. 전하께서 나한테 한 약속이니 반드시 실행하실거네.

그러니 임잔 마음놓구 어서 가보게.》

그러더니 류희춘은 허준을 뚫어지게 바라보았다.

《그리구 청원 이 사람!

전하의 몸이 여의치 않네. 내 일전에 전하에게 자네의 의술이 용하니 한번 보이는것이 어떻겠냐고 여쭈었더니 대비의 병이 심한데 언제 그럴 새가 없다시며 후날에 보자고 하시더군. 대비가 세상을 떠난 지금 전하

의 건강이 신통치 않네. 그러니 자네 미리 준비를 하고있게나.》

류희춘의 말대로 대비의 초상을 치르느라 선조는 제 몸을 돌볼새가 없었다. 가뜩이나 체질이 약하고 원인모르게 머리가 지끈거리던 선조는 이즘에 와서 눈에 띄울 정도로 몸이 수척하여졌다. 때로는 수라를 들지 못하는 경우도 있었다.

어의 류지번이 몇번씩이나 진찰하고 치료하였으나 선조의 병은 차도가 없었다. 더구나 대비의 상가인지라 음식을 들지 않은데 그 원인이 있다고 당시의 기록들은 쓰고있지만 실지로는 선조의 몸이 약한데 원인이 있었다.

그로부터 이십일후 허준은 류희춘의 부름을 받고 대궐로 들어가 선조의 병증상을 진찰하고 치료대책을 세웠다. 그때가 바로 1575년 2월(음력) 15일 갑신일이였다.

《이름난 의원 … 허준이 들어와서 임금의 맥을 진찰하였는데 임금은 전에 비해서 더 파리고 맥박이 매우 약하였다. 또한 번열이 대단하여 생것과 찬것을 들기 좋아하며 문을 열고 바람을 쏘였다고 한다.》 (《선조실록》권9 을해년 2월 갑신일)

본래 궁실에 대한 진찰은 내의원에서 하는것이 법도였다. 전의감에 적을 두고있는 허준이 궁실의 진찰, 그것도 국왕의 병을 진찰한다는것은 관례를 벗어난 사변이 아닐수 없었다. 허나 허준은 그 뛰여난 의술로 하여 비록 전의감 의원이였지만 내의원의 의원들도 바라지 못하는 국왕 선조의 병을 진찰하고 치료했던것이다.

한편 인종의 공의대비가 편치않아 하기에 선조는 급히 선복을 석방하여 진찰하라는 지시를 내렸다. 류희춘의 말대로 선조는 궁실의 녀의원인 선복의 의술을 크게 믿고있었던것이다.

국왕 선조에 대한 진찰로 하여 허준은 그 즉시로 내의원으로 옮겨갔으며 나라안에서 무시할수 없는 명의로 인정받게 되였다.

제4장 왕실의 어의

1

　이마살을 찌프리고 앉아있는 내의원의 판관(종5품)인 함치우의 주위에 의관들이 물웅뎅이에 싸그쟁이 끓듯 오구구 모여 입방아를 찧고있었다.
　《허참, 기가 막혀서…》
　입을 다시는 함치우의 눈치를 보며 주부가 조심스레 물었다.
　《판관어른, 무슨 언짢은 일이 생겼수?》
　나이가 함치우보다 서너살 우인 주부(종6품)는 함치우와 막역한 사이여서인지 저보다 품계가 우인 그를 너나들이로 대하였다.

좁은 이마에 내 천자를 가로 그으며 입을 다시던 함치우가 주부에게로 머리를 돌렸다.

《우리 내의원에 의관이 한명 들어오는데 판관으로 봉했다누만.》

주부의 얼굴이 뚝 굳어져버렸다.

《그건 무슨 소리요?》

《그러니 판관인 날 비롯해서 모두의 벼슬품계가 하나씩 내려가야 할것 같소.》

내의원에서 판관직은 하나뿐이다.

《헌데 어떤 의관이길래 품계를 그렇게 훌쩍 뛰여넘어 들어오자마자 판관으로 된다우?》

《나도 자상히는 모르겠으나 류희춘대감을 비롯한 어른들이 의술에 능한 명의라 하며 전의감에 있던 그를 내의원으로 옮기면서 그렇게 봉하자고 건의했다는가 보오.》

《대체 의술이 어느 정도이기에 그런다우?》

함치우가 시답지 않게 대척하였다.

《의술이 능해야 우리나 도토리 키 대보기겠지.

명의요 뭐요 하고 소문난다는게 다 제가 다니면서 소문을 내는거야. 요즘에야 말 잘하고 약삭바르며 뒤에서 밀어주는 든든한 줄만 있으면 명의라고 소문나는 판인데 의술을 가지고 왈가왈부할 필요가 있겠소.》

다른 의관들이 함치우의 말에 머리를 끄덕거렸다.

그럴수밖에 없는 의관들이였다. 저들은 내의원에 들어와 계단을 오르듯 힘들게 한품계한품계 톺아 지금의 벼슬에 이르렀는데 대체 어떤 놈이기에 발을 들이밀자바람으로 판관의 벼슬을 차지하고 저들이 애써 톺아온 벼슬직을 한등급씩 내리떨군다니 과연 이게 있을번 한 일인가.

이러한 공통된 심리로 수군거리고있는 의관들을 둘러보며 함치우가 잔잔한 호수가에 돌멩이 던지듯 한마디 내뱉았다.

《헌데 그놈이 서얼이라더군.》

《부친은 뭘한다우?》

주부가 묻는 말에 함치우는 《그전에 룡천군수를 했다는데 지금은 북망산에 가고 없지.》 하고 내뱉았다. 서얼출신이 벼슬을 하려면 적어도 부친이 정2품 벼슬관이여야 했다. 그런데 부친이 종4품 군수라니 의관들은 펄쩍 놀랐다. 함치우는 그들을 눈가에 묘한 웃음을 짓고 바라보았다.

얼굴이 넙적하고 광대뼈가 불거져나온 의관 완칠이가 함치우앞에 나서며 입에 거품을 물었다.

《서얼이 어떻게 조정의 내의원에 들어온다는거요? 그것도 품계를 뛰여넘어서 단번에 판관벼슬에 오를수 있소이까. 망녕이로군.》

의관들의 마음을 한껏 충동질한 다음 함치우는 자기는 전혀 그에 의견이 없다는듯 한마디 던졌다.

《쉬— 그러다가 잘못 걸릴수 있네. 작년 겨울에 임금님의 병을 그 량반이 진찰했다누만. 이건 그가 전의감에 있을 때 벌써 조정에 든든한 배경이 있었다는건데 자네들은 그걸 알고 입부리를 함부로 놀리지 않는게 좋아.》

여기 내의원의 의관들모두는 본관과 신분이 그쯤한 말그대로 지체높은 량반가문의 출신들이였다. 완칠이만 보아도 그의 사촌형이 다름아닌 산음현감 완기이다. 도무지 리해가 되지 않는듯 저저마다 중구난방으로 한마디씩 하던 의관들이 함치우의 말에 입을 다물고 서로의 얼굴들만 쳐다보았다. 그러다가 다시 누가 먼저 말을 꺼냈는지 서얼출신이 내의원에 들어오는것은 전례에 없는 황당한 일이라느니 또 그런 비천한 신분으로 내의원에 들어왔다는것을 보면 뒤배경에 나는 새도 주머니에 넣는 세도가가 있다느니 아니면 금전으로 뢰물질해서 들어왔다느니 하면서 제나름으로 떠들어댔다.

한창 벅작 고아대는데 범이 제 소리를 하면 온다고 잠시후 리조정랑이 그 당사자인 의관을 데리고 나타났다.

《이분이 내의원 판관으로 임명된 의관이요.》

각이한 눈길이 일시에 리조정랑의 뒤를 따라 들어오는 의관에게로 쏠리였다.

그 의관이 례의를 차려 머리숙여 인사를 하였다.

《허준이라 하옵니다.》

함치우는 시틋한 눈길로 허준을 치떠보았다.

《자네가 명의라고 소문짜한 그 허준인가? 하여튼 좋은 일이지. 우리 내의원이 자네가 있어 활기를 띠겠구만.

자네가 단번에 등급을 뛰여넘어 판관으로 임명되여왔지만 여기 이 의관들은 다 선배이니 잘 처신하길 바라네. 그리고 한마디 주의줄것은 여기 모인 이들은 문벌과 본관이 쯔르르한 량반출신들이니 자네보다 벼슬품계가 낮다고 해도 그들을 잘 대해주라는거네.》

비양기가 다분한 말이였다.

허준은 첫 대면부터 시까스르는 그 말을 듣는 순간 머리가 아찔하였다. 분명 이는 자기가 서자라는것을 념두에 둔 말이였고 단번에 판관직에 등용된데 대한 밸꼴린 시기심이였다.

허나 그는 자기를 다잡았다.
어머니의 상사를 치르고 산음고을을 떠날 때 큰뜻을 이루어내는 길에는 갖은 고초와 수모를 겪을수 있다고 강조하던 스승의 모습이 그 순간 눈앞에 떠올랐기때문이였다.
어떻게 그 방을 나섰는지 허준은 알수 없었다.
시원한 바람이 허준의 얼굴을 스치며 지나갔다.
어머니의 삼년상을 미루고 류이태의 바래움을 받으며 다시 한성으로 올라온 후 어느덧 한해가 흘렀다. 그 한해동안 허준은 이를 악물고 치료를 하면서 의서집필을 위한 준비를 해나갔었다. 그의 의술은 하루가 다르게 더욱더 높아졌다. 어머니의 분묘앞에서 의원으로서의 자기의 무능력을 혀를 깨물며 후회한 허준이여서 그는 이 세상의 모든 병을 다 고치려는 야심밑에 하루하루 뇌심초사하며 의학이라는 학문을 파고들었다.
처음부터 다시 시작한다는 잡도리를 가지고 허준은 달라붙었다.
무슨 병을 하나 치료하여도 다시금 따져보고 종전의 치료법과 대비고찰하면서 자기식으로 새로운 치료법을 완성해나가기 시작하였다.
낮에는 병자치료로, 밤에는 의학연구로 언제 날이 가고 달이 가는지 몰랐다. 그 나날에 그의 의술은 비약적으로 높아졌고 불치의 병이라고 주저앉은 병자들도 그 손이 한번 가닿으면 언제 앓았던가싶이 병을 털어버리고 일어났다. 그 나날에 의서집필의 자료는 차곡차곡 쌓여졌고 이제는 의서를 쓸 준비가 다 되였다고 할수 있었다.
그러던차에 국왕의 병을 진찰한것으로 하여 그의 명성은 더욱 높아졌다. 류희춘은 마침 이때라고 생각하고 그를 내의원 의관으로 등용할것을 건의하였고 그 결과 1576년에 허준은 내의원의 판관으로 임명되였던것이다.
허준은 앞으로 내의원 의관으로서 자기의 걸음이 생각밖으로 헐치 않으리라고 직감하였다.
허나 범에게 물려가도 정신만 똑똑하면 살아난다고 하지 않던가.
내의원의 의관들속에 아무러면 정직하고 대바른 의원이 없겠는가. 지금은 그들이 자기를 몰리해하고 시기질을 하여도 함께 일하면서 서로의 의술을 교환하고 또 배우느라면 리해할 날이 꼭 있으리라 생각하였다. 더구나 방대한 의서집필은 자기 혼자의 힘만으로는 어려운 조건에서 그들과 뜻을 함께 하고 마음을 합쳐야 하는것이였다.
의학이라는 길에 나선 사람들은 사람의 생을 연장시키고 건강한 몸으로 장수하라고 병을 치료하는 의로운 사람들이 아닌가.

모든것은 자기가 어떻게 처신하고 사람들을 너그럽게 대하는가에 그리고 뜻이 맞는 지우들을 찾아 일해나가는데 달렸다고 허준은 생각하였다.
이렇게 생각하니 마음이 한결 개운하고 새 힘과 의욕이 솟구쳤다.
허준은 가던 걸음을 멈추고 저 멀리 어머니가 누워있는 남쪽하늘가를 바라보았다. 저 푸른 하늘 어딘가에 사랑하는 어머니가 잠들고계시는 산음고을이 있다. 그리고 이제나저제나 자기가 품은 뜻을 굽히지 말기를 바라는 스승이 계신다.
허준은 아무런 내색을 보이지 않고 치료에 집중하여 자기의 의술을 남김없이 발휘해나갔다. 처음에는 그를 시기질하고 뜨아하니 여기던 의관들이 언제나 진중하고 말없이 병치료를 해나가는 그의 인간됨과 뛰여난 의술에 공감하면서 그에 대한 경계심이 눈녹듯 사라지고 그를 새로운 눈으로 보기 시작하였다.
밤이면 밤대로 허준은 의서의 구성안을 세우는데 총력을 집중하였다.
이즈음 허준은 의서의 첫번째 편으로 되는 《내경편》에 대한 구성안을 무르익히고있었다.
(《내경편》이라… 《내경편》, 이 편에서는 정, 기, 신, 혈, 진액에 대하여 취급해야 한다. 그리고 오장륙부의 기능도 취급하고…)
《내경편》의 줄거리는 불과 몇줄 안되지만 그에 담아야 할 내용은 실로 방대하였다.
《기》(생명과 생명의 활동을 유지하는데서 중요한 역할을 하는 물질이라고 본 고려의학적견해.)만 보아도 그랬다. 글자는 한글자였지만 그 범위와 심도는 넓고 깊었다.
여느날과 마찬가지로 저녁상을 물리자 허준은 자료를 훑어보며 사색에 잠겼다.
(기는 선천의 기와 후천의 기로 나눈다.…
선천의 기는 태반을 통하여 생겨나고 후천의 기는 호흡의 기와 음식물에서 받은 기가 합쳐져 생기는데 이것을 진기 또는 원기, 정기라고 한다.
…원기가 약하고 정기가 쇠약하면 맥을 못 춘다는 말도 바로 여기에서 유래되였다.…
몸겉면에서 방어적기능을 수행하는 기를 위기라고 한다.…
가슴속에 있는 기는 대기 또는 종기라고 한다.… 혈맥속에 있으면서 몸의 영양을 돕는 기를 영기라고 한다. 오장륙부에도 기가 있는데 이것을 장부의 이름을 붙여 간기, 심기, 위기, 폐기 등이라고 한다.…
기에서 중요한 기는 신기(정신활동)와 심기(심장의 기)인데 오장륙부에 신기가 잘 도달해야 할뿐아니라 심기가 실하여 혈을 잘 보내주어야 장부가 제구실을 하고 몸이 건강할수 있다.… 기를 너무 피로케 하면 끊어진다. 만약 기가 소모되면 몸이 쇠약하여 오래 살수 없다.)

허준의 사색은 여기서 끊어졌다. 설유가 소리없이 다가와 허준에게 꿀물을 권했다.

《좀 쉬염쉬염 하세요.》 하면서 설유는 종이장들을 뒤적거리더니 맨 앞장에 쓴 글을 보고 나직이 읽었다.

《〈내경편〉-》

《그렇소. 의서의 한개 편이 바로 〈내경편〉이 되여야 할것 같구만.》

설유가 허준의 얼굴을 정답게 바라보았다.

《힘드시지요? 얼굴이 몹시 축갔어요. 내의원일도 복잡하겠는데 밤을 패며 이렇게 일하시니 몸이 어디 견디겠어요?》

허준은 설유의 두눈에 비낀 자기의 모습을 찾아보려는듯 그윽한 그 눈을 유심히 응시하였다.

설유가 눈을 깜박거렸다.

《왜, 제 눈에 티가 들어갔나요?》

허준이 빙그레 웃었다.

《아니, 난 아무리 힘들다가도 당신의 그 두눈만 들여다보면 피곤이 싹 없어지고 온몸에 의욕이 넘쳐난단 말이요. 알겠소? 그러니 당신의 그 사려깊고 아름다운 두눈만 날 지켜보면 그 어떤 일도 힘들지 않소.》

《!…》

설유의 얼굴에 행복의 미소가 출렁거렸다. 호심같이 그윽한 두눈가에 핑 물방울이 맺혔다. 허준은 한손을 들어 미소짓는 설유의 상기된 뺨에 가볍게 대였다. 설유가 두손으로 자기의 얼굴에 와닿은 허준의 손을 꼭 잡았다.

반년세월이 흘렀다.

어느날 태의 양례수가 밑도끝도 없이 함치우에게 넌지시 물었다.

《그래, 새로 온 의관의 의술이 어떻던가?》

태의라면 내의원에서 제일가는 의원이다. 의술이 제일 높은 양례수는 근간에는 나라님의 병을 치료하고 왕실의 치료를 전업으로 하는 어의를 대신하여 대궐로 드나들고있었다.

의관들속에서 이제 양례수가 늙은 어의대신 어의가 될것이라고 쉬쉬거리는것은 결코 우연한 말이 아니였다. 그래서인지 양례수의 걸음새며 말투를 비롯한 행동거지가 이전과 달리 별나게 틀지다는 말까지 나돌고있었다.

그 양례수가 묻는 말이였다. 그 물음에 담긴 의도가 무엇인지 가늠이 되지 않아 함치우는 미적지근하게 대답하였다.

《네, 그저 그러하지요. 뭐 괜히 소문만 요란하지 치료의 술법과 효험은 우리와 피장파장 하오이다.》

《음, 그렇단 말이지.…》

그때로부터 1년이 지난 뒤 양례수가 다시금 함치우에게 꼭같은 질문을 하였다.

《그래, 허준의 의술이 어떻던가?》

야릇한 물음이였다.

의술에서의 실력이라는것은 아무리 깎아내리려고 해도 시간이 지남에 따라 반드시 인정되는 법이다.

허준의 경우에도 마찬가지였다.

이 1년이라는 시간의 흐름속에 허준의 의술은 다른 의관들과는 구별되면서 뚜렷하게 두각을 나타내기 시작하였던것이다.

이제 와서 양례수가 결코 허준의 의술을 몰라서 이런 물음을 하는 것은 아니였다.

판관이였던 함치우는 허준이 내의원에 들어온 첫날부터 불만과 질시의 감정을 품었다지만 태의인 양례수는 허준이 두각을 나타내기 시작한 이즈음에 와서 자기가 의술에서 그한테 눌리울수 있다는 위구심이 들었다고 해야 옳을것이다.

당시 양례수는 선조까지도 인정하고있는 나라안의 명의였다고 그때의 기록들은 전하고있다.

1579년 11월 선조가 갑자기 앓아 시약청을 내왔는데 이때 임금의 병치료에는 제주 류전의 소개로 양례수가 인입되였으며 20여일이 지나 임금의 병이 낫자 약방 도제주 로수신에게 길들인 말 1마리와 표범가죽으로 만든 깔개 1장을 주었고 제주 류전과 윤탁연에겐 품계를 올려주고 범가죽 1장을 주었으며 내의원 의원인 양례수는 품계를 돋구어 가선대부(종2품)로 올려주었다고 한다. (《선조실록》권13 기묘년 11월 경오일, 계사일)

이런 양례수였기에 새로 내의원에 들어온 허준의 의술이 소문이 나자 은근한 경계심과 위구감을 가지고 그를 주시해보고있었다. 한편으로는 시골에서 올라온 젊은 허준이 어떻게 되여 그 짧은 기간에 의술로 소문났을가 하는 은연중의 감탄도 포함되여있었다.

결국 허준이라면 덮어놓고 질시하는 함치우와 의술이 나라안에선 제일이라는 자기의 지위가 허준이로 하여 흔들릴수 있다고 여기는 양례수의 불안한 심기가 서로 어울리는 대화였다.

양례수는 함치우의 입에서 허준에 대한 좋은 소리가 나올리 없다는것을 뻔히 알고있었다.

《네, 치료를 하는것을 보면 우리나 뭐 특별한거야 있겠소이까.》

《임잔 남을 평가하는데서 야박하구만. 그래두 그가 의술이 용하다구 내 귀에까지 들려오던데 그렇게 말하면 되나.》

짐짓 함치우를 나무람하는 양례수였다. 함치우는 그 말뒤에 숨은 의도가 무엇인가고 머리를 굴리며 언듯 양례수를 곁눈질해보았다. 도저히 그 속심을 알수 없었다.

왜 허준에게 관심이 클가? 단순한 호기심인가, 아니면 위구심인가. 함치우는 자기의 머리로 이 태의어른이 허준을 은근히 경계한다고 판단하였다. 하긴 그럴수 있었다. 이 내의원에서 자기 의술이 제노라고 하던 양례수가 아닌가. 그러나 허준이가 온 뒤로 그한테 밀리고있었다. 처음엔 허준을 아니꼽게 보던 의관들도 이제는 모를것이 있으면 허준에게 물어보고서야 병을 치료하군 한다. 그만큼 허준이가 의술이 높다는것을 보여준다. 그러니 이 태의어른도 가시밭에 앉아있는것만큼이나 편안치 않을것은 뻔하지 않은가.

함치우는 양례수의 심기를 지레 넘겨짚고 아닌보살하며 허준을 시비질하였다.

《아, 그거야 허준이가 우리보다 말재간을 잘 부리고 어르신들한테 아첨을 잘하니 그렇게 소문난것이지요. 그에 비하면 우리야 참말로 우둔하다고 할 정도로 고지식하지요. 전혀 아첨을 부릴줄 모르니깐요. 그러나 우리의 의술이야 도토리 키 대보기이지요.》

양례수는 함치우의 입에서 그런 소리가 나오길 바랐다.

처음엔 류희춘대감이 뒤에서 밀어주었고 그후엔 또 대감들이 허준한테서 병을 고쳤다더니 아마 그래서 소문이 난게 분명하다고 양례수는 짐작하였다.

함치우는 자기의 입에서 다른 험창한 말이 나올가 하고 기대하고있지 않나 양례수를 슬쩍 일별해보고 한마디 더 하였다. 물론 양례수가 그에 대해 모를리가 없다는 생각이 들었지만.

《참, 허준이 서얼이라고 합디다.》

아니나다를가 양례수는 그에 대해 듣다 첫소리라는듯이 놀라는 기색이였다.

《뭐, 뭐? 서얼출신이라구? 그 무슨 날벼락 맞을 소린고?

어떻게 그런 사람이 내의원의 벼슬관이 될수 있는고? 변괴로다!-

내의원에 그런자가 있다는것은 백로무리속에 까마귀가 끼운것이나 다름없거늘, 조정의 기강이 점점 그런 천한 잡종들로 해서 흐려지는걸세.》

함치우는 양례수의 말이 떨어지기 바쁘게 맞장구를 쳤다.

《그럼요. 태의어른의 말이 참으로 적실하오이다.

요즘은 어떻게 돼먹었는지 지체높은 대감나리들이 병을 고친다고 하면서 덮어놓고 명의라 자처하는 그런자들에게 망탕 몸을 맡긴다니깐요.》

양례수는 자기의 말에 승벽이 나서 호응하는 함치우를 눈을 치뜨고 바라보았다.

《놓고보면 정녕 그렇구만. 그러니 자네나 나와 같은 사람들이 눈을 똑바로 밝혀 그네들이 과실을 범하지 않도록 옆에서 잘 도와주는게 응당하지.

그리구 내 한마디 충고하네만 자네 남을 평가하는데서 너무 린색한것 같애. 그러다간 재미가 적네. 내 말뜻을 알겠나?》

《태의어른의 말씀을 명심하겠습니다.》

두사람은 서로 이상야릇한 웃음을 지으며 상대를 마주보았다.

2

내의원에 허준이가 오니 제일 기뻐한것은 선복이였다.

인순왕후의 사망으로 옥에 끌려갔다가 근 50여일만에 공의대비(인종의 비인 인성왕후)의 병이 위급하여 풀려나온 선복은 허준의 손을 부여잡고 발을 동동 굴렀다.

그때 인성왕후는 제대로 걷지 못할 정도로 몸이 불편하였다. 당시의 기록들에는 인성왕후가 담가에 들리워 오갔다고 전해지고있다.

근 2년 남짓하게 앓던 인성왕후는 류희춘이 사망한 그해 겨울 11월에 세상을 하직하였다.

이때에도 대간들이 들고일어나 의원들을 처형하자고 하였으나 이번만은 선조가 승인하지 않았다. 세상을 떠나기 전날 자기의 생이 곧 끝나리라는것을 직감한 인성왕후는 전신의 힘을 모아 언문으로 다음과 같은 지시를 내렸다.

《전하와 조정관리들이 졸곡제사를 지낸 뒤에는 사모와 검은 뿔띠차림을 할것이며 내가 죽은 뒤에 의원과 녀자의원을 심문하지 말것이다.》(《선조실록》권11 정축년 11월 경진일)

인종과 근 스무해를 살아왔지만 일점혈육 하나 남기지 못한 인성왕후가 왕비로 있은지는 8개월 보름, 결국 그는 녀성으로서도 왕비로서도 이렇다하게 남긴것이 없었다. 그런 의미에서 대비가 생의 마지막순간에 내린 이 어지가 그의 가장 큰 공적이 아닐가.

선조는 공의대비에게 인성왕후라는 시호를 추증하면서 그의 언문지시대로 일체 의원들을 심문하지 않았다. 이 일은 허준이 내의원에 들어온지 이듬해에 벌어진 일이였다. 그 기간 선복은 대비의 병상을 잠시도 뜨지 못하였다. 허준은 어쩌다 만나는 선복의 충혈진 두눈과 부풀어오른 입술을 보면서 궁실의 어의라는게 과연 헐치 않구나 하는 생각을 하였다.

인성왕후의 초상을 치른 후 선복은 어머니의 병을 핑게로 스스로 사임신청을 내였다.

선복이 궁실의원직을 사임한 직후 허준은 그의 집을 찾아갔다. 근간에 죽순이가 심하게 앓고있어 몇번이나 치료해준 허준이였다. 허나 이날은 죽순이가 허준을 부른다는 기별이 왔기에 무슨 일이나 해서 내의원을 나서는 길로 집에도 들리지 않고 곧추 죽순의 집으로 발길을 향했다.

죽순의 집에 들어선 허준은 뜻밖에도 그자리에 있는 양례수를 만날줄 상상도 못하였다.

내의원에 다니면서 태의 양례수와 접촉은 있었지만 아직 이렇게 만난 적은 없었다.

《허판관이 이 집에 어떻게 다?…》

놀라는것은 허준이쪽보다 양례수쪽이 더하였다. 양례수는 온지 퍼그나 된듯싶었다.

병석에 누워있던 죽순의 얼굴이 빨갛게 달아있었다. 눈귀에는 물기가 번뜩거렸다. 분명 무슨 말이 오간것 같은데 그로 하여 죽순이는 좀 흥분된듯싶었다.

선복이가 차종지를 허준이앞에 가져다놓았다. 양례수의 앞에도 이미 차종지가 놓여있었다.

《선복이 어머니! 몸은 좀 어떻습니까?》

병석에 누웠으나 죽순은 아직도 귀염성스럽고 복스럽던 자태가 사라지지 않았다. 죽순의 병은 젊은 나이에 홀로 살아온데로부터 오는 부인병이였다. 그를 진찰하면서 허준은 대뜸 죽순의 병명을 진단하였다. 명의인 죽순이 제 병을 모를리 없었다.

　허준은 죽순의 운명이 왜 이렇게 되였는지 모르고있었다. 류이태는 분명 죽순이와 새 가정을 이룰수 있었다고, 그를 기다렸건만 죽순이가 다시는 산음에 오지 않았다고 말하였다. 그렇다면 죽순이스스로가 단념했다는것인데 왜 그랬을가? 본통치고개에서 분명 두사람은 심중의 언약을 하지 않았던가. 그렇다면 한성에 다시 올라온 후 죽순의 신상에 무슨 일이 있었다고 허준은 판단하였다. 그렇지 않다면야 선복이 하늘에서 뚝 떨어졌겠는가. 선복은 과연 누구의 자식인가?!

　죽순이 어줍게 웃음을 띠우며 허준을 바라보았다.

　《괜찮아요. 용케 시간을 냈군요. 그래, 예영이 어머니랑 다 잘 있어요?》

　양례수는 눈이 퀭해졌다. 허준이와 이 집사이의 관계가 보통관계가 아님을 새롭게 인식하며 불연중 허준이 의술을 닦은것이 혹시 죽순이와 관련된지도 모른다는 생각이 들었다.

　《이자 보니 허판관이 이 집과 보통사이가 아니로구만.》

　《예— 선복이 어머닌 저의 운명의 은인이오이다. 그리구 선복인 제 동생이나 같구요.》

　너무도 흔연히 대답하는 허준의 그 말에서 양례수는 자기가 여기에 더 있으면 안된다고 생각했는지 일어섰다.

　《그럼, 난 먼저 가보겠네. 앉아 얘기나 하라구.》

　허준이한테 이렇게 말을 붙인 양례수는 일어섰어도 갈념을 하지 못하고 죽순이를 한참이나 뚫어지게 굽어보더니 나직이 입을 열었다.

　《병은 마음이 절반이라는데 너무 상심마오. 내 자주 와보겠소.》

　자기의 얼굴을 구멍날듯 보는 양례수의 눈길을 피하며 얼굴을 외로 틀었던 죽순은 그 말에 아무런 대척도 하지 않고 그저 눈물만 흘렸다.

　허준은 선복이와 함께 대문까지 나가 양례수를 바래주었다. 선복이가 인사하고 먼저 들어가버렸으나 허준은 그가 대문을 나설 때까지 그냥 서 있었다.

　대문을 나서던 양례수가 돌아섰다.

　《그럼 자네의 스승이 산음의 류이태의원이겠구만.》

　허준은 의아한 눈길로 양례수를 쳐다보았다.

　《어련하겠소만 우선 선복이 에미를 잘 치료해주게. 그리구 청원 이 사람, 기회가 생기면 우리 한번 속터놓고 얘기해보세.》

아리숭한 말만 남기고 양례수는 대문을 나섰다.

허준이 다시 방안으로 들어오니 그새 죽순이가 선복의 부축을 받아 일어나 벽에 의지해서 앉아있었다.

《그 량반이 갔어요?》

허준은 그 물음에 머리를 끄덕거리는것으로 대답하였다.

그의 머리속에는 양례수의 마지막말이 떠나지 않았다. 양례수가 여기로 온것은 죽순의 병때문인것만은 사실인데 그의 언행은 평시에는 찾아볼수 없던 그런것이였다. 몇번 접촉할 때마다 허준은 그에게 위압되는듯 한 느낌을 받군 하였었다. 틀진 걸음새, 남을 굽어보는듯 한 고자세, 자신만만한 몸가짐… 그런것을 오늘 허준은 전혀 찾아볼수 없었다. 죽순을 굽어보며 하던 말과 자기와 헤여질 때 던진 말을 놓고보아도 그리고 항상 남을 발아래로 굽어보군 하던 시선도 이전과 달랐다.

문득 허준의 머리속에는 양례수가 혹시 죽순이가 말하던 그 양성소선생이 아닌가 하는 생각이 들었다. 아니야, 선복이가 내의원에 있으니 그 어머니를 병문안 올수도 있지 않을가?

그런 생각을 하며 머리를 드는 순간 허준의 눈길이 죽순의 눈길과 마주쳤다. 죽순의 눈가에 추연한 빛이 흐르고 눈귀에는 눈물방울이 맺혀있었다. 허준의 속내를 들여다보았는지 죽순이 고개를 끄덕이였다.

《아니, 그럼 태의어른이 선복이 아버지?!》

죽순이 눈을 꼭 감는다. 그의 눈에서 피같은 눈물이 질게 배나왔다.

《어쩌면, 어쩌면 그럴수 있소이까? 예, 선복이 어머니!》

죽순이 세차게 어깨를 떨었다. 어느새 들어왔는지 선복이가 어머니의 어깨를 부둥켜안고 눈물을 흘린다.

《어머니! - 그만 진정하세요. 계속 이러면 병이 더 도져요.》

이윽고 마음을 진정한 죽순이가 천천히 만단사연의 퉁구리를 풀기 시작하였다. 평생 혼자 속으로 묻어두려던, 입밖에 꺼내고싶지 않았던 가슴아픈 상처가 서서히 형체를 드러냈다.…

산음에서 류이태와 헤여져 한성에 올라온 죽순은 다시 의원양성소에 다니였다. 산음에 다녀온 후로 죽순은 딴 사람이 되고말았다. 말없고 조용하며 그러면서도 항상 생각에 잠기군 하는 그런 처녀가 다름아닌 한성에 올라온 죽순의 변화된 모습이였다. 언제 봐야 발랄하고 사내처럼 씨원씨원하던 죽순이가 별안간 숙녀같은 랑자로 모습을 바꾸었다.

의원양성소의 기일도 이젠 얼마 남지 않았다. 양례수와는 될수록이면 피하려고 했으나 운명은 그걸 허용하지 않았다. 왜냐면 스승과 제자라는 관계여서 할수없이 매일 마주서야 하고 싫든좋든 그의 얼굴과 그의 웅변을 보고 들어야 하였다. 수강시간에 죽순은 머리를 쳐들지 않았다. 책상에 얼굴을 꾹 박고 귀로만 선생의 강의를 듣군 하였다.

어느날 한성에 다시 올라온지 한달가량 될무렵이였다.

의원양성소에서 집으로 가는 죽순이앞에 커다란 산이 막아섰다. 얼핏 고개를 드니 양례수였다. 이미 그와의 대면이 있으리라는것을 각오한 죽순이라 딴소리없이 그의 뒤를 따랐다. 무슨 말을 했던가.

《그새 죽순이가 없으니 양성소가 텅 빈것 같더군. 그래, 몸은 좀 어떻소?》

《다 나았소이다.》

《그래, 고향의 어머님이랑 무고하시오?》

《예, 별일이 없소이다.》

양례수가 묻는 말에 죽순이 단마디로 대답하니 대화는 인차 동강이 났다.

죽순은 머리를 다소곳이 숙이고 그저 양례수의 발만 바라보면서 걷기만 하였다. 양례수의 발이 멈춰서기에 죽순이도 그자리에 멈춰섰다. 머리를 들어보니 한강가였다. 이미 어둠은 깃들어 사위는 어둑시근한데 주위엔 인적 하나 보이지 않았다.

(여기가 어딘가? 내가 왜 여기까지 왔을가?)

이런 생각이 뇌리를 치는 순간 와락 양례수가 그를 그러안았다. 죽순은 젖먹은 힘까지 다해 그의 품에서 빠져나오려고 하였건만 열에 뜬 그의 손에서 그저 옴지락거렸을뿐이였다.

《죽순이! 왜 그러오? 이미 우린 한몸이 된 사이가 아니요?

난 죽순이가 다시 올 날을 애타게 기다렸소. 다시는 놔주지 않을테요.》

죽순이는 정신이 번쩍 들었다. 순진하고 정직한 사나이 그리고 남의 아이를 키우며 높은 의술로 평범하고 소박한 고향사람들을 위해 애쓰던 류이태의 얼굴이 순간적으로 눈앞에 떠올랐다. 그와 헤여지던 본통치고개가 저 멀리 보이는듯 하였다.

《이러시면 안돼요. 난 당신을 바라지 않았어요!-》

허나 우악스러운 사내의 품에서 죽순은 벗어날수 없었다.…

죽순은 악몽같은 이날을 평생 잊을수 없었다. 한강의 시퍼런 물결이 용용히 사품치는 강변에서 녀인의 혼이 울고있었다. 갈대숲이 쏴 쏴- 울부짖었다.

죽순은 실신상태에 빠진듯 향방없이 갈숲을 방황하였다. 시퍼런 강물에 몸을 던지고싶었다. 그 순간 죽순은 류이태의 때묻지 않은 얼굴이 떠올랐다. 비록 아차 실수로 처녀의 몸을 더럽혔어도 깨끗한 마음만은 그에게 바치고싶었다. 허나 이젠 마음도 어지러워졌다. 류이태와의 언약을 끝내 지켜내지 못한것이였다. 처음엔 망연자실한 상태에서 양례수라는 사내에게 몸을 허락했지만 이번엔 제정신을 가지고있으면서도 지켜내지 못하였다.

격정의 순간이 지난 뒤 양례수는 뜻밖에도 죽순이 태를 치며 통곡하자 눈이 휑해져서 아무 말도 못하였다. 그제서야 자기의 애제자인 죽순이가 자기를 전혀 마음에 두지 않았으며 스승인 자기가 한 녀성의 마음에 얼마나 큰 상처를 남겼는가를 인식하였는지 중언부언 설명을 달았다. 허나 죽순의 마음을 도저히 가라앉힐수 없었다.

《가라요! 당신은 나쁜 사람이예요! 썩 내 눈앞에서 사라져요!》

비실비실 뒤걸음치며 양례수는 그자리를 떠나갔다.

한강에 몸을 던지려던 죽순이 자신을 수습케 한것은 의술을 배워 나라안의 첫째가는 녀명의가 되라던 류이태의 당부였다. 얼마나 순박하고 정직한 사나이인가. 한 사내는 산음이라는 촌에 있고 다른 사내는 번화한 한성부에 있다. 허나 두사람의 인격의 높이는 문자그대로 하늘과 땅이였다.

며칠후 죽순은 양례수를 찾아갔다. 수십번 생각을 굴린 끝에 내린 결심이였다.

《난 이미 당신의 사람이예요. 그러니 부모님들께 말해 성례를 치르자요.》

장밤 한강가를 미친듯이 방황하던 죽순은 그만에야 지쳐서 강기슭에 엎어졌다. 무정한 강물이 그의 몸에 사정없이 들씌워졌다. 다시는 류이태에게 돌아갈수 없는 자기였다. 출로는 하나, 양례수와 성례를 치르는 길밖에 없었다. 하여 죽순은 며칠동안 생각끝에 이런 결심을 내리고 양례수를 찾아왔던것이다.

양례수는 쾌히 동의하였다. 실지로 양례수는 죽순이를 마음에 두고있었던것이다.

운명의 돛을 달고 배회하던 쪽배가 기우뚱거리며 힘겹게 가고있었다.

그 이후 양례수는 죽순이를 이전처럼 대하지 못하였다. 어딘가 모르게 조심스럽게 대하였다. 간혹 죽순이를 넘겨다보는 눈치였건만 성례를 치르기 전에는 다시는 그럴 생각을 꿈도 꾸지 말라고 죽순이가 못박아주었다.

양례수는 그러는 죽순에게 자기가 고향 홍농에 한번 내려가 부모님들께 죽순이와의 문제를 상정시켜 승인받겠다고 하였다.

그무렵에 죽순은 커다란 타격을 받게 되였다. 정언벼슬에 있던 이모부 류희춘이 1547년의 량재역벽서사건에 련루되여 벼슬을 떼우고 정배를 가게 되였던것이다.

아버지없는 자기를 한성에 데려다 키워주고 공부시켜준 이모부 류희춘은 죽순에게 있어서 아버지나 같은 존재였다. 하루새에 죽순은 넓고넓은 한성시가에서 의지가지할데 없는 신세에 놓이게 되였다. 역적의 집안이라는 감투가 그의 머리우에도 들씌워졌다. 오직 믿을것은 장래를 언약한 양례수였다.

그러던 어느날 양례수가 죽순에게 혼례문제로 고향으로 내려가겠다고 하는것이였다. 그가 홍농으로 내려간 후 죽순은 이제나저제나 기다렸건만 한달후에 올라온 양례수가 그새 고향에 내려가 혼례식을 하고 안해까지 데리고올줄 꿈에나 생각했으랴.

죽순은 미칠것만 같았다. 이미 그의 몸에는 양례수의 후대가 자라고있었다.

근 열흘을 죽순은 꼬바기 앓았다. 고열로 헛소리치는 죽순이의 정상에서 이모인 송덕봉은 모든 사실을 알게 되였다. 하늘같이 믿던 남편이 하루밤새 역적으로 몰리워 정배간 상태에서 제가 맡아키운다며 한성에 데리고온 언니의 딸인 죽순이가 련정문제로 혼수상태에 빠져 생사기로에 놓였으니 어쩌면 좋단 말인가.

덕봉은 우선 죽순이부터 살리기로 작정하고 가산을 팔아 그의 병치료를 하였다. 이모의 극진한 간호로 열흘만에 의식을 차린 죽순은 덕봉이 앞에 전후사연을 다 털어놓았다.

양례수가 마음이 돌변한것은 죽순의 이모부인 류희춘이 역적죄로 류배간것과 관련되였다. 장차 나라안의 명의가 되여 왕실어의가 될 야심을 품고있는 양례수에게 역적집안의 조카와 혼례를 치른다는것은 말 그대로 호미난방이였다. 고민끝에 양례수는 고향으로 내려가 부모들에게 이실직고하였다. 덴겁하며 부모들이 생야단을 쳤다. 처음엔 양례수도 죽순이와의 혼례를 우겨보았다. 물론 뿌리깊은 주대가 아니라 체면상, 부모 몰래 녀자를 가까이한 이 아들도 사내임을 보여주는 변명에 불과하였다. 그러다나니 그 우김이 심지가 약했다. 부모들의 말에 두번이상 더 제 주장을 뻗대지 못하였다.

덕봉은 조카의 가슴터지는 고백을 들으면서 함께 눈물을 흘렸다.

《그 양례수란 의원이 분명 네 이모부때문에 저한테 화가 미칠가봐 꼬리를 사렸구나.

모든게 우리때문이야. 그러다나니 너한테까지 이런 불행을 가져왔구나.》

마음의 상처를 터놓은 죽순은 덕봉의 품에 안겨 오래오래 섧게 울었다. 나중엔 소리도 눈물도 나오지 않았다.

《장차 어떻게 할 심산이냐?》

덕봉의 물음에 죽순은 머리를 저었다.

《그저 죽고싶은 생각뿐이예요.》

《그런 소릴 말아. 참, 산음에 있다는 류이태라는 의원을…》

덕봉의 품에서 태를 치던 죽순이 벌떡 머리를 쳐들었다.

《아니돼요. 그 사람한테는 절대로 못 가요. 무슨 낯을 하고 그 깨끗한 사람을 찾아가…》

죽순의 눈에서 다시금 눈물이 비오듯 흘렀다.

그 눈물은 이 세상에서 자기가 제일 사랑하는 사람에 대한 한없는 그리움, 한달음에 달려가고싶어도 스스로 자격을 상실한 자신의 처지에 대한 몸부림의 눈물이였다.

《전 멀리 떠나가겠어요. 남들이 보지 않는 저 먼곳으로 가겠어요.》

그렇게 되여 죽순은 한성을 떠났다. 고향 산음에서 류이태가 기다리고있다는것을 모르지 않는 죽순이였다. 류이태처럼 궁벽한 산골에서 의술로 사람들에게 기쁨을 안겨주리라. 이런 결심을 품고 한성을 떠난 죽순이 정착한것은 국경을 가까이한 룡천이였다.

19년간의 류배에서 돌아와 조정에 발을 다시 들여놓은 류희춘은 죽순의 소식을 듣고 너무도 가슴이 터져 한동안 련거퍼 술만 들이켰다. 당장이라도 그 뻔뻔스러운 양례수의 낯짝에 주먹을 안기고싶었다. 송덕봉이 남편을 겨우 만류하였다.

그후 류희춘은 양례수가 설사 의술이 높다 하지만 그를 쌀쌀하게 대했으며 곁에 붙지도 못하게 하였다. 더구나 희춘이 내의원의 제주로 있는 기간 양례수는 의술이 높았지만 어의로 될수 없었다. 희춘은 임금앞에 그를 소개조차 하지 않았던것이다.

당시 양례수가 내의원에서 의술이 제일 높았으나 류희춘이 내의원이 아니라 전의감에 있는 허준을 소개한것만 봐도 양례수에 대한 그의 감정을 잘 알수 있었다. 양례수는 류희춘이 사망한 다음에야 희춘을 대신하여 약방제주가 된 류전에 의해 선조앞에 나타날수 있었으며 이때부터 국왕의 주치어의로 활약할수 있었다.
 룡천에 있던 죽순은 류희춘의 노력으로 다시 한성에 올라와 의학훈도가 되였고 선복은 궁실의 녀의원이 될수 있었다. 류희춘이 살아있는 동안 양례수는 제 딸인 선복이를 눈앞에 놓고도 언제한번 말도 붙일수 없었다.
 물론 선복이는 양례수가 저의 친아버지인줄 꿈에도 몰랐다.
 희춘이 사망한 후 언제인가 양례수가 선복을 불러 이것저것 말을 시킨적이 있었다. 하도 이상해서 집에 돌아와 어머니에게 그 말을 했더니 딸의 말이라면 언제나 웃으며 너그럽게 받아들이던 어머니가 버럭 성을 내며 다신 그 사람과 상종하지 말라고 으름장을 놓는것이였다.
 대비가 사망한 후 선복이 사임한것은 죽순이의 병과도 관련되지만 어머니가 그만두라고 한것이 중요한 원인이였다.
 오늘 이렇게 양례수가 죽순이네 집에 걸음한것은 처음이였다. 양례수는 갑자기 선복이가 사임신청을 하자 그를 불러 리유를 물었다. 리유가 어머니의 병이 위급해서라는 말을 들은 양례수의 낯색이 컴컴해졌다. 선복이를 통해 그 소식을 들은 죽순은 왜 그 사람에게 그런 말을 했냐며 나무람하였다.
 벽에 의지해 힘겹게 말을 마친 죽순의 낯색이 창백해지더니 어지러운 듯 비칠거렸다.
 《어머니!》
 어머니의 팔을 부여잡고 눈물속에 기나긴 고행의 사연을 듣고있던 선복이 급기야 죽순이를 눕혀놓았다. 허준은 죽순이 편히 눕도록 거들어주고나서 나직하게 한숨을 쉬였다.
 한참후에 진정이 되는지 죽순의 얼굴에 혈기가 도는듯 하였다. 가만히 손을 내밀어 허준의 손을 꼭 잡은 죽순이가 입을 열었다.
 《허의원이 앞으로 의서를 쓰겠다고 했는데 그 사람을 조심하세요. 재간은 있으나 야심이 너무 세거든요. 누가 자기보다 올라서는것을 그 사람은 절대로 용서 안해요.…
 류선생과는 너무도 판이하지요. 후에 류선생을 만나거들랑 이 죽순이가 속죄하더라구, 평생 류선생 하나만을 마음에 간직했다고 전해주세요. 그리고 내가 죽으면 류선생옆에 묘를 써주세요. 아직 류선생이 살아계시니 내가 먼저 가서 기다린다고 하세요. 죽어서라도 류선생과 항상 있고싶어하는 이 녀인의 마음이예요.…》
 죽순의 집을 나서는 허준의 마음은 개운치 못하였다. 선복의 아버지가 양례수이고 죽순의 운명을 그런 불행에 빠뜨린 사내가 다름아닌 양례수라는 사실앞에서 허준은 놀라지 않을수 없었다.

(사람이 살아 한생에 큰일은 못한다쳐도 마음만은 정직하고 샘처럼 깨끗해야 한다!)

류이태에 대한 존경심이 절로 우러나왔다. 정말 쉽지 않은 류이태였다.

3

죽순이를 만나고 온 뒤로부터 허준은 말없는 사람이 되고말았다.

오직 하나의 생각만이 그의 머리에 지배하고있었으니 그것은 류이태의 몫까지 그리고 죽순이와 같은 사람들을 위한 의서를 남기는것이 그의 생의 목표였다. 그러면서도 때없이 부지불식간에 죽순에 대한 생각에 잠기군 하였다.

남편의 거동에 민감한 설유가 갑작스레 말이 적어지고 때없이 멍청히 앉아 무슨 생각에 잠겨있는 허준이 이상하여 그 까닭을 조용히 물었다.

허준은 내키지 않지만 죽순에 대한 이야기를 해주었다. 설유는 너무도 가슴이 아파 온밤 눈물을 흘렸다.

《그러자니 선복이 어머니의 가슴이 얼마나 아팠겠나요? 난 알다가도 모르겠군요. 사람이 어떻게 그런짓을 할수 있을가요? 한 녀인의 운명을 그렇게 무참히 짓밟고도 뻔뻔스레 얼굴을 쳐들고 다닐수 있을가요?》

마치 제가 당한 운명이기라도 한듯 설유는 얼굴이 새파랗게 질려 분해하였다.

《사람이 저밖에 모르면 또 량심을 잃으면 그런 인간아닌 인간이 되는게지…

선생님을 좀 보오. 난 선생님의 한생을 생각할 때면 눈물이 나오는것을 어쩔수 없구려. 부모없는 당신을 친자식이상으로 키우신 선생님이야말로 참인간중의 참인간이라는 생각이 들면서 스스로 머리가 숙어지고 그런 선생님의 말년이나마 행복하게 해드리고싶소.》

설유가 한참 생각하더니 조용히 말을 꺼냈다.

《저, 이제라도 아버님과 선복이 어머님을 함께 모여살게 할수 없

을가요?》
 허준은 머리를 번쩍 들었다.
《이자 뭐라고 했소?》
《아버님과 죽순의원이 다시 모여살면 안되겠나요?》
 허준이 주먹으로 손바닥을 탁- 쳤다. 그가 흥분할 때면 하는 습관이다.
《내가 왜 그 생각을 못했을가? 당장 아버님을 데려오기요.》
 설유가 머리를 내저었다.
《아버님은 그곳을 뜨지 않으실거예요. 전 아버님의 성밀 잘 알거든요. 차라리 선복이 어머니를 내려보내면 좋지 않을가요?》
《선복이 어머니가 내려가겠다고 할가?》
《왜요? 고향이 산음이 아닌가요. 그리고 부모님들의 분묘도 그곳에 있지 않나요.》
 죽순의 어머니는 몇년전에 세상을 떠나셨고 그의 언니들은 다 출가하여 그곳엔 한명도 남아있는 사람이 없었다. 그래서 류이태가 죽순의 부모들의 성묘를 하군 하였다.
 설유의 말이 옳다. 이제라도 두사람이 가정을 이루면 남은 여생이나마 길복스러운 생활을 할수 있지 않겠는가.
 그길로 허준은 설유와 함께 죽순의 집으로 향하였다.
 모든것을 체념하고 병석에 누워있던 죽순의 얼굴에 희색이 돌았다. 허나 선뜻 용단을 내리려고 하지 않았다. 장장 25년간 오직 마음속에 그 한사람만을 간직했던 녀인이 정작 상봉과 해후의 기회가 앞에 놓이자 순식간에 마음이 돌변한듯 한사코 반대하니 허준과 설유는 어안이 벙벙해질수밖에 없었다.
 일단 결심하고 온 이상 허준은 순순히 물러설수 없었다.
《선복이 어머니! 제 선복의 오빠로서 재삼 권고하는데 너무 외곬으로 생각지 마시고 산음으로 내려가십시다. 전 선생님의 말년이 선복이 어머니가 옆에 있음으로 하여 행복해지리라 믿고싶소이다.》
 결사코 반대하던 죽순이 그 말에야 허준이앞에 넙적 엎드리며 슬피 울기 시작하였다. 허나 그 눈물은 슬픔의 눈물이 아니라 스러져가는 자기의 생명에 희망과 넋을 안겨준 인간 허준에 대한 고마움과 격정의 눈물이였다.
 며칠후 허준은 설유와 함께 죽순이, 선복의 부부와 함께 산음으로 다시 떠났다.
 여느때와 다름없이 치료를 하고있던 류이태는 불시에 한성에서 밀려내려온 허준의 일행을 보고 웬일인가 해서 의아함과 놀라움을 금치 못하였다. 그러다가 일행속에 끼여있는 죽순이를 보는 순간 모든 진상을 알아차렸다.

《류선생님!》

《이 누군가, 죽순이 아니요?》

《한성에서 산음까지 하루길이면 되는 길을 이 못난 죽순이 스물다섯해만에 왔소이다.

절 용서하사… 속죄의 마음담아 죽순이 큰절을 올리나이다.-》

소복차림의 죽순이 땅에 손을 짚고 오열을 터뜨렸다.

류이태가 후들후들 떨리는 손으로 죽순의 동실한 어깨를 안아일으켰다.

《이렇게 올 길을 왜 이제사 왔소? 그 복스럽던 용모는 어데 두고 반백이 되였구려.

이렇게 돌아왔는데 용서는 무슨 용서… 내 얼마나 기쁜지 모르겠소.》

모여섰던 사람들이 눈물이 글썽해서 두사람의 상봉을 지켜보았다.

한참후에 선복이 류이태에게 소곳이 인사를 하였다.

죽순이 입가에 엷은 웃음을 지으며 소개하였다.

《선복이오이다.》

류이태가 인사를 하고 일어서는 선복을 와락 그러안았다.

《네가 내 딸이구나. 이렇게 다 크도록… 네 에미는 그렇다쳐도 너라도 날 찾아오면 못쓴다더냐. 선복아-》

《아버지!》

난생처음으로 선복의 입에서 아버지라는 부름이 나왔다. 꿈속에서라도 부르고싶던 아버지라는 부름이였다. 나서 스물다섯해만에 선복은 아버지를 찾았던것이다.

《아버지!-》

《오, 내 딸아!》

선복의 뒤에 섰던 다섯살난 그의 아들애가 《할아버지-》하며 찾았다. 류이태가 돌아서더니 그애를 번쩍 추켜안아들었다.

《네가 내 외손자로구나. 외손녀밖에 없던 집에 이런 잘난 외손자가 하늘에서 뚝 떨어졌어. 하하!》

류이태가 애를 안고 빙빙 돌아가자 온 뜨락이 웃음바다로 번져졌다.

며칠후 허준은 설유와 선복이부부와 함께 간소하게나마 상을 차리고 그앞에 류이태와 죽순을 나란히 앉혀놓았다. 세상에 보기 드문,

있어보지 못한 혼례상이였다.

쉰고개에 들어선 류이태와 마흔댓에 난 죽순이의 잔치상이였다. 두사람을 바라보는 허준의 눈에 맑은 눈물이 고여있었다. 비록 애젊은 청춘남녀의 잔치상은 아니였다. 허나 이 잔치상에 마주앉을 때까지 두사람이 걸어온 인생길은 얼마나 고심참담했던가. 허나 두사람은 서로 만났다. 티없이 순결하고 사심없는 진정과 애오라지 서로를 그리는 마음은 세월의 년륜으로도 가셔낼수 없었으며 그들을 늙게 할수 없었다. 진실한 사랑은 세월을 모른다. 비록 우여곡절은 있어도 죽순은 사랑하는 님의 품으로 돌아왔던것이다!

먼저 허준이와 설유가 예영이를 데리고 류이태와 죽순에게 꿇어앉아 절을 하고 축배잔을 올렸다. 잔을 든 허준의 손이 격정으로 세차게 떨렸다. 가슴속에 끓고있는 격정을 애써 누르며 허준이 입을 열었다.

《오늘 류이태선생님과 죽순의원님이 가정을 이루니 이 심정을 뭐라고 말했으면 좋을지 모르겠습니다.

저를 의학의 길로 떠밀어준 죽순의원님! 그리고 저에게 의술을 배워주신 류이태선생님!

전 긴 말을 하지 않겠습니다. 부디 행복하고 건강하시길 바랍니다. 그리고 우리 자식들도 선생님들같은 훌륭한 사람으로 자라도록 언제나 채찍질해주기를 바랍니다.》

그다음엔 설유가 말을 받았다. 벌써부터 설유의 눈에서 눈물이 비오듯 흐르고있다.

《악착한 왜놈들에게 부모를 다 잃은 저를 데려다가 친자식보다 더 품들여 키워주신 아버님!

이렇게 다 자라도록 아버님께 효도를 다하지 못한 절 용서해주세요. 너무도 젊으신 나이에 홀로 사시면서도 내색 한번 하지 않으신 아버님께 이 딸이 머리숙여 용서를 비오이다. 아버님도 인간이신데 어찌… 흑!

지금 생각해보면 왜 아버님이 깊은 한밤중이면 잠들지 못하시고 먼 북녘하늘가를 바라보셨는지 이제야 리해되오이다. 아버님의 마음속에는 오직 한사람, 죽순어머님이 계셨습니다.

어머니! 우리 아버님을 행복하게 해주사이다.…

먼저 떠나간 저의 친부모님들을 대신하여 어머님께 고마움의 인사를 올리나이다.》

류이태와 죽순이 눈물속에 축배잔을 받아들었다. 좌중은 눈물과 격정으로 설레였다.

선복이부부가 어린 아들애를 데리고 나섰다. 부부를 대신하여 선복이 말을 하는데 흥분으로 해서 그의 말소린 도중도중 막히군 하였다.

《스물다섯해만에 전 아버지라는 말을 처음 해보았소이다. 아버지! 어머니!

제 심정을 무엇이라 말할지 모르겠습니다. 우리 어머니에게도 이런 행복하고 기쁜 날이 있으리라곤 꿈에도 생각 못했습니다. 그저 허준오라버님이랑 설유형님이 고맙기만 하오이다.

그리고 전 우리 어머니에게 이런 훌륭한 아버님이 계신줄 몰랐소이다. 아버지, 어머니! 부디 오래오래 건강한 몸으로 행복하시길 이 딸은 간절히 비나이다.》

죽순이가 허준의 손을 꼭 부여잡고 류이태를 돌아보며 갈린 목소리로 말하였다.

《류선생님! 난 이 사람앞에 한생 갚아도 못 갚을 빚을 진 사람이예요.

이런 제자를 둔 선생님이 부러워죽겠어요. 의술이나 그 학문적 깊이는 둘째치고라도 그 인간적풍모에 난 반했어요. 남들같으면 일어서기는커녕 진탕속에 묻혀버렸을 그 처지에서 애오라지 의술을 배워 명의가 되고 의서를 집필하겠다고 나섰을 때 난 이 사람을 의심했댔지요. …

이 사람이 날더러 저를 오늘에로 떠밀어준 은인이라고 말하는데 사실 이 사람이야말로 내 운명을 건져준 은인이 아니겠나요.》

너무도 면구스러워 허준은 몸둘바를 몰라하였다. 그 모양을 보는 설유가 웃음을 지으며 죽순의 손에 자기 손을 얹었다.

《어머니, 그러다간 예영이 아버지가 쥐구멍에 들어가고말겠어요.》

허준은 계면쩍은 웃음을 띠우며 죽순이를 마주보았다.

《제가 무슨 은인이겠나이까. 저를 오늘로 이끌어준 아버님의 덕이옵니다.》

류이태가 감개무량한듯 느긋한 웃음을 입가에 떠올리며 허준을 옹색한 처지에서 구원해주었다.

《그건 임자가 앞으로 꼭 뜻을 성취하라 그 소릴세. 그러니 이젠 우리 일은 마음을 푹 놓고 의서집필에 심혼을 쏟아붓게.》

《오늘의 말씀을 가슴에 쪼아박고 의서를 반드시 만들겠소이다.》

4

산음에서 올라온지 반년이 흘렀다. 허준은 여전히 치료와 의서의 자료수집으로 바쁘고 분주한 나날들을 보내였다. 그가 넘겨주는 자료들은 설유가 받아 분류하고 항목별로 정리하였다.

제1편 《내경편》에 대한 자료철은 점점 부피가 커지기 시작하였다.

오늘도 허준은 밤늦게까지 자기가 치료한 자료들을 정리하고있었다. 그옆에서는 언제나와 한본새로 설유가 자료를 분류하고있었다.

한창 일에 열중하고있는데 대문 두드리는 소리가 요란스럽게 울렸다.

《누가 왔나 보오. 무슨 급한 병자가 생긴게 아닐가?》

때없이 대문을 두드리는 병자들을 맞아들이는데 습관이 된 그들이였다. 설유가 하던 일손을 멈추고 일어섰다.

인차 설유가 기동을 등뒤에 달고 들어왔다.

《선생님, 안녕하셨소이까?》

그동안 허준은 기동의 곁방살이에서 벗어나 자기의 집에서 살고있었다.

내의원 판관이라고 그에게 량반들이 모여사는 장동근처에 기와집 한채가 차례졌던것이다. 집은 덩실했지만 방안은 검소하였다. 남다른게 있다면 커다란 탁자우에 놓여있는 종이뭉테기들과 설유가 항목별로 분류하여 차근차근 쌓아놓은 참지묶음이 있을뿐이였다. 또 방의 한쪽벽면에는 층층으로 된 서가가 있었는데 그 서가에는 그새 허준이 모아들인 의서들이 주런이 꽂혀있었다.

허준이 의아해서 물었다.

《늦은밤중에 대체 웬일이냐?》

기동의 인상은 불안해보였다.

《선생님, 지금 삼남지방에서 두창(천연두)이 돌고있다고 하오이다.》

《뭐라구?》

허준의 얼굴에 놀라움과 불안한 기색이 어렸다.

《벌써 산음에서만도 몇명의 두창을 앓는 병자들이 나타났다 하오이다.》

허준의 얼굴에 순식간에 먹장구름이 끼였다. 설유의 낯색이 새하얘졌다.

《두창이라 하면 험한 역려(전염병)인데 이 일을 어찌하면 좋단말인가.》

허준의 말소리는 침통하였다. 아직까지 두창을 치료할 이렇다할 치료처방이 없었다.

《알겠네. 내 좀 곰곰히 생각해보겠네. 자넨 며칠 있다가 다시 나에게 와보라구.》

《알겠소이다.》

기동이 돌아간 후에 허준은 붓을 놓고 깊은 생각에 잠겨들었다. 설유가 조용히 다가갔다. 남편의 심중에 그 어떤 파도가 일고있음을 너무도 잘 알고있는 설유였다.

《어서 분부하세요, 제가 도울 일이 무엇인지.》

허준은 자기를 뚫어지게 쳐다보는 설유의 시선에서 힘을 얻은듯 탁자우의 자료들을 손으로 가리켰다.

《우선 이 자료들을 다 거두어넣소.》

설유의 눈이 애기사슴의 눈처럼 커졌다.

《아니, 어쩌실려구?》

《이제부터 두창에 대한 치료처방을 찾아야겠소.》

《그럼 정리하던 이 자료들은 어찌하실래요?》

《그건 잠시 뒤로 미루기요. 의서를 쓰는것도 다 병을 고치자구 쓰는게 아니겠소.

지금 퍼지고있는 두창에 대한 치료처방들부터 먼저 찾아내야겠소.》

설유는 허준의 말에 동감이라는듯 두눈을 슴벅거렸다.

《옳아요.》

설유가 자료들을 치우는데 허준이 별안간 소리쳤다.

《참, 그렇지.

우리가 한성부로 올라올 때 선생님이 주신 수사본에 두창에 대한 자료가 있던 기억이 나오. 얼른 그것을 찾아봐주오.》

설유가 재빨리 서가에서 류이태의 수사본을 뽑아들더니 책장을 번졌다.

《여기엔 두창에 대한 병증세는 있으나 그 치료처방은 없군요.》

《그렇소?》

허준이 잠시 무엇인가 생각하더니 설유를 돌아보았다.

《그 증상에 대하여 선생님이 뭐라고 쓰셨는지 한번 들어보기요.》

설유가 맑은 목소리로 글을 읽기 시작하였다.

《…두창의 초기에는 열이 나면서 재채기와 기침을 하며 하품을 자주

하다가 갑자기 가슴이 답답해지면서 얼굴이 벌겋게 되고 잘 놀라며 손발이 싸늘해진다.…

　3일만에는 온몸에 구슬(발진)이 생기는바 먼저 붉은 반이 생기고 도드라지면서 점차 물집으로 된다. 이것은 곪아서 고름집으로 되며 고름집은 말라서 딱지가 되고 그것이 떨어지면 흠집이 생긴다.…》

　허준이 혼자소리로 중얼거렸다.

　《그렇다면 구슬이 돋기 전은 어떠할가?》

　설유가 두눈을 반짝이더니 귀띔하였다.

　《구슬이 돋기 전에는 상한중(풍한사에 의해 생긴 병증)세와 비슷하대요.

　이때에는 해기(땀을 내서 병사를 몰아내는것)시키고 출두(발진이 나오게 하는것)시키는 림법(치료방법)으로 치료해야 할것 같군요.》

　허준이 오른손주먹으로 왼손바닥을 마주쳤다.

　《옳소. 그러니 승마갈근탕을 가감해서 쓰는것이 적합할거요. 그리구 또…》

　방안을 거닐면서 허준은 또다시 혼자소리로 되뇌이였다. 설유가 머리를 갸웃하고 긴장해한다.

　《그리고 풍한사를 받아 구슬이 잘 돋지 않을 때에는 패독산이나 삼소음에 몇가지 약초를 더 가감해주고 기혈이 허해서 구슬이 잘 돋지 않을 때에는 십선산을 써야 할것 같구만.》

　《그게 적합할것 같군요.》

　허준과 설유는 서로 묻고 대답하며 상대의 의견을 보충해주면서 밤깊도록 치료비방을 의논하였다.

　허준은 지금까지의 자기의 치료경험과 의술을 깡그리 동원하였으며 의술과 약초에 대하여 허준 못지 않게 정통하고있는 설유가 이에 적극적으로 합세하였다.

　며칠동안 그들은 서로 의견을 나누고 교환하면서 두창치료비방을 연구하였다.

　닷새째 되는 날 동쪽하늘이 푸름푸름 들이울무렵 허준은 설유와 함께 두창의 매 단계에 대한 치료처방을 비교적 완전하게 세워놓을수 있었다. 류이태의 수사본이 큰 밑천으로 되였다.

　이것은 허준의 지금까지의 치료경험의 총화였으며 풍부한 의술경험의 산물이였다. 허준은 이틀간에 걸쳐 이미 세워진 치료처방들을 꼼꼼히 따져보고 또 따져보았다.

확신이 생기자 허준은 기동을 찾았다.

《기동이, 자넨 빨리 이 처방을 가지고 산음으로 내려가게.

거기에 가서 류선생님과 상론하여 처방의 타당성을 다시한번 확인한 후에 병자들에게 적용해보게. 그리고 병자들의 반응상태와 효험을 잘 관찰하여 그 상황을 나에게 알려주게나. 나야 내의원에 매인 몸이니 쉬이 자리를 뜰수가 없지 않나.

그러니 자네가 책임지고 빈구석이 없이 처리하길 바라네.》

《알겠소이다.》

다급히 돌아서는 기동을 허준은 다시 불러세웠다. 설유의 손에 크지 않은 두루미가 들려있었다.

허준은 그 두루미를 받아 기동에게 주며 강조하였다.

《참, 내 잊을번 했네. 이건 검은참깨기름일세. 자네가 치료를 해야 하겠는데 이 검은참깨기름을 조금씩 마시게. 그럼 두창을 치료하면서 그 병에 걸릴 념려가 없어.》

기동의 눈에 격정의 잔물결이 일었다.

《선생님, 사모님! 정말 고맙소이다. 제 꼭 일을 빈틈없이 하고 돌아오겠나이다.》

《됐네. 어서 이길로 내려가게.》

기동은 연신 머리를 숙여 인사하더니 씽 바람을 일구며 대문밖으로 사라졌다.

한달후에 기동은 한성으로 돌아왔다. 치료상황을 상세하게 보고하는 기동의 말에 허준과 설유는 온 정신을 집중하였다.

《선생님의 처방은 병자들에게서 열명중 여섯, 일곱명정도에서 효험이 있었소이다.

그래서 류선생님과 부인께서 선생님의 기본처방에 몇가지 약초들을 더 섞어 치료하였나이다.》

《어디 좀 보세나.》

허준은 기동이 넘겨준 처방들을 다시금 세밀히 따져보며 분석해보았다. 그리고는 그 자료를 설유에게 넘겨주었다. 설유가 하나도 빼놓지 않고 상세하게 적어나갔다.

《선생님, 이번에 두창을 앓는 병자들을 치료하면서 보니 예상치 않았던 증세들이 많이 나타났소이다.》

《어떤 증상들인가?》

《대체로 열이 몹시 심하게 나면서 구슬이 하루동안에 다 돋아나는 병자들은 매우 위중하였소이다. 그리고 2일만에 구슬이 내돋은 병자들 역시 그 증세가 위중하였소이다. 미열이 나면서 3일후에 구슬이 돋은 병자들은 좀 증세가 경하였고 또 4～5일만에 몸이 싸늘하면서 구슬이 돋은 병자들은 더욱 경하였소이다.》

《음…》

허준은 이 모든 다양한 증상들을 설유더러 조목조목 적도록 하였다. 그리고는 그 조목에 근거하여 또다시 그에 맞는 처방들을 탐구하기 시작하였다.

보름이 지난 뒤 새로운 처방들을 보충하고나서 허준은 기동에게 말했다.

《이번엔 나와 같이 가세.》

《아니? 선생님께서 직접 가신단 말이오이까.》

기동은 물론 설유도 깜짝 놀랐다.

《내의원에서 승인할가요?》

그러나 기동의 우려는 그와 달랐다.

《선생님, 그러시다가 그 험한 역려에 옮기라도 하시면…》

허준의 립장은 단호하였다.

《관청일에서 몸을 빼는것은 나에게 생각이 다 있네. 그리고 병을 치료하는 의원이라는 사람이 병을 무서워하면 절대로 그 병을 치료하지 못하네. 그러니 다른 말은 더 하지 말자구.》

다음날 허준은 내의원의 실지 책임자격인 정(정3품)에게 장인 류이태가 사망직전의 위중한 병을 앓고있어 산음에 다녀오겠다고 통사정을 하여 겨우 열흘간의 시간을 승인받을수 있었다.

내의원에서 나오는 길로 허준은 기동과 함께 산음을 향해 말을 달렸다.

산음에 도착한 허준은 류이태와 죽순의 조언을 받으며 기동과 함께 밤낮으로 두창을 앓는 사람들을 치료하기 시작하였다. 그 나날에 허준은 두창에 대한 치료비방들을 날마다 더 새롭게 보충하여 완성해나갔다.

두창에 걸린 병자는 산음을 비롯한 경상도에서만이 아니라 한성에서도 생겨났다. 먼저 남산골에서부터 병이 일기 시작하였다.

어느날 아침에 달래가 자기 집에 온 칠성에게 롱삼아 말했다.

《칠성아, 네가 왔는데 왜 내 눈이 이렇게 깔깔해질가? 네가 온것이 아마 싫은가봐.》

그 말에 칠성이가 투덜댔다.

《이젠 나같은건 건너다보기나 해요? 듬직한 서방이 생겼는데 나같은 거야 그저 놀림가마리로 여기겠지, 흥!》

칠성이가 밤알을 량볼에 물자 달래가 깔깔대며 그의 코를 잡아당겼다.
《사내라는게 옹졸해가지구 무슨 푸념질이 그리 많아?
됐다. 여기 앉아 떡이나 먹어라. 어제 네 매부가 날 먹으라구 사온거야.
참, 내 말은 진짜야. 눈알이 깔깔한게 막 죽겠구나.》
그제야 칠성은 달래의 말이 롱말이 아님을 알았으나 인차 일없겠거니 하고 생각하였다.
헌데 오후엔 달래가 연방 하품을 해대기 시작했다.
《아니, 칠성아! 오늘은 왜 이럴가? 청청대낮에 하품이 왜 이렇게 연방 나올가?》
칠성은 머리를 기웃거리다가 달래에게 잘 먹고 간다는 인사를 하고 그 집을 나섰다.
그날밤 달래는 열이 나면서 잠들수가 없었다. 겨우 잠들가 하다가는 와뜰와뜰 놀라 깨나군 하였다.
다음날 아침에 달래의 집에 들린 칠성이가 열이 나면서 와들와들 떨며 아래목에 쪼그리고 누워있는 달래를 발견하고 펄쩍 놀라 소리쳤다.
《아니 이거 달래누이, 두창에 든게 아니요?》
고열에 시달리던 달래가 칠성에게 눈을 흘기며 소리쳤다.
《얘! 너 끔찍한 소릴 하겠니? 뭐가 두창이라는거냐?》
그러나 달래의 기대와는 달리 병은 점점 더 위중해지기 시작했다. 급해맞은 칠성이가 어쩔바를 몰라하다가 달래에게 말했다.
《누이, 조금만 기다려요. 내 얼른 가서 기동형님을 데려올게요.》
다급히 달려온 기동은 달래의 귀방울을 잡아보았다. 싸늘하였다. 급히 물었다.
《가슴이 활랑거리질 않소?》
달래가 간신히 머리를 끄덕이였다. 기동이가 놀라서 소리쳤다.
《두창이요! 이건 구슬이 돋을 징조요!》
《뭐라구? 아이구! 이 일을 어쩌면 좋아. 내가 그 몹쓸 병에 걸리다니. 날 좀 살려줘요. 난 아직 젊지 않았나요. 기동오라버님, 날 좀 살려주세요!》
기동이가 그속에서도 야단부리며 고아대는 달래의 그 말이 우스워서인지 키득거렸다.
《소리치는걸 보니 아직 죽자면 멀었수다.》
《아니야, 난 그러다가 인차 죽을수 있어. 랑군을 만나 이제 깨 쏟아지게 사는가 했더니 그놈의 망할 두창이 하필이면 나한테 와가지구 사람을 이렇게 못살게 굴가?

아이구, 오라버님! 날 좀 살려줘요.》

롱질 절반, 진담 절반인 달래의 목소리는 나중에는 울음소리, 넉두리로 번져졌다.

한마디 롱을 했다가 넉두리를 하는 달래를 보는 기동은 바빠맞았다.

《아, 좀 기다리오. 내 곧 약을 지어주지.》

달래가 도리머리질을 하였다.

《아니, 아니야. 난 허의원님한테서 치료받을테야! 이런 중한 병을 기동오라비가 꽤 고칠수 있어? 아이고— 칠성아, 얼른 허의원님한테 갔다오너라!》

기동이가 그 말에 신경질을 부렸다.

《이런, 난사라구야! 허의원님이 그렇게 바쁘신데 어떻게 오신다구 그래?》

몸이 불덩이같이 달아오르는지 달래는 헛소리치듯이 한본새로 고집하였다.

《아니야, 허의원님만이 날 살려줄수 있어!》

달래의 상태가 아무래도 심상치 않았다. 기동은 칠성이를 돌아보며 다급히 소리쳤다.

《칠성이, 얼른 가서 허의원님께 여쭈어봐라. 난 여기서 달래의 병을 돌볼게.》

《알았수다!》

칠성이가 문밖으로 냅다 뛰여나갔다.

잠시후 칠성이와 함께 허준이가 부리나케 달려왔다.

《누이! 누이가 그렇게도 찾던 의원님이 오셨수다.》

눈을 감고 죽은듯이 누워있던 달래가 그 소리에 간신히 눈을 떴다. 그 속에서도 정신이 또릿한지 자기가 할 소리를 다 하였다.

《이젠… 내가 살았구나! 허의원님이… 오셨… 으니 난… 이젠 살… 앗… 어…》

그 말을 남기고 달래는 정신을 잃었다.

허준은 급히 다가가 달래의 얼굴을 살펴보았다. 두창의 구슬이 돋아나기 시작하였는데 색이 검붉었고 속으로 꺼져들어있었다. 빨리 손을 쓰지 않으면 안되는 위급한 상태였다.

달래의 온몸이 갑자기 경련으로 푸들푸들 떨기 시작했다. 기동이가 다급히 일어나 경련으로 가드라드는 달래의 팔다리를 붙잡으려 하자 허준이 소리쳤다.

《가만 놔두게. 이렇게 고열로 경련이 일 때에 꽉 붙잡으면 기혈이 돌지 않아 병을 더 위중하게 하네. 그리고 빨리 홍면산을 준비하게!》

홍면산은 전갈, 마황, 형개이삭, 천마, 감초가 들어간 약으로서 달래와 같은 증상의 치료에 쓰이는 약이였다. 홍면산을 달인 약이 들어가자 달래의 경련은 다소 풀려지기 시작했다. 이어 허준은 재차 가미일륙산(곱돌 240그람〈수비한것, 즉 물과 함께 보드랍게 간것임〉, 감초 24그람, 주사 12그람〈수비한것〉, 룡뇌 1.2그람을 고루 섞은 약)을 깨끗한 물에 타서 먹이였다.

하루가 지나자 점차 열이 떨어지고 경련이 완전히 풀리였다. 허준은 재차 병독을 깨끗이 해제하기 위해 가미패독산을 달여먹이였다.

일주일후 달래의 병은 말끔히 나았다.

죽을 고비에서 살아난 달래가 허준의 팔을 부여잡고 눈물을 흘렸다.

《애고, 허의원님이 아니였더라면 난 이미 저승길에 갔을거예요. 이 은혜를 어떻게 다 갚을고!-》

그 모습을 보는 기동과 칠성이의 두눈에 눈물이 그렁그렁 매달렸다. 칠성이자신도 곽란으로 죽음의 문어구까지 들어섰다가 허준의 손에 의해 살아난 사람이 아닌가!

허준의 피타는 탐구와 노력으로 하여 그처럼 사람들이 무서워하고 수많은 생명을 앗아가던 두창에 대한 치료방법들이 점차 확립되여가기 시작했다.

허준은 설유와 함께 이 모든 자료들을 꼼꼼히 기록하였다.

그 이후 허준은 장기간의 탐구와 의술경험에 기초하여 1601년(선조 34년)에 상, 하 두권으로 된 《언해두창집요》를 완성할수 있었다. 언해란 우리 글로 된 책이라는 소리이다. 여기에서 평범한 백성들을 위해 자기의 지혜와 의술을 깡그리 바치려는 허준의 의로운 뜻을 엿볼수 있었다. 그는 의서를 하나 써도 일반사람들이 쉽게 읽고 실지 병치료에 써먹을수 있도록 우리 글로 쓰군 하였다. 《언해두창집요》뿐아니라 《언해구급방》, 《언해태산집요》를 비롯한 의서들도 그의 이러한 의지와 민족애가 반영된 의서였다. 《언해두창집요》는 허준의 의학자로서의 량심과 불타는 넋이 깃든 또 하나의 귀중한 창조물이였다.

그런데 두창에 대한 허준의 이와 같은 치료는 오히려 함치우네들의 비난과 험담의 대상으로 되였다.

함치우는 의관들이 모인 자리에서 손가락을 하늘로 쳐들고 고아댔다.

《미친 지랄이야! 내의원 의관이라는 지체에 천한 백성놈들을 찾아가 그런 악성역려를 치료하다니, 그게 어디 말이 되느냐 말이야. 그러다가 그 역려가 관아에 아니, 궁실에까지 옮겨지면 어쩌자구 그런 망탕짓을 하는가.》

완칠이가 맞장구를 쳤다.

《옳소이다. 역시 천한 서얼놈은 올데갈데 없다니깐요. 그게 어디 감히 조정의 내의원 의관으로서 할짓이오이까.》

늙수그레한 의관이 그들의 말에 어처구니가 없다는듯 퉁명스레 한마디 던졌다.

《그래두 판관이 아니였으면 온 한성시가에 그 역려가 퍼질번 하지 않았수. 그러니 어찌 그르다고만 볼수 있겠소.》

그 말에 여러 의관들이 머리를 끄덕거리며 수긍하였다. 함치우의 세모눈에서 날카로운 빛이 그 의관의 얼굴로 화살처럼 날아갔다. 허나 함치우는 다른 말은 더 하지 못하였다.

한편 허모는 내의원 의관으로 발탁된 허준에게서 잠시도 예리한 눈길을 떼지 않았다.

일은 허모의 생각과는 달리 예상외로 허준에게 유리하게 번져지고 있었다. 내의원에 들어간지 1년도 되기 전에 벌써부터 허준을 두고 명의라는 평판이 조정의 관리들속에서 돌아가고있었던것이다. 그 소리를 들을 때마다 허모는 먹은 살이 다 내리는것만 같았다. 별다른 방책이 없었다.

그가 그처럼 하내비처럼 믿던 박근원은 귀양살이신세에 놓이고말았다. 사헌부의 장관으로 있던 박근원이 리이를 탄핵하다가 강계로 정배간것은 허준이 내의원에 들어오는것과 거의 같은 시기이다.

근원이 실각되여 사라지자 허모로서는 닭쫓던 개 울담 쳐다보는 격이 되고말았다.

허나 허모는 다시 새로 대사헌으로 부임되여온 리해수에게로 시선을 모았다. 전 령상 리탁의 아들인 리해수는 일찍이 벼슬길에 올라 황해감사, 대사간 등을 거쳐 대사헌으로 오른 사람이였다.

박근원이와는 전혀 달랐다. 뢰물에 그닥 신경을 쓰지 않았고 리기심도 그닥 보이지 않았다. 허모는 꾸준히 자기의 상전을 관찰해보았다. 틈이 보이지 않았다.

(못이 짬이 있어 들어간다더냐? 제아무리 현인군자라고 해도 사람

이 아닌가.)

그러면서 허모는 허준이 다닌다는 내의원에 귀를 기울였다. 완기의 사촌동생인 완칠이 내의원에 있어 그에게 허준에 대한 여론을 알아보게 하였다. 산음현감을 하던 완기는 지나친 주색으로 폐인이 되고 종당에는 암행어사출두에 걸려 봉고파직되였다. 그 소식을 듣고 허모는 계집질이란것도 어찌 보면 사내들의 몸을 해치는 백해무익한 독약이나 같다고 생각하였다.

완칠이 불쑥 그의 호기심을 불러일으키는 소식을 안고왔다. 그것은 다름아니라 내의원의 이전 판관 함치우가 허준을 썩은 이발처럼 미워한다는것이였다.

허모는 어느날 남대문에서 길을 어기던 함치우를 일부러 찾고는 넌지시 물었다.

《내의원의 허의관이 의술이 높다던데 그게 사실이요?》

허모와 풋낯이나 아는 함치우였다. 함치우는 자기에게 깍듯이 인사하며 허모가 살갑게 묻자 어떻게 대답할가 하고 잠시 궁냥하다가 언젠가 완칠이가 《허준이 사헌부의 허모감찰과 이복형제인데 두사람의 사이가 피맺힌 원쑤보다 더하지요.》라고 말하던것이 생각나 그 말이 사실인지 떠보려는 심산으로 아닌보살하고 이렇게 대척하였다.

《글쎄 잘 모르겠네. 헌데 들리는 소문에 그가 허감찰의 이복동생이라던데 그게 사실이요?

그리구 서얼이라고들 하더구만.…》

허모는 아리숭하게 말끝을 사리는 함치우를 빤히 쳐다보았다.

《함판관은 참 귀가 넓구만. 언제 남의 가정내막까지 다 알아내셨소. 그리구 내 이복동생이 서자인데 어쨌다는거요.

다른 서얼들은 감히 엄두도 내지 못하지만 내 동생은 자기 노력으로 높은 의술을 소유하여 조정의 내의원 판관으로까지 발탁되였으니 난 그걸 자랑으로 생각하고있소.》

허모는 우정 함치우를 판관이라 피여올렸다.

함치우는 자기앞에 서있는 허모가 권모술수가 능하다더니 과연 틀리는 말이 아니였구나 하고 생각하며 한수 더 떴다.

《하, 내 자네가 이복동생이고 서자인 허준을 그리도 높이 사는줄을 몰랐구만.

내 앞으로 자네의 그 자랑스러운 서얼동생님을 잘 돌봐주지.》

허모는 그 말에 머리를 수그리며 사의를 표하고는 간다는 말없이 획 돌아섰다. 그러는 허모를 바라보며 함치우는 코웃음을 쳤다. 역시 허모란 놈은 듣던바 그대로 의뭉스러운 작자가 분명하였다.

함치우와 헤여져 자기 집 대문을 열고 들어선 허모는 방안에 들어갈념은 하지 않고 뜨락을 오락가락 거닐기 시작하였다. 그의 실눈에 독기가 풍겼다.

(그리도 기운차던 뜸부기도 하지가 지나면 후줄근해진다는데 허준이 이 자식아, 올리막길이 있으면 내리막길이 있는 법이야. 어디 두고보자. 내 네 자식을 기어이 매장하고야말테다.)

허모는 언제인가 한번은 기회가 오리라는것을 믿어의심치 않았다. 함치우의 말에서 허모는 그것을 더 굳게 확신했던것이다.

5

열흘째 령의정 리산해의 얼굴은 시꺼멓게 죽어있었다.

어찌 그러지 않으랴. 거의 보름나마 임금이 식음을 전폐하다싶이 한것이다.

워낙 체질이 약해서인지 임금은 몸이 건강치 못하였는데 이번에는 전혀 수라를 들지 못하고있는 형편이였다. 나라안에 임금이 단 하루도 없으면 변고인데 글쎄 보름씩이나 정사를 보지 못하니 일인치하 만인지상의 령상벼슬에 앉아있는 리산해가 마음이 편할리 없는것은 너무도 자명한 사실이였다.

오늘도 리산해는 너부죽한 얼굴에 먹장구름을 띠우고 좌의정에게 신경질적으로 물었다.

《좌상대감이 보기엔 정녕 전하의 병을 고칠 방책이 없단 말이요?》

좌의정의 얼굴도 그닥 밝지 못하였다.

《글쎄, 전하의 주치의가 이젠 나이가 많다나니 예전같질 않소이다. 이전날의 령험스럽다던 의술은 다 어데다 집어던졌는지 아무리 치료를 해도 차도가 없으니 말이요.》

임금의 주치의인 류지번은 현재 고령의 나이였다. 사람이 나이가 들게 되면 아무래도 체력은 물론이고 지력도 떨어지기마련이다. 그렇게 반짝이던 그의 눈에서 정기가 점차 사라지고 그 어떤 병도 귀신같이 찾아내던 예민한 손감각도 차츰 무디여가고있었다. 그래서인지 드문히 오진하거나 오처방을 내리는 일이 간혹 있군 하였다. 그래서 태의 양례수를 몇번 불여보았으나 신통치 않았다. 참으로 난사였다.

임금님이 강녕하셔야 나라정사를 주관한다는 의정부의 세 정승들도 건재할수 있는것이다. 임금이 바뀌우면 정승들도 갈리는것이 례상사였다.

좌의정이 무슨 신통한 수가 생각났는지 《아차-》하고 이마를 쳤다.

《그렇지, 작고한 류희춘대감이 말하기를 내의원에 있는 판관 허준의 의술이 신비스러울 정도로 능하다고 했소이다.》

《류대감이 그렇게 말하던가?

아무리 그래두 내의원 의관이 어의만이야 하겠소?》

《들리는 소문엔 그렇지도 않소이다. 을해년에 전하가 중병에 들었을 때 그 허준이라는 의원이 진찰을 했다던데…

아다싶이 그때 류대감이 약방제주로 있었지요. 류대감의 지인지감이야 조정의 대신들이 다 인정하지 않았소이까. 전하에게 허준을 알선한것도 류대감이라고 하오이다. 다른 대신들의 말에 의해도 딴 의원들이 손털고 나앉은 중한 병도 그 허준은 어렵지 않게 고쳐냈다고 하오이다.》

《음, 그렇소?》

허준을 성심으로 리해하고 위해주던 류희춘은 허준이 내의원에 들어온 그해 동지달에 귀양지에서 얻은 병이 심하여 래년 봄까지 치료를 받으며 안정하겠다는 상주문을 올리고 고향인 선산으로 내려갔다. 선조는 그에게 중추부 동지(종2품)벼슬을 하사하면서 몇번이나 올라오라고 지시를 내렸다. 왜냐면 류희춘이 없는 경연은 선조에게 의미가 없었기때문이였다. 류희춘은 병이 너무 중하여 올라갈수 없다고 하면서 자기대신 리이를 추천하였다. 병이 좀 나아지자 류희춘은 다시 한성으로 올라왔으나 그의 병은 오랜 귀양지에서 생긴 병이라 좀처럼 호전되지 않았다.

할수없이 봄에 올라왔던 류희춘은 가을에 다시 고향으로 내려가게 되였다. 선조는 그와 헤여지는것이 너무도 섭섭하여 그를 단독으로 접견하고 그에게 흰명주 천릭과 붉은 천릭, 검은 신을 하사하였다. 류희춘에 대한 선조의 총애가 어느 정도였는가를 잘 알수 있게 하는 이례적인 대우였다. 임금의 은총에 감격한 류희춘은 앓는 몸으로 이듬해 봄에 다시 한성으로 올라왔었는데 선조는 《류희춘은 오래동안 경연에 참가하여 나를 이끌어준 공로가 실로 크다.》고 하면서 특별히 그에게 자헌대부(정2품)의 품계를 내렸다. 허나 두달후인 1577년 5월 류희춘은 고향 선산에서 65살로 사망하였다. 류희춘의 사망소식을 들은 선조는 너무도 슬퍼 이틀간 조회와 저자를 파하였으며 특별히 부의를 보내주고 전라감사에게 글을 내려보내여 초상을 보살피게 하였고 상여가 지나가는 각 고을들에서 상여를 호송하도록 하였다.

희춘의 부고를 받고 허준은 며칠동안이나 아무 일도 손에 잡히지 않았다. 인간에게서 제일 고마운 사람은 자기의 재능과 능력을 알아주는 사람이다. 그래서 사람의 공적중의 가장 큰 공적은 인재를 알아보고 추천한 공로라 하지 않는가.

류희춘은 비록 높은 벼슬에 앉은 고관이였으나 허준의 재능을 인정하고 그의 뜻을 귀히 여겨주었으며 국왕앞에까지 내세워준 사람이였다. 인재를 볼줄 아는 그런 량반이 조정에 있었다는것은 허준의 인생에서 자못 의의가 있었고 어찌보면 《동의보감》같은 민족의 재부를 산출하는 길에서 다행이 아닐수 없었다.

만약 류희춘이 아니였다면 허준의 운명이 어찌 될지 누가 알랴. 허준은 그래서 류희춘을 잊지 못하고있었다.

한동안 생각에 잠겨있던 리산해는 찬성에게 분부를 내렸다.

《대감은 리조에 가서 그 내의원 판관의 개인자료를 가져오도록 하오.》

《알겠소이다.》

찬성이 가져온 문서를 한동안 들여다보던 리산해는 눈이 둥그래졌다.

《아니, 이런! 내의원 판관이 서얼이로구만.》

옆에 서있던 우의정이 자기 의견을 내비쳤다.

《서얼이면 뭐랍니까. 전하의 병을 고칠수만 있다면야 그게 대수겠수?

지금 현재로서는 다른 방책이 없지 않나이까. 류희춘대감이 살아있을 때 전하의 병을 진찰하지 않았소이까. 그때에도 별일 없었는데 지금이라고 다른 일이 있겠나이까.》

리산해가 두 정승을 번갈아 바라보며 미타한 기색을 지었다.

《일없을가? 그때엔 진찰하였지만 지금은 전하의 병이 다 나을 때까지 치료해야 하는데…》

량반들의 서렬속에 서얼출신이 끼여있다는것이 리산해에게는 별로 께름직하였다. 혹 그러다가 무슨 불상사라도 일어난다면?

나라의 법은 사정이 없다는것을 늘 강조하군 하는 저들이다. 왕씨의 세상을 뒤집어엎고 조선봉건왕조를 세운지도 어언 200년이 되여오는데 지금에 와서 서얼출신의 의원을 데려다 임금의 병을 치료한다는게 불미스러웠다.

더우기 반상의 구분이 그 어느때보다 더 엄격한 조선봉건왕조의 세상에서 저들을 하대하는 법을 만들어놓은 왕실과 고관대작들을 좋다고 볼 서얼은 어디에도 있을상싶지 않았다.

좌의정이 령상의 표정을 살피며 조심히 말하였다.

《내의원 판관으로 여러해동안 일했다고 하는데 대감들의 병이랑 성심으로 보고 고쳐주었다고들 하오이다.》

그 말에 리산해는 반신반의하며 입속으로 되뇌이였다.

《그럼 어디 한번 병을 보일가?》

두 정승이 옆에서 부채질을 하였다.

《그렇게 해보시오이다. 꿩 잡는게 매라구 전하의 병부터 고치는것이 옳은 처사인것 같소이다.》

《만약의 경우를 타산해서 병을 보일 때 령상대감께서 지켜보면 더 좋을듯 하오이다.》

리산해는 두 정승의 의견이 옳다고 여겨졌다. 아무리 생각해보아야 다른 방도가 더는 없었던것이다.

《좋소. 우리 그렇게 하기로 락착을 짓기요.》

선조는 경복궁의 침전구역인 강녕전에 있었다.

허준은 령의정 리산해의 뒤를 따라 아늑하면서도 호화찬란하게 꾸며진 강녕전안에 들어섰다. 선조는 평상에 모로 누워있었다.

리산해가 조심스럽게 여쭈었다.

《전하! 전하의 병을 보일 명의를 한명 데려왔소이다.》

평상우에서 임금이 누운채로 물었다.

《누군고?》

허준은 얼른 부복하고 머리를 조아리며 아뢰였다.

《내의원 판관 허준이 전하께 삼가 문안드리옵니다. 언젠가 전하의 병을 진찰한적이 있소이다.》

《그랬던가? 가만, 이자 보니 생각나는군. 류희춘이 소개했던것 같은데…》

《그렇소이다. 을해년 정이월이라고 생각되오이다.》

리산해가 임금이 허준을 알아보자 한걸음 나섰다.

《조정안의 숱한 대신들이 이 의관의 의술에 의해 난치로 되여있던 병들을 고쳤다고 하오이다.》

《그렇다면 어디 한번 보게나. 이즈음 가슴이 활랑거리고 심신이 좋질 않아.》

허준은 다시금 례의를 표시하였다.
《소신이 비록 재주는 없사오나 힘껏 해보겠소이다.》
처음으로 임금을 마주할 때와는 다르다. 그때엔 진찰하고 비방만 알려주면 되였지만 지금은 임금이 호전될 때까지 책임을 져야 한다. 그래서인지 허준의 이마에서는 저도모르게 구슬땀이 돋기 시작하였다.
허준은 조심스럽게 임금의 위와 배를 만져보았다. 잔뜩 불어난 배는 가스가 차서 펑-펑- 하는 소리를 내였고 명치끝은 딴딴하게 굳어져있었다.
(무슨 비위가 이럴가. 비위가 이런 상태이니 식음을 제대로 할수가 있나?)
허준은 미간을 찌프리고 누워있는 임금의 얼굴을 가만히 살폈다. 피로한 기색이 잔뜩 실려있었다. 이어 그는 조용히 감고있는 임금의 눈까풀을 유심히 살폈다. 눈까풀이 파들파들 떨고있었다. 신기(정신활동)가 과도해지면 저렇게 눈까풀이 떠는것이다.
허준은 임금의 혀를 딱 한번만 보았으면 좋겠는데 그럴 용기가 나지 않았다. 나라의 정사를 쥐락펴락하는 지엄한 나라님더러 혀를 쑥 내밀어보라고 할수도 없는 일이였다.
참으로 임금의 병을 치료한다는것은 까다롭고 불편하기 그지없었다. 마음대로 이래라저래라 할수 없으니 정확한 진단과 적중한 치료를 의도대로 할수가 없었다.
오죽하면 먼 옛날에 태후를 치료할 때 존귀하신 태후마마의 손목을 감히 잡을수가 없어 어의가 손목에 실을 매고 그 실을 끄당기여 맥을 보았다지 않는가. 이런 지엄한 임금인것으로 하여 진단과 치료를 적절하게 하지 못해 도리여 화를 입은 경우가 드물었다.
후의 일이였지만 17대왕인 효종의 경우가 바로 그러하였다.
등창(등에 난 큰 부스럼이나 상처)이 잔뜩 곪아서 그 고름을 빼내기 위해 칼을 대려는 어의에게 국왕의 충신이라 자처하는 대신들이 이구동성으로 입을 모아 기염을 토했다.
《감히 전하의 몸에 칼을 댄단 말인고. 그 죄는 대역부도죄에 못지 않노라!-》
결국 《훌륭한 충신》들을 대신으로 둔탓에 효종은 치료 한번 변변히 받지 못하고 하찮은 등창때문에 비명에 붕어하고말았던것이다.
그러니 그보다 앞선 시기인 이때에야 더 말해 무엇하겠는가. 이런 것으로 하여 어의들은 임금의 옥체에 감히 침을 찌르고 뜸쑥으로 살을 태우기를 저어하고있었다.

한동안 생각에 잠겼던 허준은 말하였다.
《전하! 소신이 좋은 환제(알약)를 가지고있사온데 그걸 한번 써보시면 어떠하오이까. 그 약을 쓰시면 곧 효험이 있을것이오이다.》
《그런가? 그럼…》
허준이 환제를 꺼내들자 리산해가 얼른 다가왔다.
《자네부터 한알 먹어보게.》
그 말의 의미를 허준은 리해하고도 남음이 있었다. 응당 그래야 옳은 것이라고 생각한 허준은 주저없이 환제 한알을 입에 넣고 삼켰다. 리산해가 그제서야 임금에게 환제를 복용시키라고 머리를 끄덕이였다.
내시가 제꺽 물종지를 들고왔다. 허준은 공경한 자세로 알약을 왕의 입가에 가져갔다. 선조가 입을 벌리는 그 순간을 놓치지 않고 허준은 임금의 혀를 예민한 눈길로 더듬었다. 예견한바 그대로 혀끝이 빨갛게 달아올라있었다.
(틀림없이 심신이 불타서 그러는구나!)
치료대책이 떠올랐다. 허나 허준은 재삼 확인해보기로 하였다.
《전하! 소신이 전하의 치료에 효험이 있는 안마와 지압을 해드리겠소이다.》
《음.》
허준은 손으로 임금의 가슴을 더듬다가 단중혈부위를 가볍게 눌렀다.
《으흠-》
선조의 입에서 가느다란 비명소리가 터져나왔다. 가슴을 슬슬 문지르던 허준은 다시금 가슴웃부위의 주영혈을 꾹 눌렀다. 또다시 신음소리가 흘러나왔다. 잔등의 어깨박죽에 있는 천종혈과 심유혈 역시 마찬가지였다.
이제는 병상태가 일목료연하게 안겨왔다.
(비위가 근본이 아니다. 근본은 신기에 있다. 신기가 과도해지니 심장이 불안해지고 또 심화가 타오르면서 저렇게 혀끝이 빨갛게 되는것이다. 위는 마음의 거울이라 하였거늘, 신기가 과민해지면서 그것이 비위의 기를 억제하니 저렇게 수라를 제대로 드시지 못할수밖에…)
선조의 나지막한 목소리가 허준의 생각을 중지시켰다.
《그래 무슨 병이뇨?》
《전하께서 비위가 편안치 않으심은 신명(정신신경)이 과도해지신데 그 원인이 있소이다. 이건 전하께서 몹시 심려하시는 문제가 있다는 것을 의미하오이다.》

령의정 리산해의 맞갖지 않은 눈길이 자기 등뒤에 와닿는감을 느꼈다. 한갖 의관으로서 감히 나라의 정사에 끼여든다고 질책하는 눈초리가 분명하였으나 허준은 개의치 않고 의원으로서의 자기의 견해를 그대로 서슴없이 밝혔다.

《그런즉 전하께선 수면이 불충분하실것이오며 심계(가슴이 두근거리는것)와 정충(불안한것)이 있을것이오이다.》

선조는 머리를 끄덕이였다. 너무도 신통히 알아맞춘다는 생각이 얼핏 들었다. 그를 명의라고 소개한 류희춘의 말이 틀리지 않았다. 이렇게 자기의 속마음까지도 다 들여다보는것이 신기하다는 생각이 들었다.

《음, 계속하라!》

《네, 전하의 불안정한 신명을 개선하고 심신을 안정시키오면 비위는 저절로 건전해지리라고 보오이다.》

《음, 과연 그럴듯하노라. 그럼 그 진단에 근거하여 과인을 한번 치료해보라.》

《황공무지로소이다.》

허준은 그날부터 치료에 들어갔다.

6

허준의 진단은 정확하였다. 그의 말대로 선조에게는 큰 골치거리가 있었다.

세자책봉문제로 조정의 대신들이 동인, 서인으로 갈라져 갑론을박하다가 선조의 노여움을 사서 좌의정 정철과 대사헌 리해수, 부제학 리성중 등이 강등(벼슬등급이 떨어지는것)되여 외직으로 쫓겨난지 달포가 되여온다. 그 세사람은 서인파였다. 서인들이 들고일어났다. 매일과 같이 상주문을 올려 령상인 리산해를 비롯한 동인들을 탄핵하니 선조는 골치가 아팠다.

그러니 어찌 임금의 신기가 편안할수 있으랴.

신기가 편안치 않으니 비위가 허약해져 전혀 수라상에 손을 댈수가 없었던것이다.

선조의 이러한 심리상태에 대한 허준의 진단은 그야말로 명의다운 정확한 진단이였다.

선조는 허준이 이렇게 진단내리자 자못 대견하게 생각하였다.

(그놈이 참 명의는 명의로다! 신통히 내가 겪고있는 일들을 다 들여다보듯 알아맞힌단 말이야.)

그 다음날부터 허준은 본격적으로 임금의 치료에 달라붙었다.

물론 임금의 신성한 룡체에 함부로 침을 찌르고 뜸쑥으로 살을 태울수는 없었다. 선조자체도 그런 고통스러운 치료를 바라지 않았다.

일반적으로 진단과 일치되는 명확한 압통점들은 진단점으로 되는것과 함께 가장 효과적인 치료점으로도 된다.

선조의 신체에 나타난 단중, 주영, 천종, 심유혈의 압통점이 바로 그러하였다.

허준은 안마와 지압법 그리고 탕약료법으로 치료하기로 하였다.

엄지손가락끝으로 단중혈을 가볍게 누르면서 허준은 임금에게 담담한 어조로 설명하였다.

《전하! 지금 누르고있는 혈은 단중혈이라 하오이다. 아주 중요한 혈이오이다.

아래배에서는 정혈이 그득히 저장된 배꼽아래의 관원혈이 제일 중요하다면 이 웃가슴에서는 가슴의 기가 다 모여있는 이 단중혈이 가장 중요하오이다. 이 혈을 이렇게 잘 풀어주면 막혔던 심기(심장의 기)가 확 열리면서 가슴과 심장이 시원해지게 되오이다. 심장이 편안하면 그가 주관하는 신명도 편안해지게 되오이다. 아마 잔등에 있는 천종혈과 심유혈까지 이렇게 다 풀어주면 전하의 정신이 거뜬해질것이오며 잠도 깊이 드실것이오이다. 전하의 상태에서 신명만 개선되오면 비위는 저절로 풀리게 되오이다.》

선조는 두눈을 감고 허준에게 몸을 맡긴채로 그의 설명을 유심히 듣고있었다.

병치료는 마음이 절반이다.

허준은 선조에게 심신을 보다 더 적극적으로 안정시키려고 치료의 리치를 알아들을수 있도록 알기 쉽게 설명해주었다. 지압과 약물치료외에 심리적안정료법을 더하자는것이였다.

허준의 유연한 손끝은 시간이 흐름에 따라 더욱 빨라지기 시작했다. 그는 능숙한 솜씨로 누르기와 비비기, 떨며 누르기, 손끝으로 돌리기 등의 다양한 수법들을 보다 적극적으로 활용하면서 지압과 안마의 강도를 더욱 높여나갔다.

단중혈에 이어 웃가슴부위의 주영혈과 어깨박죽의 천종혈, 잔등의 심유혈까지 다 풀고나니 사각은 실히 걸리였다. 허준의 이마에는 송골송골 땀이 내돋았다.

치료를 끝낸 선조가 희색이 만면하여 평상에서 일어나앉으며 말했다.

《어, 시원하다. — 정말 가슴이 시원하고 심장이 탁 트이는것 같고나! —》

허준은 공손하게 머리를 숙이였다.

《달포정도 이렇게 치료하면 효험이 뚜렷할것이오이다.》

《음, 과인도 그렇게 생각하노라.》

《소신이 이제 탕약을 지어올리겠소이다. 그 탕약은 귀비탕이라 하온데 건비(위를 건전하게 하는것), 안신(정신안정), 보혈작용이 있어 전하의 병치료에 아주 좋소이다.》

물론 치료의 리치설명에도 있었겠지만 다시금 임금에게 심리적안정과 치료효과에 대한 확신을 주기 위해 허준은 약에 대한 설명을 더 보태였다.

선조가 머리를 끄덕이였다.

허준은 진단과 치료에 대한 확신은 있었지만 마음속은 자못 불안하고 초조하였다.

궁궐에 출입하여 임금의 병치료를 했다지만 그 결과가 어찌 될지…

스스로 긴장해지는 허준이였다.

약 열흘이 지나자 차츰 효험이 나타나기 시작했다.

임금이 미간의 주름을 펴고 말했다.

《그제밤부터는 잠을 푹 잤노라. 그전에는 늘 악몽에 시달리고 생각이 꼬리를 물어 밤을 꼬박 새웠는데 이젠 잠을 제대로 푹 자니 살것 같노라.》

스무날이 지나서부터는 수라상의 음식들을 축내기 시작했고 조금씩 식사량이 늘어났다. 달포가 지나자 허준의 말대로 선조의 얼굴에는 완연하게 희색이 돌기 시작하였다.

선조는 만족한 기색을 짓고 령의정 리산해를 불렀다.

《내의원 판관이 과시 명의는 명의로다. 그를 왕실의 어의로 봉하도록 하라.》

《알겠소이다.》

천만뜻밖에도 지엄한 임금의 주치의로 봉해진 허준은 한순간 얼떨떨해졌다.

사실 의관이라면 누구나 바라면서도 쉬이 넘겨다보지 못하는 어의자리였다.

이렇게 허준은 명의술로 한나라 임금의 주치의가 되였다. 바로 이것이 장장 서른해라는 기나긴 세월로 이어진 어의의 첫걸음이였다.

허준이 어의로 봉하여졌다는 기별을 듣고 류이태는 만사를 제쳐놓고 일부러 산음에서 한성으로 올라왔다.

허준과 설유를 마주한 류이태는 허준에게 자기가 가져온 술을 직접 부었다.

《자, 오늘은 내가 자네한테 한잔 붓는걸세.》

《선생님!》

엉거주춤하며 허준은 자기에게 잔을 내미는 류이태를 격정에 넘쳐 바라보았다. 죽순이와 가정을 새로 이룬 뒤 류이태는 점점 젊어지는듯 하였다.

설유가 아버지의 잔에 찰찰 넘쳐나게 술을 부었다.

류이태는 감개무량한지 한동안 술잔을 들고 선뜻 마시지 못하였다. 어찌 상상이나 했던 일인가. 서얼이라는 그 한가지 리유로 모진 수모와 고통을 겪어온 허준이 아니던가. 그 어려운 속에서도 의학의 길에 들어선 허준이 의술이 높은 덕에 국왕의 어의가 되였으니 아무리 믿자고 해도 꿈처럼 여겨졌다. 그래서 한달음에 그 먼길을 허위단심 달려온 그였다.

《자네가 오늘 이렇게 어의로 봉해진것은 높은 의술의 덕일세. 나와 선복이 어머닌 너무도 믿어지지 않아 며칠밤 꼬바기 새웠네. 나보다도 그가 더 기뻐하더군. 자네가 나한테 처음으로 의학을 배우겠다고 찾아오던 일이며 그리고 모친의 삼년상도 치르지 못한 자네를 한성으로 떠밀어보내던 일이며를 생각하느라니 절로 눈물이 나더구만. 자네의 모친이 오늘의 자네 모습을 보았더라면 얼마나 기뻐하셨겠나.》

류이태의 주름깊은 얼굴에 추연한 빛이 흘렀다.

《아버님!

아버님이 계셨기에 저의 오늘이 있는것이 아닙니까. 제눈에 흙이 들어간들 아버님의 그 은혜를 잊을수 있겠습니까.》

마음속으로부터 우러나오는 허준의 말이였다.

《됐네, 됐어. 이젠 그런 말을 그만하자구.

내 오늘 자네를 축하해서 내 손으로 술을 붓고싶었고 또 앞으로 의서를 만드는 길에서 꼭 성공하길 바라서 먼길을 걸음했네.》

허준은 스승의 그 진정이 가슴에 마쳐와 눈굽이 스르르 젖어들었다.

《선생님의 그 진정을 잊지 않겠소이다.》

이윽고 류이태는 설유에게 눈길을 돌렸다.

《예로부터 큰일을 하는 사내의 뒤에는 현숙한 녀인이 있다고 하였다. 옛사람들의 말에 〈현모량처〉라는 말이 있는데 과시 틀리는 말이 아니야.

예영이 애비가 가는 길이 참말로 헐치 않은 길이야.

상상밖의 일도 생겨날수 있고 억울한 루명도 쓸수 있지.

난 네가 예영이 애비가 뜻을 이루도록 잘 돕기를 믿는다.》

《아버지! 절 믿어주세요. 제 꼭…》

류이태는 다음날 산음으로 떠나갔다.

허준과 설유는 말없이 떠나가는 아버지를 눈물속에 바래웠다.

(선생님, 선생님의 그 웅심깊은 사려와 기대를 잊지 않고 뜻을 이루겠나이다!)

후날 허준은 《동의보감》을 집필하는 나날에 무려 500여권이나 되는 의서들을 참고하였다고 한다. 그가 만든 《동의보감》에는 세종시기에 만들어진 《향약집성방》, 《의방류취》와 복희의 저작으로 전해지는 《천원옥색》, 신농의 저작으로 전해오는 《본초》 그리고 《소문》, 《영추경》 등 83종의 고전방들과 《상한경》, 《맥경》, 《단계심법》 등 한나라, 당나라에서 편찬한 수많은 의방서가 인용되였다.

허준은 어의생활을 하면서도 의서의 편찬요강에 대한 구상을 끊임없이 무르익혀나갔다.

얼마전까지 그는 제2권으로 되는 《외형편》에 대한 구성안을 비교적 세울수 있었다.

《외형편》에서 허준은 몸밖에서 볼수 있는 부분 즉 머리, 얼굴, 눈, 귀, 코, 입과 등, 가슴, 배, 피부, 손, 발 등의 해부, 생리, 병리학적인 현상들과 해당한 질병들을 주려고 하였다. 이 부분만 하여도 실로 방대한 량이였다.

허준은 이제 앞으로 쓰게 될 자기의 의서가 몇권으로 끝날 간단한 일이 아니라 수십권에 이르는 방대한 분량에 달한다는것을 가늠할수 있었다.

실제로 후날 허준이 집필한 《동의보감》은 총 25권으로 되여있으며 당시 한창 구성안을 무르익히고있던 《외형편》만 하여도 4권에 달하였다.

허준은 장차 얼마나 험난하면서도 아름찬 길이 앞에 놓이겠는가를 생각하며 자기의 어깨가 천근을 진듯 더욱더 무거워짐을 느꼈다. 허나 이는 누가 시켜서 걷는 길이 아니라 나라와 백성을 위해 자기스스로 택한 길이였기에 그는 동요없이 억척스레 걸어갔던것이다.

허모는 왕실어의로 허준이 임명되였다는 소식을 듣고 자기가 그한테 여지없이 패했다는것을 자인하였다.

웬간한 관료배들도 감히 뵙기 어려운 임금을 매일 상면하고 치료한다니 자다가도 까무라칠 정도가 아니라 관속에 있다가 당장이라도 튀여나올 일이였다.

술과 계집질로 찢어지는 아픔을 달래일수밖에 없었다. 완기의 실패를 두고 계집질은 사내를 해치는 독약이나 같다고 여기던 생각은 꼬물만치도 없었다. …

이즈음 조정의 공기는 심상치 않았다. 별의별 풍문이 팔도각지에 유령마냥 배회하였다.

그 풍문은 섬나라 일본의 형세를 알아보려 왜땅에 사신으로 건너갔던 통신사들의 서로 엇갈린 보고로 하여 더욱 신비성을 띠고 려염집아낙네들까지 쉬쉬거릴 정도로 험악해졌다.

통신사로 섬나라에 갔다온 정사 황윤길은 왜놈들이 우리 나라를 침략할 준비를 하고있다고 보고했으나 부사로 동행한 김성일은 그와 반대되는 의견을 상주하였다.

서로 다른 보고를 놓고 조야가 죽가마끓듯 웅성거렸다.

이 또한 동인이요 서인이요 하는 당쟁의 비극적인 산물이였다. 국가의 리익은 안중에 없는 이 당쟁의 주역들은 태평성대를 누리는 세월에 무슨 당치않은 왜나라침략인가고 자가사리 끓듯 찧구받구 하더니 나중에는 그런 론난마저도 가물에 물웅뎅이 마르듯 아예 없어지고말았다. 그러다가 다시 엉뎅이가 쑤시는지 당파싸움에 몰두하기 시작하였다.

그야말로 이 나라의 운명은 풍전등화의 신세에 처하게 되였다.

뜻있는 선비들은 썩은 조정에 침을 뱉고 락향하였으며 김상궁의 오라비인 김공량과 같은 간신배들이 조정정사를 손탁에서 제마음대로 주물러댔다.

허나 바다건너 섬나라 왜놈들은 궁벽한 저들의 땅에서 풍요한 조선을 넘겨다보며 언감생심 침략의 기회만을 호시탐탐 엿보고있었다.

제5장 의서도적놈들

1

나고야 겐이는 왜나라에서 첫손가락에 꼽히우는 명의이다.

희미한 불빛이 새나오고있는 그의 집 한방에서 지금 나고야 겐이는 고니시 유끼나가(소서행장)에게 부항치료를 해주고있었다. 다다미우에 넙적 엎드린 고니시 유끼나가의 잔등에는 척추의 량옆을 따라 여섯개씩 짝을 무은 어른주먹만 한 청자부항단지 열두개가 원숭이처럼 털이 부시시한 그의 유들유들한 몸통에 박혀있다.

도요도미 히데요시(풍신수길)를 따라다니며 저들의 반대파세력을 진압하는 싸움에서 단련된 고니시는 나고야와 퍽 절친한 사이였다. 그래서 때없이 그를 찾아와 치료를 받는다.

부항치료는 그가 제일 좋아하는 치료이다. 길들이지 않은 수말처럼 전장을 누비며 길길이 날뛰다나니 온몸에 성한 자리가 별로 없는 자기의 지친 몸뚱아리를 거뜬하게 하는데서 부항치료만 한것이 없다고 여기는 고니시였다. 한바탕 나고야에게서 부항치료를 받으니 온몸에 쌓였던 피로가 쭉 풀리고 기운이 뻗치면서 기분까지 상쾌해진 고니시는 나고야를 한껏 춰주고싶었다.

《나고야상, 확실히 자넨 명의는 명의일세.

자네한테서 한번 치료를 받으면 이상할 정도로 몸이 거뜬하거든.

그게 다 자네의 치료덕일세. 내 앞으로 한상 단단히 내지.》

나고야 겐이는 빙그레 웃음을 지었다.

《군장, 그건 나의 치료가 신통해서가 아니라 부항치료법의 덕이요. 부항치료법은 저 고마인들의 유명한 민간료법이니 나한테 인사할것이 아니라 부항치료법을 고안해낸 고마인들에게 고맙다고 인사해야 옳지요.》

나이가 고니시보다 많은 나고야는 오랜 기간 그와 교제한 까닭에 이제는 너나들이로 허물없을 정도로 친숙한 사이였다.

《오, 그런가?! 어떻게 되여 요렇게 자그마한 단지가 이런 좋은 효험을 나타낼가?》

《그건 말이요, 잔등의 척추옆 두치 바깥에는 무려 열쌍이상이나 되는 침혈들이 주런이 내려있는데 이 침혈들을 배유혈이라고 하오. 이 혈들이 오장륙부를 통솔하는데서 기본역할을 하고있다고 볼수 있소.

그래서 침혈의 이름도 오장륙부의 이름자뒤에다 〈유〉자를 붙이지요. 례를 들어 심유, 간유, 담유, 비유, 위유 등이 그러한것이지. 이 침혈들을 부항으로 잘 다스려주면 오장륙부를 건전하게 하고 온몸에 활력을 주게 되오. 그래서 그렇게 입맛이 당기고 몸이 거뜬하다오.》

《하! 의학의 리치는 참으로 오묘하구만.

헌데 나고야상은 어떻게 되여 이런 신묘한 술법들을 터득했소?》

《그건 내 비밀인데 군장한테야 뭘 숨기겠소. 앞으로 내가 군장의 신세를 지려면 어차피 알게 될터인데 말난김에 알려주니 절대로 발설하지 마시우.

다름아니라 저 조선의 한성부에 내가 박아놓은 사람이 한명 있소.

그 사람더러 조선의 의서를 좀 수집하여 보내라 했더니 몇년전에 자그마한 의서를 하나 보내왔소. 그래서 그 의서를 읽고 이 비방을 터득했소.》

《그러니 나고야상은 〈손자〉나 〈륙도〉, 〈삼략〉을 도통했구려. 제법 정보활동두 할줄 알구. 간자까지 한성에 박아넣었다니 정말 간단치 않구만.》

잔등에 부항을 주런이 붙인 고니시의 이 말은 진심의 소리였다. 고니시도 도요도미관백의 정보활동을 뒤에서 조종하는 거물급의 첩보능수였다. 나고야의 이야기를 들으면서 고니시는 앞으로 조선원정시에 나고야의 정보선도 써먹을수 있다고 생각하고있었다.

불현듯 나고야 겐이가 나직한 목소리로 물었다.

《군장이 이번에 조선원정군의 선봉장의 중임을 맡았다고 하던데 내 한가지 긴히 부탁해도 일없겠소?》

목소리까지 낮추어가며 사정하는것을 보면 분명 중한 부탁인지도 모른다.

이 의술귀신이 뭘 부탁하려고 이럴가.

《무슨 부탁이요? 나고야상의 부탁이라면 내 뭘 마다하겠소. 어서 말하오.》

《조선에 출병하면 나에게 긴히 요구되는 보물들을 좀 가져다주었으면 하오.》

《유명한 고려청자기 말인가?》

《아니요.》

《그럼 금은불이요?》

《그건 더욱 아니요.》

고니시가 의아해서 몸통을 돌리며 나고야를 쳐다보았다.

《그것보다 더 값나는 보물이 또 있소?》

나고야가 웃음을 짓고 눈을 끔쩍거렸다.

《있지요.》

《대관절 그게 뭐게?》

《의서올시다.》

고니시가 크게 놀라와하였다.

《뭐 의서? 의서가 그렇게두 귀한 보물이요?》

《군장! 내 말을 좀 들어보오. 내가 치료하는 의술의 술법들도 다 의서에서 터득한것들이요.

진귀한 의서일수록 더욱 령험스러운 의술을 낳게 하는 법이요. 아마 그런 령험스러운 의술을 이 나고야 겐이가 소유하면 그 의술로 군장어른을 백살까지도 살게 할수 있소.》

《그렇소? 헌데 우리 일본에는 그런 의서가 없는가?》

《유감스럽지만 우리 땅에는 아직 자기의 독자적인 의서가 없소.》

나고야 겐이의 말은 사실이였다.

우리 나라는 자기의 독자적인 의술을 근 수천년전부터 개척하고 발전시켜왔으며 이 과정에 세상에 자랑할만 한 우수한 의서들을 수많이 내놓았다.

단군에 의하여 B.C. 3000년에 세워진 고조선은 단군시기에 벌써 중앙에 단군8가에 속하는 의학담당기관인 로가가 있었고 의학지식이 깊은 사람들을 가리켜 선인 또는 선가라고 불렀으며 이때부터 전통적인 민족의학을 발전시켜왔다.

고조선시기에 발생한 민족의학은 세나라시기에 고구려를 중심으로 더욱 발전하였으며 이 과정에 그 치료성과와 비방을 묶은 의서들인 《고려로사방》, 《백제신집방》이 편찬되였으며 후기신라시기에는 《신라법사방》이라는 의서가 나왔다. 여기서 고려는 고구려를 뜻한다.

겨레의 넋을 이어 전 조선강토에 통일국가를 세운 고려는 세계에서 처음으로 금속활자를 발명하고 유명한 고려자기를 생산하여 그 명성을 떨쳤을뿐아니라 민족의학을 체계화하고 가치있는 의서들을 적지 않게 남기였다. 대표적인 의서들만 보아도 《제중립효방》, 《어의촬요방》, 《비예백요방》, 《향약구급방》, 《향약혜민경험방》, 《진맥도결》 등이다.

조선봉건왕조시기에 들어와서도 우리 인민은 이 민족의학을 더욱 세분화하고 발전풍부화시켰으며 이때까지 85권에 달하는 《향약집성방》과 무려 266권에 달하는 세계적인 걸작 《의방류취》를 세상에 내놓았던것이다.

하지만 일본에는 이러한 독자적인 의술의 력사가 없었다. 일본의 최고의서라고 일컫는 《의심방》도 자기의 독자적인 의술리론과 방법, 처방은 하나도 없이 다만 우리 나라를 비롯한 동방의학의 자료들을 그대로 고스란히 베껴쓴것에 불과하였다.

나고야의 말을 듣는 고니시는 제땅에 진귀한 의서가 없다는 사실에 자존심이 상했다.

《그래 조선땅에 무슨 진귀한 의서가 있나?》

《동방의 최고의서라고 평가하는 〈의방류취〉라는 의서가 있소. 이번 출정에서 그 원간본을 어떤 수를 쓰든지 우리 땅에 가져와야 하오.》

고니시는 흔연스럽게 대답하였다.

《그건 도요도미관백의 의사와 일맥상통하구만.》

《그건 무슨 뜻이요?》

《음, 관백이 얼마전에 원정군 선봉장들을 모아놓고 조선으로 쳐들어갈 문제를 놓고 일장 훈시하더군. 그 훈시속에 이제 조선과 싸움을 벌리면서 서적들을 비롯한 보물들을 갖은 수단과 방법을 써서 일본에 가져오라는 내용도 있었소.

그러니 내가 당신의 부탁을 들어주는건 관백의 그 훈시와 하나로 련결된다 그 말이오.

그런 책이나 얻어오는게 뭐가 힘들겠나. 내 꼭 가져오지. 훔쳐오든 로략질하든 무슨 수를 써서라도 가져오겠다는것을 약속하네.》

고니시의 말은 사실이였다. 당시 일본침략자들은 전쟁을 일으키기 전에 벌써 조선의 문화재를 강탈할 면밀한 계획을 세우고 전투병력외에 특수임무를 맡은 여섯개의 부를 만들었다. 즉 서적략탈을 맡은 서적부, 도자기류를 비롯한 각종 공예품과 기술자들을 랍치할 임무를 담당한 공예부, 젊은 남녀를 랍치할 포로부, 금속문화재를 맡은 금속부, 금은붙이와 진귀품을 맡은 보물부, 짐승략탈을 맡은 축부 등 여섯개의 부를 조작하였던것이다.

왜놈들이 이중에서 제일 힘을 넣은것은 서적부였다고 볼수 있다.

《정말 고맙소. 그리고 또 한가지 중요한 일이 있소.》

《뭔데?》

《지금 그 나라에서 최고경지의 의술소유자는 임금의 주치의인 허준이라고 합디다. 그가 지금 〈의방류취〉보다 더 좋은 의서를 쓴다고 하는데 그 원고를 훔쳐오는것이오.》

고니시가 머리를 기웃하였다.

《그건 좀 미타하구만. 임금의 주치의라면 임금을 따라다닐게 아닌가? 우리가 조선왕을 사로잡는다면 몰라두 만약 그렇지 못한 경우에는 주치의를 어디에 가서 찾겠는가?》

《내게도 생각이 다 있수다.》

나고야가 두손바닥을 몇번 마주쳤다.

잠시후 웃방에서 매력적이고 날씬한 젊은 미인 하나가 들어섰다.

《선봉장님께 문안드리옵니다.》

미인의 요염하고 교태스러운 얼굴에 관능적인 욕정이 생생히 나타났다. 뭇사내들의 간장을 깡그리 녹여낼 미인이였다. 늘씬하고 미츨한 허리며 팽팽하게 부풀어오른 젖가슴이 고니시의 눈을 휘딱 뒤집히게 하였다.

엎드린채로 반쯤 돌아누운 고니시가 입을 항 벌리고 다물줄을 몰랐다.

《하! 천하에 둘도 없는 미인이로다! 어데서 나타난 미의 요정인가?》

나고야 겐이는 눈가에 미묘한 웃음을 짓고 녀인을 고니시에게로 떠밀었다.
《고니시군장에게 드리는 선물이오이다.》
고니시의 두눈이 퉁방울눈으로 변해버렸다.
《정말 나에게 주는건가?》
《기운이 항우같은 군장이 유쾌한 시간을 보내기 바라는 의미에서 드리는것이오이다.》
미인이 매혹적인 미소를 짓고 고니시앞에 두무릎을 꿇고앉아 가볍게 머리를 숙였다.
《후유꼬라 하오이다.》
뜻밖에도 미인의 입에서 류창한 조선말이 흘러나왔다.
《후유꼬! 조선말이나 다 할줄 아는가?》
당장 조선으로 출병할 선봉장인지라 고니시도 서투르게나마 조선말을 번지고있었다.
조선의 의술에 대해 다년간 파고들었던 나고야 겐이도 이미 조선말을 모국어처럼 자유자재로 구사할수 있었다.
생각지 않게 젊고 고운 미인을 차지한 고니시는 저도모르게 기운이 불끈거리는것을 느꼈다. 한편 의서가 대체 무엇이기에 나고야가 이런 천하의 미인을 안겨주는걸가 하는 이상한 생각이 뇌리를 쳤다.
의심이 얼핏 스쳤으나 눈앞의 관능적인 미인이 그 생각을 앗아갔다.
《나고야상, 자넨 확실히 할줄 알거던.
내 자네 부탁을 들어 그 의서를 꼭 가져오겠소.》
고니시앞에 무릎을 꿇고앉은 후유꼬가 스스럼없이 말쑥한 손을 내밀어 고니시의 털이 부시시한 팔뚝을 쓰다듬었다.
《나리께서 많이 귀여워해주세요.》
고니시가 짐승처럼 털이 부시시한 커다란 손으로 새하얀 후유꼬의 손을 힘주어 잡고는 놓을줄 몰랐다. 그 손을 놓으면 눈앞에서 미인이 사라질가 우려되는가.
그 심리를 넘겨짚으며 나고야 겐이가 살가운 목소리로 말했다.
《이젠 이 미인이 군장의 차지가 되였으니 마음을 푹 놓아도 되오. 헌데 조선에 가면 이애의 일을 어른이 전적으로 밀어주어야 한다는걸 여기서 매듭을 짓기요.》
고니시가 후유꼬의 손목을 슬며시 놓아주며 물었다.
《무슨 일이게 그래?》
《다름아니라 의서를 빼오는 일이 이애한테 달려있다 그 말이요.》

고니시가 고개를 흔들거렸다.
《그렇다면 내 도와주지.》
고니시 유끼나가가 돌아간 후 나고야 겐이는 후유꼬와 단 둘이 마주앉았다.
《넌 이번에 고니시선봉장과 함께 조선땅에 들어가야 한다.
조선땅에 들어서는 순간부터 너의 이름은 후유꼬가 아니라 조선인 랑자 수미로 되여야 한다.
우리 군대가 한성부에 진출하면 넌 이미 박아넣은 사람과 접선해야 한다. 한성부 장동근처에 석구라고 부르는 장공인이 한명 있는데 그가 바로 내가 박아넣은 사람이다. 그의 일본이름은 곤도인데 접선암호는 매화꽃 세송이와 여섯송이이다.
곤도를 통해 너는 사헌부 감찰인 허모라는 량반의 출처부터 알아야 한다. 그놈이 조선왕의 주치의라는 허준과 이복형제간이라고 하더라.
곤도의 정보에 의하면 허모라는 그놈은 여간 간특하지 않다고 하는데 넌 어떤 수를 써서라도 그자식을 나꾸어챈 다음 그를 통하여 허준의 행적을 찾아라.
그러다가 기회가 생기면 그 의서의 원고를 훔치도록 해라. 너의 미모와 재간이면 그 허모를 얼마든지 휘여낼수 있을게다.
곤도의 말에 의하면 의서의 원고가 얼마나 완성되였는지는 아직 잘 모르겠다고 하더라.
만약 의서가 아직 완성되지 못했다면 기다려서라도 꼭 빼와야 한다.》
《알았사와요.》
《우리 일본이 강하려면 저 조선의 모든것, 금은보물은 물론 지식과 학문의 집합체인 서적들을 다 걸어와야 하느니라.
후유꼬! 넌 언제나 자기를 단순히 재물을 바라며 칼물고 뜀뛰기하는 사무라이들과는 달리 일본을 위해 녀성의 순정도 젊음도 희생하는 녀걸이라고 생각해야 해.
그래야만 녀성의 소중한 순정도 바칠수 있고 목숨도 불사할수 있는거야.
그래서 내가 숱한 계집들가운데서 너를 천만금을 들여 데리고온것이구 또 널 위해 심신을 다 바치는거지.…》
피줄까지 다 들여다보이는 후유꼬의 새하얀 얼굴에 쓸쓸한 빛이 어리더니 그만에야 눈물이 가랑가랑 두눈에 고이기 시작하였다. 나고야 겐이에게서 일본의 우월성에 대해 그리고 일본의 부흥에 이바지하는 길에 녀자도 응당 한몫 기여해야 한다는 정신을 골수에 새긴 후유꼬였다.

후유꼬와 마주앉아 말을 하면서도 나고야는 관백의 모사 겸 젊은 주치의인 마나세 쇼링이 자기한테 한 약속을 머리속에서 굴려보았다. 마나세는 나이가 서른살도 안되였지만 관백을 뒤에서 조종하는 보이지 않는 그림자인 동시에 나고야가 품들여 의술을 배워준 제자이기도 하였다.

관백이 령주들을 평정할 때 뒤에서 모사역할을 한것이 다름아닌 마나세였고 조폭하면서도 무자비한 관백의 기분을 눅잦혀주는것도 열여덟살난 애첩이 아니라 바로 이 마나세였다. 처음엔 마나세를 제몸이나 치료하는 주치의로 하찮게 여기던 도요도미는 자기의 두뇌를 대신하여 기묘한 수를 내놓는 마나세를 자기의 모사로 임명했으며 군장들의 모임이나 각료들의 회합에 어김없이 참석시켰다.

며칠전 나고야는 마나세를 만나 자기의 취지, 다시말하여 조선원정시 그 나라의 의서를 가져와 일본인 나고야 겐이의 이름으로 세상에 내놓을 의향을 비쳤다. 아무리 사무라이들이 살판치는 일본땅이라고 하여도 책 하나를 내놓자면 까다로운 절차를 거쳐야 하는 법이다. 제 나라 사람이 쓴것도 아닌 남의 나라 사람이 만든 의서에 자기 이름을 붙인다는것은 결코 식은죽먹기가 아니였다. 더구나 영악스러운 사냥개처럼 남을 물고늘어지기 좋아하는 왜나라에서 자칫하면 들판에 죽어 자빠진 들소처럼 이리떼와 까마귀들에게 갈기갈기 찢길수 있었다. 이럴 때엔 든든한 방패가 있어야 무탈하였다. 하여 나고야는 미리 마나세에게 선통하려고 그를 청하였던것이다. 마나세옆에는 요염한 옷차림을 한 후유꼬가 앉아있었다.

마나세는 스승의 제의에 쾌히 응하였다. 아무런 보수도 바라지 않고 스승의 이름을 단 의서가 출판되도록 하겠다고 약속하였다. 보매 마나세의 온 정신은 후유꼬한테 가있는듯싶었다. 빨리 나고야와의 대화가 끝났으면 하는 기색이였다. 나고야는 달아오른 마나세의 가슴을 툭 치며 헌헌히 일어섰었다.

나고야는 그 일을 생각하며 후유꼬의 얼굴에 마나세의 흔적이 남아있지 않나 자세히 뜯어보았다. 후유꼬가 말을 하다말고 자기의 얼굴을 뚫어지게 주시하는 나고야를 눈을 동그랗게 뜨고 바라보았다.

후유꼬의 얼굴이 저도모르게 빨개졌다. 나고야의 우멍한 눈길에서 인차 그 의미를 알아차린것이였다. 너무나도 나고야를 잘 알고있는 후유꼬여서 그의 눈짓, 손짓을 보고도 그의 속을 꿰뚫어본다. 입속말로 후유꼬는 중얼거렸다.

《그 마나세란 사람을 다시는 만나지 않겠소이다.》

나고야는 자기가 만든 인형의 산아인 후유꼬의 얼굴을 한손으로 들어올리며 껄껄거렸다.

《아니, 앞으로도 계속 만나 주물러대라구.》

후유꼬를 잃는대도 의서를 잃을수는 없었다. 나고야 겐이는 훌륭한 의서의 가치를 잘 알고있었다. 그것은 의술의 리치와 치료의 술법을 깨치는데서도 자못 의의가 컸지만 국보적인 문화재로서의 가치도 자못 높은지라 손쉽게 가늠할수 없는 거액의 금전으로도 전환될수 있는것이다. 의서의 원본이 들어오면 진짜 일확천금을 얻는것은 후유꼬가 아니라 나고야 겐이였다.

허나 수만금보다 더 나고야의 심기를 자극하는것은 바다건너 고마인들이 자기가 나서자란 일본보다 더 문명하고 우수하다는것이였다. 민족적수치와 모멸감이 온 심신을 휩쓸었다.

피를 사려물고 의술을 터득한 나고야는 깜짝 놀라지 않을수 없었다. 자기가 그리도 심혈을 기울여 련마한 의술이, 일본땅에서 첫손가락에 꼽히는 명의라 자처하는 자기의 치료비방이 저 조선에서는 오래전부터 써오던 술법인것이였다. 손맥이 풀리고 미칠것만 같았다.

아, 그러니 우리 일본은 영원히 조선의 후진국이란 말인가. 아니, 절대로 그렇게 될수 없다. 딛고 일어서야 한다.

나고야는 제딴의 지론을 가지고 차곡차곡 준비를 갖추어나갔다. 그래서 마나세를 통해 한성부에 자기의 심복을 박아넣을수 있었고 정기적으로 의서와 관련한 정보들을 수집할수 있었던것이다.

의원인 나고야로서는 조선의 의서를 몽땅 가져다 저들의것으로 만들고싶은것이 소원이였다. 오래동안 이런 꿈을 품고있던 나고야의 눈에 절색의 후유꼬가 걸려들었다. 병부의 련무생들가운데서 나고야는 제일 나이가 어린 후유꼬를 점찍어놓고 거액의 금전을 뿌려 데려왔다. 그때 후유꼬는 열네살이였다.

그가 나어린 후유꼬를 선택한것은 의서를 빼오는 일이 장기적인 일이고 또 조선의 제일가는 명의라는 허준이 거질의 의서를 준비한다는 소식을 들었기때문이였다. 허준이 의서를 완성하려면 세월이 걸릴것은 뻔한데 그러자면 애어린 후유꼬가 적임자였던것이다.

처음엔 갓 까나온 참새새끼같던 후유꼬가 열일곱살이 되니 활짝 피여난 사꾸라꽃처럼 아름답게 피여났다. 이 삼년간 후유꼬는 육체도 혼도 완전히 나고야 겐이의 화신으로 변하고말았다.

일본을 위해 정조도 젊음도 지어 목숨도 불사해야 한다는 나고야의 설법에 순진한 후유꼬는 독사한테 물리운 쥐마냥 꼼짝 못하고 심취되고말았던것이다.

후유꼬의 매력은 순진한듯 한 얼굴표정이였다. 마치 티없이 웃는 요람속의 아기와 같은 그 표정과 아릿다운 자태는 뭇사내들의 넋을 빼앗고도 남았다.

잠시후 후유꼬는 그 인상적인 표정으로 돌아오며 요염한 입을 열었다.

《주인님! 소녀를 믿으시와요.》

2

허준은 끊임없는 사색과 탐구의 과정을 거쳐 1편의 《내경편》과 2편의 《외형편》의 집필구성안을 세운데 이어 나머지 세편의 집필구성안도 마저 세울수 있었다.

제3편은 《잡병편》으로서 진찰법과 병의 원인을 쓴 다음 《내경편》과 《외형편》에 포함되지 않은 질병들과 산과병, 소아병에 대하여 서술하기로 하였다. 그는 이 모든 질병들의 병증과 목록을 하나하나 작성하여나갔다. 제4편 《탕액편》에서는 우리 나라에서 흔히 쓰이고있는 고려약을 주기로 하였는데 그 수는 무려 1 400여종이나 되였다. 이 개개의 고려약에 대하여 그의 효능, 맞음증, 채취법, 가공방법을 주고 산지까지 밝혀주어야 했다. 실로 방대한 량이였다. 제5편은 《침뜸편》으로서 침놓는 법, 뜸뜨는 법, 질병에 따르는 침구치료방법 등을 주려고 하였다.

다섯개 편에 달하는 의서집필의 기둥을 세워놓으니 마음이 한결 개운하였다.

이와 함께 허준은 의서의 제목에 대하여 자못 큰 원심을 썼다.

책은 이름이 잘되여야 하는것이다. 책의 이름에는 그 책의 서술내용의 알맹이와 저자의 넋과 뜻이 속속이 어려있는것이다.

어느날 허준은 설유에게 물었다.

《의서의 이름을 어떻게 하면 좋겠소?》

긴 속눈섭을 슴벅이며 설유는 한동안 생각에 잠겼다.

《글쎄, 의서의 이름을 어떻게 그리 가벼이 정할수 있겠나요? 좀 깊이 생각해보자요.》

허준은 근 달포째 또다시 의서의 제목을 놓고 사색을 거듭했다.
그러던 허준의 머리속에는 산음에 있을 때 류이태가 하던 말이 불쑥 떠올랐다.
《의서를 쓸바에는 다른 나라 의서를 릉가하는 그리고 후세의 사람들까지도 애용하며 볼수 있는 보감으로 될만 한 그런 의서를 써야 하네.》
(가만, 보감이라면 어떨가? 보배로운 거울, 그런즉 보배처럼 귀하면서도 거울처럼 본보기라는 뜻이렷다.…
의서로 놓고볼 때에는 매우 귀중한 본보기가 될만 한 책이라는 의미로 되지 않는가.
그렇다! 보감, 보감이라는 뜻이 참 마음에 들어. 그러면 의서의 취지가 명확히 안겨올수 있어. 이 의서가 의술의 모든 성과와 경험을 반영한것이니 기필코 의서의 보감으로 되도록 훌륭히 쓰리라.)
여기까지 생각하니 저도모르게 흥분되였다.
《어서 빨리 들어오오!》
부엌에서 저녁때식을 준비하던 설유가 웬일인가 해서 들어섰다. 평시의 남편답지 않게 헤덤비는 허준의 기색을 의아해서 쳐다보며 설유가 다정히 물었다.
《무슨 일이세요? 왜 그리 흥분하세요?》
허준이 설유의 팔을 그러쥐며 열에 떠서 부르짖었다.
《찾았소. 의서의 제목을 찾았다 그 말이요.》
《예?!》
《〈보감〉! 어떻소? 보배처럼 진귀하고 또 본보기의서라는 뜻에서 말이요.》
설유의 눈에 생기가 반짝거렸다.
《〈보감〉, 정말 멋있어요. 대찬성이예요. 어쩌다 그런 제목을 다 생각하셨어요?》
《일전에 선생님이 의서를 쓸바에는 보감이 될수 있는 의서를 쓰라고 하시던 말씀이 생각나지 않겠소. 정말 선생님은 훌륭한 스승이시고 뛰여난 의학자요!》
설유가 격정과 흥분에 휩싸여있는 허준의 얼굴을 찬찬히 쳐다보더니 살며시 그의 품에 얼굴을 묻었다. 그리고는 말없이 그저 허준의 높뛰는 심장의 박동소리를 들으며 손으로 그의 가슴팍을 쓸어만지고 또 만지였다. 그의 두눈에 행복의 맑은 눈물이 그윽히 고여올랐다. 설유의 동가슴이 뭉실 가슴에 와닿자 허준의 심장은 더 세차게 높뛰기 시작하였다. 허준은 말없이 설유를 꼭 껴안았다. 참으로 깨끗하고 순결한 두 넋이 하나가 되여 오래도록 방안에 굳어져버렸다.

다음날 아침이였다. 아침상을 물리고 집을 나서는 허준에게 설유가 조심스레 말을 꺼냈다.

《저 - 그 제목말이예요. 그저 〈보감〉이라고 부르자니 뭔가 아쉬운 감이 들어요. 어딘지 명확치 않은 생각이 들어요.》

허준이 흠칫 하며 되물었다.

《뭐가 아쉽다는거요?》

《글쎄, 아직은 잘 모르겠어요. 어딘지 의서의 의미가 잘 안겨오지 않는것 같기두 하구 또… 하여튼…》

《알겠소. 내 좀더 생각해보지.》

허준은 자기의 뜻을 리해해주고 자기가 하는 일을 더 빛이 나게 해주려고 애쓰는 설유의 그 마음에 코마루가 찡해왔다.

그날 저녁이였다.

대문을 열고 들어서는 허준을 뜨락에서 붙들고 설유가 생긋 웃었다.

《하루종일 제목을 생각해보았는데 보감이라는 말앞에 우리 나라 의서라는 뜻을 강조해주는게 어떻겠어요?》

《?!》

《이를테면 우리 나라는 해뜨는 동쪽에 위치한 나라이고 우리 나라 의술의 력사도 유구하다는 의미에서 그앞에 〈동의〉라는 말을 덧붙이면 하는 생각이예요.》

허준의 눈이 휘둥그래졌다.

《가만, 이자 뭐이라고 했소?》

《의서이름을 〈동의보감〉이라고 붙이면 좋지 않냐고 했어요.》

허준이 덥석 설유를 들어올렸다.

《그거요, 그거! 〈동의보감〉! 정말 당신은 내 보감이오! 하하!》

너무 기뻐 허준은 설유를 부둥켜 안아올리고 뜨락을 빙빙 돌기 시작하였다.

《아이, 어지러워요! 그만하세요. 사람들이 보면 어쩔려구…》

설유가 종주먹으로 허준의 어깨와 잔등을 콩콩 때리며 아부재기를 쳤다.

《보면 뭐라우? 다 보라는거요. 이 세상에서 이런 멋있는 녀인과 함께 사는 이 청원을 부러워하라는거요.》

《아야, 예영이가 보겠어요.》

뒤에서 예영이가 손벽을 짝짝 쳐대며 깔깔거렸다.

《어머니, 내가 다 봤어요! 정말 멋있어요!》
너무 창피스러워 설유의 하얀 얼굴이 익은 홍시마냥 빨개졌다.
《그거 보라요. 아이앞에서 망측스레…》
그제야 허준은 설유를 내려놓았다. 어느새 처녀꼴이 다 잡힌 예영이가 뛰여온다.
《아버지, 나두!》
설유가 나무랜다.
《다 큰 애가 무슨…》
《나보다 더 큰 어머니두 그러는데 나라구 못 그럴가. 그렇지요, 아버지!》
《오냐. 우리 예영이도 네 어머니같이 아름다우니 이 아버지가 한번 들어보자!-》
허준은 설유를 품에서 떼놓고 예영이를 버쩍 하늘높이 추켜들고 온 뜨락이 좁다하게 돌아갔다. 온 뜨락이 눈부시게 밝아졌다.
《…우리 나라는 동방에 치우쳐있으며 의약학이 끊어지지 않고 하나의 선과 같이 계승되여왔으니 우리 나라의 의학은 〈동의〉라고 말할 수 있다. 〈감〉자는 〈거울 감〉자인데 만물을 밝게 비추어서 그의 생김새가 그대로 나타나게 한다.》
붓을 들고 머리글을 써나가던 허준은 여기서 붓을 멈추었다. 가슴속에 끓고있는 격정을 누를길 없어 방안에 들어서자바람으로 붓을 쥔 허준이였다.
크게 숨을 쉬고난 허준은 설유와 예영이를 한번 돌아보더니 다시금 붓을 달리기 시작했다.
《지금 이 책을 펴고 한번 보면 좋고 나쁜것, 경하고 중한것이 거울에 비치듯이 명확해지므로 〈동의보감〉이라고 책이름을 붙인것도 옛사람들의 뜻을 본받은것이다.》
붓을 뗀 허준은 자기가 금방 쓴 머리글을 설유에게 넘겨주었다.
글을 다 읽고난 설유가 탄성을 질렀다.
《옳아요. 정말 마음에 들어요.
의서의 취지와 내용이 한눈에 안겨와요. 책이름을 이렇게 〈동의보감〉이라고 하니 책을 쓰려고 하는 의도와 뜻이 명명백백하게 리해되는군요.》
《그렇소. 이 의서는 단순한 나 개인의 의서가 아니라 이 나라 의술의 전서이고 나라의 재부로 될거요!》
확신성있게 단언하는 허준의 얼굴에 숭엄하다고 할 그런 진중함이 어렸다.

　시작이 절반이라고 의서의 이름까지 명백하게 달아놓으니 더욱더 신심과 용기가 온몸에 끓어넘쳤다. 어떤 일이 있어도 《동의보감》을 나라의 재보로 완성하리라.

　허준과 설유는 희망과 격정에 겨워 먹냄새가 자욱한 원고의 글을 읽고 또 읽어보았다.

　바야흐로 우리 나라의 3대의학고전의 하나인 《동의보감》이라는 생명체가 태동하며 꿈틀거리기 시작하였다.

　그러나 《동의보감》이 완성될 때까지는 기나긴 세월의 수난에 찬 고행길이 앞에 가로놓여있었다. 허준은 그 수난에 찬 기나긴 로정에서 가슴이 찢기는 아픔과 참혹한 일들을 겪지 않으면 안된다는것을 아직은 상상하지도 못하였다.

　오매가 한성에 있는 허모에게로 옮겨온지 서너달이 지났다.

　감찰이란 품계가 비록 높지 않아도 허모는 그 벼슬을 리용하여 아주 로회하게 보따리를 꿍졌다. 사헌부에서 감찰은 국고의 출납과 과거응시, 나라의 제사 등의 방면에서 관리들과 량반들의 탐오행위를 감시하고 죄를 가하는 소임을 맡고있었다. 한두명도 아니고 스물네명이나 되는 감찰들속에서 솟구친다는것은 그리 헐한 일이 아니였다.

　청렴과 결백이 감찰들의 징표라고들 전해왔고 또 그 청렴결백성을 자랑으로 생각하는것이 감찰들이였다. 오죽하면 항상 해진 옷을 입고 헌 안장을 메운 비루먹은 말을 타고다니는 량반은 감찰뿐이라고 항간의 두메오지에까지 소문이 짜하겠는가.

　실지로 그리도 청렴했는지도 모른다. 개중에는 청백리로 한생을 마친 감찰들도 없지 않았으니 말이다.

　허나 허모는 그런 감찰벼슬에 있으면서 아주 솜씨있게 재물을 긁어모았고 누릴수 있는 환락을 마음껏 맛보고있었다.

　방법은 간단하였다.

　문서장을 들이캐는것이 그의 장점이였다. 그 아무리 몰래 해치운 일도 문서장만은 속이지 못하는 법이다. 설사 그 누가 문서장을 깐깐히 정리하면서 유리하게 고쳐놓았다 해도 허모의 눈에서는 빠져나가지 못하였다. 비록 실눈이지만 그 측면에서는 허모보다 배나 큰 눈이 배긴 사람도 혀를 빼물었다.

　서로 련관되는 문서장들을 까보면 영낙없었다. 나간 량과 들어온 량,

출고량과 쓰인 량 그리고 명세와의 교차대조는 그 아무리 령리하고 약삭바른자라고 하여도 어쩌는수가 없었다. 그렇게 비행을 발가놓으면 금은재물은 저절로 들어왔다.

　목숨이 왔다갔다 하는데 그까짓 재물이 무엇이냐 하는 생각은 관리들의 하나같은 심정이였다. 빠져나갈수 없는 구석으로 몰아가다가 상대방이 이제는 다 죽었구나 하고 자포자기할 때 허모는 쥐구멍을 열어주군 하였다. 이제는 끝장이로구나 하며 락심천만해있던자들이 그 쥐구멍에 빛이 들자 코를 땅에 박고 열백번나마 절을 하며 금은재물을 들이밀었다.

　《아, 이건 무슨짓이요?!》

　아닌보살하며 점잖게 밀어버릴수록 더 달라붙었다. 괴여바친 재물이 눈에 차지 않는가부다 생각하고는 이번에는 더 큰것을 들이밀었다. 허모가 거절하면 거절할수록 금은붙이는 굴러가는 눈덩이마냥 점점 더 커졌다.

　이런 방법으로 허모는 별찮은 감찰직에서, 그것도 어마어마한 배경을 등대고 기세등등한 스무나문명의 감찰들속에서 일약 떠오르게 되였다. 감찰의 벼슬우로 두명씩이나 되는 지평, 장령의 벼슬판들이 있다지만 사헌부에서 허모의 지위는 무시 못할 정도로 굳건하였다.

　허모는 어머니의 병이 위중하고 또 말년이나마 어머니를 편히 모시자는 의도로부터 한성으로 오매를 올려왔다. 그간 챙겨놓은 금은전으로 고래등같은 집을 꾸릴수 있었지만 허모는 집꾸리는것만은 초라하다 할 정도로 간단하게 차려놓았다. 행색을 봐서는 으리으리한 집을 쓰고살것 같은데 방안의 가장집물이 하도 초라하니 왔다간 사람들이 머리를 기웃거렸다.

　이 역시 허모의 계책이였다. 인파가 물결치는 시가에서는 남들한테 숙보이기 싫었다. 그러나 집에서는 보는 사람도 없으니 달랐다. 명색이 청백리로 자칭하는 사헌부의 감찰인데 방안까지 으리으리하면 아무리 얼뜬한 조정이라 하여도 단박에 목이 날아날수 있었던것이다.

　솜씨있게 재물을 꿍졌지만 어찌된지 자식만은 생기지 않았다.

　허씨가문의 대가 이 허모대에 와서 씨가 마르다니 웬말인가. 안해에 대한 구박은 로골적이였다. 그리고 안해의 눈치를 전혀 보지 않고 계집질을 해댔다. 당당한 명분이 있었다. 허씨문중의 대가 끊어진다는 것이였다. 부친의 경우를 봐서 첩은 두지 않았다. 첩엔 하루가 멀다하게 야단치던 안해가 그 당당한 명분앞에 손들고 나앉고말았다. 허나 허모가 아들을 낳아줍소사 하고 숱한 녀인들에게 정력을 소비했건만 아들은커녕 사람종자 그림자도 선보이지 않았다. 이는 허모의 안해가 아니라 분명 그자신에게 문제가 있는것이 틀림없었건만 그렇다고 안해가 딴 남자와 외도질을 할수 없지 않은가.

생모인 오매의 명은 얼마 갈것 같지 못하였다. 반신불수로 기나긴 세월 누워있다나니 뚱뚱하던 몸집은 한줌으로 졸아들었고 뼈만 앙상하였다.

함치우가 허모의 집으로 출입하며 오매의 병치료를 하였다.

함치우는 허준이보다 의술은 못했지만 그래도 내의원에서는 양례수 다음가는 의술을 지녔다고 말할수 있었다.

오늘도 함치우는 오매를 치료하러 왔다.

병고로 시달리는 오매의 모습을 기웃이 들여다보는 함치우의 입에서 긴 한숨소리가 새나왔다. 암만 봐도 가망이 보이지 않았다. 허나 의원으로서 사람이 죽어간다고 치료도 하지 않는다는것은 마음에 걸리는 일이였다. 어쨌든 함치우는 의원이였던것이다.

오매는 자주 혼수상태에 빠졌다. 그때마다 오매는 헛소리를 쳤다. 언제 들어봐야 꼭같은 소리였다. 이젠 너무 들어서 오매가 헛소리를 칠랴 하면 또 이런 말이 나오겠구나 하고 생각하였다. 아니나다를가 또 그 소리가 오매의 입에서 터져나왔다.

어느 하루는 허모에게 《려월이란 어떤 계집이오?》하고 물었다.

허모의 챕챕이눈이 돌멩이에 맞은 개구리눈처럼 휘딱 번져지더니 입이 쓰거운듯 머리를 가로저었다. 헌데 그 개구리눈에선 보기에도 소름끼치는 무서운 독기가 풍기는것이였다.

함치우는 병자의 코밑에 손가락을 갖다대였다. 알릴가말가 한 숨소리가 간신히 슴새나왔다.

그는 말없이 병자의 몸을 뒤척이며 치료를 하였다.

다음날 병자가 생각밖에도 정신이 또릿해가지고 그를 반겼다.

《아이구, 오늘은 어떻게 된것이오이까?》

진심으로 기뻐하며 함치우는 병자의 손을 잡아쥐였다.

함치우는 자기를 올려다보는 오매의 눈을 찬찬히 들여다보며 어떻게 되여 이런 차도가 생겼나 하고 관찰하다가 뚝 굳어져버렸다.

병이 호전된것이 아니라 마지막요동임을 의원의 눈길로 직감했던것이다.

이제 몇시간? 아니, 한시간? 그것도 아니였다. 마지막몸부림을 치다가 목숨이 끊어질것은 너무도 자명한 사실이였다.

함치우는 이때라고 생각하고 나직이 물었다.
《어머니가 그렇게 저주하는 려월이란 대체 누구오이까?》
오매가 가드라든 손을 후들후들 떨었다.
《의원선생두 들었나?
그년은 내가 땅속에 들어가도 눈을 감을수 없는 그런 년이야.》
손발은 낫가락처럼 가드라들고 온몸은 여위여 강대나무처럼 바싹 말랐지만 그 우직한 심술과 사나운 입만은 전보다 더 살찌고 등등한 오매였다.
오매는 잘 놀려지지 않는 찌그러진 입을 뜨직뜨직 열며 려월과 허준에 대한 이야기를 하기 시작하였다. 숨이 차고 힘이 든지 도중에 말을 끊었다가는 또 계속하고 끊었다가는 다시 이으며 만단사연을 다 토설해버렸다. 그리고는 지친듯 눈을 맥없이 감았다. 잠시후 요란하게 코를 골기 시작하였다.
함치우는 머리를 끄덕거렸다.
(그래서였구나! 허준이와 허모는 그야말로 수화상극이 될수밖에 없구나.)
《그래, 이젠 다 알았소?》
등뒤에서 허모의 음침한 목소리가 들렸다.
《남의 가정사를 들추어냈으니 이젠 속이 시원하겠구만, 판관나리!》
허준이가 어의로 등용된 후 함치우는 다시 판관으로 벼슬이 올랐다. 함치우는 허모의 어조에 가시가 돋친듯 하면서도 왜 그런지 말소리가 젖어있는듯 느껴져 엉겁결에 그를 올리보았다. 허모의 얼굴에서 눈물이 좔좔 흐르고있었다. 허모는 어머니가 위급하다는 기별을 받고 들어서던 길이였다. 어머니가 함치우에게 하는 말을 처음부터 마지막까지 다 들었던것이다.
불쑥 함치우는 마음이 누굿해지면서 스스로도 이 의뭉스러운 허감찰에 대한 동정이 슬그머니 솟구치는것이 이상했다. 그와 함께 자기가 이 감찰과 이미전부터 막역한 사이였고 앞으로 사생동고할수 있는 지기가 될수 있다는 막연한 생각까지 들었다.
허모가 말없이 손을 내민다. 함치우는 얼결에 그 손을 마주잡았다. 두사람은 마주잡은 손에 지그시 힘을 주었다. 누가 먼저 힘을 주었는지 알수 없었다.
정신없이 드렁드렁 코를 골던 오매가 헛소리를 치기 시작하였다.
함치우가 다급히 다가갔다. 그 맞은켠에 허모가 고개를 수그리고 앉았다.

간난신고하며 겨우 눈을 뜬 오매가 허모를 알아보고 부들부들 떨리는 손으로 아들의 손을 더듬어잡았다.

《애야!- 에구… 불쌍한지고… 나이 쉰이… 돼가지구두… 새끼 하나… 없으니…

그게… 다 그 년놈들탓이야.…

헌데 내… 끝내… 한을 풀지 못하구 가는구나.…》

오매의 숨소리는 높아지기 시작하였다. 금시라도 심장이 터져나올것만 같았다. 여위고 강파른 가슴이 한뽐이나 되게 오르내렸다.

허모는 어머니의 손을 잡고 울부짖었다.

《어머니, 왜 이러시우?!》

맥없이 도리머리질을 하는 오매의 입에 질질 거품이 흘렀다.

《난 죽으면… 안돼!…

내 아들… 아! 부디… 잊지… 말아라. … 내가… 어느 년때문에… 이 꼴이 됐는지… 그 려월이년… 허준이놈… 그놈들을…》

목구멍까지 차오른 가래끓는 소리가 간간해지더니 오매의 손이 맥없이 축 늘어졌다. 오매의 반쯤 열린 눈엔 흰자위만 보였다.

《어머니!- 》

허모는 우들우들 떨리는 손으로 오매의 눈을 감겨주었다. 허모의 눈에서 흘러나온 눈물이 오매의 얼굴에 뚝- 뚝- 떨어진다. 억제 못할 슬픔이 그 눈가에 비꼈다. 아니, 슬픔을 띠였다기보다는 적의와 복수의 빛이 무섭게 타오르고있었다. 분명 함치우의 눈에는 그렇게 보였다.

그 무서운 빛이 어디로 향하며 그끝이 어디겠는가 가늠해보는 함치우는 가슴이 섬찍해졌다.

3

평시에는 입만 열리면 임금앞에서 지금은 태평시절이고 전하는 하늘이 내린 성인이라고 피여올리며 군신유의를 떠올리던 량반관료들이 전쟁이 일어나자 제일먼저 들구뛰였다.

저들의 나라에 문명을 배워주고 전수한 은혜갚음대신 섬나라족속들은 20만의 대병력을 몰아 이 나라로 쳐들어왔다. 사무라이들이 일으킨 전쟁의 무서운 참화가 장마철 소낙비마냥 이 땅에 들씌워졌다. 당파

싸움에만 몰두하면서 국방을 홀시하던 썩고 무능한 봉건조정은 왜나라의 침략에 물먹은 담벽마냥 맥없이 무너졌다.

임진년(1592년) 4월 14일 고니시의 부대에 의해 부산포가 무너지고 보름후인 4월 29일에는 충주가, 5월 2일에는 한성이 함락되였다.

고니시를 따라 한성에 입성한 후유꼬는 지체없이 자기 임무에 착수하였다. 고니시가 붙여준 군졸들이 멀찌감치 떨어져서 후유꼬를 호위하였다.

후유꼬는 나고야가 일러준대로 석구라고 부르는 장공인의 집을 찾아갔다. 장공인의 집은 자그마한 기와집이였다.

《어인 일로 이 살벌한 전란속에서 애어린 랑자가 이렇게 찾아왔소?》

사위를 한바퀴 휘둘러본 후유꼬는 목소리를 낮추며 말하였다.

《저, 여기서 은주전자를 세공한다기에 주문하러 왔어요. 매화꽃 세송이를 박아넣은 은주전자를 주문하려고 하나이다.》

장공인은 입술이 흉하게 째지고 눈꼬리가 새깃마냥 우로 솟구친게 첫인상에도 여간 감때사나와보이지 않았다.

《하필 세송이요? 여섯송이면 더 좋겠는데…》

이윽하여 후유꼬는 뒤골방에서 석구와 머리를 맞대고 앉았다.

《이건 나고야주인님이 보내시는 금은붙이예요. 앞으로 일하느라면 필요하다면서 보내신거예요. 그래, 그 허모라는 감찰은 어떻게 되였어요?》

《네— 조정의 관리들에게 금전을 찔러주고 두루 그 행적을 알아보니 심원사로 피신했다고 합니다.》

《심원사는 어데 있는 절간이지요?》

《황해도 황주쪽이라는데 예서 약 사백리정도 되오이다.》

《그래요?!》

한동안 생각에 잠겨있던 후유꼬가 다시금 물었다.

《주치의 허준의 소식은 몰라요?》

《음— 듣자니 왕과 함께 서쪽으로 들어갔다고 하니 아마 조선왕이 있는 곳에 가있을것이오이다.》

후유꼬는 미간을 쪼프리고 생각해보았다. 어떻게 할것인가? 허준을 당장 찾을길이 없다. 그렇다면 감찰이라는 허모를 먼저 찾아가 면식을 익혀놓음이 합당하였다.

《내 아무래도 감찰이 숨어있다는 심원사에로 가야 할것 같군요.》

《아니?! 여기서 그곳까진 사백여리 잘되는데 옥상이 혼자 어찌 가려구 그러시나이까?》

《괜찮아요. 고니시선봉장님께 말 한필을 달래가지고 그걸 타고가겠어요.

　만일의 정황을 고려해서 절대로 이곳을 비우지 말아요. 이건 주인어른의 분부예요.

　그리고 〈의방류취〉를 탐문해서 고니시선봉장님께 알려주세요.

　자, 시간이 없어요. 난 이길로 떠나겠어요.》

　남복차림을 한 후유꼬는 고니시가 내준 청부루를 타고 심원사를 향해 북쪽으로 질풍같이 내달렸다. 꼬바기 하루길을 달려 심원사에 당도하였다.

　후유꼬는 난생처음으로 고색창연하면서도 우아한 조선고유의 절을 보게 되였다. 그의 흑진주같이 새까만 눈은 놀라움으로 하여 동그래졌다.

　일본의 절과는 전혀 다른 양상의 건물이였다. 특히 본전인 보광전이 더욱 볼만 하였다. 고려시기의 전형적인 형태인 배부른 기둥과 포식두공(소의 혀모양으로 된 두공)은 무게가 있고 장중한감을 은근히 불러일으켜주었다. 건물정면의 량옆간은 격자무늬가 있는 문을 달아주고 가운데간은 모란과 련꽃을 새긴 꽃살문이 있었는데 실로 화려하기 그지없었다.

　후유꼬는 넋을 잃고 웅장화려한 건물들을 바라보았다. 이 웅장화려한 건물을 보면서 후유꼬는 이 나라의 유구하고 슬기로운 유산의 가치를 대번에 절감할수 있었다. 그래서 아마 나고야 겐이가 기를 쓰고 조선의 의서를 빼오는데 운명을 걸었구나 하는 생각이 부지불식간에 뇌리를 쳤다.

　후유꼬는 절마당을 휘둘러보았다. 여느때같으면 중들이 어슬렁거려야 할 마당에는 한명의 중도 보이지 않았다. 조심스럽게 계단을 따라 정면의 문을 여니 누런빛을 뿌리는 불상앞에 장삼을 걸친 로승이 정중한 자세로 앉아 두눈을 감고 념주알을 주무르며 무슨 념불을 외우고있었다.

　후유꼬는 로승의 념불소리가 끝나기를 기다리다가 조심스레 물었다.

　《스님, 여기에 조정의 관리들이 피난오지 않았나이까?》

　로승의 애기손바닥만 한 큰 귀가 벌쭉거리는것이 후유꼬의 눈에 안겨들었다.

　앉은 자세를 조금도 흐트리지 않은채 로승이 석쉼한 목소리로 말을 하였다.

　《아수라의 무리들이 신성한 땅에 쳐들어와 이 땅을 예토로 화하려 하며 부처님을 노엽히고 무고한 생령들을 마구 욕되게 하였도다.

　야만의 그 무리들로 하여 아비규환이 된 이 땅에 부처의 령험이 언제면 다시 깃들고. 그 아수라들을 마땅히 지옥의 염라국에 처넣어 백세천

세 벌을 받게 할지로다. 나무아미타불!》

후유꼬의 손이 품안에 찌른 비수에로 저도모르게 가닿았다. 이 쌍놈의 중이 감히 우리 일본을 아수라에 비유해?!

진주같은 까만 눈에 살기가 풍겼다. 애써 자기 감정을 누르며 후유꼬는 다시 물었다.

《스님, 여기로 피난왔던 조정의 관리들은 지금 어데로 갔소이까?》

《모든 욕망에서 벗어나고 속세의 모든 고통을 이겨내야 열반에 이르러 극락세계에로 가거늘 란세의 고통을 피하여 달아난 그놈들 역시 저 바다건너 섬나라 아수라들처럼 천벌을 받음이 마땅하리다. 나무아미타불!》

웅얼거리는 로승의 목소리에 그만에야 후유꼬는 인내성을 잃고말았다. 어느새 후유꼬의 비수가 로승의 잔등에 푹 박혔다.

(뭐?! 천벌을 받으라구? 천만에! 네놈이나 천벌을 콱 받아라!)

후유꼬는 재빨리 절을 벗어났다. 그러나 한발 늦은셈이였다.

어데로 도망갔는지 알수 없는 허모를 무슨 수로 어떻게 찾아낸단 말인가.

할수없이 후유꼬는 한성으로 그냥 돌아오고말았다.

그 이후 전쟁의 대세를 관망해보던 후유꼬는 아직은 시기가 도래하지 못했음을 절감하였다.

의주로 피난간 조선임금을 따라 들어간 허준의 행방도 묘연하거니와 더우기는 이 란리판에 허준이 의서를 완성할수 없다는 결론에 도달한것이였다. 때를 기다림이 옳은 처사라고 생각한 후유꼬는 일단 일본으로 돌아가기로 작정하였다. 더구나 전쟁의 와중에 거칠대로 거칠어진 고니시에게 매일밤 시달림을 받는것이 끔찍스러웠던것이다.

일본으로 떠나기 앞서 후유꼬는 석구를 찾아갔다. 후유꼬는 일본으로 떠나기 전에 타국에서 세월없이 지낼 석구를 손아귀에 단단히 틀어쥐여야 한다고 생각하였다.

고니시가 준 금은붙이를 그에게 주며 후유꼬는 고국을 떠나 수년세월 사자밥을 등에 지고 한성에 잠복해온 석구에게 나고야가 준 임무를 잊지 말것을 불어넣었다.

《난 아무래도 본국으로 돌아가야 할가봐요.

내가 돌아간 후 당신은 어떤 일이 있어도 허준을 시야에서 놓치지 말아요. 의서의 원고를 손에 넣는 일은 허모감찰을 통해서 해야 할 일이니 꼭 그자의 동태를 정기적으로 알려주세요. 이건 나고야 겐이주인님의 뜻이자 나의 요구예요.

그 상황을 통보받고 때가 되면 나고야어른의 지령에 따라 내가 다시 들어오겠어요.》

그 다음날 후유꼬는 일본으로 향하는 배편에 몸을 실었다.

기세등등하여 북상하였던 왜놈들은 우리 인민들의 거족적인 투쟁에 의하여 남으로 퇴각하기 시작하였으며 적들에게 강점되였던 수많은 고을들이 회복되였다.

이듬해 1월(음력) 평양성이 회복되였으며 행주산성싸움에서 큰 승리를 거두어 4월(음력)에는 마침내 한성을 탈환하였다.

한성이 회복되자 의주로 피난갔던 선조는 1593년 10월(음력)에 한성으로 돌아왔으며 왕을 따라갔던 허준도 마침내 돌아오게 되였다.

그 기간 허준은 《동의보감》의 집필구성안과 매 편에 들어가는 항목까지 세부적으로 다 세워놓을수 있었다.

허준은 이전에 나온 의서들과는 달리 이 의서가 진정으로 병자들의 치료에서 보감이 될수 있도록 편리하게 그리고 어느 질병에 대한 부분을 참고해보려고 하여도 그 증상과 치료방법들을 손금보듯 환히 볼수 있도록 항목을 특색있게 세우는데 많은 심혈을 기울이였다.

례를 들어 《내경편》의 진액(몸안의 체액)항에서 한증(땀나는 병)을 보면 먼저 그 맥진법과 병의 원인을 주고 그다음에는 자한(깨여있을 때 몸에 부담주는것이 없이 저절로 땀이 나는것), 도한(잠잘 때 땀이 나는것), 두한(머리와 얼굴에 땀이 나는것), 심한(가슴에만 땀이 나는것), 수족한(손발에 늘 땀이 나는것), 음한(외생식기부위에 늘 축축하게 땀이 나는것), 혈한(피가 섞이여 연붉은 빛을 띠는 땀이 나는것) 등 여덟개의 목으로 분류되여있어 병자들을 대할 때 다른 여러가지 의서들을 이것저것 보지 않고서도 《동의보감》만 보면 치료효과를 얻을수 있도록 구성체계를 세웠다.

다섯개의 큰 편아래 모든 질병들에 대하여 이와 같이 항, 목을 설정하고 그 항, 목의 아래에는 치료방법과 처방들을 자세하게 렬거하자니 실로 그 집필량이 엄청날 정도로 방대하였다.

암만 생각해봐도 혼자힘으로는 너무도 아름찬 과제였다.

며칠동안 생각끝에 어느날 허준은 설유에게 자기의 의견을 내비쳤다.

《아무래도 전하께 상주하여 이 의서를 편찬하기 위한 편찬국을 설치할데 대한 윤허를 받아야 할것 같구만.》

《그게 좋을것 같애요. 의서집필량이 너무 방대하게 느껴져요.

〈동의보감〉이 개인의 의서라기보다 나라의 의술총서나 같은데 혼자

서 하다간 세월이 없을것 같군요.》

설유도 기꺼이 찬성하였다.

《그렇소. 그렇게 하면 의서의 집필속도도 상당히 앞당길수 있을게요.》

임금의 정기적인 검진을 마친 어느날 허준은 조심스럽게 아뢰였다.

《전하께 소신이 아뢰일게 있소이다. 다름아니라 우리 나라의 의술에 관한 큰 의서를 집필할가 하옵니다.》

《그게 대체 어떤 의서냐?》

허준은 《동의보감》의 구성안과 집필요강에 대하여 세세히 설명하였다.

다년간 허준에게서 치료를 받아오는 과정에 그의 뛰여난 의술에 대하여 선조는 알고도 남음이 있었다. 그 명의의 손끝에서 흘러나오는 글들은 틀림없이 명의술을 담은 명구들일것이라는것을 믿어의심치 않았다.

열여섯살나이에 임금으로 즉위한 선조는 초시기에 오로지 학문에만 전심하였고 매일 경연에 나가 정사와 학문을 론하군 하였던지라 의서에 대하여서도 어느 정도 파악하고있었다.

선조는 생각외로 선선히 승낙하였다.

《그런 의서를 만들겠다니 과인은 윤허하겠다. 내의원에 편찬국을 설치하고 어의가 그 의서의 편찬을 주관하도록 하라.》

《전하! 황공무지로소이다!》

이리하여 1596년에 정작, 양례수, 김웅탁, 리명원, 정례남 등을 망라하는 편찬국이 내의원에 정식으로 발족되였다.

의서편찬국이 내의원에 생기자 제일 손이 시려한것은 양례수였다.

죽순이가 류이태를 찾아 산음으로 떠나간것을 알게 된 양례수는 이 모든것이 허준이 뒤에서 충동질한것이라고 여기며 이전의 곰상스럽게 서로 만나 얘기를 나누자던 그 말을 헌신짝처럼 차던지고 그를 경계하기 시작하였다. 양례수로서는 자기의 허물을 알고있는 허준이 앓는 이 발만큼이나 미워났다. 더구나 자기대신 임금의 주치의로 허준이 임명된것은 그의 자존심을 여지없이 손상시켰던것이다. 허준의 일이라면 양례수는 덮어놓고 시비중상하였다.

허준이 없을 때면 편찬국 의원들앞에서 로골적으로 시비질하였다.

《아니, 이 어수선한 세월에 의서편찬은 또 무슨 의서편찬이요? 그리구 세종대왕시절에 〈향약집성방〉과 〈의방류취〉와 같은 큰 의서들이 이미 다 나왔는데 무슨 또 의서를 쓴단 말이요!

그래, 청원 그 량반이 이제 그보다 더 나은 의서를 쓸것 같은가?

제사 나라안의 일등명의라는건데 이게 바로 제 생색을 내는것이 아닌가 말이요!》

양례수가 손짓, 몸짓 해가며 헐뜯었으나 다른 의관들은 그 비난에 함구무언이였다. 이른바 중립이였다. 그들도 금방 전란을 겪어왔고 또 언제 왜놈들이 쳐들어올지 모르는 이 어수선한 세월에 의서를 편찬한다는것은 허무맹랑한 일이라는 생각을 다분히 품고있었다.

그러나 양례수처럼 로골적으로 비난하지는 못하였다. 그것은 허준의 의술에 대해 자타가 싫든좋든 인정하고있었으며 더우기는 허준이 한갖 의관이 아니라 지엄한 나라님의 주치의였기때문이였다. 어명으로 편찬국이 무어졌는데 잘못 나섰다가는 불경죄에 왕명을 거역한 대역부도죄에 걸려 목이 날아날판이였기때문이다.

편찬국이 무어졌다지만 양례수와 같이 음으로양으로 달가와하지 않고 또 마지못해 동원되다나니 허준은 대부분의 편찬사업을 혼자서 다 맡아 하여야 하였다.

실오리같이 근근히 유지되여가던 내의원 편찬국마저도 1597년 2월 왜놈들의 재침으로 말미암아 유야무야되고말았다. 가증스러운 왜놈들이 대병력으로 다시 침략해오자 편찬국에 망라되여있던 성원들이 때를 만난듯 뿔뿔이 다 흩어지고말았던것이다.

허준은 갈수록 오리무중에 빠져들고말았다.

임금에게 상주하여 힘들게 무었던 편찬국도 모래알처럼 다 흩어져버려 혼자서 씨름질하며 의서를 완성해야 하였다.

오늘도 의서앞에 마주앉았지만 허준은 손에 일이 잡히지 않았다.

어떻게 해야 할것인가.

방대한 의서의 집필을 과연 내 혼자서 해낼수 있을가. 물론 혼자 해낼수도 있었다. 처음부터 혼자 하기로 결심한 의서가 아닌가.

허나 시간이 문제였다. 절대적으로 시간이 부족하였다. 그래서 그 시간을 앞당기려고 임금에게 상주하여 편찬국을 설치할데 대한 윤허를 받았던 허준이였다. 하지만 얼마 못 가서 흐지부지되고말았다.

그는 어머니의 삼년상을 치르겠다고 려막을 짓고 살던 그때 스승이 왜 그렇게 엄하게 자기를 신칙하였는지 새삼스럽게 느꼈다. 큰 의서를 쓰는 길에서는 별의별 고생을 다 각오해야 한다는 류이태의 절절한 강조는 바로 이런 경우를 념두에 두고 한 말같았다.

《힘드시지요?》

문득 설유의 목소리가 들려왔다. 허준은 상념에서 깨여나 안해를 말없이 바라보았다.

　마치 깊은 호수를 방불케 하는 그의 눈은 예나 지금이나 변함없이 그윽하였다. 그 눈만 들여다보아도 허준은 가슴이 후련해지군 하였다.

　《힘드오. 정말 힘드오. 이자 겨우 〈내경편〉 두권을 썼는데 이제 수십권에 달하는 의서를 나 혼자서 써야 한다고 생각하니 눈앞이 캄캄하구만.》

　설유가 나직하나 또박또박 그루를 박으며 입을 열었다.

　《큰뜻을 품고 나선 이 길에 무슨 고생인들 없겠어요. 당신이야 다 각오하고 이 길에 나서지 않았나요.

　제가 잘 돕겠으니 우리 이 고비를 넘기자요. 이 고비를 넘기지 못하면 다시는 영영 일어서지 못해요. 힘을 내세요!

　전 지금도 당신이 옥에 갇혔을 때 하시던 말이 잊혀지지 않아요.

　뜻과 의기만 든든하면 하늘이 무너져도 솟아날 구멍이 있다고 하시던 말씀말이예요.》

　목소리는 높지 않았으나 절절하였다.

　허준은 정신이 버쩍 들었다. 순간이나마 흔들릴번 한 자기를 다잡아주는 설유였다.

　설유의 손을 으스러지게 잡으며 허준은 부르짖었다. 아니, 심중의 마음을 담아 웨쳤다.

　《고맙소! 정말 고맙소!

　내 잠시나마 마음이 약해졌댔소. 온 나라 사람들에게 건강을 주고 후세의 재부로 될 큰 의서가 쉬이 나올수 없다고 한 선생님의 그 말씀을 내 잊을번 했소.

　왜 선생님이 그때 그렇게 말씀하신줄 내 잘 알겠소.

　당신은 앞으로도 내가 이렇게 주춤거릴 땐 사정을 보지 말고 채찍질을 해주오!》

　새로운 각오를 가지고 허준은 다시금 붓을 들었다.

　이미 《내경편》 1권과 2권에 대한 집필을 다 끝낸지라 지금은 3권집필에 진입한것이였다.

　허준은 벼루에 붓을 담그었다.

　이윽고 그의 붓대가 참지우에서 힘있게 움직이기 시작했다. 붓대에서 흘러나오는 하나하나의 글들은 그의 뜻과 넋, 의지를 담은듯 힘있는 획과 선으로 이어져가고있었다.

　그야말로 일필휘지였다.

《동의보감, 〈내경편〉 3권, 오장륙부, 의원은 반드시 오장륙부를 알아야 한다.

이전의 선비들은 세상사람들이 천지만물의 리치를 연구하는데 힘쓰고 있으나 자기의 몸에 있는 오장륙부와 모발(머리칼)과 근골의 본질을 알지 못하고있는것을 한탄하였는바 하물며 의원으로서 그것을 모르고있을수 있겠는가?》

글의 꼭지를 뗀 허준은 오장륙부의 기능과 생리, 병리에 대하여 한줄한줄 써내려갔다.

《장부는 음과 양으로 구분된다.…

장부는 작용이 다르다.…

장과 부는 배합이 있다.…

오장은 일곱구멍과 통한다.…》

오장륙부에 대하여서도 이렇게 조목조목 쓸 항목이 허다하였다.

허준은 끊임없이 붓을 달리였다. 그의 이마에서는 땀방울이 송골송골 내돋았다.

그의 옆에 앉은 설유가 집필에 필요한 자료들을 분류정리하고 또 허준이 쓴 원고들에 대하여 추고와 교정을 해나갔다.

4

1597년 2월 다시금 15여만의 병력으로 전쟁을 일으킨 왜놈들은 기세등등하여 이 땅에 기여들었다. 인간살륙의 무리들은 전라도를 용케도 넘었으나 끝내 충청도지경은 넘어설수 없었다. 도처에서 얻어맞으며 전전긍긍해있던 적들은 이듬해 가을에 들어와서는 싸움의욕을 아예 잃고 황급히 퇴각하기 시작하였으며 그해 11월이 되여서야 수많은 사상자를 내고 완전히 퇴각하고말았다.

이로써 수년간의 임진전쟁은 조선인민의 승리로 막을 내리게 되였다.

이 전란속에서 나고야 겐이는 엄청나게 큰 횡재를 하였다. 나고야의 부탁대로 고니시 유끼나가가 《의방류취》를 일본에 날라왔던것이였다.

《나고야상, 난 자네와의 약속을 지켰다! 조선에서 〈의방류취〉를 훔쳐왔단 말이다!》

마차로 날라온 《의방류취》는 총 266권에 달하였다.

《이것이 그 진귀한 〈의방류취〉로구만!

고니시장군! 당신은 일본을 위해 정말로 큰 공을 세웠소이다!

이 의서는 금은붙이에 비기지 못할 더 값진 참보물이란 말이요!》

나고야는 무둑히 쌓여있는 《의방류취》의 서적더미를 두손으로 덥석 그러안으며 두눈을 감고 중얼거렸다. 그 모습을 보는 고니시 유끼나가의 눈이 휘둥그래졌다.

나고야 겐이의 말대로 조선의 《의방류취》는 그야말로 진귀한 보물이였다.

나고야는 근 반년동안에 걸쳐 《의방류취》를 훑어보았다. 전 266권에 달하는 《의방류취》의 매 권은 100장(200페지)이상, 어떤 책들은 150장(300페지)을 넘는것도 있었는데 모두 합치면 6만페지가 넘었다.

나고야는 이 방대한 서적들을 금속활자로 3년동안에 다 찍어내였다. 그때까지 왜놈들에게는 금속활자가 없었으나 이번 전쟁때 《의방류취》뿐아니라 금속활자도 략탈해갔었다.

나고야는 조선의 슬기롭고 지혜로우며 품위있는 문화재인 《의방류취》에 대하여 감탄을 금할수 없었다. 이것은 조선의술의 높은 발전수준과 인쇄술의 결정체였다.

그후 나고야 겐이는 거액의 금전을 받고 《의방류취》의 원간본(금속활자로 찍은 원본)을 왜놈 왕궁문서고인 궁내청 서릉부에 넘겨주었다.

간특하고 악착스러운 왜놈들은 왕궁문서고에 《의방류취》를 감추어놓고 거기에서 서문과 발문(뒤글), 간기와 같은 주요사항들이 적힌 부문들을 다 없애버림으로써 그 책을 어느때 어디에서 누가 어떻게 편찬하고 출판하였는지를 전혀 알수 없게 만들어놓았다.

《의방류취》를 편찬하는데 손가락 하나 까딱하지 않은자들이 아니, 《의방류취》의 집필 당시 그러한 의서가 집필되는줄도 모르던 놈들이 이제 와서는 《의방류취》를 저들의 재부로 만들려고 획책한것이다.

력대로 남의것을 훔쳐오고 그것을 모방하거나 핵심기술에 간특하게 자기식으로 살짝 덧붙여 덕을 보군 하는것은 어제도 오늘도 일본이라는 나라의 교활한 술법이다.

왜놈들의 이러한 략탈책동으로 하여 지금도 왜나라의 왕궁문서고인 궁내청 서릉부에는 우리 나라의 귀중한 민족문화재보인 《의방류취》가 억울하게 갇혀있다.

이것은 그 누가 왜나라임금에게 례물로 바친것도 아니요 그 어떤 꼴

동품애호가나 어느 관광객이 조선에 와서 비싼 값을 치르고 사간것이 아니라 조선에 침략전쟁의 불을 지른 왜나라족속들이 백주에 강탈해간 조선인민의 국보인것이다.

실로 가슴을 치며 통탄할 일이다. 결국 우리 인민의 슬기로운 지혜, 유능한 우리의 의학자들의 넋과 의지, 지혜가 깃들어있는 《의방류취》의 원간본이 우리 나라에는 단 한부도 남지 않게 되였다.

나고야 겐이는 앞으로 완성되게 될 《동의보감》도 이렇게 만들려고 꿈꾸고있었다.

삼년이 지난 후 나고야는 후유꼬에게 다시금 임무를 주었다.

《이젠 네가 움직일 때가 된것 같구나.

듣자니 허준이 지금 〈동의보감〉의 집필을 본격적으로 하고있다고 한다.

넌 속히 조선에 들어가서 곤도와 련계를 가지고 기회를 보아서 허모를 손안에 넣어야 한다. 다음엔 그놈을 통해 허준에게 접근해서 〈동의보감〉의 원고를 훔치도록 해라.

그 의서의 권수도 적지 않을터인데 될수록 많은 권수의 원고를 훔쳐와야 한다.

만약 그것이 곤난하면 다문 한두권만이라도 가져와야 한다.

인쇄하기 전에 원고를 훔쳐오면 완전히 우리것으로 만들수 있노라. 내 말의 뜻을 알겠느냐?》

후유꼬가 고개를 까닥거렸다.

《알겠어요.》

이 몇해사이에 후유꼬의 타고난 미모는 더욱 세련되고 매혹적으로 다듬어졌다. 나고야는 익을대로 다 익은 후유꼬를 품안을 때마다 저도 모르게 이런 아름다운 녀인을 영원히 제 차지로 만들고 생을 마음껏 누리고싶은 생각을 하군 하였다. 이는 의원으로서보다 한 젊은 미인을 대하는 사내로서의 나고야의 솔직한 심정이였다. 옥을 다듬은듯 맑고 매끈한 후유꼬의 육체를 쓰다듬으며 그의 젊음을 마음껏 향유하면서 이런 생각이 들 때면 나고야는 자기가 너무도 모질지 않았는가 하는 자체모순에 빠지기도 하였다.

간혹 후유꼬를 아슬아슬한 그 길에서 완전히 떼내고 늘 곁에 두고 그 아름다움을 싫도록 감상하면서 생을 누리고싶은 생각까지 들었다.

언제인가 후유꼬에게 그 말을 비쳤더니 후유꼬가 폭소를 터뜨리는 것이였다. 너무 좋아 미치지 않았는가 생각하며 자기를 꼭 그러안고

있는 늘씬한 그 허리를 잡아 돌려놓으니 후유꼬의 얼굴이 온통 눈물범벅이 된것이 아닌가.

《그런 생각을 다 하다니요?! 내 참 어이가 없군요.

날 이렇게 만든건 누구인데 이제 와서 알량한 인정을 베푸는가요?

후유꼬라는 녀인이 이 세상에 이미 없어진지가 언제인데 그런 소리를 하세요?…

큰일을 해야 한답시고 개한테 먹이 주듯이 나를 사내들에게 던져줄 때가 언제인데 제법 선량한체 하시니 당신은 너무 잔인하군요.

차라리 그 말을 꺼내지나 말았더라면 속통이 좁고 인정이 야비한 이 나라에 그래도 진짜 애국남아가 있구나 하고 영원히 생각이나 하지요.》

그런 일이 있은 다음부터 후유꼬는 딴 사람이 된듯싶었다. 이상한것은 나고야를 대하는 그의 태도가 달라진것이다. 지금까지 나고야와 후유꼬의 사이는 명확히 주종관계였다. 헌데 나고야는 후유꼬의 눈에서 때없이 발산하는 광채에서 후유꼬가 자기를 다만 상전으로서뿐아니라 이성으로서, 녀성의 시점에서 남성을 대하는듯 한 느낌이 들었다.

허나 나고야는 목적을 위해서라면 그 무엇도 서슴지 않는 기질의 소유자였다.

이 시각 조선으로 떠나보낼 후유꼬에게 임무를 주면서 나고야는 새삼스레 그런 생각을 하였다.

고개를 까닥거리던 후유꼬가 조용히 머리를 들었다. 그의 까만 눈에 생기가 돌았다.

《주인님! 소녀는 기어이 주인님의 소원을 풀어드리겠나이다. 믿어주세요.》

그러더니 나고야의 목에 와락 매달렸다.

《난 당신을 위해 태여난 몸이예요. 당신이 있어 내 목숨이 있고 당신의 바람이라면 이 후유꼬는 그 무엇도 아까울게 없어요.

다만 이 후유꼬가 이 세상에서 처음으로 정조를 바친 사내도 당신이고 죽을 때까지 정을 쏟아부을 사내도 다름아닌 나고야상 당신이라는 것만 잊지 마세요.》

나고야는 후유꼬의 그 말에 치밀어오르는 감동을 금할수 없었다. 말없이 젊고젊은 아름다운 후유꼬의 얼굴을 두손으로 정히 받쳐들었다. 비장하다고 할 아니, 죽음도 마다하지 않을 그런 각오가 후유꼬의 고운 얼굴에서 심장이 서늘할 정도로 풍겨왔다. 나고야는 후유꼬를 부서질듯 꽉 그러안았다.

며칠후 후유꼬는 나고야의 바래움을 받으며 조선으로 떠나갔다. 떠나가는 후유꼬를 바래우는 나고야 겐이의 움푹 꺼진 볼편이 때없이 떨었다.

나고야 겐이는 후유꼬의 일이 성공하면 그 원고에 자기의 이름을 붙여 인쇄하여 일본의 의서로 만들 작정이였다. 아직까지 신통한 자기의 독자적인 의서가 없었던 사무라이의 후예들은 이런 방법을 써서라도 제 나라의 의술을 세상에 떠올리려고 했던것이다.

오직 이 한가지 목적으로 나고야는 후유꼬를 손때묻혀 키웠고 또 위험을 무릅쓰고 떠나보내는것이였다.

나고야는 자기의 이런 처사가 후세 일본인들의 찬양을 받는 애국적인 일이라고 제딴에 자부하고있었다.

그의 눈으로 볼 때 의서뿐이 아니였다.

다른 측면에서도 자기 나라 일본은 자기의것이라고 당당히 손꼽을수 있는것이 별반 없었다. 도자기도 일본땅에서는 고려의 청자기를 제일로 일러주고있었다. 유명하다는 절간을 보아도 저 멀리 백제시기의 조선사람들이 와서 지어준것이며 이번 전란때에 훔쳐온 금속활자도 역시 조선사람들이 만들어놓은것이였다.

이러한 문화재의 빈곤은 나고야를 심히 실망케 하였으며 자기 민족에 대한 허무감을 한껏 불러일으켰다.

나고야는 자기의 이러한 심정은 다른 사람들도 마찬가지일것이라고 생각하고있었다.

나고야가 《의방류취》의 앞머리와 뒤꼬리를 완전히 없애버린것도 결국은 조선의 보물을 종당에 가서는 자기 일본의것으로 만들자는 속심에서 출발한것이였다.

《동의보감》도 다를바가 없었다. 그와 같은 유명한 의서가 일본의것이라고 하면 넓고넓은 대양창파 날바다에 빙 둘러막혀 살아서인지 도무지 그릇이 크지 못한 여기 섬나라사람들에게 상상외로 민족적자부심을 북돋아줄수 있을것이라고 나고야는 확신하였다.

이제 두고봐라! 후세인들이 이 나고야 겐이를 위해 비라도 세워줄지 누가 알랴. 그때에 가서는 이 나고야 겐이를 신처럼 떠받들것이며 민족의 남아로 추억할것이다.

후유꼬의 모습은 점으로 되여 보이지 않건만 나고야의 눈앞에는 그날의 신적존재인 자기의 모습이 큰 산처럼 다가들었다.

5

《저, 나리님!》

일을 마치고 집앞에 이른 허모가 대문을 열고 한발을 막 뜨락에 들여놓는데 등뒤에서 웬 녀인의 부름소리가 들렸다. 목소리는 높지 않지만 마치 은방울을 굴리는듯 하였다.

허모는 흠칫하며 돌아섰다. 자기 집 대문앞의 비슬나무뒤에서 소복단장을 한 웬 녀인이 서있었다. 첫눈에도 쭉 빠진 절색이라는 느낌이 들었다.

어디에서 저런 미인이 내 집에 나타났는가?

허모는 얼굴에 무표정한 기색을 짓고 녀인에게 물었다.

《무슨 일이냐?》

녀인이 주저하며 허모의 앞으로 다가왔다. 가까이에서 보니 정말로 보기 드문 미인이였다. 나붓이 인사를 하고난 녀인이 얼굴을 들었다.

《나리님! 외람된 첩의 소행을 너그럽게 용서하소이다.

사실은 나리께 소청이 있어 련 사흘째나 이 집근처를 맴돌았나이다. 아녀자의 행실이 아닌줄 알면서도 생각끝에 나리를 찾아왔소이다.》

용건이 어쨌든 이것은 분명 허모에게 굴러온 먹이감이였다.

허모는 앞에 선 녀인이 대체 무슨 일로 자기를 찾아왔을가 하는 생각을 하면서 녀인의 얼굴에서 무엇인가를 알아낼듯 녀인이 무안할 정도로 뚫어지게 바라보았다.

갸름한 얼굴의 새까만 반달눈에서는 어딘가 모르게 사내들의 호감을 자아내는 길들이지 않은 야생말같은 성정이 엿보였다. 날이 선 코아래에 륜곽이 또렷한 입술이 꼭 다물려있고 말할 때마다 가쯘한 하얀 이가 별스레 눈길을 끌었다.

쪽진머리는 동백기름을 발랐는지 반지르르 기름기가 돌았고 허모로부터 두어걸음 사이 두고 서있는 녀인의 몸에선 코를 자극하는 생신하고 향긋한 체취가 풍겨왔다.

뭇사내들이 탐낼만 한 계집이 눈앞에 서있다는 사실이 허모는 도저히 믿어지지 않았다. 대체 웬 계집인데 낯도 코도 모르는 우리 집에 찾아왔을가?

《청이란건 대관절 뭐냐?》

《저- 첩은 이전 대사헌 리해수대감이 돌봐주던 수미라는 녀인이옵니다.》

《뭐, 뭐? 리해수?!》

허모는 홀로 산길을 가다가 범을 만난것마냥 깜짝 놀랐다.

리해수라니?! 자기의 귀가 잘못 듣지 않았는가 하여 손가락으로 귀구멍을 쑤셨다. 그리고는 수미라고 부르는 미모의 녀인을 한참동안이나 바라보았다.

리해수가 좌의정 정철과 함께 광해군을 왕세자로 책봉하자는 건의를 했다가 임금의 분노를 사서 외직으로 강등되여 어느 자그마한 고을에서 벼슬살이를 한다는 소식을 들었는데 딱히 그곳이 어디인지 허모는 모르고있었다.

도리상 어데로 갔는지 알아보는것이 옳겠지만 지금에 와서 리해수는 허모에게 있어서 다 파먹은 김치독같은 존재였다. 오히려 리해수에게 들이민 금은붙이가(비록 많지는 않지만) 생이발이 뭉텅 떨어져나간것처럼 아깝기 그지없었다. 이럴줄 알았으면 당초에 딴놈한테 붙었을걸 하고 생각하였다.

헌데 리해수켠에서 한입에 삼켜도 비린내가 나지 않을 생신한 계집이 나타나 은근히 교태를 부리며 현혹시키니 대관절 이게 무슨 연고일고?

허모는 속으로 바싹 긴장해졌다. 방금전까지만 하여도 계집의 미모에 마음이 끌려 머리속에서 흉측한 생각을 하고있던 그 감정은 허공에 던진 돌처럼 가뭇없이 사라져버렸다.

이 순간 팽이머리가 부지런히 돌아가기 시작하였다.

분명 그 무슨 부탁을 가지고 걸음을 하였을것이라고 판단하였다. 열의 아홉은 금전에 대한 부탁일것이다. 부러운것없이 풍청거리던 대사헌벼슬에 있다가 어느 궁벽진 외직벼슬에 있자니 오죽이나 금전이 그리울가. 그래서 미인계를 쓰는것이 분명하였다.

허나 계집이 아무리 곱고 구미가 동한다 하더라도 금전만은 쉬이 내줄수 없었다. 이런 때일수록 정신을 바싹 차려야 그렇지 않다간 귀한 재물을 잃을수 있다는 생각이 뇌리를 쳤다.

물건이란 한번 나가면 되돌아오는 법이 없는 지금세월에 그렇게 되면 손해볼것은 자기밖에 없었다.

마음을 다잡으며 허모는 자못 너그러운 어조로 물었다.

《그래, 대감어른은 무고하시냐?》

《네, 대감나리는 늘 허모감찰어른에 대해 칭찬하시오이다.

어수선한 이 세월에 그렇게 의리있는 관리는 보기 드물다고 입버릇처럼 외우나이다.》

정말 낯이 간지럽고 어처구니가 없는 소리였다.

언제인가 리해수도 허준에게서 병을 치료받은적이 있었다. 그다음부터 리해수는 허모를 뜨아한 눈으로 치떠보았다. 아마 어데서 들었는지 허모가 허준을 옥에 처넣은 일을 두고두고 외우면서 그를 따돌림하였다.

허모는 아직도 잊혀지지 않았다.

사헌부 지평에 있던 량반이 벼슬이 옮겨가서 행여나 하고 리해수를 찾아갔더니 다짜고짜로 꾸지람이였다.

《내 자네를 헛보았어. 사람이 그러면 못써! 세상에 제 동생을 옥에 처넣는 그런 몰인정이 또 어데 있나?

그 허준이라는 명의가 자네의 이복동생이라면서?! 아무리 척을 졌다고 해도 제 동생을 모함하여 옥살이 시키는게 어디 사람이 할짓인가!

다시는 내앞에 얼씬거리지 말게! 등골이 다 선뜩하네. 제 동생을 잡아먹는 사람이 나라구 안 잡아먹겠나?!》

허모는 그 방을 어떻게 나섰는지 알수 없었다. 잔등은 화락하니 젖었고 다리는 후들후들 떨렸다. 삶은 시래기마냥 어깨가 축 처져 돌아가는 허모의 귀전에 리해수의 가시돋친 마지막말이 따라왔다.

《어떻게 되여 저런 놈이 사헌부에 들어왔는고? 그걸 보면 박근원이 눈이 멀었지. 제 피줄도 물어메치는 이리같은 놈팽이를 등용했으니 말이야.》

그다음부터 쉰밥 대하듯 허모를 외면하던 리해수였다. 지평(사헌부의 정5품벼슬로서 정원이 두명임)으로 등용할 의향이 있나 가늠해보느라고 갔다가 메주만 먹은 허모는 아예 단념하고말았다. 사헌부의 장관인 리해수가 허용할리 없었다. 자기를 무슨 염병앓는 사람처럼 대하는 리해수밑에서 벼슬이 올라간다는것은 하늘의 무지개를 잡으려고 하는것만큼이나 허망한 노릇이였다.

솔직한 말로 리해수가 강직되였을 때 속으로 쾌재를 부르며 제일 기뻐한것은 다름아닌 허모였다. 그에게 비록 많지는 않아도 섬겨바친 금은재물도 아깝지만 보다 중요하게는 자기를 눈꼽찌만큼도 여기지 않는 그 태도가 더 밸이 꼴렸다.

헌데 그 리해수가 자기를 의리가 있다고 칭찬한다니 이 어디 될 말인가.

궁벽한 외지에서 고독스레 보내다나니 갑자기 성인군자로 되였는가. 그렇게 둔감하지 않았다면야 가히 이런 말이 나올리 없었다. 아니면 이제 와서 허모라는 인간이 필요해서 손을 내미는것인가. 하여튼 소가 웃다가 꾸레미터질노릇이였고 고양이대가리에 뿔이 돋았다는 말이였다.

리해수가 그렇게 말할리 만무하였다.

그렇다면 이 계집은 왜 이런 거짓말을 하는걸가. 내 환심을 사려는게 분명한데 그 목적은 무엇일가. 분성적을 살짝 하였지만 타고난 미모는 한성시가에서도 보기 드문 인물이였다. 저 구중궁궐에 있다는 궁녀라면 대비할런지…

허모는 당장에라도 계집을 문초하여 그 속내를 파헤치고싶었다. 허나 자제하였다. 좀더 알아보자. 이 계집이 대체 여기에 온 목적이 무엇인지.

《듣던중 제일 반가운 소리로군.

헌데 나한테 소청이 있다는건 무슨 소리냐?》

녀인의 얼굴이 살짝 붉어졌다.

《사실 소녀는 대감어른이 외직으로 내려간 다음 홀로 지내고있소이다.

대감어른을 따라 내려가겠다고 하니 나리께서 젊은 내인이 궁벽한 외지에 내려가서 어떻게 살겠는가 하시면서 그냥 여기에 남겨두셨나이다. 그러면서 감찰나리의 소리를 하시면서 바쁜 일이 있거나 도움받을 일이 있으면 찾아가보라고 하셨소이다.

그러시면서 자기가 감찰나리에게 미안한 일이 많았다고 후회하셨나이다.》

후유꼬는 슬며시 허모의 태도를 살펴보았다. 리해수가 좋아하던 녀인으로 꾸미고 찾아왔으나 뜻밖에도 허모의 태도가 뜨아한것을 직감한 후유꼬는 속으로 혀를 깨물었다.

리해수와의 관계가 여의치 않은것이 분명하였다. 비록 말은 하지 않지만 그의 기분상태는 그걸 말해주고있었다. 그렇다면?!

순간 후유꼬는 자기를 바라보는 허모의 눈빛에서 뿜어져나오는 색감을 간파하였다.

에두를것이 없이 직방 들이대야 한다. 호색한들은 색으로 다스려야 한다는것을 자기가 상대한 사내들을 통해서 체득한 후유꼬라 재빨리 화제를 바꾸었다.

아니나다를가 상상외의 반응이 일어났다.
허모의 실눈에 생기가 띠였다. 긴장해있던 얼굴표정이 느슨해지고 점잖던 몸가짐이 퍽 자연스러워진듯싶었다.
말투도 제법 살갑기 그지없었다.
《네 혼자 산다니 고생이 막심하겠구나. 리해수령감이 참 안됐지.…
내 그 령감과의 의리를 봐서 널 모른다 하면 사람이 아니지.
그래, 네 신상에 무슨 일이 생겼느냐?》
《그런건 아니오이다.
다만 나리의 명함을 익혀들었던지라 오늘은 그저 면식이나 익히자구 찾아왔소이다.》
《그럼 오늘 이렇게 모처럼 찾아왔는데 어서 집안으로 들어가자.》
《괜찮소이다. 소녀가 초면에 어떻게 감히 나리의 집에 발을 들여놓겠소이까.》
《너의 집은 어데바루 있느냐?》
《남산골에 있소이다.》
《그럼 내 한번 찾아가지.》
허모는 다급히 자기의 말을 수정하였다.
《그러지 말구 소뿔은 단김에 빼란다구 래일 이 시간에 영추문앞에 와 있거라. 그때 나와 다시 만남이 어떠냐?》
《!》
영추문이란 이전 경복궁의 서쪽에 있었다. 임진조국전쟁때 경복궁은 왜놈들에 의해 불타버렸으나 성문은 아직 그대로 있었다.
이날밤 허모는 도저히 잠을 이룰수가 없었다. 옆에서는 마누라가 정신없이 곯아떨어져 코를 골고있다. 아이낳이를 하지 않아서인지 아직도 젖가슴이며 살갗은 광택을 잃지 않았다. 허나 허모의 눈앞에는 마누라의 싱싱한 육체가 아니라 안개속에 싸인 미모의 녀인이 오락가락하였다. 마치도 다 들여다보이는 엷은 창가림속에 온몸을 드러낸 미인이 어서 오라고 손짓는것만 같은 느낌이였다. 분명 그 계집은 홀로 독수공방하는 외로움을 달랠길없어 자기를 찾아온것이 틀림없었다. 비록 겉으로는 내우하는것 같지만 속내는 사내의 품을 그리워하는것이 헨둥하였다. 생판모를 사내보다 그래도 리해수와 안면이 있는 이 허모에게 의탁하는것이 나을것이라고 생각하고 찾아온것이 분명하였다. 그렇지 않으면 사흘씩이나 내 집 담장을 빙빙 돌며 만나려 했겠는가. 계집이란 사내가 없이는 하루도 못사는 법이다. 그것도 주지육림속에 절어있던 고관들의 품에서 젊은 미모를 밑천으로 기생하는 절색의 미인들은 올데갈데없이 그러한 부귀를 누리고싶어 한다. 이 허모가 비록 사헌부의 말직벼슬인 감찰이라 해도 금은재물과 수완은 한 나라의 정승보다도 못하지 않으니 이런 천하절색의 미인이 제발로 찾아온것이 아닌가. 잠재해있던 자기과신이 머리를 쳐들었다.

허준이놈은 밤낮으로 의서요 뭐요 하면서 몸을 혹사하지만 난 평생을 이렇게 마음껏 환락을 누리리라.

허모는 비록 리해수의 흔적이 그 녀인의 온몸에 남아있다고 해도 놓치고싶지 않았다.

무릇 색에 밝은 사내들은 그 측면에서 아무것도 모르는 생둥이보다 사내를 다루는데 솜씨가 있는 녀인들을 즐겨찾는 법이다.

래일이면 수미(후유꼬)를 품안는다고 생각하니 계집질에 골이 빠진 허모이지만 가슴이 울렁거리는것을 어쩔수 없었다.

이튿날 영추문앞에서 수미를 만난 허모는 사람들의 눈을 피해 그를 자기의 별장으로 데리고갔다. 수미의 집으로 가고싶었으나 남산골이란게 몰락한 량반들이 몰켜있는 곳이라 쉬쉬한 소문이 날수 있었다. 이 별장은 은밀한 밀담을 하거나 계집질을 할 때마다 리용하군 하는 곳이였다.

풍성한 주안상앞에 허모는 수미와 마주앉았다. 주안상을 들여놓은 하인이 여느때와 같이 눈치빠르게 밖으로 사라져버렸다.

밀랍초가 타며 은은한 빛을 뿌렸다.

정작 마주앉아보니 요염하기 이를데 없었다.

《네가 혼자서 남정도 없이 사느라고 얼마나 고생이 많았겠냐?

그래서 내 나의 옛 상관에 대한 추억이랄지, 그 어른과 인연깊은 너를 생각해서 차린 음식이니 사양말고 어서 들거라.》

두무릎을 단정히 꿇어앉은 수미의 눈에 감동어린 빛이 흘렀다.

《고맙소이다, 나리! 첩을 념려해주는 그 마음에 몸둘바를 찾지 못하겠나이다.

첩이 먼저 한잔 붓겠소이다.》

잔에 술을 부으려고 기울인 수미의 옆모습을 일별하는 허모의 심장이 쿵쿵 뛰기 시작하였다.

보기 드문 절색이였다. 용모가 아름다운 미인은 한성에도 많았고 또 그런 미인들과 정사를 나눈것이 한두번이 아닌 허모였지만 수미의 온몸에서 풍겨오는 관능적인 색감은 그에게 광적인 흥분을 일으켰다.

술이 거나하게 들어가자 그 광기는 걷잡을길 없었다.

《얘, 수미야! 너도 한잔 들렴.》

처음엔 사양하는척 하더니 쫄곰쫄곰 마시는데 술이 들어가자 발그스레한 그 용모가 더욱 허모의 피를 끓였다. 어느새 허모는 수미의 곁으로 바싹 붙어앉았다.

허모가 한잔 하면 수미도 한잔 하는데 서로의 주량이 짝지지 않았다.

《하, 이자 보니 제법인걸. 오늘은 네가 곁에 있으니 술맛이 참 좋구나!》

허모는 말하면서 슬며시 수미의 허리를 껴안았다.

수미가 마지못해 응하는척 하면서 허모의 몸에 자기의 싱싱한 육체를 붙이였다. 계집을 대할 때마다 느끼군 하는 이상야릇하고 짜릿한 전률이 허모의 온몸을 휩쓸었다.

《그래, 리해수대감이 보고싶지 않느냐?》

어망결에 허모의 입에서 이런 소리가 튀여나왔다.

코를 자극하는 향긋한 냄새와 자기의 팔에 허리가 잡힌채로 할딱거리는 수미의 숨소리에 얼이 나가버린 허모였다. 무슨 말을 한다는게 불쑥 튀여나온 소리였다. 그와 함께 수미의 허리를 그러안은 팔에 지그시 힘을 주었다. 이제는 수미의 몸이 허모의 몸과 하나로 붙어버렸다. 수미가 허리를 비틀며 몸부림을 치기 시작하였다.

《아니, 나리! 이러시면 안되오이다. 날 놓아주세요.-》

허모는 아예 두손으로 수미를 꽉 그러안고 그의 동가슴에 얼굴을 묻었다.

《이러지 마세요.- 리해수대감나리가 이걸 아시면 난 어떡해요? 아!-》

허모의 몸이 수미의 몸을 덮쳤다. 허모는 미친듯이 수미의 저고리 고름을 잡아뜯었다.

어디선가 귀뚜라미소리가 음침한 야경의 정적을 깨뜨리며 청높이 울려왔다.

6

　이날밤부터 허모는 짐승으로 화하고말았다. 하긴 이미전부터 인간 아닌 짐승이였다.
　확실히 수미에게는 허모가 지금까지 상대한 녀자들과는 다른 마술과 같은 특유한 매력이 있었다. 수미의 미색에 넋을 잃은 허모는 해가 서쪽에서 뜨는지 동쪽에서 뜨는지 알수 없을 정도로 완전히 빠져들고말았다. 이제는 수미가 소금섬을 강녕으로 끌라고 해도 끌판이였다.
　바로 나고야 겐이와 후유꼬가 바라던것이였다. 허모는 그 어떤 마수의 독침이 자기의 몸뚱아리는 물론 정신까지 야금야금 침범하는지도 인식 못하고 거미줄에 제발로 날아들었다. 보이지 않는 독거미줄에 허모의 육체와 정신은 더는 빠져나올수 없을 정도로 칭칭 감기고있었다.
　소금물에 푹 절구어진 시래기와 같은 허모를 수미는 마음내키는대로 다루었다. 허나 아직은 자기의 정체를 드러내지 않고 남정의 품을 그리워하는 고독한 녀인으로만 둔갑하고있었다.
　서너달이 지났다. 처음엔 날자를 약속하여 수미를 이곳으로 끌고오던 허모는 아예 수미를 자기의 별장으로 옮겨놓았다. 괜히 시끄럽게 시간약속이요 뭐요 하는것이 불편하였다. 정작 옮겨놓으니 생각나면 아무때나 찾아와 재미를 보아 좋았다.
　《나리, 소녀가 제일 좋아하는것이 뭔지 알아맞춰보세요.》
　수미가 자기의 볼록한 젖가슴을 허모의 여윈 몸에 갖다붙이며 물었다. 풀어진 실눈으로 싫도록 주무른 수미의 몸뚱아리를 아직도 성차지 않은지 걸탐스레 바라보며 허모가 껄껄 웃어댔다.
　《그거야 물어보나마나 뻔하지. 바로 이거겠지.》
　수미가 허모의 다리를 밀어치우며 앙탈을 부렸다.
　《아야, 다 늙어 기운도 없어가지구 속은 살아서…
기껏 한다는 대답이 추잡한 그 말뿐인가요?》
　《됐어! 내 한마디 롱한건데 그렇게까지 성날거야 있나.
그렇다면 제일 좋아하는것이 뭐냐? 참, 궁금하구나. 네가 좋아하는거라면 내 무슨 수단을 써서라도 네앞에 당장 가져다놓지.》
　《정말?!》

《장부일언중천금이라 사내가 한입 가지구 두말 하겠냐.》

《그렇다면 약속했어요. 소녀가 제일 좋아하는건 의술이야요.》

허모는 너무 어이가 없어 벌떡 일어나앉았다.

《뭐, 의술?! 네가 의술을 좋아한다는건 무슨 소리냐? 네 미모와 재간이면 어련히 팔자를 고치지 않을라구. 의술이라는게야 쟁인바치나 다름없는 천한 일인데 경국지색의 용모를 타고났겠다, 또 남정들이 괴춤을 추슬리며 따라다니겠다, 뭐가 모자라 병자들을 치료하는 그런 속된 일을 좋아한단 말이냐?》

《그래도 난 꼭 의술을 배워 나라안의 첫 손가락에 꼽히는 명의가 되고파요.》

수미의 태도는 자못 진지하였다. 그 모습을 보느라니 허모는 그 말이 꾸며낸 말이 아니라는것이 직감되였다.

《그래서 나리에게 한가지 청이 있사와요.》

《뭐냐?》

《의서를 좀 구해주었으면 해요. 의서를 봐야 의술이 늘수 있지 않나요. 그렇다구 녀자의 몸으로 의술을 배워달라구 찾아다닐수 없구 해서 나리에게 청을 드리는거예요.》

허모는 구해주마 하고 선선히 대답하였다.

며칠후 허모가 의서를 가져다주니 수미가 여간 좋아하지 않았다.

그 다음날부터 부지런히 의서를 읽기 시작하는 수미를 보며 허모는 머리를 설레설레 저었다.

암만 생각해봐도 저렇게 요염한 색녀가 의술을 좋아한다는것이 도무지 알다가도 모를 일이였던것이다.

열사나흘 지난 다음 수미가 의서를 다 읽었다면서 이렇게 물었다.

《나리! 나라안에서 제일 의술이 높은 사람은 임금의 병을 보아주는 어의라지요?》

《엉?!》

어의라는 소리가 나오면 입안이 소태씹은듯 쓰거워지는 허모이다.

《지금의 어의는 허준이라는 사람이라 하던데 그가 뭐 요란한 의서를 쓴다는게 사실인가요?》

허모는 처음 보는 사람처럼 입을 벌리고 수미의 새빨간 입술을 쳐다보았다.

이 수미는 대체 어떤 년인가 하는 의문이 불쑥 뇌리를 쳤다. 의술을 좋아한다고 할 때는 별난 취미도 있구나 하면서도 그럴수 있다고 범상히 생각했는데 그 입에서 어의요 뭐요 하더니 이제는 허준의 이름이 튀여나오니 어안이 벙벙해졌다.

절색의 미모를 가진 수미라는 이 녀인은 과연 의술의 광신자인가 하는 생각도 없지 않았다.

어느새 허모의 속내를 꿰들었는지 수미가 칭얼대는 어린애마냥 허모의 무릎을 흔들며 응석기어린 투로 뒤말을 이었다.

《음- 그 얼굴 보기 싫다!- 난 나리의 그런 인상이 딱 질색이예요. 무슨 큰일이나 난듯이 오만상을 찌프리는게 미인앞에서의 사내의 장점인가?

그렇게 얼굴을 찌프리지 말라요.

하도 의술을 좋아하니깐 그런 소리가 내 귀에 들려온건데…》

허모는 허거프게 웃으며 수미의 새침해진 얼굴을 손가락으로 튕겨주었다.

정말 이 수미라는 계집은 사내를 다루는 솜씨가 여간 아니였다. 불쑥 리해수앞에서도 이렇게 애교를 부렸겠지 하는 생각이 느닷없이 갈마들어 허모는 수미의 얼굴을 다시금 찬찬히 눈여겨보았다.

《이자 보니 내 귀염둥이의 귀가 여간 넓지 않구나. 허준이 어의이고 또 그가 의서를 쓴다는것까지 다 알고있으니 말이다. 그런데 허준이가 의서를 쓰는게 너와 무슨 상관이 있어 묻느냐?》

수미가 허모의 무릎우에 고양이가 부뚜막에 올라앉듯이 난딱 올라앉으며 눈을 흘겼다.

《그 허준이라는 어의가 쓰는 의서를 보고싶어서 그래요.》

《뭐? 네가 여간 어벌이 크지 않구나. 그 의서를 봐선 어쩐다는거냐?》

《나리두 참, 뻔한걸 물으시네. 요먼저 말하지 않았나요. 의서를 보면 의술을 더 빨리 익힐수 있다구요. 나라안에서 으뜸가는 명의가 쓴다니 그 책은 필경 훌륭한 의서임이 틀림없을거예요.》

의술을 좋아한다던 수미의 말이 틀림없다고 믿어져 허모는 고개를 끄덕거렸다. 허모의 눈치를 살피던 수미가 그의 얼굴에 자기의 뺨을 살며시 비벼댔다.

《내 말이 옳다는 생각이 들지요?

듣자니 임진년 참사때 왜놈들이 한성의 왕궁서재에서 〈의방류취〉를 훔쳐 일본으로 날라갔다고 하던데 왜놈들이 왜 그리했겠나요.

그건 의서가 그만큼 가치가 있기때문이예요. 그런 의서는 말그대로 나라의 재보중의 재보로 된다 그 말씀이지요.》

천연스레 모르쇠하고 말을 엮어나가는 수미의 얼굴을 얼나간듯 훔쳐보며 허모는 수미가 결코 사내품이 그리워 자기를 찾아온 녀인이 아니라는 생각이 불쑥 들었다. 분명 이 녀인은 나에게 무엇인가 암시를 하고있었다. 순간 번개치듯 떠오르는것이 있었다.

(가만, 가만 있자!)

그렇다. 허준이 지금 쓰고있는 의서도 결국은 나라의 재보로 될수 있다는 소리가 아닌가.

그렇다면?

허모는 여직껏 허준에 대한 모해와 복수만을 생각하였다. 서얼이라는 신분적차이로 오는 모멸감과 굴욕감을 그가 고통스럽게 감수하고 지지리 짓밟혀 인생 그자체가 고통스럽고 환멸을 느끼도록 하려고 갖은 계책을 꾸며온 자기였다.

그러고보면 허준이가 자기자신의 운명보다 더 소중히 여기며 온갖 심혈을 짜내여 쓰고있는것이 바로 의서였다. 그가 왜 그렇듯 의서에 미쳐돌아가는가? 그것은 의서가 다름아닌 나라의 재보로, 국보로 되기때문이였다.

다른 놈들같으면 서얼출신이라고 과거장에서 모욕이란 모욕을 다 받으며 쫓겨났으면 인생을 포기하기가 일쑤인데 저 허준이놈은 쓰러지지 않았다. 얼마나 지독한지 제 에미인 려월의 삼년상을 채 치르지도 못하고 한성으로 올라왔고 내가 머리를 짜내여 옥에 처넣었건만 화를 복으로 전환시켜 오늘은 만사람들이 우러러보는 임금의 주치의까지 되였다.

전란때에는 난 살구멍을 찾아 절간을 찾아다닐 때 저놈은 임금을 따라 편안히 의주까지 갔다 고스란히 돌아왔고 오늘은 또 의서를 쓴다고 돌아치고있다.

결국 허준이놈은 다른 사람들과 달리 뜻이 있고 의지가 강하였다.

죽으나사나 저놈을 딛고 올라서려면 그놈이 제일 아파하는것을 쑤셔놓아야 한다.

그것이 바로 허준이가 그토록 심혈을 기울인다는 의서가 아니겠는가?! 그것만 없애버리면 허준이놈은 아마 미쳐서 길길이 날뛰다가 비명에 횡사할것이다.

물론 허모도 《의방류취》와 같은 의서들은 국보이며 앞으로 허준의 손에서 태여나게 될 의서도 그에 못지 않는 국보적인 의서로 되리라는것을 예감하고있었다. 그러나 허모에게 있어서는 국보라는 인식보다도 허준에 대한 증오심이 더 급선무였다.

국보를 말살시키는 한이 있더라도 허준을 매장할수만 있다면 그 어떤 수단과 방법도 가리지 않을 복수심과 야심이 가슴속에서 독구렝이마냥 꿈틀거렸다.

한편 이는 허준모자에 대한 원한을 안고 비명에 죽은 어머니 오매의 복수이기도 하였다.

더구나 근간에 와서 허준이 임금으로부터 호성공신(3품벼슬)이라는 칭호를 하사받지 않았는가. 선조는 1604년에 그간 허준의 공로를 높이 평가하여 그에게 호성공신이라는 칭호를 하사하면서 《어의가 있어 나라의 사직이 보존되도다!》고 문무대신들앞에서 칭찬까지 하였다.

그자리에 모인 대신들이 뻐꾹소리 한마디 못하고 돌아와서는 저들끼리 수군거렸다고 한다.

《어의로서 공신으로 떠오른 전례가 없는데 허준은 과연 복이 있소.》

그쯤이면 그닥 신경쓸것이 없는데 뒤말이 목에 걸린 물고기가시처럼 허모를 자극하였다.

《헌데 어의가 사헌부의 그 눈이 빼대대한 감찰의 이복동생이라더군. 감찰인지 하는 녀석은 적자인데 서자인 제 동생한테 밀려서 아직도 6품관이라지 않수.》

《그 감찰인지 하는 녀석은 계집에만 혹하는 색골이라더군. 서얼인 자기 동생의 발꿈치에도 못 간다니 우리 량반들의 망신을 다 시키는군. 그래서 리해수대사헌두 그놈을 가까이했다가 나중엔 돌아서서 방귀도 안 뀌였다더군. 그걸 보면 박근원이 사람을 볼줄 모르거든.》

중구난방으로 쮀치는 이런 뛰뛰한 소리는 가뜩이나 밸이 꼴려 앙앙불락하는 허모의 심기에 부채질을 더해주었다. 계속 이러다간 복수는 고사하고 살아 숨도 제대로 쉴것 같지 못했다.

기회가 오면 언젠가는 허준을 매장시킬수 있으리라는 기대를 가지고 인내성있게 기다리던 허모로서는 망망대해에 뿌려진것처럼 앞일이 캄캄하기만 하였다.

그런데 수미가 생각지 않게 허모에게 살길을 열어준것이였다. 아릿답고 요염하기 그지없는 수미는 참말로 허모에게 있어서 여의주나 같은 존재였다. 싱싱하고 젖빛같은 그 몸뚱아리에 미친듯이 취하게 하더니 지금은 앓던 어금이를 뽑을수 있게 방책을 알려준다.

어찌보면 수미라는 이 계집은 나―허모와 필연적으로 련결된 천상연분이 아닌가 하는 생각까지 들었다.

허모의 손이 수미의 불룩한 젖가슴을 더듬었다.

《내 너한테는 꼼짝 못하겠구나.

그래, 그 의서가 필요하단 말이지?》

수미가 허모의 가슴팍을 파고들며 속삭였다.

《그래요. 나에겐 그 의서가 절실히 필요해요. 무슨 수를 써서라도 그 의서는 내 손에 꼭 들어와야 해요.》

말을 맺는 수미의 눈에 서늘한 독기가 풍기건만 독사에게 물린 허모는 전혀 낌새를 눈치채지 못하였다.

《그렇다면 내 너를 위해 힘써보지.》

어느덧 허모의 몸과 수미의 몸이 한동아리가 되였다. 허준의 의서를 훔쳐서 그를 꺼꾸러뜨리려는 허모의 앙심과 이 나라의 국보를 훔쳐서 일본으로 빼가려는 원쑤의 흉계가 하나로 융합되였다.

다음날 허모는 완칠이와 심복부하 두명을 불러 구체적인 지시를 주었다.

《넌 오늘부터 허준의 집을 주야로 감시하라!

그러다가 그의 녀편네나 딸년이 저자에 나가 집을 비우면 지체하지 말고 수단껏 그 집에 슴새들어가거라. 틀림없이 의서의 원고는 방안의 탁자우에 놓여있을게다. 너희들의 임무는 그 원고를 손에 넣는거다.

명심하거라. 너희 둘중의 한명은 밖에서 망을 보고 한명은 대문안에서 꼭 망을 봐야 한다는걸 말이야. 그 기회에 완칠이가 의서를 손에 넣어야 한다. 절대로 남의 눈에 띄여서는 안된다. 알겠냐?》

《알겠소이다.》

완칠이와 함께 행동하는 이 두사람은 허모의 손탁에서 놀아대는 망종들이였다. 사헌부 감찰인 허모가 후날을 위해 놓아준 범죄자들이였다. 두놈이 다 아전나부랭이였다. 한놈은 멋대가리없이 키가 꺽두룩하고 장작개비처럼 바싹 말랐는데 재물이 탐나 자기 주인의 가산을 훔쳐가지고 달아나다 잡힌 놈이다. 다른 한놈은 얼마나 술을 처마셨는지 코가 새빨갛게 주독이 올라있는데 강간죄로 잡혀왔던 놈팽이였다. 말라쨍이와 주독코는 어데서 배웠는지 둘다 손발을 괜찮게 놀렸으며 날쌔고 머리도 팽팽 돌았다.

허모는 두 놈팽이들에게 각각 스무냥을 던져주며 실수말것을 신신당부하였다. 완칠에게는 이미전에 별도로 쉰냥을 안겨주었다.

원체 이런 일에 솜씨가 있고 날랜 놈들인지라 사흘만에 어렵지 않게 임무를 수행하였다.

탁자우에 놓인 두툼한 원고뭉테기를 보며 허모는 흡족해하였다.

그의 머리속에는 원고뭉치를 잃어버리고 머리를 쥐여뜯으며 락심천만 해있을 허준의 모습이 생동하게 안겨왔다. 그리고 그옆에는 설유가 가슴을 쥐여뜯으며 슬퍼하는 모양이 떠올랐다.

정녕 삼복철에 얼음물을 마신듯이 가슴이 시원하고 기분이 붕 떠올랐다.
그와 함께 자기의 목에 매달려 좋아할 아무리 보아도 싫지 않은 수미의 흰 육체가 얼른거렸다.
(이런걸 보구 일석이조 아니, 일석삼조라 하던가. 이게 바루 꿩먹구 알먹구 둥지털어 불을 때는 격이렷다! 허준이 이놈! 네놈이 아무렴 날 이길가. 어림없다!)
저녁에 수미가 거처하고있는 별장에 들어서는 허모는 양지마당의 수탉마냥 여드레팔자걸음을 하며 뜨락에서부터 길게 목소리를 뽑았다.
《어험! 우리 미인이 어데 갔나?》
목소리를 듣고 수미가 반색을 하며 마중했다.
《어찌 된 일이실가? 늘 우거지상을 하던 우리 나리님의 기분이 퍽 좋아지셨다? 어데 가서 과부와 한바탕 놀고왔나?》
《에끼, 고약한 년! 과부는 무슨 과부? 그저 만나면 날 놀려댄다니까. 자, 내가 뭘 가지고왔나 좀 보렴.》
허모는 손에 든 원고뭉치를 흔들었다.
《자, 네가 그리도 갖고싶어하던 허준의 의서원고야!》
《아니, 정말이시와요?》
수미의 목소리가 가늘게 떨렸다.
원고를 그러안은 수미가 정신나간듯 종이장을 한장두장 펼쳐보았다. 마지막장까지 다 뒤적이던 수미가 얼굴을 번쩍 쳐들었다. 매몰찬 기운이 새까만 두눈에 서렸다.
《이건 원고가 아니야!》
그러더니 머리를 싸쥐였다. 영문을 알길없어 허모가 그 모습을 얼나간듯 바라보았다.
《왜 그러느냐?》
《이건 원고가 아니예요!》
《뭐라구? 원고가 아니라니, 그건 웬말이냐?
분명 우리 애들이 담을 넘어 들어가 허준의 탁자우에서 훔쳐온것인데 그럴수가 있나? 어디 내가 좀 보자!》
허모는 미친년 달래캐듯 벌컥벌컥 원고를 뒤져보았다. 원고가 아니라 의서를 쓰려고 모아놓은 토막자료들이였다. 그것도 저들만이 알아볼수 있는 기호와 표식같은것이 태반이여서 아무리 들여다보아도 무슨 병을 어떻게 치료했다는건지 알아볼 재간이 없었다.
허모는 털썩 방바닥에 주저앉으며 한숨을 내쉬였다. 애써 품들여

했다는노릇이 이 모양이니 손맥이 풀리고 허거프기 그지없었다.

수미는 땅바닥에 주저앉아 고개를 수그리며 한숨을 내쉬는 허모를 쏘아보았다.

(수개같은 자식! 그저 계집질이나 할줄 알았지 원고도 가려 못 봐.)

허나 애써 참았다. 아직 허모는 써먹을 가치가 있는 존재였다.

《참, 나리는 그 허준이라는 어의와 이복형제간이라지요?

차라리 나리가 그 집에 직접 가서 의서원고를 빼옴이 어떠하오이까?》

죄지은 놈처럼 머리를 푹 수그리고있던 허모는 제 방귀에 놀란 노루마냥 후닥닥 뛰쳐일어나며 소리쳤다.

《내가 그 집에 간단 말이야? 어림없는 소리!

아니, 그런데 네가 그걸 어떻게 다 아느냐? 내가 너한테 그런 말을 해준것 같지 않은데…》

수미가 흥- 하고 코방귀를 뀌며 돌아섰다. 매몰찬 목소리가 그 입에서 되알지게 튀여나왔다.

《정말 눈감고 아웅할래요? 내가 모를줄 알아요?

형은 당당한 량반출신의 적자인데도 고작해야 감찰벼슬이고 동생은 천한 서자인데도 당당한 왕궁의 어의라는 소문이 이 한성바닥에 짜한데 내가 왜 그걸 모르겠나요?

그 말을 하면 나리가 피로와한다는걸 아는데 구태여 남의 아픈 상처를 끄집어내선 뭘 하랴 하는 생각에 여직껏 아는 흉내를 안 냈어요.

보다싶이 난 그렇게 모진 녀자가 못돼요. 오늘 이렇게 말하는것은 어머니가 다르지만 그래도 형제지간이니 의서를 구하는데 리로울가 해서 그랬어요.

헌데 나리가 덴접해하시니 괜히 말을 꺼냈다는 후회가 들어요.》

허모는 되알진 목소리로 청산류수마냥 말을 둘러치는 수미의 그 림기응변에 감탄하지 않을수 없었다. 날이 갈수록 수미가 평범한 녀인이 아니라는 생각이 갈마들었다.

이날밤 허모와 수미는 어떻게 하면 허준의 의서원고를 훔쳐내오겠는가 머리를 맞대고 꿍꿍이를 하였다. 두 도적들은 허준이 이미 집필한 원고가 있을것이니 그거라도 몰래 훔쳐내오기로 의론이 합치되였으나 별다른 계책은 짜내지 못하였다.

이날 오후 저자에 나갔다가 방문을 열고 들어선 설유는 탁자우에 무둑히 쌓였던 자료뭉테기가 없어진것을 띄여보고 깜짝 놀랐다.

(아니, 여기에 놓여있던 자료들이 다 어데 갔을가?)

행여나 하여 방안의 구석구석을 뒤져보았으나 보이지 않았다. 다만 탁자밑에 떨어진 자료의 쪼박종이들이 몇장 있을뿐이였다.

저녁이 되여 집으로 돌아와 설유로부터 이야기를 들은 허준의 마음은 무거웠다.

그의 머리속에 제일먼저 떠오른것은 태의 양례수와 그밑에서 맴도는 함치우의 얼굴이였다. 어의로 등용되리라 믿었다가 허준이한테 밀려난 양례수는 때없이 허준이를 괴롭히는 존재였다. 길에서 마주치면 반가운양 하지만 가느스름하게 쪼프린 그 눈에는 분간할길 없는 적의와 질시가 다분히 내포되여있다. 더구나 의서편찬국의 일이 흐지부지되여 허준이가 단독으로 의서를 집필한다는것을 안 다음부터는 너 잘한다, 어디 한번 실컷 해봐라, 네까짓놈이 혼자서 어떻게 거질의 의서를 만든단 말이냐 하는 식으로 치떠보고있었다.

그러나 아무리 생각해봐도 양례수가 허준이 어의가 되고 의술로 명성이 난것을 배아파하겠지만 이렇게까지 치졸하게 남이 한창 쓰는 원고의 자료까지 없애치운다는게 도무지 믿을수가 없었다.

그렇다면 누가? 다른 사람이 또 의서집필을 달가와하지 않는다는것인데 그가 과연 누구일가, 무엇때문에 그러는것일가?

의문이 꼬리를 물었다.

허준은 착잡한 생각을 털어버리며 성급하게 물었다.

《그래, 의서의 원고는 제대로 있소?》

《장농밑에 그냥 있어요.》

허준은 온몸이 오싹해왔다. 만일 오늘 의서를 훔치러 들어왔던 놈이 장농까지 뒤져보았다면 어떻게 될번 했겠는가.

생각만 해도 온몸의 피가 거꾸로 솟구치고 오한이 나듯 온몸이 와들와들 떨렸다.

만일 의서의 원고가 없어졌더라면 허모가 예견한바대로 허준은 즉시 그 자리에 졸도했을것이다. 전신의 힘과 지혜를 다 바쳐 한자한자 쪼아박은 의서였다. 자기의 뜻과 넋이 고스란히 깃들어있는 의서였다. 정녕 의서는 허준의 삶의 전부였고 어찌보면 허준-자신이기도 하였다.

그런 원고를 잃을번 하다니?!

온몸을 우들우들 떨며 허준이 호령조로 말하였다.

《어서 그 원고를 꺼내오!》

《념려마세요. 아까 들어와서 원고가 다 있는가 하는것부터 확인했어요.》

《그래두 꺼내오. 이 두눈으로 직접 봐야겠소!》

남편의 심중을 잘 아는 설유였다. 오죽하면 저러랴 하는 생각에 눈물이 핑 돌았다.

설유는 얼나간 사람마냥 다리를 후들후들 떨며 방안에 우두커니 서있는 남편앞에 원고를 조용히 내보였다.

여섯권의 두툼한 원고가 허준의 앞에 놓였다. 《내경편》 네권과 《외형편》 두권이였다.

원고꾸레미를 쓸고 또 쓸어만지는 허준의 눈에 섬광이 번뜩이였다.

《안되겠소! 오늘은 자료를 훔쳐갔지만 래일엔 이 원고를 훔치자고 접어들거요. 그땐 이 장농안도 믿음성이 없소.》

《옳아요. 내 생각에는 단지에 싸넣어 밖에 파묻는게 좋을가 해요.》

《음— 그게 좋겠소. 이제 당장 그렇게 하기요!》

옆에서 부모들의 모습을 지켜보던 예영이가 얼른 부엌에서 오지단지를 가지고 들어왔다.

허준과 설유, 예영이는 이제까지 완성한 《동의보감》의 원고를 기름종이로 정성껏 싸서 차곡차곡 오지항아리속에 넣었다. 그리고 웃뚜껑을 덮고 다시금 몇겹의 기름종이로 정히 봉한 다음 뒤울안에 감쪽같이 묻고 그자리를 머리속에 새겨두었다.

7

수미는 허모를 믿고서는 의서를 빼오기 어렵다고 판단하였다. 어떻게 해야 의서의 원고를 빼올것인가 하는 생각이 집요하게 머리를 떠나지 않았다.

한가지 계책이 머리에 떠올랐다.

석구를 찾아간 수미는 자기의 계책을 털어놓았다.

《아무래도 내가 직접 그 집에 들어가야 할것 같군요.》

《그러다가 정체가 탄로되기라도 하면 그땐 빠져나오기 힘들텐데요.》

《다른 방법이 없지 않나요. 그러니 사흘후에 내가 기별하면 우리 집에 오세요.

허모에게는 내 삼촌이라고 하겠어요. 그때쯤이면 내가 급병으로 앓을 때이니 그럼 당신은 나를 업고 허준의 집으로 가야 해요. 그다음의 일은 더 말하지 않아도 알겠지요?》

《알겠소이다.》

다음날 수미는 자기의 계책을 실행하기 시작하였다.

먼저 작은 지레대를 방불케 하는 깜찍하게 생긴 저울로 대황가루를 정밀하게 달아 물에 푼 다음 진하게 달이고는 눈을 꾹 감고 그것을 단숨에 들이켰다.

다음날부터 수미는 마치 물소나기와 같은 설사를 하기 시작했다. 너무도 련이어 설사를 하여 기저귀를 차고있어야 할 정도였다.

대황은 설사를 일으키기도 하고 또 설사를 멈추기도 하는 초약이다. 문제는 그 량에 있었다. 약 0.5돈의 대황가루를 먹으면 수미와 같이 설사를 하게 된다. 이때 약 0.02돈(0.08그람정도)의 대황을 쓰면 순식간에 그 설사는 멎게 된다.

수미의 얼굴은 하루사이에 해쑥해졌다. 그러나 그는 그 다음날에도 또다시 대황달임물을 마셨다. 또다시 물과 같은 설사가 쏟아져내렸다. 며칠이 지나자 그의 얼굴은 생기를 잃고 훌쭉해졌고 손발은 얼음장같이 싸늘해졌다.

며칠새에 반쪽이 된 수미를 보고난 허모가 깜짝 놀랐다.

《이게 대체 어찌된거냐?》

《나리… 가 없는새에 무슨 몹쓸 병에… 걸렸는지…》

수미는 거의 탈양(탈수)상태까지 들어갔다.

허모가 안절부절하자 수미는 머리를 설레설레 저었다.

《괜찮아요. 나린 어서 관청에 나가세요. 내 병은 내가 알아 조처할테니…》

허모는 불쑥 이 계집이 우정 앓는게 아닌가 하는 의심이 들었다.

원고대신 북데기같은 자료를 가져왔다고 앙탈을 부리면서 자기에게 손가락질하며 하던 말이 떠올랐던것이다.

《암만 봐야 당신은 계집질하는 재간밖엔 없군요.
내 이제 그 의서원고를 빼오는걸 보라요!》

머리맡에 있는 초약가루를 만져보며 허모는 머리를 기웃거렸다.

제발로 일어난 수미는 조심스럽게 비상가루를 꺼냈다. 그는 모든 경우를 정확히 타산하였으며 세밀하게 계획을 세웠다. 한홉에 담긴 탕약을 한모금정도 마시면 죽지는 않되 기절할 정도로 비상가루를 준비해야 하는것이다. 수미는 그 량도 정확하게 산출해내였다. 이것도 나고야 겐이에게서 배운것이였다.

저건 또 무슨 약인고? 그러고보면 수미는 의술에 여간 밝지 않았다.

가까스로 무슨 약을 먹고난 수미가 다시 자리에 눕는데 숨소리가 간간한게 숨이 질것 같았다. 허모가 정말 되게 앓는게 아닌가 하고 망설이는데 문을 두드리는 소리가 났다.
　허모의 하인이 들어와 아씨의 숙부라면서 웬 사내가 찾아왔다고 하였다.
　수미한테 숙부가 있다는 말은 들어보지 못했었다. 처음 자기에게 찾아왔을 땐 이 한성바닥에 자기 혼자뿐이라고 하던 수미가 아닌가.
　그리고 여긴 누구도 모르는 곳인데 어떻게 되여 수미의 숙부가 찾아온단 말인가.
　무슨 감투끈인지 모르겠다고 생각하며 일어서는데 어느새 키꼴이 크고 몸집이 다부진 중년사내가 제 집으로 들어서듯 성큼 발을 들이밀었다. 오른쪽눈밑의 콩알만 한 사마귀가 유표하게 눈에 띄였다.
　《소인은 수미의 숙부되는 사람이오이다. 내 조카가 몹시 앓는다기에…》
　그 소리를 들었는지 죽은듯이 누워있던 수미가 모기소리를 내며 알은체를 했다.
　《삼촌… 이세요? 왜… 이자… 오세요?》
　허모가 미처 인사를 나누기도 전에 숙부라는 사내가 수미에게로 다가왔다. 이마를 만져보고 손맥을 짚어보더니 야단을 쳤다.
　《나리는 내 조카가 이 꼴이 될 때까지 뭘 하셨소이까?
　그저 제볼장만 보면 다라는거지요.》
　허모는 난데없이 나타난 사내가 수미의 숙부라면서 불의에 나무람투로 들이대자 허둥거리며 할 말을 찾지 못하였다.
　《제 병은 자기가 안다고 하기에…》
　《그것두 말이라구 하시우? 아, 내인의 몸으로 사내한테 자기 병을 보이자니 쑥스러워 그런것 같은데 그걸 곧이 믿고 이렇게 될 때까지 속수무책이니 참, 답답하오이다!》
　이어 수미를 둘쳐 껴안았다. 그리고는 허모를 돌아보며 명령투로 소리쳤다.
　《멍하니 있지 말구 조카의 행장을 준비해주시우!》
　허모는 여윈 몸을 엉기적거리며 돌아쳤다.
　잠시후 오빠라는 사내가 수미를 옆구리에 껴안고 대문으로 향하였다. 허모는 그 모양을 멀거니 바라보기만 하였다.
　탈양(탈수)상태로 녹초가 된 수미는 석구에게 매달려 비틀거리며 겨우 걸음을 옮겼다. 어느모로 보나 틀림없는 중한 구급병자의 행색이였다.
　허준의 집앞에 이른 석구가 대문을 쾅쾅 두드렸다. 하녀가 빠끔히 얼굴을 내밀더니 인츰 설유가 황황히 뛰여나왔다.

《부인님! 중한 병자올시다!

저의 마을에 살고있는 랑자인데 부모들은 다 죽고 불쌍하게 혼자서 살고있지요. 그새 며칠째 곽란을 만나 다 죽게 된것을 오늘에야 겨우 발견하였소이다!》

류이태와 허준을 도와 숱한 병자들을 치료한 설유는 웬간한 병은 손쉽게 치료해주군 하였다. 명의로 소문난 허준의 명성에 가리워서 그렇지 설유의 의술은 명의라고 당당히 말할수 있었다. 한입두입 소문이 나다나니 허준이 없을 때에도 사람들은 종종 설유에게 병보이러 오군 하였다.

설유의 눈에도 병자의 상태는 위급해보였다.

《어서 집안에 들어가자요!》

수미의 얼굴은 피기가 없이 창백하였고 입술은 초들초들 마르고 팔다리는 얼음장같이 싸늘하였다. 설유는 급히 수미의 맥을 짚어보았다. 세맥(가는 맥)이였다.

설유의 얼굴이 사색이 되였다.

《아니, 이거 심한 탈양이군요.》

설유가 재빠른 솜씨로 약장에서 오지병을 꺼내 새하얀 종지에다 탕약을 붓기 시작했다. 포부자(법제한 부자) 한개, 흰삽주, 포생강(법제한 생강), 목향이 들어있는 탈양치료에 아주 효과가 있는 대고양탕이였다.

수미는 두눈을 간신히 뜨고 종지에 담겨져있는 탕약량을 가늠해보았다. 예견했던바그대로 정확히 한홉이였다.

《자, 어서 이 탕약을 드세요. 한결 나아질거예요.》

수미가 타들어가는 입술을 추기며 간신히 말하였다.

《저… 목이 몹시 타들어오는데 물을 좀…》

수미는 실지로 심한 갈증을 느꼈다.

《조금만 기다리세요.》

설유가 얼른 일어나 부엌으로 내려갔다.

순간 풀어졌던 수미의 두눈이 번쩍 빛을 뿌리였다. 그는 민첩한 솜씨로 괴춤에서 약봉지를 재빨리 꺼냈다. 하얀 가루가 종지안에 담겨진 검은 탕약물에 떨어져 눈녹듯 가뭇없이 사라져버렸다. 부엌에서 들어온 설유가 수미에게 물그릇을 권하였다.

《자, 어서 물을 드세요.》

수미는 정신없이 물을 들이켰다.

설유가 재촉하였다.

《이제는 얼른 탕약을 드세요. 지체하면 안돼요.》

종지를 입에 대고 우물거리던 수미가 미간을 찌프렸다.

《의원님, 맛이 별났소이다. 막 쓰고 매와서 전혀 먹지 못하겠소이다.》

설유가 머리를 기웃거렸다.

《?》

설유가 탕약의 맛이 얼마나 쓴가 확인하려는듯 종지를 자기의 입으로 가져갔다. 수미의 가느스름한 눈이 그 모습을 예민하게 살폈다. 설유는 종지의 탕약을 한모금 마시고나서 입을 다시였다.

《일없어요. 이 약은 대고양탕인데 원체 이렇게 맛이 좀 써요. 맘놓고 어서 들어요.》

《네.》

탕약이 든 종지를 입에 가져가는 수미의 눈이 도적고양이마냥 설유를 몰래 훔쳐보고있었다. 병자가 탕약을 마시는 모양을 지켜보던 설유는 갑자기 뱃이 꼬이면서 심한 동통이 오는것을 느꼈다.

갑자기 왜 이럴가?

《아— 아유…》

설유는 저도모르게 신음소리를 냈다. 배를 그러안고 설유는 서서히 뒤로 넘어졌다. 넘어지는 순간 설유는 눈밑에 콩알만 한 사마귀가 달려있는 사내의 얼굴이 어딘가 낯이 익다는 생각이 불현듯 갈마들었다. 분명 어디선가 본 얼굴이였다. 그리고 당장 죽어갈듯이 누워있던 녀인이 탕약종지를 집어던지고 요사스럽게 웃는 모양이 언뜻하였다. 그다음 설유는 정신을 잃었다.

수미의 입에서 병자답지 않은 되알진 소리가 터져나왔다.

《자, 빨리!》

석구가 방안을 뒤지기 시작하였다. 탁자우에 놓인 종이뭉테기를 한아름 안고와 수미의 앞에 내밀었다.

수미는 재빨리 그것들을 훑어보았다.

그의 눈앞에 《동의보감, 〈외형편〉, 제3권》이라는 글발이 안겨왔다. 그는 얼른 그것을 품속에 넣었다.

《빨리 장농을 뒤져봐요! 의서원고 몇권이 더 있을거예요!》

석구가 도깨비 기와장번지듯 장농안의 하얀 옷가지들을 마구 끄집어내였다. 장농안의 물건이 바닥이 났건만 의서원고는 하나도 보이지 않았다.

수미가 다시금 소리쳤다.

《빨리 부엌으로!》

석구가 눈에 불을 켜고 부엌의 구석구석까지 발칵 뒤졌으나 의서원고는 없었다.

《칙쇼!-》

수미가 후들거리는 몸을 끌고 제가 직접 방안을 살살이 뒤지기 시작하였다. 의서원고는 그림자도 보이지 않았다.

수미의 마음이 조급해졌다. 이제 조금만 더 있으면 설유가 깨여날것이다. 품들여 계획하고 벌려놓은 일이 이렇게 수포로 돌아가다니? 악에 받쳐 미칠것만 같았다.

집안에 의서원고가 없다는것이 명백하였다.

온몸이 나른해지고 눈앞에서 별찌가 무수히 일었다. 혼신의 힘을 다 내여 뒤졌건만 의서원고의 그림자도 못 찾으니 여직껏 지탱해오던 의지가 사그라지면서 수미는 그자리에 맥없이 스르 쓰러졌다. 쓰러지면서도 수미는 부르짖었다.

《어서 사라지… 자요!…》

석구가 황급히 수미를 둘쳐업었다. 부리나케 대문으로 달려가는 년놈들을 밖에 있던 하녀가 눈이 올롱해서 바라보았다.

방문을 열고 들어서던 하녀가 깜짝 놀라 쓰러진 설유에게로 다가갔다.

《마님! 마님!》

설유가 간신히 눈을 떴다. 눈물로 범벅질한 하녀의 얼굴이 뿌옇게 눈앞에 다가왔다.

《이 어인 일이오이까?》

(어째서 내가 이렇게 누워있을가.)

머리가 뗑하고 온몸이 지끈지끈 쑤셨다.

잠시후 기억을 더듬던 설유는 번쩍 뇌리를 치는것이 있었다.

(의서원고!)

어디서 그런 힘이 생겼는지 설유는 누운 자리에서 후닥닥 몸을 일으켰다.

얼른 탁자우부터 훑어보았다. 종이뭉테기들은 다 있었다. 후- 하고 가벼운 안도의 숨을 내쉬던 설유의 가슴은 철렁하였다. 온 구들에 하얀 옷가지들이 너저분하게 널려져있었던것이다.

머리아픔과 온몸의 지긋지긋함을 깜깜 잊고 설유는 머리를 굴리며 추리해보았다.

(아니, 그럼 전번처럼 의서원고를 노리고?!)

다시금 탁자우를 찬찬히 더듬어보던 설유는 그자리에 꺼지듯이 주저앉았다.
《외형편》 3권이 통채로 없어졌던것이다.
(이 무슨 일인가. 어느 놈이 감히 원고를 훔쳐간단 말인가, 어느 놈이?)
눈앞에 왕사마귀를 축 늘어뜨린 놈의 험상궂은 상판이 떠올랐다. 분명 어데선가 본 낯익은 상판이였다. 그리고 죽어간다고 아부재기를 치던 년이 자기가 의식을 잃을 때 야릇한 웃음을 짓던 일도 생각났다.
그게 어떤 원고인가. 남편의 온넋이 슴배여있는, 온갖 시련과 모진 고통속에서도 버리지 않고 집필한 피와 땀의 열매였다. 그 원고를 백주에 어떤 놈이 훔쳐간것이다.
갑자기 심장이 싸늘하게 얼어드는듯싶었다. 온몸의 독기가 아직 채 빠지지 않은데다가 너무도 큰 정신적충격을 받은터라 설유는 다시금 정신을 잃고 쓰러지고말았다.
수미는 설유의 집으로 들어가는 시간까지 정확히 타산하였다.
그는 유시(오후 5~7시)경에 설유의 집에 들어섰다. 그것은 만일의 경우 설유가 미처 깨나지 못하는 경우에는 저녁에 집에 들어온 허준이 그를 구완하게 하자는것이였다. 어슬녘에는 오가는 사람들과 병보러 찾아오는 사람들이 얼마 없었다.
만일 설유가 죽는다면 큰 정신적타격을 받은 허준이 의서집필속도를 늦추거나 아예 영 단념해버릴수도 있을것이다. 의서가 집필되지 않으면 수미의 목적도 달성할수 없었다.
아닌게아니라 집에 들어선 허준과 예영이는 아직도 의식을 잃고 실신상태에 있는 설유를 보고 깜짝 놀랐다. 하녀가 두서없이 제가 본것을 중언부언하며 설명해주었다.
허준은 재빨리 설유의 열손가락끝의 십선혈에 침을 찔러 각각 피 한 방울씩 뽑아내였다.
《후!-》 하는 긴숨을 내쉬며 설유가 천천히 눈을 떴다. 허준의 모습을 알아본 설유는 안깐힘을 쓰며 일어나려고 하였다.
《좀더 누워있소. 대체 어인 일이요?》
《저 종지안의 탕약에 독이…》
《뭐요?》
허준은 훌떡 일어나 종지안을 들여다보다가 급히 부엌으로 내려가 밥 한술을 떠가지고 들어왔다. 그 밥을 탕약에 담근 그는 급히 토방으로 나가 마당에 휙 집어던지였다.

북슬강아지가 껑충껑충 뛰여오더니 그 밥을 덥석 받아물었다. 허준은 긴장한 눈길로 강아지를 살폈다. 아니나다를가 캥- 캥- 소리를 내지르더니 북슬강아지가 몇걸음 옮기지 못하고 푹 거꾸러졌다.

(아차, 이건 비상독약이로구나!)

저렇게 급사하는것은 비상독약뿐이다. 허준은 다급히 설유에게 생록두즙을 먹인 다음 재차 참기름 한숟가락을 먹이였다. 이어 닭우리로 급히 나간 허준은 닭의 목을 비틀어 피를 반홉정도 받아가지고 다시금 설유에게 먹이였다. 이 모든것은 비상독을 해제하는 효험을 가지고있었다. 물론 해독단(황단, 붉은팔가루, 쪽물감, 망초, 록두가루 각각 같은 량)을 쓰면 더 좋겠으나 언제 그럴 사이가 없었다.

잠시후 설유의 눈이 반짝거리고 얼굴에 생기가 돌기 시작했다. 그제서야 한숨을 내쉰 설유는 자초지종을 설명하기 시작했다.

설유의 말을 들은 허준은 사태의 진상이 어렴풋이 짐작되였다. 허나 누구들이 한짓인지는 가늠할수 없었다.

《당신생각에는 그들이 누구들인것 같소?》

《글쎄 잘 모르겠어요.》

《분명 의서의 원고를 노리는 놈들이 있는것 같소.》

《관청에서 예영이 아버지와 등진 사람들이 아닐가요?》

이번에는 함치우의 얼굴이 떠올랐다. 양례수의 명의술은 그런짓을 하기에는 어울리지 않는다. 판관으로 임명되여왔을 때부터 함치우는 허준을 원쑤처럼 대했다. 지금도 뒤에서 허준에 대해 제일 시비를 한다고 한다. 과연 함치우가 한짓일가?

아직 속단하기는 일렀다.

《혹시 시형이 한짓이 아닐가요?》

《그가 설마?》

허준은 턱을 고이고 생각을 몰아갔다. 그럴런지도 모른다. 자기를 모함하여 옥에 처넣은것도 허모라고 언제인가 참군이 몰래 귀띔한 말이 생각났다. 자기가 어의가 된 후로는 길에서 만나면 별스레 아는체 하던 허모의 실눈이 눈앞에 얼른거렸다.

듣자니 함치우와 여간한 사이가 아니라고 하였다. 서로 집을 찾아다니는 정도라고 하였다.

《이건 가벼이 스쳐보낼 문제가 아니라고 생각해요. 벌써 두번째가 아니나요.

관청의 음모군들이 아니라면 그들말고 또 다른…》

《당신말을 들으니 외부의 작간이 아닌가 하는 생각이 드오.

당신도 들었지? 전란때 〈의방류취〉가 통채로 없어진걸 말이요. 그걸 누가 훔쳐갔는지 아오? 저 섬나라 왜놈들이요.》

설유가 갑자기 두눈을 크게 뜨며 소리쳤다.

《생각나요! 생각나요! 분명 그놈이예요.

아까 계집년을 업고왔던 사내는 왜놈이예요!》

허준이 휘둥그래진 눈으로 설유를 바라보았다.

설유의 눈에 복수의 불길이 황황 일고있었다.

《분명 그놈이예요. 어렸을 때 우리 친부모님들을 죽인 그 왜놈들속에서 난 그놈을 똑똑히 보았어요. 그놈의 눈밑에 콩알같은 사마귀가 있었어요. 아무리 어렸을 때의 일이지만 내 어찌 부모님들을 무참히 학살한 그 왜놈들을 잊을수 있겠나요.

오늘 계집년을 데리고왔던 놈이 부모님들을 무참히 죽인 그 왜놈이예요.

그놈이 이 한성바닥에서 버젓이 활개치고다니며 당신의 의서에까지 손을 대다니?!》

허준은 설유의 입에서 나오는 그 말들이 도저히 믿어지지 않았다. 허나 엄연한 사실이였다.

전쟁이 끝나고 왜놈들이 이 땅에서 쫓겨났지만 아직도 팔도각지에는 어중이떠중이 왜놈종자들이 싸다니고있었다.

그렇다면 이놈들은 본토와 련결된 놈들인가 아니면 패잔병무리들인가.

설유의 친부모를 무참히 학살한 왜놈들이 그때에도 그의 친아버지가 쓰던 약초치료법을 적은 의서를 훔쳐갔다고 하였다.

왜놈들이 의서에 왜 이리도 관심이 클가. 허준의 머리로써는 리해할수 없었다.

그로부터 수백년이 지난 오늘에는 그 모든것이 석연하지만 그때 당시로서는 허준도 설유도 그 숨은 내막을 알길 없었고 또 상상치도 못하였다.

허준은 복수에 치를 떠는 설유의 잔등을 다정히 쓸어주었다.

《전란이 비록 끝났다 하더라도 왜놈들이 이러저러한 구실로 이 한성부에까지 드문히 드나들고있소. 속단하긴 이르지만 그 누군가가 왜놈들과 작당한것 같은 생각이 드오. 그렇지 않으면야 어떻게 놈들이 의서를 쓰는것을 알고 우리 집에까지 마수를 뻗치겠소.

사마귀놈이 돌아치는걸 봐서는 놈들이 노리는것이 내가 쓰고있는 〈동의보감〉이란것만은 분명하오.

그러니 원고를 우리 집에 보관해서는 안되겠소.》

《그럼 어디에 간수함이 좋겠어요?》

허준은 눈을 쪼프리고 생각에 잠겼다.

《기동이, 칠성이와 토의해보기요.》

《그게 좋겠군요.》

《예영아, 네가 얼른 갔다오너라!》

《알았소이다.》

허준은 중요한 일은 절대로 하인들을 보내지 않고 딸인 예영이를 시키군 하였다.

약 한식경이 지나자 기별을 받은 기동이와 칠성이가 예영이의 뒤를 따라 당도했다.

일의 전말을 들은 그들은 너무 분격하여 우들우들 두주먹을 떨었다.

기동이가 시원스레 나섰다.

《선생님! 그 원고를 우리 집에 보관하겠소이다.》

설유와 칠성이가 그 의견에 동의하였다. 칠성이는 한팔을 걷어붙이며 다짐하였다.

《의원님! 우리 그 의서를 목숨처럼 보관하겠으니 우리에게 맡겨주사이다.》

허준은 그들을 대견스럽게 바라보았다.

《임자들한테 맡기면 나도 맘을 놓겠네.

그럼 오늘밤중으로 감쪽같이 의서를 옮겨가도록 하세.》

《알겠소이다!》

바삐 서두르는 칠성이에게 설유가 물었다.

《요즘 달래는 어떻게 하고있어요?》

《네, 객주집을 차려놓았는데 운영이 잘되는가 보이다. 요먼저 들렸는데 달래누이와 응규형님이 얼마나 다정한지 이젠 이 동생같은 건 거들떠보지도 않습니다.》

허준이 그 말에 뒤를 달았다.

《거참 반가운 소식이구만. 아직은 달래네한테 말하지 말게나.

앞으로 차차 알게 되겠지만 이 일은 절대비밀로 되여야 하네. 믿지 못해서가 아니라 괜히 그들한테까지 마음의 부담을 줄게 있겠나. 후에 내가 도움받을 일이 있으면 말해주지.》

《알겠소이다.》

의서가 든 항아리를 상자에 넣어 지게에 진 칠성이와 기동이를 허준과 설유는 대문까지 나와 바래주었다.
　자정이 넘은 깊은 밤 의서의 원고가 들어있는 항아리는 기동의 집 앞 마당의 땅속에 감쪽같이 숨겨졌다. 아직까지는 허준의 집안과 기동이 그리고 칠성이외에는 그 누구도 모르게 비밀리에 진행된 일이였다.

　석구의 등에 업혀온 수미는 방안으로 들어서자마자 녹초가 되여 뻐드러지고말았다.
　허모는 어디로 사라졌는지 보이지 않았다. 자기가 그렇게 앓는데도(비록 꾸민것이지만) 아랑곳없이 또 어디 기생집으로 갔는지도 모른다.
　수미는 사람들의 눈에 띄울가봐 석구를 돌려보내였다.
　이제는 탈양이 너무 심해 손발이 후들후들 떨리였고 점차 가드라들고 있었다. 초들초들 말라버린 입술사이로는 옥다물린 이발이 보였다.
　수미는 배밀이로 간신히 기여가 이미 준비해놓았던 20돈의 생강을 갈아서 술에 달여놓은 탕약을 단숨에 쭉 들이켰다. 탈양을 해제하려고 수미자신이 제조한 탕약이였다. 이 방법도 역시 나고야 겐이에게서 배운 조선고유의 의술이였다.
　다시금 그는 후들후들 떨리는 손으로 약 0.02돈의 대황가루를 입에다 다급히 넣었다.
　그런 후에야 그는 그대로 누워서 잠시 숨을 돌리였다. 그의 품속에는 허준의 집에서 훔쳐온 의서원고 한권이 들어있었다. 약 이각이 지나니 차츰차츰 갈증이 덜어졌다.
　그러나 아직도 일어나앉을 기운조차 없었다. 그럭저럭 삼각이 지나니 물처럼 쏟아지던 설사가 드디어 멎어버렸다. 대황가루가 은을 낸것이였다.
　가까스로 일어난 그는 품속에 넣었던 의서의 원고를 탁자우에 올려놓았다. 이 원고 한권을 위해 수미는 자기의 생명을 걸었던것이다. 초기의 목적은 달성하지 못했으나 그래도 영 빈손은 아니였다.
　약 300장은 실히 넘는 두툼한 원고였다. 수미의 머리속에서는 정부득이한 경우에는 단 한두권의 의서원고만이라도 꼭 훔쳐와야 한다고 신신당부하던 나고야 겐이의 말이 피끗 떠올랐다. 300장의 의서이면 결코 작은 량이 아니였다. 이것이면 나고야 겐이의 이름을 붙여 당당하게 우리 일본의 의서로 둔갑시킬수 있었다.
　잠시 숨을 돌린 수미는 간신히 앉아 의서원고의 표지에 눈을 주었다. 첫장의 《동의보감 〈외형편〉 제3권》이라는 표제가 눈에 띄였다. 그 다음장에는 목차(차례)가 있었다.

《목차 : 가슴, 젖, 배, 배꼽, 허리, 옆구리, 피부, 살, 맥, 힘줄, 뼈, 주해.》

그다음장을 펼치니 저자의 이름이 있었다.

《어의 호성공신 허준.》

수미는 다음장을 펼쳤다.

《가슴 : 흉격이란 명칭을 붙인데는 의의가 있다. 대체 사람의 가슴은 호흡하는 곳이며 음식물이 통과하는 곳이다. 그러므로 한번 그 조절이 잘못되면 질병과 사기가 가슴속으로 같이 들어오므로 흉이라고 한다.…

흉격의 치수…

흉격의 부위…

장부의 경맥은 모두 횡격막을 관통하고있다.…

맥보는 법…》

가슴에 대하여 알아야 할 문제들이 자자구구 써있었다. 가슴의 구조와 생리가 수미의 머리속에 훤하게 떠올랐다.

목차에 따르는 다른 항목들도 역시 마찬가지였다.

수미는 난생처음으로 조선의 유명한 어의가 쓴 보물같은 의서의 원고를 제 눈으로 직접 보게 된것이였다.

(아! 그래서 나고야 겐이어른께서 그렇게도 의서를 귀히 여기셨구나!

이 의서는 참으로 금은재물에 비기지 못할 천하의 귀물이구나.)

정말 이 의서만 있으면 그 어떤 몸의 형태와 내장들의 구조와 생리 그리고 그것이 내재하고있는 모든 질병들도 다 환하게 안겨오는듯 하였다.

제목이 마음에 들지 않았다.

《조선의것임을 상징하는 〈동의보감〉이 아니라 일본을 뜻하는 이름으로 돼야 해!》

방금전까지만 해도 녹초가 되고 초절임되였던 수미는 그런 생각으로 제 몸에 생신한 기운이 뻗치는듯 하였다.

더욱더 의서에 심취되여 련이어 책장을 번져나가던 수미의 얼굴이 새파랗게 질렸다.

《아니, 이거 빈 종이장뿐이구나!》

이럴수가 있는가. 목숨을 도박장에 내걸고 빼온 의서가 이것뿐이란 말인가.

수미는 다급히 뒤의 책장들을 숨가쁘게 뒤번졌다. 약 서른장정도만이 글이 씌여있었고 그다음부터는 빈 종이장뿐이였다. 《외형편》 제3권에 금방 진입한 원고였던것이다.
《칙쇼! 쿠사이나!》
금방까지 희열에 넘쳐있던 수미의 얼굴이 흡사 규슈섬의 원숭이낯짝같이 흉측하게 이그러졌다. 섬나라 쪽발이의 야수성과 조폭성, 잔인성이 그 교태넘치던 회분같이 새하얀 얼굴에 력력히 드러났다.

그는 자리를 차고 벌떡 일어섰다. 그리고는 다 죽어가던 병자답지 않게 발로 탁자를 걷어찼다.

쾅! - 하는 소리가 나면서 탁자가 통채로 뒤번져졌다.

수미는 그래도 성차지 않아 숨을 씩씩거리며 방안을 오락가락하였다.

또다시 실패한것이다.

한동안 자기를 다잡지 못하던 수미는 마음을 다잡고 자리에 앉아 곰곰히 생각해보았다.

무엇을 타산하지 못했고 무엇을 생각지 못했었는가.

이번 일은 정말 면밀하게 짜고 진행한것이였다.

수미는 모든것을 다 정확하게 타산하였지만 첫번의 시도로서 허준과 설유가 더욱더 각성되게 되였다는것을 미처 생각지 못했었다. 그는 토막자료정도를 잃어버린 그들이 기껏해야 집안의 그 어딘가의 깊숙한 곳에 의서를 감추었으리라고만 생각했었다. 그리고 이번 일은 너무도 조급하게 덤볐던것이다.

이제 와서 아무리 후회해도 이미 쏘어놓은 죽이였다.

이제 다시 의서원고를 훔치려 시도한다면 그 의서의 원고는 더더욱 깊숙이 감추어져 찾을 방도가 없어질수 있었다. 수미는 인내성있게 기다리는 방향으로 나가기로 결심하였다.

그래야만 나고야가 준 임무를 수행할수 있다. 오래 기다릴수록 허준내외의 경계심과 우려는 덜어질것이고 그러느라면 그들도 차츰 해이될것이다. 또 그사이에 허준은 의서의 원고를 완성할것이고 그 권수도 많아져 감추기도 헐치 않을것이다.

원고의 권수가 많아진다는것은 그만큼 그 가치가 더 진귀해진다는것을 의미하였다.

(어디 한번 누가 이기나 두고보자! 10년이라도 기다릴테다!)

앙다문 입술에선 피가 방울져 떨어졌건만 수미는 까딱하지 않고 어둠속을 집요하게 응시하였다.

(이 나라에 범을 잡으려면 범의 소굴로 들어가야 한다는 속담이 있지. 그러자면 내가 허준이에게 직접 접근해야 한다. 네 아무리 어의라고 해

도 사내가 분명할텐데 내 네놈을 어떻게 하든지 내 발밑에 꿇어앉히고야말테다.)

수미는 허준의 딸이 혜민서에 다닌다는것을 알고있었다. 혜민서에 발을 붙여야 한다. 그래서 딸년을 통해 허준에게 접근하자. 의술을 배운다는 구실로 허준을 찾아가면 모른다고 하지 않을것이다. 그다음 적당한 기회를 마련하여 미인계를 써서 그를 흐물흐물하게 삶아놓으면 제아무리 허준이라고 해도 자기의 행실을 감추기 위해서라도 내 요구를 들어줄것이다!

혜민서에 들어가자면 허모를 통해야 했다. 그러자면 그놈을 더 꽉 그러쥐여야 했다. 일이 성사될 때까지는 허모의 그늘밑에 있어야 안전이 담보될수 있었다.

8

허준의 《동의보감》 집필은 여러가지 난관속에서도 끊임없이 계속되였다.

아직도 양례수를 비롯한 내의원의관들은 허준의 《동의보감》 집필을 마깝지 않게 여겼다. 틈만 있으면 그에 대하여 시비질을 늘어놓았다.

《전하의 주치의이면 임금님의 강녕을 위해 모든것을 다해야지 의서집필은 또 무슨 의서집필이요?

이게 제 본분을 저버리고 이름을 날리려는 불충불효한 배은망덕행위가 아니요?》

이들은 생각같아서는 임금님의 건강을 해치는 역신이라는 오명까지 서슴없이 붙이고싶었다. 그의 명성과 그의 공로가 나날이 높아져가고있는것이 그들에게는 그지없이 배가 아팠다.

전란이 끝났다고 하지만 아직은 시국이 자못 어수선하던 때였다.

허나 허준은 이를 악물고 이 모든 어려움을 참고 견디며 붓을 한시도 놓지 않았다.

이제에 와서는 《내경편》 네권과 《잡병편》 네권의 집필을 완전히 끝내고 열권이상으로 예상되는 《외형편》도 세권의 집필을 완성하였다.

이무렵 허준은 1606년(선조39년)에 임금으로부터 《양평군》의 칭호와 《보국숭록대부》라는 정1품 품계를 하사받았다.

《동의보감》의 저자명을 보면 요란스러운 글줄이 기다랗게 붙어있다. 《어의 충군정랑 호성공신 숭록대부 양평군 허준》, 이 요란스러운 칭호와 벼슬은 허준이 이 시기에 받은것들이다.

후날 11권으로 집필된 《외형편》은 허준이 가장 어렵고 곤난한 시기에 완성한것들이다.

실지로 허준은 이 부분의 집필에 특별히 심혈을 기울이였다. 대부분의 질병치료에 관한 자료가 이 부분에 있었다.

허모는 근간에 와서 수미에게 더욱 깊이 빠지고말았다.

발광적이라 할 정도로 허준의 의서를 손에 넣으려는 수미의 행동을 허모는 이상쩍은 눈길로 주시하기 시작하였다.

암만 봐도 수수께끼같은 수미였다.

허나 수미가 전보다 더 교태와 아양을 떨며 색정을 더해주자 허모는 인차 그 모든것을 가뭇없이 잊고 다시금 수미와의 정사에 말려들어갔다. 본태가 녀색에 골이 든 허모인지라 달리는 될수 없는 운명의 길이였다. 만약 이때 허모가 조금만 각성했더라도 그렇게 처참하게 개죽음을 당하지 않았을것이였다. 그러나 허모는 머리끝부터 발끝까지 인간의 정직성과 의리를 상실한 짐승으로 전락되였던것이다.

번마다 수미의 치마폭에서 도락을 누릴 때마다 허모에게서는 조선사람의 피와 넋이 온데간데없이 사라져버리고 인간의 본성마저 희미해져갔다. 시궁창의 썩은 구정물이 피가 흘러야 할 혈맥속에 너무도 깊숙이 침투되였다.

어느 하루는 수미가 의술을 배우겠다면서 혜민서에 넣어달라고 졸라댔다.

수미한테 마취되여 소금섬을 강녘으로 끌라고 해도 끌판인 허모는 함치우에게 금전을 찔러주고 수미를 혜민서에 넣었다.

나고야 겐이한테서 의술을 배운 수미여서 그의 수준은 혜민서에 들어간지 얼마 안있어 사람들의 관심을 모았다. 혜민서에서 제일 의술이 높은것은 예영이였다. 예영이는 수미보다 다섯살이나 우였다.

예영이는 갓 들어온 수미가 의술이 여간 아닌데 대해 관심을 표시하였으며 둘은 인차 친숙해지게 되였다. 이미 시집을 간 예영은 수미를 볼 때마다 어떻게 저리도 곱게 생긴 처녀가 그 나이에 이르도록 시집을 안 갔을가 하고 생각하고 하루는 조용한 기회에 물었다.

《수미, 넌 꽤나 예쁘장하게 생겼는데 왜 아직도 홀몸이니?》

수미는 초리긴 속눈섭밑에 가랑가랑 눈물을 지었다.

《아니, 왜 그러니?》

전란때 부모를 다 잃고 천애고아가 되였다는 말을 들었던 예영이는 그가 부모님들생각을 하느라고 그러는가부다 생각하며 그의 잔등에 손을 얹었다.

《내가 네 가슴을 아프게 했구나.》

《아니예요, 그런게 아니예요.》

수미는 나직이 입을 열었다.

《언니, 난 사실…》

수미가 들려준 이야기를 그날 예영은 집에 돌아가 부모님들과 남편에게 들려주었다.

수미의 아버지는 본래 경상도 동래사람인데 젊어서부터 의술이 높았다고 한다. 아버지의 친구가 사량태생인데 하루는 그가 와서 어머니의 병이 위급한데 좀 같이 가서 치료해주지 않겠는가 하기에 아버지는 친구를 따라 사량으로 가게 되였다. 그때가 1544년 봄이였다. 아버지가 사량에 가보니 친구 어머니의 병은 해수병이였다. 아버지가 성의를 다해 치료하여 친구의 어머니가 병이 나아져 동래로 돌아가려고 하던 바로 그날밤, 갑자기 왜구들이 사량으로 쓸어들어 살인방화와 략탈을 감행하였다. 그리하여 아버지는 친구와 함께 놈들에게 붙들려 쯔시마로 끌려가게 되였다. 아버지가 의술에 능하다는것을 알게 된 왜놈들은 그에게 저들의 병을 보아주는 의원노릇을 하게 하였다. 하여 아버지는 근 수십년간 쯔시마에서 왜놈들의 의원노릇을 하게 되였다.

몇번이나 놈들의 소굴에서 벗어나려고 시도했지만 번마다 실패하고 매만 죽도록 맞았다. 왜놈들은 함께 끌려갔던 친구를 아버지가 보는 앞에서 화형을 하며 다시한번 도망치려 하면 네놈도 이렇게 불태워죽이겠다고 위협하였다. 아버지는 의술이 높았기에 감히 다치지는 못하였다. 대신 엄격한 감시속에서 숨막히는 생활을 강요당하였다. 나이 오십이 넘었건만 그때까지 아버진 홀몸이였다. 동래엔 부모들이 점찍어놓은 처녀가 있었건만 아버지는 그 처녀와 영리별을 했던것이다.

언제인가 아버지가 심하게 앓아눕게 되였다. 아버지가 사는 집은 쯔시마령주의 판아에서 얼마 멀지 않는 곳에 있었는데 거기에는 아버지에게 때식을 보장해주는 늙은 로파와 딸이 함께 살고있었다. 당시 딸의 나이는 거의 서른살이였는데 어찌된지 홀몸이였다. 로파와 딸은 매일밤 아버지의 머리맡에서 밤을 새며 성심으로 간호하였다. 어떤 때는 로파가, 어떤 때는 딸이 번갈아 머리맡을 지키면서 아버지를 돌보았다. 모녀의 진정으로 아버지가 자리에서 일어난 날 로파가 아버지에게 말을 건늬였다.
　사연인즉은 제 딸의 남편이 되여달라는것이였다. 그러면서 하는 말이 딸이 세번씩이나 시집을 갔댔는데 무슨 염병이 붙었는지 한두해도 못되여 남편들이 다 죽었다는것이였다. 아버지가 보기에도 딸은 인물이 퍽 고왔다고 한다. 키가 늘씬하고 눈도 억실억실한게 척박한 이 쯔시마에 저런 미인이 다 있을가 하는 정도로 용모가 아릿다왔다. 그런 미인에게 저런 불상사가 있다는것이 믿어지지 않았다. 로파의 말이 세번씩이나 남편이 죽어버리자 다시는 그 누구도 데려가겠다는 사람이 없다고 울면서 토로하였다.
　《내 더 늙기 전에 저애가 맘편히 사는것을 봐야 눈을 감을것 같소이다. 그러니 의원어른이 우리 딸애를 좀 살려주시우다.》
　아버지는 너무 어처구니가 없어 말이 다 나가지 않았다. 그러니 나는 죽어도 일없다는 소리가 아닌가. 조선사람은 죽어도 일없고 네놈의 왜인들은 살겠다는 말인가 하는 소리가 입에서 튀여나올번 하였다. 허나 아버진 기나긴 삼십년세월을 이 풍토척박한 쯔시마에 잡혀와 왜놈들의 병을 치료하고있었다.
　한동안 입을 다물지 못하고있는데 로파가 《에구, 조선사람두 인정이 박하구만. 난 그래두 당신네는 우리와 달리 인정이 많다는 소릴 듣구 겨우 말을 붙인건데… 그러고보면 사내들이란 일본이구 조선이구 다 같구 같지…》 하며 일어서는것이였다.
　그 순간 아버지는 정신이 번쩍 들었다.
　《가만, 내 결심을 아직 말하지 않았소. 딸을 여기 데려오시우.》
　문밖에서 귀를 강구고있던 딸을 로파가 곧 데리고 들어왔다.
　《자, 그럼 딸은 이제부터 내 사람이요. 내 한마디 할것은 내 나이 쉰을 넘었소. 기껏 살아야 한 십년 아니, 그보다 더 오래 살수도 있고 일찍 죽을수 있소. 그러나 한가지만은 명심하오. 우리 사이에 애가 태여나면 어떤 일이 있어도 조선사람으로 살아야 한다는거요.》
　이렇게 되여 불쌍한 한쌍이 쯔시마에 태여나게 되였다. 사흘후에 로파가 말했는지 쯔시마령주가 직접 아버지가 거처하는 집으로 찾아왔다.
　《이제야 의원님이 제정신을 차렸구려. 응당 그랬어야지. 좌우지간 색시를 얻은걸 축하하오.》
　하면서 새로 집 한채를 마련해주고 많은 재산을 보내주었다. 아버지의 마음을 사보려고 숱한 계집들과 재물을 들이밀었지만 도저히 그 마음을 움직일수 없었던 령주로서는 놀라운 일이 아닐수 없었고 또 다행스러운 일이 아닐수 없었던것이다.

　이듬해 계집애가 태여났다. 태여난 첫날부터 계집애는 이름이 둘이였다. 집안에서는 수미라 불렀으나 밖에 나가 놀 때에는 후유꼬라 불렀다. 수미는 철이 들면서 아버지에게서 조선글을 익혔고 열살때부터는 의술을 배우기 시작하였다. 수미의 할머니는 수미가 다섯살 잡히던 해에 세상을 떠났다. 눈을 감으면서 할머니는 자기 딸이 네번째로 택한 사내가 죽은것이 아니라 펀히 살아 자기의 림종을 지켜주는것을 보고 눈물을 머금으며 맘편히 세상을 하직하였다고 한다.

　아버지는 가정을 이룬 후 어찌된 일인지 이전과 달리 기력이 왕성해서 의술에 전념하였고 무슨 의서를 쓴다고 모지름을 썼다. 어머니가 후에 말해준데 의하면 쯔시마에 끌려온 조선사람들의 병치료에 적합한 비방에 관한 의서를 집필하려고 했다고 하였다. 쯔시마에는 왜구들에게 끌려온 조선사람들이 많았으며 웬간한 왜인들도 조선말을 번질줄 알았다고 한다.

　전란이 일자 아버지는 고향으로 가자고, 죽어도 고향에 묻히고싶다고 하면서 밤중에 몰래 어머니와 수미를 데리고 배에 올랐다. 허나 거제도를 거의 가까이하였을 때 풍랑으로 아버지와 어머니는 바다의 령혼이 되고 수미는 젊은 나이인지라 간신히 섬에 오를수 있었다고 한다. 어부들의 도움으로 목숨을 건진 수미는 혈혈단신이라 어데 갈 곳도 없고 친척도 없는 몸이였다. 그래서 아버지의 고향에 가보았으나 전란의 첫 세례를 받은 동네인지라 아버지의 일가친척들은 하나도 살아남은것이 없었다. 마을사람들이 아버지의 동생되는분의 아들이 한성에서 무슨 황아장사를 하며 살아간다는 뜬소문이 있더라는 말을 하기에 여기 한성에 올라온 수미였다.

　넓고넓은 한성시가에서 그야말로 숲속에서 바늘찾기격이였다. 사촌오빠벌이 되는 사내를 어찌 찾는단 말인가. 더구나 전란으로 아비규환이 된 시국이였다.

　수미는 사촌오빠라는 사람을 찾기를 단념하였다. 그리고 의술을 련마하기로 결심하였다. 아버지의 소원이 의서를 쓰는것이였으니 내 비록 녀성의 몸이지만 의서를 쓰리라. 하여 수미는 여직껏 가정이란것을 생각해보지 않았다. 오직 아버지의 소원대로 훌륭한 의서를 쓰는것, 이것이 바로 혈혈단신 천애고아인 수미를 지탱하고있는 기둥이였다. 그래서 여태 홀몸으로 지내는 수미였다.…

　예영의 이야기는 끝났으나 방안엔 정숙만이 흘렀다. 허준은 너무도 크나큰 충격으로 가슴이 미여지는것 같았다. 젊었을적에 읽었던 동봉대사(김시습)가 세조의 왕위찬탈에 항거하여 벼슬을 버리고 방황하면서 경주 금오산에 들어가 썼다는 《리생규장전(리생의 사랑)》의 이야기인들 이보다 더 비극적이랴.

설유도 믿어지지 않는 수미의 경력을 들으며 눈물을 머금었고 례조에 다니는 예영이의 남편도 눈을 슴벅거리기만 하였다.

《듣고보니 기막힌 애기로구나. 그 랑자가 용하긴 용타. 이 세월에 의지가지할데 없는 랑자의 몸으로 의서를 쓰겠다니 그게 어디 쉬우냐? 헌데… 참 모를 일이야.…

그런 랑자라면 내 우정 찾아가서 만나보자꾸나.》

후진들에 대한 관심이 보통이 아닌 허준이다. 스승인 류이태로부터 물려받은 품성이라고도 볼수 있었다. 허준은 후진을 키우는데 절대로 시간을 아끼지 않았다. 아무리 일이 바빠도 의원양성소에 나가보는 허준이다. 죽순이를 대신하여 지금은 선복이가 양성생들을 가르치고 있었다.

《그러지 않아도 수미가 아버지를 만나보았으면 하오이다. 자기가 이 세상에서 제일 존경하는 의원은 아버지라고 하면서…》

그 말을 꺼내면서 예영이는 어머니를 힐끗 건너다보았다. 아무런 별다른 표정이 없었다. 예영은 이자리에서 수미가 한 딴 말은 입밖에 꺼내지 않았다. 분명 수미는 그 고운 얼굴이 붉게 상기되여 이렇게 말하였다.

《언니, 내가 이렇게 속을 터놓은 사람은 이 세상에 언니 한명뿐이예요. 그리고 내가 이 세상에 마음두고있는 사내가 누군지 아세요?》

수미의 일생담을 들으며 눈물을 흘리던 예영은 눈굽을 닦으며 놀라 되물었다.

《너에게도 마음드는 사내가 있니?! 그게 누군데? 내 어떤 일이 있어도 그 사람을 찾아다 네앞에 세워줄게. 그게 누구니?》

한참 수미는 머밋머밋거렸다. 그럴 때의 수미의 모습은 참말로 고왔다.

《부끄러워하긴, 어서 말해!》

수미가 고운 눈을 할깃거리더니 입을 열었다.

《나, 이 말 하면 욕 안하지요?》

《그건 무슨 소리야? 내가 왜 널 욕한단 말이냐?》

《그럼 내 말할게 언닌 욕해선 안돼요.

그 사내는 언니네 아버지!》

내가 잘못 듣지 않았는가? 내 귀가 잘못된게 아닌가? 예영은 다시금 물었다.

《누구라구? 너 이자 누구라구 했니?》

이번엔 수미가 큰소리로 웨쳤다.

《허준선생님이라고 했어요!》

세상에 이런 기막힌 일도 다 있는가? 이렇게 젊디젊고 아릿다운 수미가 다름아닌 우리 아버지를 맘속에 두다니?! 이애가 지금 제정신인가.

《너 실성하지 않았니? 우리 아버지를?… 얘, 웃기지 말아! 난 또 무슨 호동왕자쯤 되는줄 알았더니 환갑이 다 된 우리 아버지를 마음에 두었다니 그것두 말이라구 하니?》

수미가 왈칵 눈물을 쏟는다. 자기의 부모들에 대한 이야기를 하면서도 이렇게까지 슬피 울지 않던 수미가 목을 놓아 흐느끼자 예영은 당황하여 소리쳤다.

《얘, 넌 왜 이러니? 어린애처럼 소리내여 울긴?》

그러나 수미의 흐느낌소리는 그칠줄 몰랐다. 예영이는 수미를 달래였다.

《됐어. 내가 잘못했어. 그만 그쳐.》

이윽고 얼굴을 든 수미가 못을 박듯 또박또박 말하였다.

《언니가 욕할줄 알면서두 말했어요. 우리 어머니도 그랬고 나도 그래요. 난 내가 사랑하는 사람이 나이가 많든 가정이 있든 상관 안해요. 그리고 남의 가정을 파할 생각도 남의 첩으로 들어갈 생각도 없어요. 그저 한생 내가 진심으로 사랑하는 사람을 마음속에 간직하면 족해요.》

예영은 지금 어머니와 아버지에게 못할짓을 한것 같은 죄의식이 들었으나 차마 그 말은 꺼내놓을수가 없었다. 그저 아버지를 한번 만나고싶어 한다고만 말하였을뿐이다.

고개를 끄덕거리는 허준의 눈에 무엇인가 섬광같은 빛이 언뜻거렸다.

《내 기회를 타서 너희네 혜민서에 한번 가마. 그때 그 수미라는 의원을 만나보자꾸나.》

그후 허준은 혜민서에 간 기회에 수미를 만나보고 집으로 돌아와서 설유에게 이렇게 말하였다.

《예영이가 말하던 수미를 오늘 혜민서에 일이 있어 갔다가 만나보았더니 녀자로 태여난게 아깝더군. 눈썰미가 있구 또 학문에 대한 열의가 대단하더구만.

헌데 말이요, 너무 곱게 생겼어. 사내들이 줄지어 따라다니겠더구만. 젊었을 때 내가 선생님의 집에 갔을 때 당신을 처음 보았을 때의 감

정이 생각나더군.》

설유가 손을 입가에 가져가며 가볍게 웃었다.

《왜 웃소?》

《어의님의 입에서 녀인들이 곱다는 소릴 살면서 첨 들어보니 그러지요. 그렇게도 미인이던가요?》

《정말 미인이요. 아마 이 한성부중에 그런 미인은 보기 드물거요. 남남북녀라니 저 회령이나 강계에는 몰라두 말이요.

그런데 어딘가 날 대하는 태도라던가 말하는걸 가만히 보면 무슨 내속이 있어보이더군. 어쩐지 당신이나 우리 예영이, 죽순의원님이나 선복이같지 않더란 말이요. 그 고운 용모밑에 뭐인가 숨기고있는것이 느껴지더란 말이요.》

설유는 피뜩 집에 급한 환자라고 업혀들어왔던 왜년의 얼굴이 떠올랐다. 그 왜년도 굉장한 미인이였다. 그땐 너무 경황이 없어 자세히 뜯어보지 않았지만 설유의 눈엔 분명 그 왜년이 비록 인사불성이였으나 꽤 곱구나 하고 생각했던것이다.

왜 갑자기 이자리에서 그 왜년이 생각났는지 설유로서는 알수 없었다. 만약 그때 설유가 수미의 인상표징을 물어보았더라면 일은 달리 될수도 있었다. 허나 설유는 남편에 대한 믿음이 너무도 강했고 부부사이에 티만 한 오해도 원치 않는 녀인이라 더 캐묻지 않았다. 괜히 제가 시샘하는것처럼 여겨져 머리속에 떠오른 생각을 지워버리고 수미란 불쌍한 녀인이 어떻게 생겼기에 남편이 저리도 평가할가 생각했을뿐이였다.…

허준을 만나고난 수미는 그날밤 불안하기만 하였다. 놀란 토끼처럼 밤새 안절부절하였다. 허모의 이복동생이니 그렇겠거니 했는데 정작 만나보니 그 인품과 의학지식앞에 주눅이 들어 할 말도 제대로 못한 수미였다. 여태껏 수미가 대상한 사내들은 나고야 겐이와 마나세 쇼링, 고니시 유끼나가를 비롯한 왜나라의 한다하는 사내들이였다. 그들은 제나름대로의 도와 인격이 있는 거물급인물들이였다. 그러나 수미앞에서는 한갖 사내였다. 조선에 건너와서 대면한 허모도 비록 수미의 치마폭에 감겨돌지만 여간내기가 아니였다. 보아하니 자기를 욕구를 만족시키는 계집으로밖에 여기지 않는것 같았다. 조정사에 대해서는 일언반구도 꺼내지 않는다.

근간에 와서는 자기를 대하는 태도가 미적지근하다. 무슨 냄새를 맡은것 같기도 한데 절대로 입밖에 꺼내지는 않는다. 한차례의 도락이 끝나면 실눈을 짓고 자기를 무슨 관상용앵무새나 되듯이 찬찬히 주시해보는데 그럴 때면 실눈이 아예 보이지도 않는다. 분명 자기의 언행에서 뭐인가 기미를 챈것 같은 느낌이 들었다.

수미는 자기의 미모와 갖은 교태로 허모를 제 치마폭에 더 깊이 끌어들이리라 생각하면서도 어떻게 허준이를 줌안에 넣을지 생각이 떠오르지 않았다.

암만해도 자신심이 없었다. 준수하고 영채도는 두눈이 자기를 홀연 아이로 보는듯 했고 또 그 사색깊은 눈길은 자기의 속내를 빤히 들여다보는것 같았다. 그리고 부모없는 자기 처지를 진심으로 위해주는 그 인정과 덕앞에선 별안간 실지로 눈물이 쏟아질번 하였다. 실지 수미에게는 부모가 없었다. 수미가 예영이한테 말한 가정사는 거의 진실에 가까왔다.

다른것이 있다면 부모들의 출신이였다. 아버지는 제포에서 일본거류민들의 의원노릇을 하다가 사량왜변이후 일본과 조선과의 통상이 끊어진 다음 쯔시마에 옮겨왔고 그곳에서 어머니를 만났다. 실지로 어머니에게는 아버지가 네번째 남편이였는데 쯔시마령주의 소개로 함께 살았던것이다. 당시 어머니는 령주의 하녀였다. 쯔시마엔 조선사람들이 많아 후유꼬는 어려서부터 조선말을 잘하였다. 그에게 글을 배워준것도 사실은 쯔시마에 와있는 조선인 훈장이였다.

후유꼬가 다섯살때 아버지가 돌아가고 열두살때 어머니는 바람같이 사라져버렸다. 어머니가 행불되기 전 어느날 밤 어머니를 기다리다가 지쳐서 잠이 든 후유꼬는 한밤중에 어머니와 웬 사내가 웃방에서 얘기하는 소리에 깨여났다. 사내의 웅글은 말소리가 잠결에 깨여난 후유꼬의 귀전에 들려왔다.

《이애를 두고 일없겠소?》

울먹이며 하는 어머니의 말소리가 그뒤를 따랐다.

《어쩌겠어요. 별수가 있나요.》

동 닿지 않는 그 말들이 무슨 소린지 후유꼬는 며칠후에야 알았다. 그로부터 나흘후 어머니가 온다간다 소리없이 사라져버렸다. 후유꼬는 닷새동안 어머니를 찾으며 슬피 울었으나 어머니는 끝끝내 집에 들어오지 않았다. 그로부터 열흘후 령주가 보냈다는 두억시니같은 장정 둘이 집으로 와서 어머니를 만나게 해준다면서 그를 배에 태웠다. 어린 후유꼬는 《정말 우리 어머니를 만날수 있나요?》 하고 몇번이나 물었다. 장정들은 《그럼, 만날수 있구말구.》 하며 선선히 대답하였다. 그러나 후유꼬가 당도한 곳은 어머니의 품이 아니라 병부에서 운영하는 무슨 군대련무장이였다. 그곳에서 후유꼬는 몇해동안 온갖 고통을 참으며 훈련을 받다가 나고야 겐이한테 소개되여 오늘과 같은 녀인이 되였던것이다.

허준이 인자한 아버지마냥 자기를 굽어보며 《부모들이 살아계셨으면 이렇게 혼기를 흘려보내고 홀로 사는 임자를 보면 얼마나 가슴이 아프겠나. 의술을 닦고 의서를 쓰는것도 좋지만 좋은 대상을 골라 가정을 이루게.》 하고 말할 때 후유꼬는 진정으로 감동되여 눈물을 떨구었다.

후유꼬의 눈으로 볼 때 허준은 단순한 명의일뿐아니라 어찌 보면 인자한 부모같고 너그러운 스승같았으며 대신들도 무색할 아량과 웅지를 지닌 도와 격이 있는 사내였다. 그런 사내를 홀린다는것이 도저히 자신이 없었다. 오히려 후유꼬 자기가 허준이한테 동화될것 같은 당혹감이 머리를 쳐들었다. 허나 물러서면 안될 도박이 이미 시작된셈이다. 물러서면 뒤에는 아찔한 낭떠러지였다. 더 물러설 자리가 없지 않는가.

어쨌든 칼 물고 뜀뛰기를 해보자. 이왕 시작한 도박이니 결말이 있어야 한다!

한편 곤도에게 허준을 시야에서 놓치지 말라고 오금을 박을 생각이였다. 이 나라 속담에 꿩 잡는게 매라고 종당에는 의서를 손에 넣으면 그저그만이였다. 그들이 노리는것은 바로 의서의 보관장소였다. 아직은 후유꼬도 곤도도 그 실마리를 잡지 못한 상태였다.

때로는 그렇게 고대하던 일이 하늘에서 뚝 떨어지듯이 전혀 예상치 않게 불시에 맞아지는 경우도 있는 법이다.

허모의 경우가 바로 그러하였다.

1608년 초봄 어느날 여느날과 다름없이 례사롭게 흘러가던 이날밤에 조정과 궁궐안을 들썩하게 하는 일이 일어났다. 이날은 허모에게는 두번다시 없을 행운의 날로, 허준에게는 일생에 다시 없는 비극과 불행의 날로 되였다.

마침 사헌부에서 나오던 허모의 눈에 수많은 대신들이 사색이 되여 분주히 오고가는것이 띄였다.

무슨 큰일이 생겨서 지체높은 대신들이 허둥지둥하는지 영문을 알길 없었다. 허모의 앞으로 마침 면식이 있는 한 례조의 관리가 지나가기에 붙들고 물어보았다.

《무슨 일이 생겼수?》

그 관리가 주위를 일별하더니 소리를 낮추었다.

《방금전에 전하께서 붕어(임금이 죽은것)하셨소.》

《?!》
 허모는 순식간에 머리칼이 쭈빗 일어서는것 같았다. 온몸에 전률이 일었다. 그는 후들후들 떨리는 다리로 다급히 자기 방으로 들어섰다.
 (임금이 죽었으니 어의인 허준이놈도 무사치 못하겠구나. 드디어 내가 기다리고 또 기다리던 그날이 왔구나!)
 그의 눈에서는 무서운 독기가 뿜어져나오기 시작하였다.
 임금이 죽은것을 허준이에게 죄를 몰아붙이면 그놈은 영낙없이 역적의 루명을 뒤집어쓸것이 불보듯 뻔한 일이였다.
 허모는 급히 돌아서서 내의원의 함치우를 찾아갔다. 임금의 붕어로 내의원은 그야말로 초상난 집이였다. 복새통속에서 신고해서야 겨우 함치우를 만날수 있었다.
 허모는 사람들의 눈을 피해 으슥진 곳으로 함치우를 끌고갔다. 보아하니 함치우도 어지간히 흥분되여있었다.
 《판관어른은 전하의 붕어에 대해 어떻게 생각하시오?》
 한 나라의 최고권력자인 왕이 세상을 떠나면 제일 볶이우는 곳이 내의원이였다. 모든 의관들이 야밤삼경에 불리워나와 바삐 돌아치는데 난데없이 불쑥 나타나 구석진 곳에 데리고가서 이렇게 묻는 허모가 함치우에게는 이상스러웠다.
 왜 이자가 날 찾아왔을가? 그런것이나 물어보려고 이밤중에 찾아왔을리 만무하였다.
 이는 분명 임금의 주치의인 허준을 념두에 두고 묻는 수작질이였다.
 함치우는 얼핏 허모의 얼굴을 넘겨다보고는 거침없이 횡설수설하였다.
 《전하께서 급사하신것은 명백히 주치어의인 허준에게 책임이 있다고 보네. 어의가 눈을 편히 뜨고있으면서 이런 불상사를 가져왔으니 이게 어디 있을번 한 일인가?
 허준이 어의로서의 구실을 똑바로 했다면 어찌 전하께서 비명에 붕어하셨겠소?
 그가 하는 일이 대체 뭐요? 밤낮 의서를 쓴다고 돌아치면서 어의로서의 본분을 제대로 수행 못했으니 그 어찌 허투루 대할 문제겠소.》
 앓던 어금이를 뽑아던진것만큼 마음후련한 소리였다.
 허모는 실눈에 웃음을 머금고 붙는 불에 키질하였다.
 《옳소이다! 이건 대역부도한 죄에 못지 않은 역신의 행실이지요! 내게 떠오르는 수가 있으니 판관어른은 빨리 이러한 자료들을 문서에 담아 의관들의 지장을 받아오는게 좋겠소이다!》

한식경도 안되여 함치우가 문서를 들고 나타났다. 어의로서 자기 임무를 태공하여 임금님을 붕어하게 한 역신이라는 어마어마한 죄목과 그를 의학적으로 보증하는 론거들이 장황하게 적혀있는 문서에는 함치우와 내의원 의관들의 지장들이 찍혀있었다.

임금을 사망케 한 역신을 조금이라도 두둔하는자는 그 역신과 꼭같이 취급한다는 소리에 내의원 의관들이 마지못해 지장을 누른것이였다.

허모는 이 일을 누가 시야비야 할새없이 속전속결해야 한다고 생각하였다. 계책이 서있다고 해도 질질 늦추면 어느 모퉁이에서 어떻게 예상밖으로 일이 찌그러져나갈지 몰랐다.

함치우의 문서를 받아든 허모는 거기에 자기의 처리안을 덧붙여 대사헌을 찾아갔다.

대사헌이 놀란 눈길로 허모를 바라보았다.

《이게 정말이냐?》

《사실이옵니다. 소인이 전하가 붕어하셨다는 비보를 접하고 그 원인을 알아보니 내의원 의관들이 한결같이 어의에게 책임이 있다고 하면서 이렇게 공동으로 증빙문서를 보내왔소이다.》

대사헌은 허모가 내민 문서를 점도록 응시해보았다.

어쨌든 쉽게 결심할 문제가 아니였다.

불쑥 허준이 이전 내의원 제주 류희춘의 소개로 내의원에 들어왔고 나중에는 어의로 등용되였다는 사실이 떠올랐다. 게다가 요즘에는 서인들이 외직으로 쫓겨갔다가 다시 조정의 내직에 들어온 리해수를 다시 대사헌으로 추천하려 한다는 뛰뛰한 소문도 나돌고있었다. 리해수나 류희춘은 어쨌든 리이와 같은 서인이 아닌가.

《그렇다?!

헌데 위리안치형벌을 주자는것은 너무 가혹하지 않을가?》

허모는 눈섭 하나 까딱하지 않고 기염을 토했다.

《하루사이에 임금을 비명으로 붕어시킨 그 죄야 사실 역모죄나 다름이 없다고 보오이다. 그러니 부디 심사숙고하시길 바라나이다.》

온 대궐안에 팽팽한 분위기가 감도는 속에서 혀바닥을 잘못 놀리였다가 누가 언제 어떻게 역신이라는 감투를 뒤집어쓸지 모르는 판이였다.

하여 허준은 불충불경죄로 선조가 세상을 떠난 그날로 옥에 갇히우게 되였다. 내의원의 의관들이 보증했다는 그 증빙문서가 큰 효력을 나타냈다.

허모 못지 않게 함치우는 양례수를 추동하여 의금부로 드나들면서 허준의 유죄를 떠들었다.

허나 양례수네들의 주장과 달리 선조의 사망은 불치의 병과 관련된것이였다.

당시의 기록들에는 선조가 편치 않은지 해포 즉 1년이 되였다고 씌여있다. 《광해군일기》권1 무신년 2월 초하루 무오일조에는 다음과 같이 기록되여있다.

《미시(오후 1~3시)에 임금이 찹쌀밥을 들다가 갑자기 병이 나서 숨이 막히면서 위급하게 되였다.

대신들이 대궐의원인 허준 등을 데리고 들어와서 진찰했으나 임금의 병세는 이미 더는 어찌할수 없게 되였다. 모든 대신들이 다 울면서 나갔다. 조금 뒤에 임금이 세상을 떠났는데 때는 신시(오후 3~5시)였다.》

그리고 그뒤에서는 임금이 편치 않은지 해포가 되였다고 쓰고있다. 앞에서는 찹쌀밥을 들다가 갑자기 병이 나서 숨막히면서 위급하게 되였다고 기록하고는 뒤에서는 앓은지 1년이 되였다고 쓰고있다. 앞뒤론리가 맞지 않지만 총적으로는 이미전부터 앓고있었다는것이다.

당시 선조는 57살이고 왕위에 있은지는 41년이였다.

어느 설이 맞는지는 정확히 알수 없으나 어쨌든 그 당시 당쟁의 와중으로 복잡다단했던 조정의 실상을 보여준 비화라고 말할수 있을것이다.

물론 임금을 전문적으로 치료하는 어의인 허준에게 그 책임을 따지는 것은 잘못이 아니지만 만약 선조가 불치의 병이라면 그 당시 의학의 발전수준에서 고쳐낼수 없을것은 자명하였다.

허나 허준은 어의라는 그 한가지 리유로 하여 또 의서집필에만 몰두하면서 존귀한 성상의 옥체를 잘 돌보지 못했다는 무근거한 죄명을 쓰고 정배살이를 가지 않으면 안되였다. 처음에는 북방으로 갔다가 후에 대간들의 제의로 곡도로 끌려가 위리안치라는 형을 받게 되였다.

《감찰나리! 허준이 함거(수레우에 나무를 둘러대여 죄인이 달아나지 못하게 한것)에 실려 정배지로 떠난다 하오이다.》

심복부하가 떠올리는 그 말을 듣는 허모의 실눈에서는 시퍼런 독기와 함께 승리자연한 삵의 웃음이 흘렀다.

허나 아직은 탕개를 늦추고 마음을 놓을수 없었다.

댓새가 지나서 자기가 파한 심복으로부터 허준이 형리들의 압송하에 정배지로 떠났다는 보고를 듣고서야 허모는 쾌재를 올렸다.

제6장 《보감》

1

곡도는 그 둘레가 약 150리정도 되는 섬이다.

높지 않은 산들과 벌들이 교차되여 펼쳐져있는 이 섬에는 약 50여호의 민가들이 있었다.

섬에는 크지 않은 릉선과 골짜기들이 많았다. 서쪽해안은 높은 벼랑으로 이루어져있었고 해안가까이에는 험한 바위들이 많아 배들이 접근하기조차 힘들었다.

섬주변은 미세기흐름속도도 대단히 빨랐으며 사리때의 만조높이는 열다섯자정도(4.4메터), 조금때의 만조높이는 아홉자정도(2.5메터)였다.

섬에는 동백나무와 후박나무를 비롯한 사철푸른 넓은잎나무들과 소나무가 빼곡이 자라고있었다.

허준은 아직도 자기의 운명이 이렇게 된것이 믿어지지 않았다. 마치 악몽속에서 헤매는것 같았다.

함거에 짐짝처럼 실려 의금부 라졸들에게 압송되여 한성부에서 북쪽으로 류배갔다가 다시 여기 곡도까지 오면서도 그는 어떻게 되여 자기가 정배를 가는지 미처 인식도 못하고있었다.

다만 의금부에서 죄목을 불러주던 일밖에 생각나지 않았다.

《허준은 듣거라!

네놈은 임금의 은총을 입어 공신으로 되였건만 자기의 명예와 사리사욕을 추구하면서 지엄한 성상의 강녕에 심신을 쏟아붓지 않았다.

임금이 있어 나라가 있고 백성도 있거늘 네놈의 그 불충불경죄는 천추만대 씻을수 없는 대역모죄와 다름없다.

의서를 쓴다고 헛소문만 퍼뜨리면서 성상을 속이고 전하의 강녕을 소홀히 하여 국상을 초래했으니 그 죄는 응당 죽어야 한다.

허나 성상의 은총을 많이 받아왔고 또 지난 시기 세운 공을 봐서 위리안치의 형벌을 내리노라!》

무슨 소리인지 귀가 웅웅거리고 눈앞이 어질어질하기만 하였다. 미처 정신을 차리지 못하고 어안이 벙벙해서 함거에 실려온 자기였다.

곡도에서 제일 가까운 구미포에 도착하여 다시금 매생이를 타고 곡도에 오른 다음 높고낮은 등성이를 넘어 라졸들에게 끌리워가면서도 허준은 정신이 없었다.

어느 산등성이의 음침한 중턱에 가시울타리로 겹겹이 둘러싼 자그마한 초가집이 있었다.

그 초가집에 허준을 처넣고 라졸들은 바람같이 사라졌다.

허준은 빈 초가집에 까딱 않고 죽은듯이 굳어져버렸다. 거의 한식경이 지나서야 허준은 점차 리성을 회복하기 시작하였다.

형장으로 찢겨진 몸을 끌고 밖으로 나가 자기의 거처지를 눈여겨 살펴보았다.

지붕과 이영이 고삭을대로 고삭은 자그마한 초가집둘레는 온통 가시나무들로 둘러쳐있었다.

그는 그 가시장벽쪽으로 발걸음을 옮겼다.

돌배나무와 주염나무를 비롯한 여러가지의 가시나무들이 네겹, 다섯겹으로 빽빽이 진을 친 가시울타리가 그의 키를 훨씬 더 넘게 앞을 가로막고있었다.

자세히 살펴보니 밑둥을 잘라버리고 가시가 촘촘한 가지들이 무성하게 뻗어간 돌배나무들이 목책(나무울타리)처럼 깊숙이 땅에 박혀 무려 세겹씩이나 렬을 지어 둘러쳐있었으며 그 목책들사이에는 다시 돌배나무가지들과 가시를 잔뜩 도사린 주염나무가지들이 수없이 얼기설기 엉켜져 가로세로 겹겹이 싸여져있었다.

밖에는 죄인이 그곳을 벗어나지 못하게 감시하는 파수군졸까지 주야로 지키고있다.

이곳에 갇힌 죄인들이 한걸음도 나갈수 없는 곳, 추호의 자유도 주지 않는 형벌이 다름아닌 위리안치라는 형벌이다.

허준은 라졸들이 자기를 이안에 짐짝처럼 던지고 가던 모습이 생각났다. 차츰 눈앞의 현실이 인정되였다.

얼마나 모질고 무자비하며 참혹한 환경속에 자기의 목숨이 놓여있는가를 비로소 깨달았던것이다.

(아, 이게 바로 위리안치라는 정배살이로구나!)

허준은 귀양살이에 위리안치가 있다는 말은 들어왔으나 난생처음으로 제 눈으로 그것이 어떤것인가를 목격하였던것이다.

그에 비하면 이전의 류배지는 한창 나은 곳이였다.

자기의 처지가 인정되자 허준은 꺼져버리듯 풀썩 마당에 주저앉았다.

너무도 상상 못한 일이였다. 실로 무서운 운명의 희롱이였다.

하늘을 쳐다보며 허준은 목놓아 울부짖었다.

《아아!- 아아!-》

두주먹으로 땅바닥을 쾅쾅 두드렸다. 손가락이 터져 피가 흘렀으나 허준은 미친듯이 울부짖으며 땅을 쳐댔다.

곡도의 하늘가에 절망에 빠진 사나이의 통곡소리가 처량하게 울려퍼졌다.

《이 무슨 일이냐? 내 어째서, 무슨 죄가 있단 말인가! 아- 아-》

허준은 선조의 급작스러운 붕어는 심장사라고 믿고있었다.

근 한달전부터 선조에게서는 자주 결대맥(부정맥)이 간간이 나타나군 하였다.

하여 허준은 최선을 다하여 좋다는 약들을 여러가지로 써왔고 자기의 의술을 최대로 발휘하여 치료하였다.

일반적으로 병은 치료와 함께 섭생과 마음안정이라는 또 하나의 중요한 비방이 있다.

이 리치를 홀시하고 잘 지키지 않으면 그것은 병주고 약주는 격으로 되고만다. 더우기 심장병인 경우는 더욱 그러하였다. 심주신명(심장이 정신을 주관하다.)의 리치로부터 심장이 정신상태를 주관하고있다고 하지만 그 정신상태는 반대로 심장병에 자못 큰 영향을 주는것이다.

이것이 선조의 건강에 치명적인 후과를 가져왔다고 허준은 확신하고있었다.

그러나 선조가 붕어한 후 주치의인 허준은 질병과 사망원인에 대한 론거를 단 한마디도 말 못해보고 벼락같이 옥에 갇히웠고 얼마후에는 함거에 실리워 근 이틀동안 미처 정신을 차릴새도 없이 압송되였고 나중에는 이 외진 섬인 곡도에 처참하게 위리안치되였다.

허준은 이것이 권좌를 노리는 왕궁내부의 작간과 자기를 반목질시하는 의관들과 관리들의 소행이라는것을 어렴풋이나마 짐작하고있었지만 이렇게까지 가혹한 형벌에로 이어질줄은 미처 생각지 못했다.

허준은 근 이틀째 마음을 다잡지 못하고 자그마한 마당에서 오락가락 하였다.

아무리 생각해보아도 이는 더는 재생할수도 살아날수도 없는 무서운 나락이였다. 그는 또다시 집앞의 자그마한 토방우에 털썩 주저앉아 절망적인 비명소리를 내였다.

(아! 이젠 끝장이로구나! 내 한평생 나라를 빛내이고 만백성의 건강에 기여하는 의서를 내놓으려고 했건만 그 뜻을 이루지 못하고 무주고혼이 된단 말인가!)

허준은 또 그날밤을 꼬박 뜬눈으로 지새였다.

다음날이였다.

날이 밝자 허준은 다시금 자기가 거처하게 될 방안을 둘러보았다. 자그마한 방바닥에는 때가 반질반질한 낡은 노전이 펴있었고 방안의 웃쪽에는 목침 한개가 나딩굴고있었다.

허준은 방안의 벽면을 유심히 주시해보았다.

진흙이 그대로 보이는 네 벽면이 굶주린 승냥이마냥 입을 쩍 벌리고 허준을 마주하고있었다.

벽면을 바라보던 허준은 어느 한 곳에 눈길을 모았다. 분명 무슨 글이 씌여져있었던것이다.

허준은 그앞에 바싹 다가가 미간을 쪼프리고 글자를 하나하나 뜯어보았다.

《나는 억울하게 죽는다. 역신이 아님에도 불구하고 역신으로 몰려 이렇게 참혹하고 억울하게 죽는다. 무신년(1608년) ×월 ×일. 황해감영 최지우 서》

등골이 오싹하고 머리칼이 쭈빗하였다. 쓴지 얼마 오래지 않은 글이였다.

(그러니 이 사람도 억울하게 루명을 쓰고 이곳에서 비참하게 살다가 죽음을 당했구나!)

모골이 송연하고 공포와 무섬증으로 하여 온몸이 싸늘해졌다.

이것이 바로 미구에 닥쳐올 자기의 운명이였다.

공포증에 뒤이어 허무감과 고독감이 들물마냥 엄습하였다.

(이젠 어떻게 해야 하는가?)

두손으로 머리를 받치고 누운 허준은 생각해보았다.

아무리 생각을 굴려보아야 앞이 보이지 않았다.

망망대해에 뿌려진듯 한 자기의 신세가 새삼스레 현실적인 감각으로 가슴에 마쳐왔던것이다.

허준은 그자리에 누운채로 초점없는 눈으로 멍하니 천정만을 쳐다보았다.

이렇게 뜬눈으로 사흘째 되는 날 늘 준수하고 끼끗하던 그의 얼굴은 며칠새에 더욱 훌쭉해졌으며 더부룩한 수염은 온 얼굴을 덮었다.

이른새벽 바람소리가 하도 요란해 허준은 겨우 풋잠에 들었다가 깨여나 밖으로 나왔다.

선들선들 불어오는 해풍이 그의 옷자락을 가만히 들추어놓는다.

하늘에는 별이 총총하다. 그 별들을 바라보는 허준의 눈가에 눈물이 괴여올랐다.

불현듯 설유의 얼굴이 별무리속에 우렷이 떠올랐다.

졸지에 생사를 기약할길 없는 이 류배지에 남편을 보내놓고 이밤도 눈물로 지새울 설유를 그려보느라니 가슴이 미여지는것 같았다.

새삼스레 허준은 자기의 뒤에 사랑하는 안해와 딸애가 있다는 생각, 그들이 일구월심 자기 하나만을 믿고 이 험악한 세상을 살아간다는 생각이 들었다.

정신이 번쩍 들었다.

그렇다. 허준아, 너에게는 주저앉을 권리가 없다! 그렇게 맥을 놓고 한탄만 할 권리가 없다!

누군가의 질책이였다. 사람이 살아 한생에 무슨 일인들 없으랴.

옳은 뜻이 있고 진실한 정이 있으면 꼭 살아날수 있고 살아야 나라와 백성을 위해 하나라도 좋은 일을 할수 있지 않겠는가.

둘러보면 세상리치는 단순하였다. 선과 악, 정의와 부정의, 진실과 허위와의 싸움이다.

선은 악을 이기고 정의는 부정의를 이기며 진실은 허위를 이기는 법이다.

이 자명한 리치는 어제오늘에 생겨난것도 아니다. 장구한 인류력사가 그걸 말해주고있었다.

설사 그 시대에는 역적으로 몰려 죽을수도 있고 오명을 벗지 못하고 수치스럽게 생을 마칠수도 있다. 허나 력사는 공정하고 세월은 그 누구의 눈치를 보지 않는다.

그 당대에는 권력과 신분과 금전으로 선이 말살되고 정의가 짓눌리며 진실이 입을 다물수 있어도 력사와 세월은 그런 불의를 사정없이 일소해버린다. 그래서 사람들은 력사의 공정한 평가를 높이 사고 또 두려워하는것이다.

무변광대한 이 땅을 둘러보라!

그 땅우에 수많은 왕궁과 나라가 세워졌고 권력자들이 치부를 위해 얼마나 그 땅을 혹사했던가. 허나 종당에는 한줌의 재가 되여 그 땅에 묻히고있다.

땅은 거짓을 모른다. 땀을 흘리고 피를 바친것만큼 열매를 준다.

허준은 비로소 설유와 예영이 그리고 어머니와 류이태, 죽순이와 선복이, 기동이와 칠성이, 달래를 비롯한 자기의 마음속에 가장 소중히 자리잡혀있는 그들이 자기를 지켜보고있다는 생각, 이 시각도 그들이 자기에게 참다운 선과 정의를 호소하고있음을 절감하였다.

그렇다! 제일 무서운것은 위리안치라는 이 현실이 아니라 자기자신을 잃는것이였다.

설사 역적으로 몰려죽어도 사람들은 이 허준이가 나라와 정의를 위해, 평범한 백성들을 위해 진실로 몸부림쳤으며 참답게 생을 마쳤다는것을 기억할것이다!

허준은 두주먹을 불끈 쥐고 이발을 사려물고 속으로 부르짖었다.

(이대로 죽어서는 안된다!

아니, 나에겐 이대로 거꾸러질 권리가 없다!

어떤 일이 있어도 내 기어이 의서의 집필을 완성할것이다! 설사 여기서 무주고혼이 된다 하여도 이 허준이는 죽는 마지막순간까지 품은 뜻을 굽히지 않을테다!

설유와 예영이앞에 그리고 어머니와 스승앞에, 죽순이와 기동이를 비롯한 이 나라 백성들앞에 떳떳하기 위해서 내 기어이 살아 의서를 완성하리라!)

이날부터 삶을 위한 싸움이 시작되였다. 가시울타리로 둘러막힌 이 집과 마당이 허준의 삶의 전장이였다.

허준은 이 험악한 조건에서 살아남기 위한 필사의 생존싸움부터 시작하였다.

자기의 넋을 지키고 의서의 집필을 완성하려 해도 우선 여기서 살아남아야 하였다.

이런 험악한 조건에서 조금이라도 의지와 긴장을 늦추면 영낙없이 병에 걸리거나 쓰러져버린다는것도 허준은 잘 알고있었다.

오랜 기간의 치료경험을 통하여 허준은 질병도 의지박약한 사람들에게는 더욱 기승을 부리며 달려든다는것을 절감하고있었던것이다.

허준은 명의다운 눈길로 지금의 렬악한 조건에서 살아남기 위한 방책을 모색하였다.

살아갈 방책이 생기면 그다음에는 의서의 집필방도를 찾기로 하였다.

물론 험악한 이곳에서 의서집필이라는것은 상상조차도 할수 없었지만 하자고 독을 품고 달라붙은 사람에게는 반드시 방도가 나질것이다.

허준은 언젠가 설유가 자기의 머리를 쓰다듬으며 읊던 시조를 외워보았다.

　　　　산이 높다하되 하늘아래 뫼로다
　　　　오르고오르면 못 오를리 없건만
　　　　사람이 제 아니 오르고 뫼만 높다 하더라

맨먼저 허준의 눈길이 가닿은것은 곰팽이가 잔뜩 낀 허줄한 보리쌀자루였다.

이곳에 당도한 다음날에 수비군졸이 던져주고간것이였다.

허준은 자루안의 보리쌀을 토방우에 다 쏟아놓았다. 말이 보리쌀이지 짚검부레기와 돌, 모래알이 수두룩하였다.

허준은 쌀알을 하나하나 골라냈다.

그리고는 깨끗이 선별한 보리쌀들을 토방우에 골고루 펴놓고 해빛에 바싹 말리웠다.

사흘정도 지나니 보리쌀은 수분 하나 없이 깨끗이 말랐다.

허준은 마른 보리쌀들을 손바닥으로 비벼 그우에 낀 곰팽이를 벗겨냈다.

보리쌀의 량을 가늠해보니 자루속에 들어있었던 량의 7할이 되나마나 하였다.

이것이 아마 한달분량의 식량인듯싶었다.

허준은 깨끗이 말리워 손으로 알알이 비벼낸 보리쌀을 다시 서른등분으로 나누었다.

그리고는 마당주변에서 맞춤한 차돌 두개를 얻어가지고 그 보리쌀들을 짓찧기 시작했다. 가볍게 두드리기도 하고 맞비벼 짓뭉개기도 하니 제법 누르끼레하면서도 보드라운 가루가 흘러나왔다.

그 가루를 입에 넣어보니 씁쓸하면서도 고소한 맛이 느껴졌다.

가마도 없고 부뚜막도 없는 이 집에서 생쌀로 먹기보다는 한결 더 감칠맛이 있었다.

이렇게 하면 상대적으로 적은 량의 식량을 가지고서도 소화흡수률을 높이고 배고픈것도 면할수 있는것이다.

보리쌀가루를 입에 넣고 씹는 허준의 입에서 허거픈 웃음이 나왔다.

(이런 귀양지가 아니면 어데 가서 이런걸 먹어볼고?)

곰팽이가 낀 그 보리쌀도 금처럼 귀해보였다. 그래서인지 생보리쌀가루의 맛이 여간 고소하지 않았다.

참으로 사람은 환경과 조건에 따라 같은 음식이라 할지라도 그것을 서로 다르게 감수하는가부다. 기아와 굶주림에 시달리고 극단한 경우에 부닥치면 여느때에는 감히 입에 넣을 생각도 못하던 천한 음식도 다 달게 느껴지는것이요 또 흥청스러운 생활속에서는 진귀한 음식도 귀찮게 보이는 법인것이다.

허준은 명백한 그 리치가 새삼스럽게 느껴졌다.

한참 보리가루를 입에 넣고 우물거리니 목이 깔깔해왔다.

그 순간 허준은 문득 이 가시울타리안에 먹을 물이 없다는 생각이 들었다.
 가슴이 섬찍하였다. 물이 없다는것은 곧 죽음을 의미하는것이다.
 의원으로서 사람의 생활에서 물이 얼마나 중요한가를 너무도 잘 알고 있는 허준이였다. 입에 넣고 씹고있는 보리쌀가루보다도 어떤 측면에서는 물이 더 중요하였다.
 일반적으로 사람이 기아와 굶주림에 시달릴 때 그것을 견디는 힘은 남자들보다 녀자들이 더 강한 법이다. 낟알을 전혀 입에다 대지 못하는 극단한 상황에 처했을 때 남자들은 기껏해야 열흘을 넘기지 못하지만 녀자들은 보름이상까지 견디여낸다.
 그것은 녀자들은 엉뎅이부위와 배부위에 지방질 즉 기름질의 축적량이 남자들보다 훨씬 더 많기때문이다. 녀자들의 이와 같은 생리적특성은 태생기때에 새 생명을 키우고 탄생시켜야 할 모체로서의 중임을 지니고있기때문이다.
 그러나 이런 극단적상황속에서는 낟알보다 물이 더 중요한 작용을 하게 된다.
 아무것도 안 먹고 굶는 경우 기껏해야 한주일을 넘기지 못해도 물이 있으면 근 한달이상 살수 있다. 이처럼 사람은 물과 떨어져서는 단 하루도 견디기 힘든것이다.
 허준은 이 리치를 잘 알고있었다.
 한편 허준은 내의원의 의관으로 있을 때에 위리안치에 대한 소문을 드문히 듣군 하였었다.
 그에 의하면 위리안치된 죄인들속에서 어떤 사람들은 몇달만에, 어떤 사람들은 1년만에 또 어떤 사람들은 3년 지어는 5년까지 죽지 않고 살아남았다는 소리를 들었다. 물이 없으면 도저히 이렇게 생존할수 없는것이다.
 허준은 일어서서 마당의 곳곳을 살피기 시작했다.
 그러나 물원천으로 될만 한 곳은 그 어디에도 없었다.
 문득 이 집도 뒤울이 있지 않을가 하는 생각이 들었다. 집뒤로 돌아가니 석자가량 되는 자그마한 뒤울이 있었다.
 허준은 그곳에 눈길을 주었다. 어느 한 곳을 응시하던 그는 정신을 집중하였다. 분명히 해빛에 반짝거리는것은 물이였다.
 (아! 물!)
 다급히 가까이에 다가가보니 작은 솥만 한 물웅뎅이가 가시울타리의 착 밑에 붙어있었다.
　자그마한 샘이였다. 당당하게 샘이라고는 말할수 없었지만 그래도 그곳에는 정갈하고 깨끗한 물이 찰랑거리고있었다.
　아마 근근히 이 정도의 물을 먹고 살라고 위리안치시키는 집의 위치를 샘이 있는 곳에 정한듯싶었다.
　허준은 샘터에 엎드려 정신없이 물을 들이켰다. 쩡하고 답답하던 가슴이 시원해왔다.
　이윽고 머리를 들고 샘물의 물면을 바라보던 허준은 깜짝 놀랐다. 전혀 자기의 모습을 찾아볼수 없는 낯선 사람이 올려다보고있었다.
　눈확과 볼은 훌쭉해졌으며 얼굴에는 수염이 더부룩하게 나있었다. 피골이 상접한 그 모습을 보니 가슴이 쓰렸다.
《하하하!》
　그 모습을 보며 미친듯이 웃어댔다. 한참 웃다가 다시 샘물을 들여다보니 귀신같은 자기의 몰골에 꺼이꺼이 울음이 나갔다.
　잠시후 허준은 입술을 옥물었다.
　살자면 자기 몸부터 깨끗이 거두어야 한다. 절제없는 생활, 그것은 곧 타락이고 죽음이였다.
　허준은 두손으로 맑은 물을 떠서 얼굴을 씻기 시작했다.
　귀양지에 온 이래 처음으로 하는 세면이였다. 보매 이 가시울타리안에서 가장 정갈하고 깨끗한것은 이 샘물밖에 없는듯싶었다.
　허준은 다시금 마음을 가다듬었다.
　(꼭 일어서야 한다! 반드시 견디여내야 한다!)
　허준은 위리안치된 귀양지의 생활에 안착되고 익숙되기 위하여 필사의 노력을 기울였다.
　차차 그 생활환경에 익숙되면서 마음이 안정되여갔다.
　허준은 매일 아침 일어나면 가볍게 운동하는것으로 일과를 시작하였다.
　지나친 운동은 영양이 보장되지 않는 보리가루나 먹는 육체에는 손상되지만 적당한 몸놀림은 부족되는 영양을 대신할수 있었다.
　그리고는 보리가루를 돌에 다시 짓찧어 더 보드랍게 갈아내는 일을 하군 하였다.
　밤이 되면 될수록 깊은 잠에 들려고 의식적으로 애썼다.
　이런 생활일과를 반복하느라니 점차 마음의 안정이 회복되였다.

안정이 되자 허준은 의서집필방도를 모색하기 시작했다. 아직까지는 아무런 방책도 떠오르지 않았다.
생존자체의 엄혹성보다도 의서집필의 방도가 없는것이 피로왔다.
정녕 가시울타리로 둘러막힌 이 자그마한 공간에서, 외부세계와 완전히 격폐된 고립무원한 이 섬에서 의서를 집필할 방책이 더는 없단 말인가!

2

한차례 도락이 끝나자 어느새 수미는 희멀쑥한 육체를 드러내고 쌕쌕거리며 꿈나라를 헤매고있었다.
이제는 부끄러움이란건 다 잊었는지 자기의 알몸을 허모가 살살이 훔쳐보는줄 모르고 자기의 팔을 베고 꿈속에서 헤매는 수미의 모습을 보며 그는 설유에 대해 생각하고있었다.
허준이 류배간지도 닷새가 지났다.
아직 수미는 그 내막을 모르고있었다. 먼저번의 일이 있은 후 안개속의 미지의 인물같은 수미에게 일종의 긴장감을 품었던 허모이라 비록 수미를 때없이 품안에 안고 재미를 본다지만 그에 대한 의문이 완전히 가셔진것은 아니였다.
그래서인지 허준이와의 일을 터놓고싶지 않은 허모이다.
설사 수미가 자기에게 관능적인 녀색의 쾌락을 준다지만 허모에게는 수정같이 맑고 깨끗한 설유와 같은 녀인을 정복하고싶은 욕망이 사라지지 않고있었다.
세월이 흘러 설유의 나이도 어지간하겠지만 꿈속에서도 그 부드럽고 청신한 설유가 눈앞에서 얼른거렸다.
이제 와서 설유를 정복한다는것은 달보고 짖는 삽살개보다 더 우둔한 짓이였다.
허준을 진심으로 사랑하고 그가 하는 일이라면 그 어떤 일도 따라나설 설유의 정조와 절개를 꺾는다는것은 도저히 불가능한 일이라는것을 허모는 알고도 남음이 있었다.
이런 정황에서 남은것은 오직 하나뿐이였다. 설유가 피로와하고 고통스러워하는 모습을 제 눈으로 보는것이였다.

허준이 귀양갔다는 소식을 들으면 분명 설유는 큰 타격을 받을것이고 가슴이 터져나오는 아픔을 겪을것이다.

그 고통을 배가로 더해주고 그 괴로움을 한껏 더해주어 설유가 살아숨쉬는것이 죽는것보다 더 참혹한 고달픔이라는것을 알게 하고싶은것이 허모의 심보였다.

게다가 자기는 무슨 도깨비가 붙었는지 일점혈육 하나 없지만 설유는 저같이 보름달같은 딸을 데리고 지금은 희멀쑥하게 잘 생긴 손자까지 데리고 깨쏟아지게 살고있다.

다음날 어슬녘에 허모는 두명의 심복부하를 꽁무니에 달고 허준의 집으로 향했다.

《부인을 불러내라!》

허모가 령을 내리자 심복부하 하나가 대문을 쾅쾅 두드렸다. 댁의 하녀가 문을 열고 빠끔히 머리를 내밀었다.

《허모감찰나리가 찾아오셨다! 어서 안주인에게 알려라!》

설유가 나오더니 허모를 알아보고 어리둥절해하였다.

허모는 깍듯이 례의를 표하였다.

《제수, 오래간만이요. 그새 이 시형을 잊지 않았소?》

한성에 와서 처음으로 허모를 보는 설유였다. 제법 례를 차리며 제수라고 괴여올리는 허모의 바싹 여윈 상판을 얼핏 바라보며 설유는 가볍게 눈인사를 하고는 쌀쌀하게 물었다.

《어찌 우리 집에 행차하셨나이까?》

《허, 오래간만에 만났는데 반갑지 않은게로구만. 시형을 맞는 제수의 말투가 곱지 않다-》

그 말에 아랑곳없이 설유의 말소리에는 한본새로 서리가 돋쳤다.

《집주인도 없으니 후날에 다시 오시지요.》

대문을 닫으며 돌아서는 설유를 제지하며 허모가 손을 내저었다.

《내 주인의 소식을 알려주자고 왔소.》

그 말에 설유는 주춤거렸다.

이즈음 집에 들어오지 않은 남편이였다. 헌데 주인의 소식을 가져오다니?

며칠째나 집에 들어오지 않은 남편이였지만 그전에도 임금님의 치료를 하느라고 집에 못 들어오는 날이 종종 있었던지라 크게 마음을 쓰지 않았던 설유였다.
　허나 이쯤 되면 남편에게서 기별이 있겠는데 이번에는 어찌된 영문인지 전혀 기별이 없어서 의아한 생각도 없지 않았던 설유였다.
　그러나 허준이 이제 당장 집필하게 될 《잡병편》 전반에 대한 자료들을 분류정리하고 《잡병편》 5권에 대한 후열과 추고, 교정을 하느라고 무척 분망한 나날을 보냈던지라 미처 신경을 쓰지 못했었다.
　설유의 기색을 살피며 허모가 히물거렸다.
　《그래, 어의님의 소식을 알고싶지 않소?》
　그 말투에는 어딘가 야유가 비꼈다.
　설유는 미투리로 물을 떠마신것처럼 기분이 잡쳤으나 애써 내색하지 않았다.
　《그럼 들어오시오이다.》
　허모가 심복부하들을 돌아보았다.
　《너희들은 내가 나올 때까지 여기서 기다려라.》
　느릿느릿 팔자걸음으로 토방우에 올라서 방안으로 들어온 허모는 마치 제집에라도 들어선듯 방바닥에 주저앉았다.
　《설유, 그새 잘 있었나?》
　그 누구도 없는 호젓한 방안에서 단 둘이서 대면하게 되자 서슴없이 자기의 탈을 벗어던진 허모의 방자한 태도를 날카롭게 주시하며 설유는 오똑하니 방안에 서있었다.
　《왜 그렇게 서있나? 어서 앉으라구! 주인이 그렇게 서있으면 내가 옹색해서 마음놓고 앉을수 있나?》
　그 말에 아랑곳하지 않고 설유는 되알지게 내쏘았다.
　《주인의 소식이란게 대체 무엇이오이까?》
　허모는 능글거리며 설유의 몸을 우아래로 결탐스레 훑어보았다.
　세월과 더불어 눈가에 잔주름이 간간이 보였으나 여전히 청신한 설유였다.
　마치 심산속에 고요히 핀 도라지꽃마냥 녀성의 순정과 아름다움을 그대로 탈색없이 지니고있는 설유를 허준이 없는 빈방에서 이렇게 단둘이 마주서고보니 이전날보다 더 불타오르는 욕정이 가슴에 부글부글 끓기 시작하였다.
　허모가 잃어버렸던 물건을 확인하듯이 자기의 몸을 샅샅이 훑어보는 느낌에 설유는 심한 모욕감으로 얼굴이 붉어졌다. 그 모양이 허모의 마음을 더 달아오르게 하였다.

(내 이제 네년을 묵사발 만들고말테다. 허준이놈이 내가 네년을 이 궁둥이밑에 깔구앉은걸 알면 아마 복통이 터져 나자빠질게다. 오늘은 내 손에 영낙없이 잡혔지. 으하하!)

무엇이라 표현할길 없는 쾌감과 짜릿한 흥분이 전신을 휩쓸며 허모는 흠칫흠칫 몸을 떨었다.

《그래, 서방님의 소식을 알고있나?》

《우리 주인이 어떻게 되였소이까?》

《허— 이 집은 완전히 그믐밤이구만. 내인이라는게 집안에 붙박혀있으니 세상 돌아가는 형편엔 영 깜깜이구만. 그것도 모르구 하루종일 뭘하나. 지금 온 한성바닥에 소문이 짜한데.》

《네?》

설유의 가슴은 방망이질하듯 세차게 쿵쿵거렸다.

허모가 나타난 첫 순간부터 우엉씨처럼 지꿎게 달라붙었던 불안감이 물목을 터뜨렸다.

설유는 한걸음 다가서며 성급하게 물었다.

《우리 주인이 대체 어떻게 되였단 말씀이오이까?》

참새를 실컷 포식하고 피발린 낯짝을 입가심하며 하품을 해대는 고양이마냥 허모는 승자연한 말투로 느릿느릿 내뱉았다.

《음— 자네의 그 유명짜한 어의나리가 지금 정배지에 가있네. 오늘까지 닷새쯤 되는지…》

《뭐라구요?! 아니, 어쩌다 그렇게 되셨…》

설유는 얼굴이 새하얗게 질려 두손으로 얼굴을 싸쥐더니 스르르 그자리에 무너졌다.

바로 이것이 일일천추 허모가 보고싶어했던 모습이였다. 그 가느스름한 눈에 깨고소해하는 빛이 완연했다.

이때라고 생각하고 허모는 은은한 살기를 풍기며 뇌까렸다.

《뭐 그다지 상심할게 있나. 설유, 이게 바로 너네들에게 차례진 숙명이야!》

얼굴을 싸쥐고 무릎에 묻고있던 설유가 머리를 쳐들고 일어섰다.

《?…》

《왜? 그렇게 쏘아보면 어쩔텐가? 응, 어쩔테야?

이 지체높은 량반출신인 허모가 너를 끔찍이도 위했건만 넌 나의 그 진정에 등을 돌려대고 그 천한 서얼놈에게 몸을 맡겼지?

그래, 내가 그 허준이놈보다 뭐가 못해? 뭐가 못한가 말이야?!

난 네놈들때문에 신세 망쳤어. 지금쯤은 당상관이 되고 대감으로 등용되였을 내가 너의 그 알량한 허준이놈때문에 요모양, 요꼴이 되였어!》

입에 거품을 물고 줴치는 허모의 히스테리적인 모습에 설유는 그가 허준이를 모해하지 않았을가 하는 의심이 들었다.

분명 허모의 작간이라는 판단이 이 시각 확연해지면서 분노가 가슴에 치밀어올랐다.

《우리 주인을 뒤에서 모해한건 당신이지요?》

설유의 반문에 허모는 벌떡 자리를 차고 일어섰다. 그의 실눈에 흡사 먹이를 노리는 독사의 살기가 뻗쳤다. 자기 가슴팍을 두드려대며 고함질렀다.

《그래, 나다! 어쩔테냐?

내 네놈들을 복수하려고 십년이라는 긴 세월 모진 악전고투를 다 벌렸다.

허준이놈을 옥에 처넣은것도 나고 네놈들이 쓴다는 의서원고를 훔친것두 바로 나야!

그리구 이번에 그 쓸개빠진 허준이놈을 임금의 사망죄로 몰아붙여 귀양보낸것도 나란 말이다!》

설유의 눈에서 불이 이글거렸다.

《네놈이로구나!

의로운 일에 한생을 바쳐가는 우리 주인을 옥에 처넣구 또 피와 땀이 슴배인 의서원고까지 훔쳐가더니 이젠 뭐 역적으로 모함해서 어디에다 보냈다구?

네놈도 사내냐? 그리구 사람이냐?

아무리 어머니가 다른 형제라 해도 한아버지의 피를 받은 제 동생인데 그렇게 모질고 잔인할수 있느냐?

그래, 네 일이 잘 안되는것이 어찌 우리 주인의 탓이구 죄란 말이냐?

삼척동자도 다 아는 사실을 놓고 그리도 배아파하더니 이젠 아예 목숨까지 앗아가려 하다니, 네놈은 천벌을 받아 제명을 다 못살줄 알아라!》

허모의 눈이 돌에 맞고 뒤로 휘딱 자빠진 개구리의 눈처럼 불거졌다.
《뭐, 뭐?! 다 말했어?
네년이 아직두 속이 살았구나.
아니다, 아니야!
난 이제 굉장한 벼슬에 올라 한평생 부귀영화를 마음껏 누릴테다!
네놈들이 아무리 날쳐두 량반우에 올라설수 없어!
내 아버지와 내 어머니를 비명에 죽인것이 바로 허준이 그놈이야!
내 이제 그 허준이놈을 위리안치시키자는 형벌을 건의해서 저 날바다의 섬으로 정배를 보내고말테다.
오늘 이렇게 온게 네년한테 허준이놈소식을 알려주자는것두 있지만 설유, 네년과 셈할게 있어서 왔다! 알겠어?
난 네년의 그 하얀 몸뚱아리를 발가벗기구 네년의 정조가 과연 어떤건지 알고싶어서 왔어!
어서 무릎을 꿇고 빌어라!
순순히 응하면 내 널 생각해서 허준이놈을 류배지에서 풀려나오게 할수 있지.
어때? 이런 조건부면 네 몸뚱아리의 값이 너무 비싸지 않아?》
허모의 상스럽고 음탕하기 그지없는 말에 귀가 멍멍해 무슨 소리인지 설유는 가려들을 겨를이 없었다.
다만 앞에 서있는 허모가 사람이 아니라 먹이에 주린 이리로 안겨오고 너절하고 치졸한 이런자에게 남편이 모해당했다는 원통함과 분노로 온몸이 후들후들 떨려나기 시작하였다.
설유가 대척이 없자 허모가 제잡담하며 먹이를 덮치는 승냥이마냥 달려들었다.
《개같은 자식!》
설유의 오른손이 허겁스레 달려드는 허모의 상판에 날아갔다.
귀쌈치는 맵짠 소리에 뒤이어 설유가 재빨리 탁자우에 놓여있는 자그마한 광주리에서 시퍼렇게 날이 선 가위를 꺼내들었다.
그리고는 그것을 자기의 목에 대고 소리쳤다.
《이제 한발자국만 더 다가오면 가차없이 내 목을 찌를테다!》
불의에 귀뺨을 얻어맞고 떵해있던 허모가 개 벼룩이 씹듯 입술을 악물고 뇌까렸다.
《쌍년, 망할년같으니! 내 네년을 그저…》

악이 치받친 허모는 자기앞에 놓인 탁자를 사정없이 걷어찼다. 탁자가 쿵- 하고 뒤집어지고 그우에 놓여있던 물건들이 좌르륵 방바닥에 흩어졌다.

《좋다, 어디 두고보자. 내 오늘은 그만 물러가마.
허나 허준이한테는 손톱눈만 한 사정도 없을줄 알라!
두고봐라. 네 그 잘난 허준이놈을 어떻게 황천길에 보내나 똑바로 봐라! 그때 가서 울고불고 하지 말라! 죽일년같으니…》

설유에게서 얻어맞은 뺨을 어루만지며 씩씩거리던 허모는 그만에야 발길로 방문을 걷어차고 나갔다.

한손에 쇠가위를 쥐고 가슴을 부여안고 방안에 오도카니 서있던 설유는 허모가 대문밖을 나서고 하녀가 빗장을 지르는 소리를 확인하고는 정신을 잃고 그자리에 맥없이 쓰러졌다.…

달래의 주막집은 제법 흥성거렸다.

기다란 탁자를 가운데에 두고 상투를 인 사나이들이 저마끔 권하면서 술을 마시고있고 그사이로 달래가 쟁반을 들고 부지런히 음식을 나르며 오고갔다.

박응규가 다급히 마당으로 들어서며 열려진 창으로 손을 저어 달래를 불렀다.

급하게 달려왔는지 응규의 이마엔 땀방울이 송골송골 맺혀있었다.

수건으로 응규의 이마에 돋은 땀을 훔쳐주며 달래가 눈이 동그래서 물었다.

《무슨 일이세요?》

《야단났소! 의원님이 정배살이를 갔소!》

《뭐라구요? 어쩌면…》

달래의 손에서 수건이 스르륵 떨어졌다.

응규가 허리를 굽혀 그 수건을 주으며 놀란 토끼같은 달래의 눈치를 살폈다.

《언제 그렇게 되였어요?》

《열흘전에 그렇게 되였다오.》

《열흘? 그런데 당신은 여태까지 그것두 모르구 뭘하고있었어요?》

《조정에서 임금의 사망을 일체 비밀에 붙이다나니 난 전혀 몰랐소. 분위기가 별로 살벌하기에 의금부의 라졸로 있는 친구에게 물었더니 임금이 사망하구 어의가 역모죄로 잡혀 귀양갔다고 하더군. 어의라는거야 의원님이 아니겠소.
그래서 집에 급한 일이 생겼다고 거짓말을 하구서 겨우 빠져나왔단 말이요.》
《임금이 사망한게 어찌 의원님의 탓이나요? 임금이라구 죽지 않는다는 법이 없지 않나요.》
응규가 입가에 손가락을 가져가며 주위를 살펴본다.
《쉬! 누가 듣겠소. 지금 시가엔 라졸들이 한벌 덮였소. 아무 말이나 망탕 하지 마오!》
달래는 응규에게 눈총을 쏠뿐 아무 말도 없다가 갑자기 생각난듯 응규의 가슴팍을 두드렸다.
《이렇게 가만 있으면 어떡해요? 빨리 알려야지.》
《누구한테 알린다는거요?》
《누군 누구야, 기동오래비와 칠성이지.》
《아차! 내 정신 봐라!
헌데 저 손님들과 술값은 어떡하구?》
달래가 꽥- 큰소리를 쳤다.
《정신있어요? 이런 상황에서 술값이 뭐라구. 어서 나와 함께 가자요!》
미처 말을 끝내기도 전에 달래는 행주치마를 벗어 손에 쥐고 바람을 일구며 내닫기 시작했다. 박응규가 그뒤를 헐레벌떡 쫓아갔다.
달래의 말을 들은 기동과 칠성은 깜짝 놀랐다.
칠성은 그자리에 털써덕 주저앉으며 억실억실한 두눈을 지릅뜨고 목청을 높였다.
《아니, 정배살이라니? 그게 대체 무슨 소리요?
그 량순한 의원님이 무슨 죄가 있어 정배살이를 한단 말이요?》
기동이는 고리눈을 번뜩거렸다.
《응규형님! 대체 어떻게 되여 그렇게 되셨다우? 좀 자상히 말해주시우!》
《나도 방금 들은 소리인데 임금님이 갑자기 붕어하시였는데 아마 그 책임을 어의인 허의원님께 몰아붙인 모양이네.》
《?…》
모두들 너무 억이 막혀 입만 벌리고 말을 못하였다.
명의인 허준을 자신처럼 믿고있는 이들이였다.

허준이 곁에 있으면서도 임금이 세상을 떠났다는것은 불치의 병이 아니면 다른 쪼간이 있어서라는 공통된 인식이 모두의 머리속에 갈마들었다.
달래가 울음을 터뜨렸다. 솔직하고 꾸밈을 모르는 달래이다.
《세상에 이런 억울한 일도 다 있담!
그 고지식하고 의술밖에 모르는 의원님이 죄인이라니, 어떤 놈이 우리 의원님을 모함하고 붙잡아갔노?
이 험악한 세상 어디에 그런 훌륭한분이 또 있을라구…
하늘도 무심하지. 나쁜짓을 밥먹듯 하는 놈팽이들은 가만 놔두고 우리 의원님같은 선량한분에게 벌을 주다니. 아이고, 분통해라!-》
달래의 곡성과 넉두리에 다른 때같으면 한마디 퉁을 주었을 칠성이도 두눈을 슴벅이며 눈물을 머금었다.
모두가 침통한 기색으로 멍하니 서있는데 기동이가 팔굽으로 눈물을 씻으며 한마디 하였다.
《자자, 이렇게 운다고 문제가 해결되겠소? 그만 슬퍼하구 우리 선생님을 구원할 방도를 생각해보기요!》
원체 덤비는 기동은 허준이에게서 의술을 배우면서 점차 거칠던 성격이 다듬어졌고 이제와서는 퍽 진중하고 듬직한 사나이로 성장하였다.
기동이 박응규에게 물었다.
《응규형님, 선생님이 정배간 곳이 어디랍디까?》
《그건 아직 나도 잘 모르네.
의금부의 관리들이 저들끼리 수군거리면서 일체 발설을 안하누만.》
《형님은 빨리 가서 선생님이 어데로 정배살이를 갔는지 그것부터 알아보시우. 소식을 알아가지구 선생님의 댁으로 곧장 오시우다!》
《음, 알겠네.》
응규가 그 즉시 사라졌다.
부리나케 뛰여가는 응규를 바라보던 기동이가 다시 말을 이었다.
《자, 우린 여기 좀 있다가 어슬녘에 선생님의 댁으로 가보자구. 역모죄로 몰아붙였다니 사람들이 다 보는 대낮에는 갈수 없는거구…
사모님이 이 일을 알고나 계시는지, 혹 자리에 눕지 않으셨는지 걱정되누만.》
모두들 그제야 허준의 소식을 들으면 제일 가슴터질 사람은 설유라는 사실에 마음들이 더 무거워졌다.

얼굴이 온통 눈물범벅이 된 달래가 설유의 말을 꺼내자 다시금 흐느끼기 시작하였다. 같은 녀성으로서 그들부부간의 자별한 사랑을 부러워하던 달래였다.

저녁녘에 기동과 칠성이, 달래가 설유의 방에 들어서니 설유는 방안에 자리펴고 누워있고 그옆에 예영이가 근심어린 낯색을 짓고 간호하고있었다.

달래가 시샘하던 설유의 아름다운 얼굴은 해쓱하고 창백하였다.

설유의 싸늘한 손을 꼭 잡고 달래는 울먹이는 소리로 말하였다.

《사모님, 이 일을 어찌하면 좋소이까?》

설유가 안깐힘을 쓰며 일어나앉았다. 며칠사이에 몸은 눈에 띄울 정도로 축갔으나 두눈만은 가늠할수없이 그윽하였다.

그들을 둘러보며 설유는 담담한 목소리로 말을 떼였다.

《너무 상심들 말아요. 그인 그렇게 쉽게 주저앉을 사람이 아니예요.》

눈물이 그렁한 칠성이가 설유의 손목을 그러잡고 흔들었다.

《사모님, 의원님께서 겪으실 정상을 생각하오면 가슴이 미여지오이다.》

기동이는 강잉하게 일어선 설유를 바라보며 선생님의 뒤에 이런 설유가 있어 그가 쓰러지지 않을것이라는 생각이 들었다.

인차 박응규가 숨이 차서 헐떡거리며 방안에 들어섰다.

달래가 성급하게 물었다.

《그래 좀 알아왔어요?》

《거참, 허탕이요. 헐치 않구만.

의금부의 관리들이 입을 딱 봉하구 모르쇠 하는데 난들 어떡하겠소.》

《에그, 이렇게 못났다구야!

형조에 그렇게 오래 있었다는 사람이 의금부의 라졸들에게 부탁하면 제꺽 알텐데 그것 하나 못 알아봐요?

차라리 나와 치마와 바지를 바꿔입자요!》

달래의 입심에 응규는 그저 입만 헤벌리구 죽었소 하구 아무 대꾸도 못하였다.

그런 남편의 꼴이 민망스러운지 달래가 눈을 흘겼다. 그러더니 괴춤속에서 묵직한 새빨간 주머니를 꺼내 응규앞에 뿌려던졌다.

응규가 눈이 휘둥그래졌다.

《이건 뭐요?》

《뭐긴 뭐겠어요, 돈이지요.

아마 이것만 찔러주면 무쇠같은 열쇠를 잠근 입을 백개는 열겠수다.》

《아니, 이렇게 많은 돈을?》

《왜, 그 돈이 아깝수?》

말문이 막힌 응규가 얼굴이 시뻘개져가지고 뒤통수만 긁어댔다.

《내가 아까 제정신이 없다나니 미처 생각 못했어요. 공짜라면 구정물두 마시는 관리들인데 빈손으로 찾아갔으니 그런 중대한 일을 대줄수가 있겠나요?

빨리 다시 갔다오라요!》

설유가 그들부처가 노는 양을 바라보더니 조용히 귀띔해주었다.

《지금은 북도에 류배갔는데 얼마 안있어 어디 바다가에 있는 외진 섬에 위리안치시킨다고 하더군요.》

칠성이가 그 말에 우락부락한 제 성격대로 나섰다.

《까짓거, 정배지를 모르면 우리가 찾아보면 될게 아니우. 북도라면 어딜가?

그리고 섬에 정배보낸다면 배를 타고 가면 될게 아니요. 더구나 위리안치시키는 섬은 많지 않을거요.》

기동이가 그 말에 반박하였다.

《이 일은 그렇게 주먹치기식으로 했다가는 더 시간만 끌수 있어. 네 말대로 섬이 확실하다 해도 어느 섬인지 모르구 온 바다를 다 훑을수야 없지 않니.

우리 나라야 세면이 바다인데 서해인지 남해인지 그리구 동해인지도 모르구 어데 가서 찾는단 말이냐. 그야말로 소경 파발 김매는거지.

그러니 응규형은 어떤 수를 써서라도 선생님의 정배지를 꼭 알아오시우!》

사리정연한 기동의 말에 칠성은 아무 말도 못하고 응규는 알았다는듯이 자리에서 일어섰다.

《응규형이 소식을 알아올 때까지 우린 빨리 돌아가서 선생님을 찾아갈 준비들을 갖추자. 일단 정배지를 알면 지체말구 떠나야 한다.》

모두들 서두르는데 달래가 나직이 기동을 불렀다.

《오라버님, 난 여기서 사모님과 함께 있겠어요.》

기동이가 놀라며 물었다.

《그럼 주막집일은 어떻게 하냐?》

《주막집일은 다 생각이 있어요.

칠성이, 넌 돌아가는 길에 우리 집에 들려 며칠동안 영업하지 않는다구 패쪽을 걸어놓구 문이랑 다 관건해. 알아들었지?》

칠성이가 눈을 끔벅거렸다.

《역시 우리 누이가 달라!》

《너 또 까불겠니?》

달래와 칠성이의 싱갱이질로 순식간에 분위기가 달라졌다.

기동이네들이 돌아갈 차비를 서두르는 모양을 주시하던 설유가 기동과 칠성이에게 침착한 어조로 물었다.

《삼촌들이 보관하고있는 의서의 원고는 일없어요?》

《사모님, 그건 조금도 념려하지 마소이다. 우리가 든든히 보관하고있소이다.》

기동이가 확신성있게 대답하였다.

《어련하겠지만 그 의서의 원고는 그이의 목숨과도 같은것이예요.》

달래가 의아해서 간참하였다.

《사모님, 언제 어떻게 될지도 모르는 의원님이시온데 의원님을 구원할 방책부터 찾아야지 의서는 또 무슨 의서오이까?》

설유가 달래의 손에 자기의 손을 얹으며 나직하나 또박또박 그루를 박으며 대답하였다.

《아니예요. 달래, 그이한테는 그 의서가 희망이고 삶이예요.

이제 두고보라요. 그 의서를 다 쓰기 전에는 그인 절대로 쉽게 쓰러지지 않아요.

의서가 없으면 하루도 못 견디지만 의서만 있으면 그인 어떤 최악의 경우에도 살아날거예요.

난 그걸 믿어요. 나자신보다 더 믿어요!》

기동이가 격정에 겨워 설유를 바라보았다.

《사모님, 그 의서원고를 우린 목숨을 내대서라도 잘 보관하겠소이다!》

3

설유의 집에 갔다가 허탕을 치고 돌아온 허모는 며칠이 지난 후 수미가 있는 별장으로 향하였다.

설유를 정복 못한 수욕을 수미에게서라도 보충하려는 심산으로 그곳으로 발길질하는 허모의 가슴속에서는 설유에 대한 복수심이 아직도 이글거리고있었다.

내 오늘은 그냥 물러났지만 언제인가는 네년의 그 숙녀인체 하는 몸뚱아리를 발기발기 벗겨놓고야말테다! 영영 돌아올수 없는 허준이놈을 기다리느라면 네년의 그 도고한 기상과 목숨처럼 여기는 정조도 이 허모앞에서 한갖 무용지물이라는것을 깨닫게 되리라.

이렇게 윽벼르느라니 옹쳤던 마음이 한결 진정되는것 같았다.

물론 설유와 수미는 완전히 다른 세계에서 사는 녀성이였다.

수미와 같은 녀인에게는 인간의 가장 아름다운 순결함과 고상함과 같은 미가 없었다.

설사 쾌락을 안겨주고 욕정을 마음껏 푼다쳐도 인간의 넋을 떠난 생명체본능의 이성화합뿐이였다.

그러나 설유는 누구나 바라면서도 쉽게 가질수 없는 그런 고상함과 순결함을 온몸에서 풍기고있어 말로는 표현할길 없는 미로 허모를 유혹시키고있었다.

수미가 아무리 허모에게 미칠듯 한 관능적색정을 안겨주어도 설유의 그런 미에 비하면 봉황과 닭같이 그 격은 현저한 차이가 있었다.

설유를 굴복시키지 못한것이 자존심을 건드렸지만 수미의 그 관능적인 몸뚱아리를 머리속에 떠올리느라니 숨소리가 빨라지고 심장이 쿵쿵거렸다.

오늘은 내 수미에게 허준이놈을 어떻게 통쾌하게 복수했으며 설유년의 가슴을 어떻게 허벼놓았는가를 뻐기리라.

늘 봐야 이 허모를 허준이보다 낮추 보는 수미였다.

별장에 이른 허모는 거드름을 부리며 팔자걸음으로 대문앞에 다가가 문을 두드렸다. 자박자박 발자욱소리가 나더니 수미의 요염한 얼굴이 나타났다.
《아이, 나리가 오셨네요!》
수미가 정녕 반가운듯 두손을 가슴우에 모으며 탄성을 질렀다.
《잘 있었나? 그새 더 예뻐졌는걸.》
허모는 수미의 코를 손으로 가볍게 튕겨주며 너스레를 떨었다.
《나리가 오시지 않아 가슴을 조였어요. 무슨 불상사라도 있는가 해서…》
허모는 불상사라는 소리가 수미의 새빨간 입에서 거침없이 튀여나오자 버럭 성난척 하였다.
《방정맞게, 불상사라는건 무슨 소린가? 만사대길인 날 어떻게 보구 그래?》
수미의 말은 그저 지나가는 말이 아니였다. 선조의 사망과 때를 같이해서 허준이도 온데간데없이 사라졌다는 석구의 보고를 받고 수미는 혹시 허모에게서 무슨 사달이 난게 아닌가 하고 은근히 가슴을 조이고있었던것이다.
석구는 그러면서 허준이 그새 의서집필을 다그쳐 퍽 진척이 되였다고 하면서 나고야로부터 의서를 빨리 빼오라는 독촉이 왔다고 알려왔다.
수미는 허준이 지금껏 집필했다는 의서원고만이라도 훔쳐낼수 없을가 하는 생각으로 며칠동안 석구와 머리를 쮜짰다.
허지만 신통한 방도가 떠오르지 않았다. 그래서 허모의 힘을 빌어보면 어떨가고 궁리를 하고있었다.
능글능글한 허모를 꽉 그러쥐자면 처음부터 반격을 가해야 한다. 수개같은 이 자식은 이제 막무가내로 날 땅바닥에 엎어뜨리고 그짓을 하려고 접어들것이다. 미욱하면서도 제 말마따나 머리가 팽이처럼 돌아가는 이 녀석은 여간 흉측하지 않단 말이야. 전번에 내가 거짓병을 꾸민 다음부터 날 가까이하면서도 뭐인가 숨기고있고 혼자서 끙끙거리는게 아무래도 무슨 변이 날것 같애. 가만, 이 자식이 날 의심하는게 아니야? 오늘 한번 이놈을 혼쌀내주자. 내 말에 고분고분하지 않으면 어떻게 된다는걸 똑똑히 버릇을 가르쳐줄테다!
방안에 들어서자마자 수미가 불의에 허모를 역습하며 매섭게 따져 물었다.
《어느 계집년과 붙어있다가 오늘에야 나타났어요?》

허모는 갑자기 돌변한 수미의 그 태도를 계집이라면 누구나 가지고있는 변덕과 질투로 치부하며 껄껄 웃어댔다.
《원 계집들이란, 내가 천하미인인 수미를 두고 대체 어느 계집과 붙어다닌단 말인가?
그것두 말이라구 하나?》
수미가 흥하고 코웃음을 쳤다.
《처음엔 모르겠더니 이자 보니 나리는 거짓말을 곧잘 하시오이다.》
《거짓말이라니? 그건 웬 생벼락맞을 소리냐?》
허모는 수미의 뾰로통한 얼굴을 재미나게 바라보며 여전히 흐물거렸다.
《생벼락을 맞긴 맞아야겠어요.
그렇지 않으면야 왜 오늘에야 기신기신 얼굴을 내밀어요?
남은 저를 위해 밤낮으로 가슴에 재가 앉도록 눈빠지게 기다리는데 나린 언제한번 이 수미를 진정으로 생각해본적이 있어요? 만나면 제 볼장이나 채우면 그뿐이라는거지.》
수미는 눈물까지 똘랑똘랑 떨구며 행악질을 해댔다.
《아아, 울기까지 할게 있나.
내 그럼 오늘 너에게 기쁜 소식을 하나 말해주지. 아마 네가 들으면 너무 좋아 까무라칠거야!》
방금까지도 눈물을 쥐짜던 수미가 언제 울었던가싶이 해쭉거리며 허모의 앞으로 바투 다가앉아 그의 입을 뚫어지게 쳐다보았다.
《너도 들었겠지? 임금이 붕어하신걸 말이야.》
수미가 깜짝 놀라며 눈을 크게 떴다.
《임금님이 죽다니?》
허모는 자못 큰 사실이나 알고있는듯이 머리를 끄덕였다.
《그래, 임금님이 저세상 사람이 되였어.
늘 골골 앓으시더니 끝끝내 세상을 떠나셨거든. 그래서 조정이 죽 가마끓듯 벅작거렸지.
새 임금이 등극하셨는데 그 임금으로 말하면 왕비의 적자인 대군이 아니라 빈의 소생인 군이란 말일세.
듣자니 선왕과의 사이가 그닥 좋지 않았다고 하네.
그건 그렇구, 네가 제일 기뻐할것은 이번 기회에 그 허준이놈을 아예 매장해버렸다는거야.

알겠나? 그 으시대던 허준이놈을 귀양다리신세에 빠뜨렸다 그거야.》

허모의 그 말이 수미에게는 마른 하늘에 벼락치듯 들렸다. 수미는 그 자리에서 뒤로 흠칫 물러나며 소리쳤다.

《뭐라구요? 그게… 사… 실이오이까?》

허모는 갑작스레 펄쩍 놀라는 수미의 모습을 보며 너무 기뻐 그러는가고 제잡담하며 범잡은 포수마냥 기고만장해서 설명을 달았다.

《왜, 믿어지지 않나?

이 허모감찰나리가 선왕의 죽음을 그놈과 련결시켜 죄목을 꾸며 정배를 보냈단 말이야. 이제 내 그놈을 저 바다가 외진 섬에 위리안치시키고말테다!

그래, 어때? 이 감찰어른이 솜씨있게 해제꼈지?》

수미가 자리에서 발딱 일어섰다. 순식간에 그의 얼굴이 표독스러워졌다. 까만 눈동자에선 적의가 서리발쳤다.

허모는 표독스러운 그 모습에 머리칼이 쭈빗거리고 온몸에 닭살이 돋는것 같았다.

《아, 아니… 너 갑자기 왜 그러냐?》

수미의 입에서 씹는듯 한 목소리가 튀여나왔다.

《왜 그러냐구? 그래, 그 허준이라는 어의를 정말로 정배보냈단 말이오이까?》

허모는 어안이 벙벙해졌다. 이년이 갑자기 왜 이렇게 독기를 뿜는건가?

《응 - 진짜로 정배를 보냈어.

벌써 대여섯날이 잘되는데 네 인상이 너무 무서우니 말문이 다 막히누나.

그 허준이놈을 정배살이를 보냈다는데 그렇게까지 놀라나? 이제 몇달만 있으면 그놈은 가시울타리속에서 무주고혼이 될거야. 흐흐흐 -》

제말에 스스로 흥이 나서 허모는 새파랗게 질려있는 수미를 바라보며 짐승울부짖음소리를 터뜨렸다.

《머저리같은 자식!》

수미의 입에서 튀여나온 그 말에 허모가 깜짝 놀라 엉덩방아를 찧었다.

《뭐, 뭐? 머저리같은 자식이라구?

이년 봐라, 곱다곱다하니까 이젠 못하는 소리가 없구나!

야, 쌍년아! 너 지금 누구한테 감히 욕지거리냐?》
《쌍년? 이 망할놈의 자식!》
화가 머리꼭대기까지 북받친 수미가 오른발을 돌려 허모의 머리를 걷어찼다.
허모의 자그마한 몸뚱아리가 벽에 가 쾅- 부딪쳤다. 엉기엉기 일어난 허모가 수미에게 손가락질을 하며 고함을 질렀다.
《아니, 이년이 미치지 않았어? 어따 대구 발길질이야, 응?》
엉기적거리는 허모의 자그마한 상판에 수미의 왼쪽발이 날아갔다.
또다시 허모의 몸체가 벽에 부딪쳤다. 순식간에 허모의 상통이 피투성이가 되였다.
《이놈아! 내가 왜 너같은 놈한테 몸을 준줄 알아?》
수미가 허리춤에서 시퍼렇게 날이 선 단검을 꺼내들었다.
허모의 실눈이 그 순간 소눈깔이 되여버렸다.
《어쩌자는거냐?》
수미의 입에서 매몰찬 소리가 튀여나왔다.
《쓸모없는 네놈을 지옥에 보내려구 그래!
그러나 죽기 전에 똑바로 알고 죽어!》
《네년은 대체 누구냐?》
《누구냐구? 이젠 말해주지. 죽은 놈은 영원히 비밀을 지킨다구 우리 주인나리께서 일찌기 내게 가르쳐주셨어.
난 저기 바다건너에서 의서를 빼올 임무를 받고 온 사람이야! 알겠어?》
《그럼, 왜년? 리해수대감의 애첩이라는건?》
《리해수는 무슨 말라빠진 리해수야. 난 그런 놈을 알지도 못하거니와 그놈의 얼굴을 본적도 없어!
난 허준의 이복형인 네놈을 통해 허준이 쓴다는 그 의서를 빼올 임무를 수행하느라고 네놈에게 갔던거야. 다행히도 네놈이 계집이라면 개처럼 달려드는 색광이여서 쉽게 이곳에 발을 붙일수 있었어.
허준이가 쓴다는 의서를 빼오느라구 생명까지 내걸구 도박했으나 채 완성되지 않은 원고 한권밖에 손에 넣지 못했지. 그것두 절반짜리 원고말이야.
그래서 난 그놈이 원고를 완성할 때까지 기다리기로 결심했어. 기다리느라면 그놈의 경계심도 늦추어질것이고 그러면 우린 그 기회를 타서 의서원고를 훔치기로 작정했던거야.

헌데 미욱한 네놈이 허준을 정배지에 처넣었으니 우리의 계획은 물거품이 되였어. 색골같은 네놈때문에 우리의 대사가 수포로 돌아갔단 말이야!

그러니 쓸모없는 네놈은 마땅히 죽어야 한다!》

《수미! 지금까지의 정을 봐서라두…》

수미가 홱 돌아서더니 앙천대소하였다.

《하하하. 뭐, 수미? 정?

아직도 이 나리가 꿈에서 깨나지 못했구나!

야 이놈아, 난 수미가 아니라 일본인 후유꼬야!

그리구 무슨 도깨비같이 정 타령질이야? 너같은 놈한테 내 몸을 맡길 때 속으로 피눈물을 흘린 이 후유꼬다!》

한동안 기염을 토하고난 후유꼬는 정배지에 가있을 허준을 생각해보았다.

환갑나이인 허준이가 꽤 지탱해낼가. 만일 그가 의서를 채 완성 못한 상태에서 죽는다면? 그야말로 공든 탑이 하루아침에 무너지고 십년공부 나무아미타불이 되고말것이였다. 그런 생각이 들면서 후유꼬는 허모를 당장 태질을 해서 죽이고싶었다. 한아비의 피를 받고 나온 형제이지만 얼마나 천양지차인가.

《내 비록 우리 일본을 위해서 의서를 훔치러 왔다만 너의 이복동생이라는 허준인 역시 사내장부이고 영웅이야. 내 진심으로 그에겐 머리가 숙어진다.》

갑자기 허모가 벼락같이 일어서면서 자기옆에 있는 탁자를 들어 후유꼬에게 내던졌다.

순간 등을 돌리고있던 후유꼬가 몸을 획 날리면서 탁자를 피하고는 다리를 휘둘러 허모의 머리를 드세게 들이찼다.

허모가 허궁 들리웠다가 옆으로 나뗄어졌다. 다시 후유꼬가 허공으로 떠올랐다가 내려오면서 자빠진 허모의 목을 무릎으로 내리쳤다. 허모는 순간적으로 기절하였다.

손가락으로 목을 짚어본 후유꼬는 장안에서 비상약을 꺼내들었다. 1돈만 물에 타서 먹으면 그 즉시로 미쳐버리는 극약이였다.

온갖 기억력과 인간적감정을 말살하고 오직 먹는것밖에 모르는 식물인간으로 화하는 약을 수미는 술에 타서 기절해 쓰러져있는 허모의 입을 벌리고 그안에 쏟아부었다.

죽여버리고싶어도 일도 성사시키지 못했는데 흔적을 남기고싶지 않았다. 그저 이렇게 미친 사람으로 만들어놓으면 아무 일도 없을것이다.
사람들은 제 동생이 류배갔으니 그로 하여 신경을 쓰다가 미친것으로 알고있을것이다.
수미는 방안에서 자기의 흔적이 될만 한것은 모조리 아궁에 처넣고 불을 달았다.
그리고 허모의 괴춤에서 손바닥만 한 문서를 꺼내들었다.
거기에는 허모의 심복들의 이름과 나이, 거처하는 곳이 밝혀져있었다.
후유꼬는 그속에 적혀있는자들의 이름을 기억하고 그 문서도 불이 황황 일고있는 아궁에 처넣었다.
그러고도 안심치 않아 방안의 구석구석까지 돌아보고난 후유꼬는 정신을 차린듯 일어나앉은 허모의 얼친 얼굴에 귀쌈을 한대 갈겼다.
《빠가야로!(머저리같은 자식)》
왜말로 욕질하고나서 다시 조선말로 소리쳤다.
《네놈은 이젠 미친 놈이 되고말았으니 차라리 죽는것보다 못할거다!》
방안을 한번 휘둘러본 후유꼬는 어둠속으로 바람과 같이 사라져버렸다.
허모의 별장에서 새여나온 후유꼬는 그달음으로 석구의 집으로 달려갔다.
석구의 세모눈이 놀라움으로 굳어졌다.
《이밤중에 웬일이오이까?》
후유꼬가 별치 않다는듯이 한마디 내뱉았다.
《허모 그놈을 처리해버렸어요.》
《그럼 죽였소이까?》
《아니, 기억도 못하고 생각도 못하는 반편으로 만들어놨어요.》
《옥상의 정체를 그놈이 눈치챘나이까?》
《그건 아니예요. 그 우직스러운 놈이 글쎄 허준을 정배보냈다지 않아요.
조선왕이 급사한 기회에 그 미련한 놈이 글쎄 허준이를 복수한답시고 왕의 죽음을 어의인 그에게 책임을 들씌웠다나요. 그래놓고는 희떱게 구는데 참, 어처구니가 없어서…

글쎄, 이제 위리안치시키겠다고 윽벼르고있지 않겠어요.》

석구는 후유꼬의 조수격이다.

30년전 거제도의 약제사를 기습할 때 스물댓살이던 석구도 이제는 반백이 되였다.

더부룩한 머리칼은 색이 바래 윤기가 없었으나 사무라이의 잔인성은 오히려 죽지 않았다.

석구의 일본이름은 곤도, 삼포왜란때 뒈진 아비의 복수를 한답시고 돌아치다가 나고야의 손에 걸려들어 오늘까지 장장 서른해를 조선땅에 두더지처럼 숨어있었다.

일본의 규슈섬에는 후유꼬와 나이가 비슷한 딸이 있었다.

곤도의 집은 나고야가 돌봐주고있었다. 어서 빨리 그 저주로운 의서를 훔쳐가지고 일본으로 돌아가 남은 여생이라도 뚱땅거리며 살아볼 한가닥 희망을 가지고 여태껏 이 나라에서 숨도 못 쉬고 살아오고있었다.

유일하게 의사를 소통할수 있는것은 요염하고 괴팍하기 그지없는 후유꼬였다.

곤도가 혀를 찼다.

《원, 저런 놈 봤나. 여태까지 위리안치되였다가 살아남은 놈은 없다고 하던데. 그럼 허준이라는 의원놈은 그곳에서 섬귀신이 된다는 말이 아니웨까.

만약 그렇게 되면 허준이가 쓰던 의서는 누가 쓰며 또 우리가 어떻게 의서를 빼오리까?》

후유꼬가 두눈을 쪼프리고 골똘히 무엇인가 생각하더니 단호하게 말하였다.

《이제는 우리 힘으로 의서를 빼내는수밖에 다른 방도는 없어요.

허모가 언제인가 말하는걸 들으니 허준이 이미 완성한 의서중에는 〈내경편〉이 네권정도이고 〈외형편〉도 역시 네권정도라 하였어요. 벌써 그것만 해도 여덟권이예요.

그리고 그때로부터 시일이 퍽 지났으니 아마 지금쯤 완성된 원고는 대략 열댓권은 실히 될것 같아요.

허준이가 살아돌아온다는 담보는 없어요. 그러니 우린 어떻게 하나 완성된 의서만이라두 빼내와야 해요.》

《적지 않은 분량이군요.》

《옳아요. 이것만 손에 넣어도 큰 의서를 넉근히 만들수 있어요.

나고야 겐이어른께서는 바로 이걸 요구하고계셔요. 이 열댓권씩이나 되는 원고의 알속에 나고야 겐이어른의 명함을 붙여 세상에 공포하면 이건 금전 몇천냥을 얻는것보다 더 큰 소득으로 될수 있어요.》

곤도가 머리를 기웃거렸다.

《요는 옳은데… 그 의서의 행방을 어떻게 찾겠소이까?》

《그게 문제예요. 전번에 우리가 그 집에 들어갔을 때 분명 온 집안을 발칵 다 뒤졌으나 찾지 못하지 않았나요. 그걸 보면 집안에는 감추지 않았다는걸 말해줘요.》

곤도도 그 당시에 제 눈으로 목격한지라 딴소리를 할수 없었다.

《집안에 없으면 집밖에 있다는 소리인데… 혹시 마당 어디엔가 파묻지 않았을가요?

우리 사람들도 귀중품은 땅을 파고 감추지 않소이까?》

후유꼬가 눈을 깜박이였다.

《나도 바로 그 생각이예요.》

곤도는 후유꼬가 자기 말을 긍정해주자 흥이 나서 자기가 아는것을 열심히 쏟아놓았다.

《내 조선에 살면서 눈여겨 살펴보니 이 나라 사람들도 흔히 귀한 물건들은 오지항아리에 넣어 땅속에 묻는 습관이 있습디다.》

《우리 일본의 풍속도 조선사람들이 건너와 퍼뜨린것이 많아요.

그렇게 보면 그 의서는 틀림없이 허준의 집마당 아니면 뒤울 어데인가에 파묻었을수 있어요. 헌데 땅속에 묻어놓은 항아리를 어떻게 찾겠어요? 쇠꼬챙이로 뚜져볼수도 없고 그렇다고 해서 온 땅바닥을 다 파헤쳐볼수도 없고…

이 일은 쥐도새도 모르게 감쪽같이 해제껴야 하는 일이 아니나요.》

《그건 걱정마소이다.》

세모눈을 반짝이던 곤도가 얼른 일어서서 웃방에 올라가더니 방망이 하나를 들고 내려왔다.

《그건 뭘 하는거예요?》

곤도의 세모눈에 삵웃음이 스쳐지났다.

《박달나무방치오이다. 저하고 같이 뒤울로 가시오이다.》

후유꼬는 영문을 모르고 곤도의 뒤를 따랐다. 뒤울 중간에 이르자 곤도가 멈춰섰다.

《자, 이제 내가 하는것을 자상히 보시오이다.》

곤도가 땅바닥을 박달나무방치로 가볍게 두드렸다. 탁-탁- 하는 야무진 소리가 울렸다.

《그럼 이제는 여길 두드리는 소릴 한번 들어보시오이다.》

자리를 옮겨 그옆의 땅을 두드리자 텅- 텅- 하는 궁글은 소리가 울렸다.

《아, 알겠어요. 당신은 확실히 머리가 도는군요.》

후유꼬가 진정으로 감탄하며 탄성을 질렀다.

《나야 능한 장공인이 아니오이까.》

《헌데 이 항아리안엔 무엇이 있어요?》

《지금까지 나고야 겐이어른께 제가 보낸 비밀자료들이 다 이 항아리속에 있소이다.》

후유꼬는 다시한번 곤도의 빈틈없고 주도세밀한 일솜씨를 칭찬해주었다.

방안으로 들어와 후유꼬는 곤도와 구체적인 거사안을 토의하기 시작하였다.

《집이 비여있을 때 들어가서 렴탐해야 할것 같아요.

이즈음 그 집 안주인의 신경이 바짝 살아있을건 뻔해요. 아차 실수하여 그 신경을 설 다쳐놓으면 일을 그르칠수 있어요.》

후유꼬의 예감은 틀리지 않았다.

의서의 은닉장소를 내탐하려는 자기들의 기도를 설유가 알아채는 날에는 그 의서가 뒤울이나 앞마당의 땅속정도가 아니라 자기들이 전혀 가늠할수 없는 깊은 산속까지 영원히 묻혀버릴지도 몰랐다. 실로 심사숙고하여 대할 문제였다.

《다시한번 말하지만 집이 비여있을 때에 행동해야 해요.》

《옥상, 누구의 분부라고 거역하겠소이까.》

곤도의 달아오른 눈에 광기가 번뜩거렸다.

허나 일은 후유꼬의 뜻대로 되지 않았다.

아무리 후유꼬와 곤도가 허준의 집 앞골목에서 쌍심지를 켜고 눈을 밝혔으나 설유는 밖에 얼씬도 하지 않았다.

며칠동안을 번갈아가며 길목을 지키다가 랑패를 본 년놈들은 다시금 이마를 짓쪼았다.

곤도가 초조해하는 후유꼬의 마음을 눅잦히며 말하였다.

《안되겠소이다. 조급해하지 마시고 며칠 좀더 기다려보소이다.》
후유꼬의 암고양이같은 눈에 새파란 불꽃이 튕겼다.

4

참으로 이상한 일이였다.
잠자리에 누워도 허준의 뇌리속에서는 집필할 의서의 내용들이 떠올랐던것이다. 낮에도 마찬가지였다.
그는 방안에서 마당으로, 마당에서 토방으로, 다시 마당으로 쉼없이 오르내렸다.
그의 모든 생각과 사색은 오직 의서에 가있었다. 그외의 주변환경에는 전혀 무관심하였다.
허준은 의서집필을 떠나서는 자기가 단 하루도 한시도 버텨낼수 없다는것을 잘 알고있었다.
머리속에서 글줄을 구상하고 써나가는것-그것이 오직 엄혹한 환경에서 허준을 지탱해주는 유일한 기둥이였고 마음의 안정을 가져다주는 명약이였다.
그가 지금 머리속에서 굴리고있는 의서의 내용은 《잡병편》 6권이였다.
허준은 우선 목차를 구성하고 그 목차에 따르는 내용들을 하나하나 머리속에서 써나갔다.
며칠동안에 걸쳐 첫번째 목차의 내용을 머리속에서 굴리고 또 굴리니 이제는 그 글줄을 뜬금처럼 외울 정도였다. 그럴수록 안타깝기만 하였다.
(이 내용을 어데라도 써놓았으면 좋으련만…)
종이와 필묵만 있으면 의서를 쓸수 있겠는데 이 절해고도에서 어떻게 그 물건들을 얻을수 있으랴. 조바심과 안타까움으로 도무지 진정할수 없었다.
아무리 생활환경이 엄혹하고 일생동안 가시울타리안에 갇혀있다 해도 종이와 필묵만 있으면 의서는 얼마든지 완성할수 있었다.
밖에 있을 때는 늘 모자라는것이 시간이였다. 허나 여기서는 의서를 쓸 시간이 하루종일 있었다.

(어떻게 하나 종이와 필묵을 구해야 한다!)

아무리 생각을 굴리고 또 곱씹어 생각해보아도 방도가 떠오르지 않았다.

여느때나 다름없이 마당을 거닐면서 생각에 생각을 거듭해보았지만 방도는 묘연하였다.

생각에 잠겨 걷는 그앞에 가시울타리가 막아섰다.

허준은 그 가시울타리를 한참이나 바라보았다.

(정녕 의서를 쓸 방도는 없단 말인가?)

얼기설기 겹치고 엉켜든 가시덤불속에서 류달리 큰 주염나무가시가 허준의 눈에 안겨들었다.

(가만!)

불쑥 뇌리를 치며 생각이 떠올랐다.

그렇지, 방안벽에 황해도 감영의 그 누군가가 쓴 글이 있지 않았던가.

허준의 가슴은 흥분으로 뛰기 시작하였다.

그는 다급히 주염나무가시를 한개 꺾어가지고 방안으로 들어갔다.

황해도 감영의 관리가 벽면에 쓴 글이 그의 눈앞에 다가왔다.

(됐어! 종이와 필묵이 없으면 이 벽면에 글을 쓰면 되겠구나!)

온몸에 기운이 뻗쳤다.

허준은 주염나무가시를 들고 벽에 다가섰다.

《〈잡병편〉 제6권

목차

적취(종물)

부종

창만(배부르기)

소갈(당뇨병)

황달》

목차를 쓰고난 허준은 뒤로 물러서서 그 글을 바라보았다. 글자를 생생히 알아볼수 있었다.

(하늘이 무너져도 솟아날 구멍이 있다더니 이런걸 두고 하는 소리였구나!)

허준은 네 벽면의 면적을 가늠해보았다. 그리 푼푼하다고는 말할수 없었다.

한문장이라도 더 써넣으려면 글을 좀더 작게 써야겠다는 생각이 들었다.

그는 겨우 자기만 알아볼수 있는 작은 글씨로 글발을 달리였다.

《적취, 적취의 원인… 기뻐하는것과 노여워하는것이 지나치면 장을 상하고 장이 상하면 허하여진다. 또 바람과 비가 허한 틈을 타서 들어오면 병이 상부에 발생하여 혈맥에 들어붙어 그자리에서 떠나지 않고 자리잡아 적(종물의 일종)이 된다.》

허준은 좀더 간략하여 요점만 쓰기로 하였다.

《…양명경(위와 련관된 경맥)에 들어붙으면 배꼽옆에 있어서 배가 부를 때에는 더욱 커지고 배가 고플 때에는 작아진다.…》

적에 대한 글을 달리자니 문득 간적(간암)으로 세상을 하직한 어머니의 모습이 떠올랐다.

그는 놀리던 손을 멈추고 한동안 생각에 잠겼다.

어머니가 살아계셔 자기의 이 모습을 보면 얼마나 가슴아파하실가 하는 생각에 허준은 가슴이 찢어지는것 같았다.

이 아들 하나만을 애오라지 믿으시던 어머니!

저도모르게 뜨거운 눈물이 주르륵 흘렀다.

숨지는 마지막 그 순간에도 의서가 완성되면 땅속에서라도 보고 기뻐해주겠노라고 당부하시던 어머니의 모습이 안겨왔다.

여려지는 마음을 다잡으며 허준은 팔굽으로 눈물을 닦았다.

(어머니, 그 믿음과 당부를 잊지 않고 숨지는 마지막순간까지 붓을 멈추지 않겠소이다!)

허준은 다시금 글을 써나갔다.

《…여러가지 울증(통하지 못하고 뭉친것)이 적취… 가 된다. 기와 혈이 순조로우면 온갖 병이 나지 않으나 하나라도 넘치고 몰리면 모든 병이 발생한다.

…익국환, 여러가지 울증을 치료한다.(뭉친것을 없앤다.)

창출, 향부자, 천궁, 신곡, 치자 각각 같은 량으로 가루내여 물에 반죽하여 록두알만 하게 알약을 만들어 더운물에 70~90알씩 먹는다.…》

이날부터 허준은 벽에 매달려 글을 쓰기에 여념이 없었다.

험악한 조건에서 생을 재촉하며 비상한 정신력을 발휘하니 집필의 속도는 상상외로 대단히 빨랐다.

어의로 있을 때 허준은 한권의 의서를 쓰는데 보통 여섯달이 걸렸다. 그러나 지금은 그보다 두세배의 속도로 글줄을 달리고있었다.

자기가 이곳에서 언제 어떻게 죽을지 모른다는것을 허준은 각오하고있었다.

필사의 각오로 단 한글자라도 의서의 내용을 쓰려는 불타는 욕망이 그의 육체를 지탱하고있었다.

며칠 안되여 허준이 쓴 글들은 뒤벽의 절반나마를 차지하게 되였다. 머리속에서 맴돌고있는 글줄들을 놓칠세라 온 심혼을 모아 글을 쓰고 또 써 나갔다.

자그마한 초가집의 네 벽면은 점차 의서의 내용으로 가득차게 되였다.

밤에는 어두워서 글을 쓸수가 없기에 허준은 허리 한번 굽히거나 다리쉼을 할새없이 부지런히 벽에 글을 썼다.

오직 하나, 이 나라의 재보로 되는 의서를 만들기 위해, 이 나라의 모든 사람들의 건강에 기여할 의서를 만들기 위해 허준은 비상한 각오를 가지고 초인간적인 힘을 발휘하여 하루하루 생을 장식하고있었다.

곡도의 무심한 하늘도 무정한 바다도 그 하늘밑에, 그 날바다섬속에 어떤 인간이 어떻게 삶과 싸우고있는지 전혀 모르고있었다.

삶을 위한 허준의 싸움은 계속 진행되고있었다.…

퇴마루에 앉아 절구로 찹쌀을 찧고있는 설유는 호- 하고 한숨을 쉬였다.

절구질을 하다가는 느닷없이 갈마드는 상념에 잠기게 되는 설유였다.

귀양지에서 갖은 고생을 하고있을 허준의 정상이 눈앞에 안겨와 심장이 쫄아들고 가슴이 저려들었다.

핑 눈물이 그득히 차오르다가 주르륵 뺨을 타고 흘러내렸다.

너무도 가슴이 쓰리고 심장이 찢기여 무슨 정신에 날이 새고 지는지 몰랐다.

처음엔 살고싶지도 않았다. 그저 죽고싶은 생각뿐이였다.

차차 마음이 진정되면서 자기를 다잡고 일어선 설유였다. 남편이 꼭 살아서 돌아올것이라는 믿음과 확신이 설유를 일으켜세워주었던것이다.

그는 절구에서 꺼낸 찹쌀가루를 다시금 정히 채로 쳤다.

또다시 찹쌀을 정히 씻어 한껏동안 깨끗한 물에 불구었다가 김에 찐

다음 말리웠다.
　말리운 찹쌀을 다시금 닦아서 절구질을 한 다음 보드랍게 채로 쳐서 가루로 만들었다. 며칠동안 이렇게 정성들여 닦은 찹쌀가루에 일정한 량의 고추가루와 소금을 섞고는 작은 마대에 넣어 포장을 하였다.
　찹쌀가루준비가 다 끝나자 설유는 탁자에 마주앉았다.
　탁자우에는 종이뭉테기들이 그득히 쌓여있었다. 《잡병편》 집필에 필요한 치료자료들이였다.
　설유는 그것들을 세밀하게 분류하여 될수록 간편하게 볼수 있도록 작은 종이우에 깨알같은 글씨로 적어넣기 시작했다.
　그는 허준이 절대로 그렇게 쉽게 주저앉을 사람이 아니라는것을 잘 알고있었다.
　이러한 확신과 믿음이 있었기에 그는 허준이 귀양지에서 필요한 간편하면서도 분한있는 닦은 찹쌀가루와 의서집필에 필요한 자료들을 준비하고있는것이였다.
　이때 대문을 두드리는 소리가 들렸다.
　인차 하녀의 뒤를 따라 기동이가 칠성이, 달래와 함께 방안에 들어섰다.
　문안인사가 오간 뒤에 기동이 물었다.
　《사모님, 응규형님이 왔소이까?》
　《오지 않았어요. 오기로 약속이 있었나요?》
　달래가 대답하였다.
　《선생님이 가계시는 귀양지를 알아가지고 오겠다고 했나이다.》
　이들이 잠시 숨을 돌리는데 박응규가 헐떡거리며 들어섰다.
　달래가 서두르며 물었다.
　《어떻게 됐어요?》
　《음, 알아왔소!》
　칠성이가 벌떡 일어서며 물었다.
　《그래 귀양지가 어데라우?》
　《곡도라는 섬으로 귀양갔다누만.》
　달래의 눈에 의혹이 실렸다.
　《곡도? 곡도가 어디에 있는 섬이래요?》
　《예서 약 오백리 떨어져있는 경기도부근의 섬이라더군.》

《그 먼데로?!》
박응규가 다음말을 어떻게 번질지 몰라 갑자르자 모두들 의아해 하였다.
성미급한 칠성이가 다우쳐물었다.
《형님은 왜 그렇게 갑자르시우?》
박응규가 힘들게 말을 이었다.
《헌데… 그 곡도라는 섬에서 위리안치되였다누만.…》
《뭐요?》
모두가 깜짝 놀랐다.
달래가 가슴을 두드리며 눈물을 흘렸다.
《우리 선생님이 그런 험한데서 어떻게…》
설유의 얼굴에도 짙은 그늘이 졌다. 그저 귀양살이를 간줄 알았지 차마 위리안치까지 되였으리라고는 상상도 못한 설유였다.
허준이 처한 상태는 설유가 생각했던것보다 더 엄혹한것이였다.
가슴이 미여지는 아픔에 심장이 바늘로 쿡-쿡- 찌르는것 같더니 다시 활랑거렸다. 애써 자기를 다잡은 설유의 얼굴이 해쓱해졌다.
침통해하는 그들을 휘둘러보던 기동이가 칠성이를 보고 소리쳤다.
《칠성이! 이렇게 가만 앉아있으면 어떻게 해?
선생님이 정배살이하는 곳을 알았으니 빨리 떠날 차비를 하자!》
칠성이가 기동이를 돌아보았다.
《그럼 내가 사모님을 모시고 다녀오는게 어떻겠어요?》
기동이가 버럭 소리를 질렀다.
《무슨 소릴 하는거야? 너 혼자선 안돼!》
칠성이가 소리를 낮추며 설명을 달았다.
《형님, 내 말 좀 들어보라요.
형님에겐 여기서 해야 할 더 중요한 일이 있어요.
선생님이 형님에게 맡긴 그 의서원고는 어떻게 하겠어요?
전번에도 어떤 놈이 두번씩이나 의서의 원고를 훔치러 들어오지 않았나요.
그러니 형님의 일도 결코 간단하다고는 볼수 없어요.
응규형님이 무술에 능하니 기동형님을 도와 의서의 원고를 지키는것이 옳다고 봐요.》
칠성의 말은 일리가 있었다. 잠시 생각에 잠겼던 기동이가 입을 열었다.
《그럼 여기 일들은 나와 응규형이 처리할터이니 먼저 네가 사모님을 모시구 다녀오거라. 그다음에 내가 가도록 하자.》

달래가 발끈하여 소리쳤다.

《아니, 오라버님, 난 왜 빼놓나요? 나도 가겠어요!》

《나인이 그렇게 집을 뒤두구 가도 일없을가?》

《일은 무슨 일. 선생님이 당장 죽느냐 사느냐 하는 판에 언제 그런걸 생각할새가 있어요. 선생님이 아니면 나와 저 칠성이는 벌써 죽은 목숨이야요.

그리구 말이 났으니 말이지 저 덜퉁한 칠성이한테 사모님을 맡기고 난 마음을 못놓겠어요.

선생님을 위리안치시켰다면 분명 그 주변을 수비하는 파수군이 있겠는데 그놈들은 대체 누가 녹여내요?

그런데서야 내가 낫겠지요? 그러니 나도 사모님과 같이 가겠어요!》

의논끝에 그들은 칠성이와 달래가 설유와 함께 귀양지로 찾아가고 기동이와 박응규는 의서를 지키면서 여기 일을 처리하기로 락착지었다.

정성들여 포장한 마대들을 보고 달래가 물었다.

《사모님, 이건 무엇이오이까?》

《음, 고추가루를 약간 섞어 닦은 찹쌀가루예요.》

《아니, 찹쌀가루에 고추가루는 왜 섞소이까?》

《저렇게 험한 생활조건에서 생활하는 사람들에게는 적당한 량의 고추가루가 병도 잘 견디게 하고 강기가 있게 해요.》

《사모님은 참 세심하시오이다.》

설유가 장농에서 꾸레미를 꺼내들었다.

《이 꾸레미도 함께 가지고 가자요.》

《그건 뭣이오이까?》

《의서들을 쓸 종이와 필묵 그리고 자료들이예요.》

달래는 물론 칠성이도 깜짝 놀랐다.

《아니? 당장 생사도 가늠키 어려운데 의서를 쓰실 경황이 있겠나이까. 귀양지에서 풀려나온 다음에 쓰면 몰라두…》

설유의 그윽한 눈에 이름 못할 회억이 흘렀다.

《선생님을 아직 잘 모르는군요.

그이에겐 찹쌀가루나 음식보다도 이것들이 더 귀할거예요. 아마 이것

만 가져가면 금방 쓰러졌다가도 벌떡 일어서실 선생님이예요.》

모두가 감동의 눈빛으로 설유를 바라보았다.

《사모님!》

허준과 설유의 그 마음이 그들의 심금을 울렸다.

잠시후에 응규가 제 이마를 쳤다.

《참, 내 깜빡 잊을번 했소.

곡도에 그냥 가선 발붙이기가 여간 힘들지 않다고 하오.

민가가 약 오십채정도 되는 빤드름한 섬이여서 외인들이 들어오면 제꺽 알린다우.

더구나 위리안치된 중죄인인 경우에는 네댓명이 파수를 서는데 만약 그들에게 들키는 날에는 졸경을 치른다오.

작년도 중죄인호송때문에 곡도에 다녀온 라졸이 있는데 그가 자기가 머물렀던 집주인에게 소개신을 하나 써주었소.

그러니 그들의 친척으로 꾸며서 들어가야 무탈할게요.》

박응규는 칠성에게 소개신을 주었다. 달래가 응규에게 칭찬투로 한마디 하였다.

《이제야 사내답군요.》

달래의 그 말에 게면쩍어하는 응규를 보며 모두들 수긍하였다.

다음날 설유는 칠성, 달래와 함께 수레를 타고 곡도로 향하였다.

수레에 앉아있는 설유는 정작 남편에게로 간다고 하니 수레의 속도가 너무나도 더딘것 같아 조바심이 났다. 자꾸만 남편이 앓아누운것 같은 우려와 불안으로 마음을 진정할수 없었던것이다.

설유의 불안은 공연한것이 아니였다.

필사의 각오로 벽에 매달려 글을 써나가는 허준의 몸이 악화되기 시작하였다.

먹을것도 변변히 먹지 못하는 엄혹한 생활환경과 과중한 정신적소모로 하여 그의 건강은 급속히 악화되였다. 병마가 허약한 그에게 침입하였던것이다.

처음엔 오슬오슬 춥더니 온몸의 뼈마디가 쑤셔나고 팔다리가 매시시하였다.

허준은 자기의 건강상태가 시원치 않다는것을 느끼면서도 일을 멈추지 않았다.

어슬어슬 땅거미가 손바닥만 한 집마당에 깃들고 방안이 어두워 더는 글을 쓸수 없을 때 벽에서 물러서는데 온몸이 떨리면서 줄기침이 연방 터졌다.

(내 몸이 왜 이럴가? 제발 쓰러지지 말아야겠는데.)

기침은 점점 더 심해지고 온몸의 뼈마디가 쑤시는듯 아팠다.

(분명 풍열감모에 걸렸구나. 하루밤 지나면 일없지 않을가.)

그 다음날 아침에는 고열이 나기 시작했다.

이제 이 단계를 조금 더 벗어나면 병사가 내장깊이까지 들어가 페염과 같은 위중한 병이 올수 있다는것을 허준은 잘 알고있었다.

그러나 이 가시울타리안에는 아무런 약재도 치료수단도 없으니 어찌한단 말인가.

얼마나 열이 나고 온몸이 쏘는지 더는 일어날래야 일어날수도 없었다.

저도모르게 신음소리가 흘러나왔다.

대개 귀양지에 있는 사람들은 험악한 생활조건에 시달리다가 신체가 약해지면서 여러가지 병에 걸렸고 그 병을 빌미로 하루이틀사이에 목숨을 잃는 경우가 많았다.

의식이 가물가물 사라지는 속에서도 허준은 속으로 중얼거렸다.

《내가 여기서 맥을 놓으면 죽는 길밖에 없다. 죽어서는 안된다!

의서도 완성 못하고 요쯤한 병에 죽는다면 내가 구암(허준의 호. 바위라는 의미)이 아니지. 어떻게 하나 일어나야 한다!》

온몸이 우들우들 떨렸다.

의원인 허준은 이제 자기가 맥을 놓고 의식을 잃으면 영낙없이 죽고만다는것을 알고있었다.

안깐힘을 쓰며 허준은 자리에서 일어났다.

방안이 빙글빙글 돌면서 어지럼증으로 정신이 혼미해졌다. 발더듬으로 벽쪽으로 다가선 허준은 벽을 짚고 한걸음한걸음 밖으로 향했다.

휘청거리며 마당에 내려선 허준은 가시울타리로 걸음을 뗐다. 주염나무의 마른 열매를 본 기억이 났던것이다.

한참이나 신고해서야 허준은 엉키고 뒤섞인 돌배나무사이에 있는 주염나무속에서 바싹 말라버린 주염나무열매를 찾을수 있었다.

후들후들 떨리는 손으로 열매를 하나하나 뜯어내기 시작했다.

다 뜯어내니 한줌가량은 될상싶었다. 열매를 뜯고난 허준은 간신히 방으로 들어와 다시 자리에 누웠다.

주염나무열매는 해소와 천식, 가슴아픔 등에 좋은 효과를 나타내는 약재이다. 다행히도 가시울타리에는 주염나무도 있었고 그 주염나무에 열매가 있었던것이다.

허준은 오한으로 가다드는 손을 겨우 움직여 껍질을 발가내고 그속의 열매를 꺼내 입에다 넣고 우물거렸다. 싸하고 쓸쓸한 맛이 느껴졌다.

그 다음날이 되니 기침과 가래가 한결 가라앉기 시작하였고 숨가쁨도 뚜렷하게 덜하여졌다. 그러나 뼈마디아픔과 고열은 여전하였다.

그의 입술은 신열로 터갈라져있었다.

허준은 다시금 휘청거리는 몸으로 가시울타리쪽으로 다가갔다.

나무가지끝에 매달린 가시들속을 훑던 허준은 그중 탐탁하고 긴 가시 두개를 꺾어들었다. 주염나무가시였다.

주염나무가시를 의원들은 조각자라고 부른다. 가루를 내거나 달여서 부스럼이나 리질, 라력(림파절종대) 등과 같은 질병에 쓰인다.

그러나 오늘은 침혈을 자극하기 위한 수단으로 쓰일것이다.

먼저 가시를 샘물에 깨끗이 씻은 다음 해빛에 4각동안 바짝 말리웠다. 혹외감사(병균의 침입)에 감염될가 우려해서였다. 말리운 조각자를 들여다보니 침혈자극물로서는 꽤 쓸만 하였다. 여느때라면 감히 생각지도 못할 일이지만 엄혹한 위리안치의 조건에서는 이런 료법도 서슴지 않고 단행하게 하였다.

조각자를 손에 들고 방안에 들어온 그는 이를 악물고 손의 합곡혈과 곡지혈에 가시를 들이찌르기 시작했다.

동침이라면 순식간에 피부를 관통하였겠지만 나무가시인지라 피부를 길게 늘구면서 질리게 살속으로 들어갔다. 심한 아픔으로 허준은 얼굴을 찌프렸다.

합곡혈은 청열(해열, 독풀이)작용이 강한 침혈이고 곡지혈은 염증을 없애는 작용이 센 침혈이였다.

침을 다 놓은 허준은 후- 하고 숨을 길게 내쉬였다.

이 가시울타리속에서 병치료를 위하여 할 일은 다한것이다. 병이 낫기를 기다리는수밖에 없었다. 이렇게 해서라도 지금의 고비를 넘기지 못하면 더 다른 방도가 없었다.

달빛이 간간이 비치는 빈방에 홀로 누워있는 허준의 눈귀에선 저도모르게 짭짤한 눈물이 슴새여나왔다. 새삼스레 자기의 처지가 가긍해보였다.

곡도의 하늘가에 떠오른 마늘쪽같은 하현달이 애처롭게 떨면서 빈방에 가느다란 빛을 뿌려주고있었다.

5

오백여리의 수레길과 배길을 이어 그들은 드디여 곡도에 이르렀다. 박웅규의 말대로 정말 외인들이 들어오면 빤드름히 알릴 섬이였다. 약 오십여호의 민가들이 있었는데 박웅규가 소개해준 집은 민가에서 조금 떨어진 외딴 곳에 자리잡고있었다.

주인집로인이 소개신을 읽고나서 물었다.

《헌데 어인 일로 이 외진 섬에 걸음을 하였나?》

칠성이가 거침없이 말하였다.

《로인님, 저의 어머니와 색시올시다.》

분명 나이가 두세살우인 달래를 제 색시라고 시치미를 뚝 따며 칠성이가 소개하는 바람에 달래가 어처구니없어 칠성이에게 눈을 흘겼다.

《제 색시가 신병을 앓고있는데 조용하고 공기가 좋은 바다바람을 쏘이면 치료에 효험이 있다 하여 제 어머니와 같이 걸음을 하였소이다. 저의 어머니는 유능한 의원이올시다.》

로인이 칠성이의 얼굴을 유심히 들여다보더니 웃었다.

《허허허… 젊은이, 내 눈은 못 속이네.

이 한적한 섬에서 대체 무슨 치료를 한다고 셋씩이나 이렇게 줄줄이 동행한단 말인가?》

칠성이의 얼굴이 대번에 시뻘겋게 달아올랐다. 달래와 설유도 자못 난처한 기색을 지었다. 그러면서도 로인의 신통한 관찰력에 놀라움을 감추지 못하였다.

《자네들은 분명코 이 섬에 정배살이를 온 사람들을 보러 온 사람들일세.》

설유가 차분한 어조로 수긍하였다.

《옳소이다. 할아버지의 말씀이 맞소이다.》

로인이 백발수염을 내리쓸며 고개를 끄덕였다.

《음, 그럴터이지. 헌데 누굴 보러 왔나? 여기서 정배를 사는 사람들은 여섯명이네. 그리고 위리안치된 중죄인이 또 한명 있네. 임자네들의 행색을 보아서는 중죄인을 만나러 오지는 않았을거구.》

설유는 불쑥 눈시울이 달아올랐다.

정배살이에서도 가장 중하게 취급되는 위리안치의 참혹성이 그 말에 그대로 나타난듯싶었다. 그러나 설유는 인차 마음을 다잡고 솔직히 터놓았다.

《아버님, 그 중죄인이 바로 저의 주인입니다.》
《아니, 대체 무슨 역적질을 했기에 그런 중죄인취급을 받나?》

칠성이가 자리에서 벌떡 일어서며 버럭 소리를 질렀다.

《로인장! 말씀 삼가하시우. 대체 뉘가 역적질을 했다는거요. 우리 의원님처럼 마음이 착하신분을 이 세상에서 한번 찾아보시우. 나나 여기 이 누이 아니, 우리 처도 그 의원님이 아니였더라면 이미 황천객이 된지 오랬단 말이요!》

로인의 눈은 더욱더 휘둥그래졌다.

《헌데 왜 그렇게 위리안치되였나?》

설유가 조용히 입을 열었으나 말끝을 흐렸다.

《아버님에게 그 사연을 다 말씀드리자면…》

로인이 뒤말을 잇지 못하는 설유의 심정을 알겠다는듯 고개를 가볍게 끄덕거렸다.

《말 못할 사연이 많을테지…

내 이곳에 태를 묻은 사람인데 확실히 이 섬에는 귀양오는 사람들이 많았어.

저 고려시절엔 왕건태조대왕의 충신이였던 유금필장군도 간신들의 모함에 들어 이 곡도에서 정배살이를 했다고 하더구만.

그런즉 억울하게 모함에 걸려 이 섬에 류배온 사람들이 태반이다 그 말일세.》

달래가 손벽을 치며 호들갑을 떨었다.

《아유, 이제야 할아버지가 우리 마음을 알아주시네요!》

칠성이도 한결 마음이 누긋해졌는지 로인에게 공손하게 물었다.

《헌데 로인님, 그 중죄인을 위리안치한 곳이 어딘지 모르시오이까?》
《모르긴 왜 몰라. 내 이 섬의 지형은 손금보듯 다 아네.》
《그럼 우릴 그곳으로 안내해줄수 있소이까?》
《그야 뭘 그렇게 힘들겠나.》

칠성이가 벌떡 일어서며 성급하게 말했다.

《그럼 이제 당장 우릴 좀 안내해주시오이다.》
《아니, 아직 려장도 풀지 않았는데 원로에 일없겠나?》

《로인님, 그 가시울타리안에 있는 사람의 고생에 비하면 그게 대수겠소이까.

한시가 급하니 어서 떠나시오이다.》

달래가 그 말에 부채질을 하였다.

《옳소이다. 어서 떠나시오이다.》

설유는 칠성이와 달래를 고마운 눈길로 바라보았다. 단순히 저들의 목숨을 살려준 그 신세갚음으로부터 출발한것이 아니였다. 허준에게 진심으로 공감되고 그가 하는 일에 대한 사심없는 지지가 아니면 도저히 흉내낼수 없는 아름다운 마음이였다.

일행은 로인을 앞세우고 곧 길을 떠났다.

자그마한 둔덕에 오르면서 로인이 한마디 당부하였다.

《다 왔네. 그러니 마음들을 굳게 가지라구.》

설유의 가슴은 널뛰듯 활랑거리기 시작했다.

둔덕정수리에 올라선 로인이 한곳을 가리켰다.

《저기가 중죄인이 거처하는 곳이네.》

약 오백보가량 떨어진 무성한 가시울타리 덤불속에 자그마한 초가집이영이 바라보였다.

달래가 손으로 입을 가리우며 비명을 질렀다.

《에구머니나— 산 사람을 저런 곳에다 가두다니?》

설유의 눈에 눈물이 핑 돌았다. 눈앞이 뽀얗게 흐려지면서 아무것도 보이지 않았다. 비록 마음의 준비는 하고 왔으나 정작 눈앞에 닥치고보니 눈물이 앞을 가리우고 안개가 낀것처럼 주위의 모든것이 흐릿하게 안겨들었다.

(아! 그러니 저안에 그이가 있단 말인가?)

칼로 저미는듯 심장이 아파났다. 설유는 입술을 옥물고 가까스레 자기를 지탱하였다.

칠성이가 펄썩 주저앉으며 주먹으로 땅을 내리쳤다.

《죽일 놈들같으니! 저런 곳에 생사람을 가둬놓다니. 저게 사람이 할짓이야?》

그러더니 칠성이가 벌떡 일어나며 소리질렀다.

《내 당장 달려가서 저 가시울타리를 넘어가겠소!》

로인이 기겁하여 칠성이의 팔소매를 붙잡았다.

《이보게, 그렇게 헤덤벼서는 안되네!》

《그럼 저안에 갇힌 선생님을 보고서도 가만 있으란 말입니까?》

《내 말을 좀 들어보게. 저기 저 커다란 후박나무밑을 한번 좀 보라구.》

로인이 가리키는쪽을 바라보니 커다란 나무밑둥에 모닥불을 피워놓고 꺼떡꺼떡 졸고있는 파수군졸 한명이 보였다.

《저 군졸이 바로 중죄인을 지키는 파수일세. 저 파수병한테 들키면 재미가 적네.

만일 가시울타리를 벗어나 한발자욱이라도 움직이다가 들키면 그 사람은 더 험한 벌을 받네.

영 셈판을 모르누만. 이젠 알겠나? 그렇게 헤덤비다가는 일을 망쳐먹을수 있어.》

《그럼 어떻게 해야 하오이까?》

《자, 이리 와서 앉으라구.》

로인이 설유와 칠성이, 달래를 둘러보았다.

《저안에 그렇게 막무가내로 들어가지 못하네. 왜냐면 위리안치라는 형벌은 중죄인에게 주는 형벌이기때문일세.

그러니 저안에 자네들처럼 막 들어가면 영낙없이 한패당으로 몰리운단 말일세. 역적으로 개죽음을 당하고싶나? 또 저안에 있는 사람한테도 좋지 않지.

내 보니깐 저렇게 위리안치되였다가 다시 살아돌아가는 사람도 있더군. 그러니 그렇게 헤덤비지 말구 차근차근 의논해서 저사람한테도 피해가 없구 임자네들도 화를 당하지 않게 처신함이 좋을걸세.》

로인의 말이 앞뒤사개가 꼭 들어맞아 모두가 함구무언하였다.

한참만에 설유가 로인의 두손을 잡으며 사례하였다.

《아버님, 정말 고맙소이다!》

《고맙긴, 임자네들은 가만히 보니 좋은 사람들같아.

내가 그쯤한거야 도와주지 못하겠나. 헌데 저 포졸은 어떡하지?》

달래가 눈을 빨며 생긋거렸다.

《할아버지, 그건 괜한 걱정이와요.》

로인은 해사하면서도 곱살하게 생긴 달래의 얼굴을 바라보며 가볍게 웃었다.

《허허, 임자가 쾌 해낼가? 헌데 말일세, 래일 오도록 하게나.》

《왜 말이오이까?》

《음, 저기 파수는 세명이 번갈아서 교대로 지키네. 헌데 래일 나

오게 되는 파수군이 나이도 지숙하고 그중 마음이 너그러우이.》

《아, 알겠소이다. 그렇게 하겠소이다.》

일행은 로인의 집으로 내려갔다.

그 다음날 진시(오전 7~9시)경 이들은 다시금 둔덕에 올랐다. 달래는 술방구리를 옆에 끼고있었다.

달래가 설유를 돌아보았다.

《사모님, 제 그럼 먼저 가겠소이다. 제가 손을 저어 시늉을 하면 그때에 제꺽 내려오도록 하시오이다.》

설유가 종이봉지 한개를 내밀었다.

《이걸 달래의 술방구리안에 넣어요.》

《이건 뭣이오이까?》

《살맹이씨(메대추씨)를 약간 닦아 가루낸것이예요. 원래는 불면증치료에 쓰이는 특효약인데 용량을 좀 많이 했으니 술속에 섞으면 아마 취한 후에 사각이상은 실히 푹 잠들수 있어요.》

달래가 생긋 웃었다.

《사모님, 이것이면 문제없소이다.》

이어 달래는 치마자락을 나풀거리며 릉선아래에로 내려가기 시작했다.

가시울타리가 가까이 다가오자 달래의 심장은 활랑거리기 시작했다. 나무밑등에 기대여 파수군이 꺼떡꺼떡 졸고있었다.

생각같아서는 졸고있는 파수군의 귀쌈을 한대 쳐갈기고싶었다.

침착하게 코앞에까지 다가간 달래는 파수군을 향해 큰소리로 불렀다.

《이봐요, 이봐!》

달래의 챙챙한 목소리에 끄덕끄덕 졸고있던 포졸이 흠칫 놀라 깨나서 눈이 퀭해 달래를 쳐다보다가 얼른 옆에 세워놓은 장창을 집어들었다.

《아유! 참, 사람 웃기네. 나같은 계집이 뭘 무섭다고 창까지 잡으며 그러시우?》

그러거나말거나 파수군은 눈알을 부라렸다.

《다가오지 말아! 넌 대체 사람이냐 아니면 여우귀신이냐?

원참, 계집이 이런 곳에 다 오다니! 넌 도대체 뭘하는 년인데 여기서 어물거리느냐?》

《이 아주버님 말버릇 좀 봐라. 처음 보는 나인보고 년이라니? 그게 어디 도리가 있는게요?》

《썩 물러가질 못할가! 여기가 어디라구 함부루 다가와?》

《글쎄 하도 답답해서 이 섬을 두루 돌아보다가 이상한 가시퉁구리가 보이기에 구미가 동해서 예까지 왔소이다.》

파수군이 어처구니가 없는듯 고개를 외로 틀었다.

《뭐, 뭐라구? 너 이안에 무슨 사람이 있는줄 알구 함부루 오는가 말이야. 당장 사라져!》

달래는 그 말에 전혀 개의치 않고 눈을 동그랗게 뜨며 한걸음 더 다가섰다.

《이안에 사람이 있소이까?》

《됐다, 됐어! 시끄럽게 굴지 말구 빨리 없어지라!》

그러나 달래는 지꿎게 달라붙었다.

《아니, 이안에서 어떻게 사람이 사오이까?》

《아, 이거 정말 시끄럽게 놀겠는가!》

파수군이 창을 앞으로 내밀며 두눈을 부라렸으나 달래는 끄떡도 하지 않았다.

《아유, 이 아주버님 좀 봐! 그렇게 두눈을 뚝 부릅뜨면 누가 무섭대? 호호호—》

전혀 무서워하지 않고 스스럼없이 놀아대는 달래의 행동에 파수군도 어이가 없는지 창개를 늦추고 그자리에 펄썩 주저앉았다.

《별년이로군. 헌데 내 이 섬에서 널 처음으로 보는데?》

처음에는 좀 엄포를 놓으면 무서워 물러날줄 알았는데 샐쭉거리며 다가드는 품이 싫지 않았다. 하루이틀도 아니고 긴긴세월 사람을 지키는 놀음에 싫증이 날대로 난 파수군이였다.

중죄인을 지킨다는것은 말뿐이지 하루종일 나무밑둥에 기대여 조는것이 업이였는데 이렇게 꽃같은 나인이 제발로 찾아왔으니 무료감을 덜 좋은 기회라고 생각했던것이다.

《며칠전에 뭍에서 들어왔사와요.》

《이 외진 섬엔 왜?》

《경치가 하도 좋다기에 놀러 왔지요.》

《뭐, 경치가 좋아? 천진하군. 여긴 정배살이를 하기에 딱 좋은 섬이란 말이야.》

달래가 두눈을 동그랗게 떴다.

《그렇소이까. 그럼 저 가시덤불안에도 정배를 사는 사람이 있소이까?》

《그렇다고 할수도 있지.》

《아니, 저안에서 대체 어떤 사람이 사오이까?》

《중죄인이야. 그저 그안에서 살만큼 살다가 죽으라는게야.》

《에그, 쯔쯔쯔— 그러고보면 아주버님은 사람이 아니군요.》

《뭐, 뭐? 난 왜?》

《이게 어디 사람이 할짓이오이까?》

《아, 우리야 하라는대로 하는 사람들인데 알게 뭔가? 중죄인이라면 중죄인인줄 알고 지키라면 지킬줄이나 알지. 그밖에 더 간참할게 있나.》

《그러다가 저안의 사람이 죽으면요?》

《음, 그건 우리와 상관없어. 우린 그저 중죄인을 저 가시울타리안에 처넣고 도망치지 못하게 지키다가 죽은담엔 꺼내면 되니까.》

달래는 온몸이 오싹해졌다. 등골에서는 가벼운 전률이 일었다. 파수군이 달래의 옆에 놓여있는 술방구리를 목을 기웃하고 넘겨다보았다.

《헌데 이건 뭔가?》

《보고도 모르겠소이까. 술방구린데요.》

《뭐, 술방구리?》

파수군이 코를 홍홍거린다.

《헌데 대낮에 그건 왜 옆에 끼고 다니나?》

《아, 아주버님두 참, 이건 왜 끼구 다니겠수. 이렇게 소풍이나 하다가 좋은 사람을 만나면 같이 말동무나 하면서 즐기자구 그러지요.》

《그런가? 헌데 난 좋은 말동무가 될것 같지 않은가?》

《아유! 내가 아주버님과 같은 령감태기를 돌아나 볼것 같수?》

달래가 일어서려 하자 파수군이 술방구리를 덥석 잡았다.

《이보게, 그러지 말고 여기에 앉아 말 좀 하다가 가지.》

달래가 술방구리를 잡고있는 포졸의 손을 탁 쳐버렸다.

《됐소이다. 난 이자리에 주저앉고싶은 생각이 없소이다. 이 가시울타리만 봐도 입맛이 싹 돌아서오이다.》

이제는 말이 퍼그나 오간지라 포졸은 체면도 엄엄한 기상도 다 집어던져버렸다.

작히나 좋은 기회인가? 시간이 더디고 지루하게 흘러 몸살이 날 지경이였는데 아릿다운 녀인이 술방구리를 옆에 끼고 척 나타나지 않았는가.

포졸이 손가락을 곧추 세워 달래의 얼굴가까이에다 내흔들며 사정하였다.

《이보게, 딱 한잔만, 한잔만 주게나.》

《딱 한잔만 주면 아주버닌 내게 뭘 주겠수?》

《말동물 해주지.》

《아니? 나하고 말동무가 되우?》

《아, 될수 있지. 내 이래뵈두 옛말을 구수하게 곧잘하지.》

달래는 못 이기는척 하며 그자리에 주저앉았다. 술방구리를 들여다보며 입술을 감빨던 파수군이 넌지시 물었다.

《헌데 술안주는 뭐가 좀 없나?》

달래가 피춤에서 마른전어 서너마리를 꺼내놓았다.

《에이, 모르겠다. 내 오늘 큰 마음 쓴다. 자요!》

《좋아, 좋아! 아주 좋아!》

술이 들어가 흥취가 동하자 파수군이 무엇이라고 계속 주절대더니 잠시후에 술방구리를 끌어안은채 끄떡끄떡 졸기 시작하였다. 곧 그자리에 어푸러져 코를 골아댔다.

달래는 발딱 일어서서 둔덕쪽을 향하여 손을 저었다. 설유와 칠성이가 황급히 둔덕우에서 달려오고있는 모습이 눈에 띄웠다.

달래쪽으로 달려온 칠성은 재빨리 포졸옆에 나뒹굴고있는 삽짝문열쇠를 들고 가시울타리쪽으로 달려갔다. 커다란 열쇠가 삐꺽거리며 칠성의 손에 열려졌다.

《누이! 빨리!》

달래가 먼저 삽짝문을 열고 마당에 들어섰다. 칠성은 설유의 손을 잡고 조심스럽게 달래의 뒤를 따랐다. 마당안에 들어가 조심스럽게 방안을 기웃거리던 달래가 갑자기 비명을 지르며 땅바닥에 폴싹 주저앉았다.

《아이구머니나!》

설유와 칠성의 가슴이 철렁 내려앉았다. 설유의 가슴속에 불길한 예감이 서려들었다.

(혹시 그이가?)

칠성이 역시 불안하고 조급한 마음으로 설유의 손을 놓고 뛰여갔다. 방안을 기웃 들여다보던 칠성이도 외마디비명을 내질렀다.

《아니?!》

설유의 가슴은 더욱더 떨려났다. 그는 조마조마한 마음을 달래며 후들후들 떨리는 다리로 마당을 꿰질러 방안쪽을 바라보았다. 설유의 몸 역시 뚝 굳어져버렸다.

《아니?!》

머리가 하얗게 센 허준이 허리를 구부정하고 벽에 매달려 정신없이 한자한자 글을 새기고있었던것이다.

설유의 두눈에 눈물이 샘솟듯 고이더니 그만에야 뺨을 타고 흘러내렸다.

칠성이가 격정에 넘쳐 소리쳤다.

《의원님!》

그 부름에 허준이 뚝 굳어졌다. 천천히 벽에서 손을 떼고 마당쪽을 향해 머리를 돌렸다. 한참동안이나 멍하니 밖을 내다보던 허준이 그제야 그들을 알아보았는지 손에 든 나무가지를 떨구며 방바닥에 풀썩 주저앉았다.

달래가 정신없이 방안으로 뛰여들어가며 소리쳤다.

《의원님!-》

그뒤로 칠성이가 나는듯이 달려갔다.

《선생님, 칠성이옵니다!》

칠성이와 달래가 허준의 두손을 부여잡고 목이 메여 연방 소리쳤다.

《의원님!-》

허준의 몰골은 너무도 처참하여 차마 바라볼수가 없었다. 머리는 새하얗고 얼굴은 너무도 살이 빠져 광대뼈만 남아있었다. 말이 사람이지 바싹 마른 장작에 누데기를 걸쳐놓은것 같았다. 그 누데기 여기저기에 살이 들여다보였다. 마치 산속에서 홀로 방황하며 야생생활을 하는 사람처럼 보였다. 다만 눈만은 정기가 살아 반짝이고있을뿐이였다.

《아니?! 너희들이 대체 웬일이냐? 이게 꿈이냐, 생시냐?》

허준은 목이 메여 간신히 말을 이어나갔다.

이윽고 방안에 들어온 설유가 허준의 앞에 무너지듯 꿇어앉았다.

《예영이 아버지!》

그 한마디 부름을 쏟은 설유는 허리를 굽힌채 오열을 터뜨렸다.

이런 사람, 고지식하고 대바른 이런 사람을 이 지경에 몰아넣다니? 너무도 가슴이 아파 심장이 터질것만 같았다. 그리고 이런 험악한 환경속에서도 벽에 한자한자 의서의 내용을 쓰고있는 그 모습이 설유를 더 아프게 하였다.

허준은 세차게 떠는 설유의 어깨를 꽉 그러안았다. 뭉클 설유의 체취가 가슴에 안겨왔다.

설유가 와락 허준의 무릎우에 얼굴을 박고 부르짖었다.

《예영이 아버지!-》

허준이 설유의 머리우에 자기의 얼굴을 묻으며 목메여 불렀다.

《여보!-》

《예영이 아버지!》

설유는 달래와 칠성이가 보고있다는것도 잊은듯 허준의 무릎에 얼굴을 묻고 몸부림을 쳤다. 이런 험악한 조건에서도 뜻을 굽히지 않는 남편의 모습앞에서 설유는 그렇게도 진중하고 정숙하던 본래의 자태를 잃고말았다. 그리고 너무도 가슴이 쓰리고 아파 몸부림을 쳤던것이다.

과연 누가 이런 사람을, 이런 훌륭한 남편에게 모진 고통과 불행을 들씌운단 말인가.

이윽고 설유는 허준의 품에서 머리를 들고 깊숙이 절을 하였다.

《저의 이 큰 절을 받아주세요.》

허준이 황황히 설유의 손을 잡아 일으켜세웠다.

《이러지 마오! 바로 당신의 그 믿음이 있어 그리구 저 칠성이나 달래의 믿음이 있어 내 죽지 않고 이렇게 살아 의서를 쓰는게 아니겠소.》

칠성이와 달래도 눈물을 닦으며 격정속에 한참이나 허준과 설유를 지켜보았다.

이어 달래가 보짐을 풀었다.

《의원님, 사모님께서 만든 닦은 찹쌀가루이오이다.》

허준이 달래가 내놓은 작은 마대를 얼핏 띄여보더니 설유에게 얼굴을 돌렸다.

《여보, 지필은 안가져왔소?》

설유가 아직도 물기가 어려있는 눈으로 허준을 바라보며 지필을 싼 꾸레미를 내놓았다.

《여기 가져왔어요. 지필과 의서에 관한 자료들이예요.》

《정말이요?!》

허준은 흥분해서 덥석 꾸레미를 잡아당기더니 성급히 풀기 시작하였다. 평상시에 침착한 허준이답지 않게 덤벼치는 그 모습을 보는 설유의 눈에 다시금 눈물이 핑 돌았다.

생사를 기약할수 없는 이 험한 곳에서 애오라지 남편의 생을 버티여준것은 다름아닌 저 높은 뜻과 의지가 아니던가!

무심한 세월아, 넌 어이하여 이런 사람에게 벌을 내렸느냐?

천만금을 주어도 세상에 다시 태여날수 없는 이 훌륭한 사나이에게 부디 복을 내려다오!

설유가 애써 눈물을 감추며 거들어주었다.

보짐속에서 그득하게 층층이 쌓인 하얀 참지묶음과 벼루, 먹, 붓이 나왔다.

그것을 덥석 그러안은 허준의 볼편이 후들후들 떨렸다. 그 꾸레미에 여윈 볼을 비벼대는 그 모습이 설유와 달래, 칠성이의 가슴을 또 한번 울려주었다.

칠성이가 울먹이며 허준의 앞에 꿇어앉았다.

《의원님, 이제 당장 우리와 함께 이곳을 탈출하시오이다.》

허준이 흠칫 놀라 칠성이를 바라보더니 머리를 절레절레 저었다.

《그러면 안되네.》

그 어조가 단호하였다.

칠성이가 눈을 크게 뜨고 허준의 팔을 잡고 흔들었다.

《그럼, 언제 죽을지 모를 이 사지판에 그냥 계시겠단 말씀이오이까? 우리와 함께 나가시오이다.》

《아니, 그러면 안되네. 칠성이! 달래!

언젠가 내가 한성부 옥에 갇혔을 때 하던 말이 생각나나? 내가 이제 이곳을 탈출하면 일생을 중죄인의 오명을 들쓰고 숨어살아야 하네. 그렇게 되면 내가 쓴 이 의서도 당당하게 세상에 내놓을수 없고말지.…

이 의서는 나의 재부이기 전에 이 나라의 재부이고 모든 사람들의 재부일세. 헌데 저 하나의 목숨을 살리겠다구 그 의로운 일을 망칠수야 없지 않나. 그건 여기서 내가 죽는것보다 더 처참한 죽음일세!

난 여기서 의서집필만 할수 있다면 이런 고생도 달게 여기겠네.

이젠 내 말뜻을 알겠나?》

설유가 조용하나 침착하게 허준의 말을 수긍하였다.

《그래요. 그 결심이 옳다고 생각해요.》

《역시 당신이 내 마음을 알아주는구만.》

칠성이와 달래의 가슴속에서는 자기들보다 아득한 높이에서 생을 이어가는 그들부부에 대한 공경심이 그득히 차넘쳤다.

잠시후 허준은 벽을 가리키며 칠성이에게 당부하였다.

《칠성이! 저 벽면들에 쓴 글들이 〈잡병편〉 6권과 7권에 대한 원고들일세.

이젠 종이와 붓이 있으니 내 며칠안으로 종이에 다 옮겨놓지. 그때 자네가 다시 들어와서 의서를 받아가도록 하라구.》

《알겠소이다. 헌데 어떻게 련계를 가질가요?》

《음, 서신을 쓴 종이를 돌멩이에 싸서 이 마당에 던져넣으라구. 그럼 내가 그걸 읽어보구 다시 서신을 써서 가시울타리를 넘겨보내겠네.》

《알겠소이다.》

《그리고 다시는 이런 위험한 행동은 하지 말게. 괜히 뜻밖의 일이 생길수 있네.》

달래가 생긋이 웃으며 나섰다.

《의원님, 너무 걱정마소이다. 파수군은 소녀가 다 삶아놓았소이다.》

《그래두 안돼. 그건 오히려 내 의서집필에 방해로 될뿐이야. 난 이 지필과 찹쌀가루만 있으면 족하이. 그러니 위험한짓은 삼가하고 그저 의서집필이 되는 차제로 한권씩 넘겨가는 일이나 착실히 해달라구.》

잠시후 이들은 눈물속에서 허준과 헤여져 가시울타리를 벗어났다.…

그날부터 허준은 무서운 속도로 네 벽면을 꽉 채운 의서의 원고들을 종이우에 옮기기 시작했다. 대엿새만에 《잡병편》 제6권과 제7권의 원고가 전부 참지우에 옮겨졌다. 그 의서의 원고를 넘겨받자 설유는 칠성이를 한성부의 기동의 집으로 보냈다. 의서의 원고를 착실하게 보관하기 위해서였다.

한성부의 기동의 집에 도착한 칠성은 기동과 함께 《잡병편》 제6권과 제7권을 집 앞마당의 항아리속에 유지로 정히 싸서 묻었다.

이번에는 칠성이를 대신하여 기동이가 곡도로 떠났다. 기동이가 도착하자 설유는 달래를 설복하여 한성부에로 떠나보냈다. 떼를 쓰며 가지 않겠다는 달래에게 설유는 말했다.

《달래, 의서를 잘 간수하는 일은 여기 일보다 더 중한 일이예요.

지금 의서를 노리는 놈들은 왜놈들이예요. 전번에 우리 집에 왔던 년놈들속엔 나의 친부모님들을 학살한 그 왕사마귀놈도 있었어요.

그 왜놈들이 의서를 노리고있단 말이예요! 알겠어요?

그러니 빨리 돌아가서 칠성이와 응규와 함께 의서를 잘 간수하도록 해요. 그 일은 달래가 이곳에 있는것보다 더 중한 일이니 속히 떠나요!》

설유로부터 후유꼬와 곤도에 대한 이야기를 들은 기동이와 달래의 눈에 긴장한 빛이 흘렀다.

결국 곡도에는 설유와 기동이가 남고 한성부의 기동의 집에서는 칠성이와 응규, 달래가 교대로 의서를 지키게 되였다.

6

곤도가 헐떡거리며 방안에 들어섰다.
《무슨 일이예요?》
《어의댁이 비였소이다.》
락태한 암고양이상을 하고 구들목에 앉아있던 후유꼬가 발딱 일어났다.
《그게 사실이예요?》
《예, 제가 어의댁주변에 사는 고물장사군에게 부탁하였는데 며칠전에 어의댁 부인이 집을 나간 뒤로부터 다시 들어오지 않았다고 하오이다.》
《그럼 정배지에?》
《아마 그런가 봅니다.》
후유꼬가 두눈을 깜박거렸다.
《그럼 오늘밤에 해치우자요!》
으슥한 어둠이 깃들무렵 후유꼬와 곤도는 도적고양이마냥 허준의 집 담장을 넘었다. 한동안 담너머에 앉아 동정을 살피니 쥐죽은듯이 고요하였다.
한식경정도 앉아 기미를 보던 후유꼬가 곤도를 돌아보았다.
《어서 시작하자요.》
먼저 뒤울로 살금살금 걸어갔다. 곤도가 박달나무방망이로 땅바닥을 두드리기 시작했다. 그러나 그 어디에서도 궁글은 소리는 들리지 않았다. 집옆과 앞마당 역시 같았다.
허탕을 친 후유꼬가 악에 받쳐 입술을 옥물었다.
《대체 어디에 숨겨놨어?》
표독스러워지는 후유꼬의 눈치를 살피며 곤도가 가만히 귀띔하였다.
《혹시 다른 곳에 감추지 않았을가요?》
《딴곳에?!》
십분 그럴만도 하였다. 두번씩이나 기습당한 허준이가 자기 집이 과녁이라는것을 알고 다른 곳으로 빼돌릴수 있었다. 허탕을 치고 집으로 온 후유꼬는 곤도와 밤새 이마를 맞대고 의서가 어디에 있겠는가 머리를 짜냈다.

갑자기 후유꼬가 곤도의 무릎을 때렸다.

《가만 있자, 어의댁과 가까운 놈들이 있지 않아요?》

곤도가 세모눈을 쪼프리며 어정쩡하게 대답하였다.

《고물장사군의 말에 의하면 기동이라는 의원이 이 집 출입이 잦다고 하였소이다. 집이 남산골 어디라던지…》

후유꼬의 눈에 생기가 돌았다.

《래일 그 장사군을 만나 자상히 알아보고 그 기동이라는 놈의 집을 찾아내세요!》

그 다음날 곤도가 후유꼬에게 말하였다.

《어의댁과 제일 친하게 지내는 놈은 남산골 기동이라는 의원이라 하오이다. 그리고 형조에 다닌다는 박응규라는 아전과 부부간인 달래라는 계집이 있고 칠성이라는 사내놈이 또 있다고 하오이다.》

《그렇단 말이지.…》

한동안 생각에 잠겨있던 후유꼬가 확신성있게 말하였다.

《의서는 남산골 의원댁에 감춘게 틀림없어요.

허준의 녀편네가 정배지에 갔다는건 그 집에 의서를 보관하지 않았다는걸 말해요. 우리한테 그렇게 혼나고도 집을 그렇게 비울수가 없어요. 분명 기동이란 의원네 집 어딘가에 보관하고있을거예요.》

《그럼 어떻게 하오리까?》

《설쳤다가는 그놈들을 놀래울수 있으니 좀 생각해보자요.

우선 곤도상이 기동이라는 의원놈의 집을 감시하세요. 혹 무슨 단서를 잡을지 알겠어요?》

《알겠소이다.》

기동이가 곡도로 떠난 후 칠성이네는 기동이네 집으로 아예 거처를 옮겼다.

칠성은 응규와 밤이면 교대로 원고주위를 감시하였다.

어느날 칠성이가 달래와 응규에게 머리를 기웃거리며 말하였다.

《암만 생각해두 난 원고가 들어있는 저 단지가 미타하게 생각돼요.》

응규의 눈이 커졌다.

《그건 왜?》

《혹 우리가 깊이 잠든 사이에 단지를 들어가면 야단이 아니우?》

응규의 얼굴이 심중해졌다.

《듣고보니 그렇구만. 헌데 신통한 방법이 없지 않나?》

달래가 얼른 말참네를 하며 끼워들었다.

《아유, 거 뭐 힘들게 생각할게 있어요? 아예 집안으로 들여오면 되지 않나요?》

칠성이가 눈을 부라렸다.

《녀자들이란 참, 머리칼은 긴데 생각은 짧거든. 그게 정신있는 소리요? 전번에 의원님의 집에서 일어났던 일을 벌써 다 잊었소? 그때 의서를 훔치러 들어왔던 놈이 어떻게 했댔소? 온 집안을 샅샅이 뒤져 온통 수라장으로 만들지 않았댔소? 도적놈들한테 제일먼저 눈이 가는 곳이 집안이요. 그래서 집안에 귀물들을 건사하는건 그만큼 더 위험하단 말이요. 더구나 우리 셋이 낮에는 늘쌍 이렇게 집에 붙어있는것도 아니질 않소? 그때 만일 집을 들이치면 어떻게 하겠소?》

칠성이한테서 퉁을 맞은 달래가 처음엔 발끈하더니 그의 말이 맞는 소리인지라 입술만 감빨았다.

응규가 자기 생각을 비쳤다.

《그럼 산속깊이에 간수하면 어떨가?》

칠성이가 손을 휙 저었다.

《그것도 맘을 놓을수 있는 일은 못되우. 그렇게 귀한걸 허허벌판과 같은 산중에 내버려둔단 말이요?》

《하긴 그렇구나. 무슨 방책이 없을가?》

《응규형님, 내가 좀 깊이 생각해보겠수.》

이튿날이였다.

칠성이가 여러가지 쟁기들과 함께 열자는 실히 넘을 기다란 참대관을 들고 나타났다.

달래가 물었다.

《그건 뭘 하는거냐?》

칠성이가 대답을 하지 않고 히쭉벌쭉 웃기만 하였다.

《아니, 사람이 물어보는데 넌 왜 대답은 하지 않고 장가드는 벙어리처럼 혼자서 웃기만 하니?》

달래가 칠성이앞에 주먹을 흔들었다.

《누이, 내가 뭘 생각했는지 아시우? 아마 들으면 이런 동생을 둔걸 자랑스럽게 여길거요.》

제법 으시대는 칠성을 보고 달래가 픽- 하고 입을 삐죽거렸다.
빙그레 웃음을 띠우고 두사람을 바라보던 응규가 나섰다.
《아, 됐어! 당신은 칠성이만 보면 트집을 거누만.
그래, 동생 아니, 처남! 무슨 기막힌 생각을 해냈나?》
칠성은 씩 소웃음을 짓더니 땅바닥에 금을 그어가며 설명하기 시작하였다.
그의 말이 끝나자 달래가 손벽을 찰싹 치며 칠성이를 쳐다보았다.
《정말 내 동생이 다르구나. 진짜 기막힌 생각을 했어!》
응규도 감탄하며 칠성이의 잔등을 두드렸다.
《응규형님, 낮에 준비를 빈틈없이 해놓았다가 어두워지면 제꺽 해제끼자요!》
《좋아!》
칠성이는 먼저 자기가 가져온 항아리의 밑에다가 갖풀로 기다란 삼실의 끝을 붙이였다. 그리고 그 삼실을 참대관속에 밀어넣었다.
날이 어둡자 이들은 곧 일을 시작했다. 먼저 의서를 보관한 항아리가 있는쪽에서부터 집안벽에까지 마치 도랑을 파듯 홈을 내고는 삼실을 늘인 참대관을 묻었다. 그리고는 원래 있던 항아리를 들어내고 밑면에 삼실이 들어있는 항아리를 조심히 밀어넣은 다음 원래의 항아리에서 의서들을 꺼내 새 항아리에 정히 넣었다. 집벽쪽에 붙어있는 참대관속에서 나온 실은 벽에 구멍을 뚫은 다음 집안으로 끌어들였다.
일은 순식간에 끝났다.
칠성이가 방안으로 들어와 집안으로 끌어들인 삼실의 끝에 방울을 달아놓았다. 그다음 아직도 밖에서 뒤마무리를 하고있는 박응규에게 소리쳤다.
《응규형님! 항아리를 한번 들어보시우!》
응규가 항아리를 약 한뽐정도 들어내자 참대관속에 있는 삼실이 당기여지면서 집안에 있는 방울이 짤랑짤랑- 요란한 소리를 내였다.
달래가 환성을 질렀다.
《아유, 거참 신통하네. 이젠 도적놈들이 꼼짝 못하게 되였네!》
박응규도 칠성이의 생각이 하도 신통하여 벙글벙글 웃었다.
《칠성이가 정말 신통한 생각을 해냈구나. 이렇게 해놓으니 한결 마음이 놓이는구나.》
이어 응규와 칠성이는 마당으로 나가 다시금 흔적을 말끔히 지워버렸다.

일은 그 누구도 모르게 감쪽같이 진행되였다.

이 시각 후유꼬와 곤도는 저들이 기회만 엿보고있을 때 칠성이네들이 먼저 선손을 써서 방비책을 세웠다는것을 꿈에도 모르고있었다.

며칠동안 기동의 집주변을 맴돌면서 동정을 살피던 곤도가 후유꼬에게 보고하였다.

《별다른 동정이 없소이다.》

후유꼬는 다시금 이번 행동에서 미흡한 점들이 없는가를 곰곰히 따져보기 시작하였다.

의서를 훔치러 허준의 집에 뛰여들었을 때처럼 랑패를 보면 절대로 안되는것이다.

후유꼬는 어쩐지 이번에는 꼭 성사되리라는 예감이 들었다.

(이번에는 절대로 허탕치면 안된다! 반드시 의서를 빼내야 한다!)

몇번이나 따져본 다음 후유꼬는 입술을 깨물며 내뱉았다.

《오늘밤에 행동하자요!》

《…》

《그것들이 제일 깊이 곯아떨어질 시각인 사경(새벽 2~4시)에 움직이자요!》

야밤삼경부터 후유꼬와 곤도는 기동의 집 근처에 엎드려 집안동정을 살피기 시작했다. 집안은 물론 온 동리가 쥐죽은듯 고요하였다. 삼라만상도 잠들었는지 이날따라 날씨는 찌뿌둥하게 흐려있어 사위는 괴괴하기 그지없었다.

이들은 먼저 뒤울을 훑기 시작했다. 역시 궁글은 땅은 하나도 없었다. 옆울도 마찬가지였다. 이들은 앞마당으로 다가갔다. 후유꼬의 심장은 다소 활랑거리기 시작했다.

(이 앞마당에도 없으면 끝장이다!)

앞마당에는 틀림없이 뭔가 있어야 했다. 후유꼬는 곤도에게 눈짓을 했다. 곤도가 마당 맨끝에서부터 두드리기 시작했다. 후유꼬가 갑자기 손을 들어 곤도를 제지시켰다. 그리고는 집안의 동정에 한동안 귀를 기울였다. 전혀 인기척이 없었다.

후유꼬가 머리를 끄덕이자 다시금 땅바닥을 두드리는 가벼운 박달나무방망이소리가 울렸다. 도적질을 하는 놈들이라 후유꼬와 곤도에게는 그 소리가 우뢰우는듯 하였다. 서로가 긴장하게 한치한치 앞마당을 훑어나갔다.

앞마당 중간부위에서 방망이를 두드리던 곤도가 갑자기 굳어졌다. 후유꼬가 곤도를 돌아보았다. 곤도가 손가락을 입으로 가져가며 《쉬!》 하더니 다시금 방망이로 두드렸다. 궁글은 소리가 울렸다.
　《여기가 틀림없소이다.》
　후유꼬가 얼른 박달나무방망이를 넘겨받아 다시금 조심스럽게 땅바닥을 두드려보았다. 옆의 땅바닥과는 확연하게 구별되는 궁글은 소리였다.
　(아, 끝내 찾아냈구나!)
　큰소리로 웨치고싶은 욕망을 애써 누르며 후유꼬는 분명하다는 의미로 곤도를 향해 고개를 까닥거렸다.
　곤도가 어떻게 하자고 묻는듯 후유꼬를 응시하였다.
　이제 땅을 파고 훔쳐갈것인가, 아니면 다음날에?
　후유꼬는 가만히 집안의 동정을 살펴보았다. 아직은 다른 기미가 보이지 않았다.
　(어떻게 할가? 이제 꺼내도 일없을가?)
　이 순간 후유꼬는 허모의 손바닥문서에서 본 놈팽이들의 이름이 떠올랐다. 만약을 타산해서 그들을 리용해야 한다. 자기는 마지막까지 살아남아야 한다는 생각이 피뜩 갈마들었다.
　후유꼬는 짤막하게 내뱉았다.
　《래일 와서 해치우자요!》
　그 위치를 재삼 확인한 다음 년놈들은 토담을 넘어 어둠속으로 바람같이 사라졌다.
　곤도의 집으로 돌아온 후유꼬는 허모의 문서에 적혀있던 놈팽이들을 곰곰히 생각해보았다.
　의서은닉장소가 확증되였으니 이제 남은것은 그걸 무사히 빼내오는것이다. 허나 몇번씩이나 봉변을 당한 허준이네가 저렇게 땅속에 파묻고 마음을 놓을리가 없다. 분명 무슨 방비책을 세워놓았을것이다. 듣자니 응규라는 녀석은 무술에 능하다고 하지 않는가. 또 칠성이며 달래라는 년도 허준이라면 목숨도 불사할 그런 작자들이다. 결코 쉽게 될것 같지는 않았다.
　그렇다면 만약의 경우를 타산하여 예비선을 쳐야 한다. 후유꼬는 허모의 문서에 적혀있던 이자들을 리용하기로 생각하였다. 곤도와 이자들을 들여보내고 자기는 뒤에서 보다가 일이 여차하면 뛰여들 생각을 하였다.

래일 이 시간에 행동하기로 작정한 후유꼬는 다음날 허모의 부하들과 완칠이를 곤도의 집으로 끌어들였다.

만약의 경우를 타산하여 자기는 전면에 나서지 않기로 결심하고 곤도에게 구체적인 지시를 주었다.

곤도가 놈팽이들에게 금전을 듬뿍 안겨주며 이번 일만 잘 성사되면 더 많은 돈을 주겠다고 약속하였다.

말라쨍이와 주독코는 입이 헤벌쭉해서 좋아하는데 완칠이는 그닥 시답지 않아하는 인상이였다.

완칠이는 사촌형의 친구인 허모가 뒤에서 돌봐주어 살아가는 사람이다. 내의원의 의관이라지만 의술보다는 대신들의 눈에 들어 한자리 해보려고 애쓰지만 왜 그런지 그에겐 행운이 차례지지 않았다.

의술이 없다나니 대신들의 병을 치료할수 없고 그러다나니 그들과 면식을 가질수가 없었다. 그런 완칠이기에 명의술로 어의까지 된 허준이가 눈에 든 가시처럼 여겨지고 그러다나니 허모와 배꼽이 맞아돌아간것이다.

허모에게 허준에 대한 소식을 전해주고 양례수며 함치우네들의 귀에 허준에 대한 악담을 퍼부은것이 다름아닌 완칠이였다.

사람이 실력이 없으면 남이 잘되는것을 배아파하고 그러다나면 이런 어망처망한 일에까지 끌려드는것이였다.

완칠이는 허모가 보낸 사람이라고 하며 찾아온 곤도앞에서 찍소리 한마디 못 지르고 여기로 끌려왔지만 그런 형의 인간추물들이 항용 그러하듯이 벌써부터 겁에 질려 다리가 후들거렸다.

허나 일단 발을 들이밀기는 쉬웠으나 그속에서 발을 뽑기는 한생도 모자라는 법이다.

오후 반나절동안 실컷 배두드리며 포식한 뒤 놈들은 사경을 가까이할 무렵에 집을 나섰다.

순라군들의 눈을 피해 이미 눈에 익힌 길을 따라 기동의 집에 이른 그들은 날쎄게 담을 넘어섰다.

곤도는 허리에 활등처럼 휘여진 장검을 띠처럼 차고 놈팽이들을 지휘했다.

남복차림을 하고 자그마한 비수 세개를 몸에 착용한 후유꼬가 그들의 뒤를 따른다는것을 곤도는 물론 다른 놈들도 전혀 알리 없었다.

곤도는 부들부들 떠는 완칠이를 아니꼽게 쏘아보더니 그더러 담장우에 엎드려 망을 보게 하고는 두 녀석들과 함께 전날에 보아둔 단지가 묻혀있는 곳으로 살금살금 다가갔다.

곤도는 방망이로 단지가 묻혀있는 곳을 다시 확인한 다음 담장밑에 엎드려 한참이나 집안의 동정을 주시하였다. 어제와 다름없이 사위는 쥐죽은듯 조용하였다.

곤도가 두 녀석에게 손짓하자 담장에 붙어있던 그림자들이 단지가 묻힌 곳으로 슬금슬금 다가섰다. 단지가 묻힌 곳으로 다가간 곤도는 두 녀석더러 조심해서 땅을 파라고 눈짓하였다.

한자 반정도 파니 정교하게 맞물린 두개의 판자가 드러났다. 그것을 제끼니 몇겹의 유지로 단단히 싼 단지의 웃뚜껑이 시야에 안겨들었다. 염독이 오른 소 우물을 들여다보듯 하던 곤도가 그들의 손을 제지시키며 나직이 소리쳤다.

《바로 이것이다!》

《아, 맞소이다. 여기에 무슨 단지가 있소이다.》

주독코가 맞장구를 쳤다.

《어서 빨리 꺼내야지 그러다간 들켜!》

곤도의 그 말에 주독코가 정신이 번쩍 들었다.

《소리가 나지 않게 빨리 꺼내!》

주독코가 두손으로 항아리를 그러잡고 조심스럽게 들어내기 시작했다. 그 모습을 곤도가 입술을 감빨면서 긴장하게 바라보다가 제가 직접 넘겨받아 들어올리기 시작하였다. 이제는 약 한뽐정도는 실히 올라왔다.

이무렵 달래는 칠성이와 응규를 대신하여 단지와 련결된 끈에 매달아놓은 방울을 지키고있었다.

매일 밤을 패는 칠성이와 응규의 눈에 피발이 선것을 보고 제가 지키겠으니 눈을 좀 붙이라고 강짜로 떠민 달래였다.

달래는 정신없이 코를 골며 자고있는 칠성이와 남편을 바라보며 입가에 미소를 짓고있었다.

언제봐야 자기를 누나라고 따르는 칠성이가 밉지 않았다. 만나기만 하면 싱갱이질을 하는 칠성이건만 달래에게는 친혈붙이처럼 느껴졌다.

아직도 장가를 가지 않고있다. 왜 장가를 가지 않는가고 물었더니 《사모님같은 처녀가 아니면 장가를 안갈래! 글쎄 누나라면 제꺽 장가를 들었겠는데 응규형님한테 그만 뗴웠단 말이우.》 하는것이였다.

그 말이 롱질인가 했더니 속에 있는 소리였다. 나이가 아래인데 달래를 은근히 생각했다는것이 믿어지지 않았다.

어쨌든 친동생처럼 별스럽게 사랑이 가는 칠성이였다.

달래는 그옆에 큰 대자로 팔다리를 쭉 펴고 드렁드렁 코를 고는 남편의 모습을 찬찬히 들여다보았다. 허우대가 큰 반면에 얼마나 어져빠졌는지 짜증날 때가 드문히 있군 하였다.

아무리 달래가 바가지를 긁고 쨍쨍거려도 소처럼 씩 웃으면 그만인 무던한 남편이였다.

어쩐지 미안한 생각이 들었다. 부부를 이룬지 십년이 퍽 지났건만 그에게 아들은 고사하고 계집애 하나 낳아주지 못한 달래였다.

언젠가 사모님이 조용히 물었다.

《달래는 왜 아직 아이가 없나? 아이가 있어야 부처간에 금슬이 좋다구 했어요.》

그 말을 남편에게 했더니 그저 씩 웃으며 당신만 내곁에 있으면 된다면서 아무 말도 하지 않았다.

그날밤 자다가 무심결에 깨나보니 남편이 토방에 걸터앉아 하염없이 달만 쳐다보고있었다.

가만히 다가갔더니 남편이 달래의 손을 꼭 잡고 선생님한테 가서 병을 보이고 치료를 받자고 하는것이였다.

며칠후에 선생님과 사모님을 찾아가 치료했더니 인츰 태기가 알리는것이였다. 벌써 석달이 잡혀오는 달래였다.

달래는 몇달후엔 자기가 어머니가 된다는 기쁨과 남편에게 미안스러웠던 일이 해결된다는 안도감으로 하여 입가에 연한 웃음을 지었다.

별안간 짤랑짤랑- 하는 방울소리가 달래의 달콤한 생각을 뺏아갔다.

《아니?!》

다시 방울소리가 울렸다.

달래는 발딱 일어나며 밖에 대고 소리쳤다.

《누구야?》

칠성이와 응규를 깨울 생각을 미처 할새도 없이 달래는 무작정 밖으로 뛰쳐나갔다.

정신없이 뛰쳐나가는 달래의 눈에 방구석에 세워놓은 몽둥이가 피뜩 띄였다.

달래는 그 경황속에서도 몽둥이를 쥐고 문을 박차고 달려나갔다.

단지를 묻은 곳에 쭈그리고앉아있는 세 형체가 있었다.

《이놈들아! 당장 그걸 놓지 못하겠어?》

달려나가던 그 기세로 엉거주춤 단지를 안고 일어서는 놈의 머리를 향해 몽둥이를 휘둘렀다.

《아이쿠!》

비명소리와 함께 그놈이 손에 들었던 단지를 놓고 두손으로 머리를 싸쥐고 주저앉았다.

재차 달래가 그 옆놈에게 달려들었다. 사내녀석이라는게 얼마나 말랐는지 사람이 아니라 장작개비를 세워놓은것 같았다. 그놈은 제 얼굴에 날아오는 몽둥이를 날쌔게 피하더니 다리를 휙 돌리면서 달래의 복부를 걸어찼다.

《아야, 배야―》

달래는 순간적인 동통으로 밸이 막 끊어지는것 같았다.

(이놈들이 배속의 애를 죽이자구 잡도릴 했구나. 뒈질 놈들, 어디라구 감히…)

몽둥이를 지팽이삼아 땅에 박은 달래는 가까스로 허리를 펴고 부르짖었다.

《안된다, 이놈들!

그 의서가 어떤거라구 감히 훔치려 한단 말이냐?》

몽둥이를 쳐들어 다시 그놈을 때리려는데 옆에 쓰러졌던 놈이 어느새 일어났는지 주먹으로 달래의 목을 들이쳤다.

쓰러지는 달래의 눈가에 그놈의 험상궂은 낯짝에 달려있는 왕사마귀가 안겨왔다.

달래가 쓰러지자 곤도가 놈팽이들에게 독촉하였다.

《빨리 하라!》

놓았던 단지를 구뎅이안에서 다시 꺼내는데 별안간 《야, 이놈들아!》하는 벽력같은 목소리가 들렸다.

잠에 취해 처음의 방울소리에 깨나지 못했던 칠성이와 웅규가 두번째 방울소리에 이게 뭐야 하고 후닥닥 잠자리에서 일어나 뛰쳐나왔던것이다.

칠성의 뒤로 창을 든 웅규가 뛰쳐나갔다. 그들은 단지를 묻어놓은 곳으로 질풍같이 달려갔다.

너무도 당황한 주독코가 엉겁결에 들었던 항아리를 떨구었다.
세모눈을 번뜩이며 벌떡 일어난 곤도가 앞에서 달려오는 칠성이를 노려보았다.
《이 도적놈들아!》
노호같은 고함소리를 지르며 달려오는 칠성이가 거의 가까이 이르렀을 때 곤도가 허리에 띠처럼 차고있던 장검을 쭉 뽑아 휘둘렀다.
달빛을 받아 번뜩이는 칼날이 무서운 기상으로 달려오는 칠성이의 어깨를 사선으로 가로질러갔다.
《윽!-》
칠성이가 어깨를 부여안고 비칠거렸다. 재차 곤도가 이번에는 칠성의 가슴팍을 향해 칼을 휘둘렀다. 다시한번 세차게 칠성이가 비칠거렸다.
허나 그속에서도 비칠거리며 다가와 주독코가 떨어뜨린 단지우에 몸을 던져 가슴에 꽉 그러안았다.
주독코가 칠성이의 몸을 뒤번져 단지를 꺼내려는데 뒤에서 따라오던 응규의 창이 그놈의 잔등에 사정없이 박혔다.
《야, 이 도적놈들아!》
주독코가 그자리에 피를 토하며 쓰러졌다.
말라쨍이가 엉거주춤거리는데 응규의 창이 어느새 그놈의 가슴팍을 꿰질렀다. 곤도가 칼을 빼들고 다가섰다.
《빠가야로!》
응규는 왕사마귀가 달린 놈의 입에서 왜말이 튀여나오자 사슴처럼 순박한 눈에 홰불을 켜들고 장창을 앞으로 내밀었다.
《이자 보니 왜놈종자였구나!》
마당에 장창을 든 응규와 칼을 빼든 곤도가 마주섰다.
두손으로 긴 칼을 잡아쥔 곤도가 먼저 달려들었다.
휙휙 칼부림소리, 쨍쨍 창과 칼이 부딪치는 소리가 허공을 가르며 울렸다. 한참이나 서로가 공방전을 벌렸다.
응규가 창으로 곤도의 칼날을 날쌔게 막아치우다가 몸을 한바퀴 돌리면서 앉은자세로 곤도의 다리를 향해 창을 내밀었다.
곤도가 잽싸게 피했으나 빠른 속도로 날아오는 창날이 곤도의 허벅지를 사정없이 쿡 찔렀다.

곤도가 비칠거리는 사이에 몸을 추켜세운 응규가 곤도의 가슴에 창을 들이박았다.

비칠거리던 곤도가 간신히 피했으나 응규의 창이 그놈의 왼쪽 어깨죽지를 찔렀다.

《옥- 쿠사이나!-》

곤도가 어깨를 부여잡고 피를 토하며 그자리에 쓰러졌다.

곤도가 쓰러지자 응규는 달래에게로 뛰여갔다.

《여보, 달래! 정신차리오.》

달래가 곧 정신을 차리고 몸을 일으켰다.

《일없소?》

달래가 머리를 끄덕였다.

《놈들은?》

《응, 왜놈들이였소. 세놈 다 황천객이 됐소.》

《칠성이는?》

그 말에 응규가 달래에게서 물러나 칠성이한테로 다가갔다.

칠성의 몸을 번져놓았으나 꽉 그러쥔 단지만은 손에서 놓지 않았다.

《칠성이! 이 어찌된 일이냐? 어서 눈을 뜨렴!》

달래가 벌렁벌렁 칠성이쪽으로 기여왔다. 칠성이의 가슴팍에 얼굴을 묻고 태를 쳤다.

《칠성아! 네가 가다니? 이 누나를 두고 그렇게 간단 말이냐?! 어서 한번만이라도 눈을 뜨고 이 누나를 쳐다보렴. 칠성아!》

잠시후 간신히 눈을 뜬 칠성이는 피가 가득 내배인 입을 힘겹게 벌리며 물었다.

《의서는? 의… 선?》

《안전해! 이렇게 네앞에 있지 않니.》

달래가 의서가 들어있는 단지를 쳐들었다.

칠성이의 눈가에 안도의 빛이 흘렀다.

《누… 나! 매부! 날 용서해… 요. 버릇… 없이… 그리구… 선생님과… 사모님… 기동형…》

이윽고 그의 목이 맥없이 옆으로 나떨어졌다.

《칠성아!-》

너무도 억이 막혀 달래는 소리도 못 지르고 흐느끼기만 하였다. 박응규도 주먹으로 눈물을 씻으며 두눈을 슴벅거렸다.

갑자기 달래가 배를 그러쥐였다. 밸이 끊어질것 같은 아픔으로 달래가 신음소리를 내였다.

《왜 그러오?》

허리를 굽히며 응규가 달래를 부축하려고 다가섰다. 배를 그러안고 신음소리를 내던 달래가 가까스로 허리를 펴다가 《여보!-》 소리를 치면서 날쌔게 응규를 앞으로 밀쳤다. 응규가 뒤로 벌렁 넘어졌다. 그찰나 담장우에서 후유꼬가 던진 비수가 달래의 가슴에 그대로 날아와 박혔다. 뜻밖의 일이였다.

몰래 그들의 뒤를 따라온 후유꼬는 담안에서 일어나는 소요에 정신을 도사렸다. 헌데 담우에서 망을 보던 완칠이가 뛰여내려와 달아나는것이 아닌가.

후유꼬는 담에서 뚝 떨어져 엉덩방아를 찧고 벌렁벌렁 네발걸음으로 달아나는 완칠이를 향해 비수를 날렸다.

《윽!-》

외마디비명을 지르며 완칠이는 목에 비수를 받자 땅바닥에 코를 박았다.

후유꼬는 날쌔게 담우에 올라섰다. 보니 상황이 그 판이였다.

창을 들고 맹호처럼 날뛰는 사내만 없으면 의서단지를 제가 가로챌수도 있었다.

하여 후유꼬는 응규를 향해 비수를 날렸고 그것을 띄여본 달래가 찰나에 제 몸으로 응규를 막아선것이다.

달래가 쓰러지는것을 본 응규가 벌떡 일어서며 담우에 서있는 후유꼬를 향해 돌진해왔다.

후유꼬는 담우에서 몸을 날려 밖으로 뛰여내렸다. 맹호같이 날뛰는 사내를 감당할 자신이 없었다. 그 사내의 무술솜씨가 련무장에서 다년간 익힌 높은 무술임을 어렵지 않게 간파한 후유꼬였다. 후유꼬는 어둠속으로 사라져버렸다.

응규가 달려가던 기세로 창을 지지점으로 순간에 휭 담우에 올라섰다.

《어느 놈이냐? 당장 나서라!》

담밖은 쥐죽은듯 하였다. 어데론가 꼬리를 사리는 침범자의 발자욱소리가 점점 멀어지는것 같았다.

응규는 한참이나 그 어둠속을 노려보다가 마당에 내려서 다급히 달래에게로 다가갔다. 그리고는 달래를 부둥켜안았다.
《달래! 여보!》
무겁게 눈을 뜬 달래가 모지름을 쓰며 무엇인가를 중얼거리는데 그 말이 입속에서만 맴돌고있었다. 허나 응규는 그 말을 가려들을수 있었다.
《여보! 미안…해요. 아들…을 낳아주자 했는데…
내 목숨은… 의원님이 살려준것인데… 의서를 지켜냈으니… 다행이예요.》
응규의 손을 꼭 잡고있던 달래의 손이 스르륵 미끄러져내렸다.

7

품들여 준비한 일이 수포로 돌아가고 곤도와 허모의 손때묻은 부하들도 다 죽어버렸다.
후유꼬는 빈방에 홀로 까딱않고 이렇게 한껏이나 앉아있었다. 그앞에 놓인 커다란 거울속에서 웬 녀인이 후유꼬를 마주보고있다. 후유꼬는 그 거울의 녀인을 뚫어지게 바라보았다. 저 거울에 비친 녀인이 후유꼬 -자기란 말인가.
얼굴의 살이 쪽 빠진 녀인이 망연자실하여 앉아있다.
후유꼬는 자기의 뾰족한 턱이며 뺨을 쓰다듬었다. 저도모르게 눈물이 핑 돌았다. 그의 나이도 서른이 넘었다. 열일곱살나이에 고니시를 따라 이 나라에 들어와 의서를 훔치러 돌아친지도 어언 열여섯해가 흘렀다.
후유꼬는 눈가에 고인 눈물을 짜내듯 지그시 눈을 감았다. 쭈르륵 눈물이 뺨으로 굴러내렸다.
한두해도 아닌 열여섯해, 그 나날들에 겪은 일들이 눈앞에 서서히 떠올랐다.
불쑥 나고야가 보고싶었다. 녀성으로서 후유꼬가 대상한 첫 사내였다. 철없던 그 시절 일본이라는 나라를 위해 녀성의 순정도 젊음도 희생하는 녀걸로 자기를 상상하며 나고야에게 자기 몸을 고스란히 바친 후유꼬였다.
그후론 나고야의 의도에 따라 그에게 절실히 필요한 사내들에게 후유꼬는 자기의 미모와 젊음을 바쳐왔다. 때로는 자기가 과연 정상인간인가 하는 생각, 나도 녀성이 아닌가 하는 생각이 들면서 자기가 진정으로 사랑하는 남자와 오붓한 가정을 이루고 그 남자의 아이를 낳아키우고싶어 얼마나 많은 밤을 눈물로 지샜던가. 어머니가 되고싶었고 제가 낳은 아이의 말큰한 살에 뺨을 대고 어머니만이 맛볼수 있는 행복을 누리고싶었다.

그런 생각을 할 때면 후유꼬는 어머니를 원망하였다. 어머니만 있었더라면 자기의 운명이 이렇게 되지 않았을수 있지 않을가. 헌데 어머닌 자기를 버리고 어데론가 달아났다.

들리는 소문엔 다섯번째 사내와 눈이 맞아 달아났다는것이였다. 어머니라는 이름을 가진다고 해서 어머니가 되는것이 아니라는것을 후유꼬는 자기의 기구한 운명을 돌이켜보며 생각했다.

그런 자기의 속을 나고야는 바둑판에 건너간 금을 내려다보듯이 환히 들여다보았다.

후유꼬의 뇌리에 강한 인상을 준 그날의 나고야의 모습이 잊혀지지 않았다. 조선으로 떠나기 앞서 나고야가 불쑥 후유꼬에게 제 속을 비치면서 《난 후유꼬를 놓아주고싶지 않아. 너와 영원히 헤여지고싶지 않아. 일생 널 내곁에서 떼놓지 않고 너와 행복하게 살고싶은 생각이 드는구나.》하고 말했었다. 그때 폭소를 터뜨리며 쏘아주었지만 그때에야 후유꼬는 나고야가 자기를 몹시도 사랑하고있다는것을 새삼스레 느끼면서 이 세상에 날 녀성으로 대해주는 사내도 있었구나 하는 생각에 그날밤 행복이란게 뭐인가 하는것을 제나름으로 분석해보았었다. 그다음부터 그앞에 나타난 나고야는 주인이 아니라 자기를 사랑해주는 사내로 보였고 그래서인지 위험한 이 길을 떠날 때에도 사랑하는 사람을 위해서라면 목숨도 불사하리라는 비장하다고 할 그런 각오를 가지고 쉬이 떠났었다.

후유꼬는 감았던 눈을 떴다. 거울에 해쓱해진 녀인이 산발하고 앉아있다.

후유꼬의 생각은 가지를 쳐 조선에 와서 있었던 일들이 헨둥하게 떠올랐다.

자기의 손에 죽은 절의 중이며 제 손으로 미치게 만든 허모며 의서를 빼오려고 제 몸을 해치던 일이며…

다음으로 허준의 준수한 모습을 머리속에 떠올렸다. 설유와 예영이를 비롯한 허준의 집식구들이 눈앞에 얼른거렸다.

(허준, 허준! 그는 외로운 섬에서 이 시각 뭘하고있을가.)

순간 후유꼬의 눈에 생기가 돌았다.

그렇다! 허준이를 찾아가보자. 설사 의서를 빼내오지 못한다쳐도 허준이를 만나보자. 그런 큰 의서를 쓰는 허준이건만 그는 지금 역적으로 몰려 외진 섬에 위리안치된 신세가 아닌가. 내 비록 의서를 못 빼낸다고 해도 허준이를 찾아가 그의 실패한 인생을 감상하며 그가 한 그 모든짓이 허무하고 맹랑하며 아무런 의의도 없음을 자인케 하리라. 나고야가 의서를 그리도 탐내는것은 자기의 명성때문이 아닌가. 그렇다면 허준이가 그리도 극성스레 의서를 쓰는것도 명성때문일것이다. 허나 그 유명짜한 명의는 역적으로 몰려 생사를 기약할길 없는 날바다 한가운데 섬에 갇혀있다. 아무리 큰 의서를 썼건만 생의 종착점은 얼마나 비극적인가. 그러니 허준을 찾아가서 패자는 후유꼬-내가 아니라 허준임을 증명하리라. 또 그가 류배를 간 현시점에서 《동의보감》은 영원히 미완성원고로 남아있을것이다. 차라리 그 저주로운 의서원고를 불태워버렸으면…

약해지는 자신을 다잡으며 후유꼬는 거울에 마주앉아 머리를 빗기 시작하였다.

요염하고 아릿다운 녀인이 거울에서 후유꼬를 마주본다.

(아직은 내가 미워지지 않았어. 이제 돌아가면 나고야상이 날 싫다고 하지 않을게야.)

거울에서 물러난 후유꼬는 펜과 종이를 들고 책상에 마주앉았다. 허준을 찾아가는 이 길이 나고야가 준 임무를 수행하는 로정에서 마지막길이 될수도 있다는 예감이 그를 책상에 마주앉게 하였다.

그는 한참동안 생각에 잠겼다가 펜을 달리기 시작하였다. 부지런히 글을 써나가던 후유꼬는 와락 종이를 움켜쥐였다. 그의 눈에 이름할수 없는 빛이 흘렀다.

(아니야, 승부는 아직 일러!)

후유꼬는 손에 쥔 종이를 갈기갈기 찢어 방바닥에 쥐뿌렸다.

다음날 후유꼬는 혜민서에 사촌오빠의 소식이 왔기에 가보려고 한다는 구실을 대여 며칠간 말미를 받고 허준이 위리안치되여있다는 곡도로 떠났다.

곡도에 이른 후유꼬는 놀라지 않을수 없었다.

허준이 정배지에서 의서를 쓰고있으며 그의 원고를 설유와 기동이가 받아간다는것이였다.

설유와 기동이가 날자를 택하여 원고를 날라간다는것을 안 후유꼬는 그들과 어기치지 않기 위해 날자를 선택하고 허준이 있는 곳으로 찾아갔다.

파수군졸에게 술과 은전을 안겨준 후유꼬는 그에게서 열쇠를 받아쥐고 허준이 있는 가시울타리 삽짝문을 열고 들어섰다.

발범발범 방안을 들여다보던 후유꼬는 한동안 그자리에 굳어지고말았다.

백발의 허준이 땅바닥에 꿇어앉아 의서집필을 하고있었다.

얼마나 일에 열중하는지 열쇠를 여는것도 문을 여는것도 자기가 방앞에까지 온것도 모르고 의서원고에 온넋과 주의를 집중하고있었다.

방안을 둘러보니 사면에 온통 무슨 글인가를 써놓았다. 눈을 쪼프리고 벽면을 주시해보니 분명 의술에 관한 글이였다.

그러니 허준은 이런 위리안치된 곳에서 종이와 붓이 없어 벽면에 의서원고를 썼단 말인가. 저 필묵은 분명 남편의 성정을 잘 아는 설유가 가져왔을것이고 그래서 지금은 벽면이 아니라 종이에 의서원고를 쓰고있는것이리라.

후유꼬는 한방망이 얻어맞은듯 머리가 핑 돌고 귀에서는 고막이 찡- 하고 울리는 소리가 났다.

이런 인간을 굴복시켜보려고 내 여기까지 왔던가, 이런 강의한 인간이 초인간적인 의지로 쓴 의서를 나고야와 일본은 훔쳐서 제것으로 뻐젓이 만들려고 했단 말인가, 아무리 조선사람이건 일본사람이건 인간은 어쨌든 인간이 아닐가 하는 생각이 뇌리를 쳤다.

허나 후유꼬는 혀를 깨물며 그런 생각을 한 자기를 후회하였다. 남을 딛고 일어서야 산다! 남을 딛지 못하면 내가 짓밟히고만다! 누구의 말이던가? 나고야가 한 말이였다. 그 말이 머리에 떠오르는 순간 후유꼬는 씽 한발을 방안으로 들이밀었다.

《선생님!》

원고에 정신이 팔려있는 허준은 듣지 못한듯 반응이 없다.

재차 후유꼬는 허준을 향해 소리쳤다.

《선생님!-》

허준이 머리를 들었다. 한참이나 앞에 선 사람이 누구인가 주시해보더니 눈을 크게 뜬다.

《아니, 이게 누군가? 혜민서의 수미가 아닌가?》

후유꼬는 나부시 허리를 굽혔다.

허리를 펴는 그의 눈에선 눈물이 흘렀다.

《선생님! 이 어인 일이오이까? 이 험한 곳에서 선생님을 뵈오리라곤 상상도 못했소이다. 선생님이 무슨 죄가 있다고 이런 곳에…》

뒤말을 채 잇지 못하고 후유꼬는 방바닥에 주저앉아 소리내여 흐느꼈다. 허준이 말없이 후유꼬의 어깨를 안아 일으켜주었다.

《됐네, 됐어. 그만하라구!》

후유꼬는 허준의 팔에 이끌려 일어서다가 허준의 가슴팍에 와락 안기며 몸부림을 쳤다. 자기 품에 안겨 소리내며 흐느끼는 후유꼬의 잔등을 쓸어만지는 허준의 눈가에 추연한 빛이 어렸다.

《그만 그치게. 내 이렇게 살아 의서를 쓰고있지 않나. 수미도 의서를 쓰는게 소원이라고 했지. 그래, 수미나 나나 의서를 위해 태여난 인생인데 죽을 때까지 자기가 하고싶은 일을 끝을 봐야 옳지. 안 그렇나?》

후유꼬는 허준의 가슴팍에서 얼굴을 들었다. 그런 후유꼬를 바라보는 허준의 모습은 마치 인자한 아버지그대로의 모습이였다.

후유꼬는 저도모르게 주눅이 드는것을 애써 누르며 눈굽을 훔쳤다.

《수미가 이 먼곳에 어떻게 다 왔나?》

《선생님이 이런 곳에 계시는걸 모르구 소녀 계속 찾아헤매였나이다. 헌데 이 험한 곳에서도 계속 의서를 쓰시는군요. 이런 모진 형벌을 받으면서 의서를 써야 무슨 필요가 있겠나이까.》

한동안 후유꼬를 바라보던 허준이 몸을 돌려 문이 있는 곳으로 걸음을 옮기더니 저 멀리 파도설레는 바다를 바라보았다.

그의 기색을 살피던 후유꼬의 눈이 웬일인가 해서 올롱해졌다.

《수미는 화담 서경덕이라는분을 알고있나?》

《송도삼절로 불리우는 서화담선생을 소녀가 왜 모르겠나이까.》

《그래, 송도삼절의 하나였지. 유명한 황진이라는 녀인이 그렇게 불렀지. 그 화담선생의 글에 이런 문장이 있네. 한번 들어보겠나?》

후유꼬의 대답을 기다리지 않고 허준은 시조를 읊조리듯 그 문장을 입에 올렸다.

《삶과 죽음의 리치를 이미 안지 오래니 마음이 편안하고 배워서 의

심이 없는데 이르렀으니 참으로 쾌활함을 느끼였고 일생을 헛되이 보내지 않았으니 마음이 참 편안하구나!》

그 문장을 외우고난 허준이 후유꼬를 찬찬히 응시하더니 침착한 어조로 말하였다.

《아마 수미가 사는 일본에선 이런 문장이 나올수가 없지. 그렇지 않나?》

후유꼬는 깜짝 놀라 입을 항 벌리였다.

《왜 그렇게 놀라나? 수미가 위급한 병자로 꾸미고 우리 집에 와서 우리 집사람을 독약으로 마취시키고 의서원고를 훔쳐가지 않았던가? 그리고 우리 예영이를 통해 나한테 접근하려고 혜민서에 들어온게 사실이 아닌가?》

어안이 벙벙해 서있는 후유꼬를 정면으로 쏘아보는 허준의 눈에서는 불이 일고있었다.

《그래, 수미가 허모라는 내 이복형을 통해 의서를 훔치려다가 실패하니 제가 직접 고육계를 쓰면서 우리 집에까지 온것을 내가 모를줄 알았는게지?…

참 어리석기 짝이 없어. 정말 후안무치한 패륜이야.》

후유꼬는 도저히 믿어지지 않았다. 어떻게 되여 허준이가 자기의 정체를 이렇듯 샅샅이 알고있을가. 유일한 증인인 허모는 미쳐서 기억력을 상실했고 증거로 될만 한것은 제 손으로 모조리 불태워버렸다. 그리고 곤도와 세 놈팽이는 다 저승에 갔다. 알다가도 모를 일이였다. 의아해하는 후유꼬의 귀에 허준의 사리정연하고 론박할수 없는 말소리가 들려왔다.

《내가 수미를 만나러 혜민서에 간것은 예영이가 말한 너의 경력에 의심이 들었기에 그걸 확인하려 해서였지. 수미의 아버지가 의원이라는데 내 알기에는 경상도의원중엔 사량왜변때 끌려간 사람은 한명도 없었어. 그리고 해수병을 쉽사리 고치는 의원이라면 내가 모를리 없겠는데 동래의원중엔 그런 젊은 의원이 없었지. 있었다면 최주부라는 늙은 의원이 있었는데 그는 우리 스승의 친구였어.

예영의 이야기를 들으면서 난 그런 의심이 드는걸 식구들에겐 말하지 않았지. 수미가 날 찾아와야 도리상 옳지만 그래서 내가 수밀 찾아간거야. 수미를 만나보구 난 대뜸 수미가 거짓말을 한다는걸 알았지. 그후 집의 하인에게 우리 집에 업혀왔던 녀인에 대해 물어보았더니 신통히도 수미와 인상특징이 꼭같지 않겠나.

더구나 수미를 업고 온 숙부라는 사내의 눈밑에 왕사마귀가 있더라는 말을 듣고 네가 왜년임을 확신하게 되였지. 그 왕사마귀란 놈은 거제도에서 예영이 외할아버지와 외할머니를 잔인하게 학살하고 의서를 략탈해간 우리 집사람의 철천지원쑤였거든.

후에 내가 우리 집사람에게 왕사마귀가 업고왔던 녀인이 혜민서에 다니는 수미라고 말해주자 그 사람이 펄펄 뛰더군. 그래서 왜놈들이 의서를 노리고있다는것을 알게 되였어.

슬픈것은 나에겐 형이 되는 허모가 네년놈들의 간계에 걸려 짝자꿍 치다가 미쳐버린거지.

어찌 보면 응당한 귀결이라 볼수 있네만 그래도 형이라는 사람이 그렇게 되였으니 가슴이 아파, 아프구말구.

헌데 수민 여긴 어떻게 되여 왔나?》

후유꼬는 자기의 정체를 발가놓는 허준의 그 론박할수 없는 추리와 사실자료앞에서 아무 말도 할수 없었다. 정녕 허준이라는 이 사내앞에선 자기가 졸지에 아이가 된듯싶고 자기의 위선이 홀라닥 발가벗기우게 되는것은 무엇때문인가. 이 사람은 의원인가 아니면 귀신인가?

어떻게 우리가 빈틈없이 짜고든 내막을 말짱 알고있는가.

기가 죽어가는 자신에게 화를 내기라도 하듯 후유꼬는 머리를 세차게 흔들었다.

《용케 알아내셨군요, 선생님!

선생님은 의원보다는 포도청대장이 어울리실것 같군요. 정말 우리 일을 손금보듯 아시네요.

차라리 이런 곤욕을 당하며 의원을 하기보단 포도청의 대장을 하셨으면 운명이 더 길할수 있었는데 참 안됐군요. 선생님의 추리와 판단에 손을 들었어요.》

《이젠 이 허준일 알겠나?》

《전 솔직히 선생님을 보면 감탄을 금할수 없어요. 녀성으로서 선생님의 의지와 완강성에 놀라움과 경탄이 절로 나온답니다. 역적으로 몰리워 이곳에 처박히고서도 의서를 쓰시는 선생님의 그 의지와 완강성은 녀성인 나로 하여금 진심으로 되는 존경심을 품게 하는군요.》

허준은 허울을 벗고 로골적으로 정체를 드러내며 빈정투로 말하는 후유꼬의 새말간 얼굴을 뚫어지게 바라보더니 허거프게 웃었다.

《허허! 내가 젊은 미인한테 굉장한 영웅남아로 보였군. 그래, 누가 수밀 여기로 보냈나?

남의 피와 넋이 스민 의서를 훔치려 한다는게 도대체 륜리에 맞나?

그렇게 훔친 의서를 제것이라고 우기자는건데 손바닥으론 해를 못 가리우는 법이야. 아무리 세상이 험악하기로서니 그런 후안무치한 행위를 용서할수 있겠나?

그러다간 천벌을 받아, 천벌을!

그리고 한마디 할것은 녀성으로 태여났으면 녀성답게 살아야지 왜 남의 땅에 와서 온갖 악행과 패륜을 일삼으며 그 고운 용모와 젊음을 헛되이 썩이는지 난 알다가도 모르겠어.

이제 이 《동의보감》이 나가면 우리 나라는 물론 이웃나라들에도 그 책이 넘어갈건 뻔한데 그러면 그걸 보면서 호상간에 의술교류도 하고 좋은것은 배우고 하면 되지 않겠나?

헌데 왜 이런짓을 하는지 난 도저히 리해할수가 없어. 내 말이 틀리나?》

후유꼬는 아무 말도 할수 없었다.

앞에 서있는 허준이와 자기를 이 길로 떠민 나고야는 조선과 일본의 손꼽히는 명의임이 틀림없었다. 허나 두사람을 비교하면 도저히 견주지 못할 전혀 딴세상의 사람들이였다. 누가 옳고 누가 그른가, 누가 이기고 누가 지는가 하는 문제이기 전에 인생을 어떻게 장식하는가 하는 문제가 아닐가.

허준의 말이 옳았다. 너무도 당연한 리치였고 너무도 반박할수 없는 론거였다. 그런 허준이기에 언제 죽을지 알수 없는 이런 엄혹한 환경속에서도 그리고 래일이라도 당장 역적으로 락인되여 처형될수 있는 속에서도 배포유하게 의서를 쓰고있는것이 아닐가.

후유꼬는 모멸감과 수치감 그리고 허준에 대한 존경심과 녀성으로서의 공경의 마음이 엇갈리면서 입술을 깨물었다.

빌고싶었다. 이런 깨끗한 인간앞에, 이런 의지의 소유자앞에, 이런 높은 지성을 가진 사내앞에 무릎을 꿇고 빌고싶었다. 그리고 그런 사내를 평생 마음에 간직하고 따르고싶었다.

후유꼬는 무너지듯 그자리에 무릎을 꿇었다.

《허준선생님!-》

그리고는 눈을 꼭 감았다. 쓰디쓴 패배와 인간적고뇌의 눈물이 찔끔 솟구쳤다.

허준은 그러는 후유꼬의 모양을 눈여겨보았다.

《선생님! 용서를 비는 말은 하지 않겠나이다.
다만 선생님의 그 결곡하고 깨끗한 인생이 이 후유꼬를…》
《후유꼬라— 그 이름이 참 곱구만. 그 이름처럼 아름답게 살라구. 그게 인생이야. 사람이 살면 몇년을 살겠나?
나도 이젠 다 살았어. 그래서 내 죽기 전에 나라와 후대들앞에 무엇인가 남기려구 이렇게 모지름을 쓰는거야. 이제 〈동의보감〉이 완성되면 사람들이 신분에 관계없이 그 책을 보면서 오래오래 살거구 또 오래 살면서 나라를 위해 뭔가 유익한 일을 해놓으려고 애쓸거구 그러느라면 나라가 살찌구 강해지는거지.…》
허준의 말에는 진심이 어려있었다. 그의 말속에는 자기라는 인간이 없었다. 애오라지 나라와 백성을 위하는 마음만이 있었다.
후유꼬는 아아한 창공을 바라보듯 눈물투성이인 머리를 쳐들고 허준을 우러렀다. 거대한 산악이 일본녀인의 앞에 우뚝 서있었다. 심중의 격정을 담아 후유꼬는 한마디 말만 남겼다.
《허준선생님! 이 소녀는 영원히 당신만을 마음속에 간직하고 세상을 떠나가렵니다.》
그 말을 들었는지 못들었는지 허준은 말없이 돌아섰다. 그리고는 의서원고앞에 쭈그리고앉아 붓을 들었다.

8

허준은 사생결단의 각오를 안고 의서집필에 온 심혈을 깡그리 바치고 있었다.
여느때갈으면 반년이 더 걸릴 분량의 의서를 허준은 두어달만에 써냈다.
초인간적인 인내력으로 허준은 이곳에 와서 《잡병편》에 속한 여러권을 완성하고 지금은 10권을 쓰고있었다.
설유와 기동은 허준의 집필에 여러모로 많은 도움을 주었다.
허준이 쓴 원고를 후열하고 혹 글자가 정확치 않거나 빠진 부분이 있으면 허준에게 면회간 기회에 물어서 고쳐놓군 하였다.
칠성이와 달래가 의서를 지키다가 목숨을 잃었다는 응규의 기별을 받고 며칠동안 눈물로 지샌 그들이였으나 허준에게는 그 소식을 알려주지 않았다. 의서집필에 온 심혈을 쏟고있는 허준에게 마음의 상처를 주는것을 바라지 않았기때문이였다.

칠성이와 달래가 죽은 다음부터 응규는 아예 아전노릇을 그만두고 의서를 지키는 일에 전념하고있었다. 밖에 묻어놓았던 의서가 들어있는 단지도 방안에 들여다놓고 밤낮으로 그 단지의 곁을 뜨지 않았다.

이무렵 궁중에서는 왕후가 천연두에 걸린것으로 하여 온 대궐이 죽가마끓듯 소동이 일었다.

소경들이 모인 자리에선 애꾸가 제일이노라 뻐긴다더니 허준이 귀양간 후로는 태의 양례수가 궁중의 모든 치료를 도맡아하고있었다. 양례수가 자기의 의술을 다 동원하였으나 왕후의 병은 날이 갈수록 더욱 악화되기만 하였다.

양례수의 얼굴엔 나날이 짙은 구름이 끼였다.

《태의어른, 구슬(발진)이 내공하였소이다.》

내시가 헤덤비며 양례수에게 하는 말이였다.

양례수는 새삼스레 허준이가 만약 있었더라면 하는 생각이 들었다. 비록 뒤에서 허준을 시기했으나 역시 그가 명의라는것을 인정하지 않을수 없었다.

《양태의, 그래 정녕 왕후마마의 병을 고칠 방도가 없단 말이요?》

령의정이 양례수를 시틋이 바라보며 물었다.

양례수는 늦게나마 허준에게 용서를 빌고싶었다. 허모의 풍에 놀아 그를 모함하여 정배지로 가게 만든 장본인이 다름아닌 양례수 자기가 아니던가.

더구나 그 허모라는 감찰이 원인모르게 미쳐서 돌아간다는 소리를 들은 순간부터 양례수는 불판에 엉뎅이를 대고 앉은것처럼 알수 없는 불안감과 죄의식으로 마음이 편안치 않았다.

이제 와서 체면이고 렴치고 필요가 없다는 생각이 뇌리를 쳤다. 까딱 잘못하여 왕후가 병으로 잘못되는 날에는 어떤 처참한 형벌이 차례진다는것을 양례수는 잘 알고있었다. 자칫 하다간 위리안치된 허준이보다 더 참혹한 형벌이 차례질수도 있었다.

떨리는 목소리로 양례수는 대척하였다.

《저, 이 병을 고칠수 있는 사람은 나라안에 허준이 한사람뿐이오이다.》

《지금 정배살이를 하고있는 그 의원말이요?》

《예, 그렇소이다.》

하여 허준은 정배살이를 떠날 때처럼 며칠사이에 벼락같이 궁궐로 돌아오게 되였다.

구슬이 잘 돋지 않아 위중한 두창(천연두)은 허준이 이미 달래를 치료할 때 경험한것이였다.

허준의 치료로 하여 왕후의 병은 날이 감에 따라 호전되여갔다.

왕후의 병이 다 나은 다음 광해군은 비변사에 어지를 내렸다.

《양례수대신 허준을 다시 어의로 임명하도록 하라!

허준이 그렇게 가벼이 고치는 병을 양태의는 어이하여 전혀 손도 쓰지 못하는고. 그에게 궁안의 치료를 맡기였다가는 생사람을 죽일수 있으니 그를 강등시켜 외직으로 내쫓도록 해라!-》

허준은 1609년 초봄에 다시금 궁궐의 어의로 봉해지게 되였다.

그런줄도 모르고 기동이와 설유는 허준과 약속한 날을 손꼽으며 기다리고있었다.

오늘은 기동이가 허준에게서 의서를 받아가는 날이였다.

술방구리를 들고 가시울타리쪽으로 다가가 후박나무쪽을 바라보던 기동은 와뜰 놀랐다.

늘 가면 불을 피워놓고 나무밑등에 기대여 끄덕끄덕 졸거나 하품을 하던 파수군이 보이지 않았던것이다.

(아니?!)

기동은 가슴이 철렁 내려앉았다. 그는 다급히 술방구리를 놓고 단숨에 가시울타리를 타고넘었다. 언제나 한본새로 머리를 수긋하고 붓을 달리던 허준의 모습이 보이지 않았다.

허준이 그리도 신주처럼 귀중히 여기던 의서원고는 물론 붓도 벼루도 없었다.

허둥지둥 돌아온 기동의 낯색이 시꺼멓게 죽어있는것을 보고 설유가 물었다.

《왜 그래요? 무슨 일이 생겼어요?》

《사모님, 선생님이 안계시오이다!》

《그건 무슨 소리예요? 안계시다니?!》

설유가 깜짝 놀랐다. 금시 온몸이 얼음장같이 싸늘하게 얼어들었다.

(그럼 혹시?)

불길한 예감이 들었다. 그러다가 설유는 머리를 설레설레 저었다.

절대로 그럴수 없었다. 그렇게 쉽게 거꾸러질 남편이 아니였다.
(그렇다면?)
《어서 로인장네 집으로 가봅시다!》
생각을 굴리는 설유에게 기동이 한마디 하고는 제 먼저 직방 둔덕을 내리기 시작하였다.
설유와 기동의 말을 들은 로인 역시 깜짝 놀랐다.
《내 얼른 파수군들이 거처하고있는 집에 다녀오겠네.》
잠시후 로인이 숨이 턱에 닿아 뛰여왔다.
《엊그저께 저 한성에서 의금부도사가 사람들을 끌구와서 의원선생을 데려갔다누만.》
《네?! 대체 무슨 일로 데려갔다 하오이까?》
《잘 모르겠네만 파수군들의 말이 어지가 내려 데려갔다더군.》
불안은 더욱더 커졌다. 그럼 위리안치보다 더 중한 형벌을 내리려 하는가?
설유와 기동은 로인에게 그새 많은 신세를 진데 대해 사례하고 황급히 수레를 타고 한성으로 향하였다. 한성에 당도하여 응규를 만난 후에야 설유와 기동은 임금의 어지로 허준이 다시 어의로 등용되였다는 소식을 알게 되였다.
《그럼 그이가 정녕 정배살이에서 풀려나왔단 말이지요?!》
설유의 눈에 뜨거운 눈물이 고이고 목소리는 떨렸다.
응규가 설유의 손목을 부여잡고 목이 메여 뒤말을 잇지 못하고 고개만 끄덕거렸다.
기동이가 볼편을 실룩거리며 격정에 넘쳐 설유의 팔을 흔들었다.
《사모님, 이젠 선생님이 살았습니다!》

나지막한 산기슭의 두 봉분앞에 네사람이 머리를 숙이고 서있었다. 허준과 설유, 기동과 응규였다.
봉분의 앞에는 허준이 정배지에서 쓴 여섯권의 의서가 차곡차곡 놓여 있었다. 《잡병편》 제6권부터 제11권까지였다.
봉분앞에 꿇어앉은 허준은 무덤을 쓸고 또 쓸어만졌다. 언제나 뿔난 황소마냥 머리받기질을 하던 성미급하나 열정적이고 꾀많은 칠성의 모습과 험악한 세상살이를 꿈만히 여기며 언제나 발랄하고 쾌활하던 달래의 자태가 눈앞에 삼삼하였다.

억장이 무너지는듯 한 아픔이 허준의 심장을 쿡쿡 찔렀다. 아직은 너무도 젊은 그들이였다.

응규를 통해 의서를 도적질하러 쳐들어왔던 놈들속에 설유의 친부모들을 죽인 왕사마귀가 있었다는 놀라운 사실앞에 한동안 저 멀리 동쪽을 바라보며 생각에 잠겼던 허준이였다.

결국 《동의보감》은 의원인 허준 하나만의 심혈이 깃든 단순한 의서가 아니였다. 여기에는 이 나라 민족의 넋과 얼이 슴배여있었다. 악착한 왜놈들이 바다건너 남의 나라 땅에 와서 의서를 노린다는것은 그 의서에 민족의 자존과 슬기가 깃들어있기때문이였다. 그 자존과 슬기를 빼앗고 말살하려고 저 섬나라 왜놈들이 그리도 갖은 흉계를 다 꾸미며 날뛰고있는것이 아닌가.

(칠성아, 달래야! 난 너희들의 목숨만을 병마에서 구원해주었는데 너희들은 이 나라의 재부를 야수들의 마수에서 구원했구나!

그 의롭고 아름다운 애국의 마음과 의리를 내 영원히 잊지 않으마. 《동의보감》은 단순히 이 허준만이 아니라 너희들과 같은 훌륭한 사람들의 손에 받들려 나온 의서이기에 민족의 보배로 될것이니라.)

허준의 백발이 훈훈한 춘풍에 흐느적거렸다.

허준은 귀양지에서 풀려나온 다음에도 의서집필을 단 한순간도 손에서 놓지 않았다.

붓을 달리는 그의 눈앞에는 의서를 위해 서슴없이 목숨을 바친 칠성이와 달래의 모습이 얼른거렸고 좋은 의서가 나오기를 애타게 고대하던 어머니와 류이태 그리고 유명무명의 사람들의 모습이 안겨들어 원고완성에 박차를 가하였다.

집필은 1년간 더 계속되였다. 이 기간에 그는 열한권에 달하는 《잡병편》의 집필에 이어 《탕액편》 세권과 《침구편》 한권을 더 완성하였다.

총 25권이나 되는 방대한 분량이였다.

1610년 9월 2일.

불그스레한 기운이 온 방안을 비쳐주고있는 탁자우에서 허준은 붓을 달리고있었다. 《침구편》의 마지막장이였다. 그옆에서는 설유와 기동이, 응규와 선복이가 허준의 모습을 지켜보고있었다.

드디여 달리던 붓이 멎었다.

붓을 놓은 허준은 금방 자기가 쓴 글발들을 내려다보았다.

그의 눈에는 뜨거운 눈물이 고이기 시작하였다. 종이장에 눈물이 방울방울 떨어졌다.

장장 열네해라는 세월이 흘렀다.

갖은 풍상고초와 악조건을 의지와 사랑의 힘으로 한걸음한걸음 헤쳐 마침내 의서완성이라는 날을 맞은것이였다.

얼나간듯 화석처럼 굳어져 뜨거운 눈물을 쏟고있는 허준의 어깨에 설유가 얼굴을 살며시 기대였다. 그리고는 부드러운 손으로 허준의 볼을 타고 흐르는 눈물을 훔쳐주더니 사랑하는 남편의 허리를 꼭 그러안았다.

《예영이 아버지!-》

기동과 응규가 동시에 무릎을 꿇었다.

《선생님!》

《의원님!》

허준의 백발이 풍만난듯 세차게 떨렸다. 걷잡을새없이 쏟아지는 눈물이 강을 이루고 바다를 이루리라. 그 눈물에 깃든 만단사연 그 무엇이라 표현하랴.

허준이 갑자기 껄껄 웃으며 큰소리를 쳤다.

《됐네, 됐어! 이 기쁜 날에 울어서야 되겠나. 어서 한상 푸짐히 차리오! 우리 기동이와 응규, 선복이와 그리고 칠성이… 달래와 함께 마음껏 즐기며 축하하기요!

자네들이 아니였다면 내 어찌 의서를 완성할수 있었겠소. 그렇지 않소?》

설유가 눈물젖은 얼굴에 애써 웃음을 지으며 맞장구를 쳤다.

《그렇지 않구요. 우리 달래와 칠성이가 오늘을 보았으면 얼마나…》

애써 웃음을 지으려 했건만 마지막말에 가서는 어깨를 세차게 들먹이였다.

응규와 기동이가 다가와 흐느끼는 설유의 량팔을 꽉 쥐였다놓았다. 사나이들의 눈에도 맑고 뜨거운 눈물이 그득히 고여있었다.

그때로부터 열흘후 허준과 설유는 수레를 타고 산음으로 향하였다. 수레우에 놓인 커다란 부담짝안에는 25권에 달하는 《동의보감》원고가 들어있었다.

죽순은 5년전에 세상을 떠났고 류이태는 허준이 정배지에서 풀려나온 그해 겨울에 세상을 하직하였다.

류이태는 죽순이와 합장하였다. 합장묘앞에 《동의보감》원고를 쌓아놓은 허준과 설유는 깊숙이 절을 하였다.

허준은 마음속으로 부르짖었다.

(선생님! 죽순의원님!

선생님들의 소원대로 의서를 완성했소이다. 저를 의학의 길로 이끌어주시고 언제나 떠밀어주신 선생님들이 계셨기에 오늘이 있었소이다.

훌륭한 설유를 저의 곁에 세워준 아버님은 저의 영원한 스승이고 친아버님이십니다.)

어머니의 묘소에도 그들은 의서를 쌓아놓고 깊이 허리를 굽혀 절을 하였다.

허준은 어쩐지 어머니가 너무 기뻐 금시라도 땅을 박차고 무덤속에서 나올것만 같았다.

눈물이 하염없이 허준의 뺨으로 흘러내렸다.

(어머니, 어머니가 그토록 바라시던 뜻을 이루고 이 아들이 돌아왔소이다. 어머니의 당부, 어머니의 부탁을 골수에 새기고 이 아들이 의서를 완성하고 어머니를 뵈우러 왔나이다. 한번만이라도 눈을 뜨시고 보시오이다. 어머니!-)

1613년 11월 《동의보감》전 25권(《목록》2권, 《내경편》4권, 《외형편》4권, 《잡병편》11권, 《탕액편》3권, 《침구편》1권 총 3 139페지)이 목판으로 출판되였다.

드디여 대를 물려가면서 나라의 귀중한 재부로 될 3대고려의학고전의 하나인 《동의보감》이 이 세상에 태여난것이다.

의서 《동의보감》은 실로 귀중한 나라의 재보였다.

허준이 집필한 《동의보감》에 의해 우리 나라의 전통의학은 봉건시기 우리 나라 의학발전력사에서 가장 높은 봉우리에 올라서게 되였다.

15세기에 출판된 《향약집성방》이 우리 나라 민족의학의 성과를 종합한것이고 《의방류취》가 동방의학의 성과를 집대성한것이라면 《동의보감》은 동방의학의 모든 성과를 하나의 체계로 소화하여 새로운 높이의 의학체계를 창조하고 독특한 학풍을 세울수 있게 한 고려의학의 백과전서였다.

《동의보감》이 나옴으로써 이때부터 동방의학의 체계가 성립되였으니 그 의의를 어찌 한두마디로 다 말할수 있으랴.

《동의보감》은 의서로서의 그 내용도 매우 선진적이면서 과학적이였다.

허준은 《동의보감》에서 건강을 유지하는데서 육체와 정신을 단련하는것이 선차이고 약과 침은 그다음이라는 선진적인 견해를 강조하였다. 이 소박한 견해는 허준의 진보적인 의학리론에서 중요한 자리를 차지한다.

그는 마음과 몸을 단련하고 수양을 잘하면 병을 미리막고 오래 살수 있는데 이것을 모르고 병치료에만 매달려서는 안된다고 하였다.

이러한 진보적인 견해로부터 그는 일단 병이 생긴 다음에도 제때에 치료하여 불행을 막아야 한다고 강조하면서 모든 병치료에서 우선 정신적잡념을 없앰으로써 마음의 안정을 얻는데 관심을 돌리며 식사료법을 하여 낫지 않을 때에 약과 침을 써야 한다고 하였다.

《동의보감》은 방대한 규모의 과학적저술이면서 동시에 평범한 사람들이 누구나 병치료를 쉽게 할수 있도록 실용성을 갖추고있다는데 그 특색이 있었다. 《동의보감》의 이 특색은 의학에서 리론이 아니라 실천에 기본을 두어야 한다는 허준의 진보적견해를 반영하고있다.

허준은 《동의보감》집례에서 옛사람의 약처방은 들어가는 약재의 분량이 너무 많아서 쓰기 어려운데 하물며 빈곤한 가정들에서 어떻게 약을 쓸수 있겠는가고 하면서 처방의 구성을 달리하고 약재의 분량을 조절하여 누구나 쉽게 쓸수 있도록 하였다.

뿐만아니라 평범한 사람들이 널리 쓰고있는 단방들과 민간료법들을 널리 수집정리하여 해당한 병치료부분에 알기 쉽게 제시함으로써 광범한 사람들의 병을 치료할수 있도록 하려고 성의를 다하였다. 그러므로 《동의보감》은 로련한 의사들과 의학자들에게는 훌륭한 참고서로 되고 의학을 배우는 사람들에게는 좋은 교과서로, 일반사람들에게는 쉽게 리해하고 자체로 치료할수 있는 그야말로 빠뜨린것이 없는 훌륭한 가정의학독본으로 되고있다.

《동의보감》에는 뛰여난 과학적내용도 풍부히 담겨져있다. 그것은 《동의보감》의 매개 편이 다 그 부분의 전문의학책에 손색이 없는 정도의 면모와 내용을 갖추고있는것만 보아도 잘 알수 있다.

허준은 《동의보감》에서 먼저 정상생체의 생리적기전에 대하여 쓰고 몸을 건강하게 하는 방법을 제시한 다음 매개 질병과 그 병리적기전, 증상 및 치료처방과 예후에 대하여 썼으며 끝으로 해당한 병치료에 효과있는 단방들과 침구법을 밝히는 독특한 서술체계를 세웠다.

《동의보감》저술의 과학적측면에 대하여서는 부종에 대한 서술만 보아도 알수 있다.

《동의보감》이 나오기 전까지 동방의학에서는 부종에 대한 정확한 인식이 없었다.

《향약집성방》을 비롯하여 우리 나라와 중국의 의학책들에서는 신장(콩팥)성, 심장성, 악액질(몹시 여윈것)성 부종들의 구별이 없었고 원인이 서로 다른 여러가지 부종에 대한 리해들이 혼동되여있었다.

그러나 허준은 부종을 구분하면서 신장(콩팥)에 근원이 있는것, 천식이 동반되는것, 심장과 관련되는것 그리고 오랜 학질 또는 리질과 관련되는것 등으로 가르고 외적원인에 의한 부종은 상반신이 먼저 붓고 내적원인에 의한 부종은 하반신이 먼저 붓는다고 함으로써 부종의 형태를 과학적으로 밝혔다. 이와 같이 부종의 형태를 비교적 정확히 구분한것은 허준의 풍부한 치료경험과 세심한 관찰력을 생동하게 보여준다.

허준은 《동의보감》에서 인체의 유기체로서의 전일성에 관한 견해도 명백히 하였다.

그는 《침구편》에서 침에 의한 자극은 국소적인 자극임에도 불구하고 놀란 사람, 목마른 사람들에게는 놓지 말라고 강조하였으며 외적원인과 내적원인으로 생긴 질병의 감별에서도 13가지의 감별증후를 제시하여 몸의 유기체를 전일적으로 보고 질병을 유기체의 각 장기와 기관의 호상 련관속에서 진단치료할것을 주장하였다.

이처럼 《동의보감》은 우리 나라 전통의학을 과학리론적면에서나 실용적면에서 새로운 높은 수준으로 끌어올림으로써 봉건시기 의학발전에서 절정을 이루게 하였다.

《동의보감》은 그 이후시기 전통의학발전에도 매우 큰 영향을 미쳤다.

《동의보감》이 세상에 나옴으로써 허준자신이 강조한바와 같이 한가닥의 줄기처럼 끊기지 않고 계승되여온 우리 나라 의학이 그 전통을 힘있게 이어갈수 있었다.

19세기말에 이르기까지 《의문보감》(1724년 주명선), 《급유방》(1749년 조정준), 《광제비급》(1790년 리경화), 《제중신편》(1799년 강명길), 《의종손익》(1868년 황도연) 등 《동의보감》을 본보기로 한 의학책들이 련속 출판되였고 허준의 의술을 본받아 수많은 명의들이 배출되였다.

양례수는 허준이 《동의보감》을 완성한 후 조용히 자기의 생을 돌이켜보았다. 물론 허준이처럼 인생의 고초는 없었다. 그만하면 얼음판에 박밀듯이 무난하게 걸어온 한생이였다. 허나 그의 운명엔 자신에 대한 긍지와 자부가 없었다. 그도 의원이고 허준도 의원이며 의술에서는 서로 버금을 다투었다. 허나 종착점은 현저한 차이를 가져왔다. 죽순이와의 문제도 그래 허준이와의 관계도 그래 또 의서문제도 그래 어느 하나도 양례수는 결과가 없었다. 부끄럽고 괴로왔다. 하여 양례수는 태의로서의 자기의 실패를 스스로 인정하며 내의원에서 사직할것을 청하였다.

양례수가 사임신청을 했다는 소식을 듣고 허준은 그를 찾아갔다. 무슨 말을 할수 있으랴.

허준은 다만 양례수가 쓰던 의서에 대해 물으며 이런 말을 남기고 일어섰다.

《전 태의어른이 의술에 앞서 자기를 잊었으면 하오이다. 다시말해서 경보(양례수의 자)선생의 의술이 자기만을 위한것이 되지 않기 바라오이다. 의술은 인술이라 인술이 있어야 의술이 있는 법이지요.》

양례수는 그후에 근 13권 13책에 달하는 《의림촬요》라는 의서를 다시 새롭게 편찬하여 내놓았다. 그 의서가 허준을 압도하기 위해서 내놓은것인지는 몰라도 될수록 그가 때늦게나마 자기를 자책하고 의로운 일을 했다고 평가하고싶다.

나고야 겐이는 자기의 패배를 뼈아프게 절감하였다.

유구한 력사와 슬기로운 문화를 가진 이 민족을 이길수 없다는것을 나고야는 인정하지 않을수 없었다. 공기와 물이 맑고 은금보화 가득한 아름다운 나라였고 유구한 력사와 슬기로운 문화가 깃들어 더욱 신비로운 이 나라였다.

그러한 나라에 인재가 어찌 없으랴만 나고야는 후유꼬가 보낸 편지에서 허준에 대해 감탄하지 않을수 없었다. 아마도 이 편지는 후유꼬의 인생의 총화이자 나고야자신에 대한 평가라고 볼수 있지 않을가.

의서의 원고를 빼내려고 하다가 실패한 후유꼬가 정배지에 간 허준을 만나고 돌아와 자결하기 전에 썼다는 편지였다.

《나고야상,

당신을 어른이 아니라 이렇게 부르는데 대해 용서해주겠지요. 당신을 통해 세상물정에 눈이 트고 이성의 감정을 체험한 나 후유꼬로서는 달리는 부르고싶지 않군요.

난 방금 위리안치된 곳에 있는 허준을 만나고 왔어요. 비록 의서원고는 손에 넣지 못했으나 처참한 운명의 나락에 굴러떨어진 인간 허준을 굴복시키려고 갔던 이 후유꼬가 오히려 그앞에 손을 들고 무릎을 꿇고 왔어요.

헌데 이 시각 내가 불쾌하거나 좌절된 느낌이 아니라 오히려 마음이 안정되고 평온한것은 무엇때문일가요?

나고야상,

당신한테 모든것을 다 바친 후유꼬의 진심의 목소릴 한번 들어봐요.

우린 이 나라 사람들을 너무도 몰랐어요. 개중엔 서자라고 제 동생을 잡아먹는 허모와 같은 사람도 없지는 않지만 이 나라 사람들은 순진하고 정직하면서도 지혜롭고 강의해요.

난 허준이를 보면서 자기자신의 저렬감에 수치를 느껴요. 그의 안해라는 녀인앞에선 내가 마치 천한 촌기생처럼 여겨지고 내가 과연 녀성이 옳은가 하는 의문이 들어요.

뛰여난 미모와 정숙하고 세련된 몸가짐, 우아하고 부드러운 그 품격, 자기 남편의 일에 대한 열렬한 공감과 뜨거운 헌신, 녀성이라면 누구나 바라면서도 오르지 못할 아득한 높이에 다름아닌 허준의 안해가 서있지 않겠나요.

그런 녀인의 심장속에 있는 사내가 다름아닌 허준이예요.

난 부러워 죽겠어요. 나도 녀성인데 저런 녀인이 되고싶었고 저런 남편을 사랑하고싶었어요.

생각해보면 난 그렇게 될수 있었어요. 당신만 만나지 않았더라면 내 운명이 달리될수 있었어요. 당신이 내 운명을 이렇게 만들어놓았지요.

생각만 해봐도 소름이 끼쳐요.…

허나 난 당신을 탓하지 않아요. 어쨌든 당신은 내가 녀성으로서 정조를 바친 첫 사내이고 또 내 운명의 석가여래이니깐요.

당신은 오산했어요.

이들의 피와 땀, 넋과 지혜가 깃든 의서를 훔쳐다 제 이름으로 내는것은 비렬한짓이예요.

설사 그렇게 해도 인정세태가 메마르고 남을 등쳐먹는데 이골이 난 우리 일본땅에서는 누구든지 속을수 있지요. 허나 이 나라의 넋과 기개는 훔칠수도 빼앗을수도 없지 않을가요?…

정배지에 갔다가 난 깜짝 놀랐어요.

생사를 기약할수 없는 그리고 딴 죄도 아니고 임금이 죽은 죄를 뒤집어쓰고 가시울타리를 친 찌그러져가는 초가집에 처박힌 허준이가 글쎄 거기에서 의서원고를 쓰고있었어요. 당신이나 난 의서를 훔칠 생각이나 했지 어떤 인간이 필사의 각오로 그 의서를 쓰는지 생각이나 해봤어요?

사실 큰 의서를 쓴다지만 역적으로 몰린 그의 운명이 가련해서 찾아가 한바탕 쾌재를 부르고 그리고 인생을 포기한 그의 입에서 패배자의 고백을 받아내고 의서원고를 가져오려고 갔던 이 후유꼬가 그런 강의한 인간앞에, 자기의 목숨같은것은 안중에 없고 오직 의서만을 생각하는 그 숭고한 모습앞에 두손을 들었어요. 자존심도 체면도 다 잊고 말이예요.…

더는 날 찾지 마세요.

아마 이 편지를 받을 때면 후유꼬라는 녀인은 이 세상에 더는 없을거예요.

너무도 아름답고 순결한 이 나라 사람들앞에 엄청난 죄를 지은 이 후유꼬가 갈길은 과연 어델가요? 스스로 목숨을 끊으려고 결심한 이 시각, 깨끗한 이 나라의 공기와 물, 산천에서 몸은 비록 죽어도 넋이라도 깨끗해진다고 생각하니 마음은 더없이 안정되고 평온해지는군요.

당신을 증오하면서도 인정하는건 그래도 당신이 일본이라는 나라를 위하는 그 마음에 대한 공감일지도 모르지요. 그 나라를 위함이 다른 민족을 짓밟고 그 나라 사람들에겐 죄되는 일이긴 하지만…

당신은 자기의 패배를 스스로 인정해야 해요.

나 후유꼬의 마음에 당신이 영원히 깃들지 못한 련정의 패배자인것처럼 당신은 허준에게 아니, 이 나라에 패했어요.

당신의 영원한 명복을 빌어요.…》

나고야는 후유꼬를 자기의 화신으로 철석같이 믿고있었다.

말그대로 나고야 겐이이자 후유꼬였고 후유꼬이자 나고야 겐이였다. 그 후유꼬가 바로 나고야 겐이를 해부학적으로 분석하고 비난하고있었다. 비난이 아니라 사형선고를 내렸다고 해야 할것이였다.

병부에서 근 3년동안의 훈련을 거친 후유꼬가 허준의 의서따위를 훔쳐오는것은 문제로도 되지 않는다고 생각했던 나고야였다. 허나 《동의보감》과 같은 재보를 낳은 이 나라 사람들의 나라를 위한 마음과 불타는 넋은 나고야 겐이의 계책도 후유꼬의 간자로서의 우수한 기질도 모두 물거품으로 만들어버렸다. 뿐만아니라 후유꼬가 나고야 겐이에게, 일본이라는 나라에 침을 뱉고 비렬한이라고 저주를 퍼붓게 했던것이다.

나고야 겐이는 쓰디쓴 고배잔을 련거퍼 들이켰다.

그만에야 술잔을 들어 땅바닥에 힘껏 내동댕이쳤다.

《망할 놈의 고마인, 쌍년같은 후유꼬!》

누구를 타매하는지 누구에게 분풀이하는지 나고야는 인식조차 하지 못하였다.

그리고는 정신이 아찔해져 술잔이 깨여진 바닥에 코를 박으며 쓰러지고말았다.…

이후 나고야 겐이는 우리 나라에서 출판한 《동의보감》을 겨우 얻어 《탕액편》의 본초(고려약재)에 일본이름을 붙여 번역하여 《동의보감탕액화명》(2권 2책)을 출판하였으며 이어 《탕액편》의 향약이름을 일본문자로서 조선말발음대로 쓰고 일본말로 번역한 《동의보감탕약언자화해》(1책)를 출판하였다.

한편 나고야 겐이는 임진전란때 《의방류취》를 훔쳐온것은 그야말로 천하의 진귀한 보물을 날라온것이라는것을 다시금 깊이 절감하였다. 우리 나라에서 략탈해간 《의방류취》의 원간본에서 서문과 발문(뒤글), 간기와 같은 주요사항이 적힌 부분을 다 없애버려 그 책을 어느때 어데서 누가 어떻게 편찬하고 출판한 책인지 알수 없게 만들어놓고 왜나라 왕궁문서고인 궁내청-서릉부에 감추어놓은 간악한 왜놈들은 그후 제놈들이 도적질해간 우리의 민족문화재보인 《의방류취》를 우리 나라를 침략하기 위한 도구로 써먹었다.

1876년 2월 왜놈들은 강화도에서 조선봉건정부와 《조일수호조규》(강화도조약)라는 불평등조약을 체결하고 그해 8월에는 다시 이 조약의 부록과 통상장정이라는것을 조작하였다.

이때 왜놈들은 조선에는 이 책이 다 없어졌으니 그것을 가지고 가면 침략조약체결에 유리해질것이라고 타산하고 제 나라에서 목활자로 다시 찍은 《의방류취》를 일본군함 《아사마》호에 싣고와서 조선정부에 《기증》하였다.

그 원간본(금속활자로 찍은 원간본)은 아직도 일본 천황궁문서고에 감추어져있다.

그후 일본에서는 1663년 우리 나라에서 《동의보감》을 얻어다가 여러번 출판하였다.

1724년 일본학자 후지와라는 일본판의 《동의보감》의 머리글에서 《의학책은 그 리론이 명확하고 정밀하여야 의혹이 생기지 않고 인명에 도움을 줄수 있는데 〈동의보감〉이야말로 현재는 물론 후세에도 높이 찬양할만 하다. 〈동의보감〉이 나옴으로써 의술발전에 걱정이 없어지게 되였다.》라고 찬양하였다.

또한 일본의 한 력사학자는 《〈동의보감〉은 동방의학의 유일한 백과전서로서 동방의서의 주도적지위를 차지하고있다.》고 찬사를 아끼지 않았다.

《동의보감》은 그 편집력과 서술능력의 우수성으로 하여 동방의학의 보감으로서의 지위를 확고히 차지하였으며 오늘에 이르기까지 귀중한 림상의학전서로 되고있다.

조선사람의 저작으로서 이 책처럼 중국과 일본에서 널리 읽혀진 책은 아마 없을것이다.

중국에서는 1738년 중국사절단의 특별한 요청으로 이 책을 가져다 여러번 출판하였다.

1763년의 건륭판《동의보감》의 머리글에는 《책의 이름을 보감이라고 한것은 마치 해빛이 조그마한 구멍으로 스며들어오기만 하여도 오랜 어둠이 당장 가셔지고 피부의 살금까지 환히 보이는것처럼 이 책을 펴보는 사람은 거울처럼 환히 알수 있기때문이다. 중국에서 첫 의학책이 나온 이후 지금까지 력대의 명의들이 쓴 저서가 소 한바리에 다 실을수 없고 집 한채에 채우고도 남지만 치료효과가 있기도 하고 없기도 하다. 그러나 〈동의보감〉은 지금까지 나온 의학책들의 부족점을 보충하고 누구나 건강을 유지하게 하였으니 이 책을 인쇄하여 널리 보급하는것은 천하의 보물을 온 천하사람들과 나누는것으로 된다.》고 극구 찬양하였다.

중국의학대사전에는 《동의보감》에 대하여 《체계가 정연하고 내용이 풍부하여 의학계의 거대한 존재》라고 하였으며 쏘련(이전)의학대백과사전에서도 이 책을 동방의학의 3대백과사전의 하나로 꼽았다.

우리 나라에서는 《동의보감》을 1814년과 1874년 등 여러차례에 걸쳐 다시 출판하였다.

불타는 넋과 애국의 뜻을 지니고 한생을 명실공히 진정한 의학을 위해 심장을 뜨겁게 태우던 허준은 최후의 림종을 앞두고 가까운 사람들을 모두 불렀다.

설유와 딸 예영이, 기동이와 박응규, 선복이가 눈물을 머금고 허준을 지켜보고있었다.

이 시각 허준은 림종을 앞두고 화담 서경덕이 했다는 말을 새겨보고 있었다.

《삶과 죽음의 리치를 이미 안지 오래니 마음이 편안하고 배워서 의심이 없는데 이르렀으니 참으로 쾌활함을 느끼였고 일생을 헛되이 보내지 않았으니 마음이 참 편안하구나!》

가물거리는 의식속에서 허준은 속으로 되뇌이였다.

(그렇지, 그래. 일생을 헛되이 살지 않았으니 정말 내 마음이 편안하구나.)

허준은 전신의 힘을 다하여 또박또박 그루를 박으며 이런 말을 남기였다.

《부디 이 땅을 귀중히 여기여다오.

그리구 이 땅을 위해, 이 땅에 사는 사람들을 위해 유익한 일을 한가지라도 남길줄 아는 사람이 참사람이…》

설유와 예영, 기동이와 응규, 선복의 눈에서는 눈물이 하염없이 흘러내렸다.

허준은 그들 한사람한사람을 일별해보고나서 떨리는 손을 가까스로 내밀었다.

《여보!… 그 손을… 한번… 잡아보기요.…》

설유가 부드러운 자기의 손으로 허준의 싸늘한 손을 꼭 쥐였다. 허준은 가물거리는 의식속에서 설유의 그윽한 눈을 바라보면서 웃으려고 애썼다. 하더니 조용히 눈을 감았다.

그의 얼굴에는 이 세상의 모든 행복을 다 차지한듯 한 그런 미소가 어려있었다.

장편사화
동의보감
(제2판)

저 자	한영철, 최흥록	편 집	박성보
장 정	리광일	그 림	안영호
편 성	송철수	교 정	박명희

낸 곳 금 성 청 년 출 판 사
인쇄소 평 양 종 합 인 쇄 공 장
1판발행 주체106(2017)년 1월 30일
2판인쇄 주체107(2018)년 2월 22일
2판발행 주체107(2018)년 2월 27일

ㄱ-76289

© Kumsong Youth Publishing House 2018
D P R Korea
ISBN 978-9946-21-545-7

장편사화 동의보감

2020년 03월 25일 초판 1쇄 인쇄
2020년 04월 05일 초판 1쇄 발행

저 자 : 한영철 최흥록
발행인 : 정익현 오현경
발행처 : 남북경총통일농사협동조합/민들레문화방

등 록 : 2019. 01. 07   제2019-000068호
주 소 : 서울시 영등포구 시흥대로 183길 10 1층(대림동)
전 화 : 031-945-0703
팩 스 : 031-945-9911
이메일 : ohk.oh@daum.net

ISBN 979-11-970069-1-3   03890

정가 25,000원

* 이 도서의 국립중앙도서관 출판예정도서목록(CIP)은 서지정보유통지원시스템
  홈페이지(http://seoji.nl.go.kr)와 국가자료종합목록 구축시스템
  (http://kolis-net.nl.go.kr)에서 이용하실 수 있습니다.
  (CIP제어번호 : CIP2020013107)